Eugenio Díaz Castro

MANUELA.
Novela bogotana

edición crítica
Flor María Rodríguez-Arenas

– STOCKCERO –

1st. Stockcero edition: 2011

ISBN: 978–1–934768–49–5

Library of Congress Control Number: 2011942893

Set in Linotype Granjon font family typeface
Printed in the United States of America on acid–free paper.

Published by Stockcero, Inc.
3785 N.W. 82nd Avenue
Doral, FL 33166
USA
stockcero@stockcero.com

www.stockcero.com

Eugenio Díaz Castro

MANUELA.
Novela bogotana

Índice

Manuela. Novela Bogotana (1858) de Eugenio Díaz Castro: La ideología y el realismo de medio siglo vii
1. José Eugenio Díaz Castro vii
2. Publicaciones x
3. Manuela. Novela bogotana xii
4. El contexto político–social de la Nueva Granada xiv
5. La sociabilidad y los cambios en el imaginario colectivo neogranadino xvii
6. Eugenio Díaz Castro: lecturas, conocimiento e ideología xxii
7. Teoría de la novela en Balzac, Sue y Dumas xxx
8. Adscripción de Manuela al Realismo de mediados del siglo XIX xxxiv
Bibliografía xlv

Manuela, novela bogotana
Capítulo I 1
La posada de Mal–Abrigo
Capítulo II 9
La parroquia
Capítulo III 19
El cura
Capítulo IV 25
El lavadero
Capítulo V 33
El trapiche del retiro
Capítulo VI 43
La Lámina
Capítulo VII 51
Expedición a la montaña
Capítulo VIII 61
La casa de un ciudadano
Capítulo IX 71
Lecciones de baile
Capítulo X 81
Dos visitas

CAPÍTULO XI 97
El mercado
CAPÍTULO XII 107
La Esmeralda
CAPÍTULO XIII 119
Revolución
CAPÍTULO XIV 135
Lo que puede el amor
CAPÍTULO XV 147
Junta de notables
CAPÍTULO XVI 153
El asilo en la montaña
CAPÍTULO XVII 167
Cambio de ministerio
CAPÍTULO XVIII 177
La fuga
CAPÍTULO XIX 189
Los carteros
CAPÍTULO XX 205
Ambalema
CAPÍTULO XXI 225
Las confidencias
CAPÍTULO XXII 235
La octava de Corpus
CAPÍTULO XXIII 245
El angelito
CAPÍTULO XXIV 259
El San Juan
CAPÍTULO XXV 277
Resultados del San Juan
CAPÍTULO XXVI 291
La tumba de Rosa
CAPÍTULO XXVII 299
Cacería de cafuches
CAPÍTULO XXVIII 313
El nazareno
CAPÍTULO XXIX 325
El archivo de don Tadeo
CAPÍTULO XXX 339
Don Demóstenes
CAPÍTULO XXXI 345
Manuela

Manuela. Novela Bogotana (1858) de Eugenio Díaz Castro: La ideología y el realismo de medio siglo

Flor María Rodríguez–Arenas
Colorado State University

«Celebro la noticia como amante de las ideas liberales»

José Eugenio Díaz Castro

1. José Eugenio Díaz Castro

José Eugenio Díaz Castro proviene de uno de los troncos familiares importantes de Cundinamarca, Colombia. Sus padres fueron: don José Antonio Díaz Ospina y doña Andrea de Castro Rojas; los abuelos paternos fueron: don Mariano Díaz Machado (1720–1749) y doña María Manuela Ospina y Rubiano; y los bisabuelos paternos de José Eugenio Díaz fueron don Agustín Díaz y doña Francisca Javiera Machado, quienes fueron designados como: «troncos de la apreciable familia de su apellido en Cundinamarca» (Restrepo Sáenz *et ál.* 1993, III: 16).

Los abuelos paternos por parte de la madre del escritor fueron: Manuel Ruiz de Castro y doña Manuela Rey Manrique; mientras que los abuelos maternos por parte de la progenitora del escritor fueron: don Juan de Rojas y doña Gabriela Rey Manrique. Las hermanas Manuela y Gabriela Rey Manrique, a su vez, fueron hijas de don José Rey Manrique y de doña María de Abersusa, quienes fueron los bisabuelos maternos del autor de *Manuela*.

El matrimonio Díaz Castro tuvo 9 hijos, según el testamento de la madre: José Conrado (1801–18??), José Eugenio (1803–1865), Juan José (1808–1877), Juan Antonio (1818–1866), Pedro, Bárbara, Mariana, Carmen (1821–1873) y Martina (véase: Restrepo Sáenz *et ál.* 1993, III: 20).

ÁRBOL GENEALÓGICO DE JOSÉ EUGENIO DÍAZ CASTRO

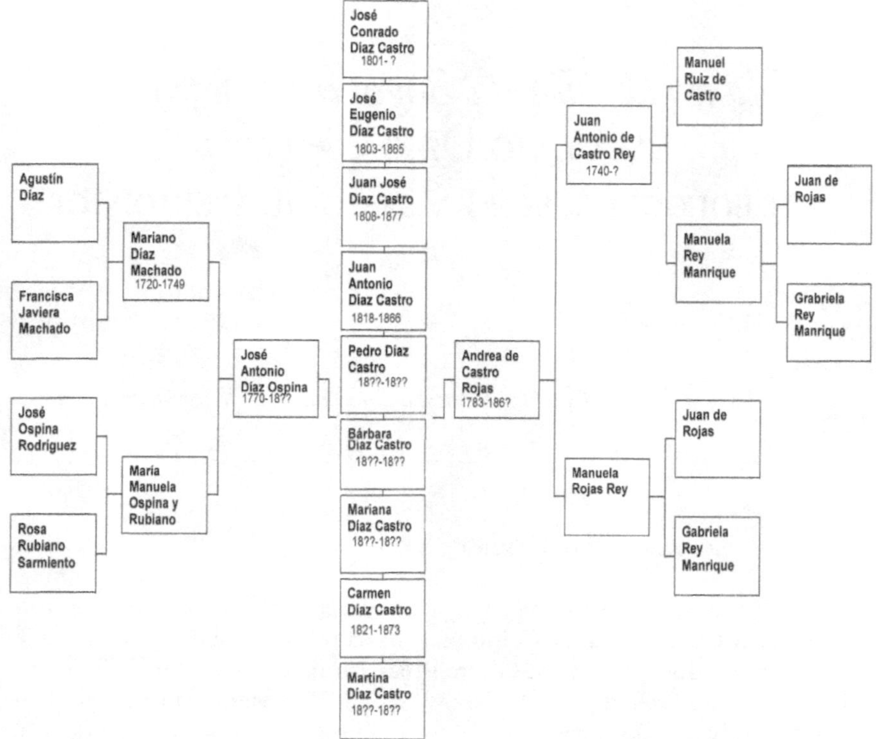

Ahora, el padrino de bautismo de José Eugenio Díaz Castro fue José Joaquín Ortiz Nagle (1767–1842), firmante del acta de Independencia, quien fue enviado prisionero a Puerto Cabello durante el Régimen del Terror. Su hijo, el reconocido escritor del siglo XIX, José Joaquín Ortiz Rojas nació en 1814, once años después de que el autor de *Manuela* recibiera el bautismo. Patricia Torres Londoño está equivocada cuando afirma que fue «el escritor José Joaquín Ortiz», en la biografía de Díaz Castro (página web de la Biblioteca Luis Ángel Arango – http://www.banrepcultural.org/blaavirtual/biografias/ diazeuge.htm], ya que este escritor nació años después de que Díaz Castro fue bautizado.

Además, la madrina, en esta ceremonia, fue María Josefa Díaz Ospina, tía paterna del autor, quien recibió el bautismo en Guasca el 19 de julio de 1778 y contrajo matrimonio en Bogotá en 1794 con Mariano Acosta Ospina (véase: Restrepo Sáenz *et ál*. 1993, III: 18). En la transcripción de la partida de bautismo de Eugenio Díaz que se ofrece en la edición de las obras de Díaz

Castro hecha por la Presidencia de la República, dice: «Gla. Josefa Díaz» (Díaz Castro, 1985, II: 441), nombre que señala un error de lectura de quien trascribió el documento.

Durante la niñez y la adolescencia de Eugenio Díaz Castro se declaró la Independencia de España, comenzó la lucha por el poder entre los diferentes grupos y sucedió la situación que en la historia de Colombia se conoce con «La época del terror», cuando España intentó recuperar el territorio. En ese lapso de tiempo, como él mismo afirmó, asistió a la escuela de Casimiro Espinel (véase: Díaz junio 25, 1859: 41); además, durante los años de represión debió haber recibido educación en casa[1] mediante tutores o familiares –situación normal entre familias acomodadas–. «Muchos de estos estudiantes podrían, de un lado, acceder a los colegios existentes, de otro disponer en su ambiente familiar de tutores, preceptores o viajes de conocimiento» (García 2005, 222).

Entró a hacer sus estudios superiores en el Colegio Mayor de San Bartolomé, en el que fue admitido el 13 de febrero de 1819, como parte de una nueva generación de intelectuales.[2] Estudió durante 6 años la carrera de Derecho Civil, con lo cual cumplió totalmente con los requisitos de la legislación emitida en 1824 para los estudiantes avanzados de Derecho, por lo cual debió haber recibido mínimo el título de bachiller en Derecho Civil.

Se dedicó a diversos trabajos agrícolas y administrativos durante su vida, en 1857 regresó a Bogotá a acompañar a su madre enferma. Traía consigo los manuscritos de *Una ronda de Ventura Ahumada*, el de *Manuela* y el de «Las aventuras de un geólogo», que finalmente se publicó como *Bruna, la carbonera*. Tenía 55 años de edad, cuando en 1858, publicó *Una ronda de don Ventura Ahumada*, en la Imprenta de la Nación, de propiedad de Lázaro María Pérez. A finales de ese año, fue a visitar a José María Vergara y Vergara (quien contaba sólo 27 años de edad) con la propuesta de fundar un periódico literario; decidieron que se llamaría *El Mosaico*. Para solidificar esa publicación entregó los manuscritos de *Manuela*. La novela comenzó a publicarse el 8 de enero de 1859, con el título: «Manuela. Novela bogotana», hasta el 2 de abril del mismo año; pero salió únicamente hasta menos de la mitad del capítulo octavo, cuando se suspendió la publicación. Al mismo tiempo aparecieron otros textos suyos publicados en la *Biblioteca de Señoritas*. Entre 1859 y 1861 y en los dos periódicos publicó los artículos que se conocen de su pluma. Entre 1861 y hasta poco antes de su muerte, se dedicó a escribir los textos de

1 «Este eclesiástico me recibió en su familia y se dedicó a continuar mi educación, que había sido interrumpida hacía dos años, por consecuencia de la guerra, y de las vicisitudes que ella nos hizo sufrir. Dentro de algunos meses me perfeccioné en la escritura, y aprendí algo de latín, y partí con él para Bogotá con la esperanza de seguir allí mi carrera» (Florentino González en Camacho Carreño 1933, 54).

2 El grupo de jóvenes que comenzó a educarse durante esta época pasó a constituir la nueva intelectualidad neogranadina/colombiana; puesto que los intelectuales formados durante la Ilustración: «fueron barridos por la metralla pacificadora entre 1816 y 1819. Los que lograron sobrevivir salieron como sombras declinantes de las prisiones o regresaron para empeñar las armas que les dieron la libertad. Lo que quedaba, entonces, era una sociedad analfabeta que debía sustentar un "Estado analfabeto"» (Ruiz 1990, xxviii).

El Rejo de Enlazar, Los Aguinaldos, y *Pioquinta o el Valle de Tenza*. Expiró el 11 de abril de 1865 en Bogotá.

Eugenio Díaz Castro nunca contrajo matrimonio; pero en el momento de su muerte, le sobrevivieron al menos tres hermanos: Juan José, quien vivió 12 años más. Juan Antonio, murió al año siguiente y Carmen, 8 años después. De los otros se desconocen las fechas del fallecimiento. También varios de ellos tuvieron hijos, por lo cual la familia Díaz Castro para el momento del deceso del autor era conocida tanto en el área de Soacha, como en Bogotá (véase: Restrepo Sáenz *et ál*. 1993, III: 19–21).

2. PUBLICACIONES

Eugenio Díaz Castro entró en la escena pública como escritor cuando publicó su primera novela, *Una ronda de don Ventura Ahumada. Anécdota bogotana*, en 1858 en Bogotá, cuyo texto salió en la Imprenta de La Nación; establecimiento que estaba situado «en la carrera del Perú, calle 1ª número 26; es decir, en la actual calle 10 entre carrera 8ª y 9ª» (Jiménez Arango, 1965).

En diciembre de 1858, comenzó la publicación de «Manuela; Novela Bogotana,[3] orijinal[4] de Eujenio Díaz», en *El Mosaico*, periódico fundado por él y Vergara. Pero sólo vio la luz una fracción del texto: Capítulo I. La posada de Mal–Abrigo: 3 (ene. 8, 1859): 23–24; 5 (ene. 22, 1859): 39. Capítulo II. La Parroquia: 5 (ene. 22, 1859): 39–40; 6 (ene. 29, 1859): 46–48; Capítulo III. El Cura: 6 (ene. 29, 1859): 48; 7 (feb. 5, 1859): 55–56. Capítulo IV. El lavadero: 8 (feb. 12, 1859): 62–64. Capítulo V. El Trapiche del Retiro: 9 (feb. 19, 1859): 69–72; Capítulo VI. La Lámina: 10 (feb. 26, 1859): 77–80; Capítulo VII. Expedición a la montaña: 11 (mzo. 5, 1859): 87–88; 12 (mzo. 12, 1859): 95–96; 13 (mzo. 19, 1859): 103–104; Capítulo VIII. La casa del ciudadano Dimas: 15 (abr. 2, 1859): 121–122. [Inconclusa].

Al tiempo que publicaba la novela en *El Mosaico* [= A], también difundió otros textos narrativos en la misma publicación periódica, así como en la *Biblioteca de Señoritas* [= B].

---

3 En la constitución de 1832, Cundinamarca pasa a llamarse Provincia de Bogotá. «En la Provincia de Bogotá había cuatro regiones centralizadas en cuatro ciudades y delimitadas dentro de ciertos contornos geopolíticos: Bogotá, desde luego la primera, en la Sabana; Zipaquirá al norte. Chocontá al nordeste y La Mesa al Sur Occidente» (véase: Velandia 2005, 10). En 1855, la Provincia de Bogotá, cuya capital era Bogotá, estaba dividida en 80 distritos parroquiales, uno de los cuales era La Mesa, lugar que es el teatro de los acontecimientos referentes al mercado narrados en *Manuela*, novela de Díaz Castro. Por la ordenanza 19 del 9 de enero de 1856 se legisló: «Las cabeceras de los distritos parroquiales se denominarán según su importancia Ciudades, Villas o Parroquias. Llevarán el nombre de Ciudades las cabeceras de los distritos de Bogotá, Zipaquirá, Chocontá, Guaduas y La Mesa; el de Villas los distritos de Anolaima, Cáqueza, Fómeque, Funza, Fusagasugá, Gachetá, Guatavita, Pacho, La Palma, Nemocón, Ubaté, Villeta; y el de Parroquias las cabeceras de los demás distritos» (véase: Velandia 2005, 24–25). El teatro de la narración de Manuela quedaba circunscrito a una parte de la Provincia de Bogotá; de ahí la delimitación geográfica del espacio narrativo que el autor proporcionó en el título.

4 En este estudio se respeta la ortografía original de los textos.

Así, en enero de 1859, se difundieron en:

A] «Las fiestas de Monjas–Burgo» (ene. 8, 1859).

B] «El trilladero de la hacienda de Chingatá» (ene. 8, 1859); «El boquerón» (ene. 15, 1859); «A mudar temperamento» (ene. 15, 1859), (ene. 22, 1859), (ene. 29, 1859).

En febrero de 1859:

B] «El viaje de Carlitos a las costas de San Diego a fines de 1858» (feb. 12, 1859), (feb. 19, 1859).

En Marzo de 1859:

B] «Una eleccion de prior» (mzo. 5, 1859); «Un preceptor de escuela» (mzo. 19, 1859);

En abril de 1859:

B] «El oficial del rei» (abr. 16, 1859).

En mayo de 1859:

A] «Federico i Cintia o la verdadera cuestión de las razas» (mayo 21, 1859).

B] «La ruana» (mayo 21, 1859); «El predicador» (mayo 28, 1859); «De gorra» (mayo 28, 1859);

En junio de 1859:

B] «Mi pluma» (jun. 25, 1859); «Recuerdos ruanísticos» (jun. 25, 1859).

En julio de 1859:

B) «La mujer en la casa» (jul. 9, 1859); «El gorro» (jul. 16, 1859); «Un paseo a Fontibón» (jul. 23, 1859); «Andina» (jul. 30, 1859).

En agosto de 1859:

A] «Modismos del idioma» (ag. 20, 1859).

En octubre de 1859:

A partir de octubre de 1859 hasta abril de 1860 *El Mosaico* presenta el siguiente título: *El Mosaico* al cual está unida *La Biblioteca de Señoritas.*

A–B] «La variedad de los gustos» (oct. 29, 1859) [crítica sobre «La maldición» de M. M. Madiedo].

Enero de 1860:

A–B] «Un muerto resucitado» (ene. 22, 1860).

Febrero de 1860:

A–B] «La hija i el padre» (feb. 25, 1860).

Abril de 1860:

A–B] «El canei del totumo» (abr. 14, 1860); (abr. 21, 1860).

Noviembre de 1860:

A] «La palma (fragmento de una novela)» (nov. 10, 1860); «María Ticince» (nov. 10, 1860).

Febrero de 1864:

A] «El Trilladero del Vínculo» (feb. 20, 1864).

Póstumamente se publicaron: «Manuela; novela orijinal de Eujenio

Díaz» (texto completo, con cambio de título, como parte del segundo volumen de una obra colectiva, 1866); «Pioquinta o el valle de Tensa; novela histórica, escrita para *El bogotano»* (1865–1866, incompleta); *El rejo de enlazar* (1873); *Los aguinaldos en Chapinero* (1873), «Bruna la carbonera» (1879–1880). Por primera vez se publicó como libro en 2 volúmenes: *Manuela. Novela de costumbres colombianas* (1889), nuevamente se le modificó el título. También se difundieron: «Historia de la paloma» (1894) y «Un par de pichones» (1971); «Dos haciendas» (1972); «Una cascada nueva en la América del Sur» (1985). En 1985, se hizo la edición en dos volúmenes de *Novelas y cuadros de costumbres*, donde se reunieron las obras de Eugenio Díaz Castro (véase: Rodríguez–Arenas 2006, I (A–L): 336–346).

El 20 de julio de 1872, Manuel Briceño Fernández y José María Quijano Otero fundaron el periódico *La Améric*a (Silvestre 1883, 315). El 14 de diciembre de ese año, en un aviso sobre las actividades editoriales, los redactores del periódico informaron que tenían en su poder «cuatro novelas de costumbres, inéditas, del señor Eugenio Díaz, el afamado autor de la Manuela y de María Ticince». De esta manera en la imprenta de *La América* se publicaron *El rejo de enlazar* (1873) y *Los aguinaldos en Chapinero* (1873). El 19 de febrero de 1873, Manuel Briceño contrajo matrimonio con María Díaz Cubillos (Uno de sus contemporáneos 1885, 21), hija de Juan Antonio Díaz Castro, hermano menor de Eugenio Díaz Castro (véase: Restrepo Sáenz *et ál.* 1993, III: 19).

3. Manuela. Novela bogotana

Cuando los escritores colombianos que publicaron sus novelas entre 1845 y 1870 emplearon la traducción que los españoles habían efectuado para la palabra «*moeurs*»[5] del francés (titulando sus obras con el calificativo «de costumbres»), no pudieron anticipar que la historiografía y la crítica literaria colombianas encasillarían férreamente como «costumbristas» esas producciones de ficción, sin tener en cuenta ni las influencias ni los modelos literarios a los que ellos adscribieron sus textos, como tampoco las características estéticas que los constituyen. De esta manera, bajo esta clasificación se encuentran dispersas las obras de los representantes más señalados de la intelectualidad li-

5 En París en 1847, en un artículo sobre Larra y Mesoneros Romanos ya se afirmaba: «España, y es de las más curiosas contradicciones del espíritu peninsular, se acomoda muy bien con estas falsificaciones de lo extranjero, a condición de que el extranjero finja no percibírselo. Este nacionalismo intolerante que salta a cualquier palabra de influencia francesa copia servilmente, desde nuestros modos y nuestras comedias ligeras hasta nuestras autoridades históricas y nuestras clasificaciones de partido, todas las manifestaciones de la vida exterior de Francia. Todo, excepto las condiciones morales de las que son el reflejo. Aquí, como en los informes del individuo al estado, el genio español percibe únicamente el lado palpable de las cosas. Esto es tan verdadero, que no hay término, por ejemplo, entre nuestros vecinos que responda a la acepción psicológica de la palabra *moeurs*: el español traduce *moeurs* por costumbres, hábitos, reproducción de tal hecho material. Este préstamo superficial adaptado mal que bien al arcaísmo batueco, debe producir, lo concebimos, acoplamientos encontrados de incoherencias barrocas que Larra nos ayudará a vislumbrar» (D'Alaux 1847, 230).

beral del medio siglo: Eugenio Díaz Castro, Próspero Pereira Gamba, Bernardino Torres Torrente, Raimundo Bernal Orjuela, José David Guarín y José María Samper, entre otros; escritores que aprovecharon modos de leer paradigmáticos, pero emplearon procedimientos de apropiación de modelos narrativos en boga, ampliando las demarcaciones entre razón e imaginación y entre los discursos sobre la verdad, el conocimiento, el poder y su representación, para representar efectiva y verdaderamente la compleja realidad social y, así, construir un corpus literario que solidificara la narrativa de ficción neogranadina/colombiana como una expresión cultural nacional.

Ese grupo de escritores liberales del medio siglo vincularon sus inquietudes intelectuales y las formas narrativas de sus empresas ficcionales a los cambios sociales y literarios que sus novelas atestiguan; de ahí que su referente fuera el estudio sagaz o el retrato indiscutible de su sociedad contemporánea, y el desciframiento de los mecanismos sociales constituyentes; es decir: el mundo familiar para los lectores de la época formaba las escenas de las novelas; el espacio narrativo conceptualizado lo constituía el lugar que habitaban o conocían y las situaciones sociales eran las que se vivían. Por eso, se privilegiaba el desencanto de la realidad resultado de la explicación social y científica, el debate público nacional, la mezcla de gente dispar con sus formas de hablar y sus gustos y el conglomerado de cosas heterogéneas trabajadas por las amplias búsquedas sociales, que habían convertido al pueblo en protagonista político; por lo que denunciaban los desequilibrios sociales producto de la explotación y el abuso que originaban el crimen y la miseria.

De esos escritores, Díaz Castro corrió la «suerte» de encontrar en Vergara a un pertinaz conservador, quien (con su cerrada y clasista visión de mundo, y habiendo sido amenazado con el «perrero» en los «retozos democráticos» que habían ocurrido en el sur del país) posiblemente creyó que ese «guache» (liberal que vestía ruana, para diferenciarse de los liberales radicales) sería fácil de destruir, como lo habían sido hacía muy poco los dirigentes y miembros integrantes de ese partido al ser encarcelados, ejecutados o exiliados. Lo censuró y limitó en vida, y a su muerte, y a pesar de las directas afirmaciones públicas de Díaz Castro de ser «*amante de las ideas liberales*» (Díaz junio 25 de 1859, 41–42) [Itálicas agregadas], o debido a esa decidida proclamación ideológica, no sólo mutiló el texto de *Manuela*, eliminado secciones completas, sino que también, empleó su conocimiento de la retórica para invalidar los alcances de esa labor escritural, al crear y esparcir la noción de que «su programa en política era conservador»; ambigüedad ésta, cuyo fin era producir diversidad de sentidos y crear el equívoco que críticos e historiadores de la literatura colombiana han aceptado como ley, interpretando que el autor pertenecía al partido conservador. Juicio que va en contra de la vida de Díaz Castro, como de la obra que publicó durante su existencia.[6]

6 Los únicos textos con datos autobiográficos, que difundió, son: «La ruana» (1859d), «Mi pluma» (1859e), «El gorro» (1859b) publicados en *La Biblioteca de Señoritas* y «La variedad de los gustos» (1859c), artículo de crítica sobre la novela «La maldición» de Manuel María Madiedo, que vio la luz en *El Mosaico*. Estos textos se hallan recopilados en Díaz Castro (1985, 353–371), obra en la que se eliminó la información bibliográfica original.

La dilucidación de las circunstancias que plagan las concepciones que se tienen hasta el momento sobre la producción de Díaz Castro (escritor de avanzada, sagaz lector y fuerte crítico de la sociedad de su tiempo) requiere tanto de un entendimiento del clima intelectual que se vivía en la Nueva Granada, como de un acercamiento a las circunstancias personales del autor dentro del contexto neogranadino en la época en que escribió y publicó *Manuela*; así como al desciframiento de las influencias y modelos literarios y a la comprensión de las características estéticas del discurso con las que el escritor estructuró su obra cumbre. De este modo, se podrán entender los rasgos que la constituyen y la escuela literaria a la que se adscriben; datos que aportan una visión clara de la ideología que poseía este autor.

4. El contexto político–social de la Nueva Granada

El clima político neogranadino de la década anterior a la escritura y al comienzo de la publicación de las obras de Díaz Castro lo marcaron varias circunstancias: La administración de Tomás Cipriano de Mosquera (1845–1849) comenzó una serie de cambios para modernizar el Estado, entre ellos la contratación de extranjeros especializados en diversas áreas científicas y técnicas que laboraron como ingenieros, arquitectos, profesores de colegios y universidades, acuñadores de monedas, etc.; además, en ese gobierno se aspiró a la creación del Banco Central y del Colegio Militar, y se adquirieron cinco mil libros en Europa destinados a la Biblioteca Nacional.

No obstante el impulso en ese sentido, al ponerse en funcionamiento el plan trazado por Mariano Ospina Rodríguez en la educación universitaria que establecía la disciplina entre los estudiantes, el retorno de la influencia del clero en la educación superior, la centralización del currículo, la eliminación de autores y obras de éste (Bentham, Destutt de Tracy), esa administración tuvo éxito parcial en la formación de una juventud conservadora, pero fue abiertamente rechazada por los nuevos jóvenes liberales (véanse: Helguera 1958, 168–178; Martínez 2001, 53–63; Samper 1881, 102).

La elección de José Hilario López (1849–1853), sucesor de Mosquera en el gobierno, dio pie a una serie de cambios liberales: «libertad de cultos, abolición de la prisión por deudas, libertad total de prensa, libertad de enseñanza, expulsión de los jesuitas, abolición de la esclavitud y abolición de los resguardos indígenas» (Martínez 2001, 66). Así mismo, se intentó reducir el poder de la Iglesia y lograr la descentralización del gobierno; al mismo tiempo, se eliminaron los monopolios del estado sobre el tabaco y la sal y se disminuyó la fuerza pública a 2.500 hombres; mientras que se instituyó el matrimonio civil, se instauró el sufragio universal masculino y se reconoció el derecho de cada provincia a diseñar su propia constitución (véase: Martínez 2001, 66).

Los artesanos se habían agrupado y en 1846 habían fundado la Sociedad de Artesanos, que en 1848 cambió el nombre a Sociedad Democrática de Artesanos;[7] cuya mayor preocupación era lograr una protección para sus industrias. Al mismo tiempo, las divisiones políticas dieron origen a la fundación del partido liberal colombiano en 1848 y a la del partido conservador[8] en 1849; sufriendo el liberal poco tiempo después, una escisión entre gólgotas y draconianos. Los primeros eran los radicales, grupo conformado por la élite económica, social y política del partido; promovieron muchos de los cambios políticos del momento y quisieron establecer el libre cambio. Mientras que los segundos eran moderados, deseaban una institución castrense fuerte, buscaban la preservación de los privilegios sobre las tierras baldías, eran partidarios de la pena de muerte, sostenían el poder del gobierno y poseían intereses proteccionistas.[9] Los miembros de ambas facciones liberales se acercaron a los artesanos para conseguir votos para sus elegidos; pero al poco tiempo, los gólgotas se separaron de ellos. La vida política de los draconianos como partido fue muy corta, entre 1850 y 1854, extendiéndose máximo hasta 1856, al punto que para 1860, eran apenas un recuerdo político (véase: Llano Isaza 2005, 40).

Para 1853, los grupos de artesanos comprendieron que sus intereses no

7 «La *Sociedad Democrática* en Bogotá, creada en 1848, fue invención de varios *Lopiztas*, entre ellos José María Vergara Tenorio (joven de gran capacidad, considerable instrucción y mucho valor moral) y Fernando Conde que redactaban *El Aviso*, Ricardo Venegas, redactor de *La América*, y otros liberales entusiastas, a quienes pareció conveniente mover las masas populares por medio de los artesanos, con el fin de hacer triunfar la candidatura del General López. Los artesanos de Bogotá, en su gran mayoría, habían sido hasta entonces gobiernistas, mejor dicho, materia disponible para servir como soldados y sufragantes al Gobierno, bajo influencia de los jefes y capitalistas conservadores y del clero. ¿Cómo sustraerles a esta influencia y ponerles del lado del liberalismo? Se creyó que lo más eficaz para este fin era halagar sus pasiones (porque *ideas* no tenían), hablándoles de *emancipación*, *igualdad* y *derechos* (jamás de deberes), y su amor propio, con la perspectiva de convertirse ellos, a su vez, en una potencia política y social, mediante la asociación permanente de sus unidades dispersas. Por eso la sociedad fue llamada Democrática de *Artesanos*. (...) convenía neutralizar su fuerza material con otra más inteligente; y tanto por esta conveniencia, como por entusiasmo democrático, centenares de jóvenes e individuos que no eran artesanos se hicieron recibir miembros de la Democrática. Yo fui de este número y entré con todo el calor de un liberal sincero (...).

¿Qué hacíamos todos en la Democrática? Perorar, diciendo casi todos los más estupendos dislates, agitar las pasiones, practicar la política tumultuaria y organizar las fuerzas brutas del liberalismo. Jóvenes y artesanos proponíamos y proclamábamos las cosas más estrafalarias (...). En breve las Democráticas se multiplicaron en toda la República» (Samper 1881, 189–191). Véase la narración de Samper sobre la manera en que se separó definitivamente de la Sociedad Democrática (1881, 207–209).

8 Sobre los conservadores de la época se ha dicho: «El conservatismo, podía, sin embargo, exhibir una lista bastante extensa de notabilidades que había figurado desde siempre en posiciones más o menos importantes dentro del gobierno o a las que distinguía cierta celebridad local. Entre ellos figuraban Eusebio Borrero, Joaquín Barriga, Mariano Ospina, Manuel María Mosquera, Ignacio París, Eusebio María Canabal, Juan de Francisco Martín, José Joaquín Gori y Rufino Cuervo» (Colmenares 1968, 101–102).

9 Entre los draconianos se contaban: Lorenzo María Lleras, José Antonio Gómez, Francisco Antonio Obregón, Ramón Mercado, Lisandro Cuenca, Rafael Eliseo Santander, Juan Francisco Ortiz Rojas, Patrocinio Cuéllar, Vicente Lombana, Joaquín Pablo Posada y otros (véase: Llano Isaza 2005, 10).

eran los de los draconianos, porque estos no habían cumplido con las promesas de elevar el arancel aduanero y del proteccionismo. El general José María Melo[10] derrocó el 17 de abril de 1854 el gobierno liberal de José María Obando, quien se negó a aceptar el mando supremo que el primero le ofreció. El ejército proclamó a Melo, quien asumió la dictadura y se mantuvo en el poder hasta diciembre del mismo año. Ese golpe de estado había comenzado con el grito dado por Melo de «¡Abajo los gólgotas!» y contó con el apoyo de los grupos de artesanos.[11] Como reacción, gólgotas, draconianos y conservadores unieron sus fuerzas para retomar el control del gobierno; lo cual sucedió en diciembre del mismo año (véase: Martínez Garnica 2005, 605–618).

En lo social, además de que se habían iniciado las expediciones de la Comisión Corográfica[12] y se difundían los trabajos que sus miembros producían comenzando a divulgar aspectos físicos, políticos, económicos y culturales sobre el territorio neogranadino y su gente; en 1851 se había abolido defini-

10 El 29 de marzo de 1854, se acusó a Melo, Comandante General de la fuerza armada de Bogotá, del asesinato del cabo Pedro Ramón Quirós en el cuartel de caballería de Bogotá; de ser hallado culpable sufriría la pena de muerte. Ese mismo día, las cámaras legislativas comenzaron la destrucción de la institución del Ejército permanente y la abolición de la carrera militar. Esto significaba que Melo, militar de honrosa carrera, quedaría sin puesto y posiblemente arrostraría graves cargos; situaciones que pesarían fuertemente en su decisión de dar el golpe de estado (véanse: Cordovez Moure 2006, 223; Camacho Roldán 1892, 112).

11 Este gobierno tuvo una raíz fuertemente popular e intentó controlar los abusos que se cometían con los aranceles y los monopolios; además quiso detener la venta de las tierras indígenas para prevenir más el empobrecimiento de las comunidades indígenas (König 1994, 493–502). «La toma del poder del 17 de abril no fue un golpe mediante el cual un caudillo buscara satisfacer intereses políticos y económicos propios. Su valor radica más bien en el intento de fijar otras prioridades para el desarrollo nacional de la Nueva Granada proclamando y buscando realizar un proyecto nacional propio. El gobierno del general Melo constituido por una coalición de artesanos, soldados liberales moderados, duró sólo ocho meses y tuvo por demás que concentrarse en el enfrentamiento militar con el gobierno destituido y sus partidarios. (...) En contraposición al proyecto de la burguesía de comerciantes que había dado inicio al desarrollo económico de la Nueva Granada incorporándola en el mercado internacional, en la división internacional del trabajo, arriesgando al mismo tiempo la integración nacional, Melo y los artesanos siguieron una política nacional orientada hacia la igualdad social y la unidad nacional que habrían de romper con el papel predominante de los estratos altos, así como también lograr las condiciones necesarias para que la sociedad neogranadina se desarrollase hacia una nación» (König 1994, 494).

12 «Entre enero de 1850 y febrero de 1859 el territorio de la Nueva Granada fue sometido, por primera vez, a estudio geográfico sistemático. Durante nueve años la Comisión Corográfica, dirigida por el geógrafo militar italiano Agustín Codazzi, visitó la mayor parte de las regiones habitadas del país, llevando registro de sus características geográficas y topográficas, así como de sus recursos naturales, sus industrias y sus condiciones sociales. Fue ésta una empresa de proporciones heroicas. Codazzi recorrió más de 50.000 kilómetros por un territorio virtualmente desprovisto de caminos, y confrontando las formidables dificultades de los Andes colombianos, o los peligros de la selva tropical, estudió un área cercana a un millón de kilómetros cuadrados, equivalente a la actual superficie conjunta de Francia, Alemania y Portugal» (Sánchez, 1999: 17–18). «En el contexto de la Comisión Corográfica de la Nueva Granada, la palabra *corografía* hace referencia tanto a la descripción como al levantamiento del mapa de cada una de las provincias del país, y de éste en su conjunto. Diez años antes de iniciarse la Comisión Corográfica, Codazzi había definido el concepto de "mapa corográfico" como el de "un reino, república o imperio"» (Sánchez 1999, 17).

tivamente la esclavitud; pero los terratenientes que empleaban la mano de obra campesina continuaban ejerciendo prácticas que perpetuaban las formas de sujeción extraeconómicas. Los hacendados del territorio seguían practicando de diversas maneras el concertaje.[13] En las haciendas de la Sabana de Bogotá, los trabajadores que vivían en ellas debían prestar servicios de ordeñe, vaquería, siembra y trilla de trigo y cebada (véase: Kalmanovitz 1992, 248–249). Además, existía un alto grado de sumisión de los arrendatarios hacia los dueños de la tierra, tanto por la dependencia económica, como por los mecanismos de coerción que los últimos empleaban (véase: Kalmanovitz 2003, 149–150).

Mientras que en las haciendas paneleras del Sumapaz: «La explotación que ejercían los terratenientes era mucho más despiadada y sin el paternalismo y las pretensiones aristocráticas que caracterizaba a los hacendados de la Sabana de Bogotá» (Kalmanovitz 1992, 249). El principal elemento que prevalecía entre terrateniente y campesino era la renta y la coacción externa (Kalmanovitz 1992, 253).

Para las haciendas tabacaleras como en Ambalema, los aparceros realizaban la recolección del tabaco; estos trabajaban en pequeños terrenos propios o arrendados, pero debían vender toda su cosecha al terrateniente a un precio que representaba el 30% de ganancia para el hacendado (véase: Kalmanovitz 2003, 159). Estas formas de producción eran un elemento de coacción, residuo del concertaje que provenía del sistema colonial, en que existían derechos desiguales y obligaciones sin contraprestación alguna por parte de los terratenientes.

5. La sociabilidad y los cambios en el imaginario colectivo neogranadino

Dadas las circunstancias sociales y políticas que ocurrieron a finales de la década del cuarenta y principio de la del cincuenta del siglo XIX, se incrementaron las asociaciones públicas. Los artesanos estaban agrupados y tenían al principio un fin educativo.[14] Posteriormente, los jóvenes liberales radicales

13 El concertaje o mita: «Lo predominante en esta relación residía en la obligación laboral de los mitayos a prestar el servicio, impuesta institucionalmente por una combinación de autoridad ancestral, cepo y autoridad real y, finalmente, adoctrinamiento religioso. No hay entonces nada en este tipo de explotación que se asimile al capitalismo (...). Ni existe, en consecuencia, ninguna razón para ver en el mitayo el antecedente del moderno proletario. / Mientras subsistió, la mita cobró importancia en la asignación de la decreciente fuerza laboral del indígena, siendo especialmente favorable para el desarrollo de las haciendas» (Kalmanovitz 2003, 44).

14 «En 1848, la *Sociedad de Artesanos* no se ocupaba de política; en sus sesiones nocturnas se daba enseñanza de lectura, escritura, aritmética y dibujo lineal. Atraídos por el objeto simpático de la institución, nos incorporamos en ella varios jóvenes recién salidos de los colegios, que después debíamos figurar en las luchas políticas; recuerdo los nombres de los señores José María Samper, Medardo Rivas, Carlos Martín, Antonio María Pradilla, Januario Salgar, Próspero Pereira Gamba y Narciso Gómez. Enseñábamos a leer y escribir, y concurríamos con este objeto dos o tres veces a la semana a las escuelas nocturnas.

formaron la Escuela Republicana;[15] pero como reacción, los jóvenes del partido conservador establecieron la Sociedad Filotémica,[16] cuya inauguración se hizo el día del natalicio del Libertador, el 28 de octubre de 1850, en la Quinta de Bolívar. Asimismo, para contrarrestar el creciente poder de las Sociedades Democráticas, miembros del partido conservador habían fundado la Sociedad Popular y de Instrucción Mutua y de Fraternidad Cristiana, agrupación que también incluía a diversos artesanos.[17] Mientras que «las señoras conservadoras formaban en la Sociedad del Niño Dios, presidida por la señora doña Gabriela Barriga de Villavicencio, viuda del ilustre prócer, y por el presidente honorario don Mariano Ospina» (Cordovez Moure 2006, 638).

Con el incremento de las asociaciones, además de los estudios geográficos y científicos que se realizaron, se produjo una difusión de ideas, de valores y por tanto una transformación de la sociedad que permitió la adopción de nuevas prácticas que obraron en la modificación de estructuras socioculturales y en la construcción de situaciones que permitieron rupturas y adop-

---

En 1849, después de la inauguración de los nuevos mandatarios, la Sociedad se puso de moda y era raro el liberal que no quisiese inscribirse en sus filas, principalmente los de las clases militar y de empleados públicos. Empezaron a asistir a las sesiones personas que deseaban hacer notorias sus opiniones liberales, (...) sólo se hablaba de política y se hacías proposiciones extraordinarias discutidas con calor como si ese fuera un cuerpo deliberante» (Camacho Roldán [s.f], 81–82).

15 «El 25 de septiembre de 1850 tuvo lugar la reunión pública de una sociedad de jóvenes estudiantes del Colegio de San Bartolomé, con el nombre de *Escuela Republicana* (...). Allí hicieron su aparición los hombres que en los veinticinco años siguientes debían figurar de diversos modos en la escena pública: Domingo Buendía, Manuel Suárez Fortoul, José Joaquín Vargas, Ramón Gómez, Leopoldo Arias Vargas, Mario Lemos, Alejandro Roa, Aníbal Galindo, Camilo A. Echeverri, Milcíades y Marcelino Gutiérrez, Narciso y Clímaco Gómez Valdés, José María Samper, Francisco E. Álvarez, Santiago Pérez, José María Rojas Garrido, Peregrino Santacoloma, Joaquín Morro, Antonio María Pradilla, Nicolás, Próspero y Guillermo Pereira, Celso de la Puente, Tomás y Lisandro Cuenca, Leonidas Flórez, Olimpo García, Narciso Cadena, Pablo Arosemena, Januario Salgar, Manuel Lobo Guerrero, Juan Bautista Londoño, Octavio Salazar, Eustorgio Salgar, Vicente Herrera, Foción Soto, Antonio María Domínguez, Horacio González y otros» (Camacho Roldán [s.f], 199–200).

16 «Los miembros más notables de la Sociedad Filotémica eran los jóvenes Carlos Holguín, Manuel María Medina, Antonio J. Hernández, Fortunato Cabal, José María Pinzón Rico, Juan E. Zamarra, Pedro A. Camacho Pradilla, Belisario Losada, Vicente Vargas, Joaquín F. Vélez y Emilio Macías Escovar. Algunos de ellos terminaron su carrera en las filas liberales, como los señores Hernández, Pinzón Rico y Vicente Vargas. Poca fue la duración de esta Sociedad. Fundada a fines de octubre de 1850, terminó su carrera en julio de 1851, durante la rebelión conservadora, en la que, habiendo querido tomar parte, fueron sorprendidos y aprisionados por los de la Escuela Republicana. Estos trataron a sus prisioneros con mucha generosidad y obtuvieron que se les dejase libres a los pocos días» (Camacho Roldán [s.f], 203).

17 «La Sociedad Popular, presidida por el señor Simón J. Cárdenas (Pan de yuca), notable taquígrafo que murió en la toma de esta ciudad el 18 de julio de 1861, tenía sus sesiones en el antiguo Coliseo» (Cordovez Moure 2006, 638). Otro testimonio informa: «La *Sociedad Popular*, compuesta en su principio de una reunión que, con pretextos religiosos, había formado la Compañía de Jesús. Esta Sociedad mostró desde un principio sentimientos fuertes de animadversión al gobierno y a los liberales. Los señores Simón J. Cárdenas, Juan Malo, Juan Esteban Zamarra y otros, eran los inspiradores principales de la asociación conservadora» (Camacho Roldán [s.f], 82).

ciones en los imaginarios sociales[18] conocidos; puesto que se dio un vínculo entre la actividad intelectual y el espacio común al que pertenecían estos grupos y en el que sus miembros funcionaban según pautas específicas de conducta; dando así lugar a formas de acción colectiva, que llevaron a promover acciones que tuvieron repercusiones sociales.

Las situaciones culturales y las condiciones del saber que estas agrupaciones tenían en común eran la lectura y la difusión de información; actividades que integraron las relaciones interindividuales que se desarrollaron en el interior de esos grupos, las que luego pasaron a insertarse en el centro de los grupos familiares, llegando a operar en las relaciones entre los integrantes tanto en los comportamientos, como en las conveniencias; situación que se produjo en todos los niveles privados y públicos, promoviendo reacciones diferentes para los involucrados, según como ellos se representaran y se relacionaran con la realidad.[19]

Originalmente, la propagación de información surgió de la comprensión y de la conexión ideológica con lo que sucedía en puntos específicos de Europa; especialmente en Francia, país donde la gente, en los gabinetes o salas de lectura, podía leer lo último que salía, por muy poco dinero y sin tener que comprar el texto; así se estaba al día en información, pero a la vez, se desarrollaba una distancia crítica con la autoridad. Esa influencia francesa se observa en anuncios como el siguiente, que se hallan en los periódicos bogotanos de la época:

> Gabinete de lectura: Fundado por los esfuerzos del Sr. Ignacio Gutiérrez, el Gabinete ha pasado ya por sus pruebas de existencia. Hoy

---

18 «Los imaginarios sociales serían precisamente aquellas representaciones colectivas que rigen los sistemas de identificación e integración social y que hacen visible la invisibilidad social» (Pintos, 108). «Tiene que ver con la 'visiones de mundo', con los metarrelatos, con las mitologías y las cosmologías, pero no se configura como arquetipo fundante, sino como forma transitoria de expresión, como mecanismo indirecto de reproducción social, como sustancia cultural histórica» (Pintos, 111). «Lo que aquí más nos interesa es su incidencia en el presente como forma de configurar, de modos y a niveles diversos, lo social como realidad para los hombres y mujeres concretos. Por ello no se constituye como campo específico de conocimiento objetivo o de proyecciones o deseos subjetivos, sino que establece una matriz de conexiones entre diferentes elementos de la experiencia de los individuos y las redes de ideas, imágenes, sentimientos, carencias y proyectos que están disponibles en un ámbito cultural determinado» (Pintos, 1995: 112).

19 Efectos de los cambios que se produjeron en ese momento histórico se relatan en una carta de la madre de José María Vergara y Vergara, escrita a raíz de decretada la constitución de 1853: «Hace cuatro días que pasó el proyecto de la emancipación religiosa y dar libre la entrada del comercio; y los artesanos se pusieron furiosos: se amotinó el pueblo: era un aguacero de piedras, sacaron puñales, los representantes con pistolas, otros con estoques; y mataron un albañil y un herrero. Fueron a sacar a Obando en auxilio, y no quería salir; por fin salió, cuando ya se acababa el bochinche, y le temblaban las piernas. A Mateus lo hirieron junto a la nariz. Y el runcho Neira quiere bajar a Obando; todos están contra él, ya no tiene partido. Don Fernando está que se muere: ya pide rey español. Lombana está disgustado con Obando; son tres partidos: cachacos, gólgotas y guaches. Ya no se sabe esto cómo es. Eladio se metió en medio del alboroto a defender a los Lombanas, que tienen muchos enemigos. Las Lombanas tuvieron que llorar todo el día, como lloramos el día de la expulsión. (...) Ladislao hace doce días que se fue al Noviciado y no ha venido; está encantado con Filomena Castro y conservador como nada; y Eladio encantado con Dolores y rojo como el diantre, y así, estoy entre dos extremos» (Samper Ortega 1931, 53).

> cuenta con más de 40 miembros, i hai un copioso surtido de periódicos nacionales i extranjeros. El Sr. Gutiérrez nombrado Director por fallecimiento del siempre lamentado José I. París, ha determinado trasladar el gabinete a un buen salón de la calle del Comercio. Allí habrá lectura i tertulia para los socios, quienes por la módica cuota de 1 peso mensual disfrutarán de más de 25 periódicos, i de un decente lugar de reunión. Deseamos larga vida a este útil establecimiento (Anónimo 1848, 122).

Las asociaciones y la lectura trajeron un nuevo discernimiento en el imaginario colectivo neogranadino, lo que permitió tomar decisiones y redefinir relaciones sociales, gracias a las nuevas experiencias locales que se impulsaban en las agrupaciones; para lograrlo, los pensadores se valieron de mecanismos para la apropiación y el consumo de los referentes y signos que los dispositivos de información proporcionaban tanto en los impresos (libros, periódicos, panfletos, etc.), como por las ideas y mensajes difundidos por viajeros, como Manuel Ancízar, Florentino González, Rufino Cuervo, Thomas Reed, Aimé Bergeron y Agustín Codazzi, entre otros (véase: Martínez 2001, 53–58), quienes interpretaron y transmitieron la realidad social, económica y cultural de los lugares de procedencia o de los visitados.

Además entre 1841 y 1858, existieron al menos 46 imprentas,[20] que contribuyeron a la difusión de información. A estas empresas se sumaban los diversos establecimientos comerciales que aparte de dedicarse a la venta de productos específicos (muebles, mercería, etc.) también vendían libros nacionales o importados. Asimismo, para la década del cincuenta de ese siglo existían poquísimas librerías; no obstante, el reducido número de estos establecimientos, se sabe que para finales de la década del sesenta la Biblioteca Nacional contaba con: «22.457 obras de las cuales: 7.307 son en latín (es decir un 33% del fondo total), 5700 en francés (25%), 3.892 en castellano (es decir un 17% del fondo total) –de las cuales 1.551 (7%) son obras nacionales–, y 998 en

---

20 En Bogotá hubo 19: la Imprenta de Ancízar i Pardo, la de El Día, la de Espinosa, la del Estado, la de Echeverría Hermanos, la de J. Ayarza, la de José María Cifuentes i Comp., la del Neo-granadino, la de Ortiz, la de Torres Amaya, la de N. Lora, la de José Antonio Cualla, la de Pizano i Pérez, la del Imparcial, la de M. Sánchez Caicedo i Compañía, la de "El Núcleo Liberal", la de Vicente Lozada, la de Nicolás Gómez y la de Zoilo Salazar. En Cartagena, 4: la Imprenta i Librería de Antonio Labiosa, la Imprenta de Eusebio Hernández, la de los Herederos de J. A. Calvo, la de Francisco de B. Ruiz. En Cali, 1: la Imprenta de Velasco. En Ibagué, 1: la Imprenta Provincial. En Medellín, 2: la Imprenta de Jacobo Facio Lince, la de Manuel Antonio Balcázar. En Mompox, 1: la Imprenta del Dr. Manuel Salvador Rodríguez. En Nóvita, 1: la Imprenta de Nicolás Hurtado. En Panamá, 4: la Imprenta de A. Morel, la de "El Panameño", la de José Ángel Santos, la del "Centinela". En Pasto, 2: La Imprenta Pastusa, la de Pastor Enríquez. En Popayán, 4: la Imprenta de la Democracia, la de Hurtado, la de M. Sánchez Caicedo i Comp., la de La Universidad. En Riohacha, 3: Imprenta de la Unión, la de M. Macaya, la de "El Riohachero". En Santa Marta, 2: la Imprenta de La Gaceta Mercantil, la de Antonio Locarno. En Socorro, 1: la Imprenta de Villarreal i Gómez. En Tunja, 1: la Imprenta de Vicente de Baños (véase: Uricoechea 1874, 1–48). Todos estos establecimientos, desde la ley del 3 de mayo 30 de 1834, debían remitir a la Biblioteca Nacional un ejemplar de todo lo que imprimieran, fuese libro, cuaderno, hoja suelta o impreso (véase: Pombo 1845, 234).

inglés (4%); el francés por lo tanto se impone sobre el castellano como idioma moderno del conocimiento» (Martínez 2001, 110).

Esta última información atestigua los idiomas que los letrados manejaban: latín, castellano, francés[21] y, en menor medida, el inglés. También, pero en contados casos, empleaban el alemán, el sueco o el idioma del lugar de donde los viajeros fueran oriundos o a dónde los neogranadinos habían ido a estudiar o a visitar. Sin embargo, además de en castellano, en francés llegaba gran parte de la difusión de ideas del momento; hecho que corroboran las aseveraciones de José María Samper:

> Dos corrientes literarias, una española y otra francesa obraban sobre los espíritus: por un lado, las obras de Víctor Hugo y Alejandro Dumas, de Lamartine y Eugenio Sue, movían los ánimos en el sentido de la novela social, de la poesía grandiosa y atrevida y de los estudios de historia política; y esta tendencia era caracterizada por dos obras, a cual más ruidosa y apasionada: la *Historia de los Girondinos*, de Lamartine, y el *Judío errante*, novela revolucionaria de Sue. Por el otro, los libros de poesías españolas modernas, empapadas en romanticismo, entre los que principalmente llamaban la atención los de Espronceda y Zorrilla: obras que despertaron en la juventud un fuerte sentimiento poético, desarreglado y de imitación en mucha parte, pero siempre fecundo para las imaginaciones ricas y los talentos bien dotados (Samper 1881, 160–161). [22]

---

21 «Podría decirse, en rigor de verdad, que aquí estudiábamos más el francés que el castellano (...). Con las sederías y las pomadas nos venían de París los poemas, historias, dramas y novelas de los franceses, juntándose en la importación lo bueno con lo malo; (...) la invasión creciente de la literatura francesa, [estaba] implantada en gran parte, entre nosotros» (Samper 1953, 172–173).

22 Lo mismo afirmó Aníbal Galindo: «*El Judío Errante* de Eugenio Sue, contra los jesuitas, *Los Girondinos,* de Lamartine, y Los Montañeses, de Esquiroz, eran el evangelio de toda la juventud liberal» (Galindo 1900, 31). Mientras que Ignacio Gutiérrez Vergara confirmó: «Todas estas escenas [francesas], cuya relación llegaba a Bogotá principalmente en *La Presse*, periódico socialista–ecléctico, que redactaba en París Emilio de Girardin, impresionaban vivamente a todo el mundo, sobre todo a la juventud escolar, la cual padecía en aquella época de un singular estado neurótico provocado por la lectura de variadísimos autores. Quizá no ha habido nunca allí mayor ansia de saber ni más férvida actividad intelectual. (...) cuales se aplicaban a estudiar a Helvecio, Condillac, Bentham, Filangieri, cuales a Benjamin Constant, Víctor Cousin, Augusto Comte; (...) unos leían a Nodier y Balzac, Alejandro Dumas y Eugenio Sue; otros a Lamartine y Víctor Hugo, Byron y Walter Scott, Larra y Mesonero Romanos; y casi todos a Zorrilla y Espronceda» (Gutiérrez Ponce 1900, 471).

En este aspecto, sobre el grupo liberal moderado se ha explicitado: «Los Draconianos eran unos ávidos lectores (...) y el único medio de conocer diferentes teorías era leyendo lo que salía de las imprentas o lo que se importaba traducido de Francia, donde los socialistas utópicos gozaban de una amplia popularidad. En todos los talleres de los artesanos se leía a Lamartine y su *Historia de los girondinos*; *El judío errante* de Eugenio Sue; *Los talleres nacionales* de Louis Blanc; *El nuevo cristianismo*, del conde Saint–Simon; de Proudhon se estudiaba *¿Qué es la propiedad?*, *Advertencia a los propietarios* y *Filosofía de la miseria*; *El viaje a Icaria* de Etienne Cabet; de Condorcet el *Diseño de una descripción histórica del progreso de la mente humana* y de Charles Fourier todo lo referente a sus "falansterios". El común denominador de todos estos autores, además de ser franceses, era que pertenecían a la escuela del socialismo utópico» (Llano Isaza 2005, 61).

Según estos testimonios, las circunstancias políticas y socioculturales de esos años permitieron que los distintos grupos enfatizaran diferentes aspectos, tomando conceptos particulares provenientes de países europeos para apropiárselos; así, cada uno valoró de manera distinta lo proveniente de Francia, Inglaterra o España, y efectuó elaboraciones conceptuales según su ideología, su inclinación política y sus creencias religiosas. Del mismo modo, para todos ellos, los impresos (libros, periódicos o panfletos) jugaron un papel importante en la reproducción y divulgación de las representaciones sociales que se produjeron, mediante las que se emitieron sistemas de códigos y principios orientadores de la forma en que se definió la conciencia colectiva de la sociedad neogranadina de la época.

6. Eugenio Díaz Castro: lecturas, conocimiento e ideología

Inmerso en ese ambiente político y cultural, Eugenio Díaz Castro plasmó en *Manuela* un testimonio de lo que fue la situación sociocultural de la época,[23] de su ideología, de las lecturas que había efectuado, de los modelos literarios que lo influenciaron y de las características estéticas que configuraron su escritura. Para comenzar a esclarecer estos aspectos, debe prestarse atención a las referencias literarias que se explicitan en la novela. En ella, se mencionan directa o indirectamente por lo menos 47 escritores franceses, 1 inglés, 1 italiano y 7 españoles.

Los escritores franceses son: [1] Eugène Sue (1804–1857), mediante dos novelas: *Matilde* (*Mathilde: mémoires d'une jeune femme* [22 de dic. de 1840–26 de sept. de 1841]) y *Los misterios de París* (*Les Mystères de Paris*, [19 de jun. de 1842–15 de oct. de 1843]); además, por el personaje Rodín, de la novela *El judío errante* (*Le Juif errant* [25 de jun. de 1844–26 de ag. de 1845]); «tipo de organizador de »intrigas desenfrenadas» que no se detiene ante ningún delito ni asesinato» (Gramsci 2000, 52). [2] Henri–Joseph Du Laurens[24] (1719–1793), con

23 Salomón Kalmanovitz en sus obras históricas y económicas, para explicar el régimen de trabajo que funcionaba en las haciendas del Sumapaz y de Ambalema, emplea *El rejo de enlazar* y *Manuela* de Díaz Castro como fuente de información, con lo cual no sólo acepta la veracidad de los hechos que sirvieron como referente novelístico, sino que con esto considera esta producción como un acervo de información referencial sobre lo que fue la vida de esa época (véase: Kalmanovitz 1992, 246–263; 2003, 148–164).

Lo mismo hace Fernando Guillén Martínez para señalar que Díaz Castro habla del sistema hacendatario, pero también indica que él expone una de las causas centrales de la revolución de Melo, al poner «en boca de Marcelino Cogua (un indio veterano de Ayacucho, a quien la eliminación de los resguardos ha privado de su pejugal, dejándolo en la miseria) una frase de prodigioso alcance sociológico: "Por eso soy melista, mi amo don Fernando, porque los melistas han hecho su revolución a favor del Ejército Permanente, de la religión y del gobierno fuerte, como lo quería el Amo Libertador de Colombia" (Guillén Martínez [1979] 1996, 331). Germán Colmenares también emplea *Manuela* y *El rejo de enlazar* para estructurar apartes de su libro *Partidos políticos y clases sociales* (1968).

24 Du Laurens fue uno de los autores comprendidos dentro de lo que se consideró la «Literatura prohibida» de mediados del siglo XVIII en Francia (prohibición que se extendió

la novela filosófica: *El compadre Mateo (Le Compère Matthieu, ou les Bigarrures de l'esprit humain* [1766]). [3] Charles Antoine Guillaume Pigault–Lebrun[25] (1753–1835), con la novela satírica y libertina: *El hijo del carnaval (L'Enfant du Carnaval,* [1792]). [4] Charles Paul de Kock[26] (1793–1871), con la novela *La lechera* (*La laitière de Montfermeil*, [1827]). [5] Charles de Secondat, barón de Montesquieu, con la novela epistolar satírica y libertina: *Cartas persianas o persas* (*Lettres persanes*, [1721])[27]. [6–37] *El Diablo en París* (*Le Diable à Paris*. Paris: J. Hetzel, 2 vols.); antología planeada en 1843 y publicada entre 1845 y 1846; ofrece textos de Balzac, Eugène Sue, George Sand, P–J Stahl, Alphonse Karr, Henry Monnier, Octave Feuillet, De Stendhal, Leon Gozlan, S. Lavalette, Armand Marrast, Laurent Jan, Edouard Oubliac, Charles de Boigne, Altanoche, Eug. Guinot, Jules Janin, E. Briffault, Auguste Barbier, Marquis de Varennes, Alfred de Musset, Charles Nodier, Frédéric Berat, A. Legoit, P. Pascal, Frédéric Soulie, Taxile Delord, Méry, A. Juncetis, Gérald de Nerval, Arsène Houssaye, Albert Aubert y Théophile Gautier. [38–39] Héloïse d'Argenteuil (1101?–1164) y Pierre Abélard (1079–1142), con las cartas de *Eloísa y Abelardo*. [40] Pierre–Joseph Proudhon: (1809–1865), pensador francés, uno de los padres del pensamiento anarquista; cuyas obras se difundieron en

---

también a España); era: «un autor jocundo, popular, relacionado con Voltaire y Diderot, pero también con la tradición rabelesiana. Las cosas se dicen claras, a la tremenda, con gracia chocarrera, ciertamente, pero certera. Su influencia tuvo que ser enorme, precisamente en los ambientes populares, los menos refinados y preciosistas. Su intención es la exaltación de los valores primarios de la vida, frente a todas las convenciones de su época, enfrentándose directamente con la estructura político–social de entonces, incluida la propiedad, y pasando de un burdo y jocoso anticlericalismo a una neta posición antirreligiosa, de alcances filosóficos (...) a tal punto que algunos personajes de *Le Compère Matthieu* originaron periódicos y hojas volantes durante la Revolución Francesa» (Aymes 1983, 36–37).

25 Pigault–Lebrun empleó la novela para efectuar una continua denuncia del poder de la Iglesia y del despotismo político; sus lectores fueron miembros de los sectores populares, a quienes atraía por la pintura realista de hechos cotidianos de gente normal y por la fiel documentación histórica y geográfica del ambiente de sus novelas. Gracias a su habilidad para cautivar al público, se lo considera como uno de los más fuertemente responsables de la transformación de la escritura de novelas en una empresa mercantil (véase: Ludlow 1973, 946–950).

26 Paul de Kock fue coetáneo a Díaz Castro. Fue un escritor muy popular, mencionado en muchas de las novelas europeas o hispanoamericanas del siglo XIX; con su pluma contribuyó al apogeo no sólo del periodismo, sino de la novela popular en Francia durante ese siglo, llegando a ser uno de los autores preferidos de los lectores de diferentes países. No obstante esa popularidad, en el presente ha sido completamente olvidado por la crítica y la historiografía literaria, incluso francesa.

27 «Publicadas cuando Montesquieu contaba 32 años de edad, las *Cartas persas* constituyen, no obstante, una obra de juventud. Vivamente impresionado por la lectura de aventuras y narraciones extraordinarias que tenían lugar en parajes exóticos que invitaban a toda clase de placeres sensuales, como los descritos en las *Mil y una noches* recién traducidas al francés y que, sin duda, le cautivaron, Montesquieu dando rienda suelta a su exuberante imaginación escribió, antes que nada, una novela del más refinado erotismo. Empleando el lenguaje de los salones, el de la galantería, describió, sin embargo, unas situaciones tan crudas, que cuando, algunos años más tarde, su hija abrió las páginas para leer el libro, Montesquieu se lo impidió diciendo, "Déjalo, hija mía, es un libro de mi juventud que no ha sido escrito para la tuya"» (Sebastián López 1992, 22).

la Nueva Granada. [41] Voltaire (François Marie Arouet, 1694–1778): escritor, filósofo y abogado francés, uno de los principales representantes de la Ilustración. [42] *Ganelón*: personaje, traidor despreciable, del *Cantar de Roldán* (*La Chanson de Roland*), poema épico francés de finales del siglo XI.

[43–48] Del mismo modo, en cinco oportunidades diferentes, tanto el narrador, Demóstenes o el sacerdote Jiménez mencionan o bien el «socialismo», «los clásicos de la escuela social» o califican de «socialista» o «socialistas» a alguno(s) de lo(s) personaje(s); de esta manera, aluden directamente a la ideología proveniente de lecturas que se efectuaban en ese tiempo en libros en francés o en traducciones, como la edición sobre el socialismo que Simonnot difundió en Bogotá en 1852, la cual presenta estudios de «San–Simon (sic) y los sansimonianos» (pp. 31–109), «Fourier y los falansterios» (pp. 110–157), «P. Leroux» (pp. 158–192), «L. Blanc» (pp. 193–198), «Cabet» (pp. 199–219), «F. Vidal» (pp. 220–233), «Proudhon» (pp. 234–292). En este texto se define el socialismo:

> Entendemos por *Socialismo* el conjunto de medios que deben hacer cesar ese estado de languidez que postra y consume las naciones y la mala inteligencia que reina entre sus miembros, tanto por las equivocaciones arraigadas como por el choque de intereses. Su fin inmediato es la transfiguración de la humanidad por la justicia, la belleza, la salud, la riqueza, la armonía; su fin inmediato es la extinción del pauperismo, el aumento de la riqueza, la difusión de las luces, la abolición de la prostitución, la consolidación de la salud y bienestar (...). Nuestra publicación se dirije especialmente, menos a las personas curiosas, literatas y ávidas de novedad, que á las que devora esa sed de justicia de que habla el Evangelio, y acosa un ansia incesante de perfección y felicidad para sí y sus hermanos. (...) Nuestra sociedad ha llegado a tal punto de desorden que todo el mundo se queja, todos reconocen el mal, muchos los diagnostican perfectamente; la inmoralidad extenúa los mas robustos estados, el comercio es en general un fraude organizado, el riesgo de una bancarrota general es cada vez mas inminente, la prostitución quita la nata y la flor del sexo más bello, mientras que la guerra y la paz armada absorben lo mas joven y robusto del mas fuerte; el adulterio, concubinage y otros tantos vicios carcomen los vínculos sociales, la envidia de poder amenaza de un modo implacable al rico, y la condición del mayor número es intolerable (en: Anónimo 1852, xi–xiv).

Los otros escritores mencionados: el inglés Walter Scott, con la novela: *Ivanhoe,* publicada en 1819. El italiano Marco Polo (1254–1324): mercader y explorador veneciano, que fue uno de los primeros viajeros a la China, autor de *Il Milione* (*Los viajes de Marco Polo* o *Libro de las Maravillas*, traducido en 1503). Los siete escritores españoles: El Conde de Noroña: Gaspar María de

Nava Álvarez (1760–1815), con su poema sobre la muerte. Jorge Juan y Santacilia (1713–1773): científico y marino español que formó parte de la expedición que determinó que la forma de la tierra no es perfectamente esférica. Tomás de Torquemada (1420–1498), Inquisidor general de Castilla y Aragón y artífice del «Edicto de Granada» que proscribió en 1492 a los judíos de España. Bernardo de Sierra, con el devocionario *Ramillete de divinas flores* (1670). Cervantes (1547–1616), con *Don Quijote* para mostrar que en el siglo XIX se «horneaba por el método de Dulcinea en el siglo XVI» (Diaz 1866, 256). José de Espronceda (1808–1842), escritor masón y liberal, perseguido por sus ideas; y José Zorrilla (1817–1893) poeta y dramaturgo. Además, la Biblia: específicamente el Libro de Judit en el Antiguo Testamento, al referirse a Judit cortándole la cabeza a Holofernes.

Con los nombres de escritores y títulos de textos que se designan directamente o se dan a entender en *Manuela*, se observa que en el relato se representan tanto las lecturas que el grupo liberal realizaba en el momento histórico, como la situación política del territorio (la división de la población en partidos políticos,[28] los conceptos y las rivalidades que se producían, la manipulación de la información que se efectuaba, la desinformación que se esparcía), las nociones sociales (la forma de estructurar, establecer creencias e implantar códigos de comportamiento en una sociedad donde la riqueza está concentrada en pocas manos y en donde existen grandes conflictos de intereses de clase) así, como las orientaciones narrativas y conceptos literarios en total vigencia durante la época de estructuración, escritura y publicación, ya no sólo de esta novela, sino de todas las obras de Díaz Castro.

> Tras las obras filosóficas de historia, nos invadió el tropel de novelas que cautivan la atención de los lectores por lo atrevido del argumento, la amenidad del estilo y el prodigioso atractivo para las pasiones humanas, que cada cual pone en práctica con el modelo que más le fascine.
>
> Alejandro Dumas, padre, que falseó los hechos en sus deliciosas concepciones de novela era considerado por el mayor número de sus asiduos lectores como historiador concienzudo.
>
> *Los misterios de París*, *Matilde Maran*, *Los siete pecados capitales* y *El judío errante*, de Eugenio Sue, ocupaban preferente lugar en los anaqueles de las casas donde había niñas inocentes que podían leer aquellas producciones de un cerebro que carecía de sentido moral y que, al escribirlas debió recibir inspiración del averno, especialmente en El judío errante (Cordovez Moure 2006, 2230).

28 «Era aquel congreso verdaderamente notable, porque en él estaban representados no sólo los dos partidos de la parroquia, sino todos los matices políticos que existían en la Nueva Granada. Don Blas i el cura eran conservadores netos, i don Manuel conservador misto. Don Cosme i don Eloy liberales i, don Demóstenes, radical. Asistió también convidado por el dueño de la casa, el maestro Francisco Novoa, herrero, que se había ido de Bogotá a la parroquia a consecuencia de sus compromisos políticos en la revolución del jeneral Melo. En la parroquia era tadeísta; pero hombre de bien a carta cabal» (Díaz 1866, 281).

Las novelas de Eugène Sue se dieron a conocer en Colombia bien en entregas que salían de las prensas de *El Neogranadino*, en un cuadernillo de 32 páginas, titulado «Semana Literaria del Neo-granadino» y después se coleccionaban en forma de libro, como sucedió con *Matilde*, traducida y publicada en 2 volúmenes en 1849; o bien en libro, como se difundieron *Los Misterios de* París o *El judío errante*. Asimismo, los periódicos de Bogotá, como *El Día*, divulgaban información sobre este autor y sus obras (véase: Anónimo 1845, 3).

Además, la obra que se emplea en *Manuela*, en el capítulo XXVI, para ser tema de diálogo entre Demóstenes y Manuela, y que sirve, dentro de la historia, tanto como modelo para la estructura que el bogotano ordena erigir para la tumba de Rosa, como para distraer a Manuela con unas láminas:[29] *Le Diable à Paris*, tuvo por editor a un polémico activista, Hetzel, quien despreciaba el régimen de Louis Phillipe y fue ensayista y escritor del *National,* periódico antimonárquico; además había publicado completamente *La Comédie humaine* de Honoré de Balzac. Él y los otros escritores contribuyentes ofrecieron una crítica social, que mostraba a París como un lugar sobrepoblado y lúgubre donde abundaban el crimen y la enfermedad física y social; allí existía el desequilibrio entre ricos y pobres; por eso, mostraron los abusos y las violencias que las clases bajas sufrían y las necesidades que pasaban. Además, no sólo había información precisa y concreta sobre las condiciones de los más necesitados, sino que presentaron estadísticas y series de grabados donde se mostraban los aspectos de lo que trataban los relatos; de esta manera, el tono de los dos volúmenes favorecía a los pobres y llamaba la atención hacia la ceguera de las instituciones y del gobierno (véase: Sheon 1984, 140–142).

Del mismo modo, con la repetida alusión al socialismo, a los clásicos de la escuela social o a los socialistas, en la novela se enfatiza la fuerza con que se recibían en la Nueva Granada las ideas filosóficas y políticas de los socialistas y de los teóricos franceses de 1848. Conceptos que tuvieron mucho que ver con las rupturas, definiciones y adaptaciones de las realidades y procesos políticos, económicos y sociales del momento; los cuales se expresan de diversas formas en el discurso de *Manuela*. Texto en cuyo mundo ficcional se forja un estudio de la realidad neogranadina, que busca soluciones para las injusticias y el desequilibrio social; pero a la vez, al observar en forma aguda y penetrante la vida cotidiana, ofrece explicaciones, busca crear conciencia sobre la inequidad de clases y al hacer una cerrada defensa de los oprimidos, intenta promover un cambio social.

A través de las menciones de autores y títulos franceses en la novela, se destaca no sólo el conocimiento que Díaz Castro poseía sobre la sociedad de su momento, sino también la total puesta al día de sus lecturas, así como la ideología política que profesaba: era liberal. Esto lo afirmó él mismo en 1859 en el artículo «Mi pluma», donde además comunicaba que, incluso estando trabajando en «tierra caliente» estaba al día sobre lo que pasaba política e histórica-

29 Las láminas sobre el cementerio y las tumbas que describe Demóstenes, se hallan todas en (Hetzel 1846, 248–249). Lo que significa que Díaz Castro no sólo conocía el libro, sino que lo tenía a mano cuando compuso *Manuela*.

mente, no sólo en la Nueva Granda, sino en otros países. En ese texto se lee: «De Ambalema fué que, en contestacion de una carta del señor jeneral Francisco V. Barriga, en el año de 49, en que me noticiaba del nacimiento de la República en Francia, le dije yo: «Celebro la noticia como *amante de las ideas liberales*; pero no vaya a suceder que de las cenizas de la República se levante un segundo Napoleón» (Díaz, 1859*e*: 41–42) [Itálicas agregadas]. Obsérvese que el lapso entre el momento de referencia y el de escritura es de diez años: 1849–1859; tal vez los años más turbulentos y de lucha ideológica en la Nueva Granada.

Aquí surge la pregunta: ¿Por qué Vergara afirmó 15 meses después de muerto Díaz Castro: «Su programa en politica era conservador» (Vergara Vergara 1866, 166), cuando el mismo escritor había escrito públicamente 7 años atrás que era liberal? En ese enunciado existe la ambigüedad: ¿hablaba del programa político de partido? (conservador vs. liberal) o ¿de la orientación general que ordenaba el pensamiento del autor sobre la política en general? (era cauto y desconfiado en política, por la experiencias adquiridas)[30] o ¿sobre su conservadora actuación en la política? (no empleaba sus ideas sólidas en inútiles discusiones, como no lo hizo públicamente sobre sus diferencias con Vergara sobre la publicación de *Manuela*). Como se observa, Vergara emitió una expresión que tiene más de un significado que da lugar a varias posibles interpretaciones diferentes, las cuales no deben entenderse como matices de un valor único. Vergara manejaba la retórica; dentro de ésta, la *ambiguitas* nace de la oscuridad que permite la opción entre dos o más sentidos y se emplea en el género deliberativo para causar la equivocación.

Esta aseveración se ha tomado como verídica y ha guiado las lecturas sobre los textos del autor; como sucede con la que efectuó Colmenares, quien –a pesar de la información que se explicita en *Manuela*, junto a la confirmación que emitió el mismo Eugenio Díaz Castro sobre su liberalismo de ideas– leyó la obra en la siguiente forma:

> La creación literaria tardía parece haber sido una respuesta a los

30 El 15 de marzo de 1850, se leía en la sección Remitido del periódico *El Patriota Imparcial* de Bogotá lo siguiente: «En un catálogo no tan reducido como me habian dicho, encontré un nombre de las mismas silabas i letras del mio. Esto me mueve a manifestar por medio de la imprenta, que ese individuo no soi yo. Nunca me he enrolado en esta clase de sociedades, ni he condecorado mi persona con cintas, tocardas, jesuses, ni otros emblemas significativos de bandos. Una larga experiencia me ha enseñado que la sangre que se derrama en la Nueva Granada para que suban a los puestos nuestros padrinos, prohombres, o candidatos es infructuosamente perdida, porque lo mismo, con cortas excepciones (excepciones que no valen la pena del sacrificio de la vida) mandan todos los partidos; i para el que vive del sudor de su frente en un retiro, donde las plantas no crecen por influencias de Palacio, lo mismo es que mande el candidato A que el candidato B, siendo un ciudadano que merezca aceptacion entre las mayorías. De otra manera, sin embargo, pensaba yo con respecto a la intentada invasion Flores, en cuyo tiempo me hallaba alistado en la 4a. compañia del batallon guardia nacional de Ambalema». / Verdad es que la expresada lista insertada en el número 24 de La Civilizacion", al contrario de lo asegurado por algunos impresos, es extensa, i en gran parte compuesta de hombres de valer por su patriotismo, capacidad, i haberes; pero, renunciando de este honor declaro, "que ni por mi ni por apoderado me he hecho inscribir en ella". Tal vez puede suceder que alguno de mi mismo nombre sea el que figura en la citada lista; y en el último caso, para evitar equivocaciones, en adelante me firmaré,

Eugenio Diaz Castro / Junca, febrero 13 de 1850» (Díaz Castro 1850, III) [fue reimpresa en Díaz Castro 1985, II: 449, sin la información editorial original].

> acontecimientos históricos que se precipitaron entre marzo de 1849 (la elección de José Hilario López) y diciembre de 1854 (la caída del general Melo). La avalancha de reformas liberales que ocurrieron en este lapso parecían amenazar las raíces más profundas del orden rural que el novelista había vivido. A pesar de su personal escepticismo sobre los cambios, su obra aparece como el testimonio excepcional de un momento cuya importancia histórica se ha subrayado una y otra vez. En parte, era la respuesta irónica pero complaciente en el fondo de un hombre maduro y conservador a la irrupción en la política de una generación que no quería saber nada de las glorias militares de la Gran Colombia. Una generación impaciente e idealista que quería su propia revolución y que estaba moldeada en los excesos retóricos de Lamartine. Más profundamente, la obra de Eugenio Díaz era la exploración sucesiva de frágiles equilibrios sociales que el novelista sentía amenazados (1988, 256–257).

Así para Colmenares, la representación que Díaz Castro, como «conservador y costumbrista», efectuó en *Manuela* era anticipadora de una nostalgia de que lo establecido pudiera cambiar. De ahí que lo preservara a través de ese «costumbrismo» que destilaba de su pluma, como un momento arcádico donde todo estaba bien, donde su escritura, mediada por la evocación de lo pasado contribuía a fijar los lugares estamentalizados de la vida cotidiana de la Nueva Granada, en la cual «el inmovilismo social» debía permanecer. A esto agregó que en *Manuela* «Los infortunios femeninos son igualmente abstractos, pues el mundo de las mujeres es también un submundo. (...) Estos infortunios de la mujer surgen siempre porque no están suficientemente vigiladas y resguardadas de peligros infinitos, concebidos con una infinita gazmoñería» (1988, 258).[31]

Cualquier lector consciente y atento, que haya leído prestando atención, se asombra de la aberrante situación de violencia sexual abierta, cotidiana y rampante que atraviesa el mundo representado en *Manuela*, desde la primera a la última página, donde uno tras otro de los personajes femeninos: Rosa, Pía, Marta, Paula, Manuela, Patrocinio, Cecilia, Melchora, la esposa de Cruz informan, denuncian y sufren diaria e impotentemente esas circunstancias, sin poder hacer nada para protegerse de la situación, evadirla o prevenirla. En ese universo representado, el discurso social masculino dominante normalizado cosifica, degrada y destruye a la mujer y hace que las condiciones de hostigamiento sexual, violencia sexual, coerción, violencia física, privación arbitraria de la libertad para ejercer violación sexual sean un hecho consuetudinario. Todas ellas la han sufrido o la sufren de una o de otra manera.

Todos los personajes masculinos, de todas las clases la practican como una norma, como un derecho, es el aire que respiran, no hay discusión sobre la situación que asedia y destruye al sector femenino de todas las capas de la so-

31 En 1968, había escrito: «sus ingenuas y bobaliconas heroínas poseen una afición marcada por las novelas sentimentales –sin que ninguna de ellas encarne siquiera por casualidad el prototipo de Emma Bovary–» (Colmenares 1968, 104).

ciedad. Los hacendados violan a las trapicheras, los mayordomos hacen de la violencia la cotidianidad; los hombres de las clases altas (Alcibíades) seducen, engañan, abandonan y prostituyen, pero según Colmenares, en el mundo ficcional de Díaz Castro: «los malvados deben pertenecer al mismo rango social que los oprimidos. Si el sistema de las haciendas oprime, lo hace en la figura de mayordomos despiadados, seguramente sin que lo sepa el benévolo propietario y su encantadora familia» (1988, 259).

Tadeo persigue a Manuela incesantemente con leyes, con difamaciones, le levanta juicios, la sigue hasta Ambalema, intenta apoderarse de ella manipulando las leyes y los jueces, pero como la joven lo rechaza por todos los medios, recurre al incendio y al asesinato porque no la puede dominar y obtener. Esta aberración social es lo que Colmenares ve como «un infortunio abstracto», que surge porque las mujeres «no están suficientemente vigiladas y resguardadas»; así considera que la denuncia de esta destrucción física y psicológica de vidas humanas que efectúa Díaz Castro mediante su representación en el mundo ficcional es de una «infinita gazmoñería».

Al aceptar que Díaz Castro era «conservador» de ideología y su ficción era «costumbrista», la visión que Colmenares impuso sobre *Manuela*, lo llevó a tratar de encajar esquemas prefijados, produciendo una lectura desviada sobre la labor del escritor, encontrando que a través de la representación de ese mundo narrativo se podía deducir que había un «evidente conformismo social»; así «en el mundo de sus novelas estas relaciones abstractas no se concretan en un solo conflicto individual, no hay (y esto obedece a razones estéticas del autor) un enfrentamiento entre un propietario de carne y hueso y uno de sus arrendatarios. Toda relación entre estos extremos sociales está amortiguada por una turba de intermediarios y los universos de propietarios y desposeídos no llegan nunca a tocarse» (1988, 258). De ahí que «en los escritos de Díaz ni siquiera hay una naturaleza. Su tierra caliente no tiene textura, olor ni color», que su escritura era producto de «fórmulas de un viejo manual escolar olvidado» (1988, 264–265). No extraña, entonces, que haya concluido su ensayo con esta nueva afirmación: «De allí que la obra de Eugenio Díaz aparezca como una etnografía elemental y no como lo que quería ser, la afirmación orgullosa y melancólica de una cultura» (1988, 266).[32] Colmenares aceptó en la década del 60 del siglo pasado, cuando escribió su trabajo de grado, que Díaz Castro, según Vergara era «conservador» y esta certidumbre guió la escritura de su texto la década del 80. Desafortunadamente, para él en ese momento, ya había dicho todo en el trabajo anterior.

Regresando al tema, además de que Díaz Castro era liberal, como él mismo lo afirmó, la situación narrativa en que aparece el personaje Demós-

32 Veinte años atrás había escrito: «Eugenio Díaz aprueba tácitamente las diferencias que señalan a cada uno su puesto dentro de la sociedad y permite que la virtud de los buenos ricos brille en todo su esplendor. Pues si no existiera esta virtud, ¿qué sería de la sociedad?» (Colmenares 1968, 110).

33 En el siglo XIX se afirmó: «Don Demóstenes es sin duda el mismo don Eugenio, quien como hábil narrador, para entrar en escena se disfraza tan por completo en sus sentimientos políticos que nadie le reconocería, y con el ítem de haber viajado, cuando él no había salido de su tierra» (Laverde Amaya 1890, 33–34).

tenes[33] en *Manuela*, representado en diversos momentos de la historia en forma irónica o ridiculizada (véase en el capítulo X: «Dos visitas», lo que le ocurre en su visita a Clotilde [Díaz 1866, 238–243], donde se lo muestra con concepciones culturales prefijadas y completamente ajenas a la cultura del área), y como soñador utópico de una realidad social inexistente, se puede aseverar que el autor no era liberal gólgota;[34] aunque sí era partidario de las ideas socialistas que se habían difundido en el territorio.[35]

Así, el mundo narrativo de *Manuela* está articulado de denuncias producidas por un escritor que defiende un credo liberal–socialista específico, por tanto incómodo para aquellos que no compartían sus ideas: los conservadores y los otros liberales opositores, quienes veían en peligro sus propias concepciones y visiones de mundo.

Por todo esto, gracias a la construcción simbólica que efectuó de la sociedad en que vivía, a su conocimiento del ser humano, a la comprensión de su época y a su habilidad de abstracción e inventiva, Díaz Castro recreó en *Manuela* un universo narrativo que respondía a sus deseos de transmitir una realidad desde una postura ideológica definida; de esta manera, ofreció una certera mirada sobre las condiciones neogranadinas conocidas, para producir reacciones y alcanzar cambios sociales, del mismo modo en que lo habían logrado algunos de los autores franceses aludidos, quienes le sirvieron de modelos narrativos.

7. Teoría de la novela en Balzac, Sue y Dumas

Con los testimonios presentados antes, debe entenderse la situación de la novela en Francia en la época que interesa en este estudio; prestando especial atención a los escritores que los neogranadinos citaron como los más influyentes en la época: Balzac, Sue y Dumas; para comprender las influencias narrativas que modelaron *Manuela*, como también para entender los rasgos estructurales que se explicitan en este texto.

La novela como género narrativo se popularizó en Francia, gracias al impulso que recibió en los periódicos. *La Presse,* de Émile de Girardin, publicó por entregas, la novela de Balzac *La vieille fille* (23 de oct.–30 de nov. de 1836);

34 Los ataques directos o indirectos que tanto algunos personajes como el narrador efectúan sobre Demóstenes, señalan que su representación tiene el propósito de criticar la actuación de este grupo. Esta situación permite desligar la ideología de Díaz Castro de esta facción liberal. El grupo gólgota o radical era la clase mercantil emergente, anticlerical, cuya ideología no era la de Eugenio Díaz Castro; además, a esto hay que agregar la edad, la trayectoria personal del autor y las divergencias económicas entre él y los miembros de esa facción liberal.

35 En 1890, Laverde Amaya escribió: «El actual dueño de la hacienda [de Junca] señala con marcado interés, la antigua mesa de nogal barnizada de negro y con signos masónicos, en que, según es fama, fue escrita toda la obra ya en las cubiertas de las cartas que el autor recibía de su familia y amigos, ya en otros desiguales pedazos de papel. Cuando estuvo terminada la copió en letra clara don Timoteo Gutiérrez, que aún reside en El Colegio y era amigo muy íntimo y admirador de don Eugenio» (1890, 31–32).

inmediatamente, los otros periódicos tuvieron que decidir entre la divulgación de novelas en folletín o la imposibilidad de alcanzar ventas. De esta manera, se publicaron diversos textos de Balzac; pero los escritores que verdaderamente tuvieron éxito con este tipo de difusión por entregas fueron: Paul Féval, Alexandre Dumas, padre; Frédéric Soulié y Eugène Sue (Frappier–Mazur 1989, 696), quienes llegaron a producir una manifestación del género totalmente moderna social y culturalmente, al representar rasgos de la realidad para criticarlos y alcanzar cambios sociales. Entre las características de esos textos publicados en folletines estaba la habilidad de emplear técnicas narrativas para crear una estructura ficcional que despertara y mantuviera el interés del lector durante toda la obra.

> LAS AMBICIONES REALISTAS
>
> La mayor parte de los grandes éxitos de la novela de esta época inscriben la intriga en un decorado contemporáneo, porque se refieren a la actualidad o hacen de la sociedad contemporánea su terreno privilegiado de operaciones. (...) Novelas ancladas en la más ardiente actualidad social, Los misterios de París y El judío errante de Eugène Sue alcanzan entre 1841 y 1850 ediciones de 60.000 a 80.000 ejemplares. El más popular de los novelistas de la monarquía de julio,[36] Paul de Kock, autor despreciado por la crítica pero adulado por los gabinetes de lectura, inscribió todas sus novelas en el aquí y el ahora. Sus obras son concebidas como guías de la sociedad contemporánea. Cuando la Revue des Deux Mondes consagra en los años de la década del cuarenta varios artículos a la «Novela actual» presenta entre otros a Alexandre Dumas, Eugène Sue, Frédéric Soulié, Charles de Bernard, Honoré de Balzac y George Sand, todos autores de novelas localizadas en el mundo vigente (Lyon–Caen 2006, 29).

Estos autores se propusieron mostrar su mundo, mediante representaciones realistas de la sociedad, de los tipos, de las estructuras y de las leyes que la regían; pero no se contentaban con que sus textos fueran un espejo de lo local; así, la literatura se caracterizó por la fina observación de la realidad y el descubrimiento de las estructuras ocultas que querían seguir manteniendo el «status quo» establecido. En su búsqueda para proporcionar leyes generales, el realismo muchas veces fue más allá de lo inmediato, para describir al máximo lo que podía.

Honoré de Balzac (1799–1850) fue la figura principal en el desarrollo de la ficción realista (Levin 1963, 151). Asoció el papel del escritor con el del observador científico racional; además, su aporte al realismo fue el detalle sucinto con que captó el ambiente histórico, desarrollando de este modo la cualidad pictórica realista; lo que le sirvió para definir el contexto histórico y social de cada uno de sus personajes (Morris 2003, 59–62). Con esta ambien-

---

36 *La monarquía de julio:* periodo histórico que se desarrolló en Francia entre 1830 y 1848.

tación histórica documentada, hacía énfasis en la autenticidad de los detalles que representaba; de ahí que se considerara un humilde copista y el secretario de la sociedad. Para él, el novelista debía tener la habilidad de dar forma artística a la aguda observación de la realidad; pero no la debía copiar servilmente; sino dejar que los significados se manifestaran por sí mismos. El novelista describía el mundo para modificarlo; y debía combinar la exactitud del historiador social con la imaginación del visionario, para alcanzar el cambio que se deseaba (Shroeder 1967, 3–10).

Como creador de mundos, Balzac dividía en regiones sociales y geográficas el espacio conocido; ya que cada área tenía características particulares. Las personas eran producto de su ambiente y el escritor debía captar esas señales; para esto se basaba en las ideas de Louis de Bonald y Augusto Comte. De ahí que sus personajes poseyeran talento y energía para revelar su capacidad, pero sólo contaran con ellos mismos para hacer frente a la adversidad (Pavel 2005, 231–232).

Ahora, Eugène Sue (1804–1857) fue un escritor cuyas novelas estaban imbuidas de las aspiraciones humanitarias y socialistas de la época. Se hizo popular debido al éxito de *Los misterios de París* y de *El Judío errante*, gracias a la manera en que los nuevos lectores recibieron estas obras, convirtiéndolas en un éxito comercial y reaccionando emocionadamente a las emisiones de los folletines que las contenían. Ellos se sentían tan implicados en la historia que le escribían cartas al autor felicitándolo, sugiriéndole, pidiendo ayuda, aportando información y haciendo pedidos y sugerencias para los nuevos capítulos, llegando a ejercer un influjo decisivo en la escritura de la novela (Prendergast 2003, 13–14). Las masas lo celebraron como el apóstol de los problemas sociales, cuando el autor propuso reformas a través de sus mundos ficcionales; así, por medio de su escritura, reveló causas de las condiciones sociales inicuas que producían la miseria y el delito (Eco 1970, 13–17).

Sue inventó un mundo poblado de arquetipos movidos tanto por las estructuras de la narrativa de masas como por mecanismos de lo patético, que funcionaban como máscaras de la comedia ciudadana y política; pero que llevaban a los lectores a las relaciones que existen entre la ideología, las condiciones del mercado y la narrativa (Eco 1998, 37–41).

En *Los misterios de París*, reveló los hilos ocultos de las condiciones sociales de los más desprotegidos que eran producto de la miseria, creada por la civilización industrial; mientras que los ricos y los legisladores seguían controlando, al establecer leyes que protegían los intereses de unos pocos en detrimento de la mayoría. La moraleja del libro es que los ricos podían subsanar «con sus actos de munificencia las lacras de la sociedad» (Eco 1998, 48) y estos, a su vez, «podían contar con la mediación de abates y párrocos» (Eco 1998, 50). En esta novela «la reivindicación social se encaminaba hacia un cristianismo oficial representado por el clero» (Eco 1970, 18).

La forma en que los lectores reaccionaron a lo relatado, muestra el realismo que caracteriza las situaciones que se representaron en la novela; realismo que era novedoso en la conciencia francesa del momento. Con lo cual, esta narración fue el paso de transición en literatura, entre lo que había sido el romanticismo y lo que evolucionó más tarde, en las novelas de Emile Zola, como el naturalismo francés (véase: Chevasco 2003, 13).

Mientras que Alexandre Dumas (1802–1870), reconocido mundialmente como el autor de *los tres mosqueteros* (*Les trois mousquetaires*, [14 de mzo.–11 de jul. de 1844]) y *El conde de Montecristo* (*Le comte de Monte–Cristo* [28 de ag.–26 de nov. de 1844, 1ª parte; y 20 de jun. de 1845–15 de ene. de 1846, 2ª parte][37]), ha pasado a la historia en una forma bastante ambigua; ya que su fama de novelista, que empleaba ayudantes, secretarios, colaboradores y pagaba por manuscritos de obras que le ofrecían, ha hecho que la crítica académica, incluso en Francia, lo haya casi olvidado. Su contribución a la novelística fue en la transmisión de la historia de una época, estudiando características de distintas personalidades y las pasiones que crearon dramas durante una era; para revelar una particular visión dramática del mundo y, así, producir una ilusión convincente de una realidad histórica. De esta manera, trascendió los límites del país para lograr creaciones universales de personajes, de visión y de tema (véase: Stowe 1976, 70–74).

> Los textos más conocidos de Dumas, presentan la lucha personal de un individuo contra las grandes tensiones históricas ambientales y nacionales de una época. En cada instancia, las consideraciones políticas y los sucesos juegan un papel que determina las oportunidades que tiene el personaje para alcanzar con éxito la felicidad (amor), como también para lograr un lugar en el mundo. Así, intenta crear un sentido de las fuerzas que entran en juego y de la atmósfera y las prácticas de una época, mientras evita los extremos de la reconstrucción arqueológica y superficial del color local (Cooper 1992, 116).

Estos tres escritores influyeron poderosamente, cada uno en forma diferente, en la literatura francesa de su época y pasaron a ejercer predominio en otras literaturas al leerse sus obras en traducción, casi simultáneamente al momento de su publicación en Francia. Ellos, como los otros folletinistas sociales, tenían como objetivo transmitir verdades sociales, para lo cual expresaban un uso retórico de la ficción que supuestamente era una afirmación tácita de la realidad, logrando que los lectores adecuaran la novela al mundo en el que vivían y se reconocieran en los personajes y en las situaciones representadas. Para esto, representaron un narrador omnisciente que describe y comenta los hechos desde su particular punto de vista subjetivo que se localiza dentro de los sucesos y de los personajes involucrados. Del mismo modo, mostraron al

---

37 Ambas novelas y las continuaciones de la primera: *Veinte años después* (*Vingt ans après*) y *El vizconde de Bragelonne* (*Le vicomte de Bragelonne*), las escribió en colaboración con Augusto Maquet (1813–1868) (Stowe 1976, 113–115).

«otro», no como diferente o extraño, sino como inmediato y presente, como parte de la vida cotidiana.

8. Adscripción de Manuela al Realismo de mediados del siglo XIX

En el núm. 1 de *El Mosaico* (24 de dic., 1858), José María Vergara y Vergara prologó la novela, cuyo título original fue: «Manuela. Novela Bogotana, orijinal por Eujenio Díaz» (*El Mosaico*, 8 de enero de 1859*d*, p: 23), anticipando a los lectores el epígrafe de la novela y haciéndole una crítica al texto: «qué se le podrá tachar al hombre que ha producido y adoptado como texto para sus obras este pensamiento digno de Larra: «Los cuadros de costumbres no se inventan sino se copian». / No podemos hacer iguales elogios de su estilo;[38] falta que pronto notará el lector» (Vergara i Vergara 1858, 8). Con estas palabras realizó dos propósitos: asoció la novela con la escritura de los artículos y cuadros de costumbres de Larra y afirmó la falta de habilidad escritural de Díaz Castro, creando con esto dudas en los lectores.[39]

Este texto inicial, de quien sería, 24 años después, uno de los fundadores de la Academia Colombiana de la Lengua, guió la dirección de la crítica y originó el encasillamiento que, posteriormente se arraigó con solidez cuando a finales del siglo XIX, quienes editaron el texto en 1889, le pusieron como subtítulo: «Novela de costumbres colombianas»; situación que convirtió a Eugenio Díaz Castro en costumbrista, y condicionó la forma de entender toda su labor escritural, especialmente *Manuela*; puesto que esta clasificación la conceptúa con una serie de características negativas (localismo de costumbres, pintoresquismo, limitación temporal, situaciones incidentales e insignificantes, superficialidad, pintura de intención folclórica, tipificación de los personajes, documento carente de estética literaria, etc.); clasificación que ha impedido que la crítica y la historiografía literaria colombianas en general observen la modernidad estética que la constituye.

38 «Estilo es el carácter general que a un escrito dan los pensamientos que contiene, las formas bajo las cuales están presentadas las expresiones que los enuncian, y hasta el modo con que éstas se hallan combinadas y coordinadas en sus respectivas cláusulas. El lenguaje es, pues, una parte del estilo, uno de sus componentes, y como el lenguaje es bueno, si las expresiones son puras, correctas y propias, síguese de aquí que un escrito puede tener muy buen lenguaje y un malísimo estilo, si los pensamientos son malos o embrollados, las expresiones bajas aunque castizas, los periodos débiles, oscuros o redundantes. Cuando se juzga del estilo de un autor, es preciso tener en cuenta todas las cualidades, ya intrínsecas, ya exteriores que constituyen todo escrito» (Gil y Zárate 1850, 54).

39 Rafael Maya fue tal vez uno de los primeros en destacar públicamente algunas de las razones de la reacción que ha sufrido la obra de Díaz Castro a través de las épocas: «¿A qué puede imputarse semejante indiferencia? En gran parte a la generosa pero ingenua representación que del autor de Manuela hizo Vergara y Vergara, mostrándolo como hombre rústico y desprovisto de ilustración, y aludiendo al traje de campesino que solía vestir. Naturalmente esta estampa popularizada por los textos de literatura y reforzada por críticos demasiado amigos de lo pintoresco perjudicó grandemente a don Eugenio y llegó a creerse que su novela no era más que un relato mazorral, escrito además, en mal castellano» (Maya 1982, 265–266).

Ya en la primera parte del siglo XIX, los mismos franceses señalaron como errada la traducción que los españoles habían efectuado de la palabra «*moeurs*» (véase la nota 5 en este ensayo); para el francés, «*moeurs*»[40] y «*costumes/coutumes*» tienen significados diferentes, como se observa en el siguiente título: *Le Diable à Paris. Paris et les parisiens:* MŒURS *et* COUTUMES, *caracteres et portraits des habitants de Paris.* Por esa razón, los franceses no clasifican e inscriben a Balzac como costumbrista, a pesar de que el mismo escritor denominó la sección más importante de su producción: *Études de moeurs*;[41] por el contrario, se lo considera como uno de los grandes maestros del realismo francés. Del mismo modo, la novela de Flaubert, *Madame Bovary. Moeurs de province* (1856), una de las obras cumbres del realismo, nunca se ha considerado dentro del costumbrismo a pesar de la segunda parte del título, el cual generalmente ignoran editores y críticos.

Pero en Colombia, *Manuela*, novela que nunca recibió de Díaz Castro el calificativo «de costumbres» ni como parte del título ni como subtítulo, –porque su modelo narrativo era la novela francesa contemporánea que se producía en el momento en que él vivía, y planeó y estructuró su texto: la novela realista, socialista–, quienes la publicaron un año y tres meses después de la muerte del autor, ocurrida el 11 de abril de 1865, en el tomo 2 del *Museo de Cuadros de Costumbres i variedades*[42] (12 de julio de 1866), le modificaron el título, cortándoselo de: «Manuela. Novela Bogotana, orijinal por Eujenio Díaz», a llamarla: «Manuela. Novela orijinal por Eujenio Díaz». De esta manera, excluyeron el significado geográfico dado por el autor a su obra y eli-

40 «Por *moeurs* los franceses han entendido siempre todos los resortes morales del hombre y de la sociedad. El español ha podido emplear como perfectos sinónimos *usos y costumbres* (*us et coutumes/costumes*), mientras que en este sentido *us et moeurs* sería imposible. Un equivalente e la palabra *moeurs* (*mores*) falta en castellano; desde antiguo se ha empleado en esta acepción *costumbres* y así ha podido decirse que tiene 'buenas, o malas, costumbres'; fatalmente, a la larga habían de surgir equívocos. (...) De aquí la superficialidad moral del costumbrismo, tanto más sensible cuanto más contrasta con su afición a lo pintoresco. El *roman de moeurs* es un primer avatar de la novela psicológica; entre nosotros, el cuadro de costumbres novelado o no, poco tiene que ver con ella» (J. F. Montesinos, en: Amorós, 1999: 141). Véase la detracción que de esta afirmación de Montesinos efectúa Escobar y la explicación sobre "*Costumbres /moeurs/ mores*" en la que concluye que: «el término español costumbres expresa justamente el concepto moderno de mimesis» (Escobar, 1999: 121).

41 Título que encabeza 85 novelas y varios relatos y ensayos analíticos clasificadas como: (i) Scènes de la vie privée; (ii) Scènes de la vie de province; (iii) Scènes de la vie parisienne; (iv) Scènes de la vie politique; (v) Scènes de la vie militaire; (vi) Scènes de la vie de champagne.

42 Incluso los críticos desconocen que la novela no se publicó completamente en *El Mosaico*, como se observa en estas notas; situación que permite que se hagan asunciones equivocadas: «En este órgano [El Mosaico] apareció *Manuela* en varias entregas a partir del 24 de diciembre de 1858, precedida de un prólogo de Vergara y Vergara. La segunda edición tuvo lugar en París después de la muerte del autor (Garnier Hermanos, 1889) en dos volúmenes. (...) Como se ve por las fechas mencionadas, pasaron treinta años entre la primera y la segunda edición, siendo la primera en un periódico que, por las circunstancias de la época, tenía una circulación restringida» (Pineda Botero 1999, 131). Además, este crítico en su estudio cerró la novela con un final que no tuvo: «Muere la joven y la población es invadida por las tropas del gobierno que vienen a controlar «la revolución» (Pineda Botero 1999, 135).

minaron, así, la intención que éste tuvo, de que tanto el referente, como sus denuncias se entendieran como provenientes y aplicables a la Provincia de Bogotá.

El eliminar esa parte del título que le había dado Díaz Castro a su novela, servía propósitos específicos que los editores de los dos volúmenes tenían y se ajustaba perfectamente a sus planes; efectuar la publicación de una colección de tipos culturales costumbristas para ofrecerlas sobre todo a la mirada extranjera; recopilación cuya muestra más extensa provenía de la pluma de un escritor «conservador»:

> [E]s el caso que este libro puede ir a Europa, (...) i como los señores europeos están tan atrasados en cuanto a nuestra historia i nuestra jeografia, que hasta ahora empiezan a hacerse cargo de que en estas Indias occidentales hai algo mas que indias e indios y de que en ellas ha existido la Colombia primitiva, si llegasen a ver dicho título, nadie podría quitarles de la cabeza que la obra contenia descripción de las costumbres de los venezolanos i de los ecuatorianos juntamente con las de los que éramos neo i ahora somos ex granadinos (Los Editores, 1886: ii).

Estos escritores recogieron textos provenientes de diferentes periódicos, que habían visto la luz, algunos desde la década del treinta, y los compilaron en esa publicación. Además, según se lee en el Prólogo (Los Editores 1866, ii), la colección había sido planeada unos seis años atrás y se iba a titular: *Los granadinos pintados por sí mismos*;[43] pero, como ya había pasado el tiempo,[44] «cuando pusimos por obra el antiguo proyecto de formar esta colección, ya los granadinos no éramos granadinos, i por consiguiente el nombre que teníamos prevenido venia tan mal a la obra» (Los Editores 1866, ii); por eso, el grupo escogió el título *Museo de cuadros de costumbres i variedades* (1866).[45] Así, estos editores, al publicar *Manuela* al final del segundo volumen, hacían que los lectores dedujeran que era una novela, cuyos personajes eran tipos sociales,

43 Este plan seguía lo que escritores y literatos españoles habían hecho en Madrid entre 1843 y 1844, cuando publicaron: *Los españoles pintados por sí mismos*, colección destinada a representar tipos sociales; idea que a su vez había surgido de: *Les Français peints par eux mêmes* (París, 1842), la cual a su vez, provenía de: *Head of the People: or Portraits of the English* (Londres, 1840).

44 Durante los años, la imitación se difundió: *Las habaneras pintadas por sí mismas en miniatura,* (La Habana, 1847). *Los cubanos pintados por sí mismos* (La Habana, 1852). *Los mexicanos pintados por sí mismos. Tipos y costumbres nacionales por varios autores (*México, 1854), *Los valencianos pintados por sí mismos* (Valencia–España, 1859).

45 Una muestra de las publicaciones en este sentido en lengua castellana: en España, Mariano José de Larra había publicado: *Colección de artículos dramáticos, literarios, políticos y de costumbres* (Madrid, 1835, 1837), lo mismo hicieron: Nicolás de Roda: *Artículos de costumbres, de literatura y de teatro* (Granada, 1845); Fernán Caballero: *Cuadros de costumbres populares andaluces* (Sevilla, 1852) y *Cuadros de costumbres* (Madrid, 1858); Ramón de Mesonero Romanos: *Tipos, grupos y bocetos de cuadros de costumbres, dibujados a la pluma por El Curioso Parlante (1843–1860),* (Madrid, 1862). En Cuba, José María de Cárdenas y Rodríguez: *Colección de artículos satíricos y de costumbres* (La Habana, 1847), Juan M. Villergas, *Colección escogida de artículos literarios y de costumbres* (La Habana, 1858).

muchos de ellos en vías de extinción, como los presentados en otros textos de la compilación; con esto limitaban la manera de leerla, fijando los significados al contenerlos dentro de los límites de representación colectiva ofrecida.

Ya sin el referente que dio Díaz Castro en el título, *Manuela* pasó 23 años encerrada en las páginas de ese libro, hasta que se publicó separadamente en París en dos volúmenes en 1889. Esta vez, también le variaron el título: *Manuela. Novela de costumbres colombianas.* Ahora la representación, que se circunscribía a la región de la Provincia de Bogotá, que abarcaba el área a partir de la capital e iba «desde los montes frios de la cordillera de Subia hasta los ardientes arenales del Magdalena»[46] (Díaz 1859*d*, 42), pasó también por designios característicos de la historia y de la crítica, a englobar la nación. Esta vez ya se difundió por distintos países como la prototípica muestra de una «*Novela de costumbres colombianas*» y Camacho Roldán la prologó con un amplio estudio sobre la novela costumbrista (1889. I: i–xvi). Esta arbitrariedad posterior,[47] consolidó y estereotipó la obra ubicándola dentro del costum-

46 «Los últimos dos años de mi estacion en tierra caliente, mi pluma fue mi compañera constante en la hacienda de Junca, en la empresa de sembrar tabaco que me salio desgraciada unicamente por mi desgracia. Alli en medio del aliño del tabaco, en una pequeña mesa, escribi 'La ronda de don Ventura Ahumada', la novela titulada 'Manuela' y las 'Aventuras de un geólogo'» (Díaz 1859*e,* 42).

47 Otra arbitrariedad de lectura que se ha creado sobre la novela es la incomprensión cultural de las formas de sociotratamiento tanto a nivel diacrónico como sincrónico que se presentan en la narración; especialmente la manera de llamar Demóstenes, primero a Rosa, cuando coquetea con ella la noche que la conoce: «Ven acá, graciosa negra» (Díaz 1866, 172) y luego con Manuela, la primera vez que la ve: «Que haces? preciosa negra» (Díaz 1866, 188). Tratamiento que también le confiere Dámaso a Manuela: «Vaya, diviértase un ratico, que bastante ha sufrido, mi negra» (Díaz 1866, 330). Este tratamiento ha hecho que los lectores posteriores, sean o no del área, lean literalmente el texto y crean que ésta es una novela donde los personajes femeninos representados de la parroquia son de raza negra. Así se producen lecturas como las de Del Saz: «Manuela es una hermosa negra que rehúsa al gamonal don Tadeo» (1949, 45) o la de Díaz Plaja: «Es la sátira política contra el gamonal que pretende a Manuela, la bella negra que muere a consecuencia de las quemaduras que sufre» (1968, 496). Recientemente, una de estas lecturas equivocadas más difundida es la de Cristina Rojas, quien escribió en su Disertación de doctorado: «The desired object of civilization is represented by a poor black woman: Manuela» (Rojas de Ferro 1994, 312). Lo que repitió posteriormente en su versión de esa investigación publicada en forma de libro: «Manuela, a poor black woman living near Ambalema» (2002, 145). Afirmación que también pasó a la versión que circula de su investigación en español, con otras malas lecturas de la novela: «Manuela, a quien llaman la pacificadora y representa a los oprimidos de Ambalema. Manuela, una mujer negra y pobre (...)» (Rojas 2001, 254). Lecturas equivocadas que sirven los propósitos de la investigadora.

Todos estos lectores desconocen las formas de sociotratamiento tanto diacrónicas, como sincrónicas de la región central de Colombia; «negra», «negrita» en su uso pragmático, cara a cara, es un enaltecimiento semántico; era y es una forma de llamar la atención para que la mujer (sin importar el color de su piel) sea receptiva a las peticiones; también se emite para agradar o contentar a alguien, para expresar cariño o estimación. Son denominaciones que no señalan raza. La voz narrativa presenta a Manuela como: «nuestra heroina no pasaba todavía de los 17. El rostro de color *aperlado* de la parroquiana estaba *sonrosado* ese dia» (Díaz 1866, 224) [Énfasis agregado]. A la prima hermana de Manuela, Marta, hija de la hermana de Patrocinio, la voz narrativa la presenta como: «Era blanca i tenia el pelo rubio, hermosos ojos negros» (Díaz 1866, 244). Manuela era la primera «notabilidad de la parroquia» y Marta, la tercera; ¿cómo podría ser la primera «notabilidad» si hubiera sido negra? A estas afirmaciones directas de que esos personajes no son de raza negra, se deben sumar las férreas convenciones de la narrativa, imperantes en la

brismo amorfo de las numerosas colecciones misceláneas de cuadros y relatos de costumbres que circularon en la segunda parte del siglo XIX, tanto en Colombia como en otros países hispanohablantes.

Ahora, hasta el momento son muy pocos los críticos e historiadores literarios, tanto colombianos como extranjeros, que han visto la modernidad narrativa de *Manuela* y la han ubicado dentro del movimiento realista,[48] al cual pertenece. Para entender esta posición, se deben observar las características de las novelísticas de Balzac, de Dumas y de Sue, ya señaladas, para destacar los rasgos que sirvieron de inspiración en la concepción y estructuración de *Manuela*.

En la línea de Balzac, Díaz Castro representó detalladamente los personajes y sucesos de La Parroquia (la cruda situación de las jóvenes trapicheras encarnadas en Pía y Rosa; la manipulación y el terrorismo que imponían los gamonales, como Tadeo quien controlaba por igual a ricos y pobres; la realidad de los trabajadores arrendatarios, mujeres y hombres, coaccionados y esclavizados por las estructuras coloniales de servidumbre; el asedio y la per-

---

época de escritura y publicación de la novela. En ese momento del siglo XIX, con la situación de clases y razas, no se hubiera permitido la publicación del texto, si el personaje principal masculino, Demóstenes, rico y educado bogotano, miembro de la Escuela Republicana, liberal y gólgota, representante de esa facción política, a la que pertenecía un nutrido grupo de lectores–escritores–editores–letrados de la élite neogranadina hubiera estado abiertamente en la narración, persiguiendo mujeres de raza negra, departiendo con ellas públicamente, defendiéndolas con las leyes, alojándose en su casa y exhibiéndose con hijas y madre ante todos. Como tampoco el mundo social de La Parroquia se dividiría entre los seguidores de «la niña» Manuela y los de «la niña» Cecilia. Se habían dictado leyes para eliminar la esclavitud en 1851, pero para 1858 (momento de la publicación de *Manuela*) las generaciones criadas y educadas dentro de esos parámetros culturales no habían tenido tiempo para modificar el imaginario cultural establecido por siglos. Vergara y Vergara, como conservador, hijo de hacendado, que había sido amenazado con el «perrero»* en el Cauca, habría sido el primero en rechazar el texto; lo mismo habrían hecho los otros conservadores y liberales del grupo.

* «El perrero» era el látigo que empleaban los esclavos negros, al ser liberados por las leyes, contra sus antiguos amos. Un historiador conservador escribió: «El perrero y las democráticas prueban las tendencias de ese partido. No se quería la libertad sino el libertinaje. Los primeros y más cruelmente perseguidos fueron los descendientes de los patriotas: los Arboledas, los Pombos, los Mosqueras, los Valencias, los Caizedos, los Angulos, los Cabales y mil más fueron perseguidos como enemigos irreconciliables de la República, y por quiénes? Por los partidarios de la Colonia que atizaban el odio salvaje de los negros y explotaban la ignorancia de los indios!» (Briceño 1878, 62–63).

48 «Hízose, sobre todo, célebre por su hermosa novela realista, de costumbres, *Manuela*, en su género, la más fiel copia de la realidad por el arte y la más acabada de cuantas se han escrito en América» (Cejador y Frauca 1918, 328). «[D]on Eugenio fue el iniciador en Colombia, de un género literario que hoy se halla en plena vigencia, o sea la novela realista de carácter americano» (Maya 1982, 265). «Asimilación discontinua de procedimientos realistas. (...) Mediado el siglo, varias obras aún incorporan el rótulo de "novela costumbrista" (...). Sin embargo, en algunas novelas, la perspectiva costumbrista va perdiendo pintoresquismo, para incorporar gradualmente juicios irónicos, intenciones polémicas, enfoques del realismo crítico. / En esta línea de vacilación estética está *Manuela* (1866), de Eugenio Díaz (1804–1865). El escritor colombiano, conocedor de los postulados del socialismo utópico de Proudhon y de las intrigas folletinescas de *Los misterios de París* (...) corrige la perspectiva costumbrista, con una postura más objetiva, abierta a la reproducción plástica de la naturaleza, de las fiestas populares, de los contextos ideológicos y las situaciones de marginación social» (Valera Jácome 1987, 107).

secución que las mujeres, especialmente las jóvenes, como Cecilia, Marta, Paula y Manuela, sufrían impotentemente a manos de los más fuertes o poderosos; la prostitución de las mujeres; la violencia sexual generalizada que tiranizaba y destruía a las mujeres de todas las clases; el manejo impune de las leyes ejercido por hacendados y tinterillos; el desequilibrio entre los grupos sociales; el olvido del gobierno de lugares como La Parroquia; la manera en que la gente del pueblo participaba en los conflictos políticos de las luchas por el gobierno; el enfrentamiento entre letrados e iletrados; la tradición vs. el cambio; la secularización de la sociedad; el estatismo de las tradiciones culturales heredadas, etc.); todo, dentro de la más explícita contemporaneidad neogranadina, con una aguda observación científico racional; asimismo, como el escritor francés, plasmó el habla de los distintos grupos sociales.[49]

De ese modo, captó el ambiente sociocultural que lo circundaba, estudiando las ideas y los principios generales que determinaban el comportamiento humano, para efectuar una severa crítica de la situación político–social, pero dejó al lector la libertad de reaccionar sobre los hechos representados. Su deseo era contribuir a cambiar el desequilibrio de las condiciones sociales y así buscar una solución a la miseria de los desprotegidos; sin embargo, para él, la capital y la Parroquia eran lugares diferentes con características peculiares propias (como el comportamiento diferente de hombres y mujeres en cada lugar), lo cual se debía tener en cuenta en el momento de legislar y aplicar las leyes.

Ahora, como en las obras de Dumas, en *Manuela* se encuentra la lucha personal de los individuos (Demóstenes, Manuela, Dámaso) contra las grandes tensiones político–sociales del período. Cada uno de ellos busca su lugar en el mundo, pero las fuerzas históricas impiden que muchos de sus deseos se cumplan; de ese modo, esa búsqueda permite la representación histórica de la época que se vivió hacia 1856 en la Nueva Granada, marcándola con características verosímiles para que los lectores las reconocieran, se identificaran con ellas y pudieran tomar decisiones. La importancia que Díaz Castro le otorgó a las peculiaridades del momento histórico, lo facultó para presentar el estado de la patria, oponiendo en la representación de aspectos de la Provincia de Bogotá, la Parroquia vs. la capital, a través de la situación política, religiosa y cultural de su época.

De los tres escritores franceses, tal vez el modelo narrativo más fuerte que se observa en *Manuela* sea la influencia de la novela de Eugène Sue, *Los misterios de París*. Como en ese texto, la obra de Eugenio Díaz Castro abre invitando a los lectores a penetrar en un mundo desconocido y considerado por los

49 «Desde que se convirtió al realismo, la novela se ha topado fatalmente en su camino con la copia de lenguajes colectivos, pero, en general, (...) nuestros novelistas la han delegado en los personajes secundarios, en los comparsas, que se encargan de la 'fijación' del realismo social, mientras que el héroe continúa hablando un lenguaje intemporal, cuya 'transparencia' se supone que casa con la universalidad psicológica del alma humana. Balzac, por ejemplo, tiene una aguda conciencia de los lenguajes sociales, pero cuando los reproduce, los *enmarca*, (...) con un índice pintoresco, folclórico; son caricaturas de lenguajes» (Barthes 2009, 143).

letrados como bárbaro, en cuyos parajes remotos reinaba el abuso y el crimen; lugar, sin embargo, muy cercano a ellos, porque formaba parte de la misma Provincia de Bogotá. Asimismo, la narración gira con gran detalle alrededor de la vida de los pobres y desprotegidos; mientras que el vívido realismo de las escenas de privación y despojo proporciona un marcado contraste con una de las historias centrales, basada en el personaje Demóstenes, –rico, letrado y gólgota– quien, al igual que Rodolphe, el personaje principal de la obra de Sue, en la primera parte del mundo ficcional se distrae recorriendo los diferentes caminos que lo conducen a sitios lúgubres y desmantelados que sirven bien de vivienda a los indefensos habitantes o bien de refugio a malhechores como Juan Acero; pero al final, su compasión y generosidad lo llevan a poner en riesgo su vida al tratar de rectificar injusticias sociales y solucionar ignominias causadas a los inocentes que ha conocido.

Como en la novela francesa, en la Díaz Castro aparecen personajes como la Lámina, Rufina y Matea -prostitutas- que desarrollan aspectos importantes de la narración; a través de las dos primeras, arquetipos antiquísimos: son la belleza contaminada, jóvenes cuyos cuerpos se hallan mancillados, pero sus espíritus se conservan buenos a pesar de todo (Eco, 1998: 42); con ellas se proponen ideas de reforma sobre este mal social; mientras que con la última se muestran otros aspectos de la situación. Del mismo modo, al contrastar el papel de Rodolphe en *Los Misterios de París*, se destacan las condiciones sociales de los más desprotegidos y las causas de la miseria en que transcurre su existencia. Eso mismo sucede al contraponer la clase social de Demóstenes y su mundo con el de los habitantes de la Parroquia y las condiciones injustas que deben soportar.

Tadeo, el tinterillo, recuerda a Ferrand, el notario -personaje de Sue- que encubre con su actuación, sus crímenes y su corrupción; además, movido por su codicia comete numerosos actos delictivos; pero su mayor debilidad es la lujuria, que lo impulsa a perseguir a las jóvenes hermosas del lugar y a obtenerlas bajo cualquier medio. Así como Cecilia denuncia la manera en que Tadeo la ha forzado y la mantiene prisionera y como su servidora sexual, Cecily denuncia a Ferrand, en la novela francesa, por las mismas causas. Del mismo modo, la muerte de Manuela sin cumplir su destino y dejando inconclusas muchas expectativas es reminiscente de la de Fleur de Marie, protagonista de *Los Misterios de París*. Además, como en la novela francesa, en *Manuela*, en boca de Clotilde, hija de Don Blas -dueño del Trapiche del Retiro- se oyen algunas propuestas para subsanar la prostitución (Díaz Castro, 1866: 206); mientras que, con la mediación del párroco del lugar se intenta acabar con el concubinato y la mancebía; en general, como en la obra de Sue, la reivindicación social se basaba en el cristianismo oficial; por esto, Demóstenes al final de la novela concuerda con muchas de las ideas del párroco Jiménez.

En este punto hay que hacerse otra pregunta: ¿Qué había detrás de otra de las afirmaciones que emitió Vergara sobre Díaz Castro, cuando, después de muerto el escritor, afirmó: «Díaz no conocia la literatura extranjera» (Vergara Vergara 1866, 166). Se pueden abrir libros escritos en francés, nunca traducido al castellano, como: *Le Diable à Paris. Paris et les parisiens: mœurs et coutumes, caracteres et portraits des habitants de Paris* y encontrar, como ya se dijo anteriormente, líneas completas y descripciones de ese libro en *Manuela*; así, como todas las influencias que se han mencionado anteriormente con las obras de Sue, Balzac y Dumas.

Incluso ya en el siglo XIX, se señalaron semejanzas y posibles influencias de una novela de otro escritor francés con *Manuela*: «Pero donde luce el autor su ingenio espiritual, festivo y galano, comprobando que los asuntos más ligeros tratados con gracia revisten forma imperecedera es en la simulada *Revolución*: los ociosos instintos de los aldeanos, la parcialidad descarada a favor de los suyos y lo que pueden las preocupaciones en que cada uno se ha criado, están pintadas tan a lo vivo que no lo hizo mejor Paul de Kock en su novela de iguales tendencias llamada *El asno del señor Martín*» (Laverde Amaya 1890, 38). Así, a pocas décadas de publicada la novela, los lectores entendían que Díaz Castro había sido un gran lector de literatura francesa.

Ahora bien, al tener en cuenta todos los aspectos anteriormente mencionados, se observa que la representación que Eugenio Díaz Castro efectuó en *Manuela* cumple con las reglas más básicas del Realismo: describir, presentar, explicar para reproducir objetivamente la realidad; al desplegar evidencia para documentar las condiciones socioculturales. Al observar y representar la realidad sociocultural de La Parroquia, se hace incuestionable que como escritor realista creía en que la representación narrativa debía ofrecer las pruebas del fenómeno observado, para que el lector basándose en los aportes mostrados concluyera cuál era el estado de la sociedad y, así, encontrara formas de corrección y mejoramiento. De este modo, por medio del narrador, pacientemente coleccionaba una instancia después de otra para gradualmente producir una imagen coherente y completa de las situaciones.

Esa realidad concreta observable se concentraba en el escrutinio y en la descripción del mundo que rodeaba la existencia de la gente ordinaria; de ahí que enumerara los puntos altos y bajos de la vida de provincia; para él, ningún hecho por simple que fuera era insignificante, ninguna persona por humilde que fuera, dejaba de tener importancia; como tampoco ningún objeto era ínfimo en la representación de la realidad. Mientras más detalles proporcionó acerca de los objetos físicos en el ambiente de un personaje, la pintura se hizo más convincente y fue más fácil para que el lector la viera y la aceptara. Del mismo modo, esos detalles descriptivos le sirvieron para persuadir de que lo que presentaba a través de la letra era verdadero en relación con la vida; pormenores que lo ayudaron a anclar su escritura a un tiempo y a un lugar específicos: la vida en La Parroquia hacia 1856.

Estos aspectos de un efectivo realismo, en ocasiones anticipan la entrada del Naturalismo, como movimiento literario, al examinar las profundidades de la naturaleza humana y las relaciones del ser humano con su sociedad circundante. Entre las diversas escenas de cruda representación está el caso de Pía, joven de catorce años y medio, y la manera en que debe lidiar en el trapiche con el hostigamiento sexual del mayordomo, con el de los peones, y con la Perla, mula resabiada que debía controlar para hacer su trabajo y así evitar ser castigada y violentada sexualmente por el capataz; pero quien poco después quedó embarazada, fue madre de un niño, luego el hombre la abandonó, vivía en una situación paupérrima y el bebé murió a los pocos meses (Díaz Castro 1866, 290–293).

Dentro de esta perspectiva, la labor escritural que Díaz Castro efectuó en *Manuela* es de un vívido realismo, que a medida que avanza preanuncia una de las características de la narración naturalista: la cálida sensualidad que descubre tímidamente la sexualidad como factor primordial de la conducta humana y la seducción como forma de ofrecer la supremacía masculina. Así se ve tanto en la manera en que son acosadas y violentadas las jóvenes, como en la forma de actuar de Demóstenes, cuyas acciones muestran la oposición apariencia vs. realidad, situación que se presenta desde el comienzo de la novela en la posada del Mal-Abrigo con Rosa y que se explicita con otros personajes femeninos, pero se mantiene especialmente con Manuela, creando una tensión narrativa hasta el final de la historia, cuando el lector espera una conclusión diferente para lo relatado.

Visto todo lo anterior, la absoluta afirmación del escritor conservador Martínez Silva efectuada en 1879, originada por Vergara y Vergara, sobre la inhabilidad estilística y el desconocimiento de Díaz Castro tanto social como cultural, queda en entredicho y hace pensar en las intenciones (políticas e ideológicas) detrás de la aseveración.[50] El autor de *Manuela*, no solamente fue un gran lector y profundo conocedor de la naturaleza humana, sino un agudo y perspicaz político, y como todo gran escritor, debió haber pasado tiempo planeando su obra, organizándola, estudiando el contenido, y plasmándola por medio de la escritura. Hechos que, desde la perspectiva de Vergara, un tra-

---

50 La labor de edición que ellos efectuaron, además de mutilar la ideología del autor del texto, fue bastante deficiente, porque no subsanaron errores evidentes. Al hablar de Clotilde, la primera vez que aparece en la narración, se lee: «la señorita siguió al interior a preguntar por su mama Patrocinio i por Manuela» (Díaz 1866, 177). Patrocino es la madre de Manuela, no es la de Clotilde; éste es un error que debió corregirse. Del mismo modo, confundieron los nombres de personajes: a Celia, la novia bogotana de Demóstenes, la llamaron Cecilia, personaje que era la hija de la Víbora y amante de Tadeo (Díaz 1866, 367). * Pero tal vez la parte que delata las intenciones ideológicas y políticas detrás de las palabras de Martínez Silva sea la afirmación: «la narración estaba interrumpida a cada paso por disertaciones trivialísimas sobre política y moral». En este aspecto no debe olvidarse la influencia de *Los misterios de París,* obra que para cumplir su cometido alargaba la narración mediante largas digresiones, que «llegan al límite de lo insoportable» (Eco 1998, 37). Esos fragmentos que tenían que ver con la ideología socialista fueron eliminados para ofrecer una visión diferente, que se adecuaba a la ideología de Vergara.

* Gracias a Linda Brousseau por señalar estos aspectos que los editores dejaron pasar en la edición de 1866.

bajador como Díaz Castro, aunque era hijo de hacendado y había estudiado en el San Bartolomé, porque no había obtenido un título, no tenía el conocimiento, por tanto no podía efectuar; de ahí que «Para suplir los libros habia leido en la naturaleza» (Vergara Vergara, 1866: 166).

No obstante esto, como se demostró anteriormente, la complejidad de la interacción de las formaciones culturales que intervienen y se entrecruzan en la época y la velocidad de la circulación de ideas fueron parte integrante y principal de la ideología política y del desarrollo de la novelística para el grupo de escritores liberales que adoptaron el Realismo a mediados del siglo XIX; grupo al cual perteneció el liberal–socialista Eugenio Díaz Castro, quien afirmó sobre su propia escritura: «mi pluma ha sido alternativa, democrática y sumamente popular» (Díaz, 1859d: 41).

Flor María Rodríguez–Arenas

Bibliografía

Amorós, Andrés. *et ál. Antología comentada de la literatura española: siglo XIX.* Madrid: Castalia, 1999.

Anónimo. *Análisis del socialismo y exposición clara, metódica é imparcial de los principales socialistas antiguos y modernos y con especialidad los de San–Simon, Fourier, Owen, P. Leroux y Proudhon, según los mejores autores que han tratado esta materia tales como Reybaud, Guepin, Villegardelle, etc.* Bogotá: Librería de S. Simonot, 1852.

Anónimo. «Apuntes biográficos sobre Eujenio Sue». *El Día* (Bogotá) 271 (abr. 13, 1845): 3.

Anónimo. «Gabinete de lectura». *El Neo-granadino* (Bogotá) 16 (nov. 18, 1848): 122.

Anónimo. «Nueva Librería». *El Día* (Bogotá) 818 (mayo 17, 1851): 4; 821 (mayo 27, 1851): 4; 827 (junio 17, 1851): 4.

Aymes, Jean–René. *Revisión de Larra (¿Protesta o revolución?).* Paris: Presses Univ. Franche–Comté, 1983.

Barthes, Roland. *El susurro del lenguaje.* Barcelona: Editorial Paidós. 2009.

Briceño, Manuel. *La revolución, 1876–1877: recuerdos para la historia.* Tomo I. Bogotá: Imprenta Nueva, 1878.

Camacho Roldán, Salvador. «Alegato de conclusión en la misma causa». *Escritos varios de Salvador Camacho Roldán.* Bogotá: Librería Colombina, 1892. 90–143.

_____________. «Prólogo». *Manuela. Novela de costumbres colombianas.* Eugenio Díaz. París: Librería Española de Garnier Hermanos, 1889. I: i–xvi.

_____________. «Manuela novela de costumbres colombiana, por Eugenio Díaz». *Escritos varios de Salvador Camacho Roldán.* Bogotá: Librería Colombina, 1893. 494–513.

_____________. *Memorias.* Medellín: Editorial Bedout, [s.f].

Cejador y Frauca, Julio. *Historia de la lengua y literatura castellana.* Vol. VII. Madrid: Editorial Gredos, 1918.

Chevasco, Berry Palmer. *Mysterymania. The Reception of Eugène Sue in Britain, 1838–1860.* Berne: Peter Lang, 2003.

Colmenares, Germán. «Manuela, la novela de costumbres de Eugenio Díaz». *Manual de literatura colombiana.* Bogotá: Planeta–Procultura, 1988. I: 247–266.

____________. *Partidos políticos y clases sociales*. Bogotá: Ediciones Universidad de los Andes, 1968.

Cooper, Barbara T. «Alexandre Dumas père». *Nineteenth–Century French Fiction Writers: Romanticism and Realism, 1800–1860*. C. S. Brosman. (Ed.). Detroit, MI: Thomson Gale, 1992. 98–119.

Cordovez Moure, José María. *Reminiscencias de Santafé y Bogotá*. Bogotá: Fundación Editorial Epígrafe. 2006.

Cortázar, Roberto. *La novela en Colombia. Tesis para el doctorado en Filosofía y letras.* Bogotá: Imprenta Eléctrica, 1908.

D'Alaux, Gustave. «Le pamphlet et les moeurs politiques en Espagne». *Revue des deux mondes* 19 (jul. 1847): 302.

Del Saz, Agustín. *Resumen de historia de la novela hispanoamericana.* Barcelona: Editorial Atlántida, 1949.

Díaz, Eugenio. *Manuela. Novela de costumbres colombianas*. París: Librería Española de Garnier Hermanos, 1889. 2 vols.

Díaz, Eujenio. «Manuela. Novela bogotana, orijinal por Eujenio Díaz». *El Mosaico* (Bogotá) I.I.3 (ene. 8, 1859a): 23–24; 5 (ene. 22, 1859): 39–40; 6 (ene. 29, 1859): 46–48; 7 (feb. 5, 1859): 55–56; 8 (feb. 12, 1859): 62–64; 9 (feb. 19, 1859): 69–72; 10 (feb. 26, 1859): 77–80; 11 (mzo. 5, 1859): 87–88; 12 (mzo. 12, 1859): 95–96; 13 (mzo. 19, 1859): 103–104; 15 (abr. 2, 1859): 121–122. [Inconclusa. Se publicó hasta el capítulo VIII].

____________. «Manuela, novela orijinal por Eujenio Díaz». *Museo de cuadros de costumbres i variedades*. Bogotá: Imprenta a cargo de F. Mantilla, 1866. II: 169–446.

____________. *El gorro+. *Biblioteca de Señoritas* (Bogotá) II.65 (jul. 16, 1859b): 66–68.

____________. *La variedad de los gustos+. Eujenio Díaz. *El Mosaico* al cual está unida *La Biblioteca de Señoritas* (Bogotá) I.43 (oct. 29, 1859c): 348.

____________. «La ruana». Eujenio Díaz. *Biblioteca de Señoritas* (Bogotá) II.57 (mayo 21, 1859d): 153–156.

____________. «Mi pluma». *Biblioteca de Señoritas* (Bogotá) II.62 (jun. 25, 1859e): 41–42.

____________. *Una Ronda de don Ventura Ahumada y otros cuadros.* Bogotá: Editorial Minerva S.A., 1936.

Díaz Castro, Eugenio. «Artículos autobiográficos». *Novelas y cuadros de costumbres.* Bogotá: Colombia: Procultura: Presidencia de la República. 1985. II: 353–371.

Díaz Castro, Eugenio. *Novelas y cuadros de costumbres.* Bogotá: Colombia: Procultura: Presidencia de la República, 1985. 2 vols.

Díaz Plaja, Guillermo. *Historia general de las literaturas hispánicas*. Barcelona: Editorial Barna, 1968.

Eco, Umberto. «Socialismo y consolación». *Socialismo y consolación. Reflexiones en torno a los misterios de París de Eugène Sue.* Barcelona: Tusquets Editor, 1970. pp. 7–37.

______________. *El superhombre de masas. Retórica e ideología en la novela popular*. Barcelona: Editorial Lumen, 1998.

Escobar, José. «Costumbrismo: estado de la cuestión». *Romanticismo 6; Actas del VI congreso. El costumbrismo romántico.* Joaquín Álvarez Barrientos (ed.). Rome, Italy: Bulzoni, 1996. 117–126.

Frappier–Mazur, Lucienne. «Publishing novels». *A New history of French literature*. D. Hollier. (ed.). Cambridge, Massachusetts – London, England. Harvard University Press, 1989. 693–698.

Galindo, Aníbal. *Recuerdos históricos, 1840 a 1895*. Bogotá: Imprenta de La Luz, 1900.

García Barriga, H. *Plantas Medicinales de Colombia*. III. Bogotá: Tercer Mundo Editores, 1995.

Gil y Zárate, Antonio. *Manual de literatura: principios generales de poética y retórica*. Madrid: Imprenta de Martínez y Minueza, 1850.

González González, Fernán E. Poderes enfrentados: Iglesia y Estado en Colombia. Santafé de Bogotá: Cinep, 1997.

Gramsci, Antonio. *Cuadernos de la cárcel / Prison Notebooks*. 6. Trad. Ana María Palos. Puebla: Ediciones Era, 2000.

Guillén Martínez, Fernando. *El poder político en Colombia*. Bogotá: Planeta Colombiana Editorial S. A., 1996.

Gutiérrez Ponce, Ignacio. *Vida de don Ignacio Gutiérrez Vergara y episodios históricos de su tiempo (1806–1877)*. Vol. I. Londres: Imprenta de Bradbury y Agnew & Cía Lda., 1900.

Helguera, Joseph León. *The first Mosquera administration in New Granada*, 1845–1949. Chapel Hill: University of North Carolina, 1958. [Disertación de doctorado].

Hetzel, J. *Le Diable à Paris. Paris et les parisiens: mœurs et coutumes, caracteres et portraits des habitants de Paris, tableau complet de leur vie privée, publique, politique, artistique, littéraire, industrielle, etc., précéde d'une histoire de Paris par Teophile Lavallée*. 2 vols. Paris: J. Hetzel, 1845–1846.

Hollier, Denis (ed.). *A New History of French Literature*. Cambridge, Massachusetts London, England: Harvard University Press, 1989.

Kalmanovitz, Salomón. *Economía y nación. Una breve historia de Colombia*. Nueva edición, corregida y aumentada. Bogotá: Grupo Editorial Norma, 2003.

______________. «El régimen agrario durante el siglo XIX en Colombia». *Manual de Historia de Colombia*. Bogotá: Procultura S. A.–Tercer Mundo Editores, 1992. II: 211–324.

König, Hans–Joachim. *En el camino hacia la nación. Nacionalismo en el proceso de formación del Estado y de la Nación de la Nueva Granada, 1750–1856*. Bogotá: Banco de la República, 1994.

Laverde Amaya, Isidoro. *Fisonomías literarias de colombianos*. Curazao: A. Bethencourt e Hijos, Editores, 1890.

Levin, Harry. *The Gates of Horn; A Study of Five French Realists*. New York and Oxford: Oxford University Press., 1963.

Los Editores. «Prólogo». *Museo de cuadros de costumbres i variedades*. Bogotá: Imprenta a cargo de F. Mantilla, 1866. i–iv.

Lyon–Caen, Judith. *La Lecture et la Vie: Les usages du roman au temps de Balzac*. Paris: Tallandier, 2006.

Ludlow, Gregory. «Pigault–Lebrun: A Popular French Novelist of the Post–Revolutionary Period». *The French Review* Vol. 46, No. 5 (Apr., 1973): 946–950.

Llano Isaza, Rodrigo. *Los draconianos. Origen popular del liberalismo colombino*. Bogotá: Editorial Planeta Colombiana, 2005.

Martí–López, Elisa. *El realismo melodramático en España, 1840–1850: Fernán Caballero y la marginalización del folletín social*. New York: New York University. 1994. [Disertación de doctorado].

Martínez, Frédéric. *El nacionalismo cosmopolita. La referencia europea en la construcción nacional en Colombia, 1845–1900*. Bogotá: Banco de la República, Instituto Francés de Estudios Andinos, 2001.

Martínez Garnica, Armando. «Los liberales neogranadinos frente al ejército permanente». *Boletín de Historia y Antigüedades* vol. XCII.830 (septiembre, 2005): 585–622.

Martínez Silva, Carlos. «José María Vergara y Vergara». *El Repertorio Colombiano* Vol. III. Bogotá: Librería Americana y Española, 1879. 368–394. [Reproducido]: *Historia de la Literatura en Nueva Granada*. José María Vergara y Vergara. Tomo I. Bogotá: Biblioteca de la Presidencia de Colombia, 1958. 9–35.

Maya, Rafael. «La Manuela y el criollismo colombiano». (1965). *Obra crítica*. Bogotá: Ediciones del Banco de la República, 1982. I: 265–276.

Morris, Pam. *Realism*. London – New York: Routledge, 2003.

Palma, Ricardo. *Dos mil setecientas voces que hacen falta en el Diccionario*. Lima: Imprenta La Industria, 1903.

Pavel, Thomas. *Representar la existencia. El pensamiento de la novela*. Barcelona: Editorial Crítica, 2005.

Pineda Botero, Álvaro. *La fábula y el desastre: estudios críticos sobre la novela colombiana, 1650–1931*. Medellín: Fondo Editorial Universidad EAFIT, 1999.

Pintos de Cea–Naharro, Juan Luis. «Orden social e imaginarios sociales (Una propuesta de investigación)». *Papers* N° 45 (1995), pp. 101–127.

Pombo, Lino de. *Recopilación de leyes de la Nueva Granada*. Bogotá: Imprenta de Zoilo Salazar, 1845.

Prendergast, Christopher. *For the People by the People? Eugène Sue's Les Mystères de Paris. A Hypothesis in the Sociology of Literature*. Oxford: Legenda–Univesity of Oxford, 2003.

Rodríguez–Arenas, Flor María. *Bibliografía de la literatura colombiana del Siglo XIX*. Tomo I (A–L). Buenos Aires: Stockcero, 2006.

______________. «Díaz Castro, José Eugenio». *Bibliografía de la literatura colombiana del Siglo XIX*. Tomo I (A–L). Buenos Aires: Stockcero, 2006. 336–346.

Rojas, Cristina. *Civilización y violencia. La búsqueda de la identidad en la Colombia del siglo XIX.* Bogotá: Grupo Editorial Norma, 2001.

______________. *Civilization and violence: Regimes of representation in nineteenth–century Colombia.* Minneapolis: University of Minnesota Press, 2002.

Rojas de Ferro, María Cristina. *A Political Economy of Violence*. Ottawa–Canada: Carleton University, 1994.

Samper, José María. «Discurso de recepción en la Academia Colombiana». *Selección de estudios*. Bogotá: Ministerio de Educación Nacional, Ediciones de la Revista Bolívar, 1953. 167–200.

______________. *Historia de un alma. Memorias íntimas y de historia contemporánea escritas por José María Samper. 1834 a 1881.* Bogotá: Imprenta de Zalamea Hermanos, 1881.

______________. *Miscelánea ó Colección de artículos escogidos de costumbres, bibliografía, variedades y necrología.* París: Librería Española de E. Denné Sohmitz, 1869.

Samper Ortega, Daniel. «D. Eugenio Díaz». *Una Ronda de don Ventura Ahumada y otros cuadros.* Eugenio Díaz. Bogotá: Editorial Minerva S. A., 1936. 5–8.

______________. «José María Vergara y Vergara y su época». *Obras escogidas de don José María Vergara y Vergara*. Tomo 1. Publicadas por sus hijos Francisco José Vergara, Ana Vergara de Samper y Mercedes Vergara y Balcázar, en el primer centenario de su nacimiento. Bajo la dirección de Daniel Samper Ortega. Bogotá: Editorial Minerva, 1931. 35–96.

Sánchez, Efraín. *Gobierno y geografía. Agustín Codazzi y la Comisión Corográfica de la Nueva Granada.* Bogotá: Banco de la República / El Áncora Editores, 1999.

Sebastián López, José Luis. FELICIDAD Y EROTISMO EN LA LITERATURA FRANCESA DEL SIGLO DE LAS LUCES: DE LAS CARTAS PERSAS *(1721) a Las amistades peligrosas (1782).* Barcelona: Icaria Editorial, 1992.

Sheon, Aaron. «Parisian Social Statistics: Gavarni, *Le Diable à Paris,* and Early Realism». *Art Journal* Vol. 44, No. 2 (Summer, 1984): 139–148.

Shroeder, Maurice Z. «Balzac's Theory of the Novel». *L'Esprit Créateur* VII.1. (1967): 3–10.

Stowe, Richard S. *Alexandre Dumas père.* Boston: Twayne Publishers, 1976.

Uricoechea, Ezequiel. «Bibliografía colombiana». Apéndice. *Revista Latino–Americana*. París: Librería Española de E. Denné Schmitz, 1874. 1–48.

Valera Jácome, Benito. «Evolución de la novela hispanoamericana del siglo XIX». *Historia de la literatura hispanoamericana. II: Del Neoclasicismo al Modernismo*. L. Iñigo–Madrigal. (Coord.). Madrid: Ediciones Cátedra S. A., 1987. 91–133.

Velandia, Roberto. *Enciclopedia histórica de Cundinamarca. El departamento – Siglo XIX*. Tomo 1, Volumen 2. Bogotá: Editora Guadalupe, 2005.

Vergara Vergara. José María. «El señor Eujenio Díaz». *Museo de cuadros de costumbres i variedades*. Bogotá: Imprenta a cargo de F. Mantilla. 1866. 163–168.

Vergara i Vergara, J. M. «Manuela, novela orijinal de Eujenio Díaz. Prólogo». *El Mosaico* 1–2 (1858–1859): 8, 16.

MANUELA.

Novela bogotana

Los cuadros de costumbres
no se inventan, sino se copian[1]

1 Fuentes para el léxico de las notas: DRAE. 9ª ed. Madrid: Imprenta de D. Francisco María Fernández, 1843. Rufino José Cuervo. *Diccionario de construcción y régimen de la lengua castellana. Tomo Primero A–B*. París: A. Roger y F. Chernoviz, 1886. P. Julio Tobón Bentacourt. *Colombianismos y otras voces de uso general*. 2ª ed. Bogotá: Imprenta Nacional, 1953. Mario Di Filippo. *Lexicón de colombianismos*. 2ª ed. Bogotá: Banco de la República – Biblioteca Luis Ángel Arango. 1983. 2 vols. José Luis González. Dichos y proverbios populares. Madrid: Edimat Libros S. A., 1998. María Moliner. *Diccionario de uso del español*. Versión electrónica. Madrid: Editorial Gredos, 2001. [Para otros textos ver Bibliografía del estudio].

Capítulo I

La posada de Mal–Abrigo

Eran las seis de la tarde, y a la luz del crepúsculo se alcanzaba a divisar por debajo de las ramas de un corpulento guásimo,[2] una choza sombreada por cuatro matas de plátano que la superaban en altura. En una enramada que tocaba casi el suelo con sus alares, se veía una hoguera, y alrededor algunas personas y un espectro de perro, flaco y abatido sobre sus patas. Al frente de la enramada acababa de detener su mula viajera un caballero que entraba al patio, seguido de su criado, y de un arriero que conducía una carga de baúles. Del centro de este segundo grupo salió una voz que decía:

—¡Buenas noches les dé Dios!

—Para servirle, contestaron los de la enramada.

—¿Que si nos dan posada?

—La casa es corta, pero se acomodarán como se pueda. *Entren para más adentro*.

—¡Dios se lo pague!, contestó el arriero, comenzando, a aflojar la carga de la jadeante mula.

El caballero se desmontó y tendiendo su pellón[3] colorado sobre un grueso tronco sustentado por estacas y emparejado con tierra, se sentó, mientras el arriero, desenjalmaba[4] y recogía el aparejo,[5] y el criado arrimaba las maletas contra la negra y hendida pared de la choza. Salió de la cocina una mujer con enaguas azules y camisa blanca, en cuyo rostro brillaban sus ojos bajo unas pobladas cejas, como lámparas bajo los arcos de un templo obscuro; y dirigiéndose al viajero, le dijo:

—¿Por qué no entra?

—Muchas gracias... ¡está su casa tan obscura!

—¿No trae vela?

—¿Vela yo?

—Pues vela, porque la que hay aquí, quién sabe dónde la puso mi *mama*;

2 *Guásimo*: árbol de hasta 25 mts. de altura, de hojas alargadas; en medicina tradicional se emplea para problemas gastrointestinales (García Barriga, 1995).

3 *Pellón*: «Especie de almohadilla que, en toda América, coloca el jinete sobre la montura para amortiguar la dureza de ésta» (Palma 1903, 210).

4 *Desenjalmar:* quitar la enjalma (cierto aparejo) a las caballerías. Desaparejar.

5 *Aparejo*: conjunto de cosas que se ponen sobre una caballería para poder montarse en ella, cargarla o sujetarla a un vehículo. Arneses, arreos, guarniciones.

y a obscuras no la topo.[6] Y si la dejan por ahí, ¡harto dejarán los ratones! ¡Conque se comen los cabos de los machetes, y hasta nos muerden de noche! Pero si tiene tantica paciencia voy a sacar luz para buscarla.

Ya tenían arrimados los baúles los compañeros del viajero, cuando salió la casera de la cocina con un bagazo encendido. El bagazo[7] seco y deshilachado (la vela de los pobres), era como una hoguera, y a su luz brillantísima pudo nuestro viajero examinar la mezquina fachada de la choza y la figura de la patrona. Era ésta de talle delgado y recto, de agradable rostro y pies largos y enjutos; sus modales tenían soltura y un garbo natural, como lo tienen los de todas las hijas de nuestras tierras bajas.

—Cuando la vela, con gran pesar de los ratones, estuvo alumbrando la salita, los criados introdujeron los trastos; y sobre la cama que el paje había formado con el pellón y las ruanas, se recostó el viajero fumando su cigarro, y lamentándose, por intervalos, del cansancio y del estropeo.

—¡Hombre, José! ¡qué caminos!, decía a su criado que ya se había recostado también sobre la enjalma, ¡si tú vieras los de los Estados Unidos! ¡Y las posadas de allá; eso todavía! Estoy todo desarmado aquí donde tú me ves. ¡Qué saltos! ¡qué atolladeros! No creía llegar vivo a esta magnífica posada.

—Y en esas tierras que su merced[8] mienta,[9] ¿no son caminos provinciales y nacionales como los nuestros?

—¿Cómo éstos? Allá va volando uno en un tren que lleva todas las comodidades de la vida civilizada.

—Pero la *Pólvora* en que su merced bajó el monte es superior para los viajes. ¡Tiene un paso trochado, y un modo de bajar los escalones, y de atravesar los sorbederos...! Y recuerde su merced que un mero día desde Bogotá hasta aquí.

—¡Un día! Allá hubiéramos hecho en una hora esta misma jornada, y no a saltos y *barquinazos*,[10] como tú dices, sino acostado sobre cojines.

—¿Conque qué tal le va?, preguntó el arriero a su patrón, entrando a colgar los cabezales de las bestias.

—Ya puedes suponer..., y tú, ¿de dónde vienes?

—De manear las mulas y esconderlas; porque como dice el dicho, «más vale contarles las costillas que los pasos». Y por lo que hace a mi acomodo, yo en cualquier parte quedo bien. Pienso dormir debajo del alar sobre la enjalma, porque adentro no cabríamos los tres, con *ñuá* Estefana, su familia y sus cluecas.[11]

—¿Y por qué se te ocurrió llamar posada esta choza y hacerme pernoctar en ella?

—¿Y en qué otra parte? ¡Sólo que en la casa grande de la Soledad...! Su

6 *Topar:* encontrar.

7 *Bagazo*: residuos que quedan de la caña de azúcar después de exprimirla.

8 *Su merced*: forma de tratamiento que expresa afecto o respeto.

9 *Mentar*: citar, mencionar.

10 *Barquinazo*: sacudida muy violenta o vuelco de un carruaje.

11 *Clueca*: ave que está en estado de empollar o empollando.

merced me dijo que las casas grandes tenían sus inconvenientes para pasar la noche.

—¡Pero si aquí ni cabemos siquiera! En fin... una mala noche pronto se pasa. Saca un libro del maletón, José.

Y tomando el segundo tomo de *Los Misterios de París*[12] que le trajo su criado, empezó a leer en voz alta, mientras su perro y su arriero dormían a sus pies. El perro de Terranova, que respondía al nombre de Ayacucho, no había hecho el menor caso de los largos y destemplados aullidos con que lo había recibido el moribundo gozque[13] de la choza; y éste viendo el profundo desprecio de su huésped, y que, gordo como estaba, más se curaba de dormir que de comer, dejó de temer la rivalidad y volvió a acostarse cerca del fogón.

Acababa de bostezar el viajero, viendo en su reloj de oro que eran las ocho, cuando entró la joven casera de paso para su alcoba.

—¿Y qué hay del cafecito?, le preguntó el viajero.

—¿Cuál cafecito?, le contestó ella con la más franca admiración.

—El de mi cena.

—¿Luego usted cena?

—Por de contado.[14]

—¿Trajo de qué hacerle? ¿Tiene algo en esos baúles?

—Sí: los libros y la ropa.

—¿Eso merienda, pues?

—No, lo que tú me prepares.

—¿Y si no hay nada?

—¿Cómo?

—Que en estos caminos hay que llevar de comer, porque no se encuentran las cosas al gusto de los pasajeros.

—¡Yo no acostumbro cargar nada de comida, mi hija!

—Pues entonces, aguante.

—¿Y llevando cóndores?

—¿Qué son cóndores?

—Monedas de oro del valor de doce pesos y medio.

—¿Y con qué pagábamos tantos *trueques*?[15] ¡Ni con todo lo que tenemos en el rancho! ¡Ave María!

—¿Y entonces, me dejas morir de hambre después de criado? ¡Tú que siendo tan buena moza, no debes ser inhumana!... ¿Cómo te llamas?

—Rosa, una criada suya.

—Y mucho menos siendo la reina de las flores.

—¡Nada!

—¿Y no te compadeces?

---

12 *Los Misterios de París* (*Les mystères de Paris)*: Novela de Eugène Sue (1804–1857). publicada en París en el *Journal des débats* entre el 19 de junio de 1842 y el 15 de octubre de 1843.

13 *Gozque*: perro.

14 *Por de contado*: Por descontado, por supuesto.

15 *Trueques:* excedente de dinero que se devuelve a quien, al hacer un pago, entrega una

—Sólo que se conforme con lo que hay.

—De mil amores.[16]

Continuó leyendo el viajero, mientras Rosa se fue a reanimar el fuego, tomando nuevas y urgentes providencias, poseída de sentimientos humanitarios, y de algo más, porque el viajero le inspiraba un si es no es[17] de cariño.

Iba el lector en un pasaje interesante cuando fue interrumpido por Rosa, la que poniendo un pie en el extremo de la barbacoa, levantó el otro con destreza y agilidad, para alcanzar a cortar un pedazo de carne de la pieza que colgaba de una vara suspendida con cuerdas del techo, y con la necesaria interposición de totumas[18] y tarros que garantizan de ratones. Si al viajero había parecido Rosa, dándole posada, una mujer bondadosa, ahora, suspendida de un pie en la punta de una barbacoa,[19] los brazos alzados y el cuerpo lanzado en el aire, advirtió que era elegante de cuerpo; y en aquella postura, y recordando que estaba ocupada en su servicio, le pareció el ángel del socorro.

—¿Siempre me favorecerás, Rosa?, le dijo.

—¿No ve?, ¡para su cena...! dijo mostrándole el pedazo de carne, y dando un salto ágilmente, corrió a la cocina. Continuó la lectura durante otra hora; y cuando los bostezos del amo, del criado y del perro, se respondían como el eco en las bóvedas de una cueva, entró Rosa con una servilleta del tamaño de un pañuelo, a tenderla sobre una cajita, cerca de un baúl, y el viajero le preguntó:

—¿Qué noticias tenemos, Rosa?

—¿No ve ya la mesa puesta?

—¡Bien, bien! Si es el primer repique, procura que no tarden los otros dos.

—Aflójese tantico, si está apretado. ¿Y quién le manda ser descuidado y darse mala vida? Ya ve, los pobres lo primero que prevenimos es la comida cuando viajamos; porque si uno se muere, ¿de qué sirve la plata?

—No te detendré con objeciones, porque tienes mucha razón, y además los momentos son preciosos.

Otro capítulo del libro fue leído en el intermedio siguiente, y al cabo volvió a aparecer Rosa trayendo una taza vidriada, no muy limpia por de fuera.

—¿Qué me traes, Rosa?, preguntó el viajero sentándose en su barbacoa.

—Es el ají... ¿Usted no se pica?

—De ti es que estoy medio picado. Ven acá, graciosa negra.[20] Siéntate y conversemos.

—¿Y la cena?

—¡Todo es secundario en tu presencia! Tienes un aire, una gracia y unas miradas que consuelan.

—¿Entonces no le traigo de cenar? Con que yo lo mire tiene bastante.

---

16 *De mil amores*: frase amable informal con que alguien se presta a hacer algo que le pida otra persona.

17 *Un si es no es*: «significa la cortedad, pequeñez de una cosa» (González, 382).

18 *Totuma*: vasija rústica que se obtiene del fruto del totumo o de la calabaza.

19 *Barbacoa*: estructura sobre patas que sirve de cama, camastro.

20 *Negra*: En la época y en la zona no hace referencia a raza. Es tratamiento que se emplea como vocativo afectuoso, cariñoso.

—Pues no es malo que me traigas algo. Quisiera que me hicieras la visita, porque tu conversación me encanta; pero en fin, tú lo verás.

Cuando esto dijo el viajero, ya Rosa había salido, para presentarse de nuevo como el verdadero ángel del socorro. Puso sobre la mesa una taza y un plato de palo que tenía carne asada, de apetitoso olor; y luego se sentó en otro baúl, poniéndose la mano en la cintura.

—Me gusta que me acompañes. Yo no puedo comer solo; y así será mi cena más sabrosa. ¿Y qué potaje tenemos?

—Como no es potaje sino mazamorra.

—¡Exquisita!, exclamó el viajero así que la probó, y no volvió a atravesar palabra hasta agotar la taza.

—Esta carne también está buena, dijo Rosa.

—¡Pues ahí verás que no me gusta tanto! Tiene un olorcillo... ¿De qué es?

—¿Para qué quiere saberlo?

—¡Ya se ve! Lo que importa es matar a quien nos mata. ¡Qué buena cena! Ahora se me ocurre una cosa: tú me cuidas y ni siquiera sabes cómo me llamo.

—¿Eso qué le hace?

—¡Oh! ¡de esto sucede mucho en la Nueva Granada![21] Mil gracias, Rosa.

—¡Que le haga buen provecho!

—Te quedo muy agradecido. ¡Mira!, cuando vayas a Bogotá, pregunta por mí, que tendré mucho gusto en atenderte.

—Mi hermano Julián es el que viaja, y algunas veces mi madre. Yo les diré que vayan a la casa de usted.

—¿Y vives contenta entre estos montes?

—¿Y si no? El que es pobre...

—¿Y en qué buscas tu vida, Rosa?

—En la labranza, cuando se puede trabajar; y la mayor parte del año en el trapiche[22] de la hacienda.

—¿Eres trapichera?

—Sí, señor: de la Soledad, del trapiche de mi amo Blas, nada menos.

—¿Él vive solo?

—Con mi señorita Clotilde, porque mi señora no se amaña, ni le hace el temperamento. Los niños suelen hacer sus viajes a la ciudad.

—¿Te gusta el oficio de trapichera?

—¿Y qué se va a hacer?

—¿Y quiénes más viven aquí contigo?

—Mi madre, yo, Julián y Antoñita, la mediana. Mi padrastro se murió hace poco; Matea se fue a Ambalema;[23] y dicen que está calzada y como una

21 *Nueva Granada*: Durante los años de 1831 a 1863, el territorio de lo que hoy es Colombia, recibió constitucionalmente los nombres de: «Estado de la Nueva Granada» (1831–1842), «República de la Nueva Granada» (1842–1858), «Confederación Granadina» (1858–1863) (véase: Pombo y Guerra 1986).

22 *Trapiche*: lugar donde se produce azúcar. Finca de caña de azúcar.

23 *Ambalema*: poblaciones del Departamento de Tolima, sobre la orilla izquierda del río Magdalena y la confluencia del río Recio. Lugar donde se producía y se procesaba el tabaco, llegó a convertirse en un centro importante de esta industria durante el siglo XIX.

novia de maja. Julián, mi hermano, está trabajando en el trapiche del Retiro, y no viene a casa sino por San Juan,[24] la semana santa y la nochebuena. Otro hermano tenemos, que trabaja en la Soledad; pero ni caso ni cuenta hace de nosotras.

—¿Y cuáles son tus obligaciones en la hacienda?

—Pagar ocho pesos por año, y trabajar, una semana sí y otra no, en el oficio del trapiche.

—¿Y qué tal es tu señora Clotilde?

—Buena con nosotras; y, ¡muy chusca que es la señorita!

—¿Y en la parroquia, hay algo que sirva?

—¡Ave María! ¡Pues la niña Manuela... que es lo que hay que ver!

—Pero, tanto he hablado con usted, y hasta ahora no me ha dicho su gracia, es decir, cómo se llama.

—Yo me llamo Demóstenes, un criado tuyo, contestó el caballero haciendo una cortesía.

Seguramente don Demóstenes, por el hábito de no acostarse sino de las doce para adelante, estaba desvelado en esa noche. Por lo que hace a Rosa, como buena trapichera, estaba acostumbrada a trasnocharse; y en esta disposición análoga, eran ya las diez, y todavía conversaban como dos novios. Don Demóstenes complacido con la ingenua y sencilla charla de Rosa, y ésta, contenta de interrumpir su acostumbrado aislamiento y soledad, hablando con un pasajero de agradable conversación.

La madre y los hermanitos hacía rato que dormían en la alcoba inmediata: al fin se retiró Rosa, llevando en la mano el bagazo encendido. Don Demóstenes apagó su vela y se preparó a dormir en su movediza barbacoa.

Mas cuando esperaba el reposo y el sueño bienhechor debido con tanta justicia al mal parado viajero, éste en vez de conciliar el sueño, no hacía sino moverse y agitarse en su cama, sintiendo mil picadas en todo su cuerpo. Largo rato luchó con aquel tormento desconocido, hasta que por fin, agotada la paciencia, llamó a su criado.

—José, levántate, que estoy como metido en agua hirviendo y tengo una sed devoradora. Enciende pronto la vela, ¡oyes!

—¡Cómo los ratones cargaron con ella!, contestó José, después de buscarla a tientas en toda la pieza.

—Llama a Rosa, pues.

Rosa se había puesto en pie desde que oyó las voces y las plegarias de su huésped, y salió para ver cómo podía aliviar al viajero; pero no había otra vela en la casa, y hubo que recurrir al bagazo. Encendido éste, se encargó José de atizar la salvaje lámpara, mientras Rosa examinaba la cama de don Demóstenes.

—Son los *chiribicos,*[25] dijo, después de examinar los dobleces de la sábana.

—¿Y qué se hace con ellos?

---

24 *San Juan*: fiesta de San Juan Bautista, celebrada el 24 de junio.

25 *Chiribico*: Insecto hemíptero que vive en la ropa, las camas y los muebles. chupa la sangre a las personas.

—Con los *chiribicos* y con don Tadeo el tinterillo,[26] no hay remedio que valga.

—¿Cómo es eso?

—¡Pues mire! Cuando los chiribicos se *empican*,[27] no vale asco, no vale arder la cobija ni el junco, ni quemar la barbacoa.

—¿Y qué se hace entonces?

—Embarrar de nuevo la casa, o derribarla y hacer otra nueva.

—¿Pero mientras se derriba, qué hacemos, Rosa? ¡Yo me muero!

—¿No trajo hamaca?

—¡Corriente, Rosa! Viene entre los baúles: que la saque José cuanto antes.

Cuando colgaron la hamaca entre el criado y la casera, le advirtió Rosa:

—Pero no vaya a llevar a la hamaca ni una cobija, ni una pieza de ropa de las que tiene puestas, porque entonces se queda en las mismas.

Don Demóstenes siguió el consejo: se mudó, y envuelto en otra sábana hizo su ascensión gloriosa a la hamaca, de un sólo brinco, como el boga que sube al champán perseguido por los policías.

—Ahora quiero agua, porque tengo calentura y la sed me abrasa.

—Esa es la que aquí no hay, mi caballero.

—¿Qué beben ustedes, pues?

—Guarapo.[28] Si quiere, voy a traer un calabazo de agua al chorro; pero aquí son las aguas salobres.

—Te lo agradeceré, hija mía... ¡Oh! ¡las posadas de los Estados Unidos, esas sí que son posadas!, decía don Demóstenes al criado, mientras esperaba el agua. ¡Figúrate que en el hotel San Nicolás encuentra uno en su cuarto hasta agua corriente! ¡Pero esta posada de Mal–Abrigo!...

Al cabo de media hora se oyeron los pasos de la servicial casera, y en seguida el grato acento de su voz.

—*Por aínas*[29] no vuelvo, dijo al entrar, con una tranquilidad llena de filosofía. Se apagó el bagazo en el camino, y aquí no más tuve que matar una taya[30] que se me enredó en los pies... mañana la verá usted...

Don Demóstenes se bebió una totuma llena de una agua no muy buena, y exclamó con todo el fervor de un corazón agradecido:

—¡Oh! ¡Rosa! Eres como una Egeria[31] consolando a Numa.

—¿Que le eche otra totuma? *¡Apare!...*

—No, Rosa, mi sed está mitigada. Ahora conversemos alguna cosa. Mira, estoy curioso de saber por qué vino a colación un don Tadeo, cuando hablábamos de chiribicos.

---

26 *Tinterillo:* leguleyo, rábula, picapleitos.

27 *Empicarse:* aficionarse, cogerle el gusto a algo.

28 *Guarapo*: bebida refrescante preparada con el jugo de la caña de azúcar sin fermentar. Bebida fermentada hecha con este jugo.

29 *Aínas*: por poco.

30 *Taya*: la serpiente venenosa más frecuente en Colombia.

31 *Egeria*: una de las ninfas; se casó con Numa Pompilio, segundo rey de Roma.

—Porque esa es otra plaga que tenemos en la parroquia. Al niño Dámaso lo tiene desterrado y lo persigue como los ratones a la vela, para no dejarlo casar con la niña Manuela. Y usted descuídese, si va a estarse en la parroquia, porque ese es hombre que sabe empapelar a la gente; y acuérdese de lo que le dice Rosa, ¡acuérdese!, repitió al retirarse otra vez a su alcoba.

Don Demóstenes se rió del anuncio; se acordó un poco de la hermosa niña a quien dejaba en Bogotá; pero no tanto que lo desvelara esta memoria como lo habían hecho los chiribicos; y a no ser por el ruido que hacían los estribos cuando su criado estaba chillando, ya muy entrado el día, no se hubiera despertado hasta la tarde. ¡Tan profundo era su sueño, y tan grande su cansancio!

Mientras el arriero cargaba, reparando su posada, encontró la culebra muerta, y dentro de la casa una decoración improvisada. La barbacoa donde le pusieron cama tenía armazón como para toldillo, revestida de arrayán y flores, y un arco gracioso lleno de hojas en la puerta de la sala. Sobre una tablita encontró un libro muy usado, y, al hojearlo, gritó: ¡oh Gutenberg! ¡hasta aquí llega tu sublime descubrimiento! Viendo el título, que decía: «Ramillete de divinas flores, y método para aprender a morir cristianamente»,[32] murmuró: método para vivir es lo que debemos aprender, que morir es caso muy fácil. ¿No te parece, José?, añadió dirigiéndose a su criado.

—Pues para no morirnos es que bregamos hasta donde podemos, mi amo.

Cuando todo estuvo listo para marchar, se acercó don Demóstenes a la cocina, a despedirse de Rosa, dándole las gracias, y ofreciéndole una moneda, que ella rehusó con aire de desdén.

—¡Pues adiós! ¡adiós!

—¡Adiós, señor!, dijo Rosa, y tomó su azadón para irse al pequeño platanar de su estancia.[33]

Saliendo don Demóstenes al camino parroquial de la senda del barzal[34] que ocultaba la casita, al recordar su mala posada y la generosa bondad de Rosa, pensaba preocupado en la frase de «¡descuídese con don Tadeo!», que ella le dijo con aire de profecía; y sacando su cartera escribió riéndose:

> «5 de mayo –Posada de Mal–Abrigo– Rosa ¡Descuídese con don Tadeo! –MANUELA».

Dos horas después entraba en la plaza de la parroquia de... y pronto se instaló en su nueva posada.

---

32 *Ramillete de divinas flores*: libro de devociones compuesto por el español Bernardo de Sierra en 1670.

33 *Estancia:* finca rural pequeña.

34 *Barzal*: zarzal.

CAPÍTULO II

LA PARROQUIA[35]

En las caídas de la gran sabana de Bogotá se encuentran algunos caseríos con los nombres de ciudades, villas o distritos, de los cuales uno, que ha conservado entre sus habitantes el grato nombre de parroquia, es el teatro de esta narración.

Está separado de los otros grupos algunas tres o cuatro leguas,[36] por lo menos, y casi incomunicado, porque los caminos atraviesan bruscamente montañas, rastrojos y fangales. En su plaza, demarcada hace más de un siglo, hay dos costados cubiertos ya de casas, y en el uno sobresale la iglesia de teja, bien notable por su puerta verde y porque cuelgan de una viga de su fachada tres campanas, que, sirven para llamar a la misa mayor los domingos, y entre semana para dar las doce, las seis y los dobles de las ocho. El segundo edificio es el despacho de la alcaldía, llamado antiguamente cabildo; sigue después la casa del cura con su largo corredor sobre la plaza.

Tiene la parroquia un retazo de calle y, algunos trozos formados de solares de cercas de palos sostenidos por algunos árboles nacederos. Hay una casa que se distingue por su establecimiento de venta o tienda, de donde el público se surte de velas, guarapo, o chicha, aguardiente, y algunas veces de pan. La sala de esta concurrida casa tiene una puerta al oriente, que da a la calle, y otra al occidente que sale al patio, el cual está cerrado por los costados con dos tramos del pajizo edificio, y por los otros dos con cerca de guadua,[37] en la cual hay un disimulado portillo, que equivale a la puerta oculta, de que hablan algunas novelas de Europa.

La tienda tiene una trastienda que comunica con la alcoba de la familia, con una pieza obscura de por medio, llena de ollas, barriles, artesas y trastos viejos.

La concurrencia en la tienda es todo, los domingos y a veces los lunes. Las arengas de los concurrentes son graves en ciertas ocasiones, y aun suele la discusión, pasar a los porrazos.

---

35 *Parroquia*: Desde la constitución de la Nueva Granada en 1831, se dividió el territorio en Provincias, éstas en Cantones y estos en Distritos parroquiales. En la constitución de 1853, las Provincias se dividieron en Distritos parroquiales (véase Pombo y Guerra 1986).

36 *Legua*: en el siglo XIX se empleaba la legua granadina, equivalía a 5 kms.

37 *Guadua*: gramínea arborescente; especie de bambú que alcanza hasta 25 mts de alto; crece en suelos húmedos de climas cálidos y templados. Se emplea para construcciones y cercas.

De esta venta saca, tal vez más ganancias que la dueña, un embozado, que desde un agujero practicado en la pared de su alcoba, atisba todos los movimientos, y escucha todas las palabras, apuntando en una grasienta cartera lo que a su entender tiene mayor importancia: en la parroquia hay también embozados.

De las otras dos puertas de la sala, que permanecen siempre cerradas por medio de cortinas de zaraza, la una conduce a la mencionada alcoba de la familia, y la otra al sur, está destinada para los forasteros.

Los muebles son un poyo de adobe, una silla de brazos, reputada por propiedad de los primeros jesuitas, y una mesa grande; los adornos, un san Antonio, una Virgen del Rosario, y un retrato del general Santander.

La edad de la silla, hasta de ochenta años, está bien comprobada, por las muchas heridas que muestra en los brazos, hechas con alevosía las más (y con navaja), y por la firmeza de su constitución, pues sirviendo de andamio, o puente, o receptáculo para pesados cuerpos, suspensa entre el ángulo de la pared y el suelo, no han logrado desarmarla, como a muchos taburetes raquíticos y delicados, que yacen en los zarzos o en los ceniceros, por no haber resistido a esa cruel superación. La mesa aun cuando no tan antigua no carecía de mérito: sobre ella se deshacían marranos, se amasaba y se aplanchaba cuando era menester.

La propietaria de esta casa era doña Patrocinio; pero don Demóstenes se hallaba con dominio absoluto sobre la alcoba del sur, con medio dominio en la silla y la mesa; con derecho de colgar su hamaca en la sala, y de visitar también el interior de la casa, cuando a bien lo tuviera.

Así fue que un domingo hubo en la parroquia la gran novedad de un forastero que se mecía en su gran hamaca, en la sala de la niña Patrocinio, leyendo un libro, cuya pasta brillaba como carey, y teniendo debajo cuadernos y papeles, sobre una estera de Chingalé.[38] También se hablaba de un perro que estaba echado allí junto, tan grande como un ternero, y de un mirar espantoso.

Embebido don Demóstenes en sus libros, no había hecho caso del movimiento que había en la calle, en donde se saludaban los estancieros de los partidos, o se paseaban en compañía, ni de la risa y dichos de las muchachas, que echaban sus revoloteos como las mariposas, mientras daban el último toque a misa. Pero un ruido de bestias y voces de dominio, que pareció estallar contra la puerta, hizo levantar la cabeza al forastero para ver el cielo abierto ante sus ojos.

Una señorita, montada en una mula retinta, con traje que bajaba hasta el suelo, dejando ver al través de un velillo celeste un color bellísimo de mármol y unos ojos grandes, suaves y modestos, una dentadura fina y graciosa, conjunto de primores, visión enteramente milagrosa, era la divinidad que había posado delante de la puerta. Don Demóstenes se puso de pie en el instante, y

38 *Chingalé*: palma de tronco delgado, sin espinas, y hojas en abanico.

viendo que la comitiva hacía alto, ofreció sus servicios para que la señorita se apease. El caballero que la acompañaba estuvo pronto a su lado, y dándole el hombro y la mano, ella descendió majestuosa, para entrar en la sala con su foete en la diestra, y todo su largo traje recogido con la izquierda. Mientras su compañero mandaba amarrar las bestias debajo de un hermoso caucho, y meter los frenos y los pellones, don Demóstenes le dirigió la palabra, después del saludo de cumplimiento.

—¿Cómo es que habita usted en estos desiertos?, le dijo el caballero.

—Porque vivo en la hacienda con mi padre, respondió Clotilde, que era la misma que en la posada había sido nombrada por Rosa.

—Ahora concibo que puede haber un hombre dichoso, viviendo...

Don Blas, entrando presto de la calle, interrumpió este diálogo, que habría sido tal vez curioso; y mientras que la señorita siguió al interior a preguntar por su mamá Patrocinio y por Manuela, don Blas se dirigió al forastero en estos términos:

—¿Y la venida de usted?...

—Emigrado, señor.

—¡Santa María! ¿Otra revolución?

—De los paramitos de San Juan, señor.

—Tiene razón. ¡Son infernales! ¿Y qué de bueno deja usted por Bogotá?

—Pues no hay cosa particular sobre la crónica común. Ahora, sobre los negocios públicos usted habrá leído «El Tiempo»[39].

—«¿El Tiempo?»... No señor. Aquí no llega sino la «Gaceta» y se va al archivo, muchas veces sin desplegarla; dicen que a don Eloy le viene el «Porvenir».

—¡Es cosa muy rara!

—No señor: así andamos en muchas parroquias... Lo raro es ver a una persona como usted por aquí.

—Pues otros años he ido a Fusagasugá,[40] que es magnífico por su temperatura, por sus aguas, por su gente, por sus bellas sabanas y sus célebres quintas.

—Pues eso sí no tenemos por aquí.

—Cierto, porque las tierras, como este distrito, húmedas, saturadas de sales, nitro, caparrosa y piedra azul de pizarra, y que se ablandan y se deslizan en derrumbes llevándose las estancias y los montes, son buenas para producir mucha caña y mucho plátano; pero no mucha vida, según mis observaciones de tres días a esta parte.

—¿Vendrá usted a comprar trapiche?

—No señor, no quiero comprar mi sepulcro, para adornarlo en vida, como lo ha hecho un compatriota nuestro: este cuidado se lo dejo a mis deudos.

—Pues ahí verá que el trapiche, *cuando no chorrea, gotea,* dijo don Blas, con toda la seguridad de un profesor entusiasta.

---

39 *El Tiempo*: periódico liberal radical que fundó José María Samper en 1855; circuló intermitentemente hasta 1872.

40 *Fusagasugá*: población del Departamento de Cundinamarca, ubicada a 64 Km, al sur–occidente de Bogotá.

La señorita Clotilde, que había entrado a la alcoba a ponerse en traje de iglesia, salió radiante de belleza y majestad, como la actriz que asoma por segunda vez a las tablas.

Don Demóstenes levantó los brazos como para aplaudir, pero se quedó petrificado en presencia de tanta hermosura. La señorita siguió a la iglesia con don Blas, y don Demóstenes los siguió maquinalmente. Ella tomó su puesto en la iglesia, y al frente quedó el viajero, cada vez más apretado por la concurrencia gradual de los parroquianos.

La molestia del viajero, a no ser por el hechizo que allí lo mantenía, deberíamos suponerla terrible por el calor, los vapores y los apretones; pero cuando él vino a conocer la grandeza de su sacrificio tributado a los ojos de la divina Clotilde, fue cuando sentándose el cura en una silla parecida (si no era hermana) a la de la posada, se santiguó; y se santiguaron con él todos los vecinos para oír la santa palabra.

Reflexionemos por unos momentos en la posición de don Demóstenes:

Él sabía los dimes y diretes[41] que reinan entre los curas y los filósofos.

Sabía lo que la prensa radical decía sobre papas, frailes y socialismo en esos días.

Sabía que el cura estaba en su tribuna, como él mismo había estado en la de la escuela republicana de Bogotá.

Esto pues, lo tenía con cuidado, fuera del bochorno producido por la concurrencia; pero no había medio de escapar sin un escándalo, y por otra parte, lo que Clotilde hubiera dicho... Se limpió el sudor con su fino pañuelo de seda, y se resignó. Puso atención y escuchó estas claras y distintas palabras:

«Amor, paz y caridad son el fondo de la doctrina que un artesano pobre comienzo a predicar en la Judea, y que hoy cuenta ya millones de sectarios».

Aquí respiró don Demóstenes, y levantó la cabeza.

—«Doctrina que halaga al pobre, continuó el cura, porque pobres fueron los Apóstoles, pobres los discípulos y pobres las mujeres piadosas que seguían en pos de la predicación».

Mientras que esto decía el cura, todos los parroquianos dirigían los ojos al forastero, quien por su gran frac blanco, por su buena corbata de seda, y por la hermosa cadena de su reloj, aparecía como el más acomodado de todos, y tuvo la precaución de agacharse un poco.

«Sí, mis oyentes, decía el cura, el mismo Jesucristo lo dijo por su boca: *«Es más fácil que un camello entre por el ojo de una aguja, que un rico en el reino del cielo...*". Pero la caridad nos manda que no les hagamos mal, porque son nuestros hermanos.

Aquí sintió don Demóstenes sumo agrado, y suma predilección por el párroco; y se enderezó aliñándose su *chivera;*[42] pero las palabras que siguieron volvieron a hacerlo agachar, porque el cura estaba diciendo:

«Y la caridad vale más que la divisa *libertad, igualdad, fraternidad;* pues

41 *Dimes y diretes*: argumentos o cosas que se dicen una a otra dos personas en una discusión insustancial.

42 *Chivera:* barba.

con aquel pendón se han acometido mayores empresas en favor de la sociedad universal».

Esto tampoco le gustó a don Demóstenes; pero lo que siguió le pareció muy bien.

Concluida que fue toda la función parroquial, fueron saliendo todos los vecinos. Hubo nuevos abrazos, nuevas muestras de cariño entre los grupos que formaban en el altozano y la plaza aquellos desvalidos feligreses.

La señorita Clotilde se fue a cumplir con una visita, y don Demóstenes se acercó al cabildo, donde un octogenario en el traje de los parroquianos, aunque más raído que todos, tocaba la llamada de granaderos en una caja que fue de los guardias nacionales de Colombia, según las inscripciones y los timbres. Y unas pocas mujeres y algunos de los muchachos acudieron al llamamiento, y acercándose el alcalde con el bastón en una mano y unos papeles en la otra, le dijo a don Demóstenes:

—«*Léiganos* su merced los papeles del Gobierno, señor caballero, por vida suya».

Don Demóstenes comenzó a romper las cubiertas de las gacetas y ordenanzas, y el alcalde le dijo:

—Eso que viene en letra de molde se va así dobladito a la caja; lo que hay que publicar es este papel.

Obedeciendo al dictamen del alcalde, el forastero leyó lo que sigue:

> Acuerdo
> El Cabildo del distrito de... acuerda:
> Art.° 1° Se matarán todos los marranos que anden por la calle, con excepción de los que tengan horqueta.
> Parágrafo único. Por el derecho de horqueta se pagará medio real por semana.
> Art.° 2° Por todo burro que ande suelto por la calle se pagará un real por mes.
> Art.° 3° Cuando un perro resulte loco, será alanceado, y el dueño pagará cuatro pesos de multa, y sufrirá tres días de prisión.
> Dado en el Cabildo de este distrito, a 18 de mayo de 1856.
> El presidente, *José Londoño*. –Ejecútese. –El alcalde, Gregorio *Alguacil*.

A este tiempo pasaba ya la señorita Clotilde para su posada, y don Demóstenes entregando con precipitación los papeles, al señor alcalde, se fue también.

Doña Patrocinio hizo servir unas frutas a sus huéspedes, en cuyo acto tuvo ocasión don Demóstenes de manifestar su civilidad, y hasta su singular aprecio por la señorita.

Esa noche dio por la calle un paseo el forastero, y se acostó en su hamaca, con muy buenas intenciones de dormir; pero el baile de la casa vecina le echó a perder sus profundos cálculos. La música se componía de algunos tiples[43] que hacían el alto, y de dos *guacharacas* y dos alfandoques que desempeñaban por trompas y trombones, agregándose por contralto un triángulo de hierro, de un sonido más que penetrante. Las *guacharacas* son unas cañas de *chontadura*[44] rajadas, que se frotan con una astilla de palo, y los alfandoques son dos tubos de guadua, en que se baten unas pepas de *chisgua* de forma de munición.

Eran pocos el sueño y la cabeza de don Demóstenes para recibir tan selecta armonía, en la cual no habíamos incluido un tambor que no cesaba ni por un instante. Se levantó; dio un paseo, y luego se acercó a la puerta del baile.

Veamos, dijo, si hay algo adentro por lo cual unos oídos configurados como los míos, puedan aguantar el suplicio.

Estaba la sala alumbrada por un candil, que daba luz, además de la sala, a una especie de tienda, si es que merecía este nombre. Su poca luz se perdía entre el humo espeso de los cigarros.

El baile tampoco gustó al caballero: era el torbellino, en que el galán da las vueltas en pos de la esquiva pareja, repitiéndose una parte, con la ejecución de cada cuatro de estas vueltas.

Tampoco merece la pena el baile, dijo entre sí don Demóstenes. ¡Ir a una vara de distancia de una bella, hoy que la palabra *distancia* es un borrón del diccionario! ¡Hoy que Roma se ha puesto a las puertas de París con el telégrafo!... Esto es muy retrógrado... Esto es contra la institución del baile, que no se hizo para huir sino para avanzar; esto es muy colonial sobre todo.

Entre tanto los aplausos y la alegría resonaban en el baile; las parejas entraban, salían, se ponían de pie, mudaban de asiento; y los bailadores invadían y atropellaban, sin que hubiese desafíos a pistola ni puñetazos. Entre las parejas oía don Demóstenes nombrar con frecuencia a una Manuela, a la que no pudo conocer, sin embargo, por la poca luz y por la distancia.

—Y usted ¿no entra a bailar, amigo?, le preguntó don Demóstenes a un parroquiano que estaba recostado en un palo del corredor, embozado hasta los ojos con su ruana.

—¡No señor!, le contestó con aire triste, Yo estoy privado de baile; y ¡quién sabe por cuánto tiempo!

—¿Cómo, amigo?... ¿Es usted un proscrito?

—No es sino que ando huyendo de las persecuciones de don Tadeo, y si usted viene a permanecer aquí, descuídese.

Esta palabra exactamente igual a la que le había dicho Rosa, le animó a interrogar al incógnito, y ya le había hecho una pregunta, cuando un rumor de adentro cortó la conversación.

—¿Por qué lo dejan?, gritaba a los músicos un bailador, que cabalmente era José Fitatá, el criado de don Demóstenes.

---

43 *Tiple*: instrumento de cuerda más pequeño que la guitarra; tiene 10 a 12 cuerdas de acero.

44 *Chontadura o chonta:* palmera de 3 mts cubierta de espinas; frutos de color negro, crecen en racimos y son de pulpa comestible. Su madera se emplea en la construcción de casa.

—Porque la niña Manuela no es la única que sabe bailar aquí.
—¿Y si ella quiere y yo también quiero?
—Se *friega el forajido*, porque el que manda, manda.
—En mí no manda aquí ninguno.
—¡Que lo apresen!, gritó una voz del lado de la semitienda.
Es necesario saber quién era José Fitatá. Se había criado de concertado[45] en las haciendas de la Sabana, en el arma de vaquero; es decir, era toreador, jinete, enlazador, y fue soldado de las guerrillas de Ardila[46] en la revolución de abril; no le faltaba nada para ser un jaque,[47] aun cuando era moderado y complaciente, como todos los sabaneros en tiempo de paz.
Había también un personaje detrás de los músicos, del cual es preciso dar una noticia aunque ligera. Era un hombre de ruana de listas verdes con el forro colorado, y de sombrero muy grande; el cuello de la camisa muy grande también y muy almidonado, no le dejaba toda la movilidad requerida para sus observaciones; tenía que torcer sus miradas como muñeco de resorte, las que eran fielmente observadas, y hasta obedecidas por el sumiso círculo que siempre lo rodeaba. Era aquel embozado la polilla de la parroquia.
Pero veamos en qué quedaron esas bravatas que habían sonado como una tempestad en la pacífica sala del baile.
José, viéndose acometido de repente, echó mano al alfandoque de la música, y de pie en un rincón, con la dignidad del tigre que espera a su agresor, contenía a sus enemigos con sus miradas.
Una voz del lado del rincón murmuró estas palabras solapadas:
—¿No habrá por aquí un comisario?
Entonces, un hombre de malísima traza se presentó en la palestra, señalando un bastón con cabeza de plata, y animados con su presencia los adalides, avanzaron unos pasos; pero José por desembarazarse del estorbo del primero que se le acercó, le tocó con el alfandoque, de tal manera que lo hizo caer sentado en el suelo.
—¡La carabina, la carabina!, gritó un valiente desde muy lejos del puesto.
Se habían desenvainado los machetes, los agresores ganaban un pie más de terreno, lo que hubiera vencido la repugnancia de intervenir que tenía don Demóstenes, si una sombra de ágiles movimientos y airoso andar, atravesando con presteza el salón por entre el polvo y el humo, no se hubiese puesto delante del personaje del cuello monstruo, y le hubiese hablado a media voz, acariciándole una mano con las dos suyas, y derramando sobre él una mirada rápida.
Apenas esto sucedió, cuando sonó la voz de «alto el fuego», y una ley de olvido lo cubrió todo en el acto. Sin embargo, un misterio quedó trasluciéndose en el público, como sucede siempre después de todos los tratados

45 *Concertaje*: prestar servicios personales a cambio de un salario. Sin embargo, en diversos países esto se volvió un sistema de esclavitud.

46 *José María Ardila:* hacendado coronel que se levantó en 1854 contra las fuerzas del dictador José María Melo, convirtiéndose en un fuerte adversario durante la toma de poder.

47 *Jaque*: bravucón.

diplomáticos, y de esos indultos que ordenan el absoluto olvido, a los que tienen tanto de qué acordarse, por sus bolsillos o por sus personas.

La música y los vivas ahogaban los comentarios; el baile triunfaba con toda su fuerza, como las fiestas con que los cónsules romanos apartaban de la atención del pueblo las cuestiones graves.

—¡Viva la alegría!, gritó uno de los concurrentes.

—¡Viva el pueblo! ¡viva la diversión!

—¡Viva la pacificadora Manuela!

—¡Viva la niña Cecilia, respondió una voz recalcitrante y proterva,[48] que es la que vale más aquí!

—Coja usted esos puntos, mi caballero, le dijo a don Demóstenes el incógnito, que observaba todo sin moverse, embozado en el gran canto de su ruana; y, ¡no se descuide!

Era ya muy tarde, y don Demóstenes se volvió a su hamaca, en donde se quedó al fin dormido, como a eso de las tres de la mañana; pero una singular ocurrencia lo vino a despojar de su dicha.

La hamaca había sufrido un terrible sacudimiento, y al despertar el caballero, entre la incertidumbre y el temor, se quedó con el oído fijo, y le pareció que oía sonar el traje de una mujer; pero notando que la aparición, o lo que fuese, se iba alejando, se fue calmando su corazón, cuyas palpitaciones fueron al principio terribles con tan inesperado susto.

Ya iba a llamar a José, cuando sintió que las caseras conversaban a media voz en su alcoba, y pudo oír sus palabras.

—¿Por qué vienes tan tarde?, decía una voz algo severa, aunque a la vez compasiva.

—¡Porque estuvo el baile tan bonito!

—¡Si irías a abrir la puerta del lado de la calle, y a despertar al caballero!...

—Como entramos por el portillo... sino que por lo obscuro y porque ya no me acordaba, me estrellé contra la hamaca, y le metí un susto. ¡Ave María, que tengo una vergüenza! ...porque por poco me caigo.

—Pues es necesario venir temprano otro día, porque los tiempos están delicados; y tanto va el cántaro a la fuente, que por fin, por fin...

—Pero *sumercé* verá que el que bien anda bien desanda.

—¿No supiste lo que le sucedió a tu comadre Pía?

—Eso sería por boba; o porque ya le convenía, mamá.

—Pues sólo que así...

Don Demóstenes no pudo oír más de la conversación de la alcoba, y lo sintió en el alma; pues aun cuando este ruido fuese un nuevo motivo de desvelo, era muy útil para un forastero cualquier revelación sobre asuntos de la parroquia, donde tenía que pasar una larga temporada.

Volvió a rendirse al sueño cuando el día comenzaba a brillar; pero volvió a ser interrumpido por la patrona Patrocinio, la cual subida en un tronco, a voz en cuello gritó en la mitad del patio.

48 *Proterva*: perversa.

—*¡Piu! ¡piu! ¡piu! ¡piu!* y, desde entonces, los marranos, los piscos, y gallinas y el burro carguero, no dejaron esperanzas de más sueño con su alboroto infernal. Un gato muy taimado asistió también, aunque solamente como curioso.

Se salió don Demóstenes a dar un paseo por los campos, y el aire, la libertad y el silencio calmaron el trastorno que su cabeza experimentaba desde los acontecimientos del baile, y desde el susto que tuvo a la madrugada por el sacudimiento de la hamaca.

Capítulo III

El cura

Estaba don Demóstenes ciñéndose sus atavíos, y arreglando su traje de cacería, cuando sonó un golpe en la puerta.

En esto de golpes hizo él en la parroquia lo que hacía en Bogotá: dejarlos al cuidado de otro, para seguir en sus ocupaciones; pero como las caseras tampoco respondían, y los golpes sonaban ya por tercera y cuarta vez, se resolvió a las consecuencias, y, disimulando su enfado, gritó:

—¿Quién va?

—Soy, yo, respondió una voz humilde; yo, el cura de esta parroquia.

—Sírvase usted sentarse mientras acabo ciertos arreglos, le respondió con menos retintín, apurándose a perfeccionar su tocado.

El Cura se sentó en la jesuítica silla, y se puso a separar con el lente unas flores que llevaba en la mano.

El traje del párroco era sencillo:

Llevaba un largo levitón gris, chaleco y calzón negro, cuello morado, sombrero negro de fieltro de ala tendida, aunque no pequeña. Su continente modesto y respetable decía bien con su traje, en el cual no había ni coquetería ni disfraz. Llevaba en su mano un largo bastón, fiel compañero de sus excursiones por el campo.

Al aparecer don Demóstenes en la sala, se saludaron por la cortesía propia de las dos personas más ilustradas que pisaban actualmente la parroquia.

—Sabía, dijo el párroco, que un caballero estaba en mi parroquia, y me he apresurado a darle la bienvenida, y a ofrecerme por mí y por los notables del distrito.

—Mil gracias, señor Cura.

—Porque en una soledad es donde se aprecia el trato de la gente culta.

—Me honra usted demasiado.

—La verdad, señor. Yo no tengo aquí con quien conversar entre semana, sino con mis libros.

—¡Oh la imprenta es el conductor de la ciencia y el baluarte de la libertad!

Un hombre preso a quien se le conceda luz y un libro, nunca será desgraciado. La nación que tenga libertad de imprenta jamás será tiranizada.

—Y el cura que no lea, tendrá que adormecer su imaginación con la conversación soez de las tiendas o de las esquinas, o con algún vicio que lo domine. Aparte de la necesidad que tenemos, hoy más que nunca, de estudiar, por la lucha con el protestantismo.

—Es muy cierto, señor Cura.

—Y cuán vastos son los asuntos de la instrucción del cura, ahora que hay sacerdotes de otras comunidades en la República... Yo por mi parte procuro leer, aunque mis correrías poco tiempo me dejan.

—¿Y es bueno el curato?... ¿Da platica?

—No da plata; pero aunque corto el campo, es bueno para segar mucha mies.[49] Ha hecho falta la doctrina; pero trabajando puedo conseguir mucho fruto aunque llevo poco tiempo de estar aquí.

—¿Y el temperamento?[50]

—No muy bueno, caballero.

—No debería usted decirlo, porque entonces se puebla menos su distrito parroquial.

—Yo no diré una mentira, señor, porque la cuestión *temperamento* es cuestión de vida o muerte ¿y cómo le iba yo a decir a usted que mi parroquia es sana, para comprometerlo a que trajese su familia a padecer epidemias? ¡Sería un crimen inaudito!

—¿Y cuando sea cuestión de hacer plata con trasplantar la gente?

—Eso casi no necesita respuesta entre cristianos.

—Y de elecciones, ¿cómo andamos, señor Cura?... ¿usted no votará, no?

—¿Por qué no, señor, cuando la constitución no me lo prohíbe?

—Pero un cura, me parece a mí que no debe meterse en la política, por aquello de *«mi reino no es de este mundo»*.

—Pues eso de «mi reino no es de este mundo», les ha dejado a los curas derechos y obligaciones subsistentes en el estado político, les ha dejado existencia y libertad, premunidas por la constitución.

—La constitución sí los abraza, de cierto; pero nuestras leyes han tratado de separarlos del cabildo, de la escuela, del Congreso, de las elecciones.

—Pues el texto es una sentencia de Jesucristo, en que les Muestra a los judíos que sus glorias y triunfos no consisten en los tronos y cetros de la tierra, sino en la bienaventuranza eterna; que no viene a apoderarse del poder civil; sino del moral, y nada más. Señor, si la política no abrazara la moral, y si la moral se pudiera, en nuestra tierra, cimentar sin la instrucción evangélica; más, todavía: si no versara la política sobre las dichas o desdichas del hombre, entonces sí se debería abstener el sacerdote cristiano de ella; pero como donde está el hombre, allí está la miseria, así como donde están los árboles se encuentran las hojas secas, es preciso también que allí esté el sacerdote, aliviando, aconse-

49 *Mies*: «La muchedumbre de gente convertida a la fe y pronto a la conversión» (DRAE, 1843, p. 476, 2).

50 *Temperamento*: «La constitución o disposición proporcionada de los humores del cuerpo» (DRAE, 1843, p. 693,2). Es decir, la constitución particular de cada individuo.

jando, educando el corazón, y previniendo el error y el crimen. ¿No tiene que hacer la política con el sacerdocio?... Y en una parroquia de éstas donde nadie lee, donde nadie explica ni recuerda la ley, escrita, donde nadie se apura porque haya escuela ¿quién señala el camino del deber? ¿quién recuerda el respeto a los padres? ¿quién contiene el robo que pudiera hacerse al hacendado? ¿quién lucha en favor de la institución del matrimonio, base de la sociedad política?

—Es que la sociedad tiene su tendencia irresistible a perfeccionarse; y el pueblo tiene, su instinto sobre lo que le conviene, dejándolo sin trabas. El principio «dejad hacer» vale más que todas las leyes del mundo.

—Señor, si yo no supiera (porque fui cura en los Llanos), que ni los tunebos, ni los caribes, ni los guaques han adelantado nada en la civilización en trescientos años, por sus esfuerzos, mientras otros pueblos bajo la enseñanza evangélica han ido más adelante, le concedería su teoría.

—¿Más adelante que nuestra escuela? Pues deje usted que se difundan nuestras doctrinas sociales, y verá que no.

—Pero ya los socialistas de mi escuela han llevado muy adelante la bandera.

—¿Cuándo? ¿quiénes? ¿de qué modo?

—¿No ha cruzado el sacerdote católico los desiertos del Meta, arrostrando las flechas, las garras de las fieras, y el hambre, y las infinitas plagas, por cumplir su misión civilizadora? ¿No ha soportado la pestilencia de los hospitales por aliviar? ¿No ha consagrado su vida al confesonario y al púlpito por corregir? ¿Civilizar, aliviar y corregir no es trabajar por la mejora de la sociedad?

—Nosotros escribimos y peroramos.

—¿Y cuántos oyen las peroratas? y ¿cada cuándo hay una perorata? y entre la gente del pueblo, ¿quién lee lo que ustedes escriben? y ¿cuántos se convencen y se aprovechan?...

—A nosotros nos oyen cada ocho días, y, se lo diré sin vanidad, nos creen... ¿Le queda a usted duda de que nosotros hemos tomado la iniciativa, y de que hemos conseguido mucho?

—Por lo menos nuestro fin es el mismo, la mejora de la sociedad; no hay sino que el método de ustedes es tan sumamente lento; pues llevan cerca de dos mil años, y nosotros concebimos una reforma, y ¡zis! ¡zas! la publicamos, y la planteamos, si no nos la tuercen nuestros contrarios. De todo esto deberíamos deducir que gólgotas[51] y sacerdotes católicos somos una cosa parecida. Y que no le quede duda, señor cura; todo esto que nosotros predicamos y escribimos de abolición de monopolios, de división de los grandes terrenos, de igualdad fraternal, de trabas a los ricos, de aliviar al menesteroso con lo sobrante del avaro, todo esto no es otra cosa que la doctrina predicada en el Gólgota; no es otra cosa que el Catolicismo. Conque hágase gólgota por entero, señor cura.

---

51 *Gólgotas*: nombre dado a los miembros del partido liberal radical a mediados del siglo XIX.

—Tal vez sí es la misma cosa, señor; pero esto que publican ustedes en sus periódicos sobre el matrimonio, sobre el Papa, sobre el goce de los placeres...

—Éstas son opiniones y usted debe atender al corazón y a la doctrina. En el corazón de un gólgota encuentra usted franqueza, desinterés, verdad, y sobre todo la chispa de la libertad como la inspiración de la divinidad misma. Nosotros, los gólgotas, no decimos libertad de sufragio para trastornar elecciones por la violencia; nosotros no decimos libertad absoluta de la imprenta para fraguar revoluciones, que no son justificables sino donde no hay imprenta libre ni sufragio; nosotros no hablamos de fraternidad para aterrar, violentar y subyugar. Nosotros somos consecuentes con nuestros principios.

—Estamos tocándonos en muchos puntos, ¿no es verdad?

—Fraternicemos, señor. ¿Usted quiere votar?... vote por mi candidato.

—Que es.....

—El candidato radical.

—O vote usted por el mío, señor don Demóstenes.

—¿El conservador?... ¡Imposible!

—¿Y cómo iba yo a votar por otro, con todos los precedentes contra la Iglesia?

—¿Y nos hará usted la guerra por el púlpito? ¡Eso no, señor! sobre una mesa en la mitad de la plaza, si usted arenga sobre candidatura, arengaré yo después, con la constitución en una mano y el Evangelio en otra.

—Pues no, señor cura: por mí no tenga usted cuidado. Lo que debemos es poner los ojos en gente buena, para que haga la dicha de la patria... y hablando de otra cosa, ¿no le parece a usted bueno que escribiéramos un artículo contra las autoridades de esta parroquia, que han descuidado tanto la cosa pública? ¡Qué caminos! Llegué a Mal-Abrigo descuartizado, y con una contusión a causa de que se atolló la mula conmigo entre unas palizadas sembradas entre el barro.

—¡Lo siento mucho! señor don Demóstenes.

—¡La posada sobre todo! Una barbacoa dispareja y cundida de chiribicos... ¡Oh, si no hubiera sido por Rosa!... Y la cena... Gracias a Rosa, que me aderezó por allí unas tostadas... ¡Mucho me acordé de mis posadas de los Estados Unidos, señor Cura!

—¿No será mejor denunciar a la vergüenza pública a nuestros legisladores, a los tribunos, a los jefes de escuelas sociales, a nuestros políticos en general, por tener el país en postración, a pesar de las loas de progreso, estando pisando los metales preciosos, y tantas fuentes de riqueza, y llevando ya cuarenta años de libertad?

—Pero las posadas, señor Cura. Hay que darles un impulso. Yo le mostraré unos planos y vistas de algunas posadas de los Estados Unidos... ¿pero, qué quiere usted?... ¡la República modelo!...

—Es cierto, señor, ¡la República modelo!...

—Y a propósito de posadas, lo que sí me gustó fue una decoración de mi posada, de un género romántico en grado superlativo: una portada de arrayán y flores y la armazón de la cama cubierta de la misma graciosa invención: es una idea muy pastoril.

—Eso lo usan mis feligreses de las estancias, cuando se administran los sacramentos a los moribundos, así como es costumbre en Bogotá regar de flores las puertas y el zaguán.

—¿Moribundos?, exclamó don Demóstenes con algún sobresalto.

—Fue que en esa cama murió en estos días el padrastro de Rosa, y allí lo confesé yo; murió de la enfermedad que ellos llaman la *reuma gálica*.[52]

—Con razón... exclamó don Demóstenes... pero en fin, con un buen articulito... está compuesto todo... ya verá usted.

La señora Patrocinio entró a este tiempo, y les interrumpió para dar al señor Cura el recado siguiente:

—Manuela le pregunta qué día será la fiesta.

—Dígale usted que el domingo siguiente a san Juan... y ¿por qué quiere saberlo?

—¡Ave María! ¡señor cura! si esa niña no duerme, pensando en la pila que le tocó en el *reparto*[53] de la fiesta de la iglesia, desde que supo que la Cecilia compone la otra. Dice que ella no se va a dejar vencer por su contraria.

Reparando entonces don Demóstenes una bellísima flor encarnada entre las que el señor Cura traía del campo, le dijo:

—¡Qué hermosura! ¿qué flor es ésa?

—Es pasiflora, y se encuentra en los temperamentos de 70 grados de Farenheit, en bosques no muy altos ni cerrados, y en terrenos poco gredosos por lo común.

—A mí me gusta la botánica, dijo don Demóstenes; pero no tengo lecciones prácticas.

—¡Oh, señor! la teoría sin la práctica, es como un libro en idioma extraño, que uno no haya aprendido, que dice cosas buenas, pero ahí se quedan. Yo soy aficionado, y sé dónde se encuentran muchas plantas curiosas... ¡Qué recurso es para un pobre cura un ramo de las ciencias naturales! Y no sé cómo no ha caído en la cuenta el señor Arzobispo... Así es que si usted gusta, haremos nuestras excursiones juntos.

—Mil gracias, señor Cura.

—Y tengo ajedrez y tablero de damas para que juguemos cuando usted guste, que será por la noche, porque en el día no se puede.

No sólo aceptó don Demóstenes las ofertas, sino que bendijo la ocasión de encontrar una visita segura para los días de su permanencia en la parroquia. Se despidieron los dos personajes con disposiciones muy fraternales, como era de esperarse en aquellas circunstancias.[54]

52 *Reuma gálica*: gota.

53 *Reparto*: Distribución de los papeles de una obra teatral.

54 **N. del A.** Aunque sea cierto, por degrade, pie en la Nueva Granada tenemos curas que no corresponden en su instrucción, ni en su moral al estado de nuestras necesidades sociales, sin embargo, no nos faltaría entre los actuales un tipo, que por evitar personalidades no citaremos. De los que han existido nombraremos al doctor Ochoa, de Suba; al señor Céspedes, de Charalá, y no citaremos más por no ser difusos.

Capítulo IV

El lavadero

No hay pasión que tenga más alternativas ni peripecias que la de la caza. ¡Qué singularidades no encuentra el cazador en los bosques, en las pampas, a orillas de los arroyos, al pie de los peñascos y entre las grutas escondidas! La cornamenta de un venado puesta en los pilares de un corredor; el ave que adorna la mesa de un tirador de escopeta; la sarta de cráneos puesta en la choza de un calentano cazador de cafuches,[55] ¿no son la historia de las más singulares aventuras?

Pero ninguno, exceptuando el iniciado en los misterios de la profesión, conoce aquellos momentos de abatimiento en que regresa el cazador con armas al hombro, triste por la esperanza burlada, después de tantas fatigas invertidas, de tantos goces malogrados en la infausta jornada. Como si cruzase entre los sauces del cementerio de Bogotá, andaba don Demóstenes entre los lindes y los michúes obscurecidos en parte por las bejucadas de carare y tocayá,[56] siguiendo una trocha de madereros, en busca de cualquier ave aunque fuera un *firigüelo*,[57] cuando llegó a sus oídos un canto del lado de la quebrada. Aunque la voz no era de los pájaros que buscaba, le llamó la atención; y con mil trabajos y agazapándose como el gato que se apronta para saltar sobre el incauto pajarillo, atravesó el enmarañado bosque hasta que se puso en un punto donde pudo ver perfectamente el ave que cantaba. Vio que era una joven lavandera que divertía su soledad, soltando sus pensamientos y su voz, mientras concluía su tarea. Los pies desnudos entre el agua, el pelo suelto, y cubierta con unas enaguas de fula[58] azul que bajaban desde los hombros hasta las rodillas (traje que en los valles del Magdalena[59] y en los del bajo Bogotá se llama *chingado*) y el cuerpo doblado para sumergir la ropa entre el agua; tal era el espectáculo que divisó don Demóstenes desde su rústico observatorio.

---

55 *Cafuche*: mamífero parecido al cerdo. Nombres: puerco de monte (Panamá, Guatemala), báquiro (Venezuela), cariblanco (Costa Rica), chancho de trompa (Bolivia), huangana (Perú), pecarí labiado (Argentina), pingo (Suriname), senso (México).

56 *Linde, michú, carare, tocayá:* árboles y arbustos de la región.

57 *Firigüelo*: ave que acompaña al ganado.

58 *Fula*: tela delgada de algodón.

59 *Río Magdalena*: principal arteria fluvial de Colombia. Su cauce forma límite en diez departamentos.

Los golpes del lavadero y la tonada del bambuco[60] que despertaban los ecos del monte, causaron tal impresión en el aburrido cazador, que se quedó electrizado oyendo estos versos, acompañados por los golpes:

Los golpes del lavadero
Acrecientan mis pesares,
Haciendo brotar del alma
Suspiros por centenares.

La espuma del lavadero
Representa mis suspiros,
Que el aire los desbarata
En sus revueltas y giros.

El sitio era pintoresco, y se había acercado el cazador todo lo necesario para observarlo bien. Las ondas azules matizadas por la espuma de jabón, como el cielo por las estrellas, en una noche de diciembre, se movían en arcos paralelos desde el lavadero hasta la barranca, de la cual colgaban verdes helechos. Se veían las sombras de las tupidas guaduas que circundaban el charco, con sus cogollos atados por las bejucadas de gulupas y nechas, cuyas frutas y flores; colgaban prendidas de sus largos pedúnculos como lamparillas de iglesia en tiempo de aguinaldos.

Extático se hallaba don Demóstenes, y aunque tan adicto a la cacería, no se resolvió a hacer fuego sobre dos guacamayas, que por la caída de las frutas se hicieron sentir sobre el racimo de una de las cuatro palmas que con sus arqueadas hojas formaban la cúpula de aquel soberbio templo de la naturaleza.

Don Demóstenes hubiera tenido tiempo hasta de dibujar el cuadro entero en su cartera; parecía que era en el alma que quería grabarlo, porque los instantes se le pasaban mirándolo, sin sentir el jején[61] ni los voraces zancudos. Por otra parte lo tenía indeciso el miedo de hacerla huir o avergonzarse por razón del traje tan de confianza que llevaba. Sin embargo, la indecisión terminó por una tomineja,[62] que cruzó haciendo levantar los ojos dulces, negros y afables de la joven, que estaban en consonancia con los demás atractivos de su rostro. Mas el cazador tuvo la dicha de notar que su presencia no era molesta. Se acercó cuanto pudo, y como la urbanidad lo requería, tuvo que saludarla.

—¿Qué haces, preciosa negra?

—Lavando, ¿no me ve? le contestó ella con muy afable tranquilidad;... ¿y usted?

—Cazando.

---

60 *Bambuco*: baile de ambiente campesino, típico de la región andina, en el que intervienen parejas cuyos movimientos y figuras imitan la conquista de la mujer por el hombre en la que él muestra sus audacia y ella su recato. Se baila en parejas con ritmo acompasado y a saltitos. La mujer sosteniendo la falda con ambas manos se Adorna con cadenciosos desplazamientos. El hombre con un pañuelo que agita en la mano derecha, la persigue, bien imitando sus paso, bien alejándose de ella.

61 *Jején*: varias especies de mosquitos pequeños de picadura muy irritante.

62 *Tomineja: colibrí.*

—¿Y las aves?

—La suerte no me ha favorecido hoy, pues la guacharaca que maté se me ha ocultado, como si la tierra se la hubiese comido.

—Pues se busca hasta ver.

—¡Cuando Ayacucho no pudo!... Yo me vine porque ya no había ni esperanzas.

—El cazador y el enamorado no pierden nunca las esperanzas.

—¿Y tú sabes de eso?

—Por lo que uno oye a ratos a los demás.

—¿No has querido, pues, a ninguno de estas tierras?

—Ni menos de otras; porque como dice la *canta:*

El amor del forastero
es como cierto bichito,
que pica dejando roncha,
y sigue su caminito.

—Bien picarona que serás tú... y ¿dónde vives?

—Con usted.

—¿Conmigo?... ¡Sería una dicha!

—¿Y qué se suple, aun cuando así sea?

—¡Oh! sería mi mayor fortuna.

—¿Luego usted no es el bogotano que está posado en mi casa?

—No te he visto allí... y ¿cómo te llamas?

—Manuela, una criada suya.

—Soy quien debe servir... Estoy recordando haber oído tu nombre en un baile de la parroquia, y aun haber visto tu sombra, tu bulto, tu semejanza, o no sé cómo diga, allá entre la oscuridad, entre las nubes del polvo y el humo de los cigarros; pero en la casa no recuerdo haberte visto en los cuatro días que hace que estoy en la parroquia.

—Es porque he estado muy ocupada en la cocina... y ¿sabe?... vergüenza que le cogí desde el domingo a la madrugada.

—¿A la madrugada?... ¿Qué hubo a la madrugada?

—¡Ave María! ¡que tuve tanto susto cuando di contra su hamaca!... y tan cosquillosa como soy yo ¿Qué pensó usted que era?

—Yo estaba dormido; sentí el estrujón en efecto, y como percibí las ondulaciones de la ropa, creí que sería algún huésped perdido de su cama; o alguna lechuza que huyéndole al día se encaminaba para su guarida.

—¡Válgame!

—Hoy me alegro de conocerte para darte las gracias por tus cuidados en los días que he estado en tu casa... y ahora, sabiendo que tus manos...

—¿Lavan la ropa?

—Pues, francamente, es por lo que menos, pues yo no soy del parecer de

Napoleón, que decía que la ropa sucia no se debía lavar afuera, sino que me parece que se debe dar a lavar muy lejos, y creo que tú no debes ocuparte de ella. Me bastan tus cuidados, me basta que tus preciosas manos se ocupen de mi mesa; yo lo que deseo es tu amistad...

—¿Y luego su *catira*[63] que tiene en Bogotá?

—¿Yo?

—¡Ni nada!... *catira*, y con un lunar sobre el labio izquierdo, que le pega como trago en día de san Juan.

—¿Has ido a Bogotá por acaso?

—¡Ni soñando!

—¿Ella ha venido?

—Con el pensamiento, quizás.

—¿Te han magnetizado?

—¿Pero quién? Cuando don Alcibíades trajo esa imprenta a la parroquia, yo no me dejé; con Marta no logró sino dormirla, y eso cuando no había nadie mirando. Puede ser que a misia Juanita, la de la Soledad, la hubiera magnetizado; yo no supe por fin. Buen cachaco[64] que era don Alcibíades, mejorando lo presente; aunque ingrato, según dicen.

—Hay, pues, un misterio entre manos.

—Pues adivine.

—Me doy por vencido, Manuela.

—¿Se da por vencido y por corrido?

—Todo, todo, Manuela: lo que quiero es que me saques de la duda cuanto antes.

—¡Pues vea!, le dijo entonces la lavandera, señalándole un retrato en miniatura.

—¡Qué gracia!... En el bolsillo lo encontrarías, entre mi cartera.

—Y un escudito: tómelo... y vi una trencita de pelo catire, y una cintica y otras cositas.

—Un descuido del indio; pero ya me la pagará. Suponte, ¡echar la ropa sin registrar los bolsillos!... así es que si tú fueras otra...

Mientras que don Demóstenes acomodaba otra vez el retrato dentro de la cartera, se hundió Manuela de un brinco en el charco para salir en la otra orilla, botando un buche de agua, y golpeando las ondas cristalinas con sus manos preciosas.

---

63 *Catira*: se aplica a la persona rubia.

64 *Cachaco:* nombre que hasta hoy sirve de gentilicio a los habitantes del interior de Colombia. En su origen surgió: «Antes de la famosa y deplorable rebelión de 1830 (...) Llamábase cachaco al que se vestía con desaliño, que era de poca consideración, especialmente si era joven. Pero como en las revueltas de 1830, los jóvenes y en particular los estudiantes, tomaron una parte activa en defensa de las leyes ultrajadas y de la oprimida libertad, los serviles y los monarquistas los denominaron cachacos, por vía de desdén y menosprecio (...). Los serviles para denominar un liberal lo apellidaban cachaco; a los militares jóvenes y liberales los llamaban cachacos. He aquí, pues, que habiendo llegado la voz indígena cachaco ser sinónima de liberal, nosotros la hemos adoptado de muy buena gana para nuestro papel, y nos hemos honrado, nos honramos y nos honraremos (...) de pertenecer a los cachacos» [Anónimo. *El Cachaco* (1833, 43)] (véase: Rodríguez–Arenas 2007, 106).

—¿Y usted no se baña? dijo a su huésped; está el agua muy sabrosa.[65]

—Muchas gracias, Manuela: estoy sumamente agitado.

—¡Es mucha lástima!

—Pero allá mando mi repuesto, le dijo don Demóstenes, haciendo consumir en el charco al tremendo Ayacucho, sólo con botarle una piedra después de haber escupido en ella.

—Eso la hago yo también, dijo Manuela, con aire de, burla... Eche el escudo y lo verá usted.

—¿Lo sacas?

—¿No le digo?... Pero coja su perro, no vaya y se eche al pozo. ¡Huy, tan lanetas!...

Don Demóstenes cogió el perro con su pañuelo de seda, y en el acto se consumió Manuela en las aguas, para volver al cabo de dos minutos, mostrando el escudo en su boca, como el cuervo, que en las amarillentas aguas del Funza[66] clava la cabeza y se hunde para reaparecer río abajo, mostrando el pescado que acaba de prender; y, nadando hacia la orilla, se fue a entregárselo a su dueño, que tuvo a bien regalárselo por la gracia que en su presencia acababa de hacer.

Pero lo que don Demóstenes admiró más de su linda caserita, fue la prisa con que se vistió al lado de una piedra, pues cuando menos acordó, ya estaba atándose las enaguas; bien es que todo su vestido constaba de unas enaguas de cintura hechas de bogotana, y de otras azules de fula igualmente de cintura; de una camisa de percal fino, de un pañolón encarnado que ella se puso por debajo de su negro y rizado pelo, con los hombros a medio cubrir. Roció las piezas de ropa que dejaba enjabonadas, y cogiendo en la mano una gran totuma con el jabón y los peines, dijo a su huésped:

—¿Nos vamos?

—¿Juntos?, le respondió él, con más contento que admiración, por cierto.

—¿Y eso que le hace?... Sola, o acompañada nadie me ha comido hasta el presente.

—¿Y lo que dirán en la parroquia de verte ir de los montes con un cachaco?

—¿Allá en su Bogotá no van acompañadas las niñas que vuelven del río de lavar o de bañarse?

—No, Manuela, ellas no van al río, sino las peonas que llaman lavanderas.

—¿Y las señoras no van a bañarse?

—Se bañan en sus paseos de familia, sin que al tiempo de estar en el pozo o río, se acerque hombre ninguno; otras se bañan en sus casas. Ni creas que una señorita salga sola sino hasta después de casada.

---

65 *N.del E.* Si todos los detalles de este capítulo no fueran fiel retrato de costumbres, cuya verdad nos consta, temiéramos que se calificara de libre esta narración. Sin embargo, a pesar de la aparente libertad que reina entre las calentanas, no hay disolución sino imprudencia, que los usos disculpan.

66 *Río Funza o Bogotá*: es el más importante de Cundinamarca; limita en su extremo norte con el Departamento de Boyacá, en el extremo sur con el Departamento del Tolima.; recorre 380 Kms sobre la cordillera Oriental de Colombia. Nace en el Municipio de Villapinzón y llega al barrio la Boca en Girardot, donde desemboca en el Río Magdalena.

—¡Conque al revés de nosotras, que solteras tenemos la calle por nuestra, y el camino, y el monte, y los bailes, y cuanto hay; y después de casadas, nos ajustan la soga!

—¡Oh! ¡las costumbres que varían tanto, según lo estoy viendo!... ¡Cuándo en Bogotá caminábamos los dos así viniendo del río de San Agustín o del Arzobispo!

—Es decir que cuando yo vaya allá, ¿no saldremos juntos a la calle?

—Pues tal vez no, Manuela.

—¿Y sale usted con una señorita?

—Con una señorita y la familia, sí; pero con la señorita sola, no. Ahora con una parienta, con una señora casada, sí es admitido en nuestra sociedad. Pero en los Estados Unidos puede un galán llevar en un carruaje a una señorita sola. Yo me acuerdo de haber llevado una señorita al teatro, y haberla devuelto otra vez a su casa, con tanta confianza como si hubiera sido, mi hermana.

—De todo esto lo que sacamos en limpio, dijo Manuela, es que usted en Bogotá no andará conmigo, y tal vez ni aun hablará conmigo.

—La sociedad, Manuela, la sociedad nos impone sus duras leyes; el alto tono, que con una línea separa dos partidos distintos por sus códigos aristocráticos.

—Es decir que usted quiere estar bien con las gentes de alto tono, y con nosotras las de bajo tono; ¿y yo no puedo ni aún hablar con usted delante de la gente de tono?

—Ni sé qué te diga.

—Pues me alegro de saberlo, porque desde ahora, debemos tratarnos en la parroquia, como nos trataremos en Bogotá; y usted no debe tratarnos a las muchachas aquí, para no tener vergüenza en Bogotá, porque como dice el dicho, cada oveja con su pareja.

—Eso sería intolerancia, Manuela.

—Yo no sé de intolerancias: lo que creo es que la plata es la que hace que ustedes puedan rozarse con todas nosotras cuando nos necesitan, y que nosotras las pobres sólo cuando ustedes nos lo permitan, y se les dé la gana.

El camino por donde tenían que andar Manuela y su compañero, era estrecho, ya por las piedras, ya por algunos troncos de palos gruesos. Don Demóstenes con toda la galantería del alto tono, instaba a su casera que siguiera adelante.

—Ni lo piense, le decía ella, manteniéndose parada con la mano en la cintura.

—Es el uso, Manuela: para entrar al comedor, o las salas, para pasar un estrecho que no da cabida más que para uno solo, la señora ha de ir adelante. Y al caballero, lo mismo, hay que comprometerlo a que siga adelante en señal de atención. ¡Si vieras tú las disputas que se ocasionan! ¡Hay veces que la comida se enfría, mientras que en la puerta se pelea por no entrar primero!

—Pues aquí es al revés, a lo menos en esto de ir adelante en las angosturas y en todos los caminos de montaña. El hombre va adelante, y con su palo o su cuchillo, aparta la rama, o la culebra venenosa; y en los puentecitos se asegura si están firmes o no están; la mujer va detrás escotera o con su maleta, con el muchacho cargado entre una mochila. Ni tampoco les consentimos el que vayan detrás, porque casi siempre hay rocío o barriales, y según el uso de las trapicheras, vamos alzando la ropa con una mano adelante por no ensuciarla; o tal vez porque el uso nos agrada, porque según me han contado hay pueblos en que ninguna se alza la ropa aunque se embarre hasta el tobillo, y si mal no me acuerdo, Ambalema es uno de ellos.

—¿Conque no sigues adelante?

—¿No le digo que no?

Tal vez no era un punto de política lo que hacía porfiar a don Demóstenes por ir detrás, sino por ver caminar a Manuela, que tenía gentileza en su andar, belleza en su cintura y formas, que a favor de su escasa ropa se dejaban percibir como eran, como Dios las había hecho.

Pasaban por debajo de un elevadísimo cámbulo, que, en cierto mes del verano, cambia de la noche al día su color verde por colorado de fuego, sustituyéndose los ramos de hojas por ramos tupidísimos de flores, no quedando más puntos verdes que las brillantes tominejas, que como esmeraldas flotantes revolotean en el afán de extraer con su fino pico la miel de cada una de dichas flores. En un gajo reposaba un pájaro, mayor que una paloma, blanco por debajo, y con las puntas de las alas pardas, de una cabeza enorme y de pico corvo y pequeño. Iba a tirarle don Demóstenes, pero Manuela le bajó el brazo, diciéndole con precipitación:

—¡Es pecado!

—¡Cómo!

—Porque se come las culebras. Vea más adelante el nido. ¿Pues sabe que cada vez que trae que comer a sus hijitos es una culebra? y en seguida se para en ese gajo y canta ese *¡cao! ¡cao! ¡cao!* tan seguido que usted habrá oído.

—¡La naturaleza es tan sabia!... En efecto, se haría un mal a la sociedad matando ese bravo exterminador de los reptiles venenosos.

—¿No le digo que es pecado?

—¡Pero presentarme con las manos vacías es una vergüenza grande! La fortuna que nadie nos ve... ¡es un lugar tan corto la parroquia!

—¿No dicen que en los lugares cortos es donde se repara todo?

—También es cierto, Manuela, Bogotá es una montaña donde cada uno anda como quiere, y sin que nadie lo repare.

—Pero andando uno bien, ¿qué hay con que sus pagos sean vistos de todos?

—Dices bien, Manuela.

Así conversando, entró el cazador en la calle de la parroquia sin llevar ni un pajarito de los más comunes. Era día de trabajo, y no se veía más gente que un hombre de ruana colorada, parado en su puerta tajando una pluma, sin mirar a parte ninguna.

—¿Quién es ese literato?, preguntó don Demóstenes a su honrada lavandera.

—El viejo Tadeo, la *cócora*[67] de todos nosotros.

—¿Cómo?

—Que es el que más sabe aquí; y al que coge entre ojos se lo come crudo en menos que se lo digo.

—A los tontos, quizá.

—¿Sí?... Ya veremos.

—¿Veremos?... ¡Ja! ¡ja! ¡ja! ¡ja!

—Pues descuídese, y no le ande con muchas atenciones, y verá hasta donde le da el agua... A mí me tiene *aburrida* ese viejo: yo le contaré eso despacio. ¿No lo ve que se parece al gato colorado de casa?

Don Demóstenes entró, sonriendo, en la posada.

---

67 *Cócora*: persona fastidiosa, pesada.

Capítulo V

El trapiche del retiro

Don Demóstenes se había quedado esperando la explosión del Retiro, como el cantero que en las minas echa taladro, pisa el saco, y prende luego la mecha. Veamos, pues, qué cosa es el Retiro. La explosión que esperaba era la contestación de una carta, según lo verá el que se tome el trabajo de leer este capítulo.

El Retiro es un trapiche que está metido en las quiebras de un terreno montuoso, al cual no se llega impunemente, como decía Calipso[68] de su isla, porque está fortificado, especialmente en el invierno, con fosos llenos de barro y con angosturas y bejucadas. La obra principal se llama ramada, y es un cuerpo de edificio ancho muy prolongado, y sin más paredes que los estantillos o bastiones, la cual abriga la máquina de exprimir la caña, las hornillas, y los cuerpos humanos, que en ocasiones amanecen por allí botados, cuando la molienda es apurada en extremo.

Los contornos de esta fábrica del Retiro harían reventar de pena el corazón de un radical, porque los grupos del bagazo, el tizne de la humareda, la palidez de los peones, el sueño, la lentitud y la desdicha, no muestran allí sino el más alto desprecio de la humanidad. Las tres razas, a saber, la africana, la española y la india, con sus variedades, se encuentran allí confundidas por el tizne, la *cachaza,*[69] los herpes y la miseria, de tal manera, que no son discernibles ¡ni aun por un norteamericano!, que es cuanto pudiera decirse, tal es la degradación de los proletarios del trapiche del Retiro.

Pero un diamante resplandecía en aquel sitio de miserias y desdichas, y era la señorita Clotilde, que se había puesto al frente de los negocios domésticos, desde que su delicada madre no pudo resistir a las malas influencias de los miasmas, de la soledad y de las plagas de los trapiches. El corazón de Clotilde no se había encallecido con la frecuente vista de los molidos en el trapiche, ni de los quemados en los calderos, ni de los cuadros de estúpido libertinaje, que se tienen como un mal necesario. Por el contrario, sus lágrimas rodaban sobre la lepra, y se oían sus tiernos suspiros al racionar a la joven que, separada de su madre para sacar su tarea de trapiche, dormía sobre el bagazo entre la brutal peonada.

---

68 *Calipso:* hija de Atlas, que reinaba en la isla de Ogigia.

69 *Cachaza*: espuma con impurezas que sale del jugo de la caña de azúcar cuando se cuece para producir el azúcar.

Pero no era sobre las aras de la *plata* que don Blas, el tierno padre de Clotilde, hacía el sacrificio de su hija. Era que no había encontrado quien le administrase su hacienda, aun cuando ofrecía la tercera parte de las ganancias, porque él conocía que, pagando una miseria, no se encuentra administrador para un trapiche.

La señorita vivía sin amigas ni trato humano, porque las arrendatarias habían sido educadas en el seminario del trapiche, que es como criarse en los cuarteles; pero contaba con una vecina a legua y media de distancia, que era su único consuelo. Era Juanita, la hija de don Cosme, el dueño del trapiche de nuestra Señora de la Soledad, el cual, aunque de distinta opinión que don Blas, conservaba con éste regular armonía y se visitaban cada tres o cuatro meses, cuando sus negocios lo requerían. La señora Juanita, a pesar de sus sufrimientos de nervios y del corazón, era hermosa y de facciones muy agradables, aunque sombreada constantemente por las huellas del dolor.

La huerta y las aves, el baño y algunas veces la lectura, eran el alivio de Clotilde en las horas desocupadas; pero hacía tres días que ni aun el cuidado de los árboles le gustaba. Unos toches[70] que estaba criando con esmero; las criadas y hasta las trapicheras habían notado la displicencia con que su señora lo miraba todo. Era la causa de esto una carta que había recibido de la parroquia.

Juanita era su paño de lágrimas, como decía la misma Clotilde, y en consecuencia, se resolvió a escribirle una esquela que decía:

> «Mi querida Juanita: Necesito que me vuelvas una visita que me debes. Me ha sucedido una cosa de tanta gravedad que ni aun confiarla puedo al sigilo de una carta. Tengo aflicción, incertidumbre, miedo... no sé. Ven corriendo al consuelo de mi afligido corazón. Di que estoy mala. ¡No dejes de venir por cuanto hay en el mundo!
> Yo te contaré, Juanita.
> Tu amiga, CLOTILDE».

A las once del día siguiente se presentó Juanita en el Retiro con su acostumbrado traje negro, todo salpicado de barro, y su velillo despedazado por las *chamizadas* que embarazan el camino. La acompañaban su padre y uno de sus hermanos. Los cariños y los abrazos de la primera vista sería imposible describirlos; baste decir que las lágrimas vinieron en refuerzo de tan excesiva alegría.

—¿Conque qué ha sido?, preguntó Juanita a su vecina, cuando ya estuvieron en su cuarto.

—Perdóname, Juanita, tú sabes que en estos desiertos no tengo más consuelo que tu amistad.

—Por supuesto, Clotilde; ¿pero qué es?

—Una cosa muy grave.

70 *Toche:* una de las aves más conocidas de Colombia. Es relativamente grande, de 20 a 25 cms y de plumaje ventral amarillo y dorsal negro.

—¿Alguna enfermedad?.... Y se me pone que es en el corazón.
—¡No seas tonta!
—¿Por fin asomó fuego a la cumbre del frío Tolima?[71]
—¡Por fin!...
—¡Entonces no te digo nada!
—Dí, dí cualquiera cosa que sea, que puede suceder que yo te consuele.
—Una carta: ¿me lo crees?
—¿De don Narciso?
—Él no me ha vuelto a decir nada... ni aun ha venido en las dos semanas pasadas.
—¿Y entonces?
—Un señor que está en la parroquia.
—Ya lo sabía yo, porque una arrendataria me lo dijo, y hasta sabía que te *echó flores.*[72]
—Cuando llegamos a desmontarnos en casa de Manuela, lo encontramos allí posado. Mal hecho de doña Patrocinio, ¿no te parece?
—Pero allí posó también Alcibíades... Manuela es muy formal: les oye y coquetea; pero de allí no pasa. ¡Pero la carta, la carta!
—Vamos a la huerta para leerla más a gusto.

Al entrar no más, encontraron un camino de hormigas de a cuarta de ancho, y a otros pasos, el esqueleto de un naranjo dejó suspensa a Clotilde.

—¡Qué fuerza de destrucción!, exclamó juntando las manos, con el más compasivo ademán. Hace dos días que este naranjo ostentaba en sus hojas y flores más vida que una muchacha a los quince. Lo que es la unión, el plan y la constancia, ¿no, Juanita?
—¡Ojalá que estos bichos no fueran tan constantes!... ¿No les has hecho remedio?
—¡Pu!... Papá les ha dado píldoras de antimonio, les ha quemado azufre, les ha pisado las bocas de los hormigueros, y les ha hecho todo lo que los periódicos han aconsejado; pero ellas no se han dado por notificadas. Yo sólo he visto acabarse un hormiguero cavándolo, y quemando las hormigas una por una.
—Pero la carta...
—Vamos a sentarnos debajo de los pomarrosos, que son más tupidos que los mangos.

Así que las dos amigas se sentaron en un sitio obscurecido por la densa ramazón de los árboles, oyó Juanita leer lo siguiente:

> «*Parroquia de... Junio 8 de 1856.*
>
> «Desde el domingo, día en que tuve la dicha de conocer a usted, no he cesado de admirar las perfecciones que la adornan: esto es un deber. Lo que es divino tiene que arrastrar el culto de los humanos. La dicha de acercarse a usted y de poder tributarle homenajes, es

71 *Cumbre del frío Tolima*: hace referencia al volcán nevado del Tolima.

72 *Echar flores*: piropos requiebros. Expresiones lisonjeras que se dirigen a alguien.

cuanto un mortal puede apetecer.
La amistad de usted sería la felicidad suprema para el más rendido servidor de usted. –D».

—¿Qué te parece?, preguntó Clotilde a su bella amiga.

—Que no es nada.

—¿Cómo?

—¡Nada, nada!... ¡Si vieras las cartas de Alcibíades! ¡Eso sí que es puro fuego! ¡Eso sí es hablar al corazón! Pero ésta no da ni muestras de estar flechado el candidato.

—¿Y entonces, por qué me escribe?

—Porque no tiene con quien conversar en la parroquia, por matar el tiempo, y (como dicen ellos) por tentar el vado.

—¡Imposible! Yo no lo puedo creer.

—¡Lo que oyes, Clotilde!, será rico o tunante y piensa divertirse...

—No digas eso, Juanita: ni es creíble tampoco.

—Estás muy boba todavía, Clotilde. Y bien ¿te gusta?

—¡Es muy buen mozo! Y si vieras con qué gracia se viste. No tiene audacia en sus miradas, y si no engaña su fisonomía, es un hombre humanitario.

—¿Te gusta más que don Narciso?

—Su fachada deslumbra; pero no sabemos...

—¡Adiós del otro!

—¡No, Juanita, no es que yo lo prefiera, eso no!, pero tiene don Demóstenes un no sé qué...

—¿Y de palabra te dijo algo?

—¡Ni sé, porque fue tal la vergüenza! ya ves, metida una por aquí entre el monte...

—Dices bien... ¿Qué hiciera yo para conocerlo?... Pero, sufriría... ¡Tengo tan presentes mis males! ¡Con aquella facilidad que una le abre su corazón a una persona desconocida y le entrega su suerte, su existencia!...

—Sí, Juanita, parece increíble.

—Pero tan cierto es, que aquí estoy yo que lo diga. Es porque no hay plaza segura en el sitio, si adentro hay partidarios de quien la ataca.

—¿Cómo? Juanita.

—El corazón, ¿no ves, Clotilde? Bien pudiera la educación, la inteligencia, la reflexión, ser una impenetrable muralla; pero ¡cuántas veces en el corazón mismo se abre la brecha y las fortificaciones caen! Por eso se ven conquistas de un día para otro. ¡Cuántas lágrimas me causan hoy los contentos de que goza Elvira, después de dos años de casada con el que yo desprecié por Alcibíades! Así te digo, Clotilde, que si es tiempo todavía, tengas presente que a don Narciso lo conoces, que hace años que te quiere, que simpatiza con tu familia, y que...

—¡Juanita, por Dios!

—Es que no sabemos lo que puede suceder de un momento a otro: el amor es traidor en ocasiones.

—No te comprendo, no sé si hasta me injurias.

—¿Injuriarte?... Tú eres la que profieres una injuria contra tu amiga.

—¿A esto fue que vinimos al asilo sagrado de la amistad? ¿Para esto es que dos corazones se abren?, dijo Clotilde, estrechando en sus brazos a su amiga y vertiendo un río de lágrimas, como si se tratase de la muerte de una persona querida.

—Estás conmovida, le dijo Juanita, cálmate y escúchame... Yo me espanto hoy como la cierva que una vez se ha escapado en una de estas sendas enmarañadas, de una de las *trampas de lazo* que ponen nuestros arrendatarios, y vuelve a ser cogida. Recuerdo todo lo que de Alcibíades me decían tus hermanos; ellos, que sabían más del mundo que lo que yo podía saber en las cuatro paredes de mi cuarto.

—¿Y qué hacemos de la carta?... Yo lo que siento es el haberla abierto sin licencia de Papá... Tengo algunos borradores escritos, ¿me ayudas a contestarla?

—¿Animándolo a sostener correspondencia?

—¡No, no, Juanita!... Para qué echarme a cuestas ese trabajo, cuando yo no pienso...

—Es lo más fácil. Esta noche si quieres.

—¡Corriente!

Los dos trapicheros y el hijo de uno de ellos se habían quedado en el corredor conversando sobre la profesión.

Habían comenzado por elecciones; pero como don Cosme era un liberalón de siete suelas,[73] y se lo iba entripando a don Blas, que era poco tolerante, tuvieron a bien el doblar la hoja.

—¿Y qué tal de peones?, le preguntó don Cosme a su comprofesor.

—Me llueven, le dijo don Blas.

—A mí se me iban escaseando; pero le mandé picar el rancho a un arrendatario que se me estaba altivando, y temblando o no temblando, están todos ahora obedientes. No hay cadena tan poderosa como la de la tierra... Me obedecen de rodillas el día que yo quiera. Porque figúrese usted que les arrendáramos aire, así como les arrendamos la tierra que les da el sustento; ¡con cuánto mayor respeto nos mirarían estos animales!

—¿Pero y aquello de la protección al proletario y del socorro a los pobres?

—¡Bah, bah, bah!... Eso fue en la Cámara de provincia que lo dije, y en un artículo que escribí; ¿pero usted no me vio después comprar tierras en el Magdalena y poner esclavos a que me cosechasen tabaco y me sembrasen pastales y después vender aquello y comprar un trapiche?

—¡Sólo que así!, le contestó don Blas.

—¿Y de cañas, qué tal, se parará usted?

73 *De siete suelas*: Expresión que intensifica el calificativo que expresa malicia. Redomado. Perfecto.

—¿Pararme?... Tengo siete hanegas de cañas, tan buenas que ningunas les igualan.

—Y yo tengo catorce.

—¡Magnífico!

—¿Y cuánto muele usted?

—Cien botijas por semana.

—Es muy poco esto, cuando yo, con menos mulas y con menos peones, muelo ciento cincuenta.

—¿Y no sabe usted que el trapiche del Purgatorio se parará desde la semana entrante?

—Sí, señor, y que el de la Hondura está en vísperas de pararse.

—¡Pues viva la patria!, porque entonces se nos alza la miel a los que nos quedamos andando.

Mientras que los señores trapicheros conversaban de esta suerte, las dos señoritas habían pasado a tratar del socialismo, cosa que les parecerá muy extraña a mis lectores.

—¿Y cómo es eso? Juanita, preguntaba Clotilde a su amiga.

—Pues que hay una escuela que quiere que hagamos nuestro 20 de julio, y nos presentemos al mundo con nuestro gorro colorado, revestidas del goce de nuestras garantías políticas.

—Será que dicen.

—Que escriben... Desean que votemos, que seamos nombradas jurados y representantes, y todo eso.

—¿Y para qué?

—Para elevarnos a nuestra dignidad, dicen.

—Con que respetaran nuestras garantías de mujeres, con que hubiera como en los Estados Unidos, una policía severa en favor de las jóvenes...

—¡Cómo, niña!

—¡Pues no ves que porque nos ven débiles y vergonzosas!, y colocadas en posiciones difíciles nos tratan poco más o menos; y ahora ¡a las pobres!... eso da lástima. ¿Hay infamias por las que no hagan pasar a estas desdichadas arrendatarias, nada más que por ser mujeres y mujeres pobres?... Por eso te digo, Juanita, que con que nos trataran con la dignidad debida a nuestro sexo, aunque no nos invistieran de los derechos políticos, no le hacía. ¿No has reparado cómo nos trata don Diego? ¿Y hasta el beato de don Eloy?

—No... lo que me parece es que son muy tratables.

—¡Eso de dar tanto la mano, y apretársela a una tanto, y sobársela!...

—Eso ¿qué tiene?

—Que acabando de apearse de su mula, corren el riesgo de haber enderezado la silla y cogido el sudadero con la mano...

—¿Pues hay más que pedir permiso y correr a bañarse una de pronto cuando le dan la mano?

—Y que tienen también el resabio de saludar a las chicas con uno a dos años de descuento en su propia edad.

—¿Cómo, Clotilde?

—Con palmaditas o cariñitos, como a las chicas.

—¿Y si nos gusta?

—¿Y si no nos gusta?... ¿Y ahora sus equívocos y sus chancitas, que le hacen salir a una los colores a la cara?

—Eso es porque son jocosos, nada más.

—Es porque no respetan ellos nuestras garantías de pudor, que son la base de nuestra soberanía; y luego nos halagan con la esperanza de hacernos *juradas*... Ahí está la pobre de Pía tan graciosa y tan joven, condenada a la degradación por causa del dueño de tierras, forzándola a asistir al trabajo del trapiche, entre una peonada corrompida, sin reglamentos ni inspección de ningún género. ¡Pobre Pía! cuando solía venir a trabajar a este trapiche, yo la cuidaba y la aconsejaba hasta donde podía.

—¡Pero si te digo que en esta materia todo el mundo es Popayán!

—Pero en algunos se hace más notable, porque siempre están hablando de libertad, y de fraternidad, y de protección a las clases desvalidas.

Por la noche, cuando todos estuvieron acostados, y las amigas instaladas en el cuarto de Clotilde, se abrió la sesión sobre el negocio de la carta.

—Aquí está el proyecto de contestación, dijo Clotilde, lleno de borrones y de majaderías; pero tú me ayudarás, sin duda.

—A ver, dijo Juanita.

—Déjamelo leer a mí.

«Señor don Demóstenes...

—Te *pelastes,* exclamó Juanita. El *don* no es castellano granadino; por lo menos no lo es oficialmente. *Don* no se escribe nunca.

—¿Pero no se habla? ¿Y como se habla, no dice la ortografía que se ha de escribir?

—Entonces los bobos serán los republicanos que abolieron el *don* de los discursos y de los oficios y lo usan de palabra.

—No tan bobos, que el *real* no lo abolieron, sino que lo adoptaron, y con alma, vida y corazón... Pues dejémoslo sin borrar y sigamos.

«Señor don Demóstenes, continuó leyendo Clotilde, contestando a la muy apreciable de usted, le doy las gracias por las perfecciones que usted se digna atribuirme, y por la oferta de su amistad. Mas, si la carta de usted fuese una manifestación amorosa, que, por supuesto, tiende al matrimo...

—¡No, niña de Dios! Eso hay que borrarlo, aunque sea con el codo, porque ellos nos levantan que andamos siempre a caza de casamiento.

—Pues lo borrarnos, y adelante.

Corregida y enmendada la carta, la copió Clotilde en muy regular letra y la pegó con oblea blanca, porque no hubo de otro color, y la guardó para mandarla con Manuela, que debía venir al otro día por cuatro totumadas de miel para su fábrica.

La vela se estaba acabando, y al abrir la ventana que daba al campo, oyeron las tiernas amigas un canto que no sonaba muy lejos. Pusieron atención y oyeron lo que sigue:

Dicen que los celos matan:
los celos no matan, no;
pues si los celos mataran,
ya me hubiera muerto yo.

Me decís que tenéis una:
no sólo una, sino dos,
de lo que vide aprendí:
¿Por qué me enseñasteis vos?

A estos acentos acompañaba el crujido de la máquina del trapiche, que resonaba como el canto más lúgubre que pudiera producir un concierto de los infiernos para el tormento de las almas.

—Es muy tarde, dijo Clotilde. ¿No oyes el canto en diálogo de los dos trapicheros?... Es que ya pusieron *la molienda del primero.*

—¿Por qué será tan triste todo lo del trapiche?

—¿No ves, Juanita, que se trabaja contra las estaciones, contra la sazón, contra la humanidad, contra la razón, finalmente?

—¿Cómo así, Clotilde?

—Se muele todo el año caña pasada o biche; se hace envilecer y degradar el ente físico y moral con las trasnochadas y el desenfreno; se raciocina sobre los datos falsos de arruinar los animales, los hombres y las cosas para obtener de prisa lo que por el orden natural sucedería por caminos más seguros y con más lucro pecuniario.

—Sobre lo último desearía que te explicases.

—Tú eres trapichera como yo, mi querida Juanita, conoces los secretos de nuestra profesión, y sabes que yo no exagero. Fuera de las dificultades de los caminos para las mulas cargueras, en que se les hace brincar zanjas con cargas de a doce o catorce arrobas, o rodar por los despeñaderos, te citaré un solo caso de mal raciocinio. ¿Hay, por ejemplo, que hacer un puente para que pasen las mulas? Pues bien, se hace de balso o de guarumo para tener que reconstruirlo tres veces en un año, o se manda echar bagazo sobre el chorro o manantial. ¿Surge el mismo obstáculo a pocos días para las bestias? Pues se echa más bagazo. ¿Se forma un piélago de barro, que embaraza más el paso? Pues se repite la operación, hasta inutilizar el terreno y tener que echar por otra parte.

—Es verdad, el bagazo es la *materia prima* de los trapicheros para puentes, para alumbrado, para techos, para cobertores y sábanas, para tapones, para leña y para adornos.

—¡Niña!, exclamó Clotilde, son las dos de la mañana, y nosotras trasnochándonos de cuenta de gusto, escribiendo cartas sin estar enamoradas.

—Pues durmamos, dijo Juanita.

Por la mañana, antes del almuerzo, fueron las dos amigas al trapiche, que distaba poco de la casa de habitación. El espectáculo de unas peonadas, tendidas en el bagazo, y de un *chino* que estaba desnudo, desayunándose con caña, sarnoso, barrigudo y lleno de bubas, fue lo suficiente para hacer volver la cara a Clotilde, a tomar por otra entrada.

Mientras las señoritas visitaban la alberca de la miel, la cocina y un caedizo en donde estaba acostado un peón que se había quemado en un fondo de miel hirviendo, en la quebrada conversaba la cocinera de peones, después de haber llenado su calabaza de agua, con Rosa, que estaba de cañera, y amolaba su machete en la piedra del lavadero.

—Antoja Mónica, ¿no sabe que le van a agrandar a la cabuya?

—¿Más? Antoja... Tras de tener ya 18 brazadas de los brazos de ese condenado capitán, que así los diablos lo han de medir a él en los infiernos.

—¡Y otra cosa!... Que en la casa grande están bravos con los que vivimos mal, como dicen los blancos.

—¡Esos son cuentos! Ellos por no quedarse sin peones, no nos hacen casar jamás. Y que hay otra cosa...

—¿Qué? Antoja.

—Que en la casa grande hay también amor.

—¿De veras? Mónica.

—*Pus* sí.

—¿Y eso?

—*Misia* Clotilde.

—Ahí si meto yo mi brazo en la candela, y no se me arde, dijo Rosa.

—Conque la misma criada de la casa grande, que lo vido y me lo contó, no hace nada...

—¿Pero qué vio?

—Escribiendo una carta para un cachaco que está *posao* en la casa de la niña Manuela, mudando temperamento y recogiendo cucarachas.

—Serán cuentos; o la carta será en contra. Ya verá usted como eso no es asina..., y hasta luego, que se me hace tarde.

—¿Y qué afán nos corre? Todavía no son ni las ocho siquiera: el día no es el que trabaja sino es el peón.

Juanita hizo una visita de dos días a su vecina, y por cierto que la dejó consolada.

Capítulo VI

La Lámina

En la semana siguiente pagó Clotilde la visita a su querida vecina; y como para Juanita no había en la Soledad otro placer que el retiro, la lectura y el baño, después del almuerzo la invitó al Silencio.

Era el Silencio un charco excavado por una quebrada que golpeaba repartiendo sus aguas en varias porciones, perdiendo el color del cristal por los rechazos de las piedras sobre que se estrellaban. Todo el recinto lo cubría con sus brazos horizontales una extraordinaria ceiba, el único de los árboles que tiene su copa más delgada que la mitad del tronco, la cual se eleva como torneada columna hasta la altura de veinte o más varas castellanas. El cajeto y el amé rodeaban por más abajo las orillas del charco, y en la margen había helechos. Era hondo el pozo, y en él se podía nadar con toda la comodidad apetecible.

Fuera del golpear de las aguas en los contornos de aquel charco, no se oía sino el quejumbroso arrullo de la pechiblanca, que de tiempo en tiempo despide un sonido en *sol* de flauta; ¡hu! ¡hu! ¡hu!, que es el melancólico gemido de todas las palomas; sintiéndose también a ratos el chillido periódico de la guapa[74] que vela su nido, colgado de un gajo de la ceiba a manera de un bolsillo, con un cabestro de una vara de largo, tejido de muy finos bejuquillos. Para llegar al Silencio se camina por una senda impenetrable a los rayos del sol, y a las miradas de los pasajeros, con excepción del ciudadano Dimas y del ciudadano Elías, que todo lo penetran por sus fueros de cazadores raizales.

Clotilde tenía sus principios propios acerca del baño, como los tenía acerca del baile, que ambas cosas tropezaban con su habitual pudor.

Después del baño siempre leía Juanita, mientras se le secaba el pelo. Clotilde era más escrupulosa para las novelas que Juanita: sólo leía las que su padre y sus hermanos le indicaban, las demás eran como prohibidas. ¿Qué adelantamos nosotras en nuestro retiro, le decía a su amiga, con enardecer la imaginación con pinturas exageradas, y nuestro corazón con emociones apasionadas? Los hombres viajan, varían de objetos y disipan o disminuyen la idea fuerte de que se impresionan. ¿Pero nosotras?...

74 *Guapa u oropéndola:* ave silvestre de 23 a 28 cms de largo, de plumaje negro con adornos amarillos. Sus nidos colgantes son tejidos y tienen forma de mochila.

Habían llevado libros; pero mientras se oreaban los trajes y se secaba el pelo, lo que hizo Juanita fue contarle sus celos a su amiga, capítulo de sus aventuras que hasta entonces le había ocultado, por muy doloroso tal vez. Sentadas sobre un pequeño barranco alfombrado de menudos helechos, con el pelo suelto y la peinilla en la mano, y casi tocadas por las flores entre rosadas y blancas del amé, que las cubrían por encima, Juanita comenzó así su narración.

—Me había dicho Jacinta, mi criada, que el segundo tomo de mi Ivanhoe[75] estaba en la tienda de la Lámina y que, a la hora de misa podríamos pedírselo desde la puerta, si yo quería. Y yo me había figurado que sería una tienda como esas que llaman del Árbol, del Buey o del Tigre, que hay en los Portales de Arrubla.[76]

Efectivamente, al pasar una mañana a las seis, mi criada me indicó la referida tienda. Puse, sin advertirlo, un pie en una grada de piedra, y al llevar el otro al otro lado del umbral, vi peinándose a la tendera, joven, blanca, de ojos bellísimos aunque rodeados de ligeras sombras, y de traje muy casero, al parecer, la cual me dijo en el acto:

—¡Siga usted!

—Dispénseme usted, le dije, echando un pie atrás con precipitación.

—Es aquí, mi señora, en donde está su libro, me dijo la criada, no tan pasito que la joven no lo entendiese,

—Ahora se hace obligatorio que usted me diga el objeto de su llegada, pues veo quo estoy comprometida, a causa de algunas sospechas... me dijo la joven.

—Era que me habían dicho que usted tenía un libro...

—Tengo algunos, es verdad.

—¿Un Ivanhoe?

—Con una lámina iluminada,

—¿El segundo tomo?

—Cabal... y mientras lo alcanzo, puede usted tener la bondad de sentarse.

Yo me quedé parada y mientras la joven trasteaba sobre una mesa donde había frasquitos, peines, frutas, flores y libros, y pasaba a rebuscar en una caja, recorrí ligeramente con la vista la estrecha tienda de la joven; ahora conozco que hice mal, mi querida Clotilde y que ninguna otra señora lo habría hecho; pero lo hice sin advertir, sin caer en cuenta, por mi misma inocencia.

Era la tienda una pieza de siete varas en cuadro, a lo sumo, de paredes en parte empapeladas y en parte cubiertas de grabados de modas, de retratos de granadinos ilustres y de granadinos ridículos, como, por ejemplo, una lámina de tres bobos. Entre los ilustres había también caricaturas de aquellos que han pasado por las dos fases del prisma de la vida, auge y caída. Estaba en el frente una cama de vistosas cortinas y lazos de cinta, y de un lado estaba un canapé

---

75 *Ivanhoe:* novela que Walter Scott escribió en 1819.

76 *Portales de Arrubla*: construcción que existía en el costado occidental de la Plaza de Bolívar en Bogotá, donde funcionaban distintos negocios. Antes de que los comprara Juan Manuel Arrubla, se llamaban Las Galerías.

de zaraza y al otro la referida mesa. En un rincón se determinaba por la ceniza y el hollín, un fogón que estaba situado en un pequeñísimo departamento de cocina, y en su inmediación, al pie de un tinajero, funcionaba, como cocinera, una mujer que no inspiraba curiosidad ninguna. En el rincón opuesto se veía un ropero, del que colgaban trajes de lujo, y un sombrero a la pastora.

—Aquí tiene usted el libro, me dijo la joven.

—Mil gracias, le dije yo tratando de salir de pronto.

—Me interesa, sin embargo, que usted sepa de qué manera vino ese libro a mis manos, no sea que usted juzgue mal de mí.

—No tenga usted cuidado: estoy segura de que usted lo compraría.

—No, señora: el libro, aunque ha sido extraído del poder de usted, no ha sido comprado por mí.

—Pues no puedo dar con la persona que lo ha sacado de mi poder.

—Yo puedo mostrársela, si usted gusta, para que en lo venidero no se fíe usted de nadie.

Pues no sería malo conocerla, por sí o por no.

—Aquí está, dijo la joven, volviendo un retrato que tenía allí puesto al revés contra la pared.

—¿Él?, dije yo, a punto de caerme, porque mis piernas no me pudieron sostener.

—Siéntese, me dijo la joven, con mucho cariño. ¿Qué tiene usted, mi señora?

—Es que el aroma de las azucenas de su florero...

—Pues recuéstese en el canapé, y que la criada corra por entero el bastidor de percala, con que nos ocultamos de las miradas de los que transitan por la calle.

—De ninguna manera, porque me voy.

—Está usted indispuesta de manera que no puede dar ni un solo paso... caería usted en la calle... Huela usted este frasquito...

—¿Y por qué le regalaron a usted ese libro?, le pregunté como involuntariamente, cuando me vi restablecida de mi acceso.

—Fue que me trajo ese señor libros para leer y se debió de olvidar de la entrega de éste, y deseaba yo devolvérselo a usted desde que vi su nombre, porque yo sé lo que es una obra manca.

—¿Y me conocía usted?

—Sí, señora, porque usted vivió encima de mi casa, y yo debajo de usted.

—¿Cómo?

—Fui arrendataria por muchos meses de una de las tiendas de don Cosme, el padre de usted; y el cuarto de usted quedaba casualmente encima. Así es que, cuando daban alguna serenata en la calle o tocaban el piano, a mí me tocaba mi parte,

—Pues me voy, le dije yo entonces, tomando mi cotidiano y mi camándula de sobre la mesa, donde la había yo puesto sin saber lo que hacía, y muy arrepentida de haber entrado a la tienda.

—Si usted no está muy de prisa...

—Mucho; porque salí a misa, y tocan en la Concepción en este instante. ¡Me voy!

—Pero le importa a usted saber un secreto.

—Lo doy por sabido.

—Es sobre su vida: ¡créamelo usted!

—Otro día, porque me voy a misa.

—Sería tarde, mi señora, me dijo, con una expresión de respeto, de interés y de ternura, de esas que arrancan aún las prevenciones más fuertes.

—¿De mi vida, decía usted?, le pregunté, cayéndome de nuevo en el canapé, temblando de miedo y de vergüenza.

—Sí, señora, y yo la aprecio a usted mucho, para despreciar esta ocasión de salvarla.

—Pues, dígamelo; pero pronto, porque me voy.

—¿No es verdad, mi señora, que ha muerto del tifo una criada de la casa de usted, en la semana pasada?

—¡Cierto!

—¿Y que uno de los niños estuvo desahuciado?

—¡Pero a qué conduce todo esto? ¡Dios mío!

—Que yo puedo evitar ese mal de que está contagiada su casa. Pero es menester que usted me atienda mis explicaciones sin afán y... si usted me dispensa, sin prevenciones.

—¿Prevenciones yo? ¿con usted?

—Es verdad, usted es muy señora. Usted me ha mirado sin irritarse, por lo menos sin dar a conocer el odio. Se ha hecho indiferente como si tal cosa no hubiese pasado, como si no me hubiese nunca conocido.

—Sí, como que la vi un día en la puerta de su tienda... y así una que otra vez, pero no la recordaba. Bien: lo cierto es que hoy no la conocía.

—Sí, señora, la prudencia o bien sea el verdadero señorío; porque ese día que ese señor me alzó a mirar llevándolas del brazo a usted y a la otra señorita de su casa, y que yo le contesté con poca discreción, la vi palidecer a usted; pero después ni una mirada, ni un gesto siquiera... porque usted es verdaderamente señora... ¡Conque me recuerda!... Pues como le decía, yo fui arrendataria de una de las tiendas[77] de bajo de la casa de usted, y no hace sino unos pocos días que me fui a otra parte, y con pena, porque es cierto que la calle me gustaba infinito. Yo tenía buenas vecinas, y entre ellas Dolores, la otra criada de usted, que solía hacerme sus visitas, siempre que podía, la pobre.

Es una vida muy particular la nuestra: guarecidas como las ratas entre los cimientos de las mejores casas de Bogotá, somos como de nación separada. Teniendo relaciones íntimas con la sociedad, la sociedad nos desdeña; así es

77 *Tienda*: En las casas de habitación de dos pisos se destinaba la primera planta para fines comerciales o artesanales. Por lo general esas habitaciones se arrendaban para negocios individuales como los mencionados aquí.

que no se ve que nadie nos salude por la calle, como si fuéramos judías de los tiempos antiguos.

Pues bien, una de mis vecinas era la niña Modesta, que no se metía ni en bueno ni en malo, que bien puede arder la cuadra que a buen seguro que ella diga «esta boca es mía». Da gusto ir a visitarla porque su tienda es un jardín: tiene tazas de rosas, de zulias, de hortensias, y hasta una olla con una mata de plátano.

—¿Y con qué objeto va usted a describirme las tiendas?

—Porque es menester así, para un denuncio terrible que afecta la existencia de su familia; sobre todo la preciosa vida de usted.

—Pero dígamelo presto, porque me voy.

—La otra de mis antiguas vecinas es la curtidora, que con su propio gargüero y el de una guacamaya y dos pericos de cabeza colorada que tiene, atruena toda la cuadra, y hasta las que le siguen. Allí deposita un curtidor sus pieles frescas, y aun ella, que es un poco descuidada, conserva comúnmente atados de ropa mugrienta; aparte de que el rincón en que duerme el marrano que está cebando, no se barre nunca.

La comunista es una mujer muy trabajadora: aplancha, cocina masato,[78] suele sacar aguardiente, compra menudos para hacer almuerzos los domingos, y tiene fábrica de labrar estaño, o fundición, en donde se funden soldaditos, generales, coches y cruces. Esta tienda queda debajo del cuarto de Dolores, quien me ha dicho que de noche parece un horno; y fue la que primero cayó con tifo; porque hemos de estar, mi señora, añadió la joven, en que yo conozco a palmos la casa de usted, y todo lo que pasa sobre el tifo, y algunas cosas más.

La otra tienda es la que llaman El Museo; ahí vive la niña Mónica, llamada la directora, quien, fuera de su loro, tiene una cría de palomas y de gatos, dos toches, cuatro pericos chicos, un gallo, y cuatro compañeras, jóvenes de bastante mérito.

Ahora, yo vivía sola, con mi loro y con mi criada, sin dar que decir en la vecindad, bien que yo no valga nada. Me llaman la Lámina; no sé porque será.

Con que ahora le digo, que si usted puede comprometer a su papá a que les arriende esas tiendas a algunos artesanos, aunque tenga que rebajarles, o a que las meta al cuerpo de la casa para almacenes, o para algunos parientes pobres, es seguro que se acaba el tifo en casa de usted. Y todavía no es eso solo, sino las malas consecuencias de lo que las criadas y las niñas vean u oigan... o piensen acerca de nosotras.

Ya miraba yo a la Lámina de una manera distinta. Su habla dulce, su locución que no carecía de gracia y civilidad, el bien que me acababa de hacer y el miramiento con que me trataba; todo iba ya labrando profundas simpatías, que yo moderaba de mi parte, porque así debía ser.

—¡Ahora sí que me voy!, le dije, porque ¡qué dirán en casa!

---

78 *Masato*: bebida espesa, ligeramente fermentada, hecha con maíz cocido, clavos de olor, canela y azúcar.

—¡Ave María!

—Falta lo más interesante de mi denuncia, me dijo entonces la Lámina, porque ha de saber usted, continuó ella, que el curtidor, que se las echa de polvorero, tiene escondidas en la tienda de la curtidora unas cuantas arrobas de pólvora desde la revolución de abril, y esa mujer deja la hornilla prendida muchas noches, los fósforos regados, y la vela acabándose en ocasiones en el candelero de lata. ¿Y quién quita que usted vuele un día como el señor Ricaurte?... ¡No lo permita Dios!, y para que esto se evite, es que yo se lo comunico a usted.

Ahora, si yo fui a esa tienda, me dijo la Lámina, fue, por esto: yo vivía muy feliz en el cantón[79] de Cáqueza[80] con toda mi familia, en una estancia propia; la casa era muy bonita, y teníamos en el patio, donde lavábamos, una alberca entre naranjos, y una mata de plátano guineo, donde anidaban los toches y los cardenales. Todos los contornos estaban empradizados de grama que pastaban los caballos de nuestro servicio y unas vacas que yo misma recogía para ordeñarlas con mis hermanas. Se atrasó mi padre en sus negocios, y nos vinimos con mi madre a la capital. A los seis meses murió mi madre, y yo quedé en la misma casita, protegida por uno que se me había vendido por pariente. A pocos días los paseos, trajes y regalos vinieron a ahogar mis sentimientos naturales; y los libros, las prohibiciones y los ejemplos a disipar las ideas religiosas. Sin embargo, yo me fastidiaba del ocio, pues con mis manos, en compañía de mi hermana, ganaba la subsistencia en mi país,[81] lo mismo que todas las estancieras de mi clase; al principio yo repugnaba, por un instinto de vergüenza y de pudor, cosas compradas tan caro.

Mas el tiempo, la inclinación, la costumbre sobre todo, me pusieron una venda que no me dejó ya ver mi violenta situación.

Yo carecía de amistades y de todo trato, porque mi protector no era sino mi carcelero, inexorable, siempre que se trataba de llaves; y si alguien entraba por casualidad en la casa, la vista de las pistolas sobre la mesa, del sable en la pared, del garrote en el rincón, y sobre todo, de sus cejas y de sus inflados labios, lo hacían retroceder en el acto.

Esta vida, al fin, me fastidió, me cansó, me desesperó, y saliéndome una noche a las siete con un lío de ropa debajo del brazo, di por casualidad con una mujer que me dijo donde había una tienda desocupada, y dándole con que la pagase adelantada, la ocupé, conservando a la mujer de criada o compañera. Un caballero que pasaba todos los días por la puerta, que era la de la tienda de la casa de usted, por algunos descuidos míos solía verme, siempre triste y siempre leyendo, porque mi tutor me acostumbró a la sola ocupación de leer novelas.

Por fin entró el dicho caballero en la tienda: era bien parecido y sumamente afable. Yo era desgraciada, joven, muy pobre, y sin familia de quien

79 *Cantón*: una de las divisiones administrativas del territorio.

80 *Cáqueza*: municipio del departamento de Cundinamarca, situado a 45 kms de Bogotá.

81 *País*: patria chica.

esperar algo, ni a quien deshonrar. Don Alcibíades fue desde luego para mí mucho más apreciable que mi carcelero. Entre los muchos libros, que me dio a leer, uno fue el Ivanhoe, y no sé por qué no se lo llevó a su dueño.

Yo no sé, mi querida Clotilde, continuó Juanita, qué clase de ascendiente iba adquiriendo la Lámina sobre mi espíritu. La escena debía ser odiosa naturalmente: el primer personaje era un impostor. La Lámina, infeliz o no, era una rival, es verdad; pero yo le debía dos denuncias de vital importancia; su desgracia no había consistido en ella... no puedo explicarte lo que mi corazón sentía. ¡Ay de mí! ¡Alcibíades era la causa de todos estos contrastes!

—Sí, Juanita: ¡Alcibíades, que sin querer casarse sin amarte tal vez, te indispuso con tu familia, te privó de tu quietud y te hizo incurrir en estos comprometimientos, y hoy tal vez ni se acordará de ti!

—¡Y lo desgraciada que me ha hecho!, repuso Juanita; pero oye la conclusión de esta triste historia.

—Don Alcibíades, continuó la Lámina, no se portó bien conmigo: yo le había cobrado cariño conformándome con que él no me perteneciera o confiando en que sí, yo no sé, por mayor; y se fue para Europa sin despedirse siquiera de mí; yo he llorado por él; ¿pero que son las lágrimas en mi estado actual? ¿qué mi porvenir?... Y cuando me acuerdo de mi estancita, del lavadero, de mis propiedades, y comparo todo con estas cuatro paredes alquiladas, con este fogón y estas cortinas, con este tinajero y este ropero, y cuando piense en la cama del hospital que me espera...

Al decir esto la Lámina, continuó diciéndole Juanita a su amiga, se cubrió los ojos con un pañuelo de batista, y parecía que se esforzaba por ahogar sus sollozos; pero luego que estuvo algo tranquila, continuó:

—Y sin tener ya los consuelos de las creencias y de las esperanzas, porque tanta lectura y tantos raciocinios falsos de mi carcelero, por fin me condujeron a un indiferentismo tal, que nada me atrae.

—Pero todavía es tiempo, le dijimos a la vez, Jacinto y yo.

—De nada, porque dudando una vez...

—¡Desgraciada!, exclamé, no desespere usted de la misericordia de Dios: escoja usted otra clase de vida, que en la Nueva Granada ninguno se muere de hambre.

—Cierto, mi señora, contestó ella, no es de hambre materialmente de que se muere aquí, como dicen los Misterios de París que sucede en Europa; es el hambre de figurar, el hambre de lucirse la que puede conducir al despeñadero, cuando no sea alguna pasión desordenada... Y después... ¡ah! Usted no sabe lo que es el hambre de una alma abandonada por todos... En mi tierra todas trabajan; en mi tierra hay celo por la buena conducta; por eso hay salud, matrimonios, y hay también mucha limpieza en las calles y mucho orden en todo. Y aquí también, si quisieran, podría dar una disposición el gobierno, para que nosotras viviésemos en un barrio aparte, y entonces vería usted como los ricos nos hacían casatienda, porque para ellos valdría esto más que tenernos debajo de sus casas y entre sus familias dando mal ejemplo.

—¡Cuándo!, si aquí defienden tanto las garantías.....

—Pero me voy, le dije a la Lámina, adiós, adiós.

—Adiós, mi señora, me dijo ella, y me alargó la mano. Yo cogí mi Ivanhoe y mi camándula y me salí pronto. En la misa me acordé varias veces de la pobre Lámina y rogué a Dios por su conversión; después la he recordado con alguna frecuencia.

—¡Pobrecita!, dijo Clotilde, ya verás que ella no tiene la culpa. Si pusieran los ricos cigarrerías, o cualquier clase de fábricas en que se ocupasen las desgraciadas, no habría tantas mujeres perdidas.

Cuando esta relación se concluyó estaba ya seco el pelo de las señoritas y hasta sus trajes de baño. Luego que llegaron a la casa grande, se sirvió la comida; por la tarde se fue Clotilde con su padre, y Juanita se quedó en la Soledad, de donde no volvió a salir hasta las fiestas de la parroquia.

Capítulo VII

Expedición a la montaña

En dos capítulos seguidos hemos tratado de dar a conocer los habitantes del Retiro y de la Soledad, que aunque no representan el primer papel, o *no juegan el primer rol*, necesario era que acompañaran a los héroes de esta historia, por las relaciones que tuvieron con ellos.

Volviendo a don Demóstenes, a quien dejamos entrando, armas al hombro, en su casa, al fin del capítulo cuarto, y cuyo súbito amor por Clotilde hemos sabido por la confidencia que ésta hizo a su amiga, diremos que, mientras palos iban y venían, él no se olvidaba de proporcionarse todas las distracciones que se pueden hallar en la parroquia de... teatro de los sucesos que narramos.

Habiendo aceptado el convite que le hizo el señor Cura, de ir juntos a algunas expediciones por los alrededores, se fijó como artículo primero del programa, un viaje a la montaña. El plan del viaje había sido estudiado y presentado por el cura, como el fiambre[82] fue aderezado por Manuela.

El baquiano era *ñor* Elías, famoso cazador de osos y cafuches, quien conocía todos los montes como las palmas de sus manos. El traje de éste era un pantalón muy raído; en lugar de camisa tenía una camiseta pequeña, un sombrero redondo que casi ni ala mostraba, y unos zamarros que apenas bajaban a la rodilla. Al costado le colgaba un *carriel*[83] mugriento, que él llamaba *chuspa*, en el cual cargaba tabaco y el recado[84] de candela, agujas y una navaja pequeña.

A la entrada del bosque visitó don Demóstenes unas piedras con pinturas de los antiguos panches.[85] Estaban en partes cubiertas por helechos y otras plantas, pero el baquiano las despejó con su cuchillo de monte.

Aparecían allí unos círculos y figuras espirales, unos cuadrados y unas manos al parecer estampadas, todo trabajado como a punta de pico. Un remedo de la pintura de una mujer aparecía en una faz de la piedra y en una especie de cruz con los extremos de los brazos vueltos hacia arriba. Era ma-

82 *Fiambre:* alimentos preparados que se llevan a los viajes y paseos.

83 *Carriel*: bolsa de cuero con tapa de piel y varios compartimientos en forma de fuelle.

84 *Recado*: provisión de cosas compradas para el consumo diario.

85 *Panches o Tolimas:* cultura precolombina que vivió entre el 300 d.c. al 1500 d.c. Fue uno de los grupos que opuso mayor resistencia a la conquista española. Vivieron en el valle del río Magdalena desde el Peñón (Cundinamarca) hasta el Espinal (Tolima).

jestuoso el sitio tanto por lo presente como por lo pasado. El silencio de los bosques, la presencia de don Demóstenes, de José y de Ayacucho; aquellas pinturas antiguas, adoratorios tal vez, de una nación guerrera y populosa; todo era para meditar, para llenarse por lo menos de una imprescindible melancolía.

—¡José!, le dijo, en fin, don Demóstenes a su criado. ¿Tú sabes qué es esto?

—Sí, mi amo... pinturas de los *antiguos*.

—¿Y esos quiénes eran?

—No sé, mi amo.

—¿No?.... ¿No sabes que son tus abuelos? ¿qué son tus mayores, despojados de su libertad y de sus tierras por unos filibusteros de tantos?.... ¿y no sabes, que otros filibusteros modernos coronarán la obra, defraudándolos con viciosas reparticiones; y que otros negándoles la saludable tutela de la ley, que los daba por ineptos en los negocios, los acabaron de despojar con la ley en la mano?

—Sí, mi amo: yo vendí mi derecho de tierra sin saber lo que vendía.

—Pues bien, José. Estos monumentos son los adoratorios sagrados de tus abuelos, que adoraban al sol. Sabrás que nosotros hemos dicho «que habría sido mejor no haberles cambiado a los indios sus inocentes ritos»; y las cosas se dicen porque se sienten... ¡Ven acá!, arrodíllate y adora el sol.

—Sí, mi amo, dijo el indígena, y se puso de rodillas, en el suelo, mirando la piedra de frente.

—Di una oración ferviente que nazca del fondo de tu corazón.

—*Por la señal de la santa cruz...*

—Eso no es para nuestro caso: no seas tan bruto.

—*Dios te Salve, María...*

—Menos, hombre... Yo te iré diciendo y tú repites la oración.

—Sí, mi amo.

—*¡Oh sol, que concedéis vuestra soberana luz!...*

—Tu soberana luz.

—*Igualmente al blanco que al negro, y que al indio...*

—Y que al indio.

—*Y lo mismo al cristiano que al mahometano...*

—Cristiano.

—*Recibid hoy el más ferviente voto de adoración, que os tributa José Fitatá.*

—... que disfruta José Fitatá.

—Ahora, continuó don Demóstenes, levántate, José, coge unas flores de siempreviva, y bótalas al pie de la piedra en ofrenda a los manes de Nenqueteba,[86] de Tisquesusha,[87] y de Quemuchatocha.[88]

---

86 *Nemqueteba*: en la mitología Chibcha es un anciano que enseña a la gente a cultivar la tierra, a tejer, a hacer objetos de barro, les enseñó el culto al sol e instruyó a los caciques en el arte de gobernar. . . fue el formador del Salto de Tequemdama.

87 *Tisquesusa*: Zipa, gobernante Muisca de los grupos indígenas que poblaban la mayor parte de lo hoy es el Departamento de Cundinamarca; enfrentó a los hombre de Jiménez de Quesada entre Suesca y Nemocón.

88 *Quemuchatocha o Quemuenchatocha:* Zaque de Unza, gobernante Muisca de los grupos indígenas Hunza o Tunja que poblaban el norte de Cundinamarca y parte de Boyacá en el momento de la llegada de los españoles.

—Sí, mi amo.

Los únicos concurrentes a esta ceremonia, fuera del neófito y del catequista, eran *ñor* Elías y el venerable Ayacucho, incompetentes por cierto para juzgar de las ventajas que sacarían los indios de separarse del catolicismo. Luego que observó don Demóstenes las labores y copió algunas en su cartera, se internaron en la inmensa selva, llevando *ñor* Elías siempre la vanguardia; José y don Demóstenes el centro y Ayacucho la retaguardia.

Los cedros y nogales, los botundos[89] y los ocobos[90] de tan bellas flores, levantándose al cielo daban al bosque un aspecto de agradable melancolía, que lejos de aterrar embelesaba, porque es un hecho que entre la naturaleza animal y la vegetal existen relaciones. El suelo estaba limpio en algunas partes, y en otras tupido de helechos, de bejucos y de largos tallos de la apreciable zarzaparrilla; en algunos sitios se hallaban como alma cenados los montones de la fruta llamada castaña, cubierta de una cáscara parecida a la del cacao, que tiene la consistencia y el sabor del haba. El baquiano[91] recogió unas cuantas de estas frutas en su mochila, y admirado de su abundancia, dijo:

—¿Sabe, patrón?

—¿Qué cosa?

—Que por aquí hay tigre, porque los cafuches no han probado la cosecha de guáimaras y castañas, y es porque donde este ciudadano se pasea, ni lo piense que los cafuches se asomen; y mi compañero Límas también, ha pasado por aquí.

—¿Y no sería bueno volvernos, antes que venga la noche?

—Pero este tigre no está cebado. En las quinerías[92] le topábamos el rastro siempre; pero no tuvimos que sentir nada de él; no se metió con nosotros para nada, aunque lo molestábamos.

—Pues sigamos, que la montaña me está gustando mucho... Es un tigre tolerante.

Continuó, pues, su viaje don Demóstenes, en tal silencio que ni las pisadas se oían a medida que se internaban, la selva estaba más obscura, como un templo a media luz, protegido por bóvedas silenciosas y elevadas. Mas no era la idea del tigre la que ocupaba a nuestro viajero; eran los monumentos panches, y el recuerdo de esa belicosa nación, que se figuraba dispersa entre el gigantesco bosque que lo cubría.

—¡Ay!, decía, ¿qué monumentos nos quedan de esa populosa nación que cumplía su destino sobre la tierra como todas las que han existido?... Fiestas y figurillas despreciables, y unos jeroglíficos que nadie puede descifrar. La

89 *Botundo:* árbol de 25–30 mts de altura, de tronco recto, cilíndrico y único, de corteza escamosa y rosada, de olor a almendras, con follaje verde oscuro, cuyos frutos son parecidos a un mamoncillo, pero de forma ovalada y de 20 x 12 mm.

90 *Ocobo*: árbol que crece hasta 15 mts de flores campanudas de color lila rosácea dispuestas en racimos terminales. Otros nombres: flor moraqo, guayacán lila, guayacán rosado y roble morado.

91 *Baquiano:* guía conocedor de sendas y caminos.

92 *Quinería:* lugares donde se siembra la quina, árbol del que se extrae la quinina, fármaco antipalúdico.

ley, que protege a los negros, despoja a los indios, a esta raza noble a la que no se enrostra sino el ser maliciosa, que es el instinto de todo el que es perseguido. Entonces más maliciosos son los goajiros, que no han permitido, haciendo uso de sus flechas y su veneno, que sus tierras sean repartidas.

Un aullido de Ayacucho que hizo retumbar todos los bosques, sacó al viajero de sus meditaciones, y en seguida oyó un ruido estrepitoso por entre las ramas de los estupendos árboles. Era el tropel de los ágiles zambos[93] que corrían por las copas de los botundos y nogales con la velocidad del rayo, dando prodigiosos saltos en los palos que estaban separados, porque fueron sorprendidos en la ocupación de quitarles las tapas a unas como olletas, que encierran las almendras de un árbol llamado coco de monte.

Don Demóstenes por mirar para arriba se enredó en un bejuco de zarzaparilla, y cayó con riesgo de romper la escopeta, teniendo en aquel conflicto la desgracia de perder los fósforos, lo que fue una verdadera calamidad. Mientras tanto los zambos se le alejaron de manera que no se alcanzaba siquiera a oír su ruido. Tonteaba y se desatinaba sin saber de los monos ni de sus compañeros, hasta que el ronco latido de Ayacucho le vino a consolar. *Ñor* Elías y José habían logrado flanquear a los enemigos, y aunque ellos se afanaron por los tiros de la bodoquera de José, y por los latidos de Ayacucho, estaban protegidos por la elevación en que caminaban, cuando una ligera detención que tuvieron para hacerles gesticulaciones, y para echar encima de los agresores palos podridos y pepas secas, rebullendo con fuerza los gajos, dio tiempo a la llegada del cazador en jefe, quien hizo fuego sobre una zamba que por ir cargada no podía andar tan aprisa.

La zamba no cayó de pronto, pero quedó mal herida, según la lentitud con que siguió desde entonces, y don Demóstenes hubiera hecho una carnicería completa si no hubiese perdido los fulminantes, porque el cuerpo de la expedición seguía muy despacio por esperar a la herida, subiendo algunos de sus individuos hasta lo más encumbrado de los árboles, y dando desde allí muy tristes gritos, mientras ganaba camino el resto de la tropa. La zamba en ocasiones se cogía la pierna herida con las manos para poder andar, tomando la resolución de una heroína.

Por fin hizo un esfuerzo soberano para trepar a la elevadísima cumbre de un balso real, y al colocarse en la trifurcación de los gajos se quedó quieta por algunos momentos; el zambito, aprovechando la quietud, se pasó adelante a tomar el pecho; la madre por la posición estrecha, parecía que lo sostenía entre las rodillas y los brazos, y bajando hacia él su cabeza dio dos boqueadas y expiró. Parece que el instinto de maternidad fue el que le dio fuerzas sobrenaturales para dejar su hijo en salvo después de su muerte; pero fue en vano, porque *ñor* Elías con su cuchillo de monte emprendió el corte del árbol, que es el más blando que se conoce, como que de él se forman las balsas en que se exportan todos los frutos del alto Magdalena. No duró la obra

93 *Zambo:* mono americano de unos 60 cms de longitud de color pardo amarillento.

ni un cuarto de hora, porque José también ayudaba, y al caer el palo, el zambito no sufrió sino un fuerte estremecimiento, gracias a la configuración de la horqueta.

Corrió don Demóstenes a ver su presa. Le encontró una pierna despedazada con una posta, y el costado traspasado con otra; sus últimas lágrimas habían caído sobre la cara del pequeñuelo, que acababa de soltar de sus labios la fuente de su alimento. El cuadro era propio para detenerse sobre él aun otro corazón que no fuese el de don Demóstenes, que era verdaderamente compasivo, y que se había pronunciado contra la pena de muerte en todo caso. Estaba el paraje obscuro, y, había un cadáver muy semejante a los de nuestra especie: la frente y los ojos de la víctima estaban entrecerrados, las orejas pálidas por el estrago de la muerte, los largos y encanutados dedos de la mano apretaban al infante contra su pecho, todo le representó a don Demóstenes la imagen de una mujer madre, que acaba de expirar entre los brazos de su inocente hijo. Don Demóstenes se enterneció, y entre su corazón abolió la pena de muerte para los monos.

En seguida se practicó otro acto no menos tierno. Ayacucho había cargado en Bogotá un mico diabólico sobre sus espaldas, y ahora llamándolo don Demóstenes le puso encima el zambito, el cual al ser desprendido de la lana de la zamba, de que había estado aferrado como trementina, dio un triste gemido, y con la mayor inocencia se agarró de la lana de su padre adoptivo.

Después de esta función seria por tantos motivos, desenvolvió José una servilleta en que la oficiosa Manuela había acomodado carne, algunas viandas cocidas, bizcochos y dulce, y comió don Demóstenes, dando una parte a sus compañeros. *Ñor* Elías bajó a una hondura y trajo, en un cañuto de guadua de una cuarta de diámetro que cortó con su cuchillo, agua dulce y cristalina, y otro cañuto repleto de miel de abejas, sacado de un colmenar que, según dijo, había dejado ya señalado su compañero Límas. Se encontró por casualidad don Demóstenes dos fulminantes en sus bolsillos, y este hallazgo lo animó a continuar la correría hasta un punto más distante, donde *ñor* Elías le había dicho que encontraría las pavas. Dicho y hecho, allí estaban dos, donde el baquiano había indicado, y disparando don Demóstenes, cayó una; la otra los hizo subir mucho trecho sin éxito favorable; y viendo que eran ya las tres y media de la tarde, y que se habían retirado demasiado, como lo indicaba la existencia de la quina y de la boba, pasando la cañada para bajar por una loma distinta, empezaron a caminar a paso largo a fuerza, de trochar porque la selva se hacía a cada paso más impenetrable.

El baquiano se había puesto un poco indeciso, y viéndolo tontear, le preguntó don Demóstenes:

—Amigo Elías, ¿qué lo lleva a usted tan pensativo?

—Nuestra salida de entre estos montes de Dios.

—¿Y eso, por qué?

—Porque la memoria es frágil, mi caballero.

—¡No comencemos con esas!

—Pero lo que es salir, salimos aunque sea mañana, si Dios quiere. Yo he pasado algunas noches al pie de un botundo o de un higuerón raizudo.

—¿Y qué ha comido usted?

—He sacado candela, he tostado castañas y asado carne de lo que mis perros han cogido.

—Yo no tengo esa vocación.

—Pero, ya verá, patrón, que el cazador se obliga a eso y a mucho más... Pero si Dios quiere, si salimos, trochando ligero y no perdiendo el tiempo ni el *talento* de la corriente de las quebradas.

—¿Y no queriendo Dios?

—Pues entonces no salimos.

—¿Y trochando ligero?

—Pues ahí verá, patrón, que como dice el dicho, «el hombre pone y Dios dispone».

—Vea cómo nos saca del monte, y déjese de teología, *ñor* Elías; porque usted se obligó a servirme de baquiano, la noche se acerca y yo no quiero dormir al pie de un botundo.

—Así es, patrón; pero ya verá su merced que ninguno está al cabo de los contratiempos.

Don Demóstenes bajaba pensativo, *ñor* Elías avergonzado, José desconfiado y Ayacucho molesto con sus nuevas obligaciones, cuando se oyó muy a lo lejos un eco casi perdido entre los bosques, que hizo exclamar a don Demóstenes:

—¡Tierra! muchachos.

—Es grito de gente, dijo el baquiano; pero muy lejos, y, para llegar hay mucho que trochar, y sí la Virgen no nos ayuda, todavía ¿quién sabe?, bien es que de la misericordia de Dios es malo a ratos desconfiar.

Volvieron a callarse los cazadores, y todo su empeño estaba en andar. Por fortuna no dieron con cañadas, ni pedriscos, pues aunque tupido el bosque, el terreno era llano, y cuando se hallaron en una pequeña eminencia, pararon por ver si sonaba otra vez el mismo grito que tanto los había consolado. Oyeron efectivamente una voz ya inteligible, y aunque con dificultad, percibieron que decía:

—¡Ah infames! ¡ah malvados! ¡ah pícaros!

Siguieron en la misma dirección por una estrechísima senda que la casualidad les brindó; aunque José tuvo que quedarse un poco atrasado para sacarse una espina de guadua que se le atravesó en la planta del pie derecho, tomando la vanguardia el infatigable Ayacucho; mas éste se resistió a pocos pasos con cualquier pretexto, y *ñor* Elías siguió a la cabeza con sus ínfulas de baquiano.

Pero no habrían caminado media cuadra, cuando *ñor* Elías, que se había adelantado, dio un lastimoso grito diciendo:

—¡Socorro! ¡socorro!

—¿Qué hay?, le preguntó don Demóstenes corriendo a donde se hallaba Elías, a quien halló colgado de un pie.

—Que mi compañero Límas sabe más que yo, porque me ha cogido en una de sus trampas.

—Me tiene colgado de una pata nada menos... corte su merced esta soga o bejuco con su cuchillo; pero no le hace, que arrieros somos y en el camino nos toparemos.

—¿Y si das en el suelo muy recio?

—Eso no es tan malo como estar colgado uno de la pata.

Entonces cortó don Demóstenes un hilo muy duro, y cayó el baquiano sonando como una piedra. Después les explicó que aquello era una *trampa de lazo* que se ponía para coger venados o cafuches, y algunas veces tigres, y hasta ladrones.

Les contó también que en una parroquia llamada Quipile la habían puesto para guardas, en tiempo del monopolio del aguardiente, y que habían cogido una vez a uno, poniéndole en una senda una tinaja por cebadera; y a otro, a un soldado licenciado, cabalmente, lo habían cogido de la garganta del pie, haciéndole romper las botellas de aguardiente que había decomisado en otra estancia.

Según las largas explicaciones del baquiano, don Demóstenes comprendió que la trampa de lazo es una cimbra fuerte, hecha por lo regular de una vara de *arrayán bejuco,* enterrada de una punta, y templada o sostenida de la otra por una cuerda que está sujeta por el medio de una trabilla de cuatro o cinco pulgadas, de un gancho de palo clavado a boca de tierra; de esta trabilla o crucero está pendiente un lazo de un torzal de fibras de palmas de cuesco semejantes al alambre de cobre; el *lazo* queda encubierto o simulado en un boyo de cinco dedos de profundidad, en el cual están también extendidos unos palos o astillas que tocan la trabilla y la hacen zafar del garabato o gancho, del cual estaba pendiente la cimbra, y luego dicha cimbra, al rehacerse, tira del *lazo*, el cual coge del pie o brazo al animal que le ha tocado, y lo deja colgado en el aire.

Volvieron los cazadores a oír otras voces más cercanas, que claramente decían: ¡Ah pícaros! ¡ah ladrones!

Pronto se les puso el monte más tupido con árboles que estaban entrelazados, y bejucadas tan densas como enredadas de intento; y al salir por entre unas matas de platanillo, a lo que los viajeros las rebulleron, una piedra cayó con grande ruido y oyéronse unas voces diciendo:

—¡Condenados! ¡allá les va piedra!... *¡Urria!*

—Son las guardianas, dijo *ñor* Elías, que cuidan de lo que es suyo.

No acababa de decir esto *ñor* Elías cuando otra piedra acompañada de iguales imprecaciones cayó sobre la culata de la escopeta, dejándole una señal profunda.

—Es una guerra ésta tan injusta como contraria al derecho de gentes, sin previa declaratoria y sin reglas ningunas. Sería bueno que nos anunciásemos, dijo don Demóstenes.

—¡Somos cazadores perdidos!, gritó *ñor* Elías.

—¡Sigan!, contestó una voz delgada y al mismo tiempo agradable, sigan, que se les mostrará el camino.

Al oír esto, los viajeros siguieron detrás de *ñor* Elías, y a las cuatro o seis varas de distancia dieron con una sementera de maíz, y el baquiano les dijo:

—Esta es la roza[94] de mi compañero Límas, según me parece.

Por entre el maizal y los troncos mal quemados, y a veces por entre la hierba y los tiernos bejucos, llegaron por fin a una especie de teatro de palos, erigido sobre ocho varas, formando cuatro costados en forma de X, con sus escalas de varas bastante apartadas unas de otras. La elevación total sería de cuatro varas castellanas por lo menos. Una joven de ojos expresivos y rasgados, de pelo negro, corto y muy crespo, de camisa muy sencilla y un pañuelo anudado a la garganta en forma de manto de las damas muiscas, era la que presidía esta fortaleza tan singular.

—¿Por dónde hallaremos nuestro camino? preguntó don Demóstenes a la joven.

—Suba aquí a la *garita*, que desde aquí le mostraré lo que solicita usted.

—¿Por estos palos? ¡Imposible!, dijo don Demóstenes, probando a subir sobre las dos primeras gradas.

—¿Cómo yo subo, y soy mujer?

—Eres mujer, contestó el viajero, y bien graciosa; pero eres educada entre las selvas, por eso puedes llevarme algunas ventajas.

—¿Y no sube?, repitió la guardiana, soltando la risa.

—¿Si tú me hicieras el favor de bajar?... Y ¿cuáles son los enemigos que?...

—Las guacamayas, los loros, las catarnicas,[95] los pericos grandes, los pericos chillones, los pericos cascabelitos, que todos son de la comparsa de los del pico redondo. Ahora las guapas, los lulúes, los cauchaos, los toches; más los micos, los cuchumbíes, los ulamáes, las arditas, y un sinnúmero de los de cuatro patas... ¡Y véalos allá!... ¡Ah cochinos! ¡ah pícaros! ¡ahí les va piedra! *¡Urria!*

Y diciendo esto, de su honda que había girado como tres ocasiones, se despidió una piedra zumbando por los aires como una bala agujereada.

—¡Toma, demonios!, dijo entonces la centinela, con un aire de propia satisfacción que la hacía cada vez más graciosa a los ojos de don Demóstenes, quien quitándose las botas, con el auxilio de su criado, iba ya trepando por el remedo de escalera.

94 *Roza:* plantación de maíz dispuesta en un terreno limpio de matas y hierbas.

95 *Catarnica:* loro negro.

—Me ibas matando, valerosa guerrera, le dijo el forastero: mira una marca de una de tus pedradas.

—Con eso se acuerda de la guardiana Pía.

—¿Pía te llamas?

—Una criada suya.

—Creo haber oído nombrarte, no sé cuando...

—Tal vez.

—¿Y cómo es que te hallas en este oficio?

—Mi suerte que lo ha querido.

—¡Ah, sí!, eres desgraciada... Recuerdo haber oído algo de tu historia, por incidencia, en un baile de la parroquia.

—Desgraciada como no hay otra en el mundo, contestó Pía, con los ojos llenos de lágrimas.

—¿Y qué era lo que me ibas a mostrar desde aquí encima?, le preguntó don Demóstenes, por apartarla de los recuerdos dolorosos a que la había conducido.

—Pues vea las cañas de la Soledad y un pedazo de las ramadas; vea una estancia del trapiche del Retiro.

—¡Oh preciosa guardiana!, el ángel malo subió a Jesucristo sobre un monte, desde donde le mostró todo el mundo: tú me muestras también mucho mundo; tú serás mi ángel bueno. Yo no me olvido de los infelices que me socorren cuando las revoluciones o los caprichos de la suerte me ponen al arbitrio de ellos. Espero poder servirte algún día, porque tengo un corazón liberal.

—Muchas gracias, señor... Ahora vea el camino que ha de llevar. Se baja hasta aquella cañada, rodea aquel cerrito, pasa por aquel *rancho* que apenas se columbra allá entre las matas, y a poco ya está en la parroquia; pero eso sí, llega con la noche; ¡la fortuna que ahora hace muy buena luna!

—A cada paso interesaba más la guardiana a nuestro viajero. Sus actitudes, su desembarazo y el puesto que ocupaba se la hacían ya mirar como una heroína de novela de los desiertos, aun cuando no era sino la *rígida historia.* Se bajó el caballero de la fortaleza de palos, y a poco rato lo alcanzó la sostenedora y le dijo:

—Ahora que los loros se han aquietado, voy en tanto a llevarlo a casa porque por ahí es por donde sale al camino, y que allá tengo qué darles, aunque sea guarapo y una mazorca asada, o lo que se pueda.

Iba Pía de baquiana, y don Demóstenes la seguía de cerca. Había veces en que era menester caminar por las empalizadas, y entonces llevándolo Pía de la mano, salía con bien. De golpe oyeron una voz que decía:

—*¡Upi! ¡Upi!*

—¿Qué significa eso, guerra también?, preguntó don Demóstenes.

—Es que mi mamá piensa que es el zorro, porque la pisca y las dos gallinas se asustaron con nosotros.

—¿Y también lo ahuyentan con la honda?

—No tenga cuidado, caballero: mi mamá está de *baja por el vejigón* y ya no puede tirar hondazos.

Capítulo VIII

La casa de un ciudadano

Don Demóstenes y sus dos compañeros habían llegado a la casa de *ñor* Dimas, atraídos por los gritos de la guardiana Pía. Aquella era una de las más separadas de la cabecera del distrito, colocada en una falda del gran bosque que ciñe la cordillera oriental de los Andes por la parte del occidente.

No consistía el establecimiento de *ñor* Dimas, sino en una pequeña labranza de menos de una fanegada, en la cual se hallaba una roza de maíz del tamaño de una cuartilla, esto es, el área que se siembra con una medida de media arroba de semilla de maíz. También había unas pocas matas de plátano guineo, y un cuadro alfombrado con las plantas bejucosas que producen las ahuyamas, batatas y calabazas. Lo demás era rastrojo, esto es, un enjambre de arbustos y bejucadas que se levantan a reponer los árboles que han caído a los golpes de machetes y del hacha. Los costados de este hueco de la montaña se veían como cercados por los troncos de los botundos y cedros, que parecían desafiar las herramientas que habían dado en tierra con los miembros de sus familias.

En contorno del establecimiento de que hablamos no había más que la casa de un vecino llamado Juan Solano, que estaba a tres cuartos de legua, por la cual pasaba la senda del establecimiento del ciudadano Dimas, marcada por debajo del eterno bosque o montaña, como se denomina por los vecinos.

La casa, que llaman *rancho* los estancieros pobres, era una enramada cubierta de palmicha, sumamente aplanada, de techo, dividida en dos departamentos por medio de un tabique de palma, elemento de que se componían las cuatro paredes de este cuarto, llamado el *aposento* por sus moradores; éste no pasaba de siete varas de largo. La otra mitad del edificio gozaba de la plena luz del día, no teniendo pared ninguna; servía de comedor, sala, granero y cocina; y allí estaba colocado el fogón, notable a la verdad por la sencillez de la fábrica, que no consistía más que en la buena colocación de tres piedras areniscas de poco tamaño. La piedra de moler, que era un guijarro de cinco arrobas de peso, estaba al lado suspendida sobre una tijera de tres palos de corazón, a una altura proporcionada para que la molendera funcionase de pie. Un grueso tarro de guadua de cinco cañutos estaba amarrado del más ancho de los estantillos de la enramada, de cuyo fondo se levantaban por minutos ruidos sordos a manera de truenos, siendo éstos efecto de la fermentación del guarapo que allí estaba envasado. Una troje[96] de maíz estaba formada en uno de los ángulos con tarimas o atajadizos de guadua picada. Dos machetes, una hacha y dos azadones estaban colgados al lado de la troje.

En el aposento había dos barbacoas en forma de camas: la una de varitas de resino, y la otra de guadua picada, debajo de las cuales estaban instaladas dos cluecas, y algunas viandas y trastos más o menos necesarios. Una cruz de ramo, o de hojas de cogollo de palma y dos láminas de santos, la una de la Virgen del Rosario, y la otra anónima por su vejez, hacían lo que llaman altar las gentes pobres de las estancias, del cual parece que no hacían uso los propietarios.

En el patio se levantaba un papayo de altura prodigiosa, ostentando debajo del paraguas de sus hojas, un capitel erizado en contorno de sus sabrosas frutas. Una vara que se alzaba del centro de las espinosas hojas del cactus que da las fibras que llamamos *fique,* como una azucena de en medio de una taza, blanqueando con sus flores espirales, hacía un contraste admirable con la columna vegetal que presidía las decoraciones. Cuatro matas de café y otras tantas de ají ostentaban sus frutos maduros junto a los verdes y a las flores, que cedían al peso de los racimos. El solitario desmonte estaba regado por un chorro que murmuraba debajo de las bejucadas y ramas con un rumor venerable como el de la pila principal de un convento, y cruzado por una senda apenas hollada por la planta de dos mujeres que acudían a lavar o a cargar agua.

Dos personajes conversaban en el rancho de que hemos hablado, mientras que otros dos habían bajado al chorro o pequeña quebrada, y eran la dueña de la casa, llamada Melchora, y el huésped de la señora Patrocinio. La señora Melchora tenía cuarenta años, pero representaba cincuenta, era alta, delgada, de tez macilenta y ojos apagados, rodeados de manchas obscuras; estaba desgranando maíz cerca de la troje, con un pie estirado, sobre el cual estaban extendidas algunas hojas de higuerilla blanca, y se quejaba de cuando en cuando.

—¿Y de qué padece usted?, le dijo don Demóstenes.

—Del vejigón, mi caballero. Es una enfermedad que comienza por una ampolla, a veces del tamaño de un cuartillo, y si no se cruza con unas puntadas de seda carmesí, al día siguiente está del tamaño de un real, y al otro día del de una peseta, y al otro día del de un peso fuerte, y así va creciendo hasta que le da la vuelta al tobillo o a la planta del pie. Es enfermedad de la tierra caliente. Gracias al señor cura, que me vino a ver el martes y me dejó remedios y me regaló con qué comprar unas velas y media libra de azúcar.

—¿Y qué remedio le dio?

—Me dejó unos papelitos con unos polvitos para tomar en una cucharada

96 *Troje*: parte de la casa acondicionada para almacenar maíz.

de agua, uno todos los días, y me dijo que me bañara con el agua del bejuco que llaman agraz. Pero como a ratos tengo que caminar, porque ya su merced verá que la pobreza no da campo para estarse una guardada...

—¿Pobreza? con tierras tan fértiles y exuberantes.

—¿Y qué hacemos con ellas?

—¿Cómo qué hacemos con ellas? Descuajar todos estos montes y sembrar plantaciones para la exportación, como café, añil, cacao, algodón y vainilla; y no sembrar maíz exclusivamente como hacen ustedes.

—Muy bueno sería todo eso; pero la pobreza no nos deja hacer nada, y que como no hay caminos, ahí se quedaría todo botado; y no es eso sólo, sitio que los dueños de tierras nos perseguirían. Es bueno que con lo poco que alcanzamos a tener, a medio descuido ya nos están echando de la estancia, haciéndonos perder todo el trabajo ¿qué sería si nos vieran con labranzas de añil, de café y de todo eso?

—Dígame usted, señora, ¿todos los arrendatarios están tan miserables como usted?

—Hay algunos que tienen un palito de platanal, y hasta el completo de seis bestiecitas; pero esos viven en guerra abierta con los patrones, porque no habiendo documento de arriendo, el dueño de la tierra aprieta por su lado, y el arrendatario trata de escapar al abrigo de los montes, del secreto y de la astucia. La primera obligación es ir al trabajo el arrendatario, o mandar al hijo o a la hija; y los que se van hallando con platica se tratan de escapar mandando un jornalero, que no sirve de nada, y de esto resultan los pleitos, que son eternos. Mi comadre Estefanía y mi madrina Patricia son tan pobres como yo y padecen como si fueran esclavas. ¿No conoce usted a Rosa?, pregúntele usted lo que es ser arrendataria, cuando la vaya a visitar.

—No obstante, un gobierno libre da protección...

—¡Bonita protección! A mi hermanito lo cogieron en el mercado para recluta y murió lleno de piojos en el hospital; ¡y las contribuciones que no vagan, ya del Cabildo, ya del Gobierno grande de Bogotá! ¡Muy buena me parece la protección! ¡Y esta pata que me duele que es un primor! ¡Madre mía y señora de la Salud!

—¿No hay educación gratuita en el distrito?

—No sé qué será lo que su merced dice.

—La escuela, la enseñanza pública.

—El señor cura es el que enseña a siete muchachos en la casa; pero yo tendré mucho cuidado de que no me vaya a coger el menorcito, porque es el que deshierba, y el que *lorea*[97] cuando se enferma la hermana. Y que un pobre lo que gana con aprender a leer es que lo planten de juez y lo frieguen los gamonales.[98]

A este tiempo dieron las gallinas un revoloteo en el barzal, se aparecieron asustadas, y la estanciera dejó ir a los aires este grito con todas sus fuerzas:

97 *Lorear*: pajarear; ahuyentar a pedradas los pájaros en los sembrados.

98 *Gamonal:* Persona que en los pueblos o en las comarcas ejerce influencia preponderante en los asuntos políticos o administrativos.

—*¡Uuuupi! ¡uuuuupi!*

—¿Qué significa la palabra *upi*, que no la he visto yo en ninguno de los diccionarios?

—Como las gallinas se asustan cuando sienten al animal...

—¿Qué animal?

—El hurón,[99] el tigrito y el ulamá,[100] que todos comen gallina, y ya no vale ponerles trampa porque están resabiados.

El que espantó las gallinas fue el cura, abriendo la puerta de talanqueras del lado de la senda, y no dilató en presentarse en el patio diciendo: ¡Ave María! Él, como se ha visto, había desistido de acompañar a don Demóstenes.

—Adelante, señor cura, que por aquí estoy yo, le contestó éste.

—Me alegro infinito; pero extraño que usted hubiese venido a dar por estos lados.

—Perdido, señor cura, perdido.

—¿Con un baquiano tan selecto? En eso hay algo de incomprensible. Y bien ¿qué halló usted de particular en su correría de la montaña?

—Plantas preciosas, señor cura. Vea usted la zarzaparrilla, la castaña, el zapote de monte y el incienso; además dos pavas y un zambito. Ayacucho pase usted acá. ¿No ve usted, señor cura, con qué inocencia tan angelical se ha acomodado en las lanas de Ayacucho, en lugar del regazo de la madre? ¡Pobre criatura! Yo soy el verdugo de su madre; pero eso sí, allá en el monte hice mi protesta de abolir la pena de muerte para los zambos. ¡Qué hermosa semejanza la de una madre mujer y una madre zamba! Yo he llorado de lástima, señor cura.

—Ahora veamos cómo anda la casera de males.

—Bien, con la ayuda de Dios y los remedios del señor cura, respondió Melchora con admirable tranquilidad.

—¿Y qué ha habido de mi empeño?

—Que se lo he dicho varias veces, y se ha hecho sordo. A mí me parece que él no está por esas.

—Pues entonces hay que separarse.

—También es trabajoso, señor cura: porque ya su merced verá que él es el que roza y deshierba, y pone sus lazos para adquirir la carnecita.

—Pero la salvación del alma está primero que todo, y Dios no falta con su misericordia, ni la tierra de la Nueva Granada se niega a sustentar al que tiene manos. Y que yo no encuentro obstáculo ninguno para este matrimonio. ¿Qué ha dicho de lo que le propuse el otro día?

—Dice que ya pasaron esos tiempos en que no era libre un hombre para vivir con una mujer cualquiera, y que para eso ahí están viviendo juntos muchos solteros en la parroquia, y que así como así, ni la justicia ni el cura le pueden quitar su libertad.

—¡Hola! ¿Con que ya las doctrinas de Tadeo alcanzan hasta la última choza de la montaña? Porque Tadeo es el que les predica esas doctrinas, y don

---

99 *Hurón*: mamífero de cuerpo alargado y fino de la familia de los mustélidos.

100 *Ulumá*: especie de gato montés.

Leocadio algunas veces. Dígale usted a Dimas que hable conmigo, que yo volveré el jueves, y usted haga todo empeño a ver si se casan en este mes; hágalo usted en bien de la familia, para que se eduquen esos muchachos con alguna regularidad y no resulten perjudiciales al Estado y a las mismas haciendas; porque usted habrá reparado que de estas uniones civiles de los trapiches y las estancias no resultan sino uno o dos muchachos enfermizos, para cuya educación no ayudan los padres: hágalo por la familia, *ñuá* Melchora.

—¿Pero qué familia?, el cuba[101] será, porque los dos mocetones, Calixto y Nepomuceno, ya no arriman aquí a la casa, porque su vida es en los trapiches en la semana, y en los gastos los domingos y lunes.

—Y así andan por ahí todos los mocetones, desde doce años para arriba; y cuando rompen una maza del trapiche, o matan una mula, o queman una falca,[102] entonces se pasa el de la gracia a otro, llevando por certificado de su buena conducta un garrote de guayacán, un tiple y una mujer, y como están escasos los peones, el amo de la tierra lo recibe con los brazos abiertos; y no hay peones porque los mismos dueños de tierras desacreditan el matrimonio y la doctrina cristiana en que se sostiene, pagando los domingos hasta el medio día para que los peones no puedan ir a misa.

—Y por lo que es Pía, esa es harina de otro costal,[103] siguió diciendo Melchora, y de buena sangre ahí donde la ven sus mercedes,[104] que si no fuera porque le hicieron el perjuicio los amos de hacerla ir a dormir al trapiche, otro gallo le cantara,[105] porque estaba poniéndose linda como una flor; pero sería que ya le convenía a la pobre de mi hija. Hoy está que no tiene sino una sola mudita de ropa, y el negrito[106] no tiene sino la mera camisita que le regaló su madrina, y hasta enfermo se halla de una enfermedad que padecía ese vagamundo de Pablo, que allá dicen que está en Ambalema con la Angarilla, y no ha sido para mandarle ni una peseta a la pobre de la muchacha. Y yo le quería preguntar a mi amo, dijo a don Demóstenes, si la libertad se perjudicaría mucho con que los jueces lo obligaran a mandarle siquiera cuatro reales cada mes a la pobre, pues de aquí a la ciudad de Ambalema no hay sino tres días, y vienen correos todas las semanas a la cabecera del cantón.

Sería muy justo, dijo don Demóstenes: en los Estados Unidos esa clase de travesuras, y aún menores, se pagan demasiado caro, y en el juicio sumario, la declaración de la misma joven burlada vale por tres o cuatro testigos: allá se estima el honor de la familia mucho más que en esta tierra. ¡Buenos chascos se han llevado algunos traviesos de Sudamérica!

—Allá hay sanción moral, dijo el cura. ¿Y bien, doña María Melchora, qué le dijo Pía de la confesión?

---

101 *Cuba*: hijo/a menor.

102 *Falca:* cerco que se pone como suplemento a las pailas usadas en la fabricación del azúcar.

103 *Harina de otro costal*: es diferente. No se le puede aplicar la misma actitud o consideración.

104 *Su merced*: formula de tratamiento que expresa afecto o respeto.

105 *Otro gallo le cantara*: expresa que las cosas hubieran ocurrido mejor.

106 *Negrito/a:* no hace referencia a raza; expresión de cariño.

—Que le da mucha vergüenza, porque ya está tan grande, y no se ha confesado nunca, y también que lo poco que sabía del rezo ya se le está olvidando.

—Dígale que repase la doctrina, y que se anime: la confesión es un precepto de la Iglesia, y usted no se debe descuidar en estas cosas; ¿o cree usted que su hija se hará mala por confesarse? ¿Le dije a usted que fuese mala cuando se confesaba conmigo, o cuando escuchaba mis pláticas los domingo?

—Tiene razón, mi señor doctor; yo le ofrezco que si él se anima a casarse por fin, las cosas de la familia se irán reformando: haga todo empeñito, señor cura. Lo que tiene es que estamos tan pobres.

—Yo le hago el casamiento de balde,[107] y le doy algo de plata para los gastos.

—Me suscribo en cuatro pesos, añadió don Demóstenes.

—Nos iremos, dijo el cura, porque son las cinco de la tarde, y nos coge la noche.

—Hace luna, y llevan un buen baquiano; aunque hoy se le mojaron los papeles, según parece; bien es que se le habrá mejorado el talento de los caminos y sendas con el fresco de la tarde. ¡Que mi Dios y Señor me los lleve con bien, y que vuelvan a vernos!, dijo Melchora, dándole, dos mil agradecimientos a los dos amigos de la humanidad.

Emprendieron éstos la bajada, echando a la vanguardia al baquiano y a José, y al monito cargado en Ayacucho, a la retaguardia.

—Los caminos son muy parecidos a los ríos, dijo el señor cura: el de la estancia del botundo, que viene desde el pie de la peña hasta donde suele ir *ñor* Dimas a sacar quina y zarza y a cazar osos, pasa por la choza, yendo a dar a la parroquia y de allí va a dar a Bogotá, juntándose, a esta vena otras sendas y caminos. En este mismo orden están las arterias de la civilización de modo que nosotros, hemos llegado a dar con la última vena, en la casa del ciudadano Dimas, que es la última del distrito parroquial por ese lado. Hemos visto cómo comienza el ramal o la corriente de la humana civilización: usted habrá notado la falta de artes y de industria, la penuria de la choza de un ciudadano granadino, guarida semejante al conuco[108] de un salvaje de Opón, que es cuanto puede decirse.

—Peor, señor cura; yo vi una hacha y un machete pero esto mismo es un descrédito para las luces del siglo XIX, porque yo pienso que una familia de panches no estaría peor alhajada sin haber conocido el hierro.

—¿Y en cuanto a las ideas morales, qué me dice usted?

—No sé qué decirle. A mí me parece que han saltado en la casa de Dimas una valla que no se pasa sino con el mucho roce de la civilización. No hay matrimonio, no hay confesión no hay rezo: se han dado muchos pasos hacia la abolición de la teocracia, que es donde termina la ilustración del mundo.

—Aquí tiene usted un problema social de grandes trascendencias. ¿Ganará o perderá la sociedad granadina con tener la mayor parte de las fa-

107 *De balde:* gratis.

108 *Conuco*: bohío. // Sembrado rústico.

milias parecidas a la del ciudadano Dimas? ¿Está la familia del ciudadano Dimas muy ilustrada, o se halla más bien en el estado de salvajismo? ¿Han adelantado en ilustración las gentes de esta parroquia todo lo que debieran en los cincuenta y seis años de independencia?

Las ramas de un curo,[109] que ese mismo día había caído sobre el camino, habían detenido a la vanguardia, y llegando el cura, preguntó al ciudadano Elías:

—¿Quién taparía el camino?

—Fue, seguramente, mi compadre Límas; porque yo había dejado señalada una buena vieja colmena de gallinazas, y él le pegó el corte al palo por manducársela: pero no le hace, que arrieros somos y en el camino nos toparemos. Hoy me colgó también de la pata; pero ésa se la tengo apuntada en mi librito.

—¿No sabrá el ciudadano Dimas que los caminos son públicos?, dijo don Demóstenes.

—Está muy ilustrado, dijo el cura, y ha sido dos veces cabildante; pero me parece que está muy lejos de saber y de respetar los más simples deberes de los ciudadanos de una República.

—¿Y las leyes de policía?, preguntó don Demóstenes.

Aquí no hay más leyes que los mandatos del dueño de tierras; porque si él quiere, le manda a Dimas que venga y pique las ramas y las haga para un lado del camino, amenazándolo con echarlo de la tierra, si no lo hace, y por la picardía lo hace trabajar una semana, pagándole, se entiende, sus jornales.

—¡Feudalismo! ¡Feudalismo!

—Pero ya ve usted la ventaja; y que don Cosme es liberal.

—Pues es un señor feudal liberal, como creo que hay algunos en el distrito.

—Pues ya usted verá cómo mañana está destapado el camino, y si el alcalde toma la cuestión por su cuenta, en la calificación de los testigos, en la preexistencia de una hacha, y en la coartada y contracoartada se pasa un mes, y mientras eso, los transeúntes se tienen que bandear[110] por una senda tortuosa, porque ésta es la práctica de la parroquia, y al fin de todo, el que sale ganando tres o cuatro pesos es don Tadeo, que dirige el asunto por la autoridad suprema de gamonal de la parroquia.

Entre José y su compañero habían hecho una senda muy estrecha con los cuchillos de monte, y por allí pasaron casi a tientas los viajeros de zapatos, porque la claridad de la luna no les bastaba, a causa de las ramas y bejucadas.

A poco rato oyeron unos gritos a lo que iban caminando por la senda, y luego unos quejidos. Apuraron todos el paso y encontraron a un hombre tendido en el camino, lleno de sangre, y sin movimiento vital en ninguno de sus miembros.

—¡Qué es esto!, exclamó el cura, ¿quién es el muerto? Es mi tocayo, contestó *ñor* Elías.

Puede ser que no haya muerto, dijo el cura, después de examinarlo aten-

109 *Curo*: árbol de la familia de las lauráceas, cuyo fruto es el aguacate.

110 *Bandear:* cruzar.

tamente, y sacando de su cartera un papelito, le puso sobre la lengua un glóbulo del tamaño de la cabeza de un alfiler.

A los dos segundos se movió el paciente, y a los tres o cuatro se pudo enderezar.

—¡El filósofo del Gólgota curaba con la imposición de manos, y usted con un papelito! ¡Gloria a los protectores de la humanidad!

—¿Qué ha sido?, preguntó el cura a su feligrés.

—Que Juan Acero salió de golpe del monte, y me partió un brazo de un garrotazo, y me repitió otros en la cabeza y la espalda. ¡Ay! señor cura, que tengo unos dolores que ya no puedo más.

—¿Y por qué le pegó Juan Acero?

—Porque hace ocho días que está apoderado de mi casa y de mi mujer, y me dijo que si pasaba estos caminos, me mataría. ¡Ay! que ya no puedo más.

—El cura confesó al herido, y entre todos los cuatro viajeros lo llevaron a una estancia que estaba siete cuadras más abajo, y mandaron a la cabecera del cantón a buscar quien le cortase el brazo derecho, pues lo tenía despedazado. El cura dejó muy recomendado al enfermo, y avisó que fuesen a pedir lo que se ofreciese a la casa rural. Don Demóstenes ofreció su persona y sus intereses para el alivio del proletario, y siguieron su camino todos los viajeros en dirección a la parroquia. Caminaron unas cuadras en absoluto silencio consternados por la desgracia del pobre estanciero. El zambito dio algunos lamentos sin soltarse de la espalda del viejo Ayacucho, que caminaba mohíno detrás de su patrón. Por último desplegó sus labios el bogotano para recomendarle a *ñor* Elías que tuviese muy presente todo lo sucedido para cuando lo llamasen a declarar los jueces de la parroquia.

—¿Yo?, exclamó *ñor* Elías; ¿yo declarar contra Juan Acero? Solamente que estuviera bien aburrido. Antes lo que voy a hacer es no salir en dos meses de entre las montañas para que nadie me vea.

—¿Por qué, taita Elías?

—Porque a Juan Acero no lo apresan ni le hacen nada, y si lo apresan, lo saca con bien *ñor* don Tadeo o el amo don Cosme, y en después pobre del juez y pobres de los testigos, porque es el garrote más bravo de todo el vecindario.

—¿Y por qué cree usted que lo saquen libre?

—Porque es del partido de don Tadeo, y porque los guapos[111] tienen ahora mucha defensa. ¿No ve su persona cómo a mis hijas me las libraron de ir a la reclusión de Guaduas por las cortadas que le hicieron a la tonta María Vásquez? Pero, en fin, a mí me gusta que defiendan a todos los perseguidos por la justicia, y por eso es que yo soy del partido de don Tadeo, y de mi amo don Cosme, aunque es la verdad que con la defensa de las muchachas me quedé yo de esclavo para muchos años de vida.

—Ahora dígame, señor cura, dijo el bogotano, ¿cómo se ha hecho usted homeópata?

111 *Guapo*: bravucón, matón.

—Cuando estuve en mi primer curato, me daba mucha lástima el ver que iban a perecer por la falta de un remedio muchos de los enfermos que confesaba. Me puse a leer algunas obras de homeopatía, alopatía e hidropatía, y entre todas vi que la alopatía tenía el inconveniente de las boticas,[112] que no se hallan en todas partes; la hidropatía el de hacer dar muchos gritos a los enfermos y no curar todas las enfermedades, y me decidí por la medicina homeopática por la facilidad con que se administra, quedando suprimidos los cáusticos,[113] los baños, las sanguijuelas[114] y sangrías, las purgas y los vomitivos, las moxas[115] y, las ventosas, y todas las drogas de las boticas, quedando toda la medicina reducida a administrar un glóbulo, que contiene la diezmillonésima parte de un grano. Esta medicina me decidió por lo barato, cómodo y pronto para su aplicación y para la reposición. Para los pobres es excelente.

—La medicina democrática entonces ¡la medicina de los proletarios!, exclamó el humanitario don Demóstenes.

—Sí, señor, le contestó el cura. Y yo he visto en mi juventud al ilustre doctor Juan María Céspedes[116] recetar a los feligreses de su curato, a quienes iba a administrar, las plantas medicinales que él conocía, con un esmero y una caridad de que se pudieran sacar luces y ejemplos para educar buenos curas, si en lugar de reformarlos, no se quisiera destruirlos.

Así conversaban los dos amigos de la humanidad cuando divisaron la luz pálida de la lámpara de la iglesia que asomaba por una de las ventanas, oyendo al mismo tiempo las campanadas de las ocho, fúnebres y tristes como el objeto para que fueron inventadas. El cura rezó una oración en latín, de que don Demóstenes no quedó amostazado,[117] porque era tolerante, y en el hotel San Nicolás de Nueva York, le había soportado la oración del mediodía a un mahometano que vivía con él, por un mes entero. Ayacucho se adelantó, como lo tenía de costumbre, y al pasar por la casa de don Tadeo se vio a gatas para defender de los perros a su pupilo, el que, cuando llegó a casa, fue muy acariciado por toda la familia, y en especial por Manuela, que era compasiva y tierna con todos los que padecían.

---

112 *Botica*: farmacia.

113 *Cáusticos*: sustancia irritante que se aplica para levantar vejigas, como procedimiento curativo.

114 *Sanguijuela*: Anélido que se utilizaba para hacer sangrías.

115 *Moxa*: quemada sobre la piel con fines terapéuticos.

116 *Juan María Céspedes*: (1776–1848), sacerdote nacido en Tulúa, catedrático de botánica del Colegio San Bartolomé de Bogotá.

117 *Amostazarse*: enfadarse.

Capítulo IX

Lecciones de baile

Cierto día había vuelto don Demóstenes a su posada muy aburrido, porque no traía más caza que una tomineja del tamaño de una avellana, que se hubiera podido confundir con una mosca de las mayores, a pesar de que estaba en la plenitud de su desarrollo. La hamaca era en estos casos el único recurso del caballero, y se dejó caer en ella de la misma manera que cae la palma de cuesco[118] sobre las ramas de los árboles en los desmontes que llaman rocería en las tierras calientes de la Nueva Granada; y, afianzando su bastón en el suelo, como los bogas afirman la palanca, hacía que la hamaca se meciera constantemente. Convertido en un bajá[119] de Constantinopla, recibía la poca brisa que cruzaba por las dos puertas de la sala, y tal vez se imaginaba huríes,[120] como los hijos del profeta de la Turquía, pues en la tierra caliente la hamaca equivale a los cojines mullidos, a la dulce embriaguez de la pipa y a las ilusiones suscitadas por el opio de los orientales.

Una hora entera llevaba don Demóstenes de estarse meciendo en su grande hamaca corozaleña, sin leer, sin hablar, sin mirar a los que pasaban por la mitad de la sala, a tiempo que Manuela estaba aplanchando encima de la gran mesa central, que ella había cubierto previamente con sábana, frazada y sobrecama; viendo triste a su huésped quiso usar de su lenguaje blando y elocuente para sacarlo del estado de inacción en que se hallaba. La voz de Manuela era dulce y sus frases tenían la fuerza y los adornos de locución de las hijas de los llanos del Magdalena, que expresan mejor una idea que los estudiantes de retórica de los colegios, y se le dirigió en los términos siguientes:

—Señor don Demóstenes, ¿en cuál se quedó pensando, en la catira de Bogotá, o en la pelinegra del trapiche del Retiro?

—¿Por qué me lo preguntas?, contestó el caballero como sorprendido.

—Porque ya va para media hora que ni los mosquitos lo hacen mover; y que hoy es cuando se les ha metido picar sin lástima.

—No es sino que la hamaca me tiene encantado.

---

118 *Palma de cuesco*: palma que crece hasta 30 mts de altura; de la nuez se extrae aceite y del tronco, un vino medicinal.

119 *Bajá:* funcionario turco que ostentaba algún mando superior.

120 *Hurí:* nombre aplicado por los musulmanes a las mujeres hermosas que existen en su paraíso.

—Y ahí verá que no debía quererla, porque usted es liberal.

—¿Y qué pitos toca la libertad con la hamaca?

—¿Luego, no sabe usted que la hamaca es el puro centralismo, estando en la mitad de la sala como la suya, haciendo estorbo a los que pasan?

—¡Vaya una ocurrencia!, dijo don Demóstenes, mirando a Manuela y riéndose de su sencillez.

—Pero como no es eso sólo, dijo la casera, sin cesar de mover la plancha por encima de una levita[121] blanca de su huésped.

—¿Y qué otra cosa es?

—Que usted echa a pasear la igualdad cuando se apodera de la hamaca en esta casa o en la de mi prima.

—¿La igualdad?

—Sí, señor, la igualdad; porque todos los demás estamos fregados en los poyos o los escaños, mientras que usted se está meciendo en la visita, acostado muchas ocasiones, y ya usted ve que eso no se puede llamar igualdad. Y si entran las señoras a ese tiempo, yo no sé cómo se entienda usted con ellas.

—¡Oh! pues entonces me levantaría.

Eso tampoco se conviene muy bien con la igualdad de que usted nos habla; pues querría decir que a nosotras se nos debe tratar poco más o menos, y usted nos ha dicho que todos somos iguales.

—¡Ah!, pero era porque estábamos hablando de la igualdad de derechos, me parece.

—¿Entonces no hay más igualdad que esa igualdad de derechos que usted dice?

—Pues sí hay: la igualdad social; pero tiene sus excepciones.

—¿Igualdad y excepciones? ¡Está muy bueno!

—Es que una cosa es con guitarra...

—Entonces diga usted que una cosa es cacarear y otra poner el huevo; una cosa es hablar de igualdad y otra sujetarse a ella.

A este tiempo hubo una novedad muy grande en el puesto central de don Demóstenes. La marrana sintió por la calle algún ruido que le convenía, y sin acordarse del gran estorbo de la horqueta a que estaba condenada por la ley del supremo Cabildo del 18 de mayo, se salió por la sala y metiéndose por debajo de la hamaca, le causó fuertes molestias al centralista en las espaldas con los palos y con el espinazo; pero en eso no paró todo, sino que viendo el burro carguero el buen éxito de la marrana, se alegró y emprendió la carrera, a la voz de un rebuzno, y al pasar por debajo de uno de los lazos, dio un empellón tan recio al tranquilo huésped, que si no se coge con viveza del costado de la manta va a dar al duro suelo.

Manuela se asustó: pero luego que pasó la sorpresa, y que se enteró de que a don Demóstenes no le había sucedido nada, no pudo menos de reírse como era natural, y cerró la puerta del lado de la calle, para evitar la segunda pasada.

---

121 *Levita:* pieza de traje de hombre consistente en un cuerpo ajustado hasta la cintura y faldones desde ésta con el borde delantero recto; se usó hasta principios del siglo XX como traje elegante de calle, visita, etc.

—¡Oh, Manuela!, le dijo don Demóstenes a su casera, que estaba tocando la plancha con el dedo mojado en la saliva de su linda boca para examinar los grados de calor que tuviera; tú has visto cuál ha sido mi castigo por un solo pecado de centralismo; pero te intereso muy seriamente para que cesen todos estos desórdenes, pues el derecho de colgar mi hamaca...

—Pierda cuidado, que no volverá a suceder nada, contestó Manuela.

Volvió a quedarse callado don Demóstenes y con mayores trazas de melancolía, y viendo Manuela que no volvía la cara para donde ella estaba, a pesar de sus golpes repetidos con la plancha, ensayando por segunda vez el modo de hacerlo entrar en conversación, le dijo estas palabras:

—¡Hola!, se me pone que la carta que le entregaron hoy le trajo alguna mala noticia de la familia, según está usted de afligido.

—¡Ah, no! Era sobre negocios.

—¿De alguna rueda de agua, o sobre el cuido de las avecitas, o sobre qué cosa?, dijo Manuela, saliendo a remudar plancha en el corredor en donde tenía su brasero.

—Manuela sabe algo sobre la carta de Clotilde, dijo don Demóstenes a sus solas, y éste también es un mal precedente.

—¿Qué es lo que le está pasando, que ya conversa solo, como los jubilados?, preguntó Manuela al caballero, entrando con la otra plancha.

—Es que quiero morirme.

—¿No le da susto?

—¿Pero de qué? La muerte es un hecho común, es el último sueño, y nada más.

—¿Y la cuenta de nuestras buenas o malas obras?

—A mí no me tocan esas cuentas; y te encargo que me hagas llevar a la estancia de Dimas, al pie del botundo que corona una colina desde donde se ve la parroquia, y que allí me entierren, al lado del arroyo que corre por debajo de los pabellones del batatillo[122] y ojo de buey,[123] formando una música con su eterno susurro, de lo más aparente para los sepulcros; y dejo dispuesto que me siembre Pía una mata de siempreviva al lado del mío.

—Y dormido con el último sueño ¿qué se suple con la música del arroyo, ni con la vista de la colina? ¿no será mucho mejor que lo entierren en el cementerio bendito, con su cruz encima, igual a la que se pone sobre las sepulturas de todos los cristianos? ¿No se ha de volver tierra como todos los hijos de Eva?

—Así es, Manuela, dijo don Demóstenes, con un suspiro; pero no sé si es por un sentimiento de orgullo, o por algún presentimiento de inmortalidad, o qué sé yo; pero lo cierto es que todos deseamos que duren nuestras reliquias entre los vivos, y que se noten con epitafios, o con mausoleos, y con árboles funerarios como el ciprés.

---

122 *Batatilla*: enredadera de flores grandes blanca, lilas o amarillas campanuladas. En la mayoría de las especies las flores se abren al amanecer y se cierran con el calor del sol.

123 *Ojo de buey*: planta bejucosa, trepadora; tiene zarcillos leñosos y fruto en forma de vaina de color rojizo que cuelgan en largos racimos.

—Pero al fin, ya verá que ricos y pobres se vuelven tierra, y que las señales que dejan los ricos también se acaban algún día para que haya igualdad, porque esa sí que es la igualdad legítima. Y lo mejor es que, siendo usted tan alentado, y tan buen mozo, y tan formal, no se desee la muerte.

—¡Gracias, Manuela! Pero has de saber que la tumba con sus adornos; tiene una poesía que me encanta.

—¡Ojalá vaya a hacer la tontera de matarse usted mismo! Ni mucho menos por alguna que cuando lo sepa, se encoja de hombros y nada más. Ya usted ve que las mujeres aguantamos calladas cuando hay alguno que no nos quiera querer. Conque déjese de suspiros y de pesares por la niña que le mandó esa carta, y no se deje morir hasta después de san Juan, con eso bailamos los dos un buen *bambuco,* o un buen *torbellino,* o una *caña* aunque sea.

—Todo eso es colonial y muy retrógrado, según vi la noche de la pelea de José, El bambuco me pareció el juego de las escondidas, sin el buen resultado de coger a la persona escondida; el torbellino me pareció baile de piscos o pavos, todo con algunos amagos de ataque, pero con mucha distancia de las fuerzas beligerantes, que, si se llegan a arrimar, es a media vara de distancia, lo cual es un oprobio para los adelantos del siglo XIX, en que la palabra *distancia* no figura ya en los diccionarios, desde que Roma se ha ido a rendir a las puertas de París y Londres en fuerza de la invención del telégrafo eléctrico. Por manera que el retrógrado bambuco y el torbellino vetusto no hacen otra cosa que oponerse al espíritu del baile, que consiste en avanzar y estrechar la distancia de los corazones, y por consiguiente de los cuerpos, y me admira que tú, siendo joven y linda...

—¡Muchas gracias!

—Sí, Manuela, continuó don Demóstenes con algo de entusiasmo; la hermosura no debe estar en oposición con las luces del siglo.

Verdaderamente que Manuela estaba seductora ese día. Su brazo, no muy blanco a la verdad, pero carnudo y sombreado por el vello, se desplegaba con elegancia hasta la mitad de la mesa, llevando y trayendo la pesada plancha, de cuyos movimientos se resentía su delgada cintura; su pecho se avanzaba en ocasiones sobre la mesa, sin más adornos que su fina camisa de tira sencilla, y es sabido el influjo favorable de la naturaleza en todos los climas calientes para la conservación de la lozanía, aun en las mujeres de alguna edad; bien es que nuestra heroína no pasaba todavía, de los 17. El rostro de color aperlado de la parroquiana estaba sonrosado ese día por el ejercicio y sobre todo por el brasero y la plancha, y la sonrisa habitual de sus labios brillaba en aquellos sus facciones, por el interés de consolar a su huésped.

Don Demóstenes se había vuelto a quedar serio y se estaba meciendo en su hamaca con ese grado de pereza que es el opio del estanciero del Magdalena y sus llanuras cuando se mece en su propia hamaca, muy seguro de que el pescado solicita la carnada del anzuelo, que el venado busca la trampa de lazo y sus vástagos de plátano *paren*[124] según la metáfora de que usan los calentanos para expresar la fecundidad con que se multiplican.

Viendo Manuela que los golpes de la plancha eran insuficientes para llamar la atención de su alojado, le volvió a decir:

—¡Olé! ¿por fin se muere?

—Tal vez, le contestó don Demóstenes, sin volverla a mirar.

—Déjelo para después de san Juan, con eso bailamos bambuco hasta que nos sepa a feo.

—¿Qué cuento es eso de san Juan, que todo lo que hablan es de san Juan, y lo que hacen es para san Juan, y vuelta san Juan, y torna san Juan?

—¿Luego usted no sabe que ese día, nos volvemos locas de gusto?

—¿Y por qué ese día y no el 20 de julio, que es el aniversario de nuestra independencia?

—Porque ese día se recuerda a san Juan, que fue el que bautizó a Nuestro Señor Jesucristo.

—Yo creo que en esta parroquia mezclarán mucha dosis de superstición y de fanatismo con ese recuerdo.

—Ya verá cómo usted también se vuelve loco de gusto ese día y grita con nosotras, y baila con nosotras, y se lava el cuerpo como todas nosotras.

—¿Pero bailar bambuco? ¡Imposible!, ni mucho menos servir de estatua, o de pedazo de alcornoque para que te hagas los entes de que estás bailando con tu novio.

—¿Pero cuál?

—Yo te diré, fijamente; no te endulzaré los oídos, porque no lo conozco de nombre; pero un sujeto que te espiaba todos los pasos y movimientos la noche de la pelea de José y que vi yo retirarse en otra ocasión de tu tienda, ése es tu amante; y desearía conocerlo, porque lo vi disfrazado y no tengo de él sino una idea confusa.

—¿Y no es lo mismo bailar con cualquiera persona?

—¿Entonces cuando te saca un viejo barrigón como una tinaja, o lino seco y largo como un estoque, bailas con todo tu gusto?

—¿Por qué no?

—¿Y de dos jóvenes de los cuales el uno sea feo y el otro buen mozo?

—Cualquiera.

—¿Y si te saca una mujer?

—¡Quién sabe!

—No hay quién sabe que valga. Yo por mi le digo, que si bailo contigo en el san Juan será movido por tu belleza, de tus encantos, de ese conjunto de cualidades que te hacen la más linda de todas las muchachas de tu parroquia.

—*¡Naaada!*

—Sin lisonja, Manuela.

—Bueno, pero levántese de esa cama de pereza y salga a la mitad de la

124 *Parir:* dar fruto las plantas y los árboles.

sala ahora mismo, y le explico el bambuco a la carrera para que lo vaya aprendiendo y en el san Juan lo bailemos juntos.

—Voy porque no digas que te desairo, dijo don Demóstenes poniéndose de pie y amarrando la cama por encima para que no estorbase.

—Mire, le dijo Manuela a su huésped: después de dar una vuelta en la mitad de la sala alrededor de la pareja, se va usted bailando por un lado y su pareja por el otro.

—¿Apartarnos? ¡Oh qué disparate!

—¿Cómo, pues?

—¡Unirnos, estrecharnos, confundirnos como la enredadera y el árbol que la sostiene!

—¿Pero cómo se baila?, si en el bambuco los que bailan han de ir separados.

—Entonces el bambuco se debe desterrar de la sociedad actual, como el bolero y como todo lo que se oponga a las luces del siglo.

—Entonces no bailaremos los dos en el san Juan.

—Bailaremos *strauss*[125] o *varsoviana*, que son los bailes que están más en moda en la capital.

—¡Pero como yo no sé!

—Te lo enseño.

—¿Cuándo?

—Cuando se pueda; comenzando hoy: con medio cuarto de hora de lección será suficiente.

—¿Y su ropa a qué horas se la acabo de planchar?

—Otro día.

—¿Y música?

—José silba cuanto le manden, y sabe los toques de corneta.

Llamó don Demóstenes a su criado, que estaba limpiando la mula de silla en el corral y le mandó entonar el strauss, imitando los golpes de la tambora sobre la mesa grande, condujo a su discípula de la mano y comenzó la primera lección.

—Ten cuenta, le dijo, de llevar el paso de la manera que yo lo haga; pero brincando con aire, con elegancia y con mucha soltura sobre todo; porque es necesario comprender lo que es el espíritu del baile. Déjate de vergüenza por ahora, porque con ella no hay baile posible.

Manuela ejecutó la primera lección, y su maestro se quedó muy admirado de sus buenas disposiciones. Ella había bailado valse dos o tres veces.

—Ahora te dejas rodear la cintura con uno de mis brazos y me entregas una mano a todo mi albedrío.

Don Demóstenes rompió el baile por la orilla de la sala, pero la discípula se resistía.

—No temas, le dijo el maestro.

—No ve que me quedo sin libertad.

---

125 *Strauss:* nombre que tomó el *waltz* (vals) en Colombia en el siglo XIX, tomado del apellido del Johan Strauss reconocido compositor de valses.

—Es indispensable.

—¡No se arrime tanto, por Dios!

—Es la naturaleza del strauss.

—¿Qué hago yo?, dijo Manuela, algún tanto sobrecogida de temor.

—Hay que tener fe en la doctrina, le dijo el maestro.

—¡Huy!, dijo Manuela y salió corriendo a coger la plancha.

—¿Eso qué es? dijo el maestro, tan serio como admirado de una defección tan a destiempo.

—¿Qué ha de ser?, dijo Manuela, que yo soy la madre de las cosquillas, y así no puede ser; y menos tan de mañana. ¡Ave María!

—¿Y eso qué quiere decir?

—Que música, miel y ventana no pegan por la mañana, como usted lo sabe; y yo le agrego que ni amor, supuesto que el baile es amor como usted lo decía no sé cuando.

—La adición del adagio es muy filosófica; se echa de ver que tienes talento; pero da lástima que no abjures de una vez de todas las ideas teocráticas y monacales de que está infestada la Nueva Granada.

—Yo digo que es cierto el adagio, porque cuando me levanto por la mañana, veo la cocina y la huerta, y me entrego a mis oficios tan sosegada, tan tranquila y tan inocente como para comulgar; en el día es que me asomo a la puerta de la calle, y tomo dulce, la música es hasta la noche que me agrada con más veras, habiendo la ventaja de que la noche es tiempo desocupado.

—¿Y el amor?

—Pues es cuando hay más tiempo de conversar de esas cosas; pero yo lo que hago es suspirar y estar triste por mis desgracias y cavilar: hay noches que se me pasan en blanco.

—¡La ausencia del disfrazado!

—Ya dio usted en embromar con el disfrazado.

—Esa cuestión es separada y la dejaremos para después; ahora me permito hacer algunas observaciones sobre el adagio popular y sobre la nota tan filosófica que tú le has agregado. Es verdad que la mujer no es tan hermosa en misa ni en el estrado como lo es en el teatro o en el baile, aumentada su belleza con la iluminación; es evidente que el corazón palpita con mayor vehemencia tocado por las armonías de una serenata de media noche que por la música de los toros o de la parada; que el cachaco bogotano espera las horas de la noche para hacer oír a su amada los trinos de su bandola como lo hiciera con su laúd el castellano de la edad media; que la obscuridad misteriosa de la noche favorece más las citas de amor, que la luminosa carrera del sol; que en los desvelos de la noche se medita con más sosiego y más profundamente sobre la ausencia del esposo prometido; que las comunicaciones amorosas de las flores se verifican en el espacio de la noche: todo esto continúa, tu aserción, pero eso no quita que bailemos media hora de día por vía de aprendizaje. ¡Aplícate, Manuela! Una muchacha linda como tú, redobla sus atractivos, con ser la primera pareja del lugar.

—¡Ven a bailar, Manuela!, repetía don Demóstenes, queriendo llevar cogida de la mano a su discípula, de las cercanías de la mesa grande hasta la mitad de la sala.

De repente lo encontró en estos empeños doña Patrocinio, que venía de la calle, y luego que fue informada de todo el asunto, dirigió la siguiente reconvención a Manuela:

—¡Malhaya la chiquitica, que la pueden ojear por la gracia! ¿Conque ahora que pudiera aprovecharse de la ocasión se hace la remilgada?

—Entonces ¿cuándo se aprende todo lo bueno de la capital, para ir saliendo de las vejeces de la parroquia? ¡Lástima que Pachita se hubiera ido a lavar que buenas ganas tengo de que don Demóstenes me la vaya enseñando!

—¡Pero si no me gusta! ¿yo por qué gracia?

—A fe que si fuera un ruanón entonces si no decías nada; pero como es un caballero noble el que te quiere enseñar, por eso sales ahora con tus fullerías. No seas tonta: déjate enseñar, con eso les echas cacho en las fiestas a la Cecilia y a la Liboria, que se han figurado que ya no hay otras mejores.

—Es lo que te digo, Manuela, agregó don Demóstenes; lo que se debe aprender es la varsoviana, el strauss y la polka, que son los bailes de alto tono, y dejarse de los usos retrógrado de los pueblos semisalvajes. No hay que poner estorbo a los adelantos del siglo.

—Para que lo veas, añadió doña Patrocinio; y al caballero no debemos desairarlo siendo un señor tan amigo de nuestro bien. Sal a bailar y déjate de fullerías, que ya no eres tan chiquita.

No había palabras con qué resistir unas razones de tanto peso, y Manuela salió a recibir las lecciones gratuitas de su maestro.

—Ya tenemos mucho adelantado, dijo don Demóstenes, sobre el paso, los movimientos y el oído, no queda nada que desear. Ahora lo que falta es que Manuela salte con propiedad.

Cogió don Demóstenes a su discípula como debía; José silbaba, doña Patrocinio daba palmaditas, y la pareja partió como un relámpago recorriendo un lado de la sala.

—¡Más aprisa!, exclamó don Demóstenes, y ¡adelante! ¡adelante!

—Pero no me apriete, dijo Manuela en un tono muy deprecativo.

—¡Más adelante ese brinco!, y ¡adelante! ¡adelante!

—¿Más?

—¡Más, más, más!

—¡Pero cuándo más, don Demóstenes!

—¡Sí! ¡más! ¡con entusiasmo, con fe, con energía!

Don Demóstenes estaba lleno de contento por los buenos resultados de su enseñanza; a más de eso se estaba inspirando con los placeres del baile; se hallaba tan cerca de su casera como no lo había estado nunca; sus manos estrechaban con dulzura los miembros palpitantes de una beldad y cuando inclinaba la cabeza al sonido de los compases, su barba se mecía por encima de la frente de su pareja, como las hojas de una palma sobre las hojas y flores de los árboles de su contorno; los ojos de Manuela brillaban sobre los suyos de una manera prodigiosa, la lección era una gloria; pero Manuela se retiró del puesto y la lección quedó suspensa.

¡Qué lástima que no hubiese allí otros espectadores que doña Patrocinio, José y Ascensión, que estaba parada en la puerta con el cuchillo cocinero en la mano derecha, y una papa en la izquierda, de la cual colgaba hasta el suelo un hollejo hábilmente sacado en forma de espiral!

Era de sentirse que pasase desapercibida una escena de baile europeo en una pequeña parroquia de las caídas de la cordillera oriental de los Andes, cuando el profesor había tomado sus lecciones del arte en París y Nueva York, y las utilizaba civilizando una belleza del pueblo descalzo.

—¡Caramba con el baile!, dijo Manuela. Lo que hay que admirar es que bailen así en las ciudades en que hay tanta sabiduría, a fe que las indias bailan la manta sin alzar casi los pies de la tierra. Como que las pobres son más recogidas en eso del baile, ¿no le parece?

—Vamos a repasar la primera lección, porque san Juan se acerca, y será lo único que bailaré contigo.

—Sólo por eso, dijo Manuela, y salió al puesto.

Una vuelta por toda la sala habían ejecutado los bailadores, cuando Manuela se desprendió otra vez de las manos de don Demóstenes y se fue corriendo a meterse en la alcoba.

—¡Oh malditas cosquillas!, gritó don Demóstenes, dando un zapatazo contra la tierra.

Don Demóstenes no había visto al señor cura, que había asomado a la puerta, y fue la causa de la carrera de la discípula.

—Entre el señor cura, dijo doña Patrocinio.

Mil gracias, le contestó el cura; y después de todos los saludos y de tomar asiento en la hamaca a instancias de don Demóstenes, empezó la conversación diciendo:

—Parece que estamos de fiesta

—Fue que se empeñó el señor don Demóstenes en enseñar a Manuelita algo de lo que bailan en Bogotá, dijo doña Patrocinio.

—Sí, señor, contestó don Demóstenes, enseñar al que no sabe.

—¡Pero el baile!..., dijo el cura.

—La Escritura nos presenta el caso de haber bailado el santo rey David delante del Arca.

—Pero bailó solo, no por sensualidad sino por alegría de hallarse en la presencia del Señor. ¡Y lo que padecen las señoritas con estos bailes de ahora!

—¿Y si no padecen, señor cura?

—Tanto peor para las señoritas; pero yo sé que hay muchas que sufren, y lo digo en honor de las señoritas en general.

—¿Es decir que el señor cura no baila nunca?

—Yo no sé la idea que el señor don Demóstenes tendría del baile; pero yo creo que es impropio de un sacerdote.

—Esto va en los genios, dijo doña Patrocinio, porque el señor doctor Ramírez no se queda atrás de ninguno para un bambuco, ni para un valse, ni para un torbellino, y canta y toca que es una maravilla, y ha quedado de venir para el san Juan.

—Es en lo único que no me parece tolerante el señor cura, dijo don Demóstenes.

—Yo tolero, señor don Demóstenes, pero expongo mis razones. ¡Ojalá que los reformadores y novadores actuales y venideros me toleren a mí de la misma manera!

—Sin embargo, señor cura; al sacerdote que exhorta a que no se tome un manjar por dañoso, cuando el mismo se abstiene, no solamente le tolero, sino que le respeto sus ideas; usted tiene un pleno derecho a mis respetos. Un hombre virtuoso, instruido y humano tiene que ser apreciado en todas partes, mucho más en un desierto como éste.

Después de esto, conversaron los dos personajes acerca de las excursiones a los montes, de las plantas curiosas y útiles y de las aplicaciones que se podían hacer en bien de la humanidad, Don Demóstenes era patriota y realmente humanitario; era un buen liberal y no perdía la menor ocasión de ser útil a la causa, de la civilización humana.

Luego que salió el cura, preguntó don Demóstenes por su discípula, y doña Patrocinio le señaló el escondite con los ojos y la boca, y entrando el caballero en la alcoba, encontró a Manuela con la cabeza debajo de la almohada, y retirándosela con sumo respeto, le dijo:

—¿Por qué te escondiste, majadera?

—Por la vergüenza que me dio de que me hubiera visto el señor cura dando brincos como loca.

—¿Y vergüenza por qué?

—¿Luego no sabe que es él quien nos dirige?

Don Demóstenes salió a la calle con dirección a la casa del cura a recibir unas plantas de curare y de pionía[126] para su colección de curiosidades, y Manuela siguió cantando y aplanchando.

126 *Peonía:* pequeño arbusto de la familia de las papilionáceas; sus flores de color rosado lila crecen en racimos; sus semillas de color rojo brillante y duras son tóxicas.

Capítulo X

Dos visitas

Don Demóstenes había dado en la idea de que estaba enamorado de Clotilde, y bajo este supuesto procedía en todas sus acciones. La contestación de su carta no le agradó, y resolvió hacerle una visita. Se proveyó de municiones, y sin olvidar la peinilla ni el espejo, emprendió la marcha en dirección al Retiro, acompañado de su fiel Ayacucho, siguiendo por gran trecho el mismo camino que había llevado de Bogotá a la parroquia; pero no muy confiado en las señas que le había dado la señora Patrocinio, porque no siempre se retienen en la memoria instrucciones de esta clase. Una legua había caminado cuando vio venir por el mismo camino que él llevaba, un estanciero con un garrote en la mano, seguido de una mujer agobiada, según parecía, por una maleta que llevaba a la compuesta de hojas de plátano entre una mochila de mallas. Don Demóstenes seguramente se dolió de ver la suerte de la pobre estanciera, porque exclamó en palabras bien claras y retumbantes:

—¡Que se revistan ellas de sus derechos políticos y lo veremos! ¡Agobiada ella con una carga enorme, y el muy fresco con su garrote en la mano!

Ayacucho se había adelantado unos pasos y tratando de examinar el contenido de la mochila de la estanciera se fue a encontrarla, lo cual visto por el estanciero, le sacudió un latigazo con el rejo del garrote.

—¡Amigo!, le gritó don Demóstenes, mi perro no hace más que asustar a la gente, pero es inofensivo.

—Esta niña no está para que la asuste nadie, dijo el caminante, y los caminos deben ser libres para andar sin estorbo de ninguna clase.

Don Demóstenes dio unos silbidos, que tal vez corresponderían a uno y diez y ocho de la corneta, porque Ayacucho volvió atrás en el acto. Cuando fue tiempo de cruzarse los viajeros en el camino, se hicieron a un lado de la senda estrecha los estancieros, para dar campo a don Demóstenes, y el hombre dijo a su compañera:

—¡Que salga derecha la revolución de que nos habla don Tadeo todas las semanas, a ver si por tener botas y casaca han de ser preferidos hasta en los caminos provinciales!

Luego que los viajeros se saludaron, dijo don Demóstenes al pasajero:

—Mi amigo, ¿voy bien para el Retiro?

—Sí, señor, le contestó.

—¿No me perderé?

—¡Pues quién sabe; porque como de eso sucede en esta vida!

—¿No pudiera usted darme las señas del camino del Retiro?... Deseo visitar a don Blas, el dueño de la hacienda.

—No se moleste su persona; porque él no está ahí, y no viene hasta mañana en la tarde.

—Yo podré dejarle un recado con el capitán y los criados.

—Mándeselo usted conmigo, que tengo que ir con la tardecita por una totuma de miel.

—No obstante, quisiera yo conocer la hacienda, si usted tuviera la condescendencia de darme las señas.

—Pues mire: siga así como va, que el camino lo lleva derecho, y Dios lo lleve con bien.

Don Demóstenes llevaba mucha sed, y le dijo a la mujer:

—Usted llevará frutas en esa maleta, véndame algunas.

—No son frutas, dijo la estanciera.

—¿Cómo no, dijo don Demóstenes, pulsando la mochila, no es un mamey éste que toco aquí?

El llanto de un chiquillo, le dio la contestación, y la mujer añadió: es mi hijito, y éste es el modo de cargar los chiquitos en estos lugares; así dobladitos entre las hojas de plátano.

—¡Pobres madres!, exclamó don Demóstenes.

Por fin cruzaron el camino los viajeros, y don Demóstenes oyó por algunos instantes la conversación que llevaban.

—Se hacen los caritativos con los pobres, decía el hombre, pero lo cierto es que los calzados nos quieren tener por debajo a los descalzos, siendo los descalzos los que componemos la mayor parte de la República. Este cachaco está siempre hablando de la igualdad y de la protección a los pobres; pero en lo que menos piensa él es en la igualdad.

—Pero la niña Rosa me ha dicho que es muy generoso con los pobres.

—Eso lo hacen en donde ellos creen que hay hueso que roer; y yo de lo que me admiro es de que haya bobos que lo crean. ¡Qué igualdades ni qué pan caliente! No hay más igualdad que el garrote y no dejarse uno chicotear ni de los ricos, ni de las autoridades, ni de nadie, como lo hago yo; esa es la verdadera igualdad. Yo lo oí hablar contra mí la noche que le rompí las quijadas a Elías Pérez, porque yo estaba escondido en el monte; unas veces quiere que se castigue y otras que no se castigue; pero a mí no se me da nada porque yo sé que don Tadeo me saca con bien de todos mis afanes. ¿Qué le parece a usted la igualdad? Don Demóstenes les echa taba a las calzadas y a las descalzas, y yo no les digo mis penas sino a las descalzas. Ayer bajaba don Demóstenes de las estancias de Paula y Pía, y hoy va a la casa de la niña Clotilde. Los calzados se divierten con todas a un mismo tiempo; pero don Demóstenes dice que la igualdad está reinando en la Nueva Granada. Yo no sé cómo será la igualdad, mientras que los ciudadanos estemos repartidos en la clase de los descalzos y la clase de los calzados. Don Tadeo dice que no puede haber igualdad hasta que no acabemos con todos los cachacos de botas y de zapatos.

No sabemos qué tanto alcanzaría a oír de este discurso el señor don Demóstenes, el cual iba demasiado inquieto por no tener seguridad acerca del camino que debía seguir. De tiempo en tiempo se detenía con el oído fijo al lado de la espesura del bosque, deseando algún animal precioso para presentárselo como trofeo de su expedición a Clotilde; pero de los grupos no salía sino el ruido de cien chicharras que lo desesperaban, tanto como los ardores del sol. No había fuente, pantano ni quebrada en donde apagar la sed que lo tenía casi muerto, y lleno de pena y de fatiga se acercó a la sombra de un iguá[127] muy coposo, y se sentó encima de una piedra que estaba embebida entre la hojarasca, y mientras registraba el muelle de la escopeta, Ayacucho le puso la mandíbula sobre la pierna, perseguido de los tábanos y devorado de tanta sed, que tenía una cuarta de lengua afuera; así que lo advirtió el compasivo caballero, le dirigió estas palabras en la forma de un discurso:

—¡Oh Ayacucho, mi noble y generoso amigo! ¿De qué te servirán tus sacrificios, al fin de una carrera obscura y deslucida? ¡Te privas voluntariamente de tus afectos especiales, por seguir aventuras infructuosas!

Ayacucho meneó la cola y exhaló una especie de aullido, con el cual parecía que contestaba los razonamientos de su amo, y éste mucho más compadecido por la expresión de ternura, continuó diciendo:

—Pero no hay que afligirse, que la historia es el premio de los sacrificios y de las virtudes. Tu nombre vivirá con mayor razón que el nombre de los Ganelón[128] y de los Matalegría.

Dijo, lo acarició y lo convidó con un silbido a continuar adelante.

Desde allí se fue Ayacucho mucho menos abatido que antes, y rebuscaba las sendas de un solo costado como inspirado por el conocimiento de alguna novedad favorable. De golpe dio un aullido al oler las ramas de una senda muy estrecha, y se volvió para atrás y luego para adelante; esperó a su amo en la boca de una trocha que apenas era andadera; luego que el amo llegó, se internó con la confianza de un baquiano. Don Demóstenes lo siguió con fe, y a media cuadra de distancia dio con el pequeño desmonte que componía todo el horizonte de la estancia de Mal–Abrigo.

No pudo acordarse don Demóstenes de una sola pintura que se pareciese

127 *Iguá*: árbol de la familia de las mimosáceas, alcanza hasta 15 mts de altura. La copa es amplia y extensa, con grandes ramas que se bifurcan cerca de sus extremos; su corteza es de color pardo grisáceo pálido, áspera, fisurada; su madera se utiliza en ebanistería.

128 *Ganelón*: personaje del *Cantar de Roldán*; ejemplo del traidor despreciable.

a Mal–Abrigo, en donde no sonaba voz alguna de persona viviente. Las ruinas presentan la vista de alguna zorra o lechuza; los cementerios la imagen luctuosa de algún huérfano o de alguna viuda que atraviesa por medio de los sauces, con el semblante abatido; pero en Mal-Abrigo no había sino avispas, abejas y algunos insectos que diesen testimonio de la vida. Una guadua del tamaño de los cedros más corpulentos, sacudía sobre el patio su dilatada ramazón elevándose sobre los otros árboles no menos sombríos. La idea del guardián de que habló Rosa la noche que don Demóstenes posó en Mal–Abrigo, le sugirió a este señor la esperanza de averiguar la existencia de las estancieras. Fuese al el fogón de la enramada y halló para su consuelo un tronco grueso de zapote, que guardaba candela oculta, y esto lo animó a gritar, aunque no como gritan los campesinos.

Sentóse don Demóstenes a descansar, bajo el alar de la choza, lo que también ejecutó su compañero Ayacucho; al poco rato apareció Bagazo por entre las ramas tupidas que cubrían la senda de la quebrada, y al ver a Ayacucho, corrió latiendo a atacarlo con denuedo; pero Ayacucho, después de levantarse, no hizo sino dar unos pasos y quedarse callado. Conducta muy rara por cierto, porque el raquítico defensor de la estancia de Mal-Abrigo habría perecido de una sola tarascada del mestizo gordo y atrevido, acostumbrado a no sufrir insultos de ninguna clase; pero habiendo visto Bagazo que Ayacucho no entraba en pelea, se contentó con adelantarse y olerlo en señal de fraternidad canina, lo que también hizo Ayacucho, y en el acto quedaron muy amigos.

No dilató Antoñita en asomar por la misma senda que Bagazo, trayendo un calabazo de agua, de la cual, aunque salada, tomó el caballero porque se hallaba devorado de sed, después de un cortísimo saludo, y se ocupó en hacer el siguiente interrogatorio.

—¿Tu madre?, le dijo a la bella estancierita.

—Mi mamá está por la montaña y no vuelve hasta mañana en la tarde.

—¿Tu hermana?

—Mana Rosa no está por aquí.

—¿Qué hago para verla?

—Ella no se deja ver esta semana.

—¿Está muy lejos?

—No; pero usted no da con ella.

—¿Qué hiciera yo?

—Pues, quién sabe.

—¿No me la pudieras llamar?

—¿Y si se pone brava?

—Dile que soy yo. Dale por seña que te regalé esta peseta: toma y muéstrasela allá.

Cogió Antonia la moneda, y corrió con el mayor gusto a llamar a su hermana, y cuando ya estuvo en lo más espeso del bosque, se puso a cantar en el tono triste pero fuerte con que las estancieras hacen retumbar los bosques que ciñen las sementeras, quebradas y lavaderos de tierra caliente, comenzando por esta copla:

A los montes me retiro,
a hablar con los pajaritos;
porque ellos sí me contestan,
aunque son animalitos.

En menos de un cuarto de hora se puso Rosa a la vista de don Demóstenes, por debajo de los floridos bejucos de adorote, y de las ramas aromáticas de los guayabos ulandas, puso al frente de la cocina unos palos que parecían tizones apagados, y se acercó limpiándose el sudor del pecho y de la frente con un pañuelo colorado que llevaba prendido de la copa del sombrero de trenza de palma.

El traje de Rosa no tenía las ventajas de la riqueza, sino todas las apariencias de la naturaleza selvática, porque sus enaguas eran muy altas de los tobillos y su camisa era de mangas sumamente cortas y de tira muy escotada.

Este golpe de vista pasó como una exhalación mientras que Rosa se trasladó de la mitad del patio al corredorcito donde se hallaba su huésped, al cual le dio la mano, sin reparar que la tenía llena de los rezagos de los palos quemados de la roza.

—¡Qué milagro que se hubiera acordado de la senda!, le dijo la estanciera a su antiguo huésped.

—Te hablo la verdad: fue Ayacucho quien se acordó, porque él fue el primero que dio con la entrada; pero yo no te he olvidado nunca.

—¿Por qué no había venido a pasearse por estos lados?

—He tenido poco tiempo.

—¿Mírenlo; y cómo para ir a ver a Pía sí ha habido tiempo?

—¿Quién te ha dicho?

—¿No sabe que en los lugares chicos y retirados no se da un paso que no se sepa? ¿Y qué tal de posada? ¿Cómo le ha ido con la niña Manuela? ¿Lo cuida y lo quiere mucho?

—Cuidarme, lo que es posible en un pueblo miserable; quererme muy poco, y te aseguro que no sabe lo que se hace.

—Ella no quiere a ningún rico, y le alabo el gusto, porque aquí donde usted ve, yo soy enemiga de la clase de botas, con toda mi alma y mi corazón y mi vida.

—Yo me alegro de que tú seas socialista, porque esta doctrina es la única que puede perfeccionar todos los gobiernos; pero me recelo que te vayas muy adelante. ¿De dónde has tomado lecciones de tanto progreso?

—¿Acaso le entiendo nada?

—Más claro. ¿Quién te ha enseñado que la riqueza acumulada en ciertas clases privilegiadas, o en ciertos hombres más usureros, más sagaces, más afortunados, es contraria al espíritu de la democracia?

—Ahora sí que me dejó a oscuras.

—Entonces explícame la causa de aborrecer tanto a los ricos, o si es alguna chanza de las tuyas.

—Es tan de veras, que si llegara a querer a un rico tendría que irme derecho a los infiernos.

—¡Boba! ¿qué tiene que ver el infierno con los amores?

—Que hice un juramento, puesta de rodillas delante del buitrón de las hornillas de la Soledad, con la cruz formada con el dedo pulgar de la mano derecha, de no querer a ningún rico, bajo ningún pretexto.

—Esos son votos temerarios, que no obligan en ninguna de las religiones existentes. Se me pone que algún rico se portaría mal contigo, y que la rabia de un desengaño te ha llevado a los extremos; pero la lógica debe estar primero que todo. Hay ricos que son muy dignos de quererse.

—Es porque usted no sabe que un rico me acarició para reírse de mí y para desecharme luego, quitarme la estancia y arruinar a mi familia.

—¡Imposible! Yo no puedo creer que haya visires entre los republicanos de la Nueva Granada.

—Óigame y verá.

—Bueno, pero no me hables de amores, dijo el bogotano, que para todo hay tiempo a pesar de que la vida es tan corta.

—Es decir que yo me quedo en el concepto de embustera para con usted, ¿no es eso lo que pretende? Pues no, señor; me tiene que oír; lo contaré una historia y verá que no soy ninguna embustera.

—Otro día, Rosa, porque hoy tengo que ir al Retiro y se me hace tarde.

—Después no hay tiempo, o no estamos los dos a solas, como hoy, que mi mamá está en casa de mi madrina Patrocinio y la chinita está *despalizando* en mi lugar.

—Te oiré, pues, si tanto lo deseas.

—Pues fue de esta laya: como se fue, Matea para Ambalema con el novio de Pía, y como mi señora madre perdió su brazo en el trapiche, y Antonia no tenía sino diez años a lo sumo, yo tuve que ir al trabajo del trapiche y desde el mismo día me echó el ojo el amo de la hacienda, por mi desgracia. Yo andaba en los catorce años y medio, y mi viveza y mi genio les agradaba a todos. El amo no excusaba el decirme algo de mis ojos y mis pestañas siempre que me hallaba sola.

—Y con razón, porque te aseguro con toda verdad que en ninguna parte del mundo he visto unos ojos más hermosos, decorados con cejas y pestañas de tal esplendor...

—A mí lo que me daba era vergüenza y miedo al mismo tiempo, de hablar con el amo, y hacía todo lo posible por evitarlo; pero usted ha de saber que los amos, dueños de tierras, tienen el poder en sus manos para todo lo que quieren. Todos les ayudan para cumplir sus antojos. El mayordomo me mandaba a la casa grande con pretexto de llevar las raciones, o de llevar velas para el trapiche; y para que no me pudiera ir a dormir a la estancia, me puso de trapichera, que es oficio en que muchas veces se trabaja hasta las once de la noche, comenzando a la madrugada. ¿Cómo estaría yo de molesta durmiendo entre la basura, a la vista de una docena de peones y algunas peonas sin ley ni rey, a distancia de tres cuadras de la casa grande de los amos y a cinco de la del capitán y el mayordomo? El amo se solía quedar una que otra ocasión en un cuarto que tenía en el trapiche para apurar la molienda, cuando había partidas de bestias detenidas en la plazuela esperando la miel, y llamaba los peones y peonas que necesitaba. A mí me llamaba algunas veces, pero como yo era tan vergonzosa, no iba sino acompañada de Liberata, una amiga que tengo, que vive allá en el trapiche desde que vino de su tierra, y es la caqueceña más bonita que ha venido a los trapiches. ¡Si usted la viera se quedaría *tuturuto!*[129]

Por este tiempo se hallaba en el trapiche una mujer llamada Sinforiana, arrendataria de la misma hacienda; tenía a su cargo un destajo de siembra de un almud[130] de caña, y había llevado a sus hijas Cecilia y Francisca, para que le ayudaran; y esta buena mujer se me metió de amiga, y me llenaba de cariños y de regalos para tenerme grata, y dio en convidarme a las visitas del cuarto del amo por la noche.

Antes de los dos meses comenzó el amo a tratarme con mucha dureza, haciendo creer que sobre mí tenía mayor mando que sobre todas las otras peonas; me quiso privar de ir a los gastos y a la parroquia, me mandó que no me chanceara con Celestino, un muchacho muy parcial que me cogió cariño. Entonces me dejé de ir al cuarto; pero el amo se puso en candela y regañó a mi mamá. Viendo esto, lo que hice fue decirle llena de miedo, que a trabajar en su hacienda me obligaría, porque yo era su esclava, en el hecho de ser su arrendataria, pero que a quererlo no me podría obligar. No tardó cinco días el comisario en ir al trapiche y amarrar a Celestino y llevarlo de recluta. Yo no quise volver al trabajo; pero el amo, por ver si yo me sujetaba por medio del temor, me mandó decir que si no lo iba a ver, me echaría de la hacienda. Tampoco hice caso de sus amenazas; pero le dio la orden a su mayordomo (que es un tigre cebado, a propósito para aterrar a los arrendatarios) de que nos echara de la estancia, con el plazo de veinticuatro horas para buscar casa y trastear.

Entonces fue cuando compramos esta estancia de Mal-Abrigo por veinte pesos al fiado, y de pronto nos pasamos, perdiendo las matas de maíz, que estaba rodillero, y unas cien matas de plátano hartón que teníamos en las orillas de la quebrada, y nos derribó los ranchos, dejando algunos arbolitos,

129 *Tuturutu*: ligeramente tonto.

130 *Almud*: medida de capacidad equivalente a 18 litros.

que aunque no valgan nada, pero se les coge cariño. Usted ve que el amo me causó los mayores daños, de cuenta de mis hermosos ojos, y sin el recurso de darle mis quejas a ningún tribunal de la tierra. ¡Gracias a que el pobre Celestino se pudo fugar del cuartel!

—¡Oh! ¡los señores feudales!, exclamó don Demóstenes, ¡y en el siglo XIX y bajo un gobierno más democrático que el de los Estados Unidos! ¡Me horrorizo, me espanto de ver que así se desprecie la Constitución!

—Para que vea que tengo mucha razón en aborrecer a los ricos, dijo Rosa, y se limpió las lágrimas con disimulo.

—Jesucristo y Proudhon[131] tampoco los quisieron; pero hay excepciones en todas las reglas, y yo tengo derecho para que las hijas del pueblo no me aborrezcan, porque soy defensor del pobre, aunque gozo de regular fortuna.

Se quedaron callados los interlocutores por algunos, momentos, los ultrajes, que la ciudadana había sufrido en sus más preciosos derechos habían contristado el corazón humanitario de don Demóstenes; había visto correr las lágrimas de los ojos más hermosos de toda la comarca, y sus ojos también se humedecieron. Era solemne aquella visita. Las decoraciones de la sala de Mal-Abrigo tenían un aspecto grave por la humildad de la pobreza, el exterior era lúgubre por el silencio y por la sombra del curo y de la caña gigantesca que se mecía por encima del patio. Demóstenes, que había viajado y visto toda la grandeza de los hoteles y de las casas más ricas de los Estados Unidos, era el socialista más a propósito para apreciar en aquella situación todo el mérito de la humildad y pobreza neogranadinas, conversando en tal salón con una estanciera descalza y vestida con el traje más inmediato que puede haber al de los aborígenes de la tierra. ¡Oh, cuánta desigualdad delante del cuadro general de la civilización humana! ¡Cuánta distancia entre Rosa de Mal-Abrigo y la hija de don Blas, el dueño de la hacienda! ¡Y cuánta distancia entre la señorita Clotilde y la hija de un grande de los reinos unidos de Inglaterra!

Después de unos momentos de triste meditación dijo don Demóstenes a la estanciera:

—Ahora necesito que tú me hagas un favor.

—Siendo cosa que se pueda, dijo ella, cuente usted conmigo, patrón don Demóstenes.

—Muy posible. Yo no exijo lo que no es racional y justo.

—¿Y qué es lo que necesita?

—Que me vayas a llevar hasta las puertas del Retiro, porque en la geografía práctica de los caminos, te hablo la pura verdad, entiende más Ayacucho que yo, y hasta mi mula tal vez; por lo menos las señas que me dio la patrona no las comprendo, aunque las tengo escritas aquí en la cartera, y son de este modo: «Coge usted todo el camino que va para Bogotá; más adelante de Mal-Abrigo tuerce a la izquierda por una senda donde sobresale un guayabo de monte; más abajo hay una división de caminos, coge usted por el

---

131 *Pierre–Joseph Proudhon*: (1809–1865). Pensador francés, uno de los padres del pensamiento anarquista; entre sus obras más conocidas están: *Système des contradictions économiques ou Philosophie de la misère* (1846); *Solution du problème social*, 1848 y *Idée générale de la révolution au XIXe siècle* (1851).

que tiene en la orilla una mata de payandé,[132] muy llena de horquetas, y de allí como a veinte largos de tarea, llega al dinde[133] que está cerca de la hacienda, y pasando una quebradita de agua muy clara, llega a la puerta de la plazuela por debajo de unas ramas de iguá y del espino corono, abre la puerta de golpe, y ya está usted en la casa grande del Retiro". Las señas que me dio un pasajero que iba con una mujer que llevaba un muchacho en la mochila, fueron éstas: «Siga usted como va, que el camino lo lleva". Y te aseguro que me hallo tan a obscuras como si no me hubieran dado ningunas señas.

—Pues ahí verá que en otra cosa le puedo servir, pero en eso no; porque mandé a avisar a la hacienda que no iba al trabajo por hallarme muy mala, sólo con el fin de despalizar una rocita para sembrar unas cuatro maticas de maíz, y si me cogen en la mentira, me *friegan.*[134]

—¿Qué hago, Rosa de mi vida?

—¿Y qué afán tiene?

—Te voy a decir la verdad: es que estoy apasionado de Clotilde. ¡Oh, tan bella y tan amable!

—¿Y no pudiera dejar la visita para otro día?

—¿Entonces no sabes tú lo que es amor?

—¡Ojalá que nunca lo hubiera sabido!

—Anímate, que yo te seré agradecido; una vez me quitaste la sed y el hambre, y ahora me abrirás las puertas de la gloria.

—Pues estoy animada; pero tengo miedo de que me suceda algo: espérese, le doy un piquete[135] de una *trocha*[136] de carne asada y un poquito de guarapo.

—Allá me obsequiarán inmediatamente. Siendo la casa de un hacendado que gana diez mil pesos por año...

—No le hace. Dice el adagio que «aunque fueres a la casa de tu hermanito, sorbe primero tu caldito».

—¡Mil gracias!, escucha el reloj y verás que es sumamente tarde, y no me puedo detener, dijo don Demóstenes; y tocando el resorte, contó Rosa los doce pequeños campanazos que la dejaron admirada, se aplicaba el reloj a los oídos, empeñándose con don Demóstenes para que le mostrase lo que tenía por dentro la pequeña caja de metal.

Rosa dejó las gallinas encerradas, les puso nudo a las cabuyas que suplían la chapa de la puerta de guadua picada, y agarrando una varita en la mano, tomó camino, andando dos o tres pasos adelante de don Demóstenes.

Cuando se entraron los viajeros al monte más obscuro, después de separarse del camino provincial, por el lado de la mata de guayabo, le dijo don Demóstenes su baquiana:

---

132 *Payandé*: árbol hasta de 15 a 20 mts de altura; con ramas provistas de espinas. copa piramidal o alargada, ancha y extendida muy frondosa. Tronco derecho. Ramas delgadas y ascendentes provistas de espinas.

133 *Dinde*: árbol de la familia de las moráceas, crece hasta 25 mts de altura; su madera se emplea para construcción y navegación.

134 *Fregar*: perjudicar.

135 *Piquete:* comida campestre.

136 *Trocha:* porción de una cosa.

—¿No cantas como tu hermanita?

—¿Para que me conozcan y me frieguen?

—¿Conque la libertad de cantar también la quitan los señores dueños de tierras? El poder de los gavilanes, no alcanza a tanto con las avecitas del monte.

—¡Ojalá que eso no más fuera!

Rosa volvió a quedarse callada, y miraba con susto para todas partes, lleno su corazón de temores, como las esclavas de cuya sangre tenía la honra de haber descendido, cuando estaban escondidas de sus feroces amos. Llevaba sus enaguas arregazadas y saltaba las piedras y los pequeños barriales del camino del Retiro con mucha más agilidad que el bogotano, y como era conocedora de los sitios, se aprovechaba de las sendas de a pie que se apartaban de los fangales y palizadas. Rosa tenía que esperar cada rato a su pupilo, y en una de esas ocasiones se había parado sobre una piedra cubierta de helechos y musgo, a la sombra de una bejucada obscura de pasifloras, detrás de las cuales se levantaba un pedrón estupendo. Habían tomado las cejas y pestañas de Rosa proporciones infinitas, por la obscuridad del bosque, y todo su cuerpo se mostraba imponente como las estatuas de las jóvenes romanas, por la misma pobreza de los vestidos. El espectáculo era solemne, y don Demóstenes, que tributaba su culto a la naturaleza, tal vez hubiera doblado la rodilla si la famosa Clotilde no estuviera tan inmediata.

—¿En qué piensas?, le dijo el socialista a la triste proletaria del Retiro.

—En mi desdicha, y en que me he de morir muy pronto.

Y saltó de encima de la piedra para seguir su camino.

Al cabo de un cuarto de hora se paró la estanciera, y le dijo:

—Mire la copa del dinde grande: desde ahí verá la puerta de la plazuela del Retiro, cubierta de las ramas del monte. Yo me aparto de aquí antes de que me vean de la hacienda. Adiós, don Demóstenes. Dios quiera que le vaya bien en su visita.

—¡Pues adiós, bella Rosa! Mil gracias por tus favores.

No pudo abstenerse don Demóstenes de darle la mano a su baquiana, sin reparar en la mugre del carbón, como se da a las señoritas de alto tono, apretándola y sacudiéndola muchas veces, y hasta iba a darle un abrazo, mas en aquel momento se oyó un silbido que partió de lo más espeso de las bejucadas.

Rosa corrió como una venada, y don Demóstenes se aproximó al dinde grande; y reparando en una guacharaca que comía las pepas del árbol, le apuntó, disparó, la mató y la tomó en las manos. Colgó el espejo en un tachuelo[137] y se compuso de ligero las barbas y el pelo, y pasó triunfante por la puerta de la plazuela de la hacienda del Retiro.

Cuando sonó la puerta de la plazuela, latieron todos los gozques de las chozas, y gorjearon los pericos, y se asomaron algunas personas a las puertas de sus asilos domésticos, entre ellas Clotilde, quien se asustó de ver un cazador

---

137 *Tachuelo:* árbol de la familia de las rutáceas que crece hasta 20 mts., con tronco y ramas con espinas; copa de forma aparasolada; follaje verde mate; hojas vellosas. flores parecidas a estrellas blancas.

de botas y de saco de dril, como si hubiera visto una partida armada de expropiadores de mulas y de ganado. Mandó quitar unas lías de zurrones que el mayordomo había dejado en el corredor, y unos costales viejos; guardó la costura, que era de los últimos remiendos que se pueden hacer a las camisas; entró a componerse el pelo en frente de su tocador, y salió a colocarse en su asiento, algo trémula y descolorida, sacando un bastidor de bordar que estaba colgado de una estaca de palo. Otra joven, que cosía junto a Clotilde, también cambió su costura por algo más nuevo, se compuso sus bucles, enderezó las puntas de su pañoleta y se cubrió muy bien los pies, a tiempo que se presentó el cazador en frente de la puerta y saludó con la mayor cortesía.

—A los pies de ustedes, mis señoras.

—Siga usted, caballero, le dijo Clotilde, un poco asustada.

—Mil gracias, mi señora.

—Tome usted asiento.

—Mil gracias. Yo creía que no llegaba. Colón no sufriría tanto buscando el Nuevo Mundo, como lo que yo he sufrido por hallar esta casa.

El golpe de un tizón que cayó en la puerta de la sala, por el lado del patio interior, regando chispas para todos lados, sorprendió a las tres personas de la visita, las cuales oyeron en seguida estas palabras de rabia:

—¡Echen ese demonio! ¡Que se largue para su casa!

La señorita Clotilde se levantó y vio al denodado Ayacucho, que se bajaba de la mesa del comedor después de engullirse cinco libras de mantequilla que la misma señorita había dejado allí tapadas con una coyabra.[138] El visitador se levantó de su asiento y amenazando a su perro con un puntapié, le dijo:

—¿Qué es eso? ¡Malcriado!

—¿Yo ven?, dijo la cocinera; se las ha sorbido como quien se come un huevo.

La señorita salió entonces en la defensa del mestizo, diciendo con mucha dulzura:

—No tenga usted cuidado, señor; eso no vale la pena.

Ayacucho se entró en la sala lamiéndose los bigotes, y causando sumo respeto con su grave fisonomía y su talla gigantesca, de las mayores que se conocían en su clase, lo que observado por el amo fue causa de que les hiciese una explicación a las dos personas que no lo conocían de vista.

—¡No teman ustedes, mis señoras! Es el animal más galante y fino que se conoce. No muerde a nadie, y fuera de eso sabe tales gracias, que ya lo reputan por sabio en la parroquia y hasta creen que sabe magnetizar.

—¿Éste es el perro que dicen que saca escuditos del fondo del charco del Guadual?, dijo la compañera de la señorita Clotilde.

—Es muy capaz de todo eso, mi señora, pero estas anécdotas del bajo pueblo suelen adornarse con circunstancias que los ociosos añaden a su arbitrio, como la señorita debe saberlo, dijo don Demóstenes.

---

138 *Coyabra*: vasija que se hace con la mitad de una calabaza seca.

—Es que las noticias corren así, dijo Sildana, que así se llamaba la segunda hermosura del Retiro.

—¡Oh, mi señora!, exclamó el bogotano, yo suplico a usted, sin embargo, que tenga la dignación de suspender el juicio.

Clotilde dio sus órdenes para dar tabaco al visitador bogotano, y habiendo ido su compañera a traer la candela, conoció aquel que no era señora sino criada la hermosa costurera, así que le vio los pies enteramente descalzos, bien que él no tuviese la culpa de que la criada de la señorita no hubiera tenido un letrero que la distinguiese, porque en cuanto al traje y al peinado, estaba muy parecida a su señora; y esta clase de chascos se repiten en Bogotá con alguna frecuencia, en donde hay criadas blancas y bonitas, parecidas a las señoras. Pero la salida de la criada estuvo muy a tiempo, para que don Demóstenes continuase con el objeto de su viaje, y dijo lo siguiente:

—Por saber de sus propios labios la explicación de la carta que usted tuvo la bondad de contestarme, me decidí a atravesar dos leguas de bosque seguido, en guisa de cazador, como usted me ve.

—¿Y no mató algunas aves?

—¡Oh sí! Una guacharaca que tengo la honra regalar a usted, como fruto de mi excursión.

—¡Miren la guacharaquita de mi señora!, exclamó la criada, al volver de la cocina con la candela.

—Yo he matado esa ave en las selvas, en un dinde muy grande.

—Hasta allí salía a comer las pepas maduras, y luego se volvía, y si no, que vean si le falta o no el dedo más chiquito de una pata.

—¡Es la mía!, dijo la señorita, y de sus ojos rodó una lágrima que no pudo contener.

—Lo siento en el alma, mi señora, y voy a solicitar un par de estas preciosas aves, para reponer la que usted acaba de perder.

—No se moleste, señor, esto no quiere decir nada.

La entrada del joven Lucinio, hermano mayor de la señorita, hizo terminar la fúnebre escena de la guacharaca, y el asunto de la conversación se cambió por asuntos áridos de cañas, miel, arrendatarios y peones; pero queriendo amenizar un poco la conversación don Demóstenes, se dirigió a la señorita en los términos siguientes:

—Tiene muy buen gusto la señorita en no ocuparse sino de la pintura o dibujo de sedas, así como el de colores sobre el papel, es un oficio muy digno de las finas manos de una señorita.

—Son parches que no valen nada, dijo la señorita con suma modestia.

—Por el contrario, dijo el bogotano con decisión yo veo flores sombreadas como por la mano de un hábil dibujante, y líneas de mucho primor.

—Seda enredada, dijo la señorita.

—Lo que no comprendo es la serie de líneas pardas con que se hallan atravesados los espacios, a manera de la ruta de los viajeros o conquistadores que se nota en algunos mapas de América.

El bogotano se acercó un poco al bastidor, y queriendo examinar de cerca las líneas, ya que se le presentaba la ocasión de lucirse como artista, rompió la ruta del comején, que es una línea parda en forma de tubo, especie de camino cubierto por el cual se pasean los individuos del hormiguero llamado comején, que se establece en todos los lugares de tierra caliente en los muebles que son abandonados por algunos meses, y que tienen algunos principios de corrupción.

Viendo la señorita que era un recurso perdido la estrategia de haber bajado el bastidor de la estaca, se quedó petrificada de vergüenza; pero el bogotano no sufrió menor pesadumbre al reparar que el carbón y la mugre de las manos de Rosa se conservaba de una manera visible en sus manos, y que había tenido la imprecaución de contaminar las blancas y primorosas manos de la señorita, por apretárselas al tiempo del saludo de costumbre, y salió a pedir agua para lavarse.

A poco rato llamó la cocinera que le había tirado al perro con el tizón, para que la señorita le fuese a oír sus consultas a la despensa, y no podemos prescindir de obsequiar a nuestro lector, con una copia del diálogo que tuvo lugar:

—¿Qué hacemos, Mauricia de mi alma?, le decía la señorita a la cocinera, ni tenemos patas, ni tenemos menudos, ni tenemos lenguas, ni tenemos sesos, ni tenemos nada para un principio, y el mercado no viene hasta la noche.

—Y apostar a venir en último día de la semana, como si fuera Bogotá para correr a la plaza, y comprar de todo en cualquier día y a cualquier hora. ¿No lo ve su merced?

—Y no haber sino plátanos, batatas, ahuyamas, frijoles y tasajo.[139]

—Y no saber si es bogotano, neivano, socorrano o antioqueño para darle por su sazón.

—Bogotano, ¿no lo ves? Los bogotanos se conocen de a legua.

—Pues entonces le hacernos batatas y plátanos asados al horno y plátanos en almíbar, una torta de ahuyama, otra de batata y otra de plátano hartón; se le dice que es a la italiana, a la francesa y a la inglesa que es del modo que se usa en la casa de monseñor, y ya está la cosa.

—¿Pero qué hacemos de mantequilla?

—Que se coma el poquito que dejó su perro; ¿no ve su merced?, andar con sus perros a la pata para que se los mantengan de balde.

—¿Y sopa?

—Le hago a la jardinera, de caña menudita, los hígados y el pico de la guacharaca; que se la coma ya que nos hizo el daño.

—¡Ay, mi guacharaquita!

—¿Y a qué vino el bogotano?

139 *Tasajo:* trozo de carne salada y conservada seca. Cecina.

—A un negocio con papá.

—Sí, papá, dijo la criada, y salió de la despensa casi tan desaviada[140] como había entrado.

Don Lucinio se llevó al bogotano a pasear el trapiche; mientras que salían de los afanes en la casa, lo entretuvo tres horas mortales en las cuales exhaló algunos bostezos de colegial acordándose de la carta de Rosa y del adagio profético de las estancias: «aun cuando fueres a la casa de tu hermanito, sorbe primero tu caldito".

Al fin fue al trapiche la plausible noticia de que la comida estaba en la mesa; pero como hay tantas cosas que al hacendado le importan más que comer a tiempo, dejó correr don Lucinio dos y tres avisos, de suerte que Clotilde hubo de comer sola, y cuando los dos hombres fueron, tuvieron que comer solos. Tal vez la señorita no se detuvo en esperarlos sino un cuarto de hora, por no verse de frente con el bogotano que había visto el comején de su bastidor; y tal vez el caballero se alegró de no comer en la mesa con una señora inofensiva a quien había causado los males de untarle las manos de carbón, de matarle su guacharaquita, de ensalzarle a su criada con el título de señora y ponerla en afanes el último día de la semana. La presumida Sildana era la única que estaba de buen humor, y cuando iba a la cocina a llevar los platos se reía de una manera muy ostensible.

A poco rato después de la comida, trató don Demóstenes de viaje. Se puso en pie, abrió por las hojas en blanco un libro muy grande que estaba junto del tintero, en una mesa esquinera y escribió:

«¡Hermosísima Clotilde, feliz el viajero que ha conseguido llegar a la mansión que esconde tantos hechizos a los ojos de todo el mundo!».

—¿Qué ha hecho usted?, le preguntó la señorita cuando vio que el caballero soltaba la pluma.

—Escribir cualquier cosa en el álbum de usted, mi señora.

—Es el cuaderno de los apuntes de la sal, los plátanos y el tasajo.

—¿No es el álbum, pues?

—Yo no tengo álbum, porque yo no pido limosna con escopeta, como la que piden los salteadores de los caminos.

Cuando se acabó de despedir don Demóstenes de Lucinio y de Clotilde era cerca de la oración, de manera que pasó casi a obscuras toda la selva, desde la plazuela hasta el camino provincial, embarrándose y tropezándose a cada momento por la falta de su amada baquiana; pero al llegar a la entrada de Mal-Abrigo se encontró con Rosa y ella lo acompañó hasta la parroquia, a donde llegó mucho después de las ocho. Fue para don Demóstenes un día muy aciago el de las visitas, porque lejos de adelantar en sus amores, parecía que había retrocedido por las ocurrencias que tuvieron lugar en el Retiro y esto lo llenó de amargura. Don Demóstenes dijo a Rosa entre muchas cosas que conversaron sobre feudalismo, sobre política y sobre el arte de amar, que

140 *Desaviada*: desprovista.

un rechazo en amor era lo mismo que en cacería, una pérdida de mucho tiempo y de mucha paciencia. En la casa estaba esperando una desgracia muy grande a nuestro bogotano.

Manuela era la mujer más oficiosa de cuantas hay en el mundo; tenía el puntillo[141] de que ninguna sabía mejor que ella componer y barrer los cuartos de los hombres, y sabiendo que su huésped no volvería hasta la noche, acometió la obra del arreglo del cuarto con una clase de esmero que cualquiera hubiera dicho que era un rasgo de coquetería; barrió suelo, paredes y techo, desarmó el catre para limpiarlo, sacudió la ropa y limpió y cepilló las botas y los zapatos; ventiló y ordenó de nuevo la ropa que estaba en los baúles; limpió y bruñó las tablas de la mesa de alcoba, y en todo lo que había encima de la mesa estableció un nuevo orden de cosas, reduciendo las existencias a cinco clases por el método siguiente:

1°. Todos los libros, cuadernos y papeles públicos colocados horizontalmente y con los rótulos vueltos para el lado de la pared.

2°. Las navajas de afeitarse, tijeras, despabiladeras, anteojos, pinzas, *revólver,* puñal y cortaplumas.

3°. Candelero, tintero, salbadera,[142] obleas, botellas, frasquitos y termómetro; y

4°. Pájaros disecados, cucarachas, dibujos, mariposas, pepas de árboles, conchas, fósiles y flores.

Cuando entró don Demóstenes en su cuarto y vio el arreglo, se agarró la cabeza con las dos manos, guardó silencio por un minuto y luego prorrumpió en la exclamación siguiente:

—¡Oh, qué mano fatal ha pasado por sobre todas mis cosas! ¿Quién me ha trastornado las citas de mis libros? ¿Quién ha revuelto todas las clases y órdenes en los insectos y las plantas cuya clasificación me había costado tantos días de trabajo? ¡Oh! ¡cuánta pérdida mientras que yo perdía la cabeza en una visita, que tal vez me sale adversa! ¡Ésta ha sido Manuela! ¡El gusto que les da componer mesas como los muchachos, cuando componen tiendas o altares para jugar! Le compusiera yo a Manuela la despensa, o la caja de costura, a ver a qué le sabía. Ésta ha sido Manuela sin que me quede duda.

La joven casera de don Demóstenes estaba oyendo desde la puerta de la cocina, estas quejas al aire, y acercándose a la puerta de la sala, se expresó en estos términos:

—¿A ver qué le hizo Manuela, qué es lo que se le ha perdido?

—¡Oh! ¡las clasificaciones íntegras!

—Una peseta que estaba sobre la mesa, ¿no la *topó* sobre los libros?

—¿Y las flores disecadas?

—¿Eso tan seco? ¡Ave María! Allá fueron a dar al muladar con los chicotes y las cáscaras de las frutas.

—¿Y los borradores?

---

141 *Puntillo*: amor propio exagerado.

142 *Salbadera – salvadera:* vasito cerrado y agujereado que contenía la arenilla o polvo para escribir.

—¿Esos papeles tan negros y tan sucios y tan borroneados? ¿No los rasgué, y los emburujé y los eché a la candela?

—¿Y quién te metió a ti en esos cuidados?

—Por componerle su cuarto, que ya parecía cuarto de locos. ¿Cómo don Alcibíades no se ponía bravo cuando le componía yo sus baúles y su mesa?, pero con no volver a entrar jamás a su cuarto está todo acabado.

—Esto es lo que llaman tras de cuernos palos, dijo don Demóstenes; sátiras y gritos después de un perjuicio que no se puede subsanar con nada de esta vida.

Pasó muy mala noche el bogotano, pensando en sus discursos sociales y en la fatal visita del Retiro, y recordando la muy triste aunque agradable visita de Mal–Abrigo. Se acordó de que había dejado su espejo olvidado en la horqueta de un palo de las inmediaciones de las casas del Retiro, y esto lo llenó de molestia porque dentro de un secreto del espejo tenía guardada una carta de cuyo contenido no le convenía en manera alguna que Clotilde u otra persona se enterase.

Capítulo XI

El mercado

El huésped de la señora Patrocinio se despertó muy afanado, a causa de un tropel que sintió en los corredores, y a pocos instantes vio por entre las cortinas una luz que vagaba, y oyó los pasos de una persona que cruzaba la sala. Quedose esperando los resultados de una invasión, atrincherado entre sus cobijas y sus almohadas, a tiempo que se le apareció Manuela, saludándolo con estas palabras:

—Vengo a ver qué se le ofrece, porque me voy.

—No sé; siéntate y me dices qué novedad tenemos.

—¿Cómo qué novedad?

—¿No eran ladrones?

—¿Luego usted los teme?

—No me gustaría que cargasen con la escopeta, el reloj y los baúles.

—¿Luego usted no dice que lo superfluo es para el que más lo necesite? ¿Para qué quiere reloj, si hay alguno que no tenga cuatro camisas para mudarse?

—El principio es corriente; pero que comiencen a practicarlo otros, porque una cosa es con guitarra y otra es con violín.

—Sí, señor, una cosa es cacarear y otra poner el huevo; por eso es que no les creo a los que hacen mucho alboroto. ¿Conque no sabe que me voy?

—¿Adónde, Manuela?

—Al mercado; ¿no me dijo que le avisara?

—Pues espérate, que te voy a encargar algunas cosas.

—¡Qué descansos los suyos! ¿No ve usted que ya quiere amanecer, y si uno va tarde en estos mercados del san Juan, ya halla todo caro?

—¡Pero si no me acuerdo!

—Pues entonces hasta luego.

—No te vayas: ¡mira!

—Es el susto que no le deja acordar; diga pronto porque me voy.

—¡Ah! Ya me voy acordando: un frasquito de tinta para escribir.

—¿No más?

—No sé qué otra cosa...

—Pues diga, pero no me detenga.

—¡Ah! Los papeles del correo.

—Hasta luego, don Demóstenes, que ya me amanece.

—Que te vaya muy bien; que no te dejes engañar ¿eh?

—No es tan fácil tragar entero.

—Verás cómo me sales con tinta blanca, o semiblanca, después que te haya jurado el mercader que es la tinta más negra, con la que escribe el emperador Napoleón.

—¡Hasta luego, que me piense mucho!

Se persignó Manuela, y montó en enjalma en un macho que don Eloy le había prestado, y al fresco delicioso de la mañana emprendió su marcha al mercado de la cabecera del cantón.

Pachita corrió ese día con el cuidado del alojado; pero éste, que no se acomodaba en casa cuando estaba ausente la festiva y servicial Manuela, se contentó con hacerle de paso algunos cariños a Pachita, y se fue después de almorzar a casa de Marta, pasó allá la mayor parte del día, conversando, leyendo, señalándole a Marta las láminas de los Misterios de París, y recitándole versos de algunos autores selectos como Espronceda y Zorrilla. De manera que gastó un poco menos de siete horas en dos visitas, una antes de la comida y otra después, recostado en los juncos de la cama del pan, cuando se cansaba de estar en la hamaca, siendo de advertir que en la casa de Marta estaban ese día de amasijo, y que el dueño de casa se había ido al mercado a comprar hierro, acero y algunos preparativos para el san Juan.

Marta era la tercera notabilidad de la parroquia, después de Manuela, y Cecilia. Era blanca y tenía el pelo rubio, hermosos ojos negros y admirable cuerpo. Tenía genio alegre y se reía de todo porque jamás estaba triste. Nadaba muy bien, bailaba con perfección y era afamada para el canto de las canciones populares. Su traje era el mismo de su prima Manuela: camisa bordada, enaguas de cintura y pie descalzo. Visitación, su madre, era hermana de la señora Patrocinio. Marta sabía leer y aunque era más verbosa y locuaz que Manuela, no tenía la gracia de locución de ésta, que había adquirido por herencia y algún tanto por trato el estilo de las hijas de Llano-grande, que se expresan por medio de imágenes y figuras rápidas y bellas, y con frases de una naturalidad y sencillez que les ha hecho gozar de bien merecida fama. Sin embargo, la conversación de Marta era entretenida y aun solicitada de los hacendados, de los forasteros y de los estancieros, entre los cuales había uno que, según decían, la quería con buenos fines, y tenía bestias y buena estancia.

Marta había leído «El compadre Mateo»,[143] que le prestó don Alcibíades, cuando estuvo en la parroquia, «El Hijo del Carnaval»[144] y «La Lechera»,[145]

143 *El compadre Mateo*: *Le Compère Matthieu, ou les Bigarrures de l'esprit humain* (1766) obra del satírico novelista francés Henri–Joseph Du Laurens (1719–1793); obra traducida al castellano en 1821; fue censurada y puesta en el índice de los libros prohibidos.

144 *El hijo del carnaval: L'Enfant du Carnaval* (1792), novela satírica y libertina del francés Charles Antoine Guillaume Pigault–Lebrun (1753–1835), traducido al castellano en 1822.

145 *La lechera*: La laitière de Montfermeil (1827), novela del novelista y dramaturgo francés, Charles Paul de Kock (1793–1871), traducida al castellano en 1842.

que le había dado don Leocadio; sabía retazos de las cartas de Eloísa y Abelardo,[146] que le regaló don Cosme, había conversado con gente despreocupada y poco escrupulosa, y era por consiguiente la ilustrada de la parroquia. Se le escapaban algunas burlitas acerca de las velas que llevaban los estancieros a la iglesia, de la bendición de las semillas el día de la Candelaria, y de las pesetas de los responsos;[147] y es seguro que de aquí, tenía que pasar Marta a la crítica sobre la prisión de Jonás dentro del vientre de la ballena, sobre el agua que salió de la piedra tocada por la vara de Moisés y de aquí a la vergüenza de someter el entendimiento a las decisiones de un Papa que vive tan lejos de la Nueva Granada. Sus lecturas y la conversación con personas interesadas en *ilustrar* la parroquia, todo tendía a irla desprendiendo de creencias que le hacían mirar como supersticiosas, mediante la docilidad con que oía hablar sobre estos asuntos; lo difícil era saber a dónde iría a parar la despreocupación iniciada por los buenos apóstoles de la civilización. Don Demóstenes pasaba ratos muy agradables a su lado. Para comer y para almorzar hubo que llamarlo repetidas veces el día en que le hizo la visita de que se ha hablado.

Eran las ocho y doña Patrocinio estaba muy inquieta por la tardanza de Manuela, esto es, por los riesgos de una caída, o de la mordedura de una culebra, que por lo que era su honor, ella no temía, porque su hija era como las señoritas *yankees*, que cuidan de su *yo* por sus propios esfuerzos sin necesidad de guardias de corps ni de muros, cerrojos o llaves. De golpe oyó un canto lejano la señora y conoció que era la voz de Manuela, como la clueca conoce los chillidos de sus pollitos. La nueva se divulgó por toda la casa y pronto estuvieron en la sala todos los interesados inclusive don Demóstenes, que deseaba ver los periódicos de la capital.

Cuando estuvo Manuela en la puerta, trató don Demóstenes de auxiliarla galantemente; pero no teniendo las nociones comunes de la *encomienda,*[148] la *reata* y el *lazo jurado* o de *petacas,* tuvo que ceder el puesto a Fitatá, que se portó mucho mejor. Después del saludo general, Manuela comenzó a abrir los costales;[149] se sentó junto a doña Patrocinio en la mitad de la sala, y tras de un corto preámbulo comenzó a hacer sus cuentas, entre tanto que doña Patrocinio pasaba granos de maíz de un pozuelo a su regazo.

—¡Ah cosa chinche que es hacer mercado!, dijo Manuela desatando unos talegos; ¡y el sol que estaba como candela! Estoy cansada como si viniera de España. Aquí está la carne, que me costó a diez y ocho, pero es sabanera legítima y de *aújas*[150] que es la que más le gusta a don Demóstenes; arracachas[151] unas cuatrico por dos reales, y los cominos a dos cartuchitos por un cuartillo.

---

146 *Eloísa y Abelardo*: amantes del siglo XII, cuya historia se conoce a través de sus cartas.

147 *Responso:* rezos que se hacen por los difuntos.

148 *Encomienda:* encargo.

149 *Costal:* bolsa hecha con fibra vegetal; especialmente de fique.

150 *Carne de agujas*: corte que corresponde al cuarto delantero del animal.

151 *Arracacha:* planta de la familia de las apiáceas, como la zanahoria y el apio. Su parte comestible es la raíz que asemeja a una zanahoria engrosada, ésta puede ser de color blanco, amarillo o morado según la variedad.

La sal a catorce, cada día más cara y en la Gaceta dijeron que la iban a dar barata para favorecer al pueblo: ¡lo que defienden al pueblo! En otro tiempo dicen que tenían hornadas los indios de Nemocón y los pobres de Zipaquirá, y don Tadeo dice que si hay por fin federación, la salina no ha de ser para el gobierno general, sino para la provincia de Bogotá, para que la federación sea completa. Ya no había lechugas ni coliflores porque llegué tardísimo; que aguante don Demóstenes, a ver para que me detuvo esta mañana. Ese repollo me costó tres cuartillos, pero le encimaron dos alcachofas. Tome, don Demóstenes, sus papeles que me dieron en el correo, y la tinta, que la compré en la tienda de don Florencio: esa fue otra tardanza, porque, ah hombre conversador, ¡Ave maría!

Don Demóstenes se puso a leer «El Tiempo» y el «Neo-granadino»,[152] meciéndose con lentitud en la hamaca, entretanto que la entrega seguía adelante.

—Traje media arroba de arroz y por *aínas* me lo derraman, porque se armó una pelea de lo más grande, por un medio de chivera, que les querían meter a los calentanos, y ¿qué será cuando se publique la ley que está componiendo don Demóstenes para que todos hagamos nuestra plata en la casa, con las marcas que más nos agraden? ¿Qué harán las indias para no dejarse engañar de los bribones?

—El pueblo tiene un instinto para conocer sus intereses que nunca lo deja equivocar, refunfuñó el huésped desde la hamaca.

—Los huevos a tres al cuartillo y las cucharas de palo para la tienda también a cuatro. ¿Qué les quedará a los indios de Guasca[153] y Guatavita[154] que las hacen y que las traen y después de haber vendido sus tierras por chicha, o por plata para beber chicha? Don Eloy alegó por sacar un colador en medio real, hasta que me cansé de esperar y yo saqué el compañero por tres cuartillos; ¡pobres indios! y la mujer de don Matías compró el otro, y está muy sonado por allá que en la Hondura hay sesenta mulas robadas. El sombrero de Pachita me costó tres pesos y medio, y gracias a que mi prima Marcela me ayudó a alegar, y está tan hermosa que hoy tuvieron que hacer todos con ella, y viene también a las fiestas.

---

152 *El Neogranadino:* periódico liberal fundado por Manuel Ancízar en 1849; fue el primero en realizar trabajos litográficos. Uno de sus objetivos fue establecer en la Nueva Granada un nuevo tipo de comunicación entre la sociedad política y la sociedad civil.

153 *Guasca:* pueblo de origen precolombino de Cundinamarca localizado a 150 kms al noroeste de Bogotá. Formaba parte del cacicazgo de Guatavita, territorio del Zipa, una de las dos confederaciones Muiscas o Chibchas.

154 *Guatavita:* población de Cundinamarca a 75 kms de Bogotá. El centro más importante del cacicazgo de Guatavita, territorio del Zipa. Fue uno de los principales centros religiosos en el territorio Muisca. En la laguna de Guatavita se celebraba la ceremonia de «El Dorado», descrita tempranamente como: «Dijo de cierto Rey, que sin vestido,/ en balsas iba por una piscina/ A hacer oblación según el vido,/ Ungido todo bien de trementina,/ Y encima cantidad de oro molido, / Como rayo de sol resplandeciente /Allí para hacer ofrecimientos/ De joyas de oro y esmeraldas finas/ Con otras piezas de sus ornamentos/ Los soldados alegres y contentos /Entonces le pusieron El dorado» [Juan de Castellanos (1522–1606), *Elegías de varones ilustres*].

—¿A posar aquí?, preguntó don Demóstenes, sin quitar los ojos de la lectura.

—Ella posa en la casa de mi tía. Se vienen don Florencio y don Pascualito y todos los músicos.

—Pero esos no posarán aquí, dijo don Demóstenes y siguió con su lectura.

—Muy sonadas están las fiestas. El doctor Ramírez estaba comprando manzanas, me regaló una y le mandó esta otra a mi prima Marta, y él también viene a las fiestas; ¡tan bueno que es el cleriguito! ¡Conque me dio la mano en toda la mitad de la plaza! A dos al cuartillo compré las manzanas, porque le gustan a don Demóstenes, al horno y con almíbar. Éstas son aparte, que les traje a todos. Alcáncemele esa a don Demóstenes; pero no es para que la regale. Quién sabe si los encargos no les habrán gustado, porque es una cosa difícil comprar al gusto de cada uno, y como dice el dicho: «cada uno para sí y Dios para todos».

—¿Y los fósforos?, preguntó doña Patrocinio como asustada.

—En la última tienda los vine a comprar, porque ya se me habían olvidado. Aquí en el seno los traigo, con una carta que me dio el administrador, al pasar, para nuestro alojado.

—¿Y si se hubieran prendido?, dijo doña Patrocinio, en tono regañón.

—Lo habría sentido por la carta.

—¿No más?, dijo don Demóstenes.

—¿Luego qué más?, dijo Manuela.

—¿Las famosas arandelas de la camisa bordada?

—¿Luego yo venía dormida? ¡Miren qué cosas! Al señor Ayacucho también le traje un bizcocho para que vea que no lo olvido.

—Eso es porque el que quiere a san Roque quiere a su perro, dijo Pachita y se fue a guardar su sombrero, y don Demóstenes también se fue a guardar sus encargos, después de repetirle sus agradecimientos a la recomendada y parecía que todos habían quedado contentos.

Después que se terminó la cuenta y recibió Manuela la aprobación, se fue con su adjunta a poner en orden todas las cosas en la despensa, donde se hallaban las otras provisiones que eran del distrito, como los plátanos y las batatas,[155] y habiendo llegado cansada se fue a acostar primero que las demás.

Pasada la media noche sintió doña Patrocinio en la alcoba de su alojado, ruido del catre y algunos suspiros y despertó a su hija mayor para que fuese a ver qué era lo que había. Manuela se acercó sin que la sintiese don Demóstenes hasta muy cerca de su cabecera, y le preguntó:

—¿Está desvelado? ¿Lo han picado los chiribicos? ¿Le sacudo la cama?

—No tengo nada, le contestó el bogotano y volvió la cara para el lado de la pared.

—¿Tiene calentura o dolor de cabeza?

155 *Batata:* (voz taina) planta convolvulácea; sus tubérculos son alargados, violáceos, amarillos o blancos por dentro y de sabor dulzaino. Entre las plantas que se cultivan por sus raíces o tubérculos alimenticios, la batata ocupa el segundo lugar, después de la papa, en importancia.

—¡Nada! ¡no tengo nada!

¿Cómo estaba delirando?

—Estaría soñando.

—¿Tiene alguna pesadumbre? ¿La carta le ha traído malas noticias? Se me pone que esa carta es de su catira y que le dice que ya no lo quiere porque habrá sabido algo de por aquí, o porque otro cachaco lo habrá rivalizado.

—¿A mí? Esa señora ha nacido para quererme a mí, y solamente a mí. Fue que le dejé una prohibición para venirme y ahora sale conque no la ha cumplido.

—¿Le mandó que no callejeara, que no se pusiera maja, que no bailara mientras que usted estaba por aquí pasando trabajos, y no le ha obedecido?

—¿Ella? No pienses que es una casquivana. En cuanto a dignidad no tengo que tacharle lo más mínimo, es de una educación y de una hermosura que no hay igual desde Nueva York hasta Bogotá. Es el conjunto de todas las perfecciones; pero ¡ay! ¡que la sotana todo lo mancha, todo lo corrompe!

—¿Celos, don Demóstenes?

—¡No, Manuela! Porque no hay otro mortal que la merezca, sino yo. No es nada de eso.

—Léame la carta, que me están dando ganas de oírla.

—¡Qué pretensiones las tuyas! ¿No sabes lo sagrada que es una carta entre amantes?

—Yo lo que sé es que usted se apoderó de una carta de mi amante, y la leyó, y como sé lo que usted respeta la igualdad, creo que usted se halla obligado a leerme la carta de su querida de Bogotá.

—¡Qué despropósitos los tuyos! No hables de esta carta escrita con el veneno más activo del fanatismo, y que a un mismo tiempo me enternece y me llena de ira.

—¿Y me la lee?

—¡Vaya que eres impertinente!

—¿Ni aun me dice qué noticias son las que le pone la señorita?

—Es esto. Ahora verás que tengo razón de delirar, de maldecir y de volverme loco, porque la verdad te digo que arde un infierno en mi pecho.

—¡Jesús María! No diga eso, cristiano de mi corazón.

—Yo estaba persuadido de que ese dechado de virtudes no tenía otro defecto que la gazmoñería[156] de que adolece toda la familia, y la antevíspera de venirme estando en la Esmeralda, que así se llama la hacienda de su padre, le expliqué mis ideas sobre la teocracia, sobre el matrimonio católico, sobre la autoridad del Papa, sobre la manía del rezo y los sermones y las confesiones de las bogotanas y le dejé prohibiciones expresas sobre estos puntos; y ahora me sale diciendo en su carta que oye misa, que se confiesa y que se quitó el bello nombre de Celia, para ponerse un nombre de calendario, que es la lista de los más famosos ilusos que se han conocido en el mundo.

156 *Gazmoño:* mojigato, melindroso, remilgado.

—¡Vea usted!

—Y para colmo de la mengua que me cubre a mí, se ha echado de beata.[157]

—¡Una santa!, exclamó Manuela.

—¡Ahora me dirás si no tengo razón en abjurar[158] de su amor, si no se arrepiente, si no me da satisfacciones!

—¿Y por qué no quiere usted que sea santa? ¿Le daría menos que hacer si fuera una incrédula que no pensara más que en el lujo, y en el baile, y en la ventana, y en la vagamundería? ¿No es usted tolerante? ¿Por qué no la deja que se vaya al cielo después de haberlo querido a usted, y que se vaya al cielo del modo que mejor le parezca? Si a Dámaso le diera por rezar y confesarse, yo me lo alegraría infinito, porque sé que el cura no le había de mandar que quisiera a otra, ni que malbaratara la plata, ni que me tratara mal después que nos casemos. Conque no se eche a la muerte, don Demóstenes, porque su novia sea santa y se haya vestido de beata. Duerma y déjese de cavilar.[159]

—¿Dormir? ¡Imposible! Trato de aquietarme, y se me aparece una fantasma que me llena de espanto.

—¡Aquí nunca han asustado!

—Es la sotana, Manuela, es el confesor, es la potencia interventora, y tú sabes que donde hay intervención extranjera ya no hay soberanía. ¿Qué sería del yo con los preceptos de un confesor? ¿Qué sería del amor mismo donde el ascetismo religioso imperase por unos días? ¿Infierno y amor? ¿Placeres y penitencia? ¿Esperanzas de un edén y temores de un infierno? ¡Oh, que todo esto no cabe en un solo corazón ni con todas las argucias de los teólogos y canonistas, y un corazón tan tímido, tan inocente, tan puro como el de Celia!... Que escoja: o el confesor o yo; porque el fuego y el agua no pueden estar juntos...

—Pues si le parece tan mala, tal vez sí sería bueno que usted la dejara.

—¡Pero tan linda!, dijo don Demóstenes mirando el retrato de la señorita, que estaba sobre la carta. ¿No ves, Manuela? ¡qué facciones, qué pelo, qué garganta! ¡qué boca! ¡qué ojos! ¡Oh! ¡es para volverse uno loco!

—Pues mire, entonces lo que ha de hacer es escribirle una buena carta, muy cariñosa.

—¿Y mi dignidad?

—Pero ya ve: santa y linda, ¿qué más se quiere? Y que ha de estar usted en que mi *sia* Clotilde está medio enajenada; y por lo que hace a Marta, no le aconsejo que siga entretenido con ella, porque cuando deja usted de estar conversando con ella en la tienda, le sigue uno de alpargatas, que vale menos que usted; pero es la verdad, que él tiene el mismo derecho que usted para estarse en la tienda, y más, porque se pone a tocar el tiple.

—¡Ah sí!, los tiples que los aborrezco como a un medio de oposición contra mí, y lo peor es que aquí no hay policía, porque...

---

157 *Beata:* persona exagerada en las prácticas religiosas, o de religiosidad afectada.

158 *Abjurar:* abandonar, apartarse.

159 *Cavilar:* pensar con preocupación en un asunto.

—Sí, señor, porque la libertad de dormir debe respetarse tanto como la libertad de tunar, como decía don Alcibíades cuando estuvo posado aquí y lo molestaban con los tiples de mi tienda.

Don Demóstenes estaba recostado contra la pequeña baranda de su catre que yacía apegado a la pared, tenía la cara levantada y el pelo todo erizado, la camisa la tenía caída hacia atrás y se le veía palpitar el pecho con suma agitación. Manuela estaba sentada cerca del catre, y le decía:

—Procure aquietarse, don Demóstenes, que está como acalenturado, no cavile más en la carta ni en la sotana, mientras que le voy a traer una agüita.

Salió Manuela con su cabo encendido, rodeado de un pedazo de papel, se fue a la huerta a coger unas hierbas, y luego que echó agua en una vasija, la puso en donde prendió carbones con la misma vela, y presto resonaron las piezas vacías, las de los sanos y la alcoba del enfermo con el ruido melancólico del fuelle, que se oye con angustia y pena en algunas de las horas más silenciosas de la noche en todas las casas donde hay enfermo. Manuela había puesto el cabo en un candelero de barro, y aquella luz pálida que se regaba por los corredores y el patio, le daba a ella el aspecto de una pintura lastimosa. Ella era compasiva en las desgracias, así como era burlona en las horas en que se trataba de chanzas y palabras ociosas.

Cuando sonó el agua agitada por el primer hervor, la echó en una taza, la enfrió un poco, le puso dulce, la probó y se la llevó al enfermo, al cual dijo con dulce y agradable voz:

—Tome, don Demóstenes, bébase esta agüita, pero bébasela con fe y no deje nada en el vaso.

—¡Mil gracias! Siento que te hayas molestado.

—No me molesté, don Demóstenes; la cocí con mucho gusto: lo que deseo es que le haga provecho.

—Se tomó don Demóstenes el agua; le preguntó después de qué era, y la caritativa joven le contestó:

—Es agua de una ramita de toronjil[160] de la huerta, y de dos clavelitos de los que traen los indios al mercado, que me los encimaron hoy en donde compré las cucharas de palo. Arrópese y estese quieto, y verá cómo se alienta.

Don Demóstenes se sonrió, y éste fue el primer síntoma de su mejoría. Una sonrisa en los tiempos comunes no tiene mérito; pero una sonrisa recabada de los labios que han pronunciado la maldición de los celos y que han protestado contra el amor, es una conquista de un mérito infinito.

—Dios quiera que amanezca bueno y que no vuelva a enfermarse, dijo Manuela a su huésped, y se fue a acostar.

Don Demóstenes se alivió muy pronto, bien fuese por virtud del agua o por los consejos de su casera; logró dormir las últimas dos horas de la madrugada, y cuando se levantó, pensó en estrechar su amistad con la familia

160 *Toronjil:* planta medicinal, puede alcanzar los 80 cms de altura; el nombre procede del olor típico a limón o toronja que desprenden sus hojas. Es sedante y balsámica, disminuye la ansiedad y el nerviosismo.

del Retiro, se fortificó hasta donde pudo en la idea de que Clotilde lo tenía cautivado, y se dedicó a pensar en sus ojos negros, y cuando venían a rivalizarlos en su imaginación los azules de Celia, desechaba la imagen como un bello fantasma que lo venía a atormentar. Ayudábanle a conjurar este recuerdo los pasatiempos de la escopeta, los viajes a las estancias de las bellas hijas del pueblo, y el ajedrez y las damas en la casa del cura; hizo una segunda visita sin baquiana a la hacienda del Retiro, y aunque se perdió en el camino, y aunque no pudo hablar a solas con la señorita, sus miradas le parecieron consoladoras, y su misma dignidad le pareció un buen presagio para sus amores.

Capítulo XII

La Esmeralda

Después de exhibir el cuadro del mercado, en que figura una carta de Celia, ahora se nos hace preciso variar de teatro, para presentar al lector la hacienda de don Alfonso Jiménez, en la sabana de Bogotá, y así mismo dar noticia de toda su familia que más tarde ha de figurar en los cuadros de la parroquia.

Don Alfonso Jiménez era vecino de Bogotá donde tenía su tienda de comercio, y en la sabana poseía una bonita hacienda. Don Alfonso era conservador; pero nunca se dejaba meter en los comprometimientos de la política, porque para evitarlos, montaba en su caballo y se iba a la hacienda, cuando sus copartidarios lo necesitaban, aunque no fuese sino para dar su voto en las elecciones; y por lo que hace a comprometimientos pecuniarios, todos los excusaba para que no lo persiguieran los enemigos de su partido. Sin embargo, nada le valió para librarse de que le expropiasen setenta novillos gordos, diez caballos de silla y dos arrendatarios en la revolución del general Melo.[161]

La casa que tenía en Bogotá el señor Jiménez era suntuosa, y estaba construida de una manera acomodada al buen gobierno de la familia. Las casas de Bogotá no tienen más que una sola entrada, que no se abre sino después de unos cuantos golpes en el portón y no son registradas por las ventanas porque éstas son muy altas por el lado de la calle. Esto contribuye en gran parte a la educación moral de la familia. Tal costumbre pertenece a los usos retrógrados de la colonia; pero en ello no hicieron nuestros antecesores más que seguir la naturaleza, porque las golondrinas y los gorriones también precaven la familia menuda de la visita de los gatos y de los hombres, buscando lugares ocultos para sus nidos.

En la casa de don Alfonso, que era un verdadero convento, se criaban tres

161 *José María Melo y Ortiz*: (1800–1860). En sus ancestros había indígenas pijaos. Protagonizó el golpe político del 17 de abril de 1854, llegando a la presidencia del país por medio de un golpe de estado. Participó en varias de las batallas de la independencia de Suramérica: Bomboná y Pichincha en 1822; Junín, Mataró y Ayacucho en 1824; en el sitio a El Callao en 1825, y en la batalla del Portete de Tarqui en 1829. Como comandante de las fuerzas de Cundinamarca ofreció al Presidente titular, José María Obando, la oportunidad de convertirse en dictador; al rechazar éste la propuesta, Melo lo apresó y tomó el mando aboliendo la constitución y cerrando el Congreso. Estuvo en el poder entre el 17 de abril y el 4 de diciembre de 1854, cuando fue derrocado por una coalición de conservadores y liberales.

hermosas niñas, que fueron educadas según los usos del alto tono y con toda la modestia de unas vestales:[162] llamábanse Celia, Felisa y Virginia. La madre que tuvo la dicha de conducir tales hermosuras al punto céntrico de la virtud, por en medio de los peligros de la sociedad, fue la señora Natalia Moreno, muy digna esposa de don Alfonso. El tema de su enseñanza era la piedad y el recato. Ella les recomendaba que se portasen con dignidad, y para esto les tenía escrito de su propia mano un manual cuyos principales capítulos eran los contenidos en este catálogo:

I. No exhibirse demasiado.

II. No abusar de los privilegios de la coquetería.

III. No dejarse tratar de sus apasionados, como ellos tratarían a las mujeres de mala nota.

IV. No reírse sino de lo que es risible.

V. No quererse distinguir demasiado por el lujo de los trajes.

Don Alfonso tenía la costumbre de llevar la familia a su hacienda de la Esmeralda en junio y julio y en enero y diciembre, épocas de cosechas. En 1856[163] se fueron desde el 18 de mayo, porque se hablaba de la conveniencia de derrocar el gobierno existente por una revolución a mano armada.

Las señoras encontraron la Esmeralda convertida en una joya del mayor precio, después del invierno de abril. Los potreros de cría estaban verdes completamente, merced a la exuberancia y a la frescura de las gramas, y había uno de color amarillo anaranjado, por estar cubierto de las flores de la pacunga,[164] a causa de haberse barbechado[165] dos años antes. Las cercas de piedra y de cepos demarcaban las líneas de los solares. El trigal era un horizonte de verdura, pues constaba de cien cargas de semilla, y la undulación de los vientos lo hacía figurar como un mar cuyas olas se mecen con poca fuerza. Los potros retozaban en un potrero por la noble causa de la juventud y de la gordura. Los ganados mugían, satisfechos del alimento diario.

El orden brillaba en todas las cosas. Los peones efectuaban las operaciones del campo con gusto, con activad y con acierto.

Como la casa estaba situada en la parte menos llana de toda la hacienda, dominaba los potreros, los caminos y las estancias, lo cual era una verdadera ventaja para las señorita Jiménez, las cuales tenían un anteojo de muy larga vista para reemplazar la ventana de Bogotá, y aunque con alguna distancia, ellas suplían la vista de la calle con la del camino provincial, que pasaba a treinta cuadras de la casa por entre un callejón de cercas de piedra y tapia. La casa no era de balcón, lo cual no la privaba de las comodidades ni de la

162 *Vestal:* de Vesta, diosa romana del hogar, del fuego y del arte de guisar.

163 *1856:* durante este año en el gobierno conservador de Manuel María Mallarino, Antioquia emergió como nuevo estado federal soberano, comenzando a debilitarse el gobierno central.

164 *Pacunga:* planta que mide hasta 1.50 mts de alto, sus hojas son opuestas y pecioladas de color amarillo, tallo cuadrangular ramificado con pelos ocasionalmente; su fruto pequeño tiene aristas prominentes que le permiten adherirse a ropa o a nimales; es considerada maleza.

165 *Barbechar*: arar la tierra y dejarla para que descanse durante un tiempo.

belleza de una verdadera casa de campo, estando como estaba, sobre un terraplén artificial de dos varas de altura. El ancho corredor del frontispicio daba sobre las corralejas de ordeñar vacas y apartar animales y uncir los bueyes para el trabajo. En los costados había corredores que daban sobre los alfalfales; y las hortalizas estaban sombreadas por nogales, manzanos, duraznos y algunos sauces en las orillas de los arroyos.

El patio estaba sembrado de ciruelos y rosales, y los corredores que servían de salón de las harneadoras[166] estaban vestidos con las ricas enredaderas de las huertas del país.

El comedor ocupaba todo el tramo que separaba dos patios muy hermosos, y en lugar de estar cerrado por tabiques, lo estaba por unos bastidores de vidrios adornados exteriormente con enredaderas. El centro del primer patio lo ocupaba un alcaparro[167] eternamente amarillo por estar siempre floreado. A las señoras las visitaban hacendados estancieros, parroquianos y todos estaban contentos de su trato, que por cierto era amable sin dar margen a excesiva familiaridad. Algunas personas de Bogotá las solía visitar; y entonces tenían la precaución de no dejarse mezclar en las cuestiones miserables de la política, ni en las rivalidades del lujo y de otras miserias de la sociedad. Sus trajes eran sencillos, porque ellas no se proponían deslumbrar a los lugareños. Cuando salían a las estancias o a las haciendas vecinas, iban con sombreros de palma, los que usaban las arrendatarias. Parecía que las señoras Jiménez no salían de Bogotá, sino por librarse de la tiranía del alto tono, como los colegiales que se libertan en el asueto de los reglamentos y los bedeles.[168]

Un día vio Virginia que se había desviado un jinete del camino provincial para dirigirse a las casas de la Esmeralda; puso el anteojo con la presteza con que lo hiciera un ayudante de campo, y vio que iba sin ruana, y después de largas observaciones, alcanzó a ver un perro, y dio el aviso, que a la verdad no produjo inquietud ni afanes, porque la escoba había hecho sus oficios a las horas debidas, y las criadas no estaban mugrientas, ni los trastos en revolución. Solamente una persona habló alarmada, cuando se conoció el personaje: Celia, que amaba, y cuando se ama no hay orden en el corazón, porque todos los pensamientos se ponen en anarquía. El que llegaba era don Demóstenes.

Don Demóstenes estaba admitido como novio en la casa, y un novio nunca es mal recibido en estos tiempos. Se quitó el caballero los zamarros y las espuelas en el corredor, subió las seis gradas del terraplén, y saludó con finura y cortesanía. Dio todas las memorias de que se había encargado y les dio a las señoras las principales noticias de la ciudad con relación a la política de la Nueva Granada, que ya es indispensable en todas las reuniones.

Cuando don Demóstenes preguntó por don Alfonso, dijeron las señoras que estaba en la sementera de papas, y lo convidaron a ir hasta allá.

---

166 *Harnear:* cribar con el harnero = cedazo.

167 *Alcaparro:* arbusto de muchos racimos, flores amarillas. Abunda en zonas de clima frío; las infusiones de sus hojas se usan para el tifo y la disentería; se cultiva como ornamental.

168 *Bedel:* empleado subalterno de los centros de enseñanza, que cuida del orden, anuncia la entrada en las clases y la hora de salida, etc.

Don Demóstenes llevaba de brazo a Felisa y Celia; en pos de ellos iba la señora Natalia con Virginia, y más atrás la criada Crisanta con un canasto engarzado en el brazo. Los salones, palcos y alamedas no habrían tenido para don Demóstenes todo el atractivo de aquel retazo de sabana que pisaba, matizado con las flores de la achicoria[169] y de la moradita,[170] sin testigos, sin las importunidades de la etiqueta, sin ruidos de atambores, carros o martillos, oyendo solamente algún mugido de la vaca que llamaba su ternero, o el silbido de algún llanero o chirlobirlo;[171] el aire estaba perfumado con las exhalaciones de las flores de borrachero,[172] que venían desde media milla de distancia, y el cielo estaba enteramente despejado.

Después que los dos amantes hablaron de las desgracias de una separación de dos meses, teniendo don Demóstenes que marchar a una parroquia de occidente, Celia le dio su retrato con un rizo de pelo, al detenerla don Demóstenes para entregarle un ramilletito que acababa de formar.

Crisanta se había quedado muy atrás, a tiempo que acercaban algunas reses corriendo en dirección a la familia, bramando terriblemente, sacando la lengua y despidiendo hebras de babaza que brillaban como los hilos reventados de las arañas. El susto de don Demóstenes fue sin igual, no viendo por allí cerca una trinchera, donde librar a las señoras del mal que las amenazaba, sino una zanja profunda llena de agua, que separaba el llano por donde se caminaba, del potrero donde estaba la sementera. Hasta la orilla corrieron las señoras y el caballero sin mirar para atrás; entre tanto que los bramidos crecían y que todas las vacas del potrero se estaban viniendo desde sus comederos con el objeto de auxiliar a las primeras.

—No hay más remedio que arrojarnos al agua, le decía don Demóstenes a las señoras que llevaba de brazo.

—¿En esta agua tan fría?, le contestó Felisa, llena de espanto.

—Es seguro que no nos cubrirá del todo.

—¡No las bote su merced!, gritaba Crisanta, que llegaba corriendo a libertar a las señoras del peligro verdadero.

—¿Y los toros?, observó Virginia, mirando hacia atrás.

—Qué toros, ni qué pan caliente; ¿no ve su merced que todas son vacas?

—¡Cómo!, dijo Felisa.

—¿No conoce su merced la Petaca, la Toronja y la Sobrecama, que son las que ordeña su merced algunas veces?

—¡De veras!, dijo Celia.

—¡Y por qué nos vienen persiguiendo?, dijo don Demóstenes.

---

169 *Achicoria:* diente de león; planta de 20 a 30 cms de altura; crece en forma espontánea y abundante como maleza en climas fríos y templados.

170 *Moradita:* hierbita usada en la medicina popular.

171 *Chirlobirlo:* ave de la familia de los toches, de tamaño mediano y canto melodioso.

172 *Borrachero:* arbusto muy venenoso, siempre verde de 2 a 4 m. de altura; tallo leñoso, hojas caducas grandes, simples, vellosas alternas ovadas entre 15 y 25 cm. de longitud, de color verde grisáceo. Flores grandes solitarias blancas o rosadas, atrompetadas, colgantes de 25 a 30 cm. de longitud, de olor desagradable de día y fragante de noche; contiene escopolamina.

—No es a su merced, ni tampoco a mis señoritas; es al perro Ayacucho. Eso lo saben hasta los bobos, que cuando hay vacas paridas de ternero chiquito en el potrero, se vienen encima del perro que las amenaza, y como el señor Ayacucho, hecho el buenazo, se fue corriendo detrás del becerrito de la Paloma, por eso se ha ofrecido esta revolución. ¿No ve su merced que no nos tiran a nosotras?

—¡Ave María! ¡cuando nosotras ordeñamos a la Petaca y la Sobrecama casi todos los días!

Sin embargo, las vacas no deponían la rabia y parecía que trataban de sacar ensartado en los cuernos al cobarde Ayacucho que estaba asido a la sombra del traje de su señorita Celia; pero Crisanta las espantó tirándoles pedazos de boñiga[173] seca.

Siguieron las señoras en busca del puente y la puerta de golpe, y pronto llegaron a la parte del potrero donde se estaban cosechando papas. Eran mujeres las que trabajaban, pero había tres o cuatro peones para hacer las cargas, y echarlas sobre los carros. Entre las peonas había unas pocas arrendatarias de «La Esmeralda»; y la mayor parte eran de los sitios vecinos. El traje general de las peonas era de bayeta de frisa azul y de sombreros de trenza de palma; pero había algunas de mantilla de Castilla y de sombreros finos de los que usan las estancieras del Magdalena. Las peonas eran sesenta; cogían de dos en dos en cada surco, arrancando los palos secos, y luego juntando a manotadas las papas que aparecían y botándolas a los canastos de chusque,[174] y al estar recogidas las que la tierra brotaba por encima, escarbaban el surco con palos de tuno o encenillo,[175] que tenían mucho más de dos cuartas de largo, y volvían a recoger de nuevo, hasta dejar la parte del surco allanada, y pasaban a las matas que se seguían. Casi todas las peonas tenían mangas de tela blanca hasta la muñeca.

Cuando estaban llenos los canastos, se levantaban las dos compañeras de un surco a trasladar las papas de éstos a los costales que se hallaban al pie de los carros.

Entre los trajes de las peonas, algunos sobresalían por el mejor gusto y aseo, y eran infaliblemente los trajes de las peonas bonitas, porque la hermosura se hace distinguir tanto en la capital como en las aldeas. Había muchas personas blancas, y de un blanco perfecto; y había una que otra india, pero ni una sola que tuviese trazas de pertenecer a la raza africana. Un mayordomo vigilaba los trabajos; pero tenía orden de don Alfonso de dejar algo para el rastrojeo,[176] y así era que al terminarse la operación, venían los pobres de las estancias y de la parroquia, y llevaban papas por cargas; de manera que hubo año en que se sacaron de los rastrojos ciento cincuenta cargas de papas.

173 *Boñiga:* estiércol de ganado vacuno o caballar. Bosta.

174 *Chusque:* planta gramínea de mucha altura; es una especie de bambú.

175 *Encenillo:* árbol de 10 mts, tronco de color grisáceo, hojas pequeñas, opuestas, simples; pedúnculos multifloros; flores amarillas. Ramas sinuosas empinadas, copa en forma de pirámide invertida.

176 *Ratrojear:* arrancar el rastrojo; los palos y tallos que quedan de las plantas antes de ser labrado de nuevo.

Don Alfonso estaba a caballo cuando llegó don Demóstenes con la familia. Saludáronse los dos caballeros, y desmontándose de su famoso alazán el hacendado, mandó que lo amarrasen de un palo de la cerca.

Las señoras se dividieron y fueron, unas a coger amapolas silvestres en las orillas de la labranza, y otras a ver coger papas más de cerca. Don Demóstenes y el dueño de la hacienda miraban las operaciones desde alguna distancia.

Después de la vista general de todo el cuadro, presentaremos a nuestro lector la escena de un solo surco. Se habían adelantado dos cogedoras algo más que toda la cuadrilla, y éstas eran muy amigas, según la igualdad con que cogían las matas y según los ademanes con que acompañaban sus conferencias.

Hablaremos de cada una por separado. La una era blanca, de la raza española más pura y la otra india muy bien caracterizada; la blanca tendría 18 años, y siendo de un cuerpo regular, tenía un pie tan chico, tan pulido y tan rosado, que llamaba la atención a Celia y a Felisa, quienes la observaban a diez pasos de distancia. La cara de la peona era muy perfecta, y estaba sonrosada como si llevase colores postizos; el traje era el común de las peonas sabaneras, pero más fino, porque tenía un sombrero bastante grande que parecía nuevo, y cuando se levantaba toda la mantilla de bayeta fina sobre la espalda y se ponía de pie, se descubría su limpia camisa con regulares adornos y un buen pañuelo cobijado, y en estas operaciones se conocían o se calculaban todas las perfecciones de un cuerpo esbelto, muy común, sin embargo, en esas sabaneras robustas que a los cuarenta años de edad se pueden confundir con las muchachas de veinte. Era perteneciente a una de tantas familias que hay en los pueblos del norte y nordeste, en donde se encuentra la belleza del tipo latino tan a la vista como si se caminase por una de las provincias de España. Sin embargo, las gentes que llaman indios a los de estos sitios, sin detenerse a contemplar las facciones y el pelo, y en los hombres la barba; pero nosotros sí nos detendremos a considerar por algunos momentos que algunas de las personas que así clasifican, tienen mucho más determinadas las señales de ser indios o mulatos, a pesar del esmero con que se conserva el cutis en la ociosidad de la corte o de los grandes pueblos. La peona de que hablamos se llamaba Francisca Rubiano, y su compañera Dolores Gacha.

Dolores Gacha era india pura, y cualquiera la hubiera conocido como tal, por su color bronceado, su pelo liso y corto, sus ojos pequeños y tristes y por un rezago de la pronunciación nacional de los muiscas, que todavía se nota en los pueblos de la Sabana. Estas dos amigas conversaban y se reían sin desatender su trabajo; pero Dolores reía menos, porque no era tan bulliciosa como su compañera. Juntas se levantaron a llevar sus canastos, habiéndose dilatado un poco más Francisca en volver, porque Dionisio el carretero parece que la detenía con galanteos. Francisca llegó riéndose al lado de su compañera de surco, y junto con ella redoblaron sus esfuerzos, pronto llegaron al extremo, y cuando el mayordomo estaba lejos, aprovecharon unos minutos para conversar lo que sigue:

—¿Qué tal le parece el cachaco?, dijo Francisca a Dolores.

—¡Bueno!, pero se me pone que está queriendo a una de las señoritas y que ella también lo quiere.

—*¡Horaaa!*

—¿Y qué hay para que no?

—Pero de mi *sia* Celia no saca astilla el cachaco.

—¿Se casarán?

—¿Luego yo que le digo?

—¿Y por qué dice usted que la señorita también lo quiere?

—Porque el amor de las señoras se conoce como el amor de nosotras las pobres.

—Y más, algunas veces; pero los cachacos están muy resabiados para casarse.

Llamaron a comer; todas las peonas sacudiéndose el polvo, y arreglándose los sombreros y mantillas, se salieron a una orilla que estaba tupida de grama, al lado de los cepos de la cerca que guarnecía toda la sementera. Allí estaba un costal con mogollas, la totuma y un zurrón de cuero con chicha; entre el carretero y Francisca repartieron el licor muisca, y el mayordomo repartió las mogollas. Las peonas se habían sentado formando corrillos, girando en contorno sin que dejasen las sabaneras de hacer sus críticas y sus burletas con risa general del amable círculo; además les repartieron unos platos de papas, pues don Alfonso no era hombre que temiese quedar pobre por darles a sus peonas un palito de papas de las mismas que la tierra le brindaba con tanta abundancia.

Las señoras habían visto con atención a Francisca y a Dolores, porque eran las más notables de la peonada y Celia dijo a Felisa:

—¿Qué te parece la indiecita?

—Graciosa, pero muy triste.

—Y más triste se pusiera si llegara a entender que esa tierra que revuelve con las manos era de sus mayores, y que por la conquista de los reyes y la usurpación de los republicanos ha pasado a manos de los blancos.

—¡Pobres indios!

—Y a ti ¿qué te parece la blanca?

—Hermosa y coqueta como ninguna de sus compañeras.

—¿Coqueta?

—¿Y por qué no?, las pobres también coquetean a su modo.

Crisanta había extendido un mantel sobre la plegadera y el paleo de la orilla de un arroyo que bajaba por todos los potreros, en dirección a la casa de la Esmeralda, y también reunió las gentes del corrillo aristocrático para darles *las once*[177], aunque era más de la una.

177 *Las once*: las onces. Refrigerio que se toma por la tarde entre la comida del medio día y la de la tarde.

Consistía la refacción en unos bocadillos, algunos dulces de Bogotá, queso muy bueno de la misma hacienda y mi botellón de leche, que no se sirvió en copas sino en totumas. Fue muy alegre la tertulia de los calzados, porque la relación de lo sucedido con la aventura de las vacas, fue muy fecunda en chistes y carcajadas. Sin embargo, el autor de todo el mal, tenía la mandíbula puesta sobre los brazos extendidos, y puede decirse que comía con los amos en una misma mesa, aunque no con todo el gusto de Crisanta, que creía firmemente que aquello no era sino un acto de mala crianza de Ayacucho, habiendo señoritas en la mesa.

Francisca ofreció a las señoras un plato de papas cocidas y en reciprocidad se le dieron bizcochos, que ella repartió en porciones infinitesimales entre todos los peones, según la cumbre de la Sabana, que es un bello principio de fraternidad.

El ciudadano mayordomo dio la voz de «¡arriba, mujeres!» y todos los corrillos se fueron a colocar en los surcos que les correspondían.

El birlocho[178] había venido por orden de don Alfonso, y las cuatro señoras y don Demóstenes volaron pronto por el llano sin ruido ninguno, dejando escasamente una huella sobre las gramas de que se hallaban alfombrados los potreros. Las vacas fueron ahora las de la sorpresa, porque huían de la carroza, como si hubiesen visto las huellas de un tigre. Ayacucho tuvo que seguir a pie, tal vez por modestia, según lo contemplado que lo tenía su amo; si hubiera hecho alguna manifestación a tiempo, es seguro que lo habría subido al coche para colocarlo de peana[179] de las señoras. Don Alfonso se fue a caballo en su famoso alazán, cuyo movimiento era tan blando como el de la carroza. Crisanta se constituyó en apéndice de las cargas del carro, con poca resistencia del carretero, que era tan comedido con las señoras de su clase, como don Demóstenes con las de la suya.

Así que se desmontaron las señoras, don Demóstenes fue convidado por el patrón de «La esmeralda» a ver lo más curioso de la hacienda y de los contornos de la casa, viendo de paso una docena de peones que harneaban por el método de Dulcinea en el siglo XVI, cuando don Quijote reconvino a Sancho porque había creído que las perlas eran trigo, lo cual hace entender los adelantos de la maquinaria en los países que marchan a la vanguardia; aunque también es cierto que si hubiera máquinas de trillar, los peones no ganarían lo que ganan subsanando los daños del trilladero, apartando del trigo los terrones, los fragmentos del estiércol y las basuras y el polvo; ni tendrían los hacendados carne fresca de yegua para los perros de cacería en cada una de las parvas.[180]

Después vio don Demóstenes en la caballeriza media docena de caballos de lo más hermoso y le dijo don Alfonso cuál era el que montaba cada una de las señoritas.

De allí pasaron a la era,[181] en donde mató don Demóstenes una docena de

178 *Birlocho:* carruaje de cuatro ruedas tirado por caballos.

179 *Peana:* base, apoyo o pie.

180 *Parva:* campo sembrado para trillar.

181 *Era:* terreno donde se trilla.

tórtolas que recogían el trigo segado, como lo hacen las infelices indias de los pueblos de la Sabana.

—Vea usted, le decía don Alfonso al joven bogotano: este trilladero me ha costado más de trescientos pesos, porque los materiales se han trasportado en los carros desde muy lejos y he tenido que renovarlos.

—¿En dónde está el trilladero?, dijo don Demóstenes, mirando para todos partes.

—Éste sobre que estamos parados.

—Yo creía que era un patio cualquiera.

—No señor, es mi trilladero; con ochenta yeguas y nueve peones echo un montón en un día, que me da veinte cargas de trigo, que es todo de harina de torta y de bizcochuelos; no tiene más inconveniente sino el de que, cuando llueve por alguna casualidad, se moja todo el trigo, y el estiércol de las yeguas lo suele dañar, lo que es más común al tiempo de remoler, porque parece que éstas también tienen sus caprichos que no abandonan aun cuando se les ande con la zurriaga.

—¿Y cómo es que no han puesto aquí tantas máquinas como las que yo vi en los Estados Unidos?

—Porque de allí no quieren nuestros prohombres sino las instituciones, que para nosotros no pueden pasar de teoría, pues nuestros pueblos no son de republicanos. Ya usted lo habrá notado que no se dejan gobernar de los hombres de casaca negra.

—Pues yo vi en los Estados Unidos diez máquinas de trillar, en un distrito pequeño.

—Aquí en Bogotá hay diez imprentas, mientras que no hay una sola máquina de trillar en todo el cantón ni en parte ninguna de la Sabana.

—¿Y qué dicen los hacendados que han ido a pasear a Inglaterra, a los Estados Unidos y a París?

—Ellos de lo que nos hablan es del hotel, del teatro y de otros lugares más curiosos pero secretos.

—Me admiro de que ni uno solo de los que han ido haya montado un buen trilladero en que se veinte cargas en un día.

—Pero en los graneros les llevamos ventaja los granadinos. Y si no, ¿dígame ustedes cuanta extensión de enramadas hubieran cabido en los Estados Unidos esos sesenta montones que me darán cerca de mil cargas de trigo?

—Habría necesitado usted de un convento entero.

—Pues vea todo ese trigo al aire libre y sin riesgo de mohosearse; allí se puede estar por tres o cuatro años. Vea usted esos conos de manojos de trigo: tienen diez y seis varas de circunferencia y trece de altura, y las espigas están más libres de mojarse que la caja de la hacienda.

—¿Y no piensa usted en poner una máquina de trillar para no lidiar más con las yeguas y las harneadoras?

—Sí pienso; pero así que otro haya puesto la suya.

A este tiempo se apareció Crisanta por entre los montones a llamar a los dos señores para que fueran a comer, y don Demóstenes le dio las tórtolas que había matado.

La mesa de don Alfonso era selecta en gusto y en abundancia, y no hubo más variación en la comida, que la de un principio nuevo y de un postre, que ordenó la señorita Celia desde antes de irse a la sementera. Don Alfonso tenía buenos vinos, y en este día quiso escoger del mejor para su huésped. La comida estuvo silenciosa: en toda ella no hubo más plática que la de Celia con don Demóstenes, y esta fue en un idioma que no todos entienden; esto es, el de las miradas, que son el lenguaje ordinario del amor.

Como las señoras de la Esmeralda no escondían cuando tenían huéspedes lo que comían en los días comunes de la semana, figuró en la mesa la sustanciosa *mazamorra* de piste,[182] con todos sus adherentes, y unos bollos de mazorca,[183] hechos de mano de doña Natalia, de los que no quedó disgustado el huésped.

Después de la comida se fueron apartando poco a poco las gentes y ya no quedaban en el comedor sino don Demóstenes y su amada, seguramente por distracción. Hablaban un poco bajo; al principio riéndose, y después mirándose con seriedad, y a lo último como aterrados por alguna idea espantosa. Celia se quedó llorando, con el codo en la mesa y la mano en la frente cuando don Demóstenes se levantó a despedirse de la familia, pidiendo órdenes para una parroquia de tierra caliente. Después se pasó la señorita a la baranda de uno de los corredores de flanco que daban vista a una de las huertas, y que tenía una hilera de sauces muy elevados; allí la encontró Felisa y le dijo:

—¿Por qué lloras, Celia?

—Por nada: ¿por qué me lo preguntas?

—Porque te veo los ojos mojados.

—Mira, Felisa, es que he divisado un porvenir horroroso.

—¿Los dos meses de ausencia de Demóstenes? ¡Eso es mucho apurar!

—¡Qué ausencia, ni qué nada! Voy a decirte, pero muy en secreto.

—Ya sabes que yo jamás digo nada, sino a mamá, que es la que debe saberlo todo, porque es nuestra mejor amiga.

—Pero yo deseo que ella no sepa nada hasta que vayamos a Bogotá, que me parece será muy pronto.

—Bueno, mi querida hermana.

—Pues te diré que Demóstenes me ha prohibido una cosa que nunca esperaba.

—¿Qué te ha prohibido?

—Ser católica.

—¿Él? ¿Siendo tolerante por escuela y por opiniones políticas?

—Él, mi querida hermana; me ha vituperado mi sumisión al gobierno teocrático del Pontífice de Roma, explicándose de una manera que no me ha

182 *Piste:* maíz que se pone a agriar o fermentar.

183 *Bollo de mazorca:* masa de maíz cilíndrica que se cuece al vapor o se asa en el horno envuelta en hojas de maíz.

gustado con respecto al matrimonio católico; en fin, me ha prohibido que me confiese.

—No te asustes, mi querida Celia, dijo Felisa, con una prudencia admirable. Estas palabras te han causado impresión por la franqueza con que te ha hablado Demóstenes. Al fin el amor ha de venir a decidir de todo, y también la prudencia, como dice mamá, conservas dignidad para con él; si sigues siendo amada, él cederá de su intolerancia. Y aún te digo más, que cambiará en muchas de sus opiniones.

—¡Pero prohibirme que me confiese!

—¿Y tú no le hiciste alguna prohibición a tu vez?

—No, niña, ¿yo qué le iba a decir?

—¿Cómo no?, cualquier cosa; que no pertenezca a una sociedad, hasta que tú sepas los fundamentos de ella. ¿No sabes que él quiere que se sancione la soberanía de la mujer y que es el radical más decidido que yo conozco por la igualdad social?

—Algunas luces me das con tus palabras; pero el hecho es que mi corazón se halla despedazado. Pienso escribirle una carta muy larga, que te mostraré luego que la tenga en borrador.

Ya casi eran las seis: los sauces gigantescos remedaban figuras de espectros y toda la naturaleza parecía que lloraba la pérdida de la luz, del calor y del movimiento. Celia se había quedado recostada en la baranda y, enjugándose los ojos, dijo a su hermana estas palabras:

¡Qué triste es el campo a esta hora, Felisa!

—Lo mismo que la ciudad, me parece.

—¿No oyes las ranas de la laguna? ¿no sientes los berridos de los terneros? ¿no han herido tus oídos los chillidos de los gansos que venían a buscar la cuadra? ¿no ves todas esas aves que se levantan del pantano por bandadas, en busca del río, lanzando ese fúnebre lamento de guac, guac? ¿No es todo eso para desgarrar el corazón menos sensible?

—¿Y los toques de la oración en Bogotá? ¿y el golpe de las ventanas que se cierran? ¿y la vela atravesando los dilatados corredores? ¿y el lamento de los mendigos que se retiran a botarse en un rincón pestilente? ¿todo esto no es triste, muy triste, cuando estamos en la ciudad?

Las señoritas se retiraron de la baranda del corredor y a poco rato llamó a rezar doña Natalia.

El oratorio era una pieza pequeña, con especie de mesa de estuco,[184] sobre la cual había una imagen de la Virgen de los Dolores en medio de dos grandes candeleros de plata.

Don Alfonso se había quedado sentado en su poltrona en el corredor, porque estaba enfermo, estropeado de los trabajos del día. Entre el murmullo del rosario que se esparcía por los corredores y pasadizos, oía con dulce emoción las voces de sus hijas, que sobresalían entre las demás.

184 *Estuco:* masa hecha con cal y polvo de mármol o con yeso y agua de cola. Se emplean para enlucir paredes o hacer objetos de escultura.

A los dos días se sintió más quebrantado don Alfonso y la familia tuvo que volver a la ciudad. En el mismo día llegaba don Demóstenes a la parroquia, después de pasar una mala noche en Mal–Abrigo, como lo hemos visto en el capítulo primero de esta verídica historia.

Capítulo XIII

Revolución

Era lunes, día muy aciago en las parroquias de tierra caliente. La gente de la casa de Manuela se había trasnochado en el baile, y habiendo quedado el portillo abierto por causa de Ascensión, que fue la última que entró a la madrugada, la marrana grande se había salido sin la horqueta legal, y sabiendo don Tadeo que andaba en el ejido,[185] se aprestó para terminar de una vez una trama que tenía preparada, y dio todas las órdenes del caso.

No tardó mucho tiempo en aparecer corriendo por la mitad de la calle del Caucho, la marrana de seguida por el alcaide y un policía, que le tiraba lazos inútilmente. Resurrección, la entenada[186] de don Tadeo, que estaba echándoles de comer a unos pollitos en la puerta de la calle, azuzó a *Tintero* y a *Papel*, los perros de su padrastro, para que acometiesen a la marrana y la acosaran contra la pared. Ayacucho se puso en movimiento excitado por el alboroto y les acometió a los otros dos perros; pero salió Resurrección a pegar a Ayacucho con el palo de la escoba, y Manuela, que se había levantado del quicio de la puerta de la casa, donde estaba cosiendo, llegó con las tijeras en la mano y quitó el palo a Resurrección, a tiempo que se acercó el policía a tirar lazos para coger a la marrana. José intervino a ese tiempo y echó mano al rejo de enlazar que el policía defendía con todas sus fuerzas, de manera que en un instante se armó un grupo de racionales e irracionales que se batían unos en favor de la marrana y otros en contra de ella.

A todo esto los gruñidos de la marrana y los gritos de Resurrección y los latidos de los perros, y las maldiciones y juramentos de los policías se levantaban en una confusión infernal, y Resurrección y Manuela se habían dado sus cachetadas; Ayacucho y Tintero, sus mordiscos; y José y los dos policías, sus pescozones y patadas. No tardó en aparecer luego la terrible Sinforiana seguida de Cecilia, para aumentar el número de los enemigos de Manuela, que la hubieran vuelto polvo si no se hubieran aparecido Simona y sus dos hermanas; el combate vino a ser tan encarnizado como el encuentro de una galera de argelinos y otra de cristianos.

185 *Ejido*: terreno contiguo a un pueblo, que se destina a eras y en el que pueden estar también los ganados de todos los vecinos. Campo.

186 *Entenado/a:* hijastro/a.

—Manuela le ha pegado a Tintero y me ha quitado la escoba, gritaba Resurrección llorando.

—Por defender mi marrana, que nada les estaba comiendo, respondió Manuela muy enojada.

—¡Por defender el perro del alojado, que te parece que te ha de durar para siempre!, le contestó Sinforiana.

—¡Vieja bruja!, gritó la valiente Simona, podías irte a dar crianza a tus dos hijas, que la niña[187] Manuela no es ninguna...

—¡Anda, demonio de rea!, que no por buena te tuvieron en la reclusión de Guaduas. ¡Rea! ¡rea!

—Vieja consentidora, le gritó Soledad, la hermana de Simona; ¿quién te mete a defender los perros de don Tadeo? ¡Ladrona! ¡sonsacadora!

Simona y Sinforiana estaban agarradas, la última le había mordido un carrillo a su enemiga, y ambas estaban de sangre que no se conocían. Marta había llegado a tiempo que Resurrección le iba a tirar a traición a Manuela, y la derribó por tierra. Doña Patrocinio, estaba horneando unas almojábanas[188] y cuando sintió el alboroto, y conoció la voz de Manuela, salió corriendo con el delantal puesto, y con un pañuelo blanco prendido en la cabeza, que le cubría toda la espalda; se presentó acezando y con la pala de hornear en la mano, y al ver que Sinforiana le iba a tirar a Manuela, le enristró la pala, y la hubiera partido por el pecho si Cecilia no le hubiera cogido el palo; pero Manuela por rescatar la pala le dio un ligero piquete a Cecilia en un dedo de una mano, lo que hizo poner furiosa a Sinforiana; la bulla iba siendo mayor a cada momento, y los gritos y las injurias menudeaban más a proporción que iba creciendo el número de actores y de espectadores.

El sacristán estaba durmiendo, y luego que oyó los gritos y vio que se levantaba el humo de un poco de paja que habían prendido en el solar de don Tadeo, corrió al altozano, cogió los rejos de las tres campanas y se puso a tocar a fuego.

—¡Fuego en la calle del Caucho!, gritaban los que veían el humo.

—¡Corran a apagar, corran a apagar!, decía el sacristán, convidando a los que pasaban.

Todos los que iban llegando al sitio de la novedad se encontraban con el alboroto de una riña general, en la que los combatientes no tenían divisa, aunque se conocían los partidos. Los del partido de don Tadeo, peleaban en favor de Papel y Tintero, los del partido de Manuela comenzaron por defender a la marrana: manuelistas y tadeístas eran griegos y troyanos un aquel día. La calle se obstruyó completamente, llena de partidarios decididos. A lo último llegó el afamado Juan Acero, y entendiendo bien la causa que sostenían los dos policías y la denodada Sinforiana, empezó a distribuir garrotazos entre los manuelistas, hasta dar con el sabanero, que cogió a un descuido el arma fatal; y en esta brega caían y levantaban, no queriendo soltar su garrote el Hércules de la parroquia,

187 *La niña:* tratamiento de respeto que se usa sólo o antepuesto al nombre.

188 *Almojábana:* panecillo hecho al horno con harina de maíz, cuajada o queso.

y resistiendo lo mejor que podía la arremetida del sabanero, al mismo tiempo que los pescozones de los otros combatientes eran bien nutridos y los garrotazos bien dirigidos, de manera que ni el uno ni el otro partido daba señales de ceder; y al mismo tiempo los gritos eran espantosos, pero no se distinguía bien sino la interjección favorita de los que hablan el español, y las injurias de marca mayor.

—¡Vieja langaruta!,[189] gritaba Simona a la valiente Sinforiana, ¡vieja bruja, vieja consentidora, vieja ladrona!

—¡Tinaja con patas!, gritaba Sinforiana a la señora Patrocinio... ¡Vieja estafadora! y daca[190] de rezandera y de amiga de ir a la iglesia a rezar estaciones en cruz.

El señor alcalde no se apareció sino hasta lo último, acompañado del juez primero, del ciudadano Dimas y de unos cuatro tadeístas; y agregado a Juan Acero y a otros de la misma parcialidad, empezó a coger prisioneros para llevarlos a la cárcel. Sin embargo, a José no pudo rendirlo con cuatro, porque éste había quitado el garrote a Juan Acero y les hacía frente teniendo la retaguardia cubierta por la pared de la casa: José estaba enseñado a contrarrestar a número infinitamente mayor. Fue una temeridad que los tadeístas no se atrevieron a ejecutar, la de matar a José para prenderlo, y le propusieron que entregara el garrote y quedase arrestado mientras parecía su patrón, prometiéndole no amarrarlo ni insultarlo.

De este modo quedó triunfante la señora Sinforiana y todo el partido tadeísta. El juez y el alcalde prendieron a Simona y sus hermanas, a José, a Paula, a la manca Estefanía, a *ñor* Dimas, a doña Patrocinio, a su hija y al perro Ayacucho; pero Manuela salió corriendo y a favor de la confusión logró introducirse, sin que la viesen, por el portillo oculto del corral de su casa. En la puerta de la cárcel soltaron a doña Patrocinio con tal de que entregase a Manuela, condenándola en treinta pesos de multa si no la entregaba dentro de cuarenta y ocho horas. A la marrana la llevaron al coso, y a Ayacucho lo destinaron a la cárcel con José Fitatá.

Hubo muchos heridos en esta pelea; a Resurrección la dejaron sin camisa las hermanas de Simona. *Ñor* Dimas salió herido en una oreja, Paula quedó con los ojos negros, Marta perdió mucha parte de su pelo castaño y un rosario de coquito con cruz de oro; pero logró escapar con varias personas de las menos comprometidas. Resurrección decía que había también muertos, alegaba porque Manuela le pagase ocho pollos que habían muerto a pisotones, y cobraba a dos reales por cada uno, cuando no tenían sino cuatro días de nacidos; mas ya tenía testigos para probar que tenían un mes, y que eran ocho, siendo así que no habían sido sino dos.

En la calle tomó el alcalde, antes de enviar los presos, dos garrotes de chicalá[191] y uno de guayacán, una pala de hornear, unas tijeras de costura, dos

---

189 *Langaruto*: muy delgado; larguirucho.

190 *Daca:* expresión antigua por «dame acá» o «dame»; pero aquí significa: «dada».

191 *Chicalá:* nombre de varias especies de árboles de la familia de las bignoniáceas. Crecen hasta 20 mts de alto; sus flores son grandes, acampanadas, muy vistosas, de color rosado, amarillo o blanco. Pierden todas las hojas al iniciarse la época de floración.

palos de escoba y una zurriaga, como armas ofensivas, que debían servir de cuerpo de delito. Se perdieron varias fincas en el conflicto, tales como una sortija de tumbaga de Manuela y las cuentas de su rosario, y una cajetica de lata con siete reales en medios y cuartillos, que doña Patrocinio había llevado en el seno, y eran los trueques de la tienda.

Don Tadeo, autor de todo este trastorno y aun director de él, porque desde su alcoba había estado dando órdenes a los de su cuadrilla, se había contentado con mirar la pelea por la rendija de la ventana, apuntando fielmente las circunstancias en su cartera, porque de aquella pelea se prometía sacar grandísimas ventajas.

No estaban todavía las caras lavadas ni se habían mudado los que había salido rasgados o sucios de la pelea, cuando las causas estaban andando, a tiempo que se rodeaban algunas casas para buscar a los comprometidos. La manzana de la casa de Marta estaba rodeada con el fin de coger a esta íntima amiga de Manuela, que por pelear a su lado le había despedazado la camisa bordada a Resurrección.

El cura y don Demóstenes se habían ido al Botundo ese día; el primero a llevar unos medicamentos a *ñuá* Melchora, y el segundo a buscar pavas. El cura convidaba casi siempre a don Demóstenes a sus paseos, porque gustaba mucho de su compañía. Llegaron a la parroquia, y después de dejar en su casa don Demóstenes a su amable compañero, se fue a su posada muy contento porque había traído muchas aves, plantas y una mariposa de una variedad muy rara, y entró llamando a Manuela para mostrarle una flor.

—Escuche, don Demóstenes, le dijo doña Patrocinio, y sin hablarle otra cosa se puso el dedo sobre la boca.

—¿Manuela?, preguntó el alojado.

—¿No le digo?, le contestó la señora.

—No me ha dicho usted nada, y yo necesito a Manuela.

—Ni la nombre, señor, si no la quiere perjudicar.

—¿Perjudicar?

—¡Sí, señor! ¿Luego usted no ha tenido noticias, de la revolución?

—¿Estalló ya?

—¡Ave María! Una cosa estupenda.

—Esperando estaba yo esa novedad ¿Quiénes habrán muerto?

—Dos pollos de poca importancia ¡Pero señor, qué desgracias las que ha habido, y todo por ese demonio de embozado, que es el autor de todo! La cárcel está llena de presos.

—Explíquese usted. ¿Han venido tropas?

—¡Qué tropas, ni qué diablos!

—¿Entonces...?

—¡No hable recio, por Dios! Sea usted un poco discreto, porque los tiranos están triunfantes.

—¿Cuáles vencieron, pues?

—Los tadeístas; pero porque el juez y el alcalde los auxiliaron, porque, ¡ah gente para ser sostenida! Simona se ha portado como el mejor de los hombres, y José triunfaba de mayor número siempre que lo atacaban.

—Por cada explicación de usted me quedo más confuso: dígame claramente lo que ha habido aquí o en Bogotá, o en ambas partes, y sáqueme de dudas, que ya usted me tiene loco.

—Pero éntrese en la alcoba, porque si nos oyen conversar nos apresan.

—¿Por conversar? ¿Luego el pensamiento y la pluma y la lengua no tienen garantías en todos los países libres, y mucho más en el nuestro desde que se publicó la Constitución de 21 de mayo?[192]

—Aténgase, y diga usted algo contra la ley de la horqueta, o contra don Tadeo, y verá si también va a templar a la cárcel, en donde se hallan presos actualmente su criado y su perro...

—¿Mi perro? ¿Preso mi perro?

—Sí, señor, yo para que le voy a mentir; y a Manuela la tengo escondida porque la quieren meter al cepo, y si me la cogen, ya sabe que hasta Guaduas va a parar, porque todas éstas son tramas de este judío de don Tadeo, que ahora acaba de salir de aquí. *Ñuá* Remigia la mujer del sacristán, me ha impuesto de muchas cosas que yo no sabía, y me ha dicho que la revolución ha sido una trama para coger a Manuela. A mí se me estaba poniendo; pero no creía que este encuevado fuese tan afortunado que todo le saliera tan bien.

—¿Conque la revolución ha sido aquí?

—Sí, señor, en la calle del Caucho; pero eso daba miedo.

—¿Y por qué se comenzó?

—Por la marrana, señor, por la ley de la horqueta y para eso que usted mismo fue el que publicó esa ley.

—¡Pícaros!

—Y ya le digo que su criado y su perro están en la cárcel.

—Pues venga, dígame lo que hay; pero con orden y con claridad.

Cerró la puerta de la sala doña Patrocinio; miró para el patio, luego se entró en la alcoba y, sentada en la cama, comenzó a decir a su alojado todo lo que hubo en la pelea de por la mañana, sin omitir las desvergüenzas y los oprobios que se habían dicho; pero todo en voz baja y temblando, y atisbando no la fueran a oír. Y después que hubo acabado, le dijo don Demóstenes:

—¿Y ese don Tadeo qué casta de pájaro es?

—Es una buena pava, señor don Demóstenes.

—¿Es liberal o conservador?

—Casi no lo puedo decir. Él echa contra los ricos, contra los curas, contra los monopolios, y todos los lunes predica en la calle y en el cabildo en favor de los derechos del pueblo.

—¡Liberal legítimo!

---

192 *La Constitución del 21 de mayo*: fecha en que se firma la Constitución de la República de la Nueva Granada de 1853.

-Y cuando estuvieron las tropas del general Melo en la cabecera del cantón, él les mandó a avisar en que haciendas habían de coger bueyes, y mulas, y pailas de cobre.

—¡Draconiano![193] ¡Partidario del ejército permanente, de la pena de muerte, de las facultades omnímodas del Poder Ejecutivo, del centralismo, de la teocracia a medias y de los códigos fuertes! ¿De dónde salió ese sujeto que ustedes tanto veneran?

—Vino en clase de peón, de los cantones de más allá de la sabana. Al principio trabajó en la hacienda de don Blas, después se vino a vivir a la parroquia y se ocupaba en hacer boletas de *compariendo*.[194]

—¿De comparendo?

—Eso es, de comparendo; y luego comenzó a escribir documentos; y luego a sacar las listas del trabajo personal y de las elecciones, mordiéndoles a los jueces y alcaldes más de lo que valían; y luego se hizo director de los jueces y en este oficio empezó a ganar más plata enredando a los vecinos con alegatos y pleitos; luego se hizo director del cabildo y quedó mandando en todos los asuntos de la parroquia. Pero no paró en eso, sino que se los fue ganando a todos poco a poco, a unos porque lo necesitaban para que los sacase con bien de sus empeños, a otros para que les ayudase a hacer sus picardías, y otros la iban con él por el miedo; de modo que vino a lograr tenerlos a todos bajo de su dominio. Y lo peor es que es el único que entiende y registra la Recopilación Granadina.[195] De modo que hoy el señor don Tadeo entiende en elecciones, cabildos, pleitos, contribuciones y demandas; pero sacando de todo su tajada,[196] y haciendo que le sirvan de balde los que le necesitan; y todavía no es eso sólo, sino que don Tadeo interviene en los testamentos, y en los casamientos, y en las peleas de las familias, y en los bailes, y en las fiestas y en todo. Todo esto se le pudiera aguantar; pero ha de saber el señor don Demóstenes que el mismo partido que tiene entre los hombres, quiere tenerlo entre las muchachas del pueblo; y su empeño es que todas ellas, mayormente las más bonitas, estén sujetas a sus antojos. De unas consigue todo lo que quiere, como de la Cecilia, la hija de la vieja Sinforiana, y lo consigue con su poder y con sus intrigas. A las que lo aborrecen las persigue y las tiraniza para salirse con sus intentos. Y esto último es lo que está sucediendo con Manuela, que ya la tiene aburrida con leyes del cabildo para perseguirle sus animales, y armando peleas en los bailes, desterrándole al novio, poniéndonos sobrenombres a todos los de la casa, y haciendo que nos insulten y nos inquieten las mujeres de su

---

193 *Draconianos:* A mediados del siglo XIX, representaban los aspectos tradicionales del liberalismo, mantenían una actividad económica tradicional que ya había entrado en plena decadencia y se apoyaban en los artesanos, cuyos intereses se veían amenazados por ciertas medidas que tendían a favorecer a los comerciantes. Reclamaban un estado proteccionista bajo un régimen fuertemente centralista.

194 *Comparendo:* comunicación en que se ordena comparecer, presentarse, a alguien.

195 *La Recopilación Granadina:* conjunto de todas las leyes y decretos expedidos por la República; obra publicada en 1845 por Lino de Pombo. Contiene las leyes y los decretos expedidos por el Congreso entre 1821 y 1844.

196 *Sacar tajada:* obtener alguien provecho de una cosa que manejan entre varios.

partido. Para todo esto tiene él testigos falsos, y espías, y brazos secretos, y sabe falsificar todas las letras y las firmas, y sabe hacer y desbaratar los sumarios del modo que le tiene más cuenta, y está al partir de un confite con don Matías Urquijo, que según dicen es el que gobierna la junta *cuatrera*[197] que ha hecho tanto ruido en este cantón.

—¡Un Rodín[198] de parroquia!, exclamó don Demóstenes, un Rodín liberal, porque hay Rodines liberales y conservadores. ¡No está la parroquia mal encabada!

—Un gamonal, es como lo llaman; y para esto que se le metió de suegra la vieja Sinforiana, y ella le ayuda en todo lo que puede, con las dos hijas, que son el puro Patas, porque como dice el dicho: «de tal palo, tal astilla". Como la vieja *Injuriana* no hay un demonio igual ni en los infiernos. ¡La llaman la Víbora porque tiene unos dientes, y una lengua, y unos artificios!... Tiene un salvaje de marido, que lo tiene embobado, pues dicen que de noche lo arropa con su mantilla así que se duerme, y por eso no hace sino lo que ella le manda. Ella contrata destajos de deshierbas o siembras en las haciendas, y los hace trabajar como esclavos, a él y a los hijos y a la hija Pacha, porque la Cecilia corre de cuenta del gamonal. Siempre verá usted que la Víbora se junta con muchachas bonitas, y con ellas se va a visitar a los dueños de tierras a sus trapiches.

—¡La señora Rodín!, dijo don Demóstenes, ¡no está mala la pareja!

—Para que usted vea lo que es la Víbora y lo que es el señor gamonal, le contaré lo que ambos hicieron con la niña Simona.

—Me tiene usted con cuidado con esta gente.

—Pues ha de saber usted que la Víbora saca aguardiente de contrabando en la estancia que tiene en la orilla de la montaña, en tierras de don Leocadio, y que Simona tiene su estancita en la loma de enfrente. Las hermanas de Simona son la niña Soledad y la niña María. Soledad es casada con Juan Aguilera, y como Juan Aguilera toca tiple y lo toca por veinticuatro horas sin descansar, lo tiene catequizado la Víbora para que toque en los gastos, para que se le venda mejor su aguardiente de contrabando, y para más asegurar a Juan Aguilera, le hace campo para que tenga amistad con la hija, y por esto Simona y Soledad y toda la familia se hallan mal con la Víbora, y con mucha razón. El motivo para hacerle campo a don Tadeo la *Injuriana* fue para que le librara de los guardas de la cabecera del cantón su contrabando; pero en un cambio de guardas fueron éstos y dieron con el saque de aguardiente de la Víbora, y le llevaron su paila, sus botellas, vasos, platos y pozuelos. La Víbora creyó que había sido denuncio de Simona y sus hermanas, y juró que las había de echar a la reclusión de Guaduas. Ella confiaba en sus dos hijas bonitas, en don Tadeo y en su crédito para con los hacendados, por los destajos que tenía contratados.

—¿Y las leyes y la constitución del 21 de mayo?, le preguntó don Demóstenes a su interlocutora.

197 *Cuatrero:* se aplica al ladrón de animales.

198 *Rodín:* personaje creado por Donatien Alphonse François de Sade, el Marqués de Sade, para su novela *Justine* (1791).

—Ahora verá usted para lo que sirven las leyes y la Constitución, le dijo la señora Patrocinio. Juan le metió cincuenta azotes a su esposa Soledad, amarrada de un palo de la montaña: y para vengarse de Simona y su hermana, la Víbora armó una pelea de lunes en un gasto a la salida de una estancia. Las provocó hasta que le tiró Simona un puñetazo, y luego armó el alboroto la Víbora y acudieron las hijas, y el bruto de *ñor* Pascasio con sus hijos, y a la defensa de Simona salieron su padre y su hermana menor, llamada María. La Víbora se hizo echar sangre, les untó las camisas a todas las mujeres beligerantes y formó un depósito en el camino, de unas cuatro pulgadas de ancho. Simona y María salieron con los ojos negros y muy aporreadas. Puso su queja la Víbora. Les siguieron la causa a las Paeces, la elevaron al juez del circuito, y en menos de dos meses marcharon con una escolta las Paeces para Guaduas[199] y *ñor* Daniel, el padre, para el presidio.

—¿Y por qué a las Paeces?, exclamó don Demóstenes.

—Porque así lo quiso la Víbora, y así lo permitieron las leyes y la Constitución, señor don Demóstenes. Cinco meses duraron las Paeces aprendiendo a hacer tabacos tapados, encerradas entre rejas de hierro y portones terribles, llorando y gimiendo, y sufriendo azotes y baño a la madrugada, y comiendo mal y a deshoras, hasta que volvieron a los seis meses, hechas una miseria, a encontrar la casa caída y envueltos los escombros en los bejucos de batatillo, que se apoderan de todo. El viejito Daniel murió en el presidio de Tena, y éste fue el resultado de la persecución de la Víbora. Ahora, dígame usted, qué le ha parecido el señor don Tadeo.

—Sólo por decirlo usted puedo creer que una parroquia esté gobernada de esta suerte, en una república verdadera como la nuestra.

—Ya lo irá conociendo usted por la experiencia. ¡Pobre de Manuelita, que si la cogen va a dar al cepo,[200] y a poquitos días a la reclusión!

—No lo crea usted; que yo la libraré de la persecución de ese tirano vil y depravado; pero es menester que yo me vea con Manuela.

—Ella no se deja ver, señor don Demóstenes.

—Es preciso.

—No sé cómo hagamos; porque me dijo que a nadie le dijera su paradero.

—¿Y qué hacemos?

—Hagamos una. Váyase usted al cabildo a ver cómo anda la causa que están escribiendo, y mientras eso yo voy a donde se halla escondida, y le tomo su parecer.

—Me parece muy acertado, dijo don Demóstenes, y se fue al cabildo, en donde encontró al juez 1° y saludándole con la debida atención, le dijo:

—Señor Juez, vengo a ver por qué está preso mi criado en esta cárcel.

—Porque se opuso al cumplimiento de la ley.

---

199 *Guaduas*: población de Cundinamarca, localizada a 126 kms de Bogotá. En el siglo XIX, el convento franciscano existente en Guaduas fue clausurado y convertido en casa de reclusión Nacional, creada por decreto de 27 de junio de 1844 del Presidente Herrán.

200 *Cepo:* cualquier artefacto con que se sujetan los pies de los presos para que no puedan escapar.

—¿Y mi perro?
—Por la misma causa.
—¿Conque se han opuesto al cumplimiento de la ley?
—Sí, mi caballero: iban hoy los policías a llevar la marrana al coso, porque no tenía la horqueta de la ley, y han salido a defenderla su criado José, su perro y sus caseras, han armado una revolución, han estropeado a la señora Sinforiana y a la niña Cecilia, y han cometido muchos crímenes contra todos los amigos de la ley y del gobierno de la parroquia. Y si no, ahí está la sumaria que lo reza.
—¿Y pudiera yo ver la sumaria?
—La ley no deja, señor caballero.
—Lo siento, porque como tengo ganas de comprar una hacienda aquí, me gustaría saber cómo son las sumarias de esta parroquia.
—¿Y a cuál le tiene echada el ojo, mi caballero?
—Todavía no sé; pero será a la que tenga menos arrendatarios, a causa de que pienso rebajarles las obligaciones y la paga; porque yo soy muy amigo de proteger a los pobres.
—Compre su merced el Purgatorio.
—Tal vez.
—Es la tierra más legítima que hay para las cañas; tanto, que una mula no alcanza a llevar al trapiche todas las cañas que se cortan de una mata, porque parecen guaduas, y por lo que es las yucas, con una hay para la comida de una familia, y todavía sobra. Y yo el empeño que tengo es de agrandarle a mi estancita, porque el *agüelo* don Eloy me la tiene enteramente recortada y yo me contentaré conque me la deslinden del guamo[201] de micos al guamo cansa-muela, y de la mata de fique a la mata de chitato,[202] y de allí a la mata de payandé.
—Sería muy justo.
—¿Y es de veras que su merced quiere divertirse con la sumaria de la revolución?
—Si la ley me permitiera...
—Pero había de ser pronto, pues el señor director, el alcalde y el mozo que le ayuda a escribir se fueron a comer, porque desde las nueve no han descansado de escribir; y ya no falta sino que venga a oír su declaración uno de los testigos que se había ido a la cabecera del cantón desde ayer, y no parece.
La sumaria está guardada en el archivo, mientras que vuelven. Bien puede su merced mirarla, que por eso no tendremos novedad; pero que no lo sepa mi director porque eso sería mi perdición.
—¿Cuál es la pieza del archivo, señor juez?
—Esa caja de cedro, y la llave la tengo yo.

201 *Guamo:* árbol de la familia de las mimosáceas; alcanza hasta 10 mts de altura, su copa es amplia y tiene flores blancas de estambres largos y numerosos.

202 *Chitato o chitató:* árbol de la familia de las eleocapáceas; alcanza hasta 8 mts de altura. La copa es abierta y extendida; flores pequeñas blancas de cinco pétalos y numerosos estambres amarillos; fruto comestible de forma ovoide y de color rojo.

Abrió el señor juez una caja muy grande que estaba llena de legajos de papeles atados con cintas de calceta[203] de plátano, y comenzó a buscar don Demóstenes, haciendo de pasada algunas observaciones.

—¿Por qué están sin romper todavía los sellos de los Repertorios y las Gacetas que vienen de la gobernación?

—Porque hay veces que no hay aquí ningún juez ni alcalde que pueda leer los papeles del *gubernamiento* sino mi director, y él dice que esas cosas las sabe de memoria.

—¿Por qué se halla en este archivo el cuaderno sobre el cólera?[204] Esto pertenece a la junta de salubridad. Ni tampoco es aquí el lugar de esta pastoral del reverendo Arzobispo Mosquera.[205] Bastante hemos trabajado los liberales[206] para que no haya patronato[207] ni concordatos,[208] y para que la Iglesia y el Estado queden separados para siempre. Que la Iglesia se avenga como pueda. Entréguele usted ese documento al señor cura. ¿Y qué significan estos terrones aquí metidos?

—Es el comején, mi amo, que toma posesión de todo lo que está quieto.

—¿Dónde le parece a usted que esté la sumaria de la revolución?

—En la otra esquina, me parece.

—«Remedios eficaces para el coto», dijo don Demóstenes, y continuó con sus observaciones a la ligera. Este remedio no sirve, o se ha quedado sin leer como las gacetas, porque la mitad de los parroquianos son cotudos sin exceptuar al señor juez. ¡Un ratón! ¡Señor juez, échele mano!

—Se fue por un *uraco*,[209] dijo el juez. Ya los ratones no dejan aquí cosa que no roan. Los presos se quejan de que no los dejan dormir. El cabildo ha aprobado una contrata en que don Tadeo se obliga a mantener un gato aquí, pagándole doce reales semanales.

---

203 *Calceta de plátano:* tallo herbáceo sin hojas que sostiene las flores y el fruto del plátano.

204 *El cólera:* en 1849 se desató una epidemia de cólera, que dejó en tres meses más de 20.000 muertos entre la costa atlántica y el valle del río Magdalena, por lo cual el gobierno emitió en agosto de ese año un cuaderno sobre la enfermedad y la algunas prescripciones para su cuidado en un cuadernillo de 56 páginas titulado: «Breve disertación sobre el cólera asiático».

205 *Manuel José Mosquera*: (1800–1853). Fue hermano del general Tomás Cipriano y del presidente Joaquín Mosquera. Rector de la Universidad del Cauca desde 1829; nombrado Arzobispo de Bogotá en 1834 por el Congreso de Nueva Granada.

206 *Liberales:* los liberales gólgotas plantearon la necesidad de la separación total de la Iglesia y el Estado.

207 *Patronato*: el Patronato Real: prerrogativas otorgadas por el Papa a los reyes de España en lo referente a nombramientos de obispos y clérigos; tributos, y erección y demarcación de diócesis y parroquias. Así los religiosos eran funcionarios del poder real. // Patronato Republicano: en 1824, se traspasó al gobierno civil de la Nueva Granada los poderes de las autoridades españolas; el Estado elegía a los clérigos para los cargos, quedando Iglesia y Estado en estrecha relación. En junio de 1853, el gobierno liberal de José María Obando decretó la separación de la Iglesia y el Estado, aboliendo definitivamente los rezagos que quedaban del Patronato (véase: González González 1997, 130–140).

208 *Concordato:* como reacción a la ley de 1853 de separación entre Iglesia y Estado, el Arzobispo Mosquera mueve a los obispos para condenar la ley y pedir un Concordato (tratado entre el Estado y la Iglesia romana) (véase: González González 1997, 156–165).

209 *Huraco:* agujero.

—Así son todas las contratas con el Gobierno, es decir, con el pueblo, porque el pueblo es el Gobierno. Aquí hay papeles frescos, agregó don Demóstenes y leyó: «Causa criminal contra Blas Jiménez por hurto y estropeos y violencias ejecutadas en personas de su hacienda». «Causa seguida a Manuela Valdivia por vivir en mal estado con José Fitatá».

—¿Topó, mi amo don Demóstenes?, le preguntó el señor juez, parado en la puerta, con cuidado de que el director no viniese a sorprender las operaciones.

—No, señor juez; pero estoy viendo cosas muy curiosas por aquí, más curiosas que la pastoral y los remedios para el coto. Aquí estaba la sumaria escondida en el asiento.

—Pues léala su merced; pero aprisita, no vaya el diablo a traernos al director antes de tiempo. Don Demóstenes leyó:

> «Causa general seguida a los reos de conspiración contra la ley del 18 de mayo, y contra las autoridades de la parroquia».
>
> Se puso a revisar el interesado, y vio el encabezamiento de toda la sumaria, las confesiones de los acusados, los reconocimientos de las heridas, y deteniéndose en una foja del expediente, leyó una de las cinco declaraciones, que decía así:
>
> «En esta parroquia de... a 11 del mes de junio del año de 1856, yo el juez 1° parroquial, hice comparecer a... ante mi despacho, y después de haberle leído el artículo..., de la ley de la Recopilación Granadina, dijo ser mayor de 25 años, casado según la Iglesia, arrendatario de las tierras del señor don Matías Urquijo, y cazador de profesión; y habiéndole preguntado:
>
> 1° Si le consta que en la mañana de este mismo día 11 hubo una revolución en la calle del Caucho, hecha por los manuelistas, por defender la marrana de Manuela Valdivia, de que no fuese apresada, y por resistirse al cumplimiento de la ley del 18 de mayo, y a todo el Gobierno de la Parroquia y de la República; y dijo que le consta.
>
> 2° Si le consta que Manuela Valdivia le cortó un dedo a Cecilia; y dijo que le consta.
>
> 3° Si le consta que Manuela Valdivia peleó contra los policías y los comisarios en la calle del Caucho, en el motín que se levantó contra las autoridades y contra la ley de 18 de mayo; y dijo que le consta.
>
> 4° Si le consta que en uno de los bailes hubo una pelea entre los comisarios y un sabanero llamado José Fitatá, criado de un señor Demóstenes Bermúdez, originada por querer bailar el expresado sabanero únicamente con Manuela Valdivia; si no es cierto que José y Manuela viven bajo un mismo techo, y que en ausencia de don Demóstenes se la pasan conversando juntos en la cocina, y en ocasiones cuando la moza Marta va a la casa de Manuela y don De-

> móstenes Bermúdez está ausente, José Fitatá las mece en la hamaca del expresado don Demóstenes hasta hacerles tocar las vigas con los pies; y dijo que le consta.
>
> Y leída que le fue su declaración se ratifica en el juramento que tiene hecho, por ser verdad todo lo que tiene expuesto, y no firma por no saber, y lo hace a ruego por él el señor Matías Urquijo».

Vio don Demóstenes que había cinco declaraciones por este tenor, tan iguales todas que no discrepaban ni en una coma; vio que en la causa general estaban acusadas todas las personas del partido de Manuela que habían funcionado en la gran pelea, y volviendo a poner todo como estaba en la caja del archivo, pidió licencia para ver a los presos, y el señor juez le abrió la cárcel de hombres, en cuyo lóbrego recinto alcanzó a ver que relumbraban los ojos de Ayacucho, el cual saludó a su amo con un triste lamento.

—¡Oh mi fiel compañero!, le contestó don Demóstenes, ¿usted también de conspirador contra la ley del 18 de mayo? ¡No me lo hubiera yo figurado!

—Y yo también, mi patrón, dijo José, por la marrana de la niña Manuela y por defender a mi compañero Ayacucho. Pero tengo esperanzas de que su merced no me ha de dejar pasar la noche en esta prisión de Satanás. Las pulgas y los chiribicos me tienen ya casi seco, y colgado de una pata en este cepo tan alto; y una sed que ya no puedo más.

—Quién sabe cómo será la salida, porque estás encausado por andar en malos pasos con Manuela.

—¿Yo, mi amo?

—¡Ni me lo he soñado!

—Los testigos declaran que te la pasas jugando y conversando con Manuela cuando yo no estoy en la casa.

—Eso es porque la niña Manuela me mira con cariño por atención a su merced, y lo mismo hace con Ayacucho.

—La salida es de un muisca; sin embargo, yo querría que te portases un poco mejor cuando yo estoy ausente. Haré todo la posible porque salgas hoy.

—¿Y yo, mi amo don Demóstenes?, dijo el ciudadano Dimas, que estaba en el mismo cepo.

—Todos saldrán muy pronto, me parece. ¿Conque usted también?.....

—Y lo que siento son las maticas; porque esa atolondrada de Pía, cuando yo no estoy por ahí cerca, ni grita, ni apedrea como debe ser, y les hace alto a las guacamayas por atender a lo que no le importa, y si ha caído venado en la trampa, ahí se lo comerán las gualas,[210] porque Melchora no puede ir hasta allá; o quién sabe si mi compadre le suelta la gata. Haga su merced todo empeño a ver si nos aflojan, que yo por lo que es mi parte les puedo dar mi juramento de no volverme a meter en otra.

Don Demóstenes logró sacar a su perro de la cárcel de hombres y pasó a la de las mujeres. Estaba un poco más obscura la pieza, porque no entraba

---

210 *Guala:* especie de gallinazo de cabeza roja y amarilla.

sino muy poca luz por la reja de gruesos travesaños de diomate.[211] El piso era de polvo y basura, y las paredes tenían el color negro de la mezcla y de mil rayas hechas con carbón por algunas de las víctimas del poder. En la pieza estaba el cepo, un poco más pequeño que el de los varones, y por cierto que no estaba desocupado. El olor de aquel calabozo era detestable, porque la falta de aseo y de ventilación conservaban los miasmas de la putrefacción para mayor tormento del sexo débil. Don Demóstenes se quedó aterrado, casi ahogado, y cuando se le aclaró un poco la prisión, vio a la manca Estefanía sentada en uno de los extremos del cepo.

—¿Es posible?, exclamó don Demóstenes. ¡La madre de la hermosa y hospitalaria Rosa! ¿Y por qué la han puesto presa a usted?

—Porque me metí a espantar los perros de don Tadeo, para que no mordieran la marrana de la niña Manuela.

—¿Sólo por eso? ¡Oh constitución! ¡Oh leyes de mi patria! ¡Oh libertad, oh principios!

—El que nos ha conversado de libertad en esta parroquia es el autor de todo esto.

—¿Y tú también, Paula, encantadora Paula? ¡En un calabozo más detestable que los de la inquisición de Sevilla! ¡Esto es insoportable, esto es increíble! Aquello era en los siglos medios, y dirigido por las inspiraciones de los fanáticos más inicuos y detestables; ¡pero que haya hoy cárceles hediondas y obscuras para sepultar en ellas a las señoras del pueblo, por una pelea de la calle! ¡Seguir hoy una causa, por la que irá una docena de víctimas a gemir a la reclusión de Guaduas! ¡esto es inaudito! ¡Y todo esto a doce o catorce leguas de la capital de la República; y todo esto cuando los pueblos han comprado con su dinero y su sangre una constitución para vivir sosegados y respetados!

—¡Oh! ¡quién creyera que en el siglo XIX habíamos de ver Torquemadas[212] y...

—Yo también estoy aquí, dijo Paula llorando y estoy solamente porque no hago caso de los cariños de don Tadeo.

—¡No más, Paula!, no me digas más, que bastante horrorizado me tienen los crímenes y las tenebrosas maquinaciones de un intrigante que se titula liberal y es el monstruo más detestable de todos los tiranos del mundo.

—Pero vea como me libra de ir a Guaduas, que yo le serviré y le quedaré agradecida.

—¡Eso no, Paula! Yo no soy de los que se valen de la ocasión para obtener servicios obligados. Yo no soy de los jesuitas de casaca o de sotana, conservadores o liberales, que dejan la estaca proverbial por un ligero servicio en las circunstancias apuradas de la vida. Eso se queda para los intrigantes de alcoba, de mostrador o de oficina, que adquieren derecho a los servicios ajenos por

211 *Diomate:* árbol de la familia de las anarcadiáceas de hasta 15 mts de altura; exuda una sustancia resinosa, con fragancia a mango; copa globosa; flor de color verde amarillento. Crece en climas templados y cálidos.

212 *Tomás de Torquemada*: (1420–1498). Artífice del «Edicto de Granada» que proscribió en 1492 a los judíos de España. Fue Inquisidor general de Castilla y Aragón.

precios que no son los corrientes en todas las transacciones comerciales de la sociedad decente. Yo voy a trabajar para libertar la parroquia del monarca que la oprime, y no exigiré recompensa alguna.

—¡Ojalá!, dijo Simona, que estaba tendida en el suelo y con un pie metido en el cepo; porque ir a aprender a hacer tabacos tapados en la ciudad de Guaduas no es cualquier cosa, y maldito lo que sirven las tales tapas, que es lo primero que *truezan* con los dientes los que se fuman los tabacos.

—Pues, ¡adiós!, dijo don Demóstenes, y fe en el porvenir, que mañana serán todas libres.

Cuando salió don Demóstenes, se encontró con el alcalde en el corredor del cabildo y le suplicó que soltase a todos esos infelices, prometiéndole que luego que la causa estuviese terminada, ellos volverían si los llamaban.

—Todos se van a soltar, dijo el ciudadano alcalde, menos el viejo Dimas; porque ese es un zorro que, cogiendo la montaña, no vuelve a caer en mis manos, ni aunque le pongamos trampa de lazo.

—Yo le buscaré un fiador a satisfacción del señor alcalde. No hay para qué tiranizar el pueblo con las leyes hechas por el pueblo. Las leyes lo único que deben hacer es prevenir los delitos.

—Sí señor, dijo el alcalde: y la igualdad y la libertad para todos los ciudadanos.

Al decir esto, apareció un piquete armado de tres lanzas, dos garrotes y una carabina sin llave, trayendo dos jóvenes amarrados con lazos de fique. El uno era negro, pero bien configurado y bastante robusto; el otro era moreno, como de veinte años de edad, y de semblante humilde. Eran desconocidos ambos para don Demóstenes; pero su corazón humanitario se movió a compasión y preguntó al alcalde:

—¿Qué crimen han cometido esos jóvenes?

—Son reclutas, señor.

—¿Y por qué los llevan así amarrados contra todo el sentido de la Constitución de 21 de mayo, que garantiza la libertad de los brazos?

—Porque si se les afloja, se van al monte; el gobierno ha pedido los reemplazos y estos dos perillanes son los más aparentes.

El alcalde le dijo a un hombre que había llegado, que le pusiese el oficio de remisión, y cuando la manca Estefanía oyó el nombre de Julián, dio un grito desde el fondo del calabozo, diciendo:

—¡Mi hijo! ¡mi Julián!

—Yo soy, señora madre, que me llevan para soldado, porque me hallé en la pelea de esta mañana; pusieron guardias en el camino y me cogieron a traición.

—¡A traición! ¡con alevosía! ¡con infamia!, don Demóstenes; ¡pobres ciudadanos los de esta parroquia!

—¡Pobre de mi hijo, que me lo quitan para que vaya a morir en las guerras de los hermanos contra los hermanos! ¡pobre de mi hija Rosa cuando lo sepa! ¡Señor don Demóstenes, por el amor de Dios, empéñese para que no se lleven a mi hijo!

—No hay empeños que valgan, dijo el alcalde.

—Sáquenme de esta cárcel para decirle adiós, para verlo por la última vez de mi vida.

El alcalde concedió la licencia, a tiempo que los conductores tiraban de los lazos a los ciudadanos granadinos para que marchasen.

—¡Hijo querido, le dijo Estefanía al servidor de la patria, quién sabe si no volveremos a vernos! Lleve mi bendición y no vaya a valerse de las armas para ultrajar a sus iguales. ¡Adiós, querido Julián!

Julián no contestó, sino que recibió la bendición arrodillado y le dio la mano a su querida madre, pero no el abrazo, porque lo llevaban atado de los lagartos con los codos atrás; las lágrimas y gemidos no lo dejaron articular ni una sola palabra. Don Demóstenes también lloró, lamentándose de la suerte de una madre tan desdichada como Estefanía y la de una patria no menos infeliz; pero los esbirros[213] se reían de la escena como de un sainete. Un peso fuerte dio de limosna el caballero al hermano de Rosa. Luego se fue a comer y a dar cuenta de su comisión.

—¿Qué vio, don Demóstenes?, le preguntó la señora Patrocinio a su huésped.

—¡Horrores, doña Patrocinio! ¡prisiones, calabozos, intrigas y maldades! No me figuraba yo que en la parroquia hubiese misterios tan temibles y tan horrorosos.

—Pues así hay muchas parroquias, don Demóstenes; porque no falta un gamonal desapiadado, que se aproveche de la ignorancia y de la indiferencia y tal vez de las divisiones de pueblo, para apoderarse de todo el gobierno y de todos los intereses.

—La causa de Manuela está endemoniada, y tan bien hecha, que me costará mucho trabajo echarla por tierra; pero voy a acusar al monarca.

—Pues ándese con cuidado, porque él juega con usted como con un trompo.

—Ríase de eso, doña Patrocinio.

—Pues ya verá.

Pachita y Ascensión sirvieron la comida a don Demóstenes. Doña Patrocinio comunicó al defensor de Manuela, que hasta el día siguiente no podría verla porque había muchos espías alrededor de la casa, y era seguro que cualquier paso que diera sería visto y contado por ellos.

---

213 *Esbirro:* en sentido figurado, se aplica a las personas que sirven a otra que les paga para ejecutar violencias o desafueros ordenados por ella.

Capítulo XIV

Lo que puede el amor

Don Demóstenes se acostó en su cama sin desnudarse y a obscuras, porque Pachita, que funcionaba en lugar de Manuela, no se había acordado de ponerle vela, a causa del tumulto que toda la casa estaba experimentando por la revolución. Seguramente estaba acordándose de la víctima del zarzo, cuando oyó una voz delicada que lo llamaba por su nombre.

—¡Don Demóstenes, don Demóstenes!

—¿Quién es? contestó, aplicando el oído.

—Soy yo, dijo la voz. Don Demóstenes se levantó, y dirigiéndose a la puerta volvió a preguntar:

—¿Quién?

—Soy Manuela.

—¿Manuela?

—Soy Manuela, ¿no le digo?

—¿Pero en dónde hablas, que no lo entiendo? ¿o es que sueño seguramente?

—Estoy aquí, aquí, don Demóstenes.

—¿En dónde, Manuela?

—Aquí en la puertecita del zarzo, pero no hable recio porque nos sienten. Bájeme de aquí, porque los policías van a rondar el entechado.

Don Demóstenes cogió a tientas los fósforos, que estaban sobre la única silla que había en su cuarto, y encendió la vela. ¡Qué imagen tan bella, pero tan lastimosa se presentó a su vista! Manuela triste y abatida y cubierta toda de polvo, asomándose por la puertecita disimulada del zarzo.

—Y bien, le dijo don Demóstenes lleno de temor, ¿qué es lo que quieres?

—Que me ayude a bajar, porque los policías me vienen siguiendo los pasos; pero pronto porque me cogen.

Arrimó don Demóstenes la mesa al rincón que estaba debajo del agujero y trepando sobre ella, extendidos brazos para recibir a su amada casera.

—Con mucho cuidado, dijo ella, porque ya sabe que soy cosquillosa. Y se fue dejando resbalar para que la cogiese don Demóstenes. La puso el caballero sobre la mesa con mucho cuidado, y bajándose de un salto, la volvió a recibir para dejarla en el suelo.

A este tiempo se sintió ruido de armas en la sala, y prendiendo un pañuelo de seda en la baqueta de su escopeta lo puso en la puerta de su cuarto a guisa de bandera, y tomando el *revólver* en la mano, se paró afuera y gritó:

—¡Señores! Yo soy el cónsul de Hesse–Cassel,[214] y si alguno se atreve a insultar la bandera de esta nación, yo daré cuanta legalizada, y pronto vendrá una escuadra que echará por tierra toda la parroquia a cañonazos y cobrará tres o cuatro millones de pesos fuertes por los gastos de la guerra. Ahora digo más: esta pistola tiene cinco tiros, de manera que es más que probable que caigan muertos los cinco primeros patanes que se me presenten.

La gente se salió en un profundo silencio, y cuando don Tadeo fue informado, se rindió a la ley de la necesidad, aunque les dijo a todos que él nunca había oído nombrar esa nación.

Don Demóstenes brindó la cama por asiento a Manuela, después que trancó la puerta; se sentó en la silla, y contemplando a la víctima con una mirada profunda, le dijo:

—No me figuraba yo hasta qué punto alcanzaría la maldad de don Tadeo.

—Y lo que falta por ver, contestó la proscrita del zarzo. Ya verá usted las desgracias que vamos a ver en esta parroquia: prisiones, multas, destierro, incendios y muerte; y todo porque no he tenido la condescendencia de querer a don Tadeo. Usted me verá perseguida a fuego y sangre, y acuérdese de todo lo que le digo.

—¿Qué sería de la justicia, de la libertad, de la seguridad, si tal sucediese? ¡Oh Manuela!, no desconfíes de la Constitución y de las leyes, no desconfíes de los principios. Acuérdate del juramento que te hice de defender tu causa. Una feliz casualidad me hizo conocerte. Al principio me sedujeron tus encantos: llegué a pensar que dominaría tu débil voluntad porque te vi tolerante y cariñosa; pero al desengaño de mi orgullo se ha seguido la más alta estimación hacia ti. Hoy te respeto como a una señora y vivo agradecido de tus beneficios y de tus consejos y avisos. Yo haré todo lo posible por librarte de los males que te afligen.

—Yo le agradezco todas sus bondades, contestó Manuela; y es la verdad que de usted es de quien espero algún alivio para mi suerte. Yo sufro mucho y temo mucho un fin desgraciado, porque conozco lo depravado de don Tadeo, y lo inmoral de toda la gente de su pandilla. Corro mucho riesgo de ir a la reclusión de Guaduas, si logran cogerme los policías. Yo sé todo lo que me odian Cecilia y la madre, que son las mujeres más perversas de todo el mundo.

—No temas que te saquen de aquí salvo que me descuarticen primero. Estos miserables no se burlarán nunca de mí.

—No lo crea, don Demóstenes. Es que usted no sabe lo que es esta gente.

214 *Hesse–Kassel:* antiguo Estado independiente en lo que actualmente es Alemania.

Al verlos cree usted que son unos infelices, y les admite, y tal vez les agradece sus adulaciones; pero a sus espaldas se ríen de usted, porque son cavilosos y astutos para llevar adelante sus venganzas por debajo de cuerda. Yo lo que pienso es irme a esconder a la montaña, a la casa de mi comadre Pía, mientras que usted hace llevar a la cárcel a mi perseguidor.

—¡Imposible, estando la parroquia alborotada como está!

—Me voy disfrazada, dijo Manuela, y esto tiene que ser en el momento porque si me ponen la mano, ya sabe...

Al decir esto, se sintió un ligero ruido de pasos en el zarzo; Manuela dijo que eran los policías y corrió a esconderse detrás del ropero.

No tardó don Demóstenes en ver unos pies calzados con alpargatas asomando por la puertecilla del zarzo y en seguida todo el cuerpo de un hombre desconocido, que se deslizó hasta dar con el suelo y luego se vino acercando a la cama.

—¿Qué busca usted en este cuarto que es inviolable?, preguntó don Demóstenes al aparecido, cogiendo la pistola en la mano.

—Busco a Manuela, contestó el desconocido.

—¡Esbirro miserable! ¿Cómo te atreves a perseguir a esta pobre criatura, estando asilada bajo un pabellón extranjero?

—Envuelta en el pabellón cargaré con ella.

—¿Y la escuadra que vendrá a vengar el agravio?

—Esa llegará demasiado tarde.

—¿Y la fuerza de mi brazo?

—La probaremos.

—¡Malvado!, tendrás el castigo que mereces. No saldrá Manuela de esta casa, sin que los tiranos me dejen hecho trizas. ¡Ella no quiere salir, sobre todo!

—¿Es decir que le pertenece a usted?

—Que está amparada y favorecida por mí.

—Entonces es la mujer más vil.

—Es la más digna de respeto, y márchate de mi presencia, esbirro miserable, antes de que te levante la tapa de los sesos.

—Me la llevaré por encima de usted, dijo el aparecido desenvainando su cuchillo.

—Pues lo verás, dijo don Demóstenes montando la pistola.

—¡No, por Dios, que es mi novio!, gritó Manuela, botándose sobre don Demóstenes y cogiéndole la mano para que no disparase.

—¿Él?, dijo don Demóstenes, y botó la pistola sobre la mesa.

—Sí, dijo Manuela; no lo veía hacía mucho tiempo, y me alegro de verlo en estas circunstancias. Y lo abrazó con un cariño indecible.

—Yo lo tuve a usted por uno de los policías de la parroquia, dijo don Demóstenes, porque no lo había visto sino una vez, y de noche, y ahora me alegro infinito de conocerlo y de ponerme a sus órdenes. Dispénseme usted la equivocación, y vea en qué puedo servirle... Lo que no me ha parecido muy en el orden ha sido el modo de entrar a mi alcoba, así, por sorpresa.

—Dispénseme, señor don Demóstenes, porque yo ¿qué iba a hacer? Figúrese usted que llegué hoy de Ambalema, en oculto, por supuesto, temiendo que me echase garra el gamonal, y luego que se hizo noche, traté de acercarme a esta casa, informado por las relaciones de *ñor* Tiburcio, de que Manuela estaba escondida en el zarzo, y como yo tengo conocimiento práctico de todo el zarzo, desde que estuve trabajando en los entechados, que fue cuando nos tratamos con esta niña, me vine por el arrabal[215] y me entré por el portillo del corral, que conozco como la puerta de mi casa; subí al entechado, y como no la hallé en el primer cuerpo, la busqué más adelante, y oyendo el murmullo de las palabras, me adelanté hasta llegar a la puertecita; y luego que oí conversar abajo, conocí la voz de Manuelita, me acerqué al *uraco* y lleno de contento, me bajé sin reparar en nada. Es muy cierto que yo lo he tratado a usted con un poco de mala crianza, porque me pareció que usted defendía a Manuela como cosa propia, negándome a mí el derecho. Tuve celos, señor don Demóstenes, porque el pensamiento es muy ligero, y usted debe juzgarlo por lo que le haya pasado en iguales casos. Y esto de hallarse esta niña aquí metida en su cuarto de usted y conversando tan a solas...

—Entre Manuela y yo no existen relaciones amorosas. Yo reconozco todo su mérito; la admiro, la aprecio como es debido, pero cosa de amores, ni pensarlo siquiera.

—Sería una crueldad quererla apartar de mi cariño, cuando estoy desterrado y pasando trabajos que sólo Dios sabe, por quererme casar con ella. ¡Y que la quiero como a las niñas de mis ojos, señor de mi alma!

—Yo me alegro de que usted haya venido tan a tiempo, dijo Manuela a su novio, pero temo que lo sepulten en una cárcel.

—Yo la saco a usted del pueblo esta noche, le contestó.

—¿Y los policías?, preguntó Manuela con dolor.

—¿Y mi puñal?, contestó Dámaso, llevando la mano a la cintura.

—Nada se adelantaría, observó muy a tiempo don Demóstenes, porque esto no haría más que agravar los padecimientos.

—Estoy resuelto a sacar a Manuela de aquí por encima de cuanto hay. ¡Pícaros!, que por lo menos les cueste mucha sangre.

—Mire, Dámaso, estoy pensando en una cosa: salgamos disfrazados y aparte, ¿no le parece? Es muy seguro que ande gente por el pueblo a causa de los alborotos en que está la parroquia.

—¡Siempre acierta la mujer en los casos más apurados!, exclamó don Demóstenes. Me parece magnífica la idea.

—Convengo, dijo Dámaso, en que salga esta niña disfrazada de aquí, y que se vaya a la montaña a la casa de la comadre, que de allí me la llevaré a otra parte de mayor seguridad.

---

215 *Arrabal:* barrio de las afueras de la población.

—Sálgase, pues, adelante, y me espera en el chorro de agua, junto de los cucharos,[216] dijo Manuela a su novio.

Puso don Demóstenes un sombrero de José y una ruana de su propio uso al novio perseguido, variándole los colores de la cara con tinturas que tenía sobre la mesa, de modo que quedó enteramente desconocido.

—La espero pronto, dijo Dámaso a Manuela, y salió de la casa con paso firme y denodado.

—Y yo, ¿qué hago para disfrazarme?, preguntó Manuela a su protector.

—Vístete de hombre: es la manera más segura.

—¡Qué hago yo!, que no me he vestido de hombre sino una sola vez en unos disfraces de Inocentes,[217] y eso fue porque Marta me ayudó ¿Y con qué me visto? ¡Ave María!

—Aquí tienes calzones, le dijo don Demóstenes, acercándose a su ropero; ahí está esa camisa, esa chaqueta y las botas.

—Botas no, don Demóstenes, porque ésas me vienen grandes, antes esos calzones tendré que arremangarlos de los pies para arriba. Pero quítese de aquí usted.

Don Demóstenes salió por un instante, y avisó a doña Patrocinio la determinación de su hija, pero le ocultó que se iba con el novio; miró luego para los extremos de la calle, y vio que había gente apostada en varias partes, de lo cual informó a su casera con oportunidad.

—¡Qué hermosa te hallas!, le dijo don Demóstenes. ¡Qué compañía tan agradable va a tener mi cliente en estos días! ¡Que viaje tan dichoso por entre las selvas inhabitadas de los Andes! ¡Oh, Manuela! ¡Que los bosques y las fieras te sean propicios, ya que la sociedad te persigue con sus rigores!

Doña Patrocinio entró a este tiempo, y ella y su alojado se despidieron tristemente de la fugitiva, la que no llevó sino un pequeño lío debajo de la ruana, en el cual echó su ropa y una petaca. Su traje era pantalón negro, chaqueta gris, ruana parda pequeña y sombrero de paja fino. Llevaba en la cara un pañuelo como si tuviera dolor de muelas. Las lágrimas le habían rodado por sus mejillas al recibir el abrazo de su tierna madre. Una vez que salió Manuela, don Demóstenes encendió tabaco y se acostó en su hamaca, meciéndose con su bastón como lo tenía de costumbre.

Manuela no tuvo novedad ninguna al pasar por frente de las casas principales. El corazón le palpitaba de gusto por la partida, de pena por la despedida, de amor y de esperanza por ir a reunirse con el objeto idolatrado de su corazón.

Miraba con cuidado el camino, que era el que conducía a la montaña. Antes de llegar al punto de la cita, divisó unos bultos, y haciéndose al lado de los arbustos, se acercó y oyó que hablaban, porque estaban en la vía que

216 *Cucharo:* diversos tipos de árboles o arbustos de la familia de las clusináceas, de hojas opuestas y flores blancas o rosadas. Se encuentran en todos los climas. Se emplea en artesanías.

217 *Inocentes o fiesta de los Santos inocentes:* se celebra el 28 de diciembre, se hacen bromas a los conocidos.

llevaba, y conoció a Dámaso por la voz. Con él hablaba una mujer y le tenía puesta la mano en el hombro. Manuela se acercó por el lado de los cucharos, y alcanzó a oír estas palabras distintas, fuera de algunas que no comprendió:

—Lo conocí en el caminado. ¿Cómo no, cuando yo no he dejado de quererlo?

—¿Luego todas las muestras que usted daba de querer a don Tadeo?

—Ésas eran invenciones de don Tadeo para que usted me aborreciera; ¿no sabe usted que don Tadeo lo hace todo a fuerza de mónitas?[218] Y usted fue tan inocente que se dejó coger... En fin, nosotros hablaremos después: lo que importa es que usted se salve. Váyase, por Dios, mire que si lo cogen lo sepultan en el presidio. ¡Váyase, váyase!

—Pero dígame, Cecilia, ¿cree usted que don Demóstenes hará desterrar a don Tadeo, o llevarlo a la cárcel de Bogotá?

—Yo lo dudo, porque sé lo pícaro que es el viejo. ¡Ojalá! porque entonces yo dejaría de ser esclava. Si yo sé algo... y como él me suele confiar... Mucho secreto, eso sí... con Liboria mi hermana menor... ¡Oh! ¡yo no pierdo la esperanza!... Pero Manuela... y de ese modo saldremos con bien... Pero, cuidado conque no lo vayan a saber...

—Me voy, Cecilia; así es que usted me mandará a avisar.

—¿Pero dejarme?... Acuérdese, Dámaso, de todo lo que yo he hecho por usted.

—Ya le digo lo que hay.

Manuela no pudo oír sino las palabras que quedan marcadas, porque la distancia y lo bajo de la voz no dejaban oír completamente. Los interlocutores se separaron, y ella siguió su camino trémula de susto, de rabia y de desesperación. Quisiera volverse a reconvenir a Dámaso y a Cecilia, porque las palabras que oyó le parecieron sospechosas, y a las que no oyó les dio interpretaciones muy arbitrarias. Creyó haber descubierto amores nuevos entre Dámaso y Cecilia, y fue tal su dolor y turbación, que no podía seguir su camino, a pesar de conocer todo el riesgo que corría si sus enemigos la alcanzaban. Al fin se decidió por esperar a Dámaso en el bosque de la loma, como a doce cuadras del arrabal de la parroquia, y sentada sobre una piedra alcanzaba a ver con la claridad de la luna el querido lugar de su residencia. A sus oídos no alcanzaban otras voces que las de los perros de la parroquia, entre las cuales conocía un latido sonoro y simpático, que le llegaba al alma, y era el ronco latido de Ayacucho, que se levantaba por encima de los aullidos de Tintero y de todos los gozques, como el cañón sobre todos los estallidos de fusilería en las horas de una batalla. ¡Qué recuerdos los que asaltarían a la pobre Manuela en aquellos instantes! ¡Madre, amigas y hermanos; el suelo natal, que dejaba para irse a consumir en una montaña, a una choza salvaje, la última de todas las del distrito, perseguida por ser fiel a su novio, y con el torcedor de los celos que la despedazaban! Dejémosla esperando un com-

218 *Mónita*: astucia practicada con amabilidad. Hipócrita.

pañero cuya aproximación teme y desea, y busquemos al perseguido para dar cuenta de sus pasos, desde que se despidió de Cecilia.

A distancia de media cuadra lo sorprendió un piquete de cinco hombres que saltó de entre las matas de la orilla del camino, y sin tener tiempo de sacar su puñal, fue atado, conducido a la cárcel, y asegurado él solo, porque se hicieron salir los presos de conspiración, tanto los hombres como las mujeres. Esto fue debido al denuncio de la madre de Cecilia, la terrible tadeísta, la cual lo conoció por la tos cuando pasaba por la calle, y condujo la escolta, la situó, y tuvo el gusto de ver llevar a Dámaso como un malhechor a la prisión de la parroquia. Ella lo aborrecía, porque don Tadeo lo odiaba, porque no había querido casarse con su hija Cecilia, lo cual era un contrasentido.

—¿Quién es capaz de figurarse la pena del perseguido Dámaso, luego que se vio prisionero de don Tadeo? La obscuridad parecía que le era propicia para la contemplación de los horrores, las miserias y las fatigas que había de sufrir con la barra o con la escoba en la mano, las miradas de los hombres de bien, y también las de los pícaros que se ríen de los infelices que sufren una condena por algún delito leve; veía con horror toda la distancia que se iba a interponer entre su amada y él. Iba a perder las cinco mil matas de tabaco que tenía en Ambalema. Allá en las tinieblas de la cárcel veía la imagen llorosa de Manuela, y exhalaba en vez de gemidos un rugido semejante al del león que se ve cogido en una trampa.

Más de dos horas se le pasaron a Dámaso sin oír voces de los esbirros ni crujido de las armas, ni tropel de bestias o de gente, y únicamente le asaltaba la idea pavorosa de su desdicha, sin entrever la más pequeña esperanza, cuando sintió unos golpes en la pared, que lo sacaron de sus lúgubres pensamientos. De repente lo pareció que temblaba el doble bahareque[219] de la cárcel, y que caían terrones por motivo de algunos golpes. Vio un rayo de luz por una grieta que se aumentaba por grados. Oyó palabras humanas, palabras de mujer, muy suaves, deliciosas y, gratas; oyó su nombre pronunciado a media voz, diciéndole:

—¡Sálgase, Dámaso! ¡Sálgase! ¡Sálgase!

—Sería muy bueno; pero no me es posible.

—No se detenga usted por consideraciones de ninguna clase. Mire que se lo llevan hoy para la cabecera del cantón. Acérquese acá y encontrará la salida.

—No puedo, porque estoy en el cepo.

Calló la voz y el hueco se obscureció de repente, lo que hizo entender a Dámaso que su ángel protector estaba pasando. Pronto vio cerca de él una mujer, a la cual dirigió estas palabras:

—Usted me ha querido salvar; pero estoy en el cepo, y es imposible levantar este palo que pesa tanto. Yo se lo agradezco. Sólo usted pudiera hacerme un servicio tan importante, usted que me quiere tanto; pero viva usted segura de mi correspondencia. La he querido, la quiero y la querré hasta que

219 *Bahareque:* pared rústica hecha con palos y cañas entretejidos, especialmente con guaduas, que se suelen llenar con barro para reforzarla y enlucirla.

me muera, y todos los trabajos que estoy pasando los sufro con gusto por amor de usted.

—¿De veras, Dámaso? ¿Me quiere usted?, prorrumpió diciendo la aparecida, buscando en la obscuridad las manos del prisionero para acariciarlas con sus delicados labios.

—¡No, Cecilia!, estaba engañado, opuso con ligereza el protegido; yo creía que era Manuela.

—Soy, Cecilia, Dámaso, y vengo a libertarlo, porque sé que hoy se lo llevan a usted amarrado a la cabecera del cantón, para echarlo después a presidio. Lo supe por una casualidad, y saqué de mi casa una barra y vine a romper la pared para que se salga y huya cuanto antes; y todo esto exponiendo mi vida, porque si don Tadeo lo sabe me mata. ¡Es bueno que me señala el puñal y me ofrece matar citando me chanceo con alguno! De modo que si usted no me lleva para Ambalema, soy perdida.

—Yo no puedo llevarla; pero hablaremos de eso... Ni podré escapar de la cárcel si no hay quien me quite el cepo de encima.

—Yo, yo levantaré ese palo.

—¿Con qué fuerzas, cuando un hombre apenas es capaz de hacerlo?

—Con mi voluntad y la barra que tengo aquí.

Dijo esto la libertadora, y encendió la vela con un fósforo. La escena, lúgubre por la soledad y los objetos terribles de una prisión, era tierna además por los dos únicos interlocutores que fueron iluminados de repente. Dámaso estaba tendido en el suelo y Cecilia apareció sentada encima del cepo. Inmediatamente levantó el poderoso leño la protectora, con la pequeña barra, el preso le puso una piedra en la cavidad y sacó los pies.

—¡Está usted libre!, exclamó Cecilia, salga lo más pronto, salga, ¡salga!

—¡Mil gracias, Cecilia! Adiós, hasta que nos volvamos a ver.

—¿Adiós me dice usted? ¿Luego me deja usted en manos del gamonal, que me tiene de esclava por unos reales que me dio, y por mi condescendencia y mi desgracia?

—¿Para qué la voy a engañar? Tengo dada mi palabra de casamiento a Manuela, y debo irme con ella.

—Yo me iría de criada de usted; ¡pero ay! el odio que me tiene Manuela... ¿Qué hago en este caso?

—Yo no la puedo llevar, es imposible; pero usted puede hablar con don Demóstenes sobre este asunto.

—¿Conque debo quedarme en manos del verdugo para toda mi vida? ¿En qué le ofendí a usted?

—¿No es una prueba de que usted le correspondía a don Tadeo todo lo que veía el público? ¿lo que yo mismo veía?

—Esa fue una treta de que él se valió para que usted me aborreciera. Usted me abandonó, y sin embargo yo no lo he olvidado ni lo olvidaré, hasta que me muera. Don Tadeo me ha obligado a vivir con él, primero por la astucia, después por la fuerza, y hay otro motivo para estar sujeta a él, que es muy horroroso y que no descubriré jamás porque es una mancha... que viene a caer... sobre mí misma.

—¡Pues adiós, Cecilia! Nunca olvidaré que le debo mi libertad.

—¡Ya los he oído!, dijo una voz espantosa, haciendo sonar al mismo tiempo el cerrojo de la cárcel.

Dámaso dio un brinco, y se salió por el hueco trabajado por Cecilia, y ésta queriéndolo seguir, cayó pasmada de susto.

Cuando la puerta se abrió, entró don Tadeo y dijo a Cecilia:

—¡Infame! ¡todo lo he oído! ¡todo! ¡todo!

Entonces ya sabe que nunca he dejado de querer a Dámaso, aunque usted me hizo aborrecer de él; entonces...

—Sé que usted se quería ir con él, interrumpió don Tadeo, bramando de rabia.

—Por librarme de usted.

—¡Infame! ¡Cuando yo he gastado mi dinero por sostener su casa y por regalarle buenas fincas, y cuando las he libertado a usted y a su madre de las uñas de los guardas unas cuantas veces, y cuando su familia ha hecho de la justicia el uso que ha querido!

—En cuanto a las fincas, estoy pronta a devolvérselas todas; en cuanto a sus intrigas, yo siempre las repugnaba y las resistía; en cuanto a su protección, mil veces la he desechado; mil veces le he declarado que yo no lo quería a usted, que su decantada protección no era sino una esclavitud verdadera; y pues ha llegado este día, le declaro que mi voluntad es la de separarme de usted.

—¿Sí?... ¿para seguir al vagamundo de Dámaso?... ¡No faltaba más!

—Para libertarme de usted.

—¡Yo le daré su libertad a la muy infame! Vea este cuchillo, ¿lo ve bien? ¿lo ve?... Pues lo cargo con el destino de clavárselo todo en el corazón a la hora que yo la encuentre, si usted tiene la osadía de dejarme. Y no dude que yo la encontraré, porque la buscaré hasta debajo de la tierra. ¿No se acuerda cuando se me fue a la cabecera del cantón cómo la traje a los tres días cabales?

—¡Máteme!, le contestó Cecilia con resolución. Es mejor morir que estar bajo del poder de un tirano tan detestable como usted.

—No hay para qué afanarse, dijo entonces don Tadeo con la tranquilidad de un asesino consuetudinario.[220] Si usted no me da su palabra de seguir en la misma amistad que nos ha unido hasta hoy, la mato con este cuchillo, y dejo su cadáver aquí extendido entre su misma sangre, de modo que cuando venga el alcaide por la mañana a ver a Dámaso, la encuentre a usted con el corazón hecho picadillo y nadando en una laguna de sangre, y al publicarse la nueva, toda la gente de la parroquia vendrá por montones, y entre los lamentos, y la

220 *Consuetudinario:* habitual.

compasión, y la rabia, todos a una pedirán venganza contra Dámaso única persona que se hallaba en la cárcel, y única que tenía enemistad con la difunta Cecilia, por causa de celos antiguos conmigo, según es la fama. Se mandarán las requisitorias para todas partes, el enojo contra el asesino será universal; y más cuando yo haga palpable por el reconocimiento y por algunas dos o tres declaraciones, la culpabilidad del infame y vil asesino... ¿Conque persiste usted todavía en morir, para que yo no la quiera?

Cecilia no contestó. Se quedó sentada sobre el cepo con la cara, metida entre las manos. No se movió por algunos instantes, como aterrada por una amenaza mayor que la de la muerte. Seguramente el riesgo que corría Dámaso le parecía más horroroso que el riesgo de su propia vida.

—¿Qué resuelve usted?, preguntó el tirano a la desgraciada Cecilia. ¿Me promete usted seguir conmigo, sin darme qué hacer, sin molestarme, sin querer a ningún otro? ¿O se resuelve a sufrir la justa venganza que usted merece por haberle dado la libertad a ese criminal de Dámaso, y por amenazarme con que me va a dejar?

—Haga usted de mí lo que quiera, dijo Cecilia poniéndose de rodillas a sus pies, impóngame la ley; tráteme como a esclava, o como a bestia, o como usted quiera.

—Como a una querida, le contestó don Tadeo, levantándola del suelo. ¿No sabe usted lo que la quiero? ¿No sabe que es únicamente el amor hacia usted lo que me hace cometer algunos disparates? Dígame usted que me quiere, cambie usted la seriedad y el enojo por cariño; y entonces sabrá usted hasta donde llega mi amor. Camine usted para su casa, y le encargo que no sepa nadie lo que ha pasado. Tengo que exigir de usted algunas cosas; entre otras, que no vaya usted por miel a los trapiches de los hacendados, mis enemigos; usted puede ir a la Hondura cuando lo tenga a bien; tampoco admitirá usted las visitas del cachaco Demóstenes, ni se juntará con ninguna de las amigas de Manuela.

Don Tadeo acompañó a Cecilia hasta su casa, sin que ésta le dijese ni una sola palabra. Al día siguiente supo la fuga de Manuela, y sospechando que se había ido acompañada de Dámaso, fue inaudita su rabia. No obstante, hizo que el juez 1° extendiese un indulto para todos los cómplices de menor cuantía en el cual quedaron comprendidas Marta, Paula y las otras parroquianas. Hizo que el juez declarase que Ayacucho no estaba loco, y que le mandase poner la horqueta de la ley a la marrana de Manuela, que fue el motivo aparente de la revolución.

A las nueve del día marchó el cazador Elías, llevando una carta para don Pascual Acuña en que le encargaba que se interesara con el juez del circuito para que no admitiese empeños a favor de los acusados. En cuanto a Manuela y Dámaso, se despacharon requisitorias a todas partes.

Nunca se había visto la seguridad personal más amenazada en aquel distrito: la constitución del 21 de mayo estaba vigente; pero ¿qué eran las garantías de los ciudadanos teniendo los jueces un director tan depravado como don Tadeo? ¿Qué era la libertad, habiendo un tirano solapado que impunemente hacía gemir las víctimas que se proponía sacrificar a su codicia o a sus pasiones? La revolución o motín del día había puesto a don Tadeo y también a su partido en el auge del absolutismo. Sinforiana peroraba[221] en las tiendas contra los dueños de tierras y contra los opresores del pueblo. El sostenimiento del acuerdo municipal del 18 de mayo era un triunfo para el partido tadeísta, y el partido tadeísta era el partido del pueblo. Don Tadeo era el defensor de los derechos del pueblo; sin embargo, había un hecho fatal para el supremo director de los jueces y era la desaparición de Manuela. Aunque le habían dicho que se había salido de la parroquia, muchas veces dudaba y entonces hacía rondar las casas sospechosas.

Don Tadeo admitía los denuncios de los viles[222] que saben aprovechar las ocasiones de la venganza, y ¡desgraciado del que era denunciado, porque ése sufría como verdadero criminal, sin saber quién era el acusador y sin contestar a los cargos! Tuvo don Tadeo el denuncio de que Marta lo remedaba a él y a Cecilia, haciendo reír a sus contertulios, y que había criticado la ley del 18 de mayo, y esto bastó para que le hiciese rondar la casa sin miramiento alguno.

La señora Sinforiana, que nunca supo los acontecimientos de la cárcel relativos a su hija, divulgaba con su locuacidad acostumbrada que la Manuela había libertado a Dámaso de la cárcel, y que se habían ido juntos para Ambalema. Celebró el triunfo de la asonada con la embriaguez, la vocería y risotadas. A las once del día convidó varias gentes de su partido a un paseo al charco del Guadual, llevando mucho anisado y algunos cohetes, y allí fue donde se conoció el espíritu de partido que la dominaba a ella y a sus copartidarias, por los excesos a que dieron rienda suelta por vía de diversión.

Ascensión, la peona o criada de doña Patrocinio, estaba lavando ese día la ropa de don Demóstenes en el lavadero de Manuela, que era una laja[223] de guijarro de propiedad de la familia desde tiempo inmemorial, y Sinforiana le intimó que se quitase de ahí, diciéndola:

—Cecilia y yo lavaremos en adelante en esa piedra.

—¿Por qué gracia?, contestó la criada con un aspecto poco humilde.

—Por la gracia de que Manuela y la vieja Patrocinio y todos los de su partido están por debajo.

—¡Eso se quisieran ellas!

—¿Y no? ¿No están encausados, y, huyendo los principales, y la marrana no está con horqueta, Pacha, y la vieja, y Marta y todas no están notificadas de ir a la cárcel si hablan una sola palabra contra las autoridades?... ¡Están por debajo y no lo creen!

---

221 *Perorar:* hablar exponiendo las opiniones propias.

222 *Vil:* calificativo que envuelve desprecio; implica maldad junto con alguna de las agravantes de cobardía, falsedad, servilismo, ingratitud o cualquier otra que signifique falta de nobleza.

223 *Laja:* Piedra arrancada de una roca, de poco espesor y plana.

—¿Y por eso no he de tener yo libertad para lavar en el lavadero de la niña Manuela?

—¡Por eso! ¡Porque están embromadas todas!...

—¡Miren qué libertades ahora!... El que está por debajo no tiene libertad, ni siquiera de hablar; y si me hablas otro poquito, te hago poner en la cárcel, porque yo también te vi alegando en los momentos de la revolución. ¡Perra india, ladrona!

—Mire, *ñuá* Sinforiana, que no sea pendenciera.

—¿Conque me amenazas? ¡Perra atrevida! ¿Quieres ver cómo te compongo el bulto?

Diciendo esto, se acercó la vencedora de la calle del Caucho a donde estaba Ascensión, y tomando la ropa de don Demóstenes en las manos, rasgó y dispersó varias piezas, y empujando el lavadero con una pequeña palanca, lo botó al fondo del charco, siendo justamente aquel punto el más profundo de todo él.

Ascensión recogió la ropa y se fue para la casa llorando por el lavadero y por las injurias, pero a solas se le escaparon estas palabras al retirarse:

—¡No le hace al frío, que el sol saldrá! Que aprieten la clavija hasta donde quieran, que a cada puerco le llega su San Martín. La tortilla se volteará dentro de muy pocos días, porque manejándose así, ¿quién es el que las aguanta?... ¡Sólo que todos seamos bestias para que don Tadeo y los suyos nos pongan su hierro de herrar!

Por la noche hubo baile en la parroquia, y gritos, y algazara,[224] y se bebió mucho aguardiente, en honor del triunfo de la calle del Caucho; no obstante, Cecilia estuvo menos contenta que todas sus copartidarias.

224 *Algazara:* voces, risas de gente que se divierte.

Capítulo XV

Junta de notables

Los extraordinarios sucesos que habían tenido lugar en la parroquia, y el peligro en que se veían los encausados por don Tadeo, hicieron necesaria una junta de notables que fue convocada, por don Blas, dando por lugar de la cita la casa de su hacienda. Esta junta tenía por objeto deliberar sobre la situación y adoptar el remedio conveniente. A la hora señalada fueron llegando los diputados, e introducidos en la sala de la casa, empezó la sesión bajo la presidencia de don Blas. Era aquel congreso verdaderamente notable, porque en él estaban representados no sólo los dos partidos de la parroquia, sino todos los matices políticos que existían en la Nueva Granada. Don Blas y el cura eran conservadores netos, y don Manuel conservador mixto. Don Cosme y don Eloy liberales y, don Demóstenes, radical. Asistió también convidado por el dueño de la casa, el maestro Francisco Novoa, herrero, que se había ido de Bogotá a la parroquia a consecuencia de sus compromisos políticos en la revolución del general Melo. En la parroquia era tadeísta; pero hombre de bien a carta cabal.[225] Como los otros señores eran manuelistas, o sea del partido de las haciendas, se ve comprobado lo que dijimos al principio, que no faltaba un solo matiz político en aquel memorable congreso del Retiro. Don Blas abrió la sesión pronunciando un mensaje, o mejor dicho, un discurso de la corona, puesto que la mayoría era de señores feudales. En el discurso pintó la situación aflictiva en que se encontraban, encausados casi todos por el tinterillo, quien tenía probado por declaraciones falsas pero contestes, que habían cometido delitos que ni siquiera habían imaginado, como hurto, asesinato y resistencia a mano armada a la autoridad.

Concluido el discurso inaugural del presidente, tomó la palabra don Demóstenes. El fogoso orador recordó a los pueblos y a la humanidad entera la liberal constitución del 21 de mayo de 1853, santificada ya con la sangre de muchos mártires y consagrada por la victoria del 4 de diciembre.[226] De allí dedujo lógicamente que los crímenes de gamonalismo y falsificación cometidos por don Tadeo eran contra aquella santa constitución, y que en ella

225 *A carta cabal*: significa que la persona o cosa de que se trata posee íntegramente y en el más alto grado las cualidades que expresan.

226 *4 de diciembre de 1854:* José María Melo fue derrocado y tomado prisionero.

misma se debía buscar el remedio de tantos males. Hizo una viva pintura de los sufrimientos de los encausados y de los crímenes de don Tadeo. A pesar de que todo el auditorio apreciaba las cosas de diferente manera que el noble orador, es tal la magia de la juventud y del entusiasmo, que todos gritaron vivas al orador.

Enseguida habló el señor cura. Terminó su discurso proponiendo que se enviara una misión de paz a los tadeístas para celebrar con ellos una esponsión.[227] Esta misión debía estar compuesta de él, como párroco, interesado en la moral de sus feligreses, y del maestro Novoa, como adicto a la bandera que había enarbolado don Tadeo.

El maestro Novoa tomó la palabra para apoyar la proposición del señor cura, ampliándola. Propuso que se ofreciera al gamonal que se le arrendaría una estancia barata y se le daría prestada una suma en dinero a corto interés y con regular plazo, con tal que se retirara de la dirección de los negocios de la parroquia. En apoyo de esta proposición hizo notar que la revolución del general Melo, cuyos principios seguían don Tadeo y el orador, había tenido por causa, que ni el gobierno ni los ricos protegían la industria.

—El remedio que indica el preopinante, dijo don Eloy, equivaldría a echar carne a un perro dañino. Sería premiar el crimen: sería fomentar los instintos viciosos de otros malvados en ciernes, haciéndoles notar que una vez que sean temibles en su oficio no habrá otro remedio que darles premios. Voto porque sigamos una causa al gamonal y lo echemos a presidio.

El gólgota, especialmente ofendido por la revolución de Melo, evocada por el maestro Novoa, no pudo llevar en paciencia su proposición; y Novoa, que como miembro de aquella revolución, no podía tolerar el triunfo de los gólgotas el 4 de diciembre, no pudo soportar su discurso. La discusión se iba agriando; pero, por fortuna, fue cortada por el discurso que pronunció don Manuel proponiendo una capitulación con el partido gamonalicio. Resultó con la intervención de este último diputado que los tres partidos representados en el cura (partido católico) en el herrero (liberal draconiano) y en don Manuel (conservador *nacional*) estaban de acuerdo en la esponsión. Si don Blas se les agregaba, triunfaba indudablemente la esponsión. Por fortuna de la minoría compuesta de don Eloy, don Cosme y don Demóstenes, don Blas, se mantuvo firme en no transigir. Don Cosme propuso un *contra-fómeque,* y don Demóstenes pidió explicaciones sobre esta palabra para poder votar en conciencia de lo que hacía. Don Cosme le hizo la siguiente explicación:

—Había un tramposo, vago de profesión, que convidó a unos estudiantes de buenas costumbres a jugar, porque les vio algún dinerillo. Ellos no sabían ningún juego de azar; y el tramposo les dijo que podrían jugar al *fómeque,* que era un juego muy sencillo. Aceptaron ellos, casaron sus apuestas y el tramposo barajó y dio cartas. Una vez que estuvieron las cartas en mano, jugó el primer estudiante cualquiera carta, y otro tanto hicieron los otros tres;

227 *Esponsión:* pacto celebrado por personas públicas que tienen parte en el control del gobierno.

cuando llegó su turno al tramposo, botó un cuatro de oros, y pronunciando la palabra *fómeque* con mucha seriedad, recogió cartas y dinero. En la segunda mano se iba repitiendo la misma escena: el tramposo botando un siete de espadas, dijo: *fómeque*, e iba a recoger cartas y apuestas, cuando el estudiante que le seguía a la derecha, que era mozo despabilado[228] y había notado ya que para el fullero[229] cualquiera carta era fómeque, contestó botando el cinco de copas: *¡contra-fómeque!* y recogió el dinero de las dos apuestas. El tramposo no pudo negar que hubiera contra-fómeque, porque hubiera sido tanto como confesar que estaba inventando un juego para robarles. Tuvo que convenir en que efectivamente esa carta era el contra-fómeque y se retiró perdiendo el valor de dos apuestas. Desde entonces se llama contra-fómeque oponer a una picardía otra mayor. Don Tadeo nos tiene encausados con picardía, pues encausémosle a él aunque sea haciendo picardías.

Don Demóstenes protestó contra el sistema de discutir contando *cachos*.[230] Un miembro del partido draconiano, dijo, tenía esa costumbre en el Congreso, costumbre que desde entonces me quema la sangre. No podíamos los gólgotas proponer ninguna de nuestras regeneradoras y humanitarias ideas, sin que el ciudadano draconiano contestara refiriendo un chascarrillo[231] con pretensiones de apólogo. Además, en este caso no sólo rechazo el cuentecillo, sino el medio de moralidad que él encierra. Voto contra el fómeque.

Don Blas habló en seguida y dijo: «Ya sea para defendernos hoy de las asechanzas del tirano de la parroquia, ya para evitar que en lo sucesivo nos gobierne él u otro embozado por él, propongo que pongamos desde ahora el verdadero remedio a los males públicos.

Hagámonos cargo del gobierno los interesados en que sea bueno. Atendamos las elecciones, y aceptemos los empleos de alcalde, jueces y cabildantes, si no queremos que tales funciones sean desempeñada por pícaros de la misma escuela de los que hoy nos persignen".

Don Eloy protestó contra tal medio. «El trapichero, dijo, no puede muchos días comer a sus horas a causa de lo urgente del trabajo que tiene entre manos, porque la esclavitud del trapiche es mutua: el trapiche es esclavo de su dueño, quien lo hace moler de día y de noche, pero en cambio, el dueño es esclavo de su trapiche. Y siendo así, ¿de dónde sacaremos tiempo para atender a los negocios del gobierno de la parroquia? Por otra parte ¿cómo podríamos servir tantos destinos como tiene una parroquia, aunque quitáramos el tiempo para nuestros propios negocios? Los funcionarios son: un alcalde, dos jueces, cinco cabildantes, un tesorero y un inspector de caminos. Se necesitan diez personas; y los que estamos aquí somos cinco, deduciendo al señor cura que no puede tener empleo concejil, y al señor don Demóstenes, que es transeúnte; y fuera de nosotros, no hay con quien contar. No hay otro medio,

228 *Despabilado:* despierto.

229 *Fullero:* mentiroso; tramposo.

230 *Cacho:* incidente desagradable o embarazoso.

231 *Chascarrillo:* cuentecillo o narración que contiene un chiste.

pues, que dejar a nuestros arrendatarios el cuidado de gobernarnos. Si ha de ser de otro modo, es con la condición de que alguno de ustedes me compre mi trapiche del Purgatorio.

Don Manuel, diputado por el trapiche de la Minerva, hizo presente que siendo los empleados de la parroquia arrendatarios de los diputados presentes, y siendo el código del dueño de tierras muy holgado, proponía que se hiciera uso de las facultades dictatoriales de que están investidos los dueños de tierras, para obligar a los jueces y alcaldes a que gobernaran de acuerdo con ellos, «so pena de quitarles las estancias».

Don Demóstenes tomó la palabra y empezó así su discurso:

> «Me parece, señores, que todo lo que acabo de oír es un ataque a la constitución de 21 de mayo, y por consiguiente a la libertad individual…».

En este punto del discurso entró Sildana, aquella joven a quien don Demóstenes saludó con el dictado de «mi señora» en su primera visita al Retiro. Sildana llevaba en un platillo tabacos para los concurrentes, y esta circunstancia cortó un discurso que acaso hubiera sido notable.

El tabaco es un calmante para las afecciones morales lo mismo que para algunas de las físicas. El tabaco quita, narcotizando dulce y suavemente el cerebro, el ardor de la lucha. Se oyen grandes disputas entre jugadores y bebedores; pero entre los que fuman se ve que a pocas vuelta, se convienen en principios o que todos los principios se vuelven humo. Tal vez Clotilde, que estaba oyendo la discusión desde la alcoba inmediata, sin que nadie la viera, conocía la fisiología de las pasiones en su relación con el tabaco, y fue por esta razón que les mandó aquel calmante saludable en lo más encarnizado del combate.

Votadas las proposiciones que se habían discutido, se adoptaron combinándolas. Se determinó usar a medias del *contra-fómeque* y de la autoridad de dueños de tierras para corregir la política de la parroquia.

Una vez convenidos los próceres, se levantaron y se fueron a pasear a las huertas. Eran éstas dos fanegadas que quedaban a un lado y otro de la casa, y estaban cercadas con guadua picada. Había alamedas formadas por árboles de café, limoneros y naranjos, en cuyas copas cantaba alegremente un congreso de toches y cardenales. En una esquina había un bosquecillo de guayabos, y en otra unas matas de plátano. Una acequia cortaba las huertas por mitad regocijando con su ruido infantil los viejos árboles que se inclinaban cariñosos sobre ella.

Llamaron a comer: la señorita Clotilde se lució aquel día; pero no quiso sentarse a la mesa, tal vez por el recuerdo de lo que sucedió en la primera visita de don Demóstenes.

Después que se dispersaron los señores de la junta, perdiéndose en las obscuras selvas de los caminos, el patrón del Retiro empezó a poner en planta lo determinado en aquel congreso memorable. Mandó un recado al señor Juez 1° que era su arrendatario, rogándole que viniera al día siguiente muy temprano, trayéndole las causas que se estaban siguiendo en su juzgado.

Muy temprano llegó el señor Juez 1° trayendo a la espalda una mochila, que descargó en el suelo a la vista de su patrón que estaba en la hamaca, y que desde allí recibió al primer magistrado de la parroquia. El señor Juez dijo, descargando la mochila:

—¿Es que me *menesta* sumercé?

—Para echarte de la estancia, nada menos.

—¿Por qué, mi amo?

—Por pícaro.

—Serán cuentos, mi amo; alguno que le tendrá codicia a la estancita en que vivo.

—¿No me tienes encausado como ladrón y asesino?

—Es *un nulo,* mi amo; porque la gente que se mandó llamar al juzgado antier, fue para que firmara a ruego una solicitación para que nos rebajen a los *probes* del pago de la subvención provincial; pero con tal que sumercé no me despoje de las maticas, haré cuanto sumercé me mande.

—Bien. ¿Trajiste las causas?

—Sí, mi amo. Todo lo *creminal* que estaba en una caja lo traje entre esta mochila.

—Desocúpala allí en un rincón y llévate tu mochila. Puedes quedarte en la estancia, con las siguientes condiciones: 1° Me darás cuenta de toda causa que se inicie en tu juzgado; 2° Cuando no convenga que vayas a despachar, no irás. Yo te pagaré las multas que te echen. ¿Estás?

—Sí, mi amo.

—Pues vete, ¡y cuidado!

Capítulo XVI

El asilo en la montaña

La estancia de *ñor* Dimas estaba hundida en la obscuridad de la noche, que una nube aumentaba terriblemente, cuando pasaba Pía del fogón al aposento con un tizón encendido, y vio un bulto que atravesaba el pequeño patio, sin que el perro que dormía debajo del alar hiciese otra cosa que dar unos gruñidos.

—¿Quién viene por ahí?, dijo Pía.

—Soy yo, que vengo a buscar al amigo Dimas para ver sí me compra un buen perro de cacería.

—¿Y por qué camina usted tan tarde?

—Fue que me entretuve un poco allí abajo en la casa de *ñor* Juan Bautista.

—Pues él no está aquí esta noche, pero entre, y si quiere lo espera hasta mañana.

—¡Dios se lo pague!

—¿Y quién es usted?

—¿Conque ya no me conoce? ¿No se acuerda de que bailamos juntos en las fiestas, y de que le regalé una sortijita?

—No hago memoria, porque la sortija que tengo fue mi comadre Manuela la que me la regaló. ¡Pobre mi comadrita, que como eso no hay nada en el mundo! Yo la quiero más que si fuera mi hermana.

—¡Y a mí qué tanto me quiere!

—¡Quién sabe!

Una pequeña llamarada de los tizones alumbró la cara del supuesto comerciante de perros, y apretándolo Pía con sus brazos dio un grito, diciendo:

—¡Mi comadre Manuela!

—¡Comadre Pía!, contestó Manuela, porque ella era, y se quedaron abrazadas por un instante.

—¡Qué es esto, comadre?

—Huyendo vestida de hombre para no ser conocida.

—¡Y que me engañó completamente! ¿Qué ha sido? Cuénteme, comadre; pero entre y siéntese; múdese con mi ropa si quiere.

—Yo traje ropita en este lío. Déjeme así, comadre.

Entró Manuela, saludó a *ñuá* Melchora, que estaba en la cama, preguntó por todos, bebió guarapo, y se fue a sentar debajo del papayo grande; y después de encender tabaco ambas comadres, comenzó Manuela su relación.

—Usted sabe, dijo a Pía, lo que el tirano me persigue.

—¿Todavía no se deja de eso?

—Ni se dejará nunca, porque después de los agasajos y ofertas, se ha seguido el terror, figurándose que por el miedo yo lo he de querer.

—¡Viejo pícaro!

—Manuela hizo a su comadre una relación de los sucesos que ya conoce el lector, y acabó diciendo a Pía:

—Ahora me he venido a ver si mi comadre me da asilo aquí en su montaña.

—De mil amores, comadrita de mi corazón. En esta montaña no la coge nadie, y por lo que es la manutención no nos faltará carne, mazorcas, plátanos, guarapo y ají. Lo que me admira es que una persona de buena vida como usted tenga que estar escondida y que dejar la casa y la familia.

—¿Pero qué quiere, comadre, cuando toda la parroquia está al arbitrio de un gamonal, por falta de leyes y de gobierno? ¡Y a esto lo llaman libertad, y progreso y civilización! Si usted oyera a don Demóstenes... da gusto oírle hablar de las garantías y los derechos.

—¿Y él no hará por usted alguna cosa?

—Me ha ofrecido que él acusará al Rodín de la parroquia, como llama al viejo Tadeo.

—¡Es tan bueno el cachaco! Aquí suele venir de paso para la montaña, y me divierte con sus *conversas*. Y dígame, comadre Manuela, ¿usted ha sabido de Dámaso?

—Esta noche lo vi.

—¡Qué fortuna, comadre!

—Y ojalá que nunca lo hubiera visto, porque después de separarse de mí, lo sorprendí, por mi desgracia, conversando con la Cecilia, y nadie me quita de la cabeza que se quieren, por lo poco que yo oí.

—No lo crea, comadre; es que lo blanco nos parece negro cuando tenemos celos. Ya verá como no dilata en venir a verla.

—No necesito, dijo Manuela, llorando; y varió la conversación.

Hasta pasada la media noche se estuvieron conversando las dos comadres a la sombra del papayo, y de allí pasaron a procurarse el alivio del sueño que es el mejor remedio contra las penas. Pía le sacó a la enramada una estera de calceta de plátano y le tendió cama junto a la piedra de moler. Manuela no había podido dormir en el zarzo en la noche anterior por el ruido de los ratones y el miedo de que la cogiesen los policías, y en esta noche se desquitó durmiendo tres horas seguidas, aunque al descubierto en una enramada.

Al amanecer convidó a su comadre la guardiana Pía para que pasase con ella las horas en que había que cuidar la labranza, y dándole a llevar una mochila con un calabazo de guarapo y otros enseres sumamente necesarios, y montando ella en el cuadril a su niño de cuatro meses, y llevando en su mano un tizón encendido, emprendieron la travesía de la choza a la labranza por una senda enteramente obstruida por las ramas y los bejucos.

Así que llegaron a la roza prendió Pía una gran hoguera, cuyo humo al lado de la garita o plataforma de palos daba una vista triste pero solemne; acomodó luego a su hijito en una cuna que colgaba de las ramas de un guamo florido, como los nidos de las guapas[232] que se mecen al arbitrio de los vientos de la montaña, y se subió con una *cantada* de piedras a la garita. Manuela también subió, y juntas esperaban el ataque de los animales que debía comenzar con los primeros rayos del sol, calladas y con los ojos fijos en las orillas de la labranza. Era triste el cuadro si no imponente. Los botundos y nogales más estupendos y los bejucos y ramazones rodeaban el teatro; las dos jóvenes permanecieron en silencio sobre una plataforma de cuatro varas de altura, mientras que se mecía blandamente la cuna de la inocente criatura; más allá se levantaba una columna de humo sutil que salía de una hoguera. Nada más parecido al estado primitivo de la naturaleza que este agreste cuadro; mas las dos personas que figuraban en él tenían el corazón deshecho en lágrimas, derramadas por los sufrimientos que en otras partes son resultado del gran refinamiento del lujo y de la civilización. Nuestras dos heroínas estaban sufriendo los resultados de los grandes crímenes, sin haber disfrutado los goces de los pueblos cultos, que es lo que sucede cuando se desmoraliza a los pueblos antes de civilizarlos.

Pía llevaba un pequeño sombrero de trenza de palma, hecho por su madre; y lo estimaba tanto, que lo usaba a pesar de faltarle un retazo del ala, que se le había quemado por soplar la candela con él; sus enaguas de fula le quedaban muy cortas por lo viejas y maltratadas; su camisa de bogotana no se hallaba en mejor estado; pero la cubría el gran pañuelo que le bajaba desde los hombros. Las lindas facciones de la guardiana habían perdido su brillo por estar criando y por la pobreza; pero su habla era siempre dulce y sonora, y hasta sus gritos eran sumamente apacibles. Todos los adornos de Pía consistían en un cintillo de cuentas azules de vidrio, una sortija de cobre y unos zarcillos de estaño que ni aun eran iguales. Manuela había tomado en la choza un sombrero nuevo de palma y estaba de enaguas de pancho fino y de camisa bordada; pero su semblante a pesar de sus últimos desvelos y sus últimas lágrimas no estaba marchito, porque no presentaba las señales de las enfermedades ni de los vicios.

De repente se levantó Pía, y haciendo girar la honda, prorrumpió en estas palabras con unos gritos que se oían hasta media legua de distancia:

---

232 *Los nidos de las guapas:* estas aves seleccionan un árbol que por su altura y aislamiento ofrece protección contra los depredadores; tejen redes fuertes con fibras vegetales, usando dos tipos de puntadas: el nudo medio y el lazo sencillo y los cuelgan a más de 18 mts de altura. Los nidos tienen la apariencia de mochilas y pueden medir más de 1,25 mts de largo.

—¡Ah condenados de los infiernos! ¡A tragar a otra parte, que aquí no se siembra para los ladrones! ¡Ah cochinos de los diablos!

Eran los micos que habían asomado a la orilla de la roza en número de veinte o treinta, y Pía les tiró varios hondazos, con lo cual les hizo volver caras. Vinieron en seguida algunos cuarenta o cincuenta pericos, que son de la familia de los papagayos, y se sentaron en la mitad de la roza, pero con la primera pedrada tuvieron para volver a volar levantando una vocería de lo más espantoso, muy propia para confirmar la aserción de Humboldt cuando dice, que el ruido de los torrentes es ahogado en algunas partes de la América del Sur, por el ruido que hacen los papagayos con sus chillidos. A todos estos gritos agregaba los suyos la guardiana, diciendo:

—¡*Urria,* condenados! ¡Largo para otra parte! ¡Urria, demonios!

Las ardillas habían logrado invadir las cañas de maíz y asustadas con las pedradas, saltaban de mata en mata con el rabo extendido sobre la cabeza, y con los rayos del sol parecían adornadas de hermosos plumeros. Pronto estuvieron sobre ellas las piedras y las maldiciones, entrando Manuela en la lid tirando piedra, con la mano y diciendo palabras feas por imitar a su comadre; porque Manuela, que no había vivido en los trapiches ni había sido guardiana, no estaba enseñada a decir insolencias,[233] sino cuando más a oírlas en la tienda por precisión, y a hacerse la desentendida, como les sucede a todas las venteras y a todas las señoras de los trapiches.

Las guapas también acudieron a mortificar a Pía descendiendo de un botundo muy elevado en donde tenían una docena de nidos colgados como lámparas, de los cuales ninguno bajaba de vara y media de largo, pero pronto desplegaron sus plumajes de oro replegándose a su colonia, aterradas por los gritos y las pedradas de la inexorable Pía. Los pericos y las guacamayas revoloteaban y cambiaban de puestos con un ruido formidable, y las voces de las dos guardianas y el llanto del chiquillo de la cuna, formaban en la roza un estruendo que es imposible comprender sin haberlo oído. Pía representaba en su garita el papel de un presidente de la Nueva Granada, y los animales hambrientos de todas pintas y clases representaban lo que se llama el partido de la oposición, sólo con la diferencia que aun cuando le comían a Pía algunas mazorcas, no la podían derribar.

Ya había calmado un poco el combate cuando dirigió Pía la vista a un ocobo seco por los ardores de la última quema, el cual estaba cubierto, en vez de las hojas que había perdido, por la bandada de guacamayas, que reverberaban con sus colores vistosos, a tiempo que se ocupaban del aseo de sus plumajes, usando para ello de sus encorvados picos. Pía puso la piedra en la honda, se paró muy derecha poniendo el pie izquierdo en la última vara de la orilla de la garita, disparó la honda con el brazo derecho, y partió la piedra zumbando por los aires como una bala de rifle, y dando contra un cascarón casi despegado del ocobo, sonó de una manera espantosa. En el acto se le-

233 *Insolencia:* dicho o acción desacostumbrada.

vantaron todas las guacamayas muy asustadas llenando el aire de colores vistosos: Pía las seguía con sus maldiciones.

Las guacamayas se levantaron en orden, de dos en dos, como lo tienen de costumbre. Dieron unas vueltas sobre la roza, y, aterradas por los gritos de las guardianas, se dirigieron sin perder la formación a la roza de Juan Bautista, que estaba a media legua de distancia; pero encontrando sobre las armas al guardián, que era un esforzado mocetón, se encumbraron un poco más, y emprendieron la marcha directa por el valle abajo gritando sin cesar *¡guaaa! ¡guaaa! ¡guaaa!* en busca de otros bosques y de otras sementeras menos defendidas que la roza de *ñor* Juan Bautista, o de bosques despoblados, así como parten de los puertos del Viejo Mundo los buques de los emigrados o de los conquistadores, en busca de tierras mal cultivadas y peor defendidas por sus aborígenes más o menos desidiosos.

Ya se habían perdido de vista las guacamayas, cuando reparó Pía en unos tres micos que se habían quedado emboscados entre las ramas de un cedro de los más encumbrados de la orilla de la labranza. Uno de ellos se entretenía en dar golpes a una mazorca contra el gajo del palo, en el cual estaba muellemente sentado; otro en descascarar su presa, y otro en atisbar todos los movimientos de la guardiana. Pía los asustó con un hondazo y con sus gritos acostumbrados, y entonces se fueron caminando por los gajos de los suscas[234] y nogales encumbrándose cada vez más, pero sin aflojar de sus manos las mazorcas que habían adquirido a pesar de las malas razones de Pía y de sus balas perdidas.

Luego que la roza estuvo tranquila, se encargó Manuela de asar unas mazorcas y unos plátanos para el almuerzo, mientras su compañera cogía hoja de maíz para un caballito que tenía su padrastro, tal vez asilado por causa de las persecuciones de la justicia, y sacaba al sol un poco de quina tuna que había bajado de la montaña fría; mas no hizo esto sino después que le dio de mamar al niño, y le llevó agua y leña a su madre, que no podía salir de la choza.

El almuerzo de las guardianas, fue una guacharaca que había cogido Pía en una de sus jaulas, plátanos, mazorcas y guarapo, sin omitir el ají, que es la mostaza de los pobres.

Después del almuerzo fue convidada Manuela por su comadre a dar un paseo por todas las trampas, y a pocos pasos encontraron un mico que habiendo metido la mano en un calabazo para sacar el maíz que contenía, se quedó preso por no querer soltar los granos. Es de advertirse que el calabazo estaba bien asegurado con unas estacas. Pía cogió un palo grueso en el momento que lo vio y se le dirigió pronunciando esta sentencia:

—¡Ahora mismo te mato, demonio de ladrón!

---

234 *Susca:* árbol de la familia de las lauráceas, en vías de extinción, cuyo distintivo es el tono café que tienen sus hojas por debajo, el cual es visible a gran distancia. Sus frutos bastante grandes, 2.5 cms de largo, cada uno de los cuales tiene una sola semilla de buen tamaño. Estos frutos son nutritivos y son consumidos por aves silvestres de gran tamaño, como tucanes, loros, pavas de monte y torcazas. Antiguamente, los bosques dominados por lauráceas cubrieron buena parte de las cordilleras de Colombia.

—¿Qué es lo que va a hacer, comadre?, le dijo Manuela al verla llena de rabia.

—A matar este demonio.

—¿Y no le da lástima? Vea que don Demóstenes me ha dicho que es malo matar a estos animales que se parecen a nosotros.

—A él será que se parecen. ¿Y todo lo que me hacen rabiar a mí y todo lo que se roban?

—Pero no lo mate, por el amor de Dios, que una golondrina no hace verano.

—¿Y qué quiere que haga con él? ¿Qué hace usted con una pulga que coge en los dedos o un ratón que coge en la trampa? Y que si yo mato a este condenado, y lo pongo colgado de una pata en el lugar por donde entra toda la manada, usted verá como se destierran.

—Amárrelo en la casa hasta que se amanse.

—Entonces come más de lo que come ahora, y como es viejo, dificulto que se amanse. Mírelo cómo no afloja la mano, aunque le pego en el codo.

—¡Se querrá volver rico! ¡pobre! no lo mate...

Pía cedió a los ruegos de su comadre, le cortó las orejas y lo soltó, diciéndole la defensora:

—Verá cómo viene mañana con todos los otros ladrones; pero, en fin, mi comadre merece ser atendida.

Más adelante hallaron dos corcovados en una jaula. Éstos son unas aves que parecen pollos finos de gallina, cantan en los veranos a dúo, articulando al parecer la palabra *corcovado;* en otra encontraron un paujil,[235] de manera que se vieron con un acopio de más de ocho libras de carne para la casa.

Vueltas a la garita las dos comadres, se metieron debajo del grano; Manuela desplegó su costura que había llevado en una petaca, y sacudiendo un pañuelo que estaba dobladillando, lo aseguró por un costado debajo de la pierna, por falta de un alfiler. Pía descolgó unos cadejos de fique, y se puso a torcer hilo de lazos en la planta del pie izquierdo, que levantó sobre la rodilla, dejándole puesto en la forma de un lavadero. Estos hilos que torcía Pía se doblan y se retuercen, formando una cuerda gruesa que se llama lazo, siendo un género de mucho en la Nueva Granada. Las libras del fique se sacan de unas hojas largas de cierta planta del género *cactus*.

—¡Ay! Exclamó Manuela, después de un rato de silencio: ¡no hay en toda la parroquia una mujer más desdichada que yo!

—¿Y yo, comadre?, repuso Pía.

—Usted habrá padecido por boba, o quien sabe por qué; pero yo...

—Pues, en eso de boba hay su más y su menos, respondió Pía; así es como

235 *Paujil:* son aves de gran tamaño, de cuello largo y cabeza pequeña, a veces con cresta que despliegan cuando el ave es estimulada; el pico es de tamaño medio similar al de una gallina doméstica, sus especies tienen enormes crestas y gran parte de ellas posee protuberancias de colores llamativos y muy adornadas en su pico. Los paujiles del género *Nothocrax* son de plumaje críptico y de actividad nocturna, mientras que los del género *Crax* se diferencian fundamentalmente por ser más grandes y principalmente diurnos, y pueden ser de color negro o críptico.

se condena a la gente, sin estar en autos. Yo pongo a la mujer más sostenida y más juiciosa en un trapiche, a la edad en que me pusieron a mí; y si sale con bien, mire, comadre, me dejo cortar el pescuezo. Era menester que usted supiera las tentaciones, las necesidades y persecuciones de un trapiche; sin arrimo de padres, sin parientes, sin respeto de patrones, ni señoras, ni de nadie y sin oír hablar más que insolencias a cada minuto.

—Comadre, perdóneme si la he ofendido; pero cuénteme su historia, porque yo nada sé de lo que pasó en el trapiche.

—Es verdad que usted me sacó mi chinito de pila, pero no supo cómo fue que vino al mundo esa criaturita de mi Dios. Pues fue de este modo: el mayordomo había dado en venir a este rancho a llamarme para que fuera al trabajo del trapiche, y a mi mamá la amenazaba con que iba a echarla de la estancia porque no le mandaba peón. ¿Yo que iba a hacer? Por no ver afligida a mi señora madre, me anime un lunes y, echando unos plátanos en la mochila, me puse en camino. Entonces tenía catorce años y medio, estaba robusta y contenta, sin pensar más que en dormir, comer y chancearme con las amigas; con usted pasaba yo ratos muy buenos cuando mi mamá me mandaba a la parroquia, a oír misa o a los mandados.

Así que llegué a la ramada, me pusieron de bagacera:[236] el día no lo pasé tan mal: pero la noche, ¡ave María! que todo fue sustos, hambre y tristezas, de tal manera que estuve al huírme, porque caí como privada de sueño y de cansancio a las diez, que serían cuando paró la molienda, y gracias a que había mucho bagazo regado, que esa fue mi cama en la mitad de la ramada. Cuando me desperté tuve miedo, oyendo los ronquidos de los peones, los aleteos de las lechuzas y el ruido que hacían los ratones en el enmaderado; me acordé de mi madre y eché a llorar; pero volví a quedarme dormida.

El martes me despertó el capitán con el cabo de la zurriaga para que fuera a coger caña, y me entregó una mula rucia que se llamaba la Perla. Era mordelona, zonza y deslomadora como ninguna otra, y más astuta que el viejo Tadeo para abrir las puertas y esconderse en los barzales, o tirar de largo y meterse en los potreros ajenos; era tuerta, le faltaba media oreja y las costillas las tenía llenas do turupes y mataduras. Le emparejé las desigualdades lo mejor que pude, echándole, montones de calceta de plátano en las costillas, le puse los lomillos[237] y sus atravesaños, y le eché el sudadero, la garra[238] con las cuatro angarillas,[239] la cincha y el arretranco[240] de rejo tieso; y me fui para el corte con todos los cargueros antes de amanecer. Eché la caña sobre las an-

236 *Bagacero/a:* persona que recoge los residuos que quedan de la caña de azúcar después de exprimirla.

237 *Lomillo:* Aparejo con dos almohadillas alargadas por la parte inferior, para dejar en hueco el lomo, usada para las caballerías de carga. Guarnición.

238 *Garra:* especie de paño que se coloca debajo de la silla o parejo de la bestia de carga para protegerla.

239 *Angarillas:* varas que, colocadas paralelamente, sostienen entre ellas un tablero sobre el que se transporta carga.

240 *Arretranco:* correa ancha de cuero que rodea las ancas de la caballería de carga para impedir que el aparejo se corra hacia adelante.

garillas y apreté con el garrote lo que me pareció que era justo; pero a pocos pasos se deslomó[241] la Perla, y me echó la carga al suelo, tuve que volverla a cargar, y la buena alhaja tuvo la malicia de volver a tumbar de nuevo la carga; para esto que había llovido y, el camino estaba embarrado, yo sudaba y ya no podía de fatiga.

El día se me pasó en cargar y lidiar y pasar afanes; a todo esto el capitán no me quería porque no le decía *mi amo,* y no cesaba de amenazarme con la zurriaga; por fin se llegó la noche, caí, después de soltar la mula, como cuerpo muerto entre una pila de bagazo.

Yo no había comido ese día, porque la comida no era sino el pedazo de tasajo, el agua, el plátano y nada más; vi que no lavaban los platos aunque comieran en ellos los perros; a media noche, me desperté muerta de hambre, me fui al cárcamo[242] de la hornilla a asar un plátano para cenar, y encontré más gente asando plátanos y bebiendo guarapo. Así que puse mi plátano en la puerta de la hornilla, me senté a un lado; llegó uno de los peones de la carguería y tocándome la cara, me dijo:

—Negra, ¿te amañas en el trapiche?

—Como en el purgatorio, le contesté, volviendo la cara hacia el otro lado para no mirarlo.

—No seas tan brava y verás cómo no falta quien te ayude a cargar la Perla.

—No necesito, dije yo encogiéndome de hombros.

—Ninguno puede decir: de esta agua no beberé.

—A palabras necias oídos sordos, dije yo entonces; y no volví a mirar ni a chistar palabra.

Después de comer el plátano, me volví a mi nido; al amanecer me hizo levantar el capitán rebulléndome con el palo de la zurriaga, para que enjalmara la Perla. Quería llover y la noche se había puesto tan obscura como boca de lobo. Busqué por todo el corral la maldita Perla, pero fue como si la tierra se la hubiera comido; se lo avisé al capitán, que era un negro de lo más riguroso, que parecía muy amigo de la esclavitud, porque a todos los quería tratar como esclavos, y me dijo mostrándome el rejo de la zurriaga:

—Hoy es cuando se los chupa esta filimisca,[243] si la Perla no parece.

—¡Pero qué hago si se salió por entre las talanqueras, cómo está noche de obscura para irla a buscar, y como hay de culebras y de espantos en todos esos rastrojos!

—Lo dicho, dicho, me contestó el negro capitán y yo me senté a llorar en el caminito que iba para el barzal, con el cabezal en la mano.

Uno de los cargueros me dijo, acercándose a mí con mucho cariño:

—No se aflija, niña Pía. Entre los peones hay uno que le conoce las marrullas[244] y las guaridas a esa mula de Satanás.

---

241 *Deslomar:* derrengar.

242 *Cárcamo:* el hueco.

243 *Filimisco/a:* persona difícil de satisfacer, melindrosa.

244 *Marrullas:* astucia, trampa.

—¿Quién será?, le dije yo llena de gusto.

—Yo, me dijo él.

—Estoy pronta a pagar el real del día y la ración de carne porque me saquen de apuros.

—Yo no le intereso a usted plata ni carne, sino que no sea tan brava conmigo.

Éste era el mismo carguero que me había hablado en el cárcamo de la hornilla, era Pablo Ramírez, a quien usted conoce, el cual se fue al barzal y no dilató ni siete credos en volver con la Perla de cabestro. Ya estaba aclarando el día. Los otros cargueros se habían ido al corte, y yo me moría de afán porque el capitán me había prometido que si me atrasaba en un viaje, me descontaba el real; pero el que me libró de los azotes me sacó del segundo apuro ayudándome a empajar y enjalmar la Perla, tan pronto como me limpio un ojo.

Pablo me enseñó todas las industrias para manejar la Perla de modo que no mordiera, que no se deslomara y que no se atrasara en el camino. El remedio para que no se deslomara era apretarle el cinchón con el garrote hasta dejarla casi trozada, como cintura de avispa. Así fue que le tapé los ojos con mi pañuelo, le eché caña encima hasta que ya no se veía, y le torcí el cinchón con el garrote con que se acostumbra apretar las cargas en los trapiches; y para que el remedio quedara bien hecho, puse una rodilla en la tierra, eché la cara para atrás, cerré los ojos, apreté los dientes y torcí el garrote, y lo torcí hasta que la mula estaba ya delgadita, y hasta que berreaba como un marrano, con la lengua sacada como perro que acaba de correr. Dicho y hecho, la Perla fue la primera que llegó a la ramada sin deslomarse, ni morder, ni quedarse atrás. Esto fue el martes.

El miércoles fue un día espantoso, del que yo me acordaré toda mi vida. Había vendido mi amo Blas más miel de la que había en las canoas; las mulas de los compradores sabaneros no tenían qué comer sino chilinchile[245] y malva en la plazuela, y el caporal metía prisa para que lo despacharan. Había que apurar la molienda, y andaban tres zurriagas detrás de los cargueros de caña, la del capitán, la del lino y la del mayordomo; y lo peor era que la caña que se estaba moliendo era viche[246] y no rendía la miel en los fondos. ¡Qué día tan espantoso! Yo tenía las enaguas por cerca de la rodilla porque los caminos eran charcos de barro, los sabañones[247] me tenían los dedos casi trozados, y el sol picaba como candela. Era pasado el medio día y no habíamos almorzado; yo estaba en ayunas, y no vagábamos de correr con las mulas por delante. Yo me moría de hambre, cuando me llamó el carguero Pablo; me convidó a comer unas cucharadas de ajiaco que le habían llevado de su casa; y a escondidas comimos él, yo y otra carguera más chica que yo. Creo que me hubiera muerto si no me hubiera desayunado, porque los pobres somos más delicados

245 *Chilinchile:* hierba de la familia de las cesalpináceas. Crece hasta 1 m. Sus flores son pequeñas y de color amarillo crema.

246 *Viche:* verde.

247 *Sabañón:* inflamaciones rojizas que se producen en invierno en las manos, los pies o las orejas, que producen mucho picor y, a veces, se ulceran.

que los ricos para eso del hambre. Mi amo Lucinio tampoco se había desayunado ese día, y no se le echaba de ver como a mí. Le confieso la verdad a mi comadre: comencé a dejarme tratar con cariño del carguero Pablo.

Otro trabajo más grande me sucedió ese día. Se me rodó la Perla por hacerla correr con la carga por una loma abajo, y quedó encajonada entre unos barrancos. Yo le di mucho palo a ver si se levantaba, y Pablo que no me desamparaba, la hurgó con el filo de su caña con que arreaba su mula; pero todo era perdido, porque la Perla no se daba por entendida. Yo le avisé al mayordomo y él me dijo que no fuera a dejar resabiada la mula; y me mandó que llevara caldo hirviendo del que se cocinaba en los fondos y le echara por el anca. Como no me quiso parar la mula, me dijo que recogiera una buena brazada de hoja seca, se la pusiera, debajo y le pegara candela. Este último remedio estuvo de patente, porque la mula salió corriendo con la carga y no paró hasta llegar al trapiche.

El jueves a la madrugada no me dilaté en encontrar a la Perla, que estaba echada, le puse el cabezal y creyendo que estaba dormida, le di mucho palo para que se levantara. Yo no sé en qué consiste que en un trapiche todo el mundo se vuelve verdugo. Yo que había sido tan compasiva, en el trapiche veía las mataduras, las llagas y todas las miserias juntas sin que se me diera nada, y aprendí a dar palo a los animales, como los caporales y mayordomos. Le di muchos palos en el hocico para ver si se paraba o se movía; pero ya la Perla era alma de la otra vida. Le avisé al amo Lucinio, que ya estaba levantado, y me mandó coger el Diamante.

—Será algún diablo que no sirve, dije yo entre los dientes.

—Si fueras de buen genio lo pasarías mejor; pero así brusca, y malmodada es imposible.

—Conque me dejen estar en mi rancho yo no necesito de más.

—Sin embargo, una muchacha preciosa como tú, no ha nacido para los montes, sino para el trato con las gentes. Yo puedo concederte beneficios que te hagan dichosa, porque te quiero y te tengo lástima.

Ese día, por más cierto, no me fue tan mal con el Diamante, aunque dos veces hizo la gracia de descaminar lo andado con el rabo vuelto para adelante. Pensé mucho en los cariños que me hizo mi amo Lucinio en la puerta del corral y en la oferta de hacerme dichosa; pero le hablo a usted la verdad, Pablo me estaba gustando.

Yo no sabía lo que era uno de estos trapiches de por aquí; todo lo que veía era terrible. Les oía referir muchos casos que habían sucedido durante la esclavitud, de esclavas muertas por venganza de sus señoras; de cadenas arrastradas por los esclavos; de peones despedazados por los caballos de los mayordomos; de esclavitas perseguidas por sus amos; de grillos, rejo, palizas; y aunque a todas las historias les rebajaba yo alguna parte, pero sí creía que algo habría de todo esto. Y de los últimos tiempos de ahora, contaban tiranías de algunos amos con sus arrendatarios, que no han sido creíbles en los tiempos de la libertad en que vivimos: por supuesto que yo no le daba crédito a todo.

La historia quedó truncada por un ruido que se oyó del lado del maizal. Salió Pía corriendo con una piedra en la mano, sin tener tiempo de comunicar sus planes a su comadre, la cual siguió cosiendo como antes, hasta que llegó aquella con las enaguas llenas de amor seco, pegapega y otras hojitas que se prenden en la ropa cuando se anda por entre las sementeras.

—¿No ve, comadre?, vino diciendo; los ponchos se llevaban ya las mazorcas, y no es tanto lo que valen, cuanto lo que me dice el abuelo; porque ese es otro tormento que yo tengo, el padrastro soltero; un demonio de viejo más tonto que una gallina. Pero eso sí, su pedrada le metí al más chiquito y mañana les pongo la trampa de barbacoa, con la cebadera de un plátano maduro. ¡Qué vida ésta, comadre de mi alma!

—Cierto, comadre; pero no deje la historia.

—¿En qué íbamos, comadre?

—Me parece que íbamos en los cariños del amo Lucinio en la puerta del corral.

—Sí, señora, cabal; y yo no le di campo para que me dijese nada ese día; pero el cariño de Pablo si se iba aumentando. El jueves en la noche hubo juegos del toro y de la mariposa entre todos los peones, en los bagazales: Pablo y yo no nos apartamos, así como en la carguería estábamos siempre juntos.

El viernes no alcanzaban los platos para todos los peones, y yo, por darme aprisa, consentí en que nos echaran a juntos en un mismo plato; ese día nos hicimos *tumbos*.[248]

El sábado no tuve novedad ninguna, y a las horas de las guacamayas nos hicieron desenjalmar para meter todas las mulas a la quebrada y lavarles las mataduras. Mi tumbo se hizo cargo de lavar el Diamante, porque esas costillas estaban de ahuyentar a los que todavía no estábamos enseñados a las miserias de los trapiches. Yo salí de la semana, hecha pedazos de camisa y enaguas, y con las mechas sueltas, y untada del mugre de las cañas desde los pies hasta la corona, y no era posible amañarme si mi tumbo no estaba junto.

El domingo nos pagaron a las nueve de la mañana. Yo no saqué sino cuatro reales, porque dos perdí de tabacos, desayuno y algo de aguardiente que me hicieron gastar los cargueros. Aparté un real para pasar el domingo, y amarré los tres en la punta del pañuelo para llevárselos a mi mamá Melchora. El amo Lucinio que fue el que pagó ese día, me llamó la última de todos, y me entretuvo en su cuarto diciéndome que lo quisiera. Yo no le contestaba que sí ni que no, y sin atender todo lo que me decía me ocupé en aflojar los ladrillos del cuarto con la zurriaguita que mi *antojo* me había hecho para que le pegara al Diamante.

Después de los pagos, todos los peones cogieron camino para el gasto de la estancia de *ñuá* Sinforiana. Yo me fui detrás de todos, y mi antojo me iba

248 *Tumbo:* enamorado, novio, amante.

siguiendo. El gasto era comprar chicha y aguardiente los que perdían al juego del turmequé,[249] para beber todos juntos los que ganaban y los que perdían. Había juego de tángano y de baraja en que se jugaban algunos medios; pero el asunto principal del gasto era chicha y aguardiente, tocar tiples, hablar insolencias y cantarles a las muchachas. En el gasto permanecieron varias mujeres viejas, madres de familia, sin tener más diversión que beber y hablar insolencias para divertir a los hombres. Las peleas eran frecuentes; pero *ñor* Juan Acero quedaba, vencedor, porque lo entendía para el manejo del garrote. Ese día fue cuando las hijas de mi padrino Elías llevaron por engaños al monte a la hermana de la niña Soledad, y la amarraron y la hirieron por unos celos sin fundamento. En un gasto no hay autoridad de jueces ni de dueños de tierras, y por eso es que suceden tantas diabluras; pero el resultado principal de estos gastos o bundes,[250] es que la gente no va a la parroquia.

Por la noche bailaban torbellino en la salita de la estancia, y en el mismo patio, y algunos jugaban primera. Era inaguantable el alboroto que sonaba en la estancia, y si le digo a usted qué era como el de las guacamayas, tal vez no le miento. A mí no me gustaba bailar si no era con mi tumbo; pero algunos me sacaban y me hacían bailar por la fuerza, como *ñor* Juan Acero, que le dio un garrotazo a mi tumbo porque no me dejaba bailar con él. Esa noche hubo dos cabezas rotas y un brazo quebrado; pero estas heridas se hacen por lo regular a descuido, o en gavilla de cuatro o cinco contra uno solo; y de esto no se le da nada a ninguno, porque la gente de los trapiches aprende a ser inhumana matando mulas y viendo las miserias de los pobres.

A media noche no había ya quien estuviera en su juicio, y sólo los que caían tendidos ya no hacían perjuicio ninguno. A Pablo y a mí nos daban aguardiente con porfía; pero yo no sentía sino gusto y ganas de retozar, de bailar y de charlar, de manera que yo era la diversión de todo el mundo; y hasta me molesté con mi antojo porque me trataba de sujetar. Al fin la casa me daba vueltas; no me pude tener en mis pies, y no supe más ni del gasto, ni de mi persona hasta el día siguiente que me hallé botada en el corredor cuando me despertó el sol que me daba en la cara. Yo estaba de una traza que si usted me hubiera visto, le hubiera dado lástima: mal peinada, mal vestida y hecha un fregón de pies a cabeza. Mi sombrero amaneció lejos de mí, y los tres reales; mucho más lejos, porque me los quitaron esa noche. Vea usted, pues, el resultado de una semana de trabajo en el trapiche. Yo me puse a llorar por unos momentos, sin que nadie me consolara. Pablo amaneció trastornado, y se despidió de mí para ir a coger trabajo.

Yo me vine a mi rancho, y cuando me aparecí delante de mi señora madre, se admiró de verme flaca, descolorida y llena de mugre, y cuando supo que no llevaba la plata de la semana, se me enojó. A pesar de todo esto yo sentía,

---

249 *Turmequé o tejo:* juego de origen indígena que consiste en lanzar un disco metálico o de piedra contra un bocín en el que se colocan varios petardos. Gana el jugador que haga estallar los explosivos acumulando la mayor cantidad de puntos.

250 *Bunde:* parranda, jarana.

no estar en el trapiche; la comida muy sabrosa con que me cuidaba mi mamá no me parecía tan buena como el colí[251] del trapiche cuando lo comía en un mismo plato con mi tumbo. Suspiraba por el trapiche, y sólo me consolaba con sentarme en el cerrito desde donde se ve el Retiro, a ver salir el humo de las hornillas; y el día que me tocó volver, corría por el camino como si me fuera amenazando el capitán con la zurriaga. Ya no había más gloria para mí que el trapiche.

Así se me pasaron cinco meses, sin sentir ni extrañar la mugre, la falta de la comida, ni la falta de cama, hasta que eché de ver mi desgracia. Me dio vergüenza volver al trapiche, y dije que estaba muy mala. Pablo me vino a ver dos ocasiones, no volvió más, y preguntando yo por él a la mujer del vecino Juan Solano, supe que se había largado para Ambalema con la Angarilla. No sé cómo lo estoy contando el cuento a usted, porque caí de mis pies al saber semejante infamia. Me enfermé, lloré, grité, me volví loca, y no me la pasaba sino en la orilla de la quebradita, sin cuidado de la casa ni de mí misma.

Mi mamá que veía todo, me llamó a solas un día, y me dijo estas palabras:

—Yo te hallo no sé cómo; ¿qué es lo que te ha sucedido?

—Mala, señora madre, porque me enfermé en el trapiche, le contesté con la cara cubierta con mi sombrero.

—Ya se me estaba poniendo; pero no hay que echarse a la muerte por eso, que las mujeres nacimos para pasar trabajos en esta vida, y no serás la primera que sales con esas. A mí también me pasó la misma, y peor, porque me tuvieron que llevar muy lejos para ocultarme. Ahora lo que importa es que esa criatura no vaya a padecer.

Salí del susto para con mi señora madre; ¡pero cómo me quedaría de sentimiento por la ingratitud de Pablo! Ésta es mi historia, comadre, y ahora usted me dirá si ha sido por boba o por mal inclinada que yo estoy pasando trabajos, sin poder ir a trabajar, y sujeta a cuidar una roza de maíz porque es lo único que puedo hacer, y sin tener con que ponerme una camisa, y gracias a los socorros que usted me ha dado desde que me sacó de pila a mi negrito, que así Dios se lo ha de pagar de gloria.

—Comadre, dijo Manuela, es muy difícil que se escape una muchacha de catorce años de las asechanzas de los amos, y de los peones, y de los mayordomos en un trapiche en donde no se tiene consideración ninguna con la gente, al mismo tiempo que las crías de animales se cuidan para mejorarlas. ¡Pobres muchachas! ¡Se las echan a la peonada sin miramiento de salud, de religión, de conveniencia de ninguna clase; y todo por hacerse ricos los amos! Ellos ¿qué tienen conque se corrompan sus arrendatarias, como la molienda les rinda una totuma más de miel? ¡Pobres arrendatarias, que tienen que sufrir el peso de la esclavitud hasta en el honor de sus hijas! ¡Pobre de mi comadre, tan linda, tan vergonzosa, tan formal como, era antes de ir al trapiche!

---

251 *Colí o plátano colisero:* pertenece a la familia Musáceas, es una planta herbácea de gran tamaño, provista de una raíz perenne, o rizoma, la longitud del fruto oscila entre 10 y 30 cm; un racimo pesa 13 Kg, el fruto de la especie llamada plátano maduro se emplea para cocinar.

—¡Dios les ayude a los ricos, comadre, que no reparan en adelantar sus pesetas aunque sea con la deshonra y la desdicha, de nosotras las pobres! Yo me hubiera matado si no tuviera algunos temores por la otra vida, porque le aseguro que hay días que no puedo aguantar.

—Y habría hecho mal mi comadre, porque Dios es el único que manda en nuestra vida. ¿No ha visto que un perrito recién nacido, si se bota a un pozo de agua, sale nadando hasta la orilla?

—¡Pero también he visto que un alacrán se mata cuando lo rodean con candela!

—Pero es el único animal que se mata, y la alacrana es tan buena madre que se deja comer de sus hijos. Nada, comadre, dice el dicho: viva la gallina y viva con su pepita. Tengamos paciencia y valor, que puede ser que la desgracia se canse de perseguirnos, y si no, allá en la otra vida tendremos descanso.

Eran más de las cuatro, y los animales comenzaban a arrimar a la roza, por lo cual se subió Pía a la garita bien provista de piedras, y la comadre subió detrás. Pronto ocurrieron las catarnicas, que son las que primero revolotean; en seguida llegaron los pericos, y las guacamayas, pero la invicta Pía repartía sus gritos y sus pedradas con el celo de un general inteligente que sostiene una ciudad asaltada por infinitos agresores. Cerca de anochecer se bajaron las dos defensoras, y Pía convidó a su comadre a visitar unas jaulas a media cuadra de distancia de la roza.

El sitio estaba limpio por debajo y por encima cubierto enteramente con las anchas ramazones de los nogales y botundos más estupendos, cuyos troncos centenarios medían por el pie seis varas de circunferencia, por lo menos. La vista del recinto era pavorosa en aquellas horas del crepúsculo, por la obscuridad natural del bosque, y Manuela se quedó recostada contra un nogal, oprimida de pena. Cualquier pagano la hubiera tenido por la diosa de la montaña, y ella no habría variado de situación por muchos instantes, si no hubiera sido sorprendida por los aleteos de un paujil que Pía sacaba de una de las trampas de jaula, y por los gritos de alegría de la astuta cazadora. Manuela se retiró con suma dificultad de aquellos lugares que estaban en armonía con el estado de su alma.

Al pasar por la garita le dio Pía el paujil, para llevar ella su hijito que se había quedado dormido en la cuna. Al volver a la choza, se quedó muy admirada Manuela de no encontrar ninguna noticia de la parroquia.

Capítulo XVII

Cambio de ministerio

Según lo pactado en el congreso de los magnates, hizo venir don Eloy a su arrendatario José Cifuentes, y le dijo:

—Te mandé llamar con el objeto de que me digas qué motivo has tenido para encausar a don Blas, un hombre tan bueno con sus arrendatarios y tan caballero por todos estilos.

—Yo ninguno, mi amo.

—¿Y la causa que le seguiste, probando con siete testigos que ha robado, que ha maltratado a la familia de Pedro Pablo y que ha cometido otros crímenes espantosos?

—Yo no, mi amo.

—¿No?, pues si no me dices todo lo que ha habido te echo de la estancia.

—¿Y mis maticas?

—Te las llevas, porque esas son tuyas; yo lo que exigiré será la tierra, que es mía.

—¡Pero, mi amo!...

—No hay pero que valga, tú entraste en la estancia sin condiciones y sales sin condiciones, y ha de ser dentro de tres días.

—Pues le diré todo lo que hay para que sumercé no tenga *irroña* conmigo. Sumercé sabe que a mí me hicieron juez de primera vara contra todo mi gusto, y que no me han admitido mi renuncio, aunque más he bregado. Sumercé sabe que *ñor* don Tadeo es el que dirige todas esas cosas, y él ha sido el que me ha metido en esos enredos, y todo se ha hecho a escondidas y engañando a los testigos. Pero no me echa sumercé de la estancita, ¿no es así, mi amo?

—Si haces lo que yo te mande.

—Yo soy la carne y sumercé el cuchillo, y sumercé puede cortar como mejor le parezca.

—Mira ¿no te ha vuelto a doler la pierna?

—Muchísimo, mi amo, y cuando cojo el hacha o el azadón es peor.

—Pues vas y te enfermas por el espacio de dos meses, el términos que no puedas ir a la parroquia.

—Sí, mi amo.

—Pero antes de eso, vas al juzgado y me traes la causa de Manuela y la de don Blas, que las necesito con urgencia, y a mi vista las echas a la hornilla envueltas en bagazo; con mucho sigilo, que nadie te vea, porque te pueden echar a presidio.

—Sí, mi amo.

—Y en lo sucesivo, cuenta con los tratos y contratos con don Tadeo.

—Sí, mi amo; por lo que es eso, no tenga sumercé novedad ninguna.

En virtud de este tratado secreto, ratificado en la hacienda del Purgatorio, se apareció en el despacho de los jueces el señor juez 1° suplente, Alejo Sáiz, el cual nombró por su director a don Demóstenes.

En el acto introdujo don Alejo una acusación contra don Tadeo por delitos de estafa y hurto de un caballo.

El señor juez 2° procedió a tomar las declaraciones, y habiendo resultado contestes[252] los testigos que probaban los hechos, decretó la prisión y pidió auxilio al alcalde principal, que lo era el señor Gregorio Alguacil, para aprehender al acusado; pero éste tuvo la astucia de eludir y evitar la orden, hasta que el juez hubo de nombrar tres individuos los cuales, aunque eran manuelistas, se excusaron porque nadie quería ponerse en pugna con don Tadeo: tal era el terror que había logrado inspirar en los espíritus de los ciudadanos. Visto esto, resolvieron don Lucinio y don Demóstenes, ir ellos mismos, auxiliados por Fitatá, a aprehender al acusado.

Éste había salido con una escopeta al hombro y había tomado el camino de la montaña en calidad de cazador, seguido de Papel y Tintero. Sabiéndolo los comisionados se fueron en pos de él y lo alcanzaron a media milla, y conociendo él que lo seguían, se dejó deslizar en una pendiente, por entre un matorral; pero sus aprehensores se metieron tan inmediatamente después de él, que don Lucinio vino a quedar materialmente encima, y por pronta maniobra le echó mano al cuchillo que llevaba en la cintura, y a la escopeta. Iba a escapar don Tadeo cuando cayó rodando José y lo cogió de los brazos; así lo mantenía a pesar de un mordisco que le dio Tintero; en seguida llegó don Demóstenes y, aunque se resistía con vigor el prisionero, fue atado de los lagartos[253] con un rejo de enlazar, y conducido por el camino público.

Siempre es triste la vista de un preso, aun cuando sea el mayor delincuente, y cuando se ve con grillos o ligaduras al que acaba de mandar un pueblo, o la república entera, es menester tener entrañas de tigre para no condolerse. Iba por el camino el esposo de una de las Paeces, y al ver a don Tadeo sin sombrero y sin una alpargata, desgarrada toda la ropa, y atadas las manos con un rejo, se llenó de pena y espanto, a pesar de haber sido víctima de sus persecuciones, lo mismo que su mujer, la cual pasó agachada por un lado del

252 *Conteste:* coincidente, conforme.

253 *Lagarto*: músculo grande del brazo, situado entre el hombro y el codo.

camino, sin pronunciar ni una sola palabra. No obstante el odio que había infundido el supremo gamonal con sus persecuciones, no faltaron rasgos de humanidad y moderación en el partido manuelista. Los manuelistas simpatizaban con los hacendados que eran de ideas caballerosas y nobles, con don Demóstenes, que era humanitario por índole y por escuela, y con el cura, que no les predicaba otras máximas que las del Evangelio. Era muy desigual, sin embargo, la partida, porque imbuídos los tadeístas en las opiniones de su partido, de odio a los de botas, esto es, a los más ilustrados; de un menosprecio profundo por el señor cura y sus máximas, y dispuestos a adoptar cualesquiera medios para sus fines, eran mucho más violentos y mucho más vengativos con sus enemigos. Así es que para la Víbora y Juan Acero no había parejas en todo el partido manuelista, y para don Cosme y don Blas no había en humanidad y civilización. De manera que los manuelistas con su moderación siempre tenían encima a los tadeístas. Doña Patrocinio se escondió y cerró su puerta luego que en la parroquia se supo que traían preso a don Tadeo.

La señora Sinforiana estaba en la puerta de su casa, y cuando venía el prisionero a unos treinta pasos distancia fue tanto lo que se penetró de rabia, por aquel espectáculo que no pudo contener su genio, naturalmente audaz y dominante.

—¡Qué hazaña, exclamó a grito entero, traer entre cuatro sayones[254] a un hombre solo y amarrado como un carnero! ¡Cobardes, tiranos, infames! ¡dejarían de ser enemigos de la libertad, si tal cosa no hicieran! ¡Y mire quién! Don Demóstenes, que no habla más que de la libertad, y de la igualdad, de la humanidad. ¡Bonita libertad, llevar a ese pobre amarrado como un cordero! Y ¡todo por defender a la presumida de Manuela! ¡Y ese bausán[255] de don Lucinio, que le parecerá que don Tadeo es arrendatario del Retiro! ¡Será porque no les dice mis amos y sus mercedes a los señores de botas! Pero no le hace, que no dilata una revolución en que todos los ricos y los beatos vengan a quedar por debajo. Que aprieten, que si la tortilla se vuelve, no les ha de quedar ni una mula, ni una paila en los trapiches. Pobre de don Tadeo, que por amigo de defender los derechos, del pueblo es que lo aborrecen los conservadores; pero no saben ellos lo que les viene encima. ¡Pícaros!, lo llevan como a un salteador, porque les hace algún contrapeso para que no chupen la sangre a los pobres. ¡Y miren quién es el acusador! Ese camandulero mojigato de don Alejo; pero yo le preguntaré un día cuando caiga por debajo con todas sus reliquias y todos sus santos, que con una cadena al pescuezo lo he de ver. Luego, ¿qué piensan los monopolistas, que toda la vida han de ser dueños de las tierras? ¿Y que toda la vida han de ser ricos? ¿Y que toda la vida les han de servir de esclavos los arrendatarios? ¡Un cuerno! ¡que pasen unos días, y veremos si la riqueza no se les vuelve jabón en las manos! Bueno, que persigan a los hombres de bien, a los defensores del pueblo, que el mundo da muchas vueltas. ¡Pícaros! ¡desalmados! ¡infames! ¡tiranos!

254 *Sayón:* hombre que, a las órdenes de alguien, maltrata a otros. Sicario.

255 *Bausán*: figura de hombre rellena de paja, vestida con armadura. Muñeco.

El preso había llegado al cabildo, y la madre de Cecilia, no cesaba de declamar contra los perseguidores de don Tadeo. Lo pusieron en la cárcel, echaron el cerrojo a la puerta y procedieron a aprehender a Juan Acero, que estaba metido en una cocina y que fue sorprendido de modo que no pudo hacer uso de su terrible garrote de guayacán. Juan Acero había sido avisado cien ocasiones de crímenes horrendos durante la dirección de don Tadeo, pero él, lo mismo que don Matías, se escapaba con la protección de don Pascual y de don Tadeo y de los jueces superiores. Era tan visible la protección dispensada a los criminales en aquella época, que don Blas y los otros hacendados de la parroquia se hallaban temerosos de un cataclismo social, y no sabían a qué poder atribuir el sistema de inmunidad que veían plantearse a paciencia de los altos magistrados.

Se recomendó de la custodia de la cárcel a un comisionado, con diez y seis hombres que mandaron los hacendados, y se tomaron las providencias para remitir al reo a la cabecera del cantón.

Don Demóstenes se retiró de la barahúnda[256] de los negocios públicos a su hamaca, y meciéndose meditaba en la política de la parroquia, y en la esencia de los procedimientos civiles. Estaba triste a pesar de su triunfo. La voz y la presencia de Manuela hacían una notable falta en toda la casa. A don Demóstenes no le gustaba la comida ni el servicio de la mesa cuando Ascensión o Pachita manejaban los asuntos de la casa. Y por otra parte, le hacían falta las chanzas de su casera, los debates con ella, y hasta las derrotas que le solía dar con la dulzura más encantadora en todas sus palabras, en sus chanzas y sus argumentos. Sin Manuela la casa era una penitenciaría para el bogotano, porque estaba a su bello trato, y desde que se ausentó, las gallinas, las cabras y los marranos le parecían más hostiles, y la marrana grande a pesar de estar sujeta a la horqueta de la ley, ahora se tomaba, más libertades; abreviando su camino por la mitad de la sala, sin atender a los daños que causaba, con los palos y las pezuñas; y esto lo atribuía don Demóstenes a la falta de los cuidados de Manuela que, efectivamente, tenía grandes consideraciones por su huésped. Lo que a éste le tenía más triste, era el considerar el extremo a que había llegado por su participación en los asuntos de la parroquia, y la revolución completa de sus ideas. Ya se había exhibido conduciendo a un hombre amarrado, había dado providencias para asegurar sus prisiones y se hallaba en absoluta contradicción con sus principios radicales.

¿Pero qué iba a hacer don Demóstenes? Los tigres no se amansan con grano como las palomas. Para establecer el imperio de la moral, de la ley y de la constitución, era menester usar de las medidas fuertes y hasta de la astucia. La dominación de don Tadeo estaba como infiltrada en todas las clases, todas las personas y todos los intereses. La sanción moral era lo que se llama pañitos calientes para la enfermedad social de que adolecía la parroquia. La autoridad, y la autoridad fuerte, era el remedio. Un corazón magnánimo es com-

256 *Barahúnda:* confusión, desorden.

pasivo aun con las personas que le hacen mal, y no quisiera ver afligido ni aun al enemigo de su bienestar. Ya eran admisibles para don Demóstenes las leyes fuertes contra los hombres parecidos a don Tadeo.

El cura llegó a visitar a su amigo, lo halló con la cara cubierta entre la hamaca, y lo llamó.

—Señor don Demóstenes, ¿duerme usted?

—No, señor cura. Siéntese usted. Me alegro de que usted haya venido; porque estoy acongojado, y la conversación de usted me distrae. ¿No ve usted que cosas? ¡Yo prendiendo criminales y siguiendo causas!

—¿Y qué remedio? Las leyes deben prevenir los delitos, la sociedad debe educar, debe moralizar; pero cuando no lo ha hecho, y cuando los malvados amenazan la propiedad, la vida, la quietud de la gente pacífica, no queda otro recurso. O hay que favorecer a los perversos; con la indiferencia; o hay que favorecer a los inocentes con los auxilios de la fuerza pública.

—¡Pero la fuerza, señor cura!

—Sí señor, cuando ya no queda otro arbitrio. El corazón del hombre no es inclinado siempre al bien. Desde Caín y Abel hasta nuestros tiempos el crimen y la indolencia han imperado sobre nuestra raza, y yo no creo que el descubrimiento del socialismo sea capaz de modificar o de cambiar la naturaleza del corazón humano, más bien que las doctrinas del Evangelio. Al hombre, lo debe considerar la ley tal como él es, y no como debiera ser. La represión de los malos es la única garantía que tienen los hombres débiles, modestos y virtuosos; de manera que las trabas que la autoridad les imponga a los perversos, no serán otra cosa que la libertad para los buenos. Al cooperar a la prisión de don Tadeo no ha hecho usted otra cosa que trabajar por la libertad de Manuela, de don Blas, de Dámaso y de una multitud de ciudadanos pacíficos, que merecen existir con seguridad; y no le pesen a usted los pasos que está dando en apoyo de las autoridades; porque ésta es la misma obra de la libertad genuina que usted adora de corazón.

—Yo creía cándidamente que todas esas leyes que se dan en el congreso y todos esos bellísimos artículos de la constitución eran la norma de las parroquias, y que los cabildos eran los guardianes de las instituciones; pero estoy viendo que suceden cosas muy diversas de lo que se han propuesto los legisladores; por lo menos, en donde haya un don Tadeo.

—Es triste, señor, la suerte de esta pobre parroquia pero yo tengo esperanzas de que se mejore.

—¿Y con usted no han tocado estas calamidades?

—No, señor, afortunadamente.

—Al buen comportamiento de usted se debe. Pero todo esto va a terminar. La sumaria de Tadeo está muy bien seguida, y el crimen perfectamente demostrado. Tadeo irá por ocho años a presidio, y mientras tanto la parroquia gozará de libertad.

—Dios lo quiera, don Demóstenes, y usted será nuestro libertador.

Dicho esto, se despidió el cura y se volvió a su casa.

Estaba sepultada la parroquia en el más profundo silencio. *Ñor* Francisco Novoa dormía con el sueño del artesano que ha trabajado todo el día. Un golpe a la puerta le vino a despertar, y levantándose con prontitud salió a informarse de la causa. Era don Matías Urquijo el que había tocado, y después que ambos se saludaron, este le dijo al señor Novoa:

—Yo sé muy bien que usted ha tomado el fusil para defender los derechos del pueblo y las ideas de progreso y que es un patriota muy valiente y muy decidido.

—¡Mil gracias!, dijo don Francisco, con una venia expresiva.

—Sé que usted reconoce en don Tadeo al defensor más acérrimo de los derechos del pueblo.

—Así es, contestó don Francisco.

—¡Pues bien! Sabrá usted que mañana se lo llevan a la cárcel de la cabecera del cantón, bien amarrado, por la acusación que le ha hecho don Demóstenes.

—Eso dicen.

—Hemos pensado unos cuantos en hacer una revolución.

—¿Revolución?

—O asonada, o motín, o lo que usted quiera, para sacarlo de la cárcel y restablecerlo en su destino de director de los jueces.

—¿Y lo han pensado bien?

—Sí, señor; y queremos que usted, saque su puñal y su carabina, porque usted es sostenido y valiente, y que nos acompañe en la jornada.

—Mil gracias por el favor que usted me hace.

—Y vámonos pronto, porque hay que tomar varias medidas.

—Pues yo le agradezco a usted el convite, dijo el ciudadano Francisco; pero le hablo a usted con toda franqueza, yo no entro en revoluciones de ninguna clase.

—¿Ni aun para salvar al defensor de los derechos del pueblo? ¿Al virtuoso don Tadeo?

—Ni aun para eso; le hablo a usted con toda verdad.

—¿No entró usted en la revolución de Melo por librar al ejército y al general Obando de la tiranía de los gólgotas?

—Es verdad.

—¿Y por qué no entra usted en ésta de ahora?

—Porque no tengo disposición ni estoy convencido de su justicia.

—¿Más? ¿Echar abajo la tiranía de las botas, la tiranía de los hacendados que oprimen al pueblo con su influjo y con su plata, no es la cosa más justa? ¿Y no es justo libertar a don Tadeo de la prisión? ¿A ese hombre tan decidido por los buenos principios?

—¿Y por qué no han de desempeñar los hacendados los destinos públicos? ¿No son más aparentes que los pobres arrendatarios? ¿Y por qué se ha de arrancar por la fuerza a don Tadeo del poder de la autoridad? Defendámosle por los trámites legales, auxiliémosle con lo que podamos en su prisión, y no vayan a cometer una calaverada que nos puede costar muy caro. ¿Qué será de la administración de justicia si para cada preso ha de haber una asonada?

—¿Lo mismo decía usted de la revolución del año de 54?

—Eso era muy diferente. Era para echar abajo un gobierno entero, que dimanaba de dos partidos opuestos, los conservadores, aferrados a las ideas coloniales y los gólgotas luchando por establecer las teorías más impracticables, y reemplazarlo con un gobierno que observase el justo medio. Yo no me avergüenzo de haber sido melista. El asesinato y el destierro no se conocieron durante nuestra revolución, y si llegamos a expropiar, fue lo necesario para sostener el ejército. La revolución de abril estaba apoyada por el ejército y por los liberales de Cartagena, Cundinamarca y el Cauca, y si la tercera parte de los liberales no se hubieran agregado a los conservadores, nosotros hubiéramos triunfado. Pero, ¿qué quiere usted?, los mismos que nos enseñaban en la sociedad democrática a que ni la propiedad ni la autoridad deben ser respetadas, fueron los primeros que se armaron para tomarnos cuenta de la sublevación contra el gobierno y de la expropiación, exagerando los hechos. Yo fui conducido al presidio de Panamá, y no sentía a cada barrazo que daba sino la parte que los mismos tribunos de las democráticas tuvieron en mi condenación. Hoy estoy resuelto a no entrar en revolución ninguna. No quiero servir de escalera.

—¿No sabe usted que en Bogotá está al estallar la misma revolución del 17 de abril?

—Lo sé muy bien, y lo sabe todo el mundo; pero yo no ayudaré en esta ocasión, esté usted seguro.

—¿Conque no se anima usted? ¿No quiere usted que lo hagamos colector de las rentas parroquiales o presidente del cabildo, que es tanto como ser presidente de una república chiquita, porque el cabildo es la legislatura de la parroquia?

—No, don Matías. Yo no quiero ser instrumento de don Tadeo para hacer lo que me mande, o lo que les mande a los peones que componen el cabildo.

—¿Es enemigo usted de un hombre tan bueno como don Tadeo?

—Por el contrario, estamos en muy buena armonía.

—¿Que es lo que hay, pues, en esto?

—Lo que hay es que yo soy un hombre independiente, porque vivo de mi yunque y mis tenazas, y no tengo para que someterme ni a los gamonales ni a los dueños de tierras.

—¡Pero los principios, don Francisco! ¿No es usted un liberal de principios?

—Yo puedo ser liberal sin ser revolucionario de aldea.

—Muy bien, don Francisco. Comprendo que usted es manuelista, contrario al partido de los tadeístas. En lo que hice mal fue en venir a revelar a usted un secreto, con el cual puede usted perjudicarme.

—No tenga usted cuidado. Yo soy neutral en las cuestiones de los manuelistas y los tadeístas. Soy liberal, pero no soy de los tiranos liberales que encabeza don Tadeo Forero, invocando los derechos del pueblo. No, señor, yo no me meto en nada; don Matías, esté usted seguro.

—¿Me da usted su palabra de honor de que esto que le he venido a proponer no lo sabrá ninguno?

—Por supuesto, don Matías.

—Pues, adiós, don Pacho, dispense las molestias.

El silencio continuaba en toda la parroquia, y don Matías se dirigió a la casa de Sinforiana, en donde estaban otros compañeros suyos. Se esperaba que llegasen varios comprometidos, pero aguardaron en vano, pues a ninguno se lo vio la cara. El oficial de la guardia de la cárcel vino disfrazado a conversar con don Matías, del lado de afuera de la casa. Se revisaban las armas y se repetían las órdenes. Nadie dormía en la casa de la señora Sinforiana.

A las tres y media dividió su gente don Matías en número de diez hombres armados de palos y machetes, y la encaminó por dos calles diferentes para que se cebasen[257] sobre la guardia a la voz de ¡viva la libertad! ¡viva don Tadeo!

La guardia constaba de diez y seis hombres, de los cuales se rindieron cuatro, y los demás salieron corriendo. Al comandante lo amarraron, y procedieron los conspiradores a descerrajar la puerta. A don Tadeo lo sacaron en brazos y Juan Acero se escapó corriendo; pero los presos de menor cuantía no quisieron salir. Los vivas se aumentaron, los vencedores recorrían los puntos principales de la parroquia poniendo centinelas y excitando al pueblo para que secundase el movimiento; pero no hubo sino dos que se les agregaron. Rodearon la casa de doña Patrocinio para prender a don Demóstenes, con el designio de sacarlo ignominiosamente de la parroquia, montado en el burro carguero de doña Patrocinio, a cuyo efecto lo tenían ya listo con un apero de cargar leña.

Don Demóstenes intentó juntar gente para sostener a las autoridades, se asomó por algunas boca-calles y llamó a algunos de los vecinos; pero nadie lo quiso seguir; y viéndose solo, y comprendiendo el riesgo que corría, se fue extraviando calles a la casa del cura.

Viendo los revolucionarios que habían errado el golpe, se contentaron con expropiarle a don Demóstenes algunos libros, Y a doña Patrocinio todo el aguardiente que tenía; registraron algunas casas, amarraron al sacristán por ser manuelista, y estropearon a varios por el mismo motivo. El alcalde era uno de los revolucionarios; a esas horas mandó iluminar la parroquia, y en seguida se dirigió al cabildo y descerrajó la caja del archivo de los jueces para sacar los

257 *Cebarse:* encarnizarse, ensañarse.

papeles que tuvieran relación con la causa de don Tadeo y del famoso Juan Acero. El triunfo era celebrado con algazara y con muestras de sumo placer, y los tadeístas gritaban: ¡Viva don Tadeo! ¡Viva la libertad! ¡Vivan los defensores del pueblo! ¡Mueran los gólgotas! ¡Muera la gente de botas! ¡Muera el cachaco Demóstenes! ¡Mueran los tiranos de las haciendas!

Al amanecer, supo don Matías que se acercaba don Cosme con gente de las haciendas; y viéndose él sin la suficiente para resistir, se retiró y disolvió sus compañeros. Don Tadeo y Juan Acero tomaron las de Villadiego, y la parroquia se quedó tranquila.

Don Demóstenes paseó todo el lugar con don Pacho Novoa y algunos otros; su admiración fue subiendo de punto al ver la facilidad con que don Matías había hecho la revolución, por la traición del encargado de la guardia y por la indiferencia de los manuelistas, que no habían querido ayudarle a sostener la constitución y las leyes. Se admiraba de ver que diez hombres pudieran volcar todo el organismo político de la parroquia.

A las seis llegaron don Blas y don Lucinio, que habían sabido la noticia por un posta de doña Patrocinio, y averiguaron el hecho judicialmente con la presencia del juez 2°. A esa hora pusieron requisitorias para Ambalema, Guaduas y Bogotá, elevaron la queja a las autoridades superiores y al juez del circuito, y aprehendieron a dos tadeístas cómplices en la revolución de don Matías. Pronto se restableció el orden y el gobierno de la parroquia siguió como estaba el día anterior.

Era una cosa digna de notarse que después de encausado don Tadeo, y después de tenerse probabilidades de su ruina completa por las circunstancias de su fuga, la población permanecía quieta y temerosa, y se le guardaban respetos a la persona del enemigo más declarado de la tranquilidad pública. Tal es el prestigio de los tiranos, que aturden la de sus víctimas con la astucia, el engaño y el terror, como los gatos a las avecitas que persiguen y como el boa a los cuadrúpedos que se ponen a su alcance. Las gentes no aparecían en las calles por no comprometerse con el nuevo gobierno, aunque todos estaban persuadidos de la ventaja de ser gobernados por el partido de los hacendados, hombres muy conocidos por su ilustración y su probidad. El corredor del Cabildo era la única parte en que se veía un grupo de parroquianos, compuesto de la señora Patrocinio, Paula, el sacristán, un sordomudo y tres muchachos curiosos.

Capítulo XVIII

La fuga

Manuela estaba asilada bajo la bandera de *ñor* Dimas, como presidentes y magistrados de la Nueva Granada que se han asilado bajo las banderas de los ministros residentes en Bogotá, durante los cuarenta y seis años de nuestra independencia; pero las seguridades que presentaba la estancia del Botundo eran mucho más efectivas, consistiendo en la garantía de los bosques interminables de la cordillera. No obstante, la víctima de la parroquia sufría pesares inmensos por su familia, por su libertad y por su amante, al cual creía culpable de una traición infame. No había podido dormir, y un canto fúnebre en que parecía articularse ji, je, jo, ju, le tenía despedazado el corazón. Esta música es producida en las noches de luna por un cuadrúpedo blanco de la figura de un perro, tan lento y desgraciado en sus movimientos, cuanto lastimosos son sus gritos, y se llama el perico-ligero.[258] No hay hombre tan insensible que no haya suspirado si ha oído en alguna posada de la montaña la sinfonía de estos animales, que con razón se quejan de la naturaleza, que les concedió cuatro pies negándoles la preciosa facultad de caminar.

La asilada del Botundo oyó cierto rumor en las talanqueras de la puerta del camino, y temiendo que la viese alguna persona sospechosa, se pasó de su cama al grupo de las matas de café, y se quedó en acecho. Pronto llegó un hombre a la mitad del patio y llamó a la fugitiva, diciéndole con voz cautelosa:

—¡Manuela, Manuela!

Manuela se quedó callada, la voz siguió llamando, y como el que la profería hubiese visto moverse las matas de café, dirigiéndose a ellas repitió las mismas palabras.

—¡Manuela, Manuela! Soy Dámaso. ¿No me conoce?

—Pero yo no soy Cecilia, contestó Manuela desde las matas.

Dámaso se acercó más al lugar de donde salió la voz, y saludó cariñosamente a su futura; pero ésta no le quiso responder.

---

258 *Perico-ligero:* perezoso; mamífero desdentado. Este nombre se aplica a dos géneros de la misma familia. Los unos son animales de dos dedos (Choloepus), y los otros de tres dedos (Bradypus). Están cubiertos de un largo pelaje. Suelen colgar de las ramas boca abajo. Los dedos de sus extremidades están provistos de gruesas uñas que usan para trepar o agarrarse de las ramas. Sus movimientos son extremadamente lentos.

—Manuela, ¿por qué no me responde?, ¿por qué me viene hablando ahora de Cecilia?, le decía con ternura.

—Eso usted sabrá, dijo Manuela; y se agachó con intención de no volver a responder, seguramente.

Dámaso se sentó junto a instarle que respondiese; pero ella se había hecho piedra, y hasta después de algunos minutos dio muestras de quererse entender con él, derramando un raudal de lágrimas que no pudo contener.

—Contésteme, Manuela, le decía Dámaso. ¿Qué novedad hay para que usted me hable de Cecilia?

—Que a ella es a la que usted quiere.

—No sé por qué lo diga usted.

—Por lo que les oí conversar en la chapa del monte de los cucharos, cuando yo subía vestida de hombre.

—¿Vestida de hombre?, preguntó Dámaso con viveza.

—Sí, y por eso no me conoció usted cuando Cecilia le dijo que no lo había olvidado.

—Eso puede suceder, y puede suceder que me quiera; ¿pero si no la quiero a ella?... ¿Me oyó usted decir que yo la quisiera?

—No; ¿pero a qué fin esa cita?

—Venía yo para la montaña y me salió al encuentro para decirme que ya sabía don Tadeo que yo estaba en la parroquia, y que me tenían espías para cogerme. Me conoció en la tos, porque yo estaba disfrazado.

—Y todo ese cuidado ¿qué significa? ¿no es verdad que hubo un tiempo en que usted se quería casar con Cecilia, y que usted se apartó de la casa porque la Víbora lo amenazó con echarlo de recluta si le pisaba sus puertas?, Cecilia le hace caso al gamonal por el interés de la ropa, pero lo que yo echo de ver es que el primer amor de usted y de Cecilia está permanente. ¡No lo creyera yo de usted!

—Pero usted ¿me ha oído alguna palabra sospechosa?

—Yo no oí todo lo que conversaron; únicamente le oí decir a Cecilia que le avisaría.

—Sí, señora, que me avisaría lo que ella supiese que se tramaba contra usted y contra mí; y me ofreció que haría todo lo que estuviera de su parte para contrariar las medidas de don Tadeo.

—¿Cecilia? ¿contrariar las medidas de su protector? ¡Vaya, que usted me cree enteramente necia!

—Tan cierto es eso, que me ha sacado de la cárcel.

—¿Cuándo, Dámaso? Luego ¿usted ha estado en la cárcel?

—A poco de haberme separado me cogieron los policías por sorpresa y me aseguraron en el palo; pero Cecilia rompió las paredes y alzó la viga del cepo para libertarme con riesgo de su vida.

—¿Cómo no?; ¡queriéndolo tanto como lo quiere!

—¿Pero usted no le agradece un servicio tan importante? ¿No estaría usted casi muerta de pena al verse huyendo, y saber que yo estaba preso?

—Siento mucho que lo hubieran aprehendido pero en el hecho de haberlo libertado Cecilia hay una cosa que yo no sé cómo entender. ¿Cuándo se arriesgaba por libertarle a usted no pensaba en el amor de usted?... ¿Y pensando en este amor no pensaba algo contra mí?

—Manuela, esos escrúpulos no son para estos tiempos de persecuciones y de trabajos. Es menester pensar en nuestra seguridad primero que todo. Recibamos de Cecilia, o de cualquiera que nos haya de favorecer, la salvación de nuestras personas, y no correspondamos con una mala partida. Por último le digo, y le juro, y le protesto, que yo no le tengo amor a Cecilia. ¿Para qué se molesta usted con temores que no tienen fundamento alguno? Yo sí tengo motivo, para reconvenirla a usted por lo que se dice de usted y del indio José Fitatá.

—¿Qué es lo que se dice, pues?

—Que consta de cinco declaraciones que ha habido motivos para sospechar por lo menos.

—¿No sabe usted que don Tadeo tiene testigos que juran todo lo que les manda? ¿No sabe usted lo que es un gamonal cuando no puede lograr alguno de sus intentos?

—Por eso, y por todo, yo he venido a libertarla, para que usted no tenga que esconderse, ni que temer persecución de ninguna clase.

—¿De qué manera?

—Llevándomela de esta tierra de opresión y de tiranía.

—¿Adónde, Dámaso de mi vida?

—A Ambalema.

—¿A Ambalema, a morir de esa fiebre de que han muerto tantas personas de Bogotá y de la sabana? ¿Y dejar a mi madre, la familia, amigos y parientes?

—Iremos a un caney muy distante de Ambalema, donde tengo un tabacal; la separación de la familia no será sino por corto tiempo. Ahora, por lo que es amigos y parientes, allá no nos faltarán, porque tendremos plata. Aquí en la puerta tengo amarrada una mula muy buena para su viaje.

—¡Pero irnos juntos y solteros! ¿Qué dirán misia Clotilde y misia Juanita? ¿Qué dirá el señor cura, que es tan bueno y que nos aconseja que no demos escándalos? ¿Qué dirá toda la gente?

—Volveremos casados dentro de dos meses, y entonces ya no tendrán que decir.

—¡No, Dámaso! Yo no le sigo a usted a esos lares.

—¡Pues, si usted no me quiere!...

—¿Más?

—Pues obras son amores, y no buenas razones.

Manuela se quedó callada; tenía el codo apoyado en un tronco y la cara sostenida con su preciosa mano por encima de las cejas. Un rayo de la luna que penetraba por entre la copa de uno de los árboles más grandes le bañaba de soslayo la mano y parte de la cara, y a su luz se veían algunas que descendían rodando desde sus largas pestañas, como las gotas de rocío que caen de las flores. Dámaso la miraba embelesado, sin atreverse a interrumpir ni su llanto ni su silencio, porque el verdadero amor es respetuoso.

De repente se levantó Manuela, y sin hablar palabra comenzó a entrar y salir, y a doblar piezas de ropa, y formar líos; y cuando estaba envolviendo el junco donde había dormido para arrimarlo al único tabique que tenía, su dormitorio, asomó Pía y le preguntó:

—¿Qué novedad hay, comadre?

—Que me voy para Ambalema.

—¿Por qué se va usted?

—Porque Dámaso me lo exige. El amor, comadre...

—De veras, comadre, que por el amor hacernos cosas en que no reparamos. Yo le había ofrecido que aquí no la encontraría nadie, que si era menester la pondría más adentro de la montaña, y todavía le ofrezco lo mismo.

—¡Muchas gracias, comadrita de mi alma; pero ya estoy resuelta! ¡Adiós! Saludes a *ñuá* Melchora, a taita Dimas y a los muchachos cuando vengan. A Pachita y a mi mamá, que me fui... pero no les diga nada, ni tampoco a don Demóstenes; que no sepa ninguno la suerte que voy a correr.

—¡Ah primor!, dijo Pía, ¡tener que separarnos, quién sabe hasta cuándo!

—Encomiéndeme a Dios, comadre Pía, dijo Manuela, y se fue acercando al lugar donde estaba la mula.

Pía lo regaló una botella de aguardiente para que la echase en el cojinete, y después de un estrecho abrazo, montó Manuela en la silla de Dámaso, con los estribos largos y las enaguas convertidas en calzones; llevando puesta una ruana pequeña de algodón y el sombrero de los días de fiesta.

Se quedó parada en la puerta la estanciera del Botundo, oyendo los gemidos de la comadre, hasta que la perdió de vista, y después de correr las talanqueras, tan despacio como lo exige la maquinaria de tales puertas, construidas de palos enredados con mancas de bejuco, se retiró a su cama a contentar al niño, que se había quedado llorando.

La fuga estaba emprendida y ya no quedaba otro recurso que caminar antes de que amaneciese y los terroristas les echasen mano. En la casa de Juan Bautista se sentía ruido por haber en ella un enfermo, pero esta casa no era hostil para los manuelistas; al pasar por frente a otras casas, que si eran sospechosas, tomaron la precaución los proscriptos de andar muy callados y llevar la mula suelta sin jinete. Al asomar a un cerrito vieron el sitio de la parroquia, en donde se hacían notables las casas por el blanquimento de algunas paredes y por los techos de palmicha. Manuela dirigió un triste adiós a la patria, es decir, a la familia, a los lugares predilectos de la infancia y la juventud, y a los sepulcros de sus padres. Al hacerlo, notó que había luces en varias de las casas, sintió voces y algazara. Puso atención, sospechó que había un tumulto popular y dijo a su compañero:

—¿Cómo que hay revolución en la parroquia?

—¡No sé nada de lo que ha pasado en estos dos días, porque tuve que perder casi uno de camino por traer esa mula, y no hablé con nadie por no darme a conocer: pero no tengo temores! Sé que el partido de don Tadeo intenta echar abajo el gobierno del 4 de diciembre; ¿pero cuándo han de querer los pueblos entrar en una nueva revolución?

—Pero vea, Dámaso, dijo Manuela, sin dejar de caminar aprisa, cómo cambian las luces, y oiga latir los perros. ¿No conoce la voz ronca del perro de don Demóstenes?

—Será que se van algunos para Bogotá y han querido madrugar.

A este tiempo sonó una voz que decía:

—¡Viva la libertad! ¡Viva don Tadeo Forero!

—¿No oye?, dijo Manuela.

—Algún baile que se acaba con borrachera.

—¡Mueran los conservadores y los oligarcas de las haciendas!

—¿Ve cómo es revolución? ¡Madre mía y Señora!

La misma voz lejana exclamó: ¡Mueran los gólgotas!

—¡Mueran!, respondieron unos cuantos.

—Aquello es contra don Demóstenes, no le quede duda, dijo Manuela a su compañero.

—¡Ande! ¡ande! que a nosotros nos importa alejarnos. Quién sabe qué zambra habrán armado los tadeístas para salir de don Demóstenes; pero a su casa no se le atreven a entrar, porque les ha dicho que es cónsul de la extranjería. Píquele a la mula antes de que nos amanezca en el camino real, que es en donde nos pueden ver.

Ya dejaban la parroquia a un lado los viajeros, y al pasar la quebrada por el lado de abajo del charco del Guadual, por un paso ancho, pedregoso y todo cubierto por encima con palmas y guaduas, prorrumpió Manuela, sin poderse contener, en estas palabras:

—¡Adiós, charco del Guadual! ¡y quién sabe para cuántos años! ¡Adiós, lavadero mío! ¡Adiós, palmas y guaduas! ¡Adiós, recuerdos de todas mis amigas!... ¡Adiós!...

La palabra se extinguió en su garganta, se desmayó y hubiera caído de la mula, si Dámaso no la hubiera sostenido con tiempo. Éste se aturdió por unos instantes; pero conociendo el peligro de la más mínima detención, tomó el partido de saltar al anca de la mula, llevar su brazo izquierdo adelante, por debajo del brazo de la enferma para tomar la rienda, y sostenerla con el otro brazo contra su pecho; todo esto sin dejar de caminar un solo instante. Se acordó del aguardiente, sacó del cojinete la botella, y con el pañuelo de la misma Manuela le frotó las sienes, y así consiguió que se estremeciese y que pronunciase algunas palabras.

—¡Yo me muero, Dámaso de mi corazón!

—¿Qué siente, mi hija?, le contestó su amado compañero.

—Dolor en el corazón. Bájeme de a caballo, bájeme, porque ya no puedo más.

—No, mi querida, porque nos cogen. Andemos, que el mal le va pasando.

Los deseos de Dámaso se cumplieron. El aire puro de la mañana, las virtudes del licor espirituoso, la ausencia de los sitios amados, todo iba causando la reposición, y Manuela hablaba y respiraba con libertad. Hasta llegó a contestar en tono festivo a las palabras amorosas de su guía. A medida que se apartaban de la parroquia, la confianza se aumentaba y la venida del día no era una amenaza contra la seguridad personal, porque se andaba ligero, bajando por los callejones del bosque, muy oscurecidos en partes por las ramas y las barrandas de la orilla, sembrados de piedras redondas a cada paso; pero la mula que era fuerte, era tan inteligente como lo requería la situación.

La salida del sol fue anunciada por un concierto universal de todas las aves: toches, cardenales, guacharacas, papagayos y azulejos. Un nuevo día es, sobre todo en la tierra caliente, un espectáculo que hace comprender la omnipotencia infinita de Dios. Las flores que se presentan a la vista son muchas, y sus colores y figuras admirables: las orquídeas de distintos colores, las flores del batatillo blancas, amarillas y moradas, de las cuales la blanca no pasa de las nueve del día, y otras mil que la vista no alcanza a abarcar, forman sobre el fondo verde de las hojas, labores tan primorosas que sólo el pincel de la naturaleza ha podido dibujarlas. A la luz soberana del astro del día, que se levantaba para recorrer la bóveda azul de los cielos, presenciaba Manuela todas estas bellezas y daba gracias a Dios por su existencia.

Los fugitivos se detuvieron a las nueve en una estancita oculta en el monte, para almorzar y dar descanso a la famosa mula, que también recibió su ración de pasto de guinea. Habían caminado cinco leguas y media, y ya los peligros eran casi ningunos.

A la noche pararon los viajeros en otra estancita, donde vendían aguardiente y tabacos. No había en esta posada sino tres mujeres y un sordomudo; todas las muestras eran de absoluta pobreza; pero la casa de paredes de palma era aseada, y las tres caseras se mostraron hospitalarias. Después de amarrada la mula y aprontadas algunas viandas por Manuela para el día siguiente, se terminó la velada, porque los viajeros estaban trasnochados y muy cansados de jornada tan violenta.

A media noche sonó el tropel de muchas bestias y la voz de algunos arrieros, que a Dámaso no le fueron desconocidos por ser agentes de don Matías. Hizo que las caseras, que se preparaban a vender el aguardiente, averiguasen de dónde venían los arrieros, qué objeto llevaban, y a qué parte se dirigían; él se salió por la contrapuerta de la casita y desde el barzal notó el número de diez mulas, y su calidad, que era de primer orden, por ser todas de silla. Manuela también conoció en el habla los arrieros, y por una ventanita, que más bien era un agujero, contó las mulas, y conoció una de un caqueceño que había posado en su casa de la parroquia, y que se la habían robado de los ejidos.

Después de que se fueron los arrieros, la joven Plácida, que fue la que se levantó a despachar, dijo a los prófugos:

—Uno de los arrieros me dijo que van para Antioquía a llevar mulas de un inglés, las cuales vienen de Sagamoso, que ellos son de Guaduas, que van ganando a cuatro reales por día, que van a pasar por el páramo de Ruiz y que no caminan sino de noche, porque las mulas están muy gordas y se fatigan.

Muy fácil era comprender que aquélla era una partida de mulas que don Matías Urquijo, director de la sociedad baratera, mandaba a la provincia de Mariquita, por las circunstancias de la mula del caqueceño, por la farsa que el arriero había urdido, y por el reconocimiento de los agentes, los mismos que habían sido acusados en dos ocasiones como empleados en este género de industria, pero que habían sido comprendidos en un indulto una ocasión, y otra rescatados por la generosidad de don Matías.

A las cinco se pusieron en camino los huéspedes, y Manuela encargó a las caseras que no dijesen a nadie que habían posado allí.

Por grados sentía Manuela el calor de la nueva tierra que iba recorriendo. Las arenas estaban retostadas por los ardores del sol, y las hojas de los árboles de chicalá, cumulá[259] y otros de los países muy cálidos no se movían porque no corría la más pequeña brisa. Manuela le dijo a su compañero, a eso del mediodía, que deseaba descansar debajo de una ceiba muy hermosa; pero éste le manifestó que dentro de un cuarto de hora llegarían a un sitio más apropiado para el efecto.

Llegaron por fin al lugar apetecido, que era un bosque pequeño de caracolíes,[260] de los cuales el mayor tenía seis varas de circunferencia en su base y cubría una área de media cuadra, la cual estaba limpia de arbustos y cruzada por un pequeño arroyo tan cristalino que se veían los pescados y las piedrecitas, y a la orilla había una palma de nolí[261] y dos grupos de chontadura, que son unas graciosas palmitas cuyo mástil no pasa del grueso de un cañón de fusil, y cuyo fruto, que cuelga en racimos morados, es de un agridulce muy aparente para quitar la sed.

Manuela se apeó sobre las raíces del mayor de los árboles y, tendiendo su

259 *Cumulá:* árbol de la familia de las apocináceas, de hasta 30 mts de alto. Tiene frutos grandes de color verde, con savia lechosa, adheridos en pares opuestos. Las semillas son aladas.

260 *Caracolí:* árbol de la familia de las anacardiáceas, crece hasta 40 mts de altura, Copa redondeada y con follaje denso. Tronco recto y cilíndrico. Sus flores son de rosadas a blancuzcas.

261 *Nolí:* palma aceitera. Tiene racimos de numerosos frutos de color naranja. De las hojas se extraen fibras para hacer cordeles.

ruana, se recostó dando la espalda al camino, mientras que Dámaso le quitaba la silla a la mula para darle agua y la libertad de revolcarse a su gusto.

El calor se aumentaba de una manera espantosa, y el aspecto de Manuela daba a conocer que su alma padecía los rigores de la tristeza. Había exhalado el más triste suspiro, cuando advirtió en una hormiga, que porfiaba sin dejar la carga por buscar el camino perdido por entre los palos y la hojarasca.

—¡Ay!, exclamó con dolor, yo también ando extraviada, y quien sabe cuál será el fin de mi jornada, porque este mundo da muchas vueltas.

—¿Qué dice, Manuela? ¿Desconfía usted de mí? ¿está arrepentida de su viaje? ¿teme que yo le dé mal pago?

—Pienso que usted es el mejor de todos los hombres, y por eso lo quiero más que a todos; pero no sé si usted, de aquí a cinco o seis años, me querrá lo mismo que hoy.

—¿Y luego usted lo duda?

—¿Y cuando yo esté fea?

—La querré lo mismo, y usted me hace poco favor en estar seria, triste y afligida, pensando de esas cosas sin fundamento alguno.

—Yo no estoy seria; vea que me río con usted. Perdóneme. ¿Qué quiere usted?, con tanto sufrir se pone una de mal humor. ¡Ay! ¡este calor! ¡la fatiga del camino!, pero todo lo sufro con gusto por seguirlo. ¿No es verdad que le he jurado seguirlo hasta donde usted lo tenga a bien? ¿No es verdad que hoy dependo de la voluntad de usted únicamente?

Sonó un toque parecido al de una trompeta, que no era otra cosa que llamada de marranos tocada en un cuerno, y reconociendo Dámaso al corneta por entre los claros de monte, se dirigió a él, aunque no era de los llamados; mientras tanto se desnudó Manuela, y se metió en el arroyo para bañarse.

El corneta no tenía más traje que los calzoncillos y una camiseta que le rodeaba la cintura, y por esto se le determinaba el carate[262] morado y amarillo que le cubría el vientre y una gran parte de la cara; su calzado consistía en unas quimbas,[263] y en la mano empuñaba la gran zurriaga, que también se llama perrero. Saludó a Dámaso con un abrazo muy apretado y le dirigió estas palabras de suma confianza:

—Parece que usted se lleva una regular cosechera para que le ayude a matar los gusanos.

—Por librarla de la persecución de un gamonal, que le había levantado, una sumaria. Yo no me habría animado a traerla: pero usted sabe que no habiendo leyes ni administración de justicia, el más violento es el que manda, y ¡pobres de los hombres de bien! ¡y pobres de las niñas honradas, y pobres de todos los pobres! ¡y luego nos elogian los gamonales la libertad y la tolerancia!

—Sí, señor, para que los toleren a ellos. Yo no sé qué es lo que hacen estos diablos que mandamos a los congresos, cuando no han podido hacer un gobierno que sirva, en tantos años que llevamos conversando de los derechos

262 *Carate:* enfermedad cutánea que produce manchas azuladas y a veces blancas.

263 *Quimba:* sandalia rústica de cuero.

de los ciudadanos. Con reclutamientos de gente, con expropiaciones de mulas, marranos y gallinas, y con protección, de los criminales no hay derechos que valgan. Mejor gobierno yo mis marranos que los gobiernos de la República, porque no les ofrezco derechos, sino que les doy maíz.

—Para venderlos, o matarlos. ¡Mire qué gracia!

—Lo peor es que nuestros gobernantes nos matan y no nos engordan.

—¿Eso cómo?

—¿No hacen una revolución en que despachan tres o cuatro mil personas? Usted sabe que a un hijo mío me lo mataron en la última, y mi hija por ir a verlo cuando estaba en el cuartel, se amañó y se quedó por allá con la tropa, y mi mujer se murió de la pesadumbre a los quince días.

El porquerizo les derramaba maíz a los ciudadanos de su república, mientras que así conversaba con su camarada; y era de notarse que adonde comían los de ceba no se arrimaban los de cría, y donde comían estos últimos no se ingería ninguno de los de otros chiqueros.

—No ve usted, decía el porquerizo, ¿yo para qué voy a decir que todos mis marranos son iguales, si unos están más gordos que los otros?

—Los granadinos estamos también repartidos en las clases de calzados y descalzos, y delante de la ley los descalzos nos fregamos, y si no, aquí estoy yo que lo diga. Por las leyes del cabildo y de don Tadeo, que no son iguales a las que obedece el señor don Leocadio o don Eloy es que yo estoy desterrado de la parroquia. Tiene usted mucha razón en decir que sus marranos están mejor gobernados que los granadinos.

No extrañe el lector los rasgos de ilustración que se notan en aquel descamisado de los bosques, porque había sido cabildante dos ocasiones y sabía leer y escribir. En tierra caliente es mucho más despejada la gente que en tierra fría, y así no faltan unos cuantos ciudadanos, entre el pueblo descalzo, que comprenden sus derechos.

Manuela, que se había vestido ya, llamó a su compañero para que fuera a comer, y éste convidó al presidente de los puercos, el que se excusó porque tenía que coger un marrano para curarle una herida.

El fiambre constaba de una gallina asada, de unas yucas y plátanos cocidos, de patacones y pastas de harina de maíz fritas, de unas arepas tembladoras y de una panela. Era una boda, y los convidados eran felices en aquellos momentos, olvidados de los tiranos de todos los partidos de la Nueva Granada. Cayeron unas cuatro pepas de caracolí, y levantando sus ojos los dos viajeros notaron un par de guacamayas que comían juntas en un mismo racimo, porque estas aves, que vuelan juntas de par en par, comen juntas y duermen juntas, sobre lo que hizo Manuela sus comentarios, concluyendo con estas palabras:

—¡Todo eso me gusta, lo que no me gusta es que las guacamayas sean las mayores enemigas de mi comadre Pía. Pobre mi comadre, que la llevo atravesada en mi corazón!

Mientras que los viajeros se comían el fiambre, la mula comía ramas tiernas del árbol llamado zapote.[264] Este acto de descanso se llama sestear en los pueblos de tierra caliente.

Desde los caracolíes fueron a dar los viajeros hasta la Ceiba, que era una estancia así llamada, por el árbol de este nombre que cubría con sus gajos horizontales todo el patio, al que llenaba con los copos de lana que sueltan estos árboles de unas cajitas ovaladas en que se crían las simientes, en las dos cosechas del año. Aquí vivía una familia muy conocida de Dámaso, que tenía noticia de sus aventuras, y había una estanciera llamada Manuela, del mismo cuerpo de la fugitiva y bastante parecida en el color, en el habla y en algunas de sus facciones.

Mientras que era hora de acostarse, la familia se ponía en las noches de luna a rapar, medir y enmanojar piezas de listón para vender en Ambalema. Éste se extrae de una cáscara fina del majagua,[265] hermano de la ceiba, que parece cinta y se aplica para envolver tabaco de andullo.[266] Las dos Manuelas estaban tomando su chocolate, sentadas al pie de la gran ceiba, y la una dijo a la otra:

—¡Tocayita!, yo la conocía ya, y la quería muchísimo.

—Dámaso que les hablaría de mí.

—Él; y no se puede usted figurar los elogios que nos hacía de mi tocaya. Usted va a ser muy afortunada, porque Dámaso es muy hombre de bien.

Luego que acabaron de refrescar las tocayas, al cogerle la mano la prófuga a la Manuela de la ceiba, le dijo:

—¡Esta sortija que usted tiene es la mía!

—Nada tiene de dudoso, tómela, dijo la tocaya de la ceiba, y se la puso en el dedo a la prófuga. Imposible que yo dudara. El modo de reclamar mi tocaya la sortija tiene un aire de verdad para mis ojos que no deja duda. Porque yo creo que mi tocaya no puede decir una mentira de esta clase, ni para hacerse entregar un diamante si no es de su propiedad.

—Mil gracias, tocayita. Ahora lo curioso es saber cómo vino a sus manos una sortija que yo he perdido hace seis días en una pelea que se armó en la calle de casa, la cual comenzó por una marrana y se acabó con unas cuantas prisiones, porque todo estaba dispuesto por el gamonal de mi tierra para prenderme y mandarme a la reclusión de Guaduas; la fortuna que yo no anduve tonta.

—Pues la sortija se la compré a un hombre de una cicatriz en la cara, que traía un garrote muy grueso de guayacán.

—¡Ése es Juan Acero!, el hombre más atrevido y más delincuente de toda mi parroquia.

---

264 *Zapote:* árbol de la familia de las bombacáceas de tallo leñoso, que puede alcanzar una altura de 45 mts. Flores blancas a cremas verdosas, fruto ovoide de color naranja, es comestible, y en su interior tiene por lo general una semilla de forma alargada y superficie lustrosa, de color negro o café.

265 *Majagua:* árbol de la familia de las tiliáceas; alcanza hasta 25 mts de altura; tallo leñoso, hojas anaranjadas cuando nacen y rojas al polinizarse, sus frutos son esferas secas; es un árbol muy utilizado en parques y zonas verdes por su forma piramidal.

266 *Andullo.* hoja o manojo de hojas de tabaco para mascar o aspirar por la nariz.

—Tal vez; en tres reales me la dio.

—¿Venía solo?

—Con un hombre de muy mala planta, blanco, no muy alto, de manos muy finas.

—¡Don Tadeo! ¡Madre mía y Señora! Ése es el que me persigue con las leyes porque no me quise agregar al número de sus protegidas. ¿Qué es esto, tocaya de mi alma? Ayer cuando pasábamos por un lado de mi parroquia gritaban muy recio: ¡Que viva don Tadeo! ¡Que mueran los conservadores y los gólgotas!, lo cual quiere decir que don Tadeo estaba triunfante; ¿qué lo trae por aquí a estas horas?

—¡Pues quién sabe, tocaya!

—¿Venían a caballo?, preguntó la tocaya de la parroquia con la más viva emoción.

—Venían ambos a pie, y de muy mala traza, y tristes al parecer. Yo les entendí que van de *raspa*,[267] y que temen que los alcancen.

—Estoy aturdida, dijo Manuela, y se paró a comunicarle a su compañero la noticia que acababa de oír.

No hizo gran caso Dámaso del acontecimiento y terminó por hacerle observar a su amada, que si eran don Tadeo y Juan Acero los enunciados, no podrían en Ambalema salirse con sus intentonas, como en su parroquia.

Había cerrado ya la noche y entraron a la sala. A un rayo de luz de la luna divisó Manuela que la hamaca estaba ocupada por una persona que le era desconocida, y que dormía tranquilamente. En una ausencia que hicieron las caseras yéndose a la cocina, y Dámaso, que fue a cuidar la mula, se quedó Manuela sola y se sentó en un taburete que recostó contra la pared, muy cerca de la puerta. Entregada estaba a sus meditaciones favorecidas por la dulce brisa de la noche que empezaba a soplar, cuando de repente oyó su nombre, pronunciado por el durmiente de la hamaca.

—¡Manuela!, dijo sentándose en su movible lecho.

—Mande usted, contestó la parroquiana.

—Esa voz no es la de Manuela.

—Pero es la mía, y como me llamo así... Dispense usted. Llamaba a la casera.

—Voy a avisarla.

—No, no se moleste usted. No la necesitaba para ninguna cosa importante. Hágame el favor de decirme, ¿cómo se llama usted?

—Manuela Valdivia, una criada, suya.

—Me tiene usted a sus órdenes. Yo soy Aniceto Rubio, un servidor suyo. ¿Y hacia dónde se dirige usted?

—A Ambalema, señor.

—¿A buscar trabajo?

—A buscar trabajos, si Dios no quiere otra cosa.

---

267 *Raspa*: regaño, reprimenda.

—¿Por qué trabajos? Allí va a encontrar usted libertad y placeres y dinero. Yo tengo casa en Ambalema y doy avances.[268] Desde ahora le ofrezco un acomodo digno de su persona.

—Muchas gracias, señor. Trabajaré al lado de mi marido.

Iba a replicar don Aniceto cuando entraron las caseras a la sala, y no pudo volver a hablar a solas con la linda viajera, que se retiró a la alcoba de su tocaya, apenas refrescaron. Don Aniceto demostraba claramente con los ojos la impresión que había recibido, y lo dispuesto que estaba a proteger a la recién llegada.

Dámaso durmió en la sala, a poca distancia de la hamaca de don Aniceto, quien lo veía con miradas de envidia de que fuera el conductor de una viajera tan hermosa.

A las cuatro de la mañana salieron de la posada, despidiéndose cordialmente de sus bondadosos habitantes.

Caminaron todo el día y a las cinco y media aparecieron a la vista de Manuela los tejados de la famosa ciudad de Ambalema. Parecía que habían quedado encendidos con los ardores del sol, y Manuela se condolió de una población que no gozaba como su parroquia de la vista de tres o cuatro aldeas, porque no había meditado que por la margen de Ambalema pasaban las gentes de cien pueblos, y que las colinas pintorescas estaban aquí compensadas con las canoas, los champanes y las balsas y ese gran tráfico de exportación, único que da movimiento y vida a los pueblos circunvecinos de Ambalema. Llegaba la barqueta del paso público, y Manuela, aunque había pasado el Magdalena por Peñaliza, tenía miedo de meterse en una barqueta recargada de gente, pues era nerviosa, como hemos dicho antes, y se dilataba en levantar el pie para subir a la canoa, cuando el pasero la abrazó y la puso encima, no sin una exclamación de horror que lanzó la viajera, porque además de ser cosquillosa el pasero era un monstruo que, por las escamas de diversos colores que lo cubrían, parecía caimán o pescado de los que llaman bagres. Manuela tomó su asiento en la barqueta y se tapó la cara; pero en el mismo instante oyó una voz conocida que gritaba desde muy lejos:

—¡Niña Manuela! ¡Niño Dámaso! ¡Aguarden al viejo!

268 *Avance*: anticipo de dinero.

Capítulo XIX

Los carteros

El sol no iluminaba todavía ni aun las copas más altas de los botundos, cuando se hallaba don Demóstenes conversando con Pía en la mitad del pequeño patio. Ésta de pie, asentaba con la mano la crin de la mula en que venía el huésped, mientras don Demóstenes jugaba con el mechón, y tenían el diálogo siguiente:

—¿Manuela?, le decía don Demóstenes.

—¿No se fue esta madrugada?

—¿Para dónde?

—Para Ambalema; pero guárdeme el secreto. Vino Dámaso y cargó con ella. ¡Pobre de mi comadre!

—¡Qué disparate! ¿Y por qué se iría?

—¡Pues huyendo del gamonal!

—¡Hombre! Si ya salimos de él.

—¿Muerto?

—Encausado.

—Gracias a Dios, que al fin pagará en el presidio tantas picardías como debe.

—Lo que hubo fue que sus amigos lo sacaron de la cárcel.

—*¡Pu!* Entonces, ¿qué gracia han hecho?

—¿Pero se ha largado para los infiernos, y no volverá jamás a la parroquia? ¿Ahora qué hacemos para que vayan a avisarle a Manuela?

—Pero ¿quién?

—Tu padrastro.

—Pues dígaselo usted; pero mucho será que él quiera salir de la ceniza. Y me voy para la roza, porque ya es tiempo de que caigan los animales. ¡Hasta luego! ¿No va, con eso me mata una docena de guacamayas?

—¡Vine tan de carrera!, pero en fin, por allá me tendrás dentro de un cuarto de hora.

Ñor Dimas se estaba desayunando, y tenía el plato de palo del ajiaco en el suelo, en medio de las piernas, a tiempo que se le acercó don Demóstenes y desde a caballo le dijo:

—Buenos días, mi amigo Dimas.

—Buenos días, patrón don Demóstenes.

—Desde que lo vi, concebí una esperanza.

—¿Luego me había visto?

—¿Por qué me lo dice?

—Porque los ricos no alcanzan a ver a los pobres.

—Eso no me diga usted, porque yo venero el dogma de la igualdad entre todos los ciudadanos.

—¿Luego hay igualdad?

—Sí, señor: la república no puede existir sin haber igualdad.

—¡Ja, ja, ja! Me *reigo* de la igualdad.

—¿Cómo no?, la igualdad social. ¿Luego usted no cree que todos somos iguales en la Nueva Granada?

—¡Ja, ja, ja, ja!

—¿Por qué se ríe usted?

—Porque sumercé es tan igual a yo, como aquel botundo a esta mata de ají.

—Está usted muy retrógrado, taita Dimas; el dogma de la igualdad es indispensable entre nosotros.

—¿Y por qué no me saluda su persona primero en los caminos y se espera a que yo le salude? ¿Y por qué le digo yo mi amo don Demóstenes y sumercé me dice taita Dimas? ¿Y por qué los dueños de tierras nos mandan como a sus criados? ¿Y por qué los de botas dominan a los descalzos? ¿Y por qué un estanciero no puede demandar a los dueños de tierras? ¿Y por qué no amarran a los de botas que viven en la cabecera del cantón, para reclutas, como me amarraron a yo una ocasión, y como amarraron a mi hijo y se lo llevaron? ¿Y por qué los que saben leer y escribir, y entienden de las leyendas han de tener más *priminencias* que los que no sabemos? ¿Y por qué los ricos se salen con lo que quieren, hasta con los delitos a veces, y a los pobres nos meten a la cárcel por una majadería? ¿Y por qué los blancos le dicen a un novio que no iguala con la hija, cuando es indio o negro?

—Eso consiste en que las cosas no se llevan siempre con todo el orden debido.

—¿Pues mientras que se llevan, le digo a sumercé que aquí en esta Nueva Granada no hay igualdad. Ya sumercé sabe que los dueños de tierras de por aquí se ponen muy bravos cuando uno no les dice mis amos? ¿Y todavía está pensando sumercé en las igualdades? De veras, que mi amo don Demóstenes tiene a ratos como a modo de rasgos de no sé qué...

—Mire, taita Dimas, o don Dimas, como usted quiera; traigo una urgencia tan sumamente grande, que no me deja explanar delante de usted una doctrina. Es cuestión de minutos. Retrogrademos al principio. Lo vi y lo conocí, y no le saludé porque me entretuvo Pía. Dispénseme, don Dimas. Lo necesito ahora mismo para un mandado.

—¿Ya lo ven? Los ricos nos hacen caso a los pobres cuando nos necesitan. ¿Y qué es el afán de su persona?

—Que vaya usted en este momento a alcanzar a Manuela y me le dice de mi parte que el coloso ha caído por tierra, y que se devuelva en el acto a recoger los laureles.

—*¡Buuu!* Ésos ya ni con los perros de mi compadre Lías.

—Pero ellos no caminan tanto como usted.

—El miedo es alto de cuerpo, ellos caminan como dantas.[269]

—Eso ya es flojera, taita Dimas.

—¡Estoy tan ocupado!

—Dígame qué ocupaciones son ésas, a ver si las podemos allanar.

—Pues mire, tengo por ahí algunas trampas, y hay que repararlas todos los días.

—¿Los dos muchachos no lo pueden hacer?

—¿No sabe su persona que ésos son esclavos del dueño de tierras?

—¿Pía?

—Esa tonta de mi entenada no vale un demonio, y más desde que le arrimaron nuevos cuidados en el trapiche; y también es que me quería ir a cazar un *joso* macho que ha salido al pie de las peñas, y que ésa sí que es la carne que me sabe a mí, y lo mismo a Melchora, y la manteca es muy vendible para remedio, porque sirve para hacer salir el pelo y las barbas; y que ahora seis meses cogí una *josa* parida, pero eso sí que me divertí peor que en unas fiestas de san Juan; porque el día que la levantó...

—No me cuente, ¡por Dios! no me cuente la historia, porque cada minuto que pasa es una cuadra de adelanto para los prófugos. ¿Conque se anima, señor don Dimas?

—Pero esto del *joso* es lo que estoy pensando. Conque el día que levantó la *josa* me le puse a la pata hasta que la hice encaramar en un estoraque[270]...

—Usted debería hacerlo por el bien de Manuela. ¿No quiere usted a Manuela?

—Es una niña muy buena, tiene cariño para todos sus conocidos y a mí me mide el *miche* mejor que a los demás. Es una lástima de veras que se vaya a morir de la calentura ambalemera.

—¡Pues váyase a ver si la alcanza

—¿Con cuánto para mojar el guargüero en esas profundidades y en esos calores del enemigo malo?

—Con doce pesos, ¿no le parece?

—¿Y dos para dejarle a la vieja para la sal?

—Es mucha sal para una semana; pero no alegaremos por esto.

---

269 *Danta:* género de mamíferos perisodáctilos de la familia Tapiridae, conocidos vulgarmente como tapires o dantas. Pertenece al mismo orden que los caballos, con los que están lejanamente emparentados, y los rinocerontes, que son sus parientes vivos más cercanos. Son animales de tamaño medio, con una longitud que varía desde 1,8 mts a 2,5 mts y un peso de 220 a 300 kg.

270 *Estoraque*: formaciones de tierra causadas por la erosión.

—¿Y dos para los tabacos?

—No se los alcanza usted a fumar; pero tómelos.

—Pues me voy.

—Va usted a contraer un mérito inmenso a la gratitud de esa familia y todo su partido.

Después que recibió la plata el señor don Dimas, se entró a la choza a preparar sus útiles de viaje, despedirse y dejar sus órdenes, entre tanto que el bogotano parado en el patio, o diremos mejor, sentado en su silla, contaba los minutos y los instantes. Cuando vio que se tardaba en salir su correo, le dijo:

—¡Don Dimas! Me parece que se le hace un poco tarde.

—Espere un poquito su persona, que cada prisa trae su despacio. Es que mis quimbas de viaje no parecen, y la güimba quien sabe qué la hizo esa loca de Pía. Yo no sé qué es que yo no puedo tener nada seguro en esta casa.

—Lo que tiene es que los viajeros se nos retiran.

—No va lejos el que corre, como el de atrás no se canse. Deje sumercé y verá cómo mañana les doy patada.

—Pero dése prisa, don Dimas.

—Ahora es el rosario el que no parece. Yo no sé para qué tiene uno gente en la casa.

—Váyase sin rosario, don Dimas, que eso no significa nada.

—¿Yo? ¡Avemaría! ¡Cuando en esas vegas y en esos zanjones del *Magalena* es donde asiste el diablo!

Al fin salió *ñor* Dimas persignándose, después de despedirse de su amada casera, a quien llamó porque estaba en la quebrada, armado de un cuchillo y de un grueso garrote, y llevando una ruana pequeña sobre el hombro. Le dio la mano a don Demóstenes y tomó camino haciendo traquear los cascajos con sus quimbas de viaje, y echando humo de la churumbela[271] de loza vidriada.

Don Demóstenes dejó la mula amarrada del papayo y tomó a pie la senda de la roza.

A distancia de tres cuadras se paró *ñor* Dimas en un cerrito desde donde se veía la roza y la garita de la guardiana, y con voces que atronaban la montaña gritó:

—¡Ooooh, Pía!

—Señoooor, contestó la guardiana.

—¡No te dejes comer las mazorcas de las guacamaayas!

—¡No señoooor!

—¡Y me le das vuelta a la trampa del palmichal, y si la venada cayó me le quitas el cuero y me lo estacás, y me lo secás y me derretís el sebo, y me lo guardáas!

—¡Sí señoooor!

—¡Y mucho cuidado con toodo!

—¡Síiiiii!, le contestó la guardiana, y seguía dirigiendo sus gritos y sus

271 *Churumbela*: pipa para fumar.

maldiciones a las guacamayas hasta que llegó el cazador de escopeta, y subiendo dos atravesaños de la garita, de su propia cuenta, los restantes los subió tirado por la mano de Pía, la cual tuvo sumo gusto de ver sobre la plataforma de su castillo a un caballero tan buen mozo, tan rico y tan distinguido, porque Pía tampoco creía en la igualdad de clases de la Nueva Granada, y a todos los de botas los veneraba como si fuesen de una nación distinta. En el momento le señaló las guacamayas a su protector y protegido, que se acababan de sentar en la roza, y estallando la escopeta de una manera terrible cayó un par completo, una de las guacamayas muerta y la otra herida; a lo que pasaba la manada volando por encima de la garita, descargó el cazador su segundo tiro y cayó otro par.

Es imposible que nadie se pueda figurar el alboroto de la roza. Las guacamayas, los pericos, las catarnicas, que son de la familia de los gargüerones, gritaban de una manera espantosa, y Pía gritaba y bailaba de gusto sobre la garita, y colmaba de cariños a su generoso auxiliar, cuyo protectorado era la mayor ganancia para la roza.

—¡Chupa, diablos!, gritaba; ¡coman mazorcas a costillas del estanciero, condenadas de los diablos!

—Ve a traer las aves muertas, que yo cuidaré de la roza, dijo don Demóstenes cargando la escopeta de nuevo.

—Bueno, patrón, mate cuanto diablo arrime hoy a la labranza, dijo Pía, deslizándose por las escaleras para ir a traer los animales muertos.

Don Demóstenes y Pía se estuvieron callados para que se aquietasen los animales, y éstos comenzaron a arrimar a poco rato. Un chauchau fue el primero que se atrevió a bajar de los cedros elevados a las matas de maíz y en el acto cayó muerto del escopetazo, y una ardita que saltó por el ruido, cayó con el otro tiro. Pía no había visto jamás tales prodigios, porque una carabina que tuvo *ñor* Dimas era de piedra y no daba fuego hasta no negar por tantas ocasiones como las que san Pedro negó a Jesucristo. Pía recogió los muertos y heridos, y don Demóstenes se quedó sentado esperando al enemigo, junto de ella. Ninguno de los dos hablaba, ni hacía ningún movimiento que causara ruido, salvo los latidos del corazón de la guardiana, producidos por las emociones de la alegría. Pronto volvió la alarma, porque Pía le tocó el hombro al cazador, y le mostró con el dedo hablándole al oído y diciéndole al mismo tiempo:

—¡Mire el capataz de la manada de los micos! Apúntele al corazón.

—No puedo, Pía.

—¿Cómo no? Ahora que está en descubierto, échele fuego.

—Es contra mis principios.

—¡Mire que se le va!

—Es que yo no mato animales parecidos al hombre, desde el día que maté la zamba; ¿no te acuerdas del zambito por el cual lloraste?

—Sí; pero éstos son ladrones y me tienen loca, y ellos no tienen escrúpulo como usted.

—Sin embargo, siento no poderle complacer.

—¡Por Dios, mátelo, patrón, que yo le pago!

—No te canses.

—Deme la escopeta, pues.

Le cedió don Demóstenes la escopeta a la guardiana, y la instruyó de ligero; pero siendo al primer tiro que hacía ella, y teniendo el pulso muy alborotado, no es de extrañarse que lo errase al mayor de sus enemigos; pero se logró que toda la manada se asustase, y con eso se quedó conforme. Don Demóstenes se fue llevando una guacamaya para disecar y dejando mucha carne para la despensa de *ñuá* Melchora. Pía se quedó muy agradecida.

Pero volvamos al cartero.

El día que se fue supo que dos viajeros jóvenes, hombre y mujer, el uno a pie y el otro a caballo, llevaban el camino directo de Ambalema. Esto lo supo en una choza donde compró medio real de aguardiente para limpiar el gargüero del polvo que se le prendió. El camino carecía de casas laterales, pero apelando el viejo cazador de la montaña al arte ingenioso de seguir los rastros, él fue siguiendo los pasos a una mula y a un arriero de alpargatas.

Al segundo día llegó el cartero a un ranchito empalmado, no a comprar los dos pesos de tabacos, sino a comprar aguardiente, que era lo único que vendían en esa clase de posadas, en donde se veía un vidrito y una botella sobre una pequeña tabla, a manera de aviso, como se ve en Bogotá un guante donde se venden guantes, y un clavo y una alezna[272] y unas tenazas donde se venden mercerías. En esta venta lo entretuvieron más de media hora para asarle una vara de tasajo, la cual fue su almuerzo, con una arepa que le vendieron, y entre tanto que lo despachaban les hizo unas tantas preguntas a las caseras, siendo una de ellas:

—¡Mis señoras! ¿me dan razón si por aquí ha pasado una mocita de una cara muy pasadera que va a caballo en una mula muy buena, acompañada de un peón de buen *caite*?

—Por aquí no ha pasado, dijo la ventera, casi sin poner atención a las señas del cartero, y rascándose al mismo tiempo el oído con la crucecita del rosario.

Al salir de la posada o venta de la botella, se encontró el viajero una hoja seca, y levantándola hasta la punta de la nariz dijo, hablando a sus solas:

—Esta hoja es de payaca, y de esta mata no hay por aquí sino en la montaña fría, y en esta hoja había una tabla de cacao molido. Mucho será que la niña Manuela no haya posado y haya bebido chocolate en esta choza del diablo; por eso será que estas cochinas me han detenido tanto, y por eso sería que para decir esa *jipata*, «por aquí no han pasado», se tenía metida la pata de la cruz en la oreja para no mentir, como dicen que hizo nuestro patriarca señor san Francisco metiéndose la mano en la manga cuando le preguntaron

272 *Alezna:* ajuga de coser zapatos.

los policías que si por ahí había pasado un reo. Los marchantes me llevan seis horas, pero mañana por la mañana les doy patada; ya sé cuánto me llevan de ventaja.

Por la tarde se arrimó el cartero a unos caracolíes que convidaban al viajero con todos los rasgos de una poesía sublime, por la hermosura de esos gigantes vegetales más grandes que los cedros y los nogales, con la sombra deliciosa y el silencio inmutable de los contornos, porque *ñor* Dimas era poeta, si es que hemos de dar crédito al adagio que dice que de médico, poeta y loco, cada uno tiene su poco; y mucho más siendo cazador, pues para estos profesores no son desconocidas las escenas espléndidas de la naturaleza, ocultas para el común de las gentes.

—*¡Ajá!*, dijo el cartero, caminando por debajo de los caracolíes, aquí se *pegaron* un fiambre. Las hormigas se van llevando las cáscaras de los huevos, aquí están los huesos de un pollo, aquí las hojas soasadas de los envoltorios, allí están los rastros de haberse lavado mi paisana en esta quebradita, éste es el rastro del pie de ella, que lo conozco como los rastros de Pía; pero se lavó ella sola. Ellos son, y ya no me queda duda. ¡Madre mía y Señora que yo los alcance antes de que se me pasen del río!

Con todas estas indicaciones seguía el ciudadano Dimas muy contento su dilatado camino: hasta la noche sacó candela, asó carne, comió arepa que había comprado y se quedó al pie de un cumulá, que le pareció muy hermoso.

A las once del día tercero, no había adquirido el enviado noticias ningunas de los prófugos, y los rastros se le habían confundido con otros rastros. Hasta dudaba el ciudadano si se le habrían quedado atrás en algún deshecho o en algún sesteadero. El sol era espantoso y no se presentaba una de esas ventas de una sola botella, para poder refrescar la humanidad. Iba sin camisa y rodaban por su pecho ríos de sudor. La arena estaba calcinada con el calor y hasta las suelas de las quimbas (que es el calzado más fresco de todos) le parecían planchas calientes al cazador de la montaña, cuando vio en un árbol llamado plomo unos piquetes que le llamaron la atención, y se quedó lelo[273] mirando el palo, con la boca abierta y las manos tendidas, en una figura tan lastimosa como se quedan en Bogotá los ilustres cortesanos, o las cortesanas, cuando aparece un papel pegado en una esquina exigiendo el pago de contribuciones, o un decreto mandando iluminar todas las ventanas por ser el aniversario de alguna matanza; y como tenía la costumbre de hablar solo, como los enamorados, prorrumpió en las voces siguientes:

—Este es el diablo o es mi compadre Lías, porque él es zurdo y pica con la mano izquierda, y las amelladuras[274] suyas son porque él no quiere que se le gasten mucho las herramientas; y está cerca, porque la chorreadura del plomo no tiene todavía ni aun dos horas siquiera. ¿Pero qué diablos hacía el bestia de mi compadre ardiéndose los bofes entre los arenales de estos caminos

273 *Lelo*: pasmado, tonto.

274 *Amelladura o mella:* rotura o hendidura en el filo de un arma o herramienta, o en el borde o en cualquier ángulo saliente de otro objeto, por un golpe o por otra causa. Hendidura.

del infierno? Y si es mi compadre, con algún fin ha dejado estas señales: alguna buena vieja colmena, cuando menos.

Miró *ñor* Dimas para la orilla del monte y advirtiendo la huella de algunas pisadas, se entró poco a poco, y de golpe exclamó:

—¿Venlo? Unos famosos garrotes de guayacán, y ésos los vendo yo en la parroquia.

Cortó, efectivamente, algunos palos del monte nuestro viajero, y después de esconderlos siguió adelante en busca de los emigrados; al cabo de un cuarto de hora oyó decir una palabra que lo dejó suspenso, y fue ésta:

—¡Olé!

No vio por allí cerca a nadie *ñor* Dimas y dio unos pasos; pero se tuvo que detener porque le gritaron un poco más recio:

—¡Compadre!

—¿Quién diablos me llama?, dijo *ñor* Dimas, santiguándose y besando la cruz de pata de gallo de su rosario.

—¡Compadre Límas! arrime para este lado, le repitió la voz.

Y entonces fue que conoció el grito de su compadre Elías, y buscando algún camino que lo condujese al sitio, se metió por una senda que lo llevó a una choza nueva, y allí recibió un abrazo de su compadre Elías, el cual le ofreció un trago; ofrecióle otro en reciprocidad Dimas, pagando con un peso de a diez reales y se salieron ambos al camino provincial para continuar su viaje, porque dio la casualidad de que ambos iban para un mismo punto.

—¿Para dónde va mi compadre?, dijo *ñor* Elías al cartero de don Demóstenes.

—Voy para el Guayabal a traer una fe de bautismo para unos novios.

De esas guayabas no me mete a mí mi compadre, porque no soy de Mariquita, le dijo *ñor* Elías a su compañero, señalándole el pescuezo.

—¿Y luego?, le dijo el compadre.

—Que Dios me perdone el juicio temerario; pero lo que hay es que mi compadre se ha metido en la junta de los barateros y lo habrán mandado a comisión; y eso sí no está nada bueno, porque de golpe caen en una todos los marchantes, y se los lleva el diablo a todos: antes yo no sé cómo no está don Matías en el presidio, y lo mismo don Atanasio. Será porque son ricos, que si a un pobre le hubieran cogido las mulas robadas que les han cogido a ellos, ya no había ni los polvos, porque las leyes no son sino para los pobres. Los ricos se salen con cuanto quieren para hacer sus robos de bestias en grande, y si hay revoluciones, mucho mejor. ¿No vio usted mismo todas las mulas que se guardaron en la revolución que pasó?

—¿Y por qué dice mi compadre que yo ando en comisiones de la junta baratera? Eso es porque le sirve uno a personas que no son miserables, como muchos sujetos que le cuentan al arriero o al cartero los mordiscos de tasajo que ha de dar por el camino, y quieren que con un real se mantenga un peón en caminos extraños, y si es posible le dan plata chimba[275] para que vaya peleando con las venteras de todo el camino, las cuales le dicen que tan pelada tiene la cara como los chimbos que carga, y otras cosas que se les vienen a la boca, y que para esas cosas sí no la tienen chiquita.

—Pues si no es una cosa de soltar la gata, no sé cómo es eso de andar mi compadre con la bolsa de gamuza llena de pesos fuertes.

—Le voy a decir a mi compadre la purita verdad, pero muy en secreto: fue que me mandó de posta *ñor* don Demóstenes a alcanzar a la hija de la niña Patrocinio Soto, que se había *juído,* para que se vuelva porque ya le llevó el diablo al gamonal de la parroquia, con la sumaria que le arremacharon, y ha salido *juyendo,* y ya no lo volveremos a ver jamás.

—Ahora le voy a decir a mi compadre que yo también voy de cartero; pero yo no voy ganando sino cuatro reales de tasajo y seis arepas, y tres reales para guarapo, y de paga me darán seis reales en plata, pagándome a real por día.

—¡Ésa no me la mete a mí, compadre de mi alma! Porque era menester que lo hubiera mandado una de esas personas que dicen que son tan miserables que ayunan por no comer; y no se la creo a mi compadre aunque me lo jure con las dos cruces de las dos manos.

—¡Es decir que mi compadre me tiene a mí por el hombre más embustero del mundo!

—Pues así; porque era menester que mi compadre fuera el zoquete[276] más zoquete de todo el distrito para que les hiciera mandados por esa miseria de pago. ¡Sólo que sea el dueño de tierras, que son los únicos que pueden hacer esas cosas!

—No, compadre, para qué es decir; mi amo Cosme no ha sido.

—Yo no quiero saber. Lo que sé es que mi compadre es un salvaje, un animal, fuera de la crisma, por irse a dejar embaucar de los ricos. ¿Cómo yo le saqué a *ñor* don Demóstenes diez y seis pesos por el viaje, y eso que allá fue a quererme endulzar con los cuentos de igualdad y de los derechos, como si yo fuera de esos que se dejan embadurnar con tantos cuentos bonitos?

—¡Compadre!, usted dice todo eso, porque no es lo mismo tener entenados por el casamiento del doctor Montes, que tener familia legítima. ¡Ah! ¡la familia, la familia! ¡Eso es lo sabroso!

—¿Y la familia fue la que lo mandó?

—No; pero por la familia es que yo soy esclavo; por la familia me tienen sujeto, como se sujeta a un buey de la nariguera. ¿No se acuerda de la diablura que hicieron mis hijas con la tonta María?

—Sí, compadre.

—¿No sabe que iban a salir con sus año de reclusión, y que entre el dueño de tierras y don Tadeo les *insurparon* la causa y las dieron libres?

—Sí, compadre.

---

275 *Chimbo*: falso.

276 *Zoquete*: persona que tarda en comprender.

Pues, *oriverá* que de cuenta de eso hoy me hallo de esclavo de todos dos, y de cuenta de eso don Tadeo, la vieja *Injuriana,* la Cecilia, la niña *Resura,* todos son dueños de mis cosas y de mi persona a don Tadeo le he de regalar los cueros de los venados que cojo: las yucas, los plátanos y los frijoles; a la niña *Injuriana* le he de regalar las pollas que le parecen bonitas; a Resurrección, toda la cosecha de guamas.[277] Y últimamente las dos hijas han tenido que irse a vivir al trapiche del amo, de cuenta que las libró de la reclusión de Guaduas. De manera que yo soy tres veces esclavo: esclavo del gamonal por la libertad de mis hijas y esclavo dos veces del dueño de tierras; y ahora me mandó con una carta la señora Sinforiana.

—Es mucho lo que puede un gamonal, exclamó el ciudadano Dimas; pero nuestro gamonal ha caído.

—Pero ya verá mi compadre cómo vuelve con más rigor, y Dios lo libre a usted y a todos los que han ayudado para su caída. Cuidado con declararse contra don Tadeo ni hacerme decir la menor palabra contra él.

—¿Le parece a usted muy justo, muy legal, muy buen caballero?

—Por el contrario, creo que es de lo más malo que puede darse y que...

—¿Y entonces?

—El miedo, compadre, el miedo; ¿no ve usted que tiene tantos recursos para hacer el mal?

—Por lo mismo debemos plantarle. ¿No ve usted que la culebra que se empica a hacer daño, se busca y se mata aunque sea la más venenosa de todas?

—Yo voy a llevarle a don Tadeo una carta por mandado de la señora Sinforiana.

—Luego, ¿dónde se halla el abuelo?

—En Ambalema, a la fecha; porque se fue *juyendo,* es para llevarle plata y unas mudas de ropa y una carta.

—Pues voy a decirle a mi compadre una cosa.

—¡A ver!

—Que no le lleve la carta al hombre Tadeo, para que se lo acabe de llevar el diablo, y que podamos tener libertad, porque ya usted sabe que don Tadeo es un tirano que no tiene ley; y que no se meta más con toda esa gavilla, y que eche a la punta de un cerro a la vieja y a la moza, y no se deje ensillar de ninguno de los tadeístas. Y que ya ve mi compadre que don Demóstenes tiene plata y la afloja cuando es menester: ya le cuento que diez y seis pesotes me dio por el viaje. Esto no tiene ni que pensarlo. Toda la gente de parte de la niña Manuela es la gente más acreditada. Anímese, compadre de mi alma, y arrímese a la gente buena.

—¿Y qué hacía yo con esta carta?

—Esa me la da, y se vuelve, y allá dice que unos salteadores se la quitaron junto con la güimba y con las arepas.

—Bueno, compadre; pero eso sí, que no lo sepa Patricia, ni *ñuá* Melchora,

277 *Guama:* fruta del guamo que contiene unas semillas ovales cubiertas de una substancia comestible muy dulce, blanca, que parece copos de algodón.

ni persona ninguna, porque cuando menos me envenena la vieja *Injuriana* o me mata Juan Acero por ahí en la montaña de una puñalada, o en uno de los gastos.

—No tenga cuidado, mi compadre, que habiendo salido del hombre Tadeo, ya somos libres. Es que mi compadre se ha dejado aterrar, y no es otra cosa.

—Pero ¡mucho disimulo, compadre de mi alma!, y le ruego que allá en la parroquia ni me salude siquiera.

—No tenga escrúpulos, compadre, de esas cosas. Ya ve que don Tadeo y don Matías con la plata y con los testigos falsos es que se han bandeado para mandar la parroquia y aturrullar[278] a sus contrarios; ya vio usted a Simona lo que le sucedió y los de su casa, ya sabe usted todas las leyes que ha dado el cabildo, como la ley de la horqueta y de los burros. ¿Conque estamos, compadre?

Se callaron por un rato los compadres después que *ñor* Dimas recibió la carta, pero no dejaban de caminar a buen paso. *Ñor* Dimas se agachaba a inspeccionar los rastros de cuando en cuando, examinaba las bocas o entradas de las trochas y caminos, acezaba como un mastín fatigado y sudaba por todos los pelos de la cabeza.

De golpe se paró, se puso la mano en la frente y prorrumpió en este razonamiento:

—Estoy acabando de creer que el diablo acompaña a los que se quieren. ¡Cuál me costó ayer para seguirles el rastro!, a bañarse, a comer fiambre, a sestiar; pero yo no les perdía la pista a fuerza de mi talento. Pero ¿hoy? El diablo podrá *desatar* las pisadas. La mula esa parece ser la misma; pero tiene el paso muy retrabado: un rastro de cristiano le sigue detrás; pero es patica chiquita y de un pie torcido. Los marchantes se me han perdido, y si no me quedan atrás, ésos han cogido otro camino y se han ido a pasar el *Magalena* por otro puerto. ¿Qué hago? ¿Me vuelvo a buscarlos? ¿Sigo para adelante? ¿Agarro por otro camino? ¿Me vuelvo para la parroquia? Y para esto que se les ha puesto pasar por encima a cuanto diablo de arriero hay en el mundo. Y si yo me aparezco sin llevar razón a la parroquia, ¿qué me dirá don Demóstenes? ¿Y la plata que me he gastado? ¿Qué me habría yo tragado cuando fui a comprometer mi palabra? ¿No era mejor estar cazando *josos* en la montaña, o poniendo mis trampas y sacando mis colmenas, que no asándome los bofes por estos arenales de los infiernos?

—¿Está usted bien aburrido?, dijo a *ñor* Dimas su compañero.

—¿Qué diablos me habría yo tragado cuando me fui a dejar endulzar de las palabras del cachaco?, continuaba diciendo el cartero de don Demóstenes.

—¡Compadre Dimas! Usted ha perdido enteramente el talento de las pisadas; usted ya no la pega sino para rastrear ratones de espina y morrocoyes.

—Compadre, usted es el que no sabe sino buscar las colmenas que yo he dejado señaladas, para comérselas, y servirle de recadero a la Cecilia.

278 *Aturrullar o aturullar:* aturdir.

—¿Eso va de veras, compadre Dimas?

—Luego, ¿usted qué piensa, que porque sea mi compadre de mi alma y de mi vida, yo no le puedo meter unos porrazos en estos arenales?

—Pues si quiere, tíreme, que puede ser que los ojos no le sirvan para acabar con el viaje.

—¡Pues tire!

—Sosiéguese, compadre, que los dos no podemos pelear porque somos compadres de sacramento, y porque tenernos secretos entre pecho y espalda que nos pudieran perder.

—Pero ¡cómo mi compadre me viene aquí con insultos y vejámenes, cuando me veo más afligido!

—No hay que afanarse, compadre de mi alma. Usted se halla entotumado, y esos rastros se los *desato yo* con la pata izquierda.

—¡Esa sí que no!

—¿Apostemos un cuero de cafuche contra dos de*joso* hormiguero a que yo doy primero que usted con los fugitivos?

—¡Mas que perdiera yo los cueros de la venada que está empicada a la roza, y los cueros que usted dice, como topáramos a esos niños del diablo!

—Pues atiéndame, compadre, dijo el cartero de Sinforiana señalando las huellas del camino con el dedo gordo del pie izquierdo. Abra muy bien los ojos y vea: este rastro es de la mula; lo que tiene es que se montó Dámaso, por alguna espinadura que trae en la pata.

—Pero ¿este paso trabado?

—Es porque hecho el zoquete le habrá dejado las maletas en un solo lado, o se habrá puesto en la silla con la pierna recogida por encima. Y la patica chiquita que va detrás es la de ella que lo va siguiendo.

—Pero ¿torcida? ¿No ve usted que la niña Manuela no es cazcorva, ni chagüeta?

—¡Válgame Dios! ¿Y no se puede haber tropezado, o no puede llevar alguna espinita que le haga torcer el pie?

—¡Me ganó mi compadre! Los novios van adelante y ya los llevamos corticos. ¡Benditas sean las horas de mi amo y Señor! Apuremos, compadre, antes que se nos pasen del río, porque si llegan a caer a Ambalema y se meten en un canei, ni los diablos que den con los rastros, y para esto que los cosecheros los *insurpan,* o los dueños de tierras.

A poco trecho volvieron a entrar los carteros en conversaciones muy amigables, y como la política es un tema que ocupa los ánimos en los tiempos de revoluciones, sobre ella vinieron a dar los dos ciudadanos granadinos.

—Y usted ¿por quién vota este año para presidente?, le dijo *ñor* Dimas a su compadre.

—¿Yo?, por mi amo Cosme, porque si no, me echa de la tierra.

—Y yo voy a votar por la niña Manuela, porque ella me sabe medir el anisado a mi gusto, y me lo escoge de contrabando, y ella me dijo que contaba con mi voto de este año. Yo lo que no he podido entender es este enredo del zurriago universal y secreto, ni para qué demonios sirven esos votos de todos los peones y pobres de todas las parroquias.

—Es porque mi compadre no consulta con los *provesistas* y los tadeístas como yo, que son los que entienden eso del sufragio *universario*, porque don Eloy y don Blas, y el amo cura, y los hacendados conservadores no quieren sino una ley en que voten los que sepan escribir y los que sepan tener algo de plata, o de renta, y que los demás no votemos. Yo entiendo algo la política, porque converso con *ñor* don Tadeo, y don Pascual, y la señora Sinforiana, y porque tengo caletre.[279]

—Yo lo único que no comprendo bien es para qué nos hacen votar a la pura fuerza a todos los peones, y hasta los limosneros de otras parroquias.

—Es porque nosotros somos el gobierno, y el gobierno es nosotros.

—¿Es decir, que yo soy don Tadeo, y don Tadeo es yo? o ¿cómo es que usted me dice? Porque ya ve mi compadre que don Tadeo es el que ha estado mandando en los cabildos, y los jueces, y las elecciones, y todo.

—Compadre, no sea tan testarudo, ¿no ve que es del gobierno grande del que yo le hablo? ¿Del gobierno de los ricos? ¿del gobierno de los sabidos? ¿del gobierno de los militares? ¿del gobierno del presidente que manda sobre todas nuestras personas y nuestros bienes, y nuestra voluntad?

—Pero lo que no entiendo es cómo el presidente es yo, y como yo soy el presidente, o el gobierno de la América de la Nueva Granada.

—¡Compadre, no sea tan de una vez! ¿No es cierto que usted entiende que el Padre es Dios, y el Hijo es Dios, y el Espíritu Santo es Dios, y que no son tres dioses sino un solo Dios verdadero?

—Eso sí lo entiendo, porque es un misterio de nuestra religión.

—Pues lo del gobierno del pueblo es lo mismo y debemos creerlo, porque los blancos así nos lo enseñan.

Pero entonces ¿por qué mandan unos poquitos que el pueblo haga cosas que el pueblo no quiere, si el gobierno es el pueblo y el pueblo es el gobierno?

—¡Usted es una bestia, compadre de mi alma!

—Bueno, compadre; pero ¿cómo es que hacemos el gobierno con el voto secreto y *universario* cuando ni usted ni yo votamos por nuestra voluntad sino por voluntad de la niña Manuela y del dueño de tierras?

—Compadre, no sea tan caprichudo, ¿no ve que todos estos son los misterios de nuestra República *perfecta?*

—Así, sí, compadre, ahora sí comprendo cómo la República.

—¿No ve usted? Esta ley del voto universario no la quieren los hacendados conservadores, como don Eloy y don Blas y don Vicente; y si no fuera porque mi amo Leocadio, y mi amo Cosme, y don Tadeo y los demás liberales la mantienen, ya la habían hecho olvidar.

---

279 *Caletre*: talento, juicio.

—Pero, compadre Lías, ¿por qué son estas guerras de cada nada?

—Porque el gobierno es alternable y los partidos se tienen que remudar a balazos, porque así están dispuestas todas las cosas en nuestra Constitución y nuestras leyes, y para eso se ha mandado que los gobiernos tengan las manos cerradas y que sus enemigos las tengan sueltas. Y éste es un gobierno muy divertido, como dice don Tadeo, y él dice que aunque estemos en la pobreza que eso no le hace.

El sol se ocultaba detrás de la sierra nevada del Ruiz: los carteros no habían alcanzado a los fugitivos y los temores de que se embarcasen los hacían correr a pesar del calor que los ahogaba. Cuando faltaban pocas cuadras para llegar al puerto, *ñor* Elías se quedó en oculto para no hacerse sospechoso de una injerencia en los negocios de los manuelistas.

Cuando *ñor* Dimas avistó la margen del río tenía Dámaso un pie metido en la barqueta, y el otro puesto sobre la fangosa arena, y lo llamó con un grito de afán que a todos los hizo volver la cara. Dámaso se retiró unos pasos de la canoa, y después de los abrazos de paisanos, amigos y copartidarios supo la comisión que llevaba el cazador de la montaña. Llamó a Manuela, pero el pasero[280] no la quería dejar salir.

—Amigo pasero, déjemela sacar, le decía Dámaso con tono suplicante.

—Luego ¿no va para Ambalema la mosquita?

—No señor, porque se vuelve para su tierra.

—Menos por ahí, porque de estas peonas nos vengan muchas.

—¡Hágame ese favor!

—¡Salen estos moscas con unas batatas luego!...

—¿Por qué no me la deja sacar?

—Porque ya pisó mi barqueta y el tiempo no está para perder.

—¿Y pagándole el real de la pasada?

—Ése es otro cantar. Sáquela y vaya y escóndala donde no la vea nadie.

Salió Manuela de la canoa teniéndose de la mano de su compañero, y luego que vio a *ñor* Dimas corrió a abrazarlo y a preguntarle por los de su casa; pero éste no le dio razón sino de Pía y de *ñuá* Melchora, y le entregó el papelito que don Demóstenes le había mandado, que no contenía sino la pintura de un Cristo al revés, bosquejado con lápiz, y le dio el siguiente recado:

—Don Demóstenes me mandó a decirle a usted que se volviera, y que le avisara que el *galoso* está ya en la tierra, y que se volviera usted a recoger los laureles de las coronas.

Manuela comprendió muy bien las señas del papel, y aunque el cartero no le pudo explicar los sucesos de la parroquia, ella quedó convencida que el monarca estaba en el suelo, aunque no podía compaginar algunas contradicciones que había en los últimos sucesos, como eran los gritos de ¡Viva don Tadeo! ¡Viva la libertad! con el papel de don Demóstenes y el hallazgo de la sortija: pero el hecho era que la llamaban.

---

280 *Pasero:* el barquero o encargado de pasar a los viajeros en los ríos.

Libres como se hallaban los prometidos esposos, convino Manuela en pasar a conocer a Ambalema, y en el viaje siguiente de la barqueta pasó de nuevo a ocupar un asiento en ella.

Ñor Elías se volvió al día siguiente, y al pasar por el plomo marcado con el cuchillo, se entró en el bosque a cortar sus guayacanes; pero no encontró sino las cepas, y viendo los rastros evidentes de su compadre, exclamó:

—¡Ésta sí no le aguanto a mi compadre! ¡Me sigue el rastro a yo hasta en estos montes como si fuera en la montaña de la parroquia! Y me ha engañado no diciéndome nada en el camino, después que nos juntamos. ¡Ah, compadre de mi alma! ¡El día que me las pague ha de ser todas juntas!

Capítulo XX

Ambalema

Las aguas del Magdalena reflejaban a las seis y media de la noche la claridad de la luna, y la barqueta del paso era arrastrada por la margen a palanca y a gritos para echar la travesía desde mucho más arriba del puerto, y al fin tomando los paseros el canalete, la hicieron cruzar el río en menos de quince minutos. Al chocar contra la margen del puerto de las balsas, salieron los pasajeros y entre ellos Manuela, la cual tuvo que volver la cara al lado del río para recibir una maleta que le daba su compañero Dámaso; a ese tiempo le se obscurecieron los ojos cubiertos por unos dedos tibios, y oyó la voz simpática de una mujer que decía:

—¡Adivine!

—No doy –contestó Manuela.

—Es una paisana suya.

—¡Sólo que sea Matea!

—La misma –exclamó la persona que le hablaba, y se abrazaron las dos paisanas.

—Mucho me alegro de verla.

—Y yo lo mismo. ¿Cómo quedan por allá todos?

Manuela dio cuenta a su paisana de su familia hablándole muy largamente de la mala suerte de Rosa, y respondió con gusto a todas sus preguntas. Le refirió la causa de su venida y el proyecto que tenía de volverse por las noticias de *ñor* Dimas, que quedaba del otro lado encargado de cuidar la mula.

—Pues ahora nos vamos a nuestro cuarto –le dijo Matea.

Y tomando calle arriba, se fueron conversando llenas del más grande placer.

Manuela se fijó en el traje de Matea, la cual tenía enaguas de crespón blanco con fondo del mismo color, camisa bordada de seda negra, y un pañuelo de punto sobre los hombros. Sus dedos, garganta y orejas brillaban con los adornos de oro fino, y aun su cabeza, porque las peinetas estaban chapeadas del mismo metal. Tenía zapatos enchancletados, pero no tenía medias, y en la mano cargaba un rico pañuelo de batista. Muchas de las que se hallaban en los grupos del pueblo estaban vestidas de la misma manera, siendo peonas la mayor parte de ellas. Algunas se cruzaban fumando tabaco y caminando con cierto aire de liviandad y descoco, únicamente tolerable en los puertos y en los lugares demasiado calientes, pero que en otras partes no tiene disculpa. Los proletarios y mercachifles de todos los cantones, y de todos los colores, y de todas las razas, con excepción de la anglosajona, y entre ellos los afamados bogas, llenaban la calle; y entre la vocería oía Manuela algunas frases demasiado claras en el orden de la galantería. Las cantinas estaban abiertas, y de pasada veía la parroquiana algunas escenas de amor.

Por la calle preguntó Manuela a su paisana por Pablo, y ella la informó que habían peleado y que se había ido a las minas de Santa Ana con una joven chaparraluna. Al pasar por la plaza preguntó por la iglesia, y Matea le dijo que se había quemado, y que sería muy conveniente que la levantasen, aunque allí la iglesia tenía menos uso que en la parroquia de donde ellas eran nativas. Manuela se quemaba de calor, y este viaje del puerto a la posada, aunque lo hacía a la luz de la luna y viendo cosas extraordinarias, le estaba pareciendo tan largo como la jornada del día, y un recuerdo de su amada madre y de Pachita y de sus amigas le hizo derramar lágrimas. Dámaso caminaba espacio, porque la estacadura de su pie le había causado una hinchazón. Iban caminando con lentitud y silencio, cuando les mostró Matea la puerta de su habitación.

Estaba abierta la puerta, y la luz de la luna era bastante para ver el interior; pero Matea refregó un fósforo, y con su luz y la luz consecutiva de la vela, vio Manuela toda la estancia de su posada. Dámaso se tendió en una estera de chingalé en el acto de poner sus pies en el cuarto, y Manuela aceptó con agrado una hamaca socorrana que le presentó por asiento su paisana, y se quedó callada por algunos momentos.

Mientras tanto daremos razón de la vivienda de Matea. Era un cuarto de regular extensión. Las paredes no estaban adornadas con grabados ni con retratos fotografiados como las viviendas de las mujeres descalzas o semidescalzas de Bogotá, sino con un buen partido de zapatos y de enaguas, que colgaban de una multitud de clavos y estacas. No había tinaja de agua, ni piedra de moler, ni ollas, ni platos, ni cosa que oliese a gastronomía. No había canapés, ni taburetes, pero había dos hamacas y media docena de cajas de cedro y cumulá, y unas tantas esteras de chingalé enrolladas o extendidas sobre los ladrillos.

Manuela pidió agua a pocos momentos de estar sentada, la que tuvo que ir a buscar Matea a la calle, porque tanto del agua como del dulce y de la comida se proveía de las tiendas. Al mismo tiempo fue a encargar un chorote[281] de agua de malvas para lavarle el pie al paisano Dámaso.

En la otra hamaca había una persona que había estado seguramente dormida, y al enderezar la cabeza saludó a los huéspedes con sumo cariño y

281 *Chorote:* vasija rústica de barro.

les preguntó de dónde eran y si pensaban estarse mucho tiempo en Ambalema. Era una joven de buenas facciones, con quien Manuela simpatizó, y en un instante se hicieron sus ofrecimientos y quedaron amigas.

Al fin llegó la hospitalaria Matea, trayendo dos copas muy grandes de cristal llenas de agua para sus huéspedes; Manuela apuró la una con el ansia de un calenturiento, y exclamó:

—¡Oh! ¡Qué calor! ¿Cómo pueden ustedes vivir aquí?

—Eso es mientras que una se hace a la tierra.

—¡Qué desgracia tener que vivir aquí!

—Ahí verá que no –dijo Matea–. Yo me hallo muy amañada, porque gano todos los días mi peso en el trabajo de los aliños del tabaco, como a mi gusto, me baño dos veces al día, a las nueve y a la oración; bailo todos los domingos y una que otra vez en medio de la semana. No dependo de nadie, porque para eso tengo plata; conmigo no se mete la justicia, y teniendo gratos a los empleados de la casa, no hay quien oprima mi voluntad ni quien me haga sufrir.

¿Y qué se necesita para tener grata la casa?

No entrar ni por chanza a las casas de los empleados de las otras casas, ni comprar nada sino en la tienda o almacén de la casa.

—¿Y si dan un artículo más barato en las otras tiendas?

—Hay que comprarlo en la casa.

—¿Y no sabiéndolo ellos?

—Eso es lo que no puede ser, porque los señores de las casas saben todas las pisadas que se dan en este Ambalema.

—Eso dice de los jesuitas el alojado que tenemos en casa.

—Es que de los jesuitas hablan cosas que son increíbles, seguramente porque tienen enemigos.

—¿Y la fiebre?

—Viene cuando quiere, y acabadas son cuentas. Es mejor un año bien vivido, que cincuenta más de vivir entre la basura como los marranos, comiendo colí detestable, y temblando delante de la zurriaga de los amos, y de los capitanes, y de los mayordomos, y ganando un triste real del cual se tiene que gastar la cena, y el chocolate, si es que el desayuno no se hace con caña mascada para criar lombrices.

Trajo una muchacha el chorote con el agua de malvas, y remunerada con un real en plata, se fue contenta. Manuela se puso a bañarle el pie a su compañero de viaje, en un rincón, y desde allí le atendía la conversación a su paisana.

—¿Y cómo ha sido, para librarse de la fiebre? ¿No se ha querido asomar por sus puertas?

—La fiebre grande del año pasado se llevó unas cuatro compañeras que yo tenía, y sólo me dejó la que está en la hamaca, que es arribeña. En menos de tres días estuvieron despachadas; pero vinieron otras cuatro, la una de Bogotá, la otra de la Villa, la otra de Villeta y la otra de Coyaima. Esta última es una indiecita pura, que no pasa de unos quince años, la cual se vino con toda su familia, porque les hicieron vender su tierra a menosprecio, y todas murieron ya, menos Luisa Nucurú, que así se llama. Esta niña que está en la hamaca estuvo al entregar el *carapacho,* y yo no sé cómo escapó. Ahora estamos completas las seis que cabemos en este cuarto. Yo hago cabeza, les arriendo a peso por mes a cada una, y yo me entiendo con el dueño. Esta niña es de Llanogrande, y dice que no se amaña aquí, porque no hay dónde correr un San Juan a caballo, ni hay vacas para ordeñar, y se quiere volver para su tierra. Yo no quiero volver a mi país, hasta que no sepa que se tragó la tierra el trapiche de la Soledad y el del Retiro. ¡Conque me sueño todavía oyendo los chirridos del trapiche o dándole palos a mi mula de carguería! Es verdad que aquí no trabajamos con mala gana, como allá en los trapiches de mi tierra; sino que nos tiramos a matar por acumular tareas para recibir una buena manotada de pesos *francos* el sábado por la tarde. Pero hablemos de todo; los bailes de nosotras las peonas, son mejores que los de las señoras de allá en el tiempo de las fiestas.

—¿Todavía es embustera?

—Mi palabra, Manuela. ¿Oye usted la tambora y las trompas, y los clarinetes y los flautines, y los cornabacetes?

—Se oye muy bien, y la música me gusta mucho; lo que tiene es que me aumenta la tristeza.

—Pues esa música es de un baile de peonas.

—¿De veras, Matea?

—¡Cuando yo le digo! Y yo tengo parte y la convido, porque es un baile que hemos costeado las peonas *manojeras* para *obsequiarnos* a nosotras mismas.

—¿Pero Dámaso?

—Por mí no lo deje –dijo el enfermo–. Vaya, diviértase un ratico, que bastante ha sufrido, mi negra. Vaya con la niña Matea: vaya, vaya.

—¿Y lo dejaba solo entonces?

—¿Luego Rufina, la que está en la hamaca? ¿O es muy celosa mi paisanita?

—¿Celosa? ¡Avemaría!

—¿Luego no dicen que en el celo está el amor?

—Pero a los hombres y a los patos, ¿quién les sigue los pasos?

—Un ratico para que mi paisana conozca los bailes de la peonas de Ambalema y les cuente por allá a las parroquianas. Un ratico y nos volvemos a acompañar al enfermo.

Luego que Matea vio que el remedio estaba ejecutado llevó a su paisana al pie de la pared donde tenía su ropero, le puso una famosa camisa de tira bordada, le echó encima tres enaguas más tiesas que el pergamino, y por último unas de crespón blanco; y bajando un par de babuchas se las puso, aunque Manuela no se las dejó enchancletadas; porque es necesario haber practicado esto por mucho tiempo para poder caminar con desembarazo. Se entiende que las medias no eran usadas por ninguna de las damas del cuarto. El arreglo se concluyó con ponerle a Manuela cintillo, panderetas y anillos de oro, que Matea sacó de su caja de cumulá, y presentarle un espejo para que se mirase. Tomó de la mano a su paisana la bondadosa Matea, y se la fue a presentar al afortunado Dámaso, que se había quedado muy aliviado con el baño.

—Aquí le traigo una reina –le dijo–. ¿No le parece muy linda?

—¡Siempre hermosa! Siempre linda, linda para mis ojos en todo traje.

—Pero ahora –dijo Matea dando un beso a Manuela, es la más bonita de todo Ambalema.

Manuela se arrellanó momentáneamente sobre la estera para hacerle las caricias de la despedida a su amigo y partió luego con su paisana.

Dámaso no pudo resistir a un impulso de su corazón que lo llevó a la puerta, siguió con la vista los dos bultos hasta que dejó de oír el ruido de la ropa almidonada y se volvió a su estera pensando en la dicha de poseer la mujer más hermosa de Ambalema, según el testimonio de Matea y de su propia conciencia.

La arribeña de la hamaca se paró a encender un tabaco en la vela, sin ningún cuidado por su traje, que era mucho más sencillo e insuficiente que el de una joven espartana, consistiendo únicamente en el blanco túnico que le colgaba de los hombros y apenas le llegaba a la rodilla, lo que se llama *chingado,* que no es disculpable ni aun por los 30 grados del termómetro de Reaumur, pues en los pueblos calientes del norte no es usado ni aun en el lavadero; sin embargo, en las tierras calientes del sur y occidente no es mal recibido en los tiempos de sumo calor.

—Y usted ¿cómo fue para venirse de su tierra? –preguntó Dámaso a Rufina.

—Yo soy de los llanos más lindos que puede haber en el mundo, los de Llano-grande. Las chapas de palmares y caracolíes y otros árboles cortan a retazos los llanos engramados, y uno ve las yeguas y las ovejas y las vacas por donde quiera. Las estancias son aseadas y las gentes son tratables y generosas. Los bailes de cintureras[282] son elogiados, aunque no hay tanto lujo. ¡Ah, mi tierra! Y para esto del San Juan no hay pueblo que se le iguale. Yo me sueño

282 *Cinturera*: «La mujer que pertenece en Ambalema a la clase llamada de las *cintureras*, ejerce en los aliños de tabaco las funciones de alisadora. Su carácter y costumbres tienen con los de los apartadores toda la analogía que la diferencia de sexos permite. La cinturera suele ser, sin embargo, más locuaz, pendenciera y libre de lenguaje y maneras que su compadre el apartador; pero también es más cumplida y hacendosa, y menos veleidosa en amores. Viste enaguas de saraza, o *pancho* o *fula* azul, camisa blanca, algunas veces con arandelas bordadas de hilo lacre o negro, pañolón. de trapo, de fondo rojo, o azul con flores o ramazones y cenefas amarillas o blancas, y un sombrero redondo de paja ordinaria o murrapo. Se peina a la diabla, siempre haciéndose dos gruesas trenzas o un moño de cabellos negros y ásperos; fuma como un peón, y es tan ágil para alisar hojas de tabaco y preparar manojos, como para bailar balses, contradanzas y bambucos» (Samper 1869, 180).

corriendo a caballo por las calles y por la sabana, y gritando ¡San Juan! con todo el aliento que Dios me ha dado, y aquí dicen mis compañeras que grito ¡San Juan! dormida, porque yo no sé qué es que he dado en hablar dormida. A mí no me gusta Ambalema porque mi tierra no es tierra de esclavos como la tierra de Matea. Y estoy buscando quien me lleve en esta semana, pues por eso no voy a baile porque vendí mis joyas de oro y mis trajes de seda y linón para llevar plata y poner una estancia, porque es la verdad que aquí sí se busca dinero; yo he juntado con mi trabajo y con una rifa que me saqué la cantidad de cien pesos, y no quiero gastar ni un solo cuartillo hasta ponerme en Llanogrande. ¡Ah, mi tierra que allá es donde se vive a gusto!

Así continuó hablando Rufina de su tierra y de algunos pasajes de Ambalema, cuando se apareció Manuela y saludó con estas palabras:

—¿A ver qué hacen por aquí?

—Nada –contestó Rufina–: aquí conversando de mi tierra.

—¿Por qué se volvió? –dijo Dámaso a su amada compañera.

—Por traerle de cenar –contestó Manuela. Y acercando la caja de Matea, le puso la servilleta y varios platos en que traía cordero, gallina, arroz seco, buen pan y buen dulce, y dijo que se iba pronto, porque Matea la esperaba. A Rufina le puso un plato y se lo pasó a la hamaca, previendo que Dámaso no había de tener la descortesía de no convidarla.

Matea había convidado a cenar a su amiga al pasar por frente de una cantina, en la cual mandó servir cordero, jamón, pescado y ensalada de coliflor, y las ramosas empanadas de maíz tan recomendadas en tierra caliente; mandó que les pusiesen vino y buen dulce de duraznos. Dicen los físicos que entre todas las reacciones la más fuerte es la del estómago. Matea había sufrido muchas hambres en el trapiche, y ahora que se hallaba con plata, comía un buen ajiaco o un cocido de carne gorda, y buen cuchuco y arroz por contrata; tomaba sus tragos de anisete y de vino en las tiendas, y en los días de parranda o de paseo era despilfarrada para cuidarse y obsequiar a sus amigas. Después de que cenaron las dos amigas fue cuando se propuso Manuela llevarle a Dámaso un bocado competente a la dieta que tenía que observar, y luego que se volvió a juntar con su paisana, siguió al baile con ella.

Eran cerca de las nueve y estaba la entrada obstruida por el pueblo. Se conocía que Matea tenía popularidad, porque de cada uno recibía un floreo, un dicho o una chanza de mucha confianza, que a veces retornaba con un puño o con una palabra de las de tapar orejas, de que sus agresores no se daban por ofendidos. Con los empleados de la casa tenía mucho crédito, porque había despuntado por formal y trabajadora.

Al fin lograron llegar a la sala; y si Manuela causó novedad en el concurso, principalmente en los hombres, la sala y su contenido la dejaron admirada. Era grande el local, pero no tenía sino una ventana y dos puertas, por lo cual y por la manía de bailar con ruana muchos hombres, las parejas estaban a pique de ahogarse de calor y falta de aire, como si estuviesen reunidas en el horno alto de la ferrería de Pacho. La luz era suficiente, gracias a sesenta velas de esperma con que estaba provista la sala. Los asientos eran taburetes y escaños. Las señoras eran cincuenta o sesenta peonas de los aliños, todas de traje blanco, y todas muy bien surtidas de oro. Los rostros eran morenos en la generalidad, siendo matizada la mayoría por una minoría de una que otra blanca de Bogotá, de Ibagué y de los pueblos altos de la banda oriental del Magdalena. Es notable cómo se han cruzado las razas en estos pueblos. Ya no se veía sino uno que otro tipo de las tres razas madres, la blanca, la indígena y la africana. Había hijas de Llano-grande muy agraciadas, indias de San Luis y de Coyaima, y morenas de Ambalema y sus cercanías. Para que no fallase nada que desear al estudioso de la historia natural, allí había dos o tres ingleses puros que paseaban por la sala en los intermedios o que observaban desde las puertas.

Tocaron varsoviana y apareció como de los bastidores de un teatro el don Aniceto Rubio y sacó a Manuela con la más notoria decisión. Mil elogios estallaron en favor de la *mosca,* como decían los unos, y de la arribeña como decían los otros, y todos los ojos estaban fijos en ella. ¡Gracias a las cortas lecciones de don Demóstenes, que si no, hubiera salido muy deslucida la parroquiana! Un periodista hubiera dicho que Manuela había causado furor, al ver los ademanes y las miradas de todos los hombres de todas condiciones y razas.

Eran pocas las lecciones de baile del alto tono que había recibido Manuela, para igualar a las parejas de Ambalema, ejercitadas en el arte y exentas de timidez y encogimiento, lo cual es un obstáculo para que el baile adquiera todas sus perfecciones. Era un baile asiático el de las manojeras en cuanto a los colores, los trajes y la libertad. Todos eran dichosos, menos Manuela, que tenía su corazón en la posada.

Luego que se concluyó la pieza, se salieron las dos paisanas por el lado del patio, sin ser notadas sino de don Aniceto, que las fue a alcanzar para reiterar sus ofertas a la prófuga: habrían caminado una cuadra cuando detuvieron el paso para ver en qué paraban unos golpecitos que, al volver la esquina, estaba dando un cosechero. Al fin abrió alguno con precaución y se alcanzaron a oír estas palabras.

—Vengo a ver si por fin me lo paga a cinco pesos, pero pesado en la romana en que me vendió la sal el otro día, dijo el de afuera.

—A tres y en la de treinta arrobas –dijo el de adentro.

—Entonces, ¿qué gracia? ¿No sabe que el viejo Aniceto me lo paga a cuatro? ¿Tabaco libre y a tres? ¡Ni pensarlo! Entonces más bien me lo llevo para el canei.

—No se afane. ¿No sabe que los guardas de don Aniceto se hallan emboscados a la salida, porque le dieron denuncio?

—Pues bueno, por ser a usted se lo dejo así.

—Pero vaya ahora mismo y métalo por el lado del zanjón.

—¡Ah, pícaros! –dijo don Aniceto, y el penitente salió corriendo.

—¿Qué significa tabaco libre, guardas, romana de a treinta libras? –dijo Manuela.

—Es un cosechero que me está haciendo contrabando, teniendo obligación de comprarme a mí la carne y la sal y de venderme todo el tabaco que coseche.

Un canto lejano vino a sorprender el oído de las fugitivas del baile cinturero, y Manuela exclamó con alegría:

—¡*Opita,* el bambuco!

—Es en Campo-alegre –dijo Matea.

—Pues a allá, paisana, porque eso no es de perder. Se fueron las paisanas acompañadas de don Aniceto, atraídas por las voces melodiosas del canto: al pasar por frente de un corredor vieron a un hombre acostado, que tenía cerca un cabo de vela y una vasija con agua.

—¿Qué significa esto? –dijo Manuela.

—Es un peón enfermo que no tiene casa.

—¿Y el hospital?

—No hay.

—¿Y con tantas cosas, y tantos dueños de tierras, y tanto comercio, no haber un hospital para los peones válidos? ¿Y por otra parte, tabaco libre y contrabando? Explíqueme, don Aniceto. ¿Ésta es la protección y la libertad que usted me ponderaba?

—Es que usted no sabe la guerra que estos marchantes nos hacen.

El canto era de una peona de Llano-grande que hacía el primo sin igual y de un peón de Ambalema que le hacía segundo, acompañándose con el tiple. El canto era fluido, libre y sonoro, y lo favorecía el temple de la atmósfera de media noche y el eco de los grandes edificios que se levantaban a los lados. Las armonías que tiene el bambuco en sus mudanzas conmovían excesivamente todos los sentimientos de Manuela, haciendo pasar por su memoria los recuerdos más dulces y las penas más acerbas de su corta edad. Estaba hechizada la víctima de la parroquia, con una mano puesta sobre el hombro de Matea y los ojos fijos en el suelo, sin mirar nada, oyó los siguientes versos:

Te dio la tierra caliente
El garbo y los ojos negros;
Te dio color la sabana
Y hermosura te dio el cielo.

Tus ojos son dos estrellas
Y tus labios un coral;
Y tus labios un coral;
Tus dientes son perlas finas
Sacadas del hondo mar.

Manuela no pudo contener un suspiro, y los hombres que estaban más inmediatos la miraron con una curiosidad profunda, porque en el suspiro de una bella creemos ver el prospecto de una historia, así como pensamos que hay un dolor detrás de un quejido. El bambuco inspira tristeza a los tristes, a los alegres les inspira alegría, y el que se estaba ejecutando era grave y heroico en algunas de sus mudanzas.

En estas funciones del pueblo descalzo es que puede hallar el observador de costumbres la diferencia de las canciones importadas de España y las canciones de la tierra caliente de Sur América. Las unas estudiadas en las academias con todas las reglas del arte, y las otras, estudiadas en la garita, la canoa, la senda de la montaña o el lavadero, sin más reglas que el sentimiento y la inspiración. Desde el momento se notaría que el estilo de aquel bambuco era blando, suelto, libre y armonioso como el canto del toche que las hijas de las estancias oyen desde la infancia en el platanar de su choza o en los árboles de su patio. La insinuación era tierna y expresiva, alternando la calina con la tristeza y el dolor. Los sonidos eran flexibles, muy armoniosos por las influencias del clima que le da soltura y fluidez a la voz humana en la tierra caliente, así como en la tierra fría endurece y dificulta los órganos de la voz. En una salida de los niños de una escuela de Bogotá y la salida de los niños de la escuela del Guamo o Espinal se puede observar el fenómeno. Los primeros rasgan sus oídos como la lima del cerrajero o los pericos de copete colorado, y los segundos en su alboroto forman un conjunto armonioso. El estilo del canto de la esquina de la Factoría tenía encantados tanto a los estanqueros como a los bogas, tanto a los empleados como a los peones, y esto prueba que agradaba.

El canto seguía; pero a Manuela la llamaba un tierno deber hacia la posada.

Don Aniceto tuvo la bondad de acompañar a la viajera hasta la posada, y en la puerta les conversó más que un cuarto de hora sobre asuntos vulgares que lo mismo habría sido que los dejase para el siguiente día. Matea viendo esto se animó a decirle:

—Usted como que no ha de querer entrar a visitarnos tan tarde, ¿no es verdad?

—No tenga usted cuidado, *mi sia* Matea, que yo no soy de cumplimiento, ¿no es verdad?

—Yo creía que usted tendría gana de dormir.

—Es mucho mejor gozar de la presencia de las bellezas.

—Muchas gracias –dijo Matea–, pero usted tendrá pensado hacernos una larga visita mañana, la que de mi parte le estimaré muchísimo.

—¡Mil gracias! Tendré la complacencia de venir mañana, sin perjuicio de los momentos deliciosos que Manuela me conceda en esta noche. Es tan agradable su conversación y sobre todo tan instructiva en el ramo de la política, aunque su bandera es distinta, porque esta niña es gólgota ahí donde usted la ve.

—Sueño es lo que yo tengo y cansancio –dijo Manuela.

—¿Es decir que ustedes me desairan la visita o que mi presencia molesta?

—No señor –dijo Matea–; por el contrario, yo lo aprecio a usted infinito.

Dámaso tenía deseos de que el negociado de la visita en cuestión terminase sin su ingerencia; pero viendo que iba a lo largo llamó a Manuela. Al oír su voz, tuvo don Aniceto la pena de despedirse sin hacerle a Matea la visita, aunque eran las doce de la noche.

Pronto pasaron las explicaciones y narración de Manuela para con su compañero; el cansancio la obligó a solicitar su cama. Matea le designó su hamaca, la desnudó de sus galas, y se estuvo acostada a su lado hasta que se durmió, que fue muy pronto. Luego que apagó la vela, se acostó en una estera de chingalé, y es inútil decir que sin cobijas, porque aun cuando las tenía muy buenas, estaba la noche tan ardiente que el vestido era un estorbo. La puerta quedó abierta, porque no teniendo ni una sola ventana, el calor era inmenso.

A la madrugada tuvo mucha sed la viajera de la parroquia; prendió un fósforo, encendió la vela para buscar la jarra, y luego que bebió, reparó que el cuarto estaba casi lleno de gente, porque después que se había dormido habían entrado cuatro personas más sin hacer ningún ruido. Juzgó que eran las compañeras de Matea y tendió una mirada rápida sobre el campamento.

Junto de la puerta había quedado, sin estar estrictamente ni adentro ni afuera, la socia de Villeta, que tenía mala cabeza y los tragos le solían dificultar la llegada hasta su cama. Más adentro estaba Luisa Nucurú, de cuyas aventuras tenía noticias Manuela: se hallaba extendida sobre un costal de dos varas de largo, cuyo tejido más ordinario que el anjeo le había marcado en el cachete y el brazo, y estaba vestida de lujo. Contrastaba el color de tabaco en polvo de su rostro con la blancura de su pañoleta de batista y su traje de muselina: resaltaba el oro sobre su cuello y sus orejas, y por una especie de sonrisa debida tal vez a la postura de la cabeza, sus dientes bellísimos contrastaban con sus morenos labios.

—¡Pobre indiecita! –dijo entre sí Manuela, más rica era cuando vestía su ruanita y su manta poseyendo sus tierras de Coyaima, que vestida de lino y seda! ¡Y qué joven y qué bonita!

La guamuna y la bogotana habían llegado seguramente a sus camas con más tranquilidad que las otras, pues que se habían desnudado de sus galas. Rufina estaba también dormida, pero llamaba a San Juan y aguijaba su caballo, durante el sueño, según las palabras que vertía. Manuela la llamó para que se acostase bien. Matea estaba bien acostada, tenía una sábana muy fina por encima, y su sueño era tranquilo. Dámaso también dormía con quietud, y sobre él fue que reposaron por más largo tiempo los ojos de la observadora casual de toda la escena.

—¡Pobre! –dijo Manuela–; ¡que por un gamonal haya de estar pasando trabajos!

Apagó la vela y se acostó en su hamaca, no volviéndose a despertar hasta que sonó una campana, que despertó a todas las compañeras de Matea, las cuales se vistieron de prisa, con enaguas de fula, pañolón lacre de hilo y sombrero de murrapo, para irse al gran canei de los aliños a tomar el trabajo desde las cinco y media, con los primeros destellos del día.

Matea se interesó con su paisana para que no se fuera hasta el día siguiente, a fin de que conociera la ciudad y sus curiosidades; le ofreció no ir al trabajo por tal de acompañarla, añadiendo a las razones de su petición el no estar enteramente deshinchado el pie de Dámaso. En consecuencia de esto llevó Manuela a su paisana a tomar chocolate a Campo-alegre, y en la misma calle donde las peonas se desayunaban se sentaron junto de un brasero que una ibaguereña, manejaba; tomaron chocolate con almojábana y queso; luego entraron al canei de la Compañía de aliños, en donde alisaban tabaco en un corredor solado con neme ciento cincuenta mujeres; pesaban y enmanojaban ciento veinticinco, apartaban clases, enlistonaban y levantaban prensas más de doscientos hombres. Manuela se quedó asombrada de la actividad de la gente, en especial de las mujeres, que movían las manos con la ligereza con que las tominejas mueven las alas, y que dejaban el puesto con repugnancia cuando era la hora, por tal de ganar seis u ocho pesos en la semana, sin que las arredrase ni el hambre, ni la sed, ni el calor, ni la fatiga. ¡Honor al fundador de la primera casa de aliños, quien con sus cálculos comerciales, sus recompensas al trabajo y su espíritu de orden mantuvo en el interior de la república un plantel de especulaciones para los ricos y los pobres!...

Los empleados se paseaban por los corredores de sesenta varas de largo, y Manuela preguntó a su paisana cuál era el amo de su trabajo.

—¿Amo? –exclamó Matea, haciendo sonar uno de sus cachetes con un puño que se dio– ¿Amo? De eso no se usa por aquí.

—¿Cuál es el que las sacude con la zurriaga, pues?

—Ésta es la zurriaga que gobierna todas las cosas dijo Matea–, mostrándole tres o cuatro fuertes.

—¿Y aquí no hay trabajo de noche?

—Suele haber: pero se alumbran con faroles todos los salones, el patio, el zaguán y la puerta de la calle; aquí no se sale ni se entra nunca en pelotón, sino que las mujeres entramos o salimos antes de los hombres. Lo mismo que en el trapiche de don Cosme y de don Blas. Cosa muy parecida...

De allí condujo Matea a la bella parroquiana a la factoría que dejaron hecha los españoles, que es un edificio sólido y muy capaz, que sirve de oficina de aliño; pero del corredor se volvió Manuela tapándose las narices con su pañuelo por el olor pestilente de las garras podridas de los cueros y del neme con que se zuaquean las petacas de cuero. En todas partes orden y actividad, y peones esforzados y diestros en sus maniobras.

Después de almorzar, fueron al puerto de las balsas, en donde estaba la ribera circunscrita por esos buques de exportación, que se componen de balsos y guadua, y que no sirven sino para una sola vez. Había balsas con corrales de cerdos, de ovejas, de gallinas y piscos; los había de frutas y de otros víveres, siendo una cosa curiosa la diversidad de figuras de las cubiertas, de los sombríos, y de los corrales. Las dos amigas se provocaron con el olor de las frutas, y preguntaron los precios de los mangos y de las naranjas. El balsero se estaba bañando; desde la mitad del río hizo el trato, de allí les botó las frutas que pidieron, y luego se aproximó un poco a las compradoras para poder recibir la plata. Por donde quiera recibía Manuela elogios a su hermosura, que le tributaban en discursos más o menos comedidos, desde los peones hasta los magnates de la casa. Los galanteos de los bogas se solían subir de punto, pero Manuela conocía su posición de descalza y toleraba como todas las pobres.

Manuela ansiaba por bañarse; su paisana la llevó a un puerto donde ella se bañaba, más arriba de la factoría vieja. Fue tan agradable como dilatada esta sesión, que no tuvo nada de secreta, porque del lado de la ciudad pasaban las gentes por la ribera, y del lado del río pasaban los barqueros y los balseros. Galanes había que no omitían la ocasión de dirigirles sus obsequiosos cumplimientos, que Matea sabía contestar con desenfado. La fama de la nueva peona, le atraía curiosos y aficionados por donde quiera. Cuando pasaron las dos amigas con enaguas azules de fula, por toda la calle, desde el río hasta el cuarto, llevando el pelo suelto sobre sus pañolones colorados de algodón, fueron seguidas de infinitas miradas.

Las asistencias y el agua se obtuvieron de tina tienda vecina, y Manuela descansó toda la tarde en la hamaca. Por la noche, hubo un rato de conversación general de todas las socias; pero habiendo salido a la calle Dámaso, Matea y las compañeras, Manuela se quedó con la juiciosa Rufina. Después de un gran rato de conversación, resultó que eran parientas; le preguntó cómo había venido de Llano-grande, y Rufina le dijo:

—A los quince años me hallaba yo bonita, alegre y divertida, pero me quise divertir tanto que me pasé de lo mandado. Los bailes de mi tierra son afamados, las fiestas son consecutivas porque de un pueblo se pasa a otro, y el San Juan... eso no se diga, porque hombres y mujeres, todo el mundo monta a caballo a correr hasta cansar las bestias. Me pasé de alegre, como le iba diciendo, y a poco los parientes y la familia me quitaron el cariño y algunos hasta el habla, porque en mi tierra hay celo y hoy vergüenza, y hay cierto castigo para la que se porta mal, que consiste en no hacerle caso, cuando ya echa por la calle de en medio; a mí me sucedió que hasta los mismos que me hicieron odiosa para mis parientes dieron en no hacerme caso, y viéndome yo menospreciada en mi tierra aunque estaba muchacha y buena moza todavía, le pagué a un balsero para que cortara cuatro balsos bien gruesos, los amarrara con bejuco y me trajera a Ambalema, sin que lo supiese ninguna persona. Yo aproñté el fiambre y una mudita de ropa; él su palanca y su tiple, y me embarqué en el Magdalena, llorando por mi madre, por mi tierra y por uno de los mismos que me habían menospreciado.

Cuando llegué al puerto de la Factoría, mi boga se despidió y cortó los bejucos de los balsos, para que se fuesen río abajo. Me bañé para mudarme la uniquita muda que traía, a poco bajó la niña Matea y nos lavamos juntas, conversamos y nos hicimos amigas, me trajo a este cuarto, me hizo sacar ropa fiada de la casa de aliños, saliendo de fiadora mía y me llevó a los caneyes. Pero no estoy contenta, pienso en mi familia y en mi tierra; he juntado cien pesos de mi trabajo y de una rifa, me voy a pasar el San Juan a Llano-grande, después pondré una estancita y viviré con arreglo. Creo que Dios me ha tocado al corazón.

Esa noche durmió Manuela tranquilamente. Dámaso se mejoró del pie y no hubo más novedad, sino que dos compañeras no se quedaron en el cuarto, pero volvieron a los tres cuartos para las seis.

El viaje estaba resuelto; después de estar todo dispuesto se despidieron Manuela y su compañero; pero al salir de la puerta les intimó la orden de prisión un comisario acompañado de cuatro gendarmes y a empujones fueron a dar a la cárcel.

El calabozo que le tocó a Manuela era oscuro aunque tenía una ventana que daba a la plaza, y su primer acto de desaliento fue dejarse caer sentada en un rincón y ponerse a llorar por algunos minutos. No había sino una compañera de posada, de la que no hizo caso por entregarse a sus lamentos.

A poco tiempo llegó un esbirro a perturbar las meditaciones y los suspiros de la víctima, diciéndole que lo siguiera, y fue conducida delante del tribunal del crimen a dar su declaración. El juez estaba sentado en una silla de brazos, sobre un teatro que se levantaba vara y media sobre el piso de la sala, a Manuela le señalaron por asiento un banco, sobre el cual temblaba como gelatina, y su semblante estaba desfigurado por el miedo que la poseía. El juez le dijo:

—Está usted acusada de complicidad en el robo de una mula y denunciada como prófuga de su parroquia. Responda usted a todas las preguntas sin faltar a la verdad. ¿Cómo se llama usted?

—María Manuela Valdivia.

—¿De dónde es usted?

—De la parroquia de ***

—¿Su oficio?

—Amasar, revolver y hacer velas para la tienda.

—¿Usted es casada o soltera?

—Soltera; pero vine con intenciones de casarme aquí.

—¿Por qué se vino usted de su tierra?

—Porque un gamonal me perseguía y para los gamonales no hay justicia.

—Responda usted a lo que se le pregunta y nada más; ¿con quién se vino de su tierra?

—Con un hombre que se llama Dámaso.

—¿Qué es de usted Dámaso Bernal?

—Es el que va a ser... mi marido; y si no hubiera sido por el gamonal ya nos habríamos casado.

—Responda usted a lo que se le pregunta. ¿Usted vino a caballo?

—No, señor, vine en una mula que le alquilaron a mi compañero.

—¿De qué color es la mula?

—Retinta.

—¿Qué fierro tiene?

—No lo vi.

—¿En dónde posó usted el día antes de llegar al puerto?

—En la Ceiba.

—¿Con quién habló usted en la Ceiba?

—Con mi tocaya y con don Aniceto Rubio, que estaba acostado en la hamaca.

—¿De qué conversó usted en la Ceiba?

—Del familiar y de la política.

—¿No más?

—No más.

Luego que los sayones volvieron a encerrar a la desdichada víctima, sacaron a Dámaso de su calabozo, y sentado en el mismo banco, respondió a las siguientes preguntas:

—¿Quién trajo a Manuela Valdivia a Ambalema?

—Yo.

—¿A pie o a caballo?

—A caballo, en una buena mula retinta.

—¿Qué fierro tenía la mula?

—Dicen que es una K.

—¿Luego usted no lo ha visto?

—Yo no conozco letras.

—¿De dónde hubo usted esa mula?

—De don Atanasio Gómez, que me la alquiló.

—¿Manuela Valdivia es casada o soltera?

—Soltera como tantas solteras que están viviendo en esta ciudad sin que nadie les pregunte por qué camino han venido, y ella se casará conmigo muy pronto.

—¿En dónde posó usted la noche antes de llegar aquí?

—En la Ceiba.

—¿Con quién conversó usted?

—Con la niña Manuela Villar.

—¿Usted no habló con algún caballero?

—Creo que en la hamaca había un hombre de los de la clase de botas; pero no hablé con él ni le vi la cara.

Después de confesionados los presos, duraron tres días sin que los jueces los volviesen a interrogar. Matea era la que no cesaba de acudir a la reja por la tarde y por la mañana. Por conducto de ella consiguió de un empleado veinticinco pesos prestados a rédito por un mes, a razón de a real diario por cada peso, para subvenir a los gastos más necesarios.

El sayón que custodiaba los presos le avisó a la víctima de la parroquia que bien podría tomar fresco a las horas de la noche que quisiera en la reja, porque un señor le había sacado la licencia, y que ese señor le haría una visita cuando no hubiese gente por las inmediaciones.

De consiguiente, Manuela no se quitaba de la reja, esperando la brisa fresca de la madrugada y la cita de un aristócrata, porque señor quiere decir un grande en la Nueva Granada. No había más luz en la cárcel de mujeres que la del cigarro de Manuela, ni había quien oyese, porque su compañera dormía con suma tranquilidad, después de haber cometido un asesinato, pues con las revoluciones aprenden las gentes a quitar la vida a sus prójimos, con la misma facilidad con que las cocineras quitan la vida a los pollos. La víctima se afligía más de ver pasar los grupos de gente libre y de oír cantar el bambuco en algunas tiendas. El bambuco la hacía llorar recordándole su tierra, su familia y sus mejores ratos.

—¡Cuántos reos de crímenes atroces –decía–, se estarán paseando, mientras que yo me hallo sumida en un calabozo, y mientras que mi huésped de la parroquia no cesa de elogiar la igualdad legal de la Nueva Granada!

A tiempo que la luna se ocultaba detrás de las colinas que cercan a Ambalema, se acercó un individuo de vestido blanco, y le dijo:

—¡Cuánto siento la desgracia de usted, hermosa joven!

—Mil gracias, señor –dijo la prisionera–, y reconoció voz de don Aniceto.

—Creo que puedo salvarla.

—¡Tanto se lo agradezco, señor don Aniceto!

—No hay puerta que no se abra con llave de plata.

—¡Ay, qué gusto! ¿Cuándo, don Aniceto?

—Puede usted salir dentro de media hora y seguir en el momento al caney de Guayabo con la persona que la saque. Allí no sabrá nadie de usted y lo pasará divinamente, ¿está?

—¿Y Dámaso?

—Él puede marchar a la noche en un barquetón que mi casa despacha para Mompos con tabaco superior de plancha libre, ¿me comprende? y yo lo recomendaré con una carta.

—Entonces si no hay otro recurso me espero a la noche y me voy para Mompos.

—¿A esos temperamentos?

—A morir donde él muera, porque así lo tengo jurado.

—Son exageraciones. En el Guayabo queda usted muy bien.

—¿No podrá ir Dámaso al caney?

—Eso de abrigar encausados es muy delicado para los dueños de tierras.

—No tanto, don Aniceto. Bien que les gusta servirse de los encausados y hasta de los reos que sacan de las cárceles porque les sirvan de balde.

—Pues le hablo a usted con franqueza, ¿me entiende usted? Las cosas no estaban preparadas sino de ese modo.

—Pues le doy las gracias. Aquí me quedaré; o iré a la reclusión de Guaduas, o iré al cementerio a descansar para siempre, si la fiebre me da estando en este calabozo.

—No piense usted en esas cosas, preciosa Manuela. Yo estoy pronto a servirle. Cuente usted conmigo. Piense usted el asunto y mándeme a decir con Matea su resolución. Ante todas cosas yo he venido a decirle que me nombre su defensor en la causa. Adiós, yo volveré por acá.

Pronto estuvo concluida la causa de hurto y rapto, y se presentó un oficio al juzgado en que un individuo reclamaba a la joven prófuga y la mula, presentando los poderes auténticos de los jueces de la parroquia.

Se hizo comparecer a Manuela para notificarle la resolución, y estando en el juzgado, entró el apoderado que debía hacerse cargo de ella. Era don Tadeo.

Manuela se puso pálida y no se sabía qué indicaban sus facciones, si rabia o espanto.

—Usted queda bajo el poder de este señor que la ha reclamado con un poder especial –le dijo el juez a Manuela.

—Es el enemigo que me perseguía en la parroquia, señor juez; es el gamonal más depravado y más infame. Los documentos que haya presentado son falsificados por su propia mano, porque él sabe falsificar todas las cosas de los juzgados. Cuando me vine de mi parroquia quedaba triunfante de las autoridades; cuanto yo venía por el camino pasó huyendo porque ya se le había vuelto el Cristo de espaldas, y ahora pretende apoderarse de mí, lo que no había logrado con ofertas, ni con amenazas, ni con leyes del cabildo, ni con perseguirme últimamente con los comisarios y los policías. Yo vengo huyendo desde mi tierra por escaparme del poder de este tirano, y ¿tendrán valor los señores jueces para entregarme en sus manos?

No pudo continuar la víctima porque los sollozos y lágrimas la ahogaban, y entre tanto que se reponía, pidió don Aniceto que se cotejasen las firmas de las autoridades de la parroquia estampadas en algunos documentos oficiales, y declaró el secretario y adjunto que las firmas y la letra eran autógrafas.

—Queda, pues, la prófuga a cargo del señor Tadeo Forero –dijo el juez, y mandó extender la diligencia por escrito.

Manuela alzó las manos al cielo, y dijo:

—Conozco que solo Dios puede librarme de este tirano.

El comisionado se había levantado del asiento y le instaba para que siguiese. Manuela miraba a los jueces y a la barra, y parecía que meditaba en algún arbitrio supremo, cuando entró Matea al juzgado, y temblando de angustia y precipitación, exclamó:

—Señores jueces, que se detenga un minuto la resolución. Traigo aquí una carta que sirve para aclarar este asunto, y pido que se lea.

—Que se lea –dijo el juez–; no hay inconveniente ninguno.

El secretario leyó, y el papel decía lo siguiente:

Parroquia de ***

Señor Judas Tadeo Forero.

Mi apreciado amigo: – Va el portador con el objeto de que usted se retire inmediatamente de Ambalema, porque las cosas se están poniendo muy malas: volvieron los hacendados a coger la causa que se siguió contra usted por el robo de caballos, y por abusos de autoridad y qué sé yo qué más diabluras. Parece que Manuela y Dámaso se fueron para esa, sin saber que habíamos roto las puertas de la cárcel unos cuantos amigos para sacarlo a usted Y al denodado Juan Acero. Escóndase usted debajo de la tierra porque van a mandar requisitoria. – Mande a su afectísimo compadre y socio que besa su mano.

Matías Urquijo.

–¿Y cómo prueba la señora Matea que sea auténtica la carta?

—En el archivo, número 6 letra B, hay comunicaciones de esa parroquia, y existen unos oficios pidiendo unas mulas de las expropiadas durante le revolución del señor general Melo, y están escritas y firmadas por el señor Urquijo como alcalde parroquial –dijo don Aniceto.

—La firma es la misma –dijo el secretario después de registrar el cajón número 6.

—Hay un indicio grave –dijo don Aniceto–, contra Judas Tadeo Forero, y yo pido que se le prenda mientras que se pone un posta a esa parroquia dando cuenta de lo sucedido, y entre tanto la mujer acusada de complicidad en el robo de la mula debe excarcelarse y yo la fío de cárcel segura con tal que vaya depositada al caney del Guayabo, que es una casa bien caracterizada.

—¿Y qué se hace con el acusado por el hurto y rapto? –le preguntó el secretario al señor juez.

—Que siga en la cárcel hasta que pruebe cómo ha adquirido esa mula.

—Yo quiero quedar en la cárcel, señor juez, favor que pido como desgraciada, como perseguida, y como débil. Yo deseo permanecer en la cárcel todo el tiempo que tarde en aclararse este asunto.

—Yo me opongo –dijo el defensor–, porque sería una injusticia de que se hablaría después, y con razón. Estoy por el depósito.

Se quedó el juzgado en silencio por unos minutos. Conferenció el juez en el solio con uno que otro que se acercaba, mientras que Manuela estaba sentada en el banco, sostenida por Matea porque ya no podía resistir a los golpes diversos que estaba recibiendo. Al fin dio el juez la sentencia de este modo.

«Hágase cargo de la acusada el señor Aniceto Rubio con tal que la deposite en una casa de respeto. Permanezca preso el acusado, mientras que vuelve el posta de su parroquia y del juzgado del circuito; quede en calidad de retenido el señor Judas Tadeo Forero, y lo mismo el señor Juan Acero».

Manuela se resistió a salir de la cárcel, y conmovidos los jueces de sus lágrimas, le concedieron veinticuatro horas de plazo. Consultada por Matea sobre su resolución, le contestó:

—Prefiero estar junto de Dámaso, aunque sea con una pared de por medio, y escuchar sus recados por medio de usted y oír el murmullo de su voz; prefiero el encierro de este calabozo a la molestia de oír los ofrecimientos y las propuestas que me vengan a hacer los protectores de la humanidad; y con respecto a los ofrecimientos de don Aniceto yo le digo la verdad, que no sé a cuál le tenga más miedo, si a don Tadeo o a don Aniceto; porque hay ciertos dueños de tierras que creen que tener un puñado de tierra o un mundo de tierra los autoriza para decidir de los precios de las cosechas, de la suerte y del honor de las estancieras y de las sentencias de los jueces. Te digo la verdad, Matea, que de un dueño de tierras déspota y arbitrario y de un gamonal astuto yo no sé con cuál me quede. Por eso he pedido por favor que me dejen en la cárcel. Y por otra parte quiero librarme de las impertinencias de mis apasionados, si es que no me obligan a ponerme bajo la autoridad del dueño de tierras. ¿Qué haría con el cuarto ocupado a cualquier hora por todos los que tuviesen a bien visitarme? ¿No sabes que los proteccionistas o protectores nos tratan poco más o menos a las descalzas, aunque en esta clase no faltan algunas que sean honradas; o es que también estás pensando en los cuentos de la igualdad como mi huésped don Demóstenes?

Manuela fue restituida al calabozo por favor del juez, que se compadeció de su suerte y de sus lágrimas. Matea dio cuenta de todo a Dámaso por la reja de la cárcel, don Aniceto se mostró muy admirado de la estupidez de Manuela y seguía empeñado en proteger a la cómplice del delito de hurto, cuando se apareció en el puerto un amigo viejo de Matea, la cual lo conoció al saltar de la barqueta y le preguntó el objeto de la ida, y éste después que le pasó la sorpresa de ver a la hija de la manca Estefanía adornada de pandereta y sortijas de oro, y de muy buen vestido aunque no estaba de tiros largos ese día, le dijo:

—Vengo de posta a traer las requisitorias para que metan a la cárcel a ese pícaro de Judas Tadeo y al infame ladrón de Juan Acero.

Matea condujo al posta al juzgado, y con gritos que fueron oídos por don Tadeo y por toda la gente, iba diciendo:

—¡Viva la justicia del cielo! ¡Aquí están las requisitorias para prender a Tadeo Forero y a Juan Acero, como reos prófugos! ¡Viva mi paisana Manuela!

La gente se agrupó en los corredores y salas del juzgado, y en presencia de todos dijo el juez:

—Queda libre Dámaso Bernal de todo cargo, queda expedita Manuela Valdivia para tomar el camino que quiera. Tadeo Forero y su compañero Juan permanecerán en la cárcel como reos prófugos convictos de horrendos delitos en su tierra.

Don Tadeo presentó un escrito atestado de citas de la Recopilación Granadina, protestando contra la sentencia, tratando de tiranos a los jueces y de muy poco premunidos contra las influencias de los señores feudales, y por eso fue puesto en el cepo con dos agujeros de por medio.

Manuela compró unas piezas de loza de porcelana para los regalos de las amigas, guardó en su petaquita de vena de palmicha la sortija de oro que Matea le mandó a su hermana Rosa, se despidió de Rufina y de las otras compañeras, y bajó con Dámaso y Matea al puerto de las balsas, y allí se embarcó, después de mil abrazos y de mil protestas de gratitud para con la generosa y decidida Matea, que tanto le sirvió en sus trabajos.

Al ocultarse Manuela detrás del amarillento barranco del puerto se paró en la margen e hizo el último saludo a Matea batiendo su pañuelo, a lo cual contestó su libertadora agitando su pañolón colorado, que se quitó para el efecto.

Ahora nos resta explicar algunos acontecimientos como por vía de apéndice.

La carta del señor Matías Urquijo, que unos salteadores debían tener en su poder, según el testimonio de *ñor* Elías, no estaba sino en el poder de *ñor* Dimas, y éste viendo que pasaban tres días sin que sus coparroquianos volviesen de la ciudad, temiendo que la fiebre ambalemera, como la llamaba él, hubiese dado cuenta de ellos, dejó muy recomendada la mula que estaba cuidando, y pasó el río, y por señas fue a dar al cuarto de su paisana Matea; y sabiendo en las que andaba su pobre paisanita, le dijo a Matea que él tenía una carta para don Tadeo, que tal vez daba algunas luces sobre el asunto, y por eso fue que ella corrió al juzgado a presentarla.

Manuela volvió a posar a la Ceiba, y allí le refirió a su tocaya todas las bondades del dueño de tierras, esto es, de don Aniceto.

Ñor Dimas arrimó de pasada a recoger los garrotes de guayacán pero no los halló, y después de observar con cuidado, concluyó sus cálculos jurando para sus adentros que su compadre le había hecho el contrafómeque, a pesar de haberlos dejado traspuestos y muy bien escondidos.

Volvió Manuela a la posada de la choza de las tres hermanas. El sordomudo le dio a entender que las mulas que habían pasado la noche que ella se quedó en la casa las habían vuelto a pasar para el lado de la sabana y que un hombre había pasado con tres garrotes de guayacán al hombro.

Tuvo la destreza de darle a entender que era muy linda, que él se iba a quedar muy triste por no poder acompañarla, y en suma, que estaba enamorado de ella. No sabemos si los sordomudos y los simplemente bobos tienen más pronunciado el órgano del amor, o es que el ocio de sus facultades mentales y de sus fuerzas físicas los inducen a la galantería.

En la parroquia se acababa de saber que Manuela había sido precisada a huir para Ambalema y era extremado el afán de doña Patrocinio, de don Demóstenes y de todos los de su partido; pero supieron su llegada con anticipación de cinco horas y la esperaron con voladores y música. Era el triunfo del partido a fuerza de persecuciones y de alboroto; Manuela se hizo la víctima parroquial, que representaba las ideas de todo un partido, que al fin se llamó manuelista por la misma razón.

Llovieron los parabienes y las visitas en la casa de la señora Patrocinio, y hasta el cura se congratuló con sus vecinas por la pronta vuelta de la novia perseguida; pero le hizo presente a doña Patrocinio la conveniencia del casamiento dentro de quince días a lo sumo.

La libertad se sentía, se palpaba en la parroquia aunque los hacendados gobernaban, porque había verdaderas garantías, las que dan la justicia, la moderación, la inteligencia y la decisión por la estabilidad de las sanas doctrinas, y de la paz ante todas cosas. Había caído la república ficticia de don Tadeo, que no era otra cosa que la tiranía encubierta con el velo de la democracia, porque tal había sido la astucia de aquel gamonal, que por desgracia no es el único en nuestros pueblos.

Capítulo XXI

Las confidencias

Los pueblos que no sean iluminados por la luz completa de la libertad vivirán en la miseria de los lapones[283] que no ven la luz soberana del sol, sino a largos intervalos de tiempo. Cuando a los cambios de los gobiernos se siguen las fiestas y cesan las persecuciones y los conatos de la reacción, se puede asegurar que el cambio, si no era absolutamente justo y necesario, era por lo menos popular. Esto fue lo que sucedió con la caída de don Tadeo. Todo el distrito rebozaba de alegría, con excepción de los tadeístas, los cuales refundidos en el goce común de las garantías, no tenían sin embargo por qué turbar la alegría de la parroquia.

Manuela brillaba con la dicha del noviazgo, que es la candidatura del puesto más elevado de la mujer; Dámaso cruzaba la calle del Caucho a la luz del día; la marrana de Manuela se revolcaba en todos los pantanos de la parroquia y sus ejidos; y el burro carguero rebuznaba y corría por las calles como si jamás hubiese conocido a los policías. Los parroquianos se reían, comían, bailaban y conversaban sin temor de los esbirros ni de los espías. La libertad se sentía en el bienestar de los ciudadanos, tanto descalzos como calzados, aunque don Demóstenes no la predicaba ahora como lo hacía pocos días antes don Tadeo, suscitando el odio de los ciudadanos de quimbas contra los ciudadanos de botas fuertes. La libertad era un hecho que se sentía por todos, como se siente el calor del sol aun por los que son ciegos de nacimiento.

Después de haber estado Manuela escondida en el zarzo, asilada en una roza de maíz, y presa en un calabozo de la ciudad de Ambalema, su familia, sus amigas, su lavadero y su libertad la tenían ahora extasiada. Recibía frecuentes visitas, en todas las cuales tenía ocasión de relatar algo de su viaje al Magdalena.

Un día después de volver del charco del Guadual se hallaba Manuela en el dintel[284] de la puerta de la sala, con vista a la calle y a la hamaca, donde estaba leyendo su amado libertador, y luego que éste cerró el libro por haber terminado un párrafo interesante, le dijo ella:

---

283 *Lapón/a*: persona de Laponia, región del norte de Europa, en su mayor parte sobre el círculo polar ártico.

284 *Dintel:* parte superior del hueco de las puertas y ventanas.

—¿Y para qué estudia usted esos libros de amores?

—¿Cómo, para qué?

—¿No tiene hartos amores verdaderos para divertirse, sin echar mano de historias que sacan de su cabeza los que no tienen oficio?

—¿Yo amores? ¿Y hartos amores? ¡Vaya una ocurrencia bien estrafalaria la tuya!

—¡Ajá! ¡No tiene usted amores de número 1, de número 2, de número 3, y de número 4!

¡Así se ha de conversar!

—¿Y me lo niega?

—Te lo niego; y así son todos los cuentos de las mujeres.

—¿Y lo que vemos, y lo que oímos?

—¡Ilusiones!

—¿Es decir que usted me niega los amores de la catira de Bogotá?

—Esos se acabaron, porque ella se denegó a seguir mis opiniones religiosas; ¿no te lo dije?

—¿Y mi señora Clotilde, la del Retiro?

—Eso no tuvo efecto. ¡Imposible, estando de por medio Juanita, que se quiere vengar de sus calabazas en cada amante que ve! Y luego la muerte de la guacharaca y la expropiación de la mantequilla, y la vergüenza que tuvo Clotilde de salir con un tambor cruzado por el comején, y mis manos sucias con la mugre de las manos de Rosa: todo parece que lo hizo el diablo en ese día de la visita.

—¡Válgame Dios! No sea usted tan perro. Pero vamos adelante con la cuenta. ¿La catira de la parroquia?

—¿Cuál catira?

—Mi prima.

—¿Cuál prima?

—¡Ahora sí! ¿Conque usted no conoce a Marta?

—¿Marta? ¿Qué hay con Marta?

—Usted sabrá; usted que ya no quiere salir de su casa.

—¿Yo?

—No: Ayacucho.

—¿Conque yo no quiero salir de la casa de tu tía Visitación? Pues que se publique en la crónica de la parroquia.

—Los hombres todo lo embrollan por hablar más que nosotras; ¡pero como en hablar no consiste que una cosa sea cierta o falsa! ¿Y qué me dice usted de la hija del sacristán, que es el número 4?

—¿Paula?

—Paula, la cándida Paula, la inocente Paula. Lo que yo no comprendo es cómo usted quiere quitarle su modestia y su inocencia después de tantos elogios como usted nos ha hecho de la niña Paula. Conque ya usted ve que tiene amores así, dijo Manuela, y juntó todas las yemas de sus dedos en un solo punto, y luego los dispersó por el aire.

—Esos no son amores, Manuela –dijo don Demóstenes, empujando la hamaca con el tacón de la bota.

—Serán *quinchones,* entonces.

—Son los deberes comunes de la amistad, o cuando más, los rasgos de galantería que la urbanidad prescribe. Lo cierto es que no hay reglas para conocer cuándo las manifestaciones son de amor.

—Pero tampoco hay reglas para conocer cuándo no son amor. Y así, entre cariño y urbanidad y amistad, como usted dice, va marchando el amor a la sordina.[285]

—¡Déjate de cavilar! Lo que tú dices lo dicen otros, y no por eso es la verdad. Eso de Marta hasta peligroso me parece, porque el padre es más intolerante que un arzobispo.

—¡Malaya! ¡Qué considerado es el niño! ¿Y cuándo se pasa las cuatro y las cinco horas en la casa de mi tía?

—Hay un misterio que tú no comprendes.

—Todo lo que usted dice, y todo lo que piensa son misterios, a pesar de que usted mismo ha dicho que nada de lo que es oscuro, secreto y misterioso le agrada. Yo los misterios que venero son los de la doctrina cristiana, y nada más.

—Pues entonces te diré que hay una incógnita. Escucha, Manuela, para que no juzgues a los hombres con tanta temeridad, como lo acostumbran todas. Cuando se sale de la capital a hacer la guarnición a un pueblo pequeño, o ciudad, y lo mismo cuando se sale a mudar temperamento,[286] hay que matar el tiempo de alguna manera agradable. Almuerza uno y lee un pedazo de novela, y le hace limpiar al muchacho las botas y los tiros de la silla de montar y el barro de los zamarros. ¿Y qué hace después con diez horas útiles que le sobran? Visitar.

—¡No hay como saber las cosas a fondo! Ahora comprendo por qué fue que usted se estuvo donde Marta el día que yo me fui a hacer el mercado, desde las diez que almorzó hasta las cuatro que lo llamaron a comer.

—Pero debes estar en que todo no fue visita, porque ese día leí varios capítulos de los Misterios de Londres, acostado sobre una barbacoa que tenía un junco, que conversaba a veces con tu tía Visitación, y que jugaba con el gato blanco, el cual no es entonado como este gato colorado de aquí, que se parece tanto a tu apasionado don Judas Tadeo. De manera que las seis horas no fueron todas destinadas al culto de Marta.

—En eso tiene usted razón –dijo Manuela–, porque Marta, y mi tía, y el gato se relevaban para hacerle a usted la visita. Yo lo sé todo de una manera positiva. Usted se estuvo acostado encima de la cama del pan.

—En eso de positivo no convengo, porque de una cuadra a otra varían enteramente las noticias.

---

285 *A la sordina:* silenciosamente y con disimulo.

286 *Mudar temperamento:* cambiar de clima.

—Y como tuvieron que atenderle, el horno se enfrió, y se pasaron los sobones de leudos.[287]

—El testigo que no es idóneo[288] no da certidumbre moral.

—Y el pan se pintó ese día y se quedó sin alzar.

—Y para todo esto, tiene la lógica sus reglas establecidas.

—Y no fue tan poquita la pérdida, porque el amasijo no bajaba de dos arrobas.

—De manera que el misterio está descubierto: la necesidad de matar el tiempo ha sido la causa de mis visitas a Marta.

—¿Es decir que usted no ha tenido ningunos amores?

—Puede ser que los haya tenido, pero ésa es una clase de fruta que se pasa como los anones.[289]

—Eso les sucede a los hombres porque son muy veletas.

—¿Y ustedes?

—Nosotras somos constantes, yo por lo menos...

—¿Constantes?

—Sí.

—Sabes que en el mundo haya alguna cosa que sea constante.

—¡Eso sí, don Demóstenes!

—¿Como qué cosa?

—Como los que se quieren bien, y como tantas cosas.

—Desengáñate, Manuela; todo lo que comienza acaba. Esta es una ley que lo comprende todo.

—Pero no al amor, don Demóstenes, cuando es verdadero.

—Al amor más que a todo, porque el amor es un edificio que está fundado sobre la arena.

—¿Cómo sobre la arena?

—Sobre las ilusiones, que por cierto no constituyen una base demasiado sólida.

—¿Y luego el matrimonio perpetuo?

—El matrimonio perpetuo ¿es bueno para alargar los días del amor?

—¡De fuerza!

—¿De fuerza? ¿Sabes tú que los grillos sirvan para quitarle al prisionero su amor a la libertad? No, Manuela, en esto de la indisolubilidad del matrimonio no han hecho los católicos otra cosa que aflojar las ligaduras del matrimonio por quererlas apretar demasiado. Para la perpetuidad del matrimonio se necesitaba que alguno de los papas hubiese expedido una bula[290] estableciendo la perpetuidad del amor.

---

287 *Leudo:* masa del pan fermentada con la levadura.

288 *Idóneo:* lo que tiene las condiciones necesarias para un cierto servicio.

289 *Anón:* árbol pequeño de la familia de las anonáceas de una altura aproximada de 6 a 8 mts; tiene copa amplia a vierta; fruto comestible de color verde de forma oval, ovoide y pulpa blanca

290 *Bula:* Documento solemne procedente del Papa.

—Entonces explíqueme usted qué cosa es amor.

—El amor es una ciencia práctica que no se comprende por medio de definiciones. La constancia es el reverso del olvido, ¿y qué sentimiento hay que no se disminuya con el olvido? ¿Qué joven viuda conoces tú que vista de luto a los dos años de la pérdida del esposo? ¿Qué marido hay que a los seis meses llore por su esposa que feneció[291] joven y llena de gracias? ¿En qué casa se siente al cabo de un año la despedida de un proscrito, lo mismo que el día que se le vio partir en medio de los sayones? Créeme Manuela: si existiera en realidad el *siempre* que es el Dorado de los amantes, la naturaleza no habría previsto los inconvenientes que traerían para los fines universales del amor los caprichos de algunos amantes, el celibatismo[292] de los viudos y de los separados por algunos inconvenientes irremediables. De manera que la constancia habría sido en parte un inconveniente para el amor, y no te quede duda.

—No, señor, no me queda duda, porque mi corazón está lleno de constancia –dijo Manuela poniéndose la mano encima del pecho.

—Lleno de ilusiones, Manuela; porque en el mundo no hay nada constante, ni aun el mismo mundo. El piso de esta sala estuvo sirviendo de asiento al océano, según los fósiles que se encuentran en los ejidos de la parroquia; el polvo que tú arrastras del patio con la escoba y la tierra que las lluvias se llevan de tu huerta irán a formar nuevas costas en donde se cosecharán uvas y aceitunas, en vez de los tomates y el ají que se producen en esta parroquia. Y si esto sucede en un mundo compuesto de rocas, ¿qué no sucederá en un corazón compuesto de las fibras más delicadas de la constitución humana? La constancia está en oposición por otra parte con la alternabilidad, que es la perfección de nuestras instituciones. La constancia se opone al orden constitutivo de la naturaleza, que es de reproducción y aniquilamiento, y aniquilamiento y reproducción. El dolor se sigue al placer, y el placer al dolor; pero no hay quien se ría ni quien llore por un mes entero, sino que se intercalan las emociones, y éstas se apartan con los intermedios de la calma. Y se puede decir que todo va bien, porque éste es el orden establecido. ¿Qué haría yo con el dolor de esta espina dura que tengo en uno de mis dedos, si fuera un dolor constante? Y en verdad te digo que estoy desesperando.

—¡A ver! –dijo Manuela, separándose del umbral[293] de la puerta y sentándose en la orilla de la hamaca.

—¿No ves cómo tengo la yema del dedo?[294]

—Ahí tiene lo que se saca de sus cacerías. Es una espina de chonta. Tenga quieta la mano y verá como se la saco con la aguja.

—Pero no me toques.

—¡Tan flojos que son los hombres! Y temblando usted y moviéndose la hamaca no hay modo, porque lo pico.

291 *Fenecer*: fallecer.

292 *Celibato:* estado de célibe = soltero.

293 *Umbral:* escalón que forma la parte inferior de una puerta.

294 *Yema del dedo:* parte carnosa del extremo del dedo, opuesta a la uña.

—Te ofrezco no moverme.

Manuela comenzó a rodear la espina con la punta de la aguja, y sopló con su boca el dedo del enfermo. Don Demóstenes sufría la operación contemplando detenidamente el rostro de la cirujana.

—¡Ay!

—Está fuera –dijo Manuela–; ya verá qué pronto se alienta, porque yo tengo muy buena mano.

—¡Magnífica! Mil gracias, por tus bondades.

Manuela se quedó sentada en la hamaca con la mano puesta en la cara; triste, confusa y abatida.

—¿Estás preocupada con la constancia? ¿O es que tienes alguna espina en el corazón? Confiésame la verdad –le dijo don Demóstenes a su interlocutora, después de un minuto de silencio.

—Le protesto que yo le seré constante –respondió Manuela distraída.

—¿A quién? –dijo don Demóstenes de pronto.

A Dámaso, a mi novio. ¿No sabe que me voy a casar dentro de quince días, echándome esas cadenas tiránicas de que me habla?

—Fundada en la virtud de la constancia, ¿no es esto?

—Sí, don Demóstenes.

—Y en la perpetuidad del amor, ¿no es esto?

Volvió a quedarse callada Manuela; parecía que las palabras de su huésped le estaban dando mucho en qué pensar, a pesar de la fe que tenía en la constancia y en los auspicios de la perpetuidad del matrimonio católico, cuando vio entrar don Demóstenes a doña Patrocinio con una grande artesa[295] de cedro en los brazos, y le dijo:

—A ver, ¿qué nos dice usted de la cuestión de la constancia?

—Yo no estoy sino por la cuestión de la chicha[296] para las tiendas, porque de la tienda es de donde sale para mantener la familia. Pero a ver qué es lo que usted quiere que yo le diga.

—Pues escuche, doña Patrocinio: la cuestión es ésta. ¿Siendo pasajero el amor se podrá fundar en él la unión del matrimonio con las cadenas de la perpetuidad?

—¿Ahí no está Manuelita que le responda? Porque yo, le digo la verdad, tengo que revolver dos barriles de chicha, y el mazato se está pasando.

—Manuela está corrida, ¿no la ve? Usted, como que tiene mundo y experiencia, nos puede decir si la institución del matrimonio católico indisoluble hasta la muerte no es contraria a la libertad; y si la separación con causas legales no sería muy conveniente; esto es, ven el permiso de contraer nuevas nupcias con nuevos consortes, porque lo contrario sería un disparate.

—Siempre está usted con sus argumentos de religión y de libertad; lo mismo era don Alcibíades, y por esas sus conversas de los forasteros es que nos están acabando de echar a perder la parroquia.

---

295 *Artesa:* recipiente de madera.

296 *Chicha:* bebida alcohólica resultante de la fermentación del maíz en agua azucarada.

—Usted me quiere sacar a otra cuestión, doña Patrocinio, y la cuestión es la cuestión del matrimonio perpetuo.

—Pues les diré lo que a mí me pasó –dijo la madre de Manuela colocando entre las flores y los papeles de la mesa grande su artesa de mazato. Yo viví hasta los diez y seis años al lado de mi señora madre muy honrada y muy sosegada, porque mi madre nos daba muy buena enseñanza a mí y a mis otras hermanas, y con sumo recogimiento porque mi padre no dejaba que las gentes nos tratasen poco más o menos; y esto del rezo y la confesión y de la misa iba todo como en casa de buenos católicos. En éstas y las otras nos conocimos con el difunto (que Dios tenga en el cielo) y nos tratamos, y él me pidió por esposa. Me casé con el consentimiento de mis padres, con las bendiciones de nuestra santa madre la Iglesia. A esta casa nos vinimos a vivir, que entonces no era nuestra, y hay que advertir que tanto el difunto como yo éramos pobres. Al año tuvimos a esta Manuelita, que se crió alentada y bella como una azucena, y no me dio qué hacer porque ni era enferma, ni era llorona. Trabajábamos como destajeros[297] para poner casa propia y algunas finquitas, mi esposo con los tratos, yo con esta tienda que usted conoce. El pensar que la familia había de necesitar de una casa propia y surtida con los útiles necesarios, me hacía desvelar trabajando y ahorrando, y buscando de cuantas maneras yo podía. Después tuvimos a otro niño, que murió de las viruelas, después a Gabrielito, y ha de saber usted que Alejo a los tres años estaba cambiado en cuanto al cariño que al principio me tenía.

—¿Lo oyes, Manuela? –dijo don Demóstenes.

—Ya no me hacía los mismos cariños, ni se chanceaba conmigo lo mismo que antes: los cariños no eran sino para esta niña Manuelita, que era un dije[298] de linda; mi marido hacía poco caso de mis quejas, y me burlaba, y en todos los desacuerdos sostenía que yo carecía de razón. Dio en jugar a la primera con mi cuñado Pacho, y me dejaba sola hasta las diez o las once, y casi siempre llegaba de mal humor; de modo que ya mi marido no era el mismo de cinco años antes.

—¡Oído a la caja, niña Manuela!

—Pero mi marido no había dejado de ser buen cristiano. Cumplía con los deberes de la Iglesia, y no daba escándalos en el pueblo, porque lo que fuere se ha de decir, porque por la verdad murió Nuestro Señor Jesucristo. A los seis años tuvimos a Pachita. Alejo no se rozaba conmigo, sino allá por un alicuando; pero yo sabía que sus cariños no eran sino para mis hijos; veía que se mataba trabajando para mis hijos, y él me veía cuidadosa con sus hijos y sujeta a mis obligaciones; enteramente consagrada a la casa por el amor de sus hijos, por cumplir con las obligaciones que me había echado encima desde el pie del altar, y yo me consolaba viendo que el amor no estaba perdido en nuestro matrimonio, sino repartido.

—¡Oído a la caja, don Demóstenes! –dijo Manuela.

297 *Destajero:* trabajador que recibe sueldo por el trabajo hecho.

298 *Dije:* joya.

—Porque es la verdad –continuó diciendo la señora Patrocinio–, que yo había pasado al estado de una clueca[299] (y perdóneme la comparación), porque la clueca pierde el brillo de las plumas, abandona la compañía de las otras gallinas, se vuelve loca buscando el grano, y cuando lo encuentra se lo deja a los pollitos; la clueca se enflaquece, se pone fea y no cesa de estar vigilando los peligros de parte de los gatos, o los gavilanes, y el amor que le pierde al gallinero se lo pone a los pollitos. Yo procuraba cumplir con mis obligaciones de cristiana; Alejo era un hombre de muy buena conducta, mejorando lo presente; los bienes se iban aumentando, la familia crecía y se le enseñaba lo que se podía; pero ni yo ni Alejo le andábamos buscando salidas a la ley del matrimonio perpetuo: creo que era porque no nos faltaban virtudes.

—Oído a la caja, don Demóstenes.

—Así lo íbamos pasando, cuando sucedió la revolución del señor Melo, y cogieron a Alejo vendiendo unas dos cargas de arroz en la cabecera del cantón, se lo llevaron a Facatativá y le quitaron las dos mulitas. Yo lo fui a ver con Manuelita, y ese día nos volvimos locas de llorar, porque lo tenían encerrado en el cuartel, vestido con un saco de bayeta ordinaria y con un gorro también de bayeta; estaba flaco, ojerudo y triste como usted no se lo puede figurar. Apenas le permitieron hablar unas cuatro palabras con nosotras en la puerta del cuartel y se quedó llorando ¡Alma bendita! que me parece que lo veo, en la formación, cuando sacaron su batallón a la plaza...

—Oído a la caja, don Demóstenes –dijo Manuela.

—Yo me vine para acá, y cuando volvimos a saber fue cuando nos dijeron que lo habían matado los constitucionales en el cuartel de San Agustín, en el asalto que dieron a la ciudad el 4 de diciembre de 1854.

Manuela y doña Patrocinio lloraron; don Demóstenes se enterneció por el fin de esta relación, que era por cierto muy dolorosa; y después que doña Patrocinio se limpió los ojos, añadió:

—Esto llaman libertad, señor don Demóstenes: dicen que todo va bien, y que tenemos un gobierno muy sabio, muy humanitario y muy republicano, que tenemos mucho progreso, y yo digo que así será. Y volviendo a nuestro asunto, le digo que don Alcibíades fue el que me dio las últimas noticias de Alejo, porque a sus pies cayó muerto de un balazo en la frente, y supimos por boca de un desertor que inmediatamente después de la toma del cuartel, recogieron después del triunfo los vencedores a todos los muertos en carros y los llevaron a enterrar. Yo le mandé hacer aquí sus exequias. ¡Alma bendita de Alejo! Y lo que ha de ver usted es que Alejo había sido alcalde, tesorero, mayordomo de fábrica y síndico del distrito.

—¡Yo fui uno de los que atacaron ese cuartel! ¡Qué cosas! Pero ir a defender don Alejo un partido revolucionario que se había pronunciado contra los principios radicales, esto me parece falta de republicanismo.

—¿Pero no sabe usted que los cogen en las calles o en los mercados, los

299 *Clueca:* ave que está en estado de empollar o empollando.

amarran o los aseguran entre la tropa y los llevan al matadero con el nombre de ciudadanos armados?

Diciendo esto se fue doña Patrocinio a revolver la chicha, y don Demóstenes se quedó callado, meditando seguramente sobre alguna idea de la mayor importancia. Manuela lo miraba de hilo en hilo, sin atreverse a interrumpirle sus meditaciones; pero al fin le dijo:

—¿Oyó, don Demóstenes? ¿Oyó todo lo que dijo mi mamá?

—Desde luego. ¿Sabes que hasta ahora le encuentro una vislumbre de solución a la cuestión de la perpetuidad del matrimonio católico? Después de haber leído la *Matilde,*[300] las cartas persianas[301] y mis clásicos de la escuela social, ¿sabes que esas palabras de tu madre «el amor se había repartido», me han dado en qué pensar?

—Y usted tampoco habrá metido en cuenta las virtudes, y ya le oyó decir a mi madre la parte que la virtud ocupa en el asunto.

—Tu madre me ha iluminado.

—Ya verá como *ñuá* Melchora y Pía y *ñor* Dimas le hacen conocer cosas mucho más importantes para el gobierno, que esas sus novelas que usted llama sociales, y sobre todo usted va a ganar mucho con haber visto cómo es el gobierno de la parroquia.

—Por eso tengo intenciones de ir al congreso, porque he tenido algún estudio de las costumbres; pero necesito que tú me saques todos los votos de tu parroquia para senador de Bogotá, porque el año pasado fui representante por un pueblo de la costa, en donde los electores no me conocían ni aun por mi retrato.

—Es lo más fácil; pero desde ahora le hago un encargo.

—¿Qué cosa?

—Una ley en favor de mi mamá y la familia.

—¿No más?

—No más.

—¿Tajada?[302]

—Sí, señor.

—Veamos cuál es la tajada de la niña Manuela.

—Es ésta. Según la ley con que hacen ahora las elecciones, los ciudadanos vienen a votar siete veces aquí a la parroquia por congresistas, presidentes, cabildantes y todo lo demás. Pero los conservadores de las haciendas se van a empeñar para que las elecciones se hagan a gritos en la mitad de la plaza, y que esto se haga en un mismo día, y me tiene más cuenta que se sostenga la ley del voto universal, en los siete días, porque de este modo gastan los peones y arrendatarios que vienen desde dos o tres leguas, o de más cerca, siete veces la chicha, el aguardiente, el ajiaco y los tabacos; y con la ley de los conservadores no gastarían sino un solo día, esto es, de cuenta de las elecciones.

---

300 *Matilde:* Mathilde*: mémoires d'une jeune femme*, novela de Eugène Sue, escrita en 1841.

301 *Cartas persianas o persas (*LETTRES PERSANES*),* novela epistolar satírica de Charles de Secondat, baron de Montesquieu, escrita en 1821.

302 *Tajada:* obtener provecho.

—¿Y sabes que tu proyecto es el más patriótico? Porque como te dije en el zarzo de esta misma casa, el voto universal es para que tengan parte en la soberanía los criados, los soldados, los peones y los mendigos, porque de lo contrario no hay tal soberanía del pueblo, sino soberanía de la aristocracia y de la oligarquía; y el voto directo es para que no se pierda su virtud, la voluntad del elector, pasando de mano en mano, o de boca en boca por medio de apoderados. Y por lo que hace a los siete días diversos que designa la ley, eso ha sido con la mente de que se civilicen los ciudadanos, que se instruyan en sus derechos con el continuo roce de las cuestiones populares de la República, como los atenienses que vivían en la plaza haciendo leyes y decretando honores o proscripciones[303] a los hombres más beneméritos de la patria.

—No tendrían ni amos que servir con su trabajo personal ni matas que desherbar, ni roza que lorear, ni las mujeres tendrían gallinas que despulgar en la casa, para estarles llevando las ollitas de comida desde la estancia.

—Ciertamente los atenienses tenían esclavos que trabajasen la tierra a su nombre, y lo mismo les sucedía a los romanos todo el tiempo que fueron republicanos. Bueno, Manuela: tendrás tu tajada, pero es menester que andes con mucha viveza para que no te ganen la elección los oligarcas.

—¡Qué van a ganar! En todo este distrito parroquial nadie sabe qué cosa son las elecciones, ni para qué sirven, ni nadie vota si no le pagan o le ruegan o le mandan por medio de la autoridad de los dueños de tierras o del gobierno. Yo gastaré unas botellas de aguardiente, y con esto ganaré o compraré la mayor parte de los votos; deje usted y verá.

---

303 *Proscripción:* destierro.

Capítulo XXII

La octava de Corpus [304]

A las doce del día sonó un alegre repique, seguido por una docena de cohetes que oyeron con sumo placer los estancieros de la parroquia. Era la víspera de la octava de Corpus, que celebra todos los años la república cristiana. Al mismo tiempo se estaban adornando las pilas, altares, lámparas y bosques por las personas que, con dos meses de anticipación, habían sido nombradas por el cura. Es preciso confesar que éste no procedió con acierto al escoger las personas que debían adornar las pilas; porque Manuela y Cecilia representaban los dos bandos políticos de la parroquia. El resultado fue que Dámaso tuvo parte en la obra de Manuela; que los manuelistas formaron de la pila el pendón de su partido; y, por lo mismo la pila de Cecilia se convirtió en la enseña del partido tadeísta.

La pila de Cecilia tenía una portada revestida de pañuelos, muselina, lazos de cinta y muchos espejitos redondos. La de Manuela, adornada con laurel, liquen, helechos, y algunos pájaros disecados, representaba una gruta; y como generalmente pareció mejor que la de Cecilia, los tadeístas quedaron corridos.

Las lámparas de la iglesia estaban tan hermosas y brillantes como si fueran de verdadero cristal. Habían sido construidas de bejucos y cañas, adornadas con la cascarita de la planta llamada motua,[305] que es muy parecida al papel de seda, y con las flores que los estancieros llaman rosas amarillas. Daban las lámparas visos de plata y oro, y la ilusión era tan maravillosa, que Paula, Rosa y Pía estaban muy satisfechas de haber cumplido su comisión con tanto lucimiento.

El altar que le tocó al dueño de la Soledad no tenía nada de nuevo. Estaba vestido con piezas de bogotana y adornado con cintas, cuadros y espejos. El altar de don Eloy no difería del anterior sino en ostentar candeleros de plata y un afamado cuadro de la Virgen de los Dolores. El del Retiro era de una invención enteramente nueva: constaba de una cúpula sostenida por doce columnas vestidas de laurel y de una cornisa formada de flores de la montaña y bejucos de pasiflora, de flor lacre. El frontal era una lámina formada con

304 *La Octava de Corpus*: La Fiesta de la Octava del Corpus se celebra el fin de semana siguiente al Corpus Cristi. *Corpus:* fiesta de la Iglesia Católica para celebrar la Eucaristía; se efectúa 60 días después del Domingo de Resurrección.

305 *Motua:* amarilácea parecida al fique que produce una fibra sedosa o pita.

musgo, liquen y vistosas flores, representando en relieve las tablas del Decálogo. Del centro de la cúpula pendía una araña plateada con piel de motua, y colgada con una cinta hecha de cáscara de majagua.[306] El altar de la Hondura fue despojado de prisa, por orden del señor cura, de algunas sábanas y colchas de cama con que lo habían adornado, y fue revestido con piezas de género nuevo. El altar mayor estaba adornado con sencillez y gusto, siendo su mejor adorno los fruteros y ramilletes que llevaron algunas estancieras. El coro se compuso de los cantores y músicos de la cabecera del cantón, y ejecutaron con solemnidad los oficios de la misa. El sermón fue predicado por el cura, que era el mejor predicador de costumbres, y que a pesar de su claridad y sencillez se elevó hasta lo sublime.

La procesión era el complemento de la fiesta. El cura partió desde el altar mayor llevando en sus manos la custodia,[307] precedido por el estandarte y por los vecinos que llevaban cirios encendidos. Los repiques y los voladores anunciaron la salida de la procesión; y el sacerdote, al presentarse en la puerta del templo, se detuvo un momento para señalar la custodia al pueblo, que se postró de rodillas sobre la verde grama de la plaza. Reinó un profundo silencio, interrumpido sólo por el solemne canto que repetían los ecos lejanos de la montaña. El cura llegó, cubierto por la vara de patio, a depositar la custodia sobre el ara del primer altar; la procesión continuó pisando las flores que regaban dos ninfas adornadas para tan digno ministerio. No sonaban sino las campanas y el canto acompañado por varios instrumentos; el pueblo adoraba en silencio, y cualquiera incrédulo se hubiera penetrado de la majestad y grandeza del Dios que se adoraba, al ver el fervor unánime de todos los concurrentes.

Don Demóstenes, con la cabeza descubierta, estaba junto al altar de la hacienda del Purgatorio, y por consiguiente al lado del caballero dueño de las valiosas fincas que lo adornaban. Cuando la procesión estaba todavía distante, dijo don Eloy a don Demóstenes:

—¿Qué le parece a usted la procesión?

—Es lo mejor que puede darse en una parroquia como ésta.

—La solemnidad de esta fiesta proviene en su mayor parte de la igualdad, ¿no le parece a usted?

—¿Por qué razón?

—Porque si los cinco partidos en que está dividida la parroquia, estuvieran divididos en cinco sectas distintas, estarían riéndose unos, con el sombrero puesto otros, fumando muchos y con la espalda vuelta algunos; y se suscitarían fuertes disgustos por la falta de cultura de nuestras gentes.

—A mí me encanta la multiplicidad de religiones. Si usted viera en los Estados Unidos...

---

306 *Majagua:* árbol de la familia de las malváceas; alcanza de 5 a 10 mts de altura. Sus hojas son simples y alternas, de forma ovada o redondeadas; flores amarillas y con un epicáliz en la base y frutos en cápsulas.

307 *Custodia:* vaso litúrgico destinado a exponer el Santísimo Sacramento a la adoración de los fieles.

—A mí lo que me gusta es la unidad, la conformidad, la regularidad, como que es la tendencia general de nuestra sociedad y la fuente de la perfección humana. Es un hecho que la unidad de nación, idioma, partido y raza, es una ventaja reconocida: ¿por qué le gusta a usted únicamente la desunión religiosa?

—Desengáñese usted: mientras que en esta parroquia no haya unas cinco sectas diferentes, no puede haber ningún progreso.

—¿Y por qué habían de ser cinco y no quinientas? Rota la unidad de la Iglesia católica, y con la facultad de interpretar las escrituras, cada hijo de vecino puede tener su religión por separado. Mire usted, don Demóstenes; aplaudo la idea de asegurarle a cada secta las prácticas de su culto en donde los legisladores hallaron la población compuesta de emigrados de todas las creencias; pero repruebo los esfuerzos de los que desean dividir aquí la unidad en que la trasformación política nos halló, para igualarnos a los Estados Unidos; y este prurito de legislar para los pueblos incultos de la Nueva Granada, como se legisla para los pueblos civilizados de los Estados Unidos; este prurito de no atender a las costumbres del pueblo, para darles leyes adecuadas y justas, es la causa de las guerras que estamos experimentando.

Ya la procesión pasaba por delante de los interlocutores, y se vieron precisados a suspender su diálogo.

Marta y Manuela vieron la procesión desde el corredor de la casa del sacristán. La generalidad de las muchachas del distrito iba siguiendo el palio, en un grupo denso, compuesto de una multitud de mujeres de todas clases.

No muy lejos del altar de don Eloy estaban las familias de la Soledad y el Retiro, en una casa de la propiedad de don Blas; y en el corredor que daba a la plaza estaban Juanita y Clotilde, al lado de unas señoritas que habían venido de otros distritos.

La procesión, después de haber recorrido todos los altares, terminó en el atrio,[308] desde donde el cura bendijo con la custodia a todo el vecindario que se hallaba prosternado[309] en la plaza.

A un tiempo se levantaron todos los sombreros, se rompieron filas para conversar en grupos, y la gente se puso a recorrer los arcos, altares y bosques. Las familias aristocráticas, esto es, las familias ricas, salieron de su palco para recorrer la plaza, comenzando por el Paraíso, que se levantaba sobre un teatro de vara y media de altura, cubierto de flores, de menudas ramas y de bejucos de melones y patillas con sus olorosos frutos. Sobre el tablado se alzaban algunas matas de café, añil y caña de azúcar; el centro lo ocupaba una mata de plátano, con vástagos cargados de racimos de distintas edades. Debajo de las espléndidas hojas del plátano estaban dos chicos de parroquia molestados por los mosquitos, que representaban a Adán y Eva. *Ñor* Elías había rodeado este teatro de todos los animales de las vecinas montañas, unos disecados y otros recién muertos.

---

308 *Atrio:* altozano, pórtico, arcada que precede a un templo.

309 *Prosternarse:* inclinarse profundamente o arrodillarse en señal de respeto.

Don Demóstenes se había acercado a Clotilde y las otras señoras, y les explicaba las familias, especies y géneros de todos los animales. Después de hablar largamente sobre la raza humana, les hizo notar las cuatro clases de monos existentes en las montañas de la parroquia; el oso hormiguero y el oso negro. El perro doméstico estaba representado por Ayacucho, con su hijo adoptivo a las costillas; el ulamá y las zorras lo acompañaban. El ñeque,[310] la boruga[311] con el conejo y el curí[312] formaban el género de la liebre; la marrana de Manuela, de gran nombradía en los fastos de la historia, junto con un cafuche, cogido en una de las trampas del ciudadano Elías, representaban el género cerdoso. Los papagayos, tan aborrecidos de Pía, estaban reunidos en cuatro variedades; los yátaros[313] en tres; los carpinteros en dos; las palomas en seis, desde la doméstica hasta la abuelita, que cabe en la mano cerrada.

Del Paraíso se fue la gente de zapatos a dar un paseo por el frente de los *bosques,* que estaban en las bocacalles, adornados con hoja de palma, ramas de laurel, flores amarillas y algunos espejos pequeños.

El primer bosque representaba la hoyada de un páramo, en donde estaba cazando a los cazadores un venado muy grande con una buena jauría de perros, y encima se leía este letrero:

ASÍ ESTÁ EL MUNDO.

El segundo representaba un fragmento de queso, puesto en una mesa con un cuchillo junto; y parecía que un hombre sentado en una silla poltrona cuidaba de él; se veían, además, unos pocos caracoles colgados de un hilo. El personaje tenía cuello de clérigo, y el letrero decía:

NO HAY MÁS QUESO Y A MÍ SE ME DAN TRES CARACOLES.

En el tercer bosque se exhibía un aserrío de mano, con todos sus adherentes: un queso vertical representaba la troza de palo; y a los aserradores un gato y un ratón vivos, empuñando en sus manos una sierra, de tal modo dispuesta que se movía para un lado y otro, cuando los operarios hacían sus movimientos de impulsión y repulsión. El letrero decía:

LA REPÚBLICA Y LOS LEGISLADORES.

El último bosque representaba un gato colorado empapelando a una polla fija con papel sellado, al mismo tiempo que un gato blanco estaba empapelando al primer gato con papel de la misma clase. Había otros pollos blancos, negros y nicaraguas, que estaban empapelados con hojas de la *Recopilación*

---

310 *Ñeque:* mamífero de la familia de los roedores, mide alrededor de 70 cms de largo, el pelo que cubre la parte posterior es mucho más largo y de color café negruzco, se alimenta de pequeños frutos que recogen del piso.

311 *Boruga*: mamífero roedor de cuerpo como el de un cerdo pequeño, la cabeza es parecida a la de un conejo, pero de orejas pequeñas, la cola es muy corta, el color es pardo rojizo, áspero pero no cerdoso; puede llegar a 10 kg.

312 *Curí o cuy:* mamífero roedor; mide unos 35 cms de pelaje variado, su carne es comestible.

313 *Yátaro:* tucán, ave.

granadina, y todos ellos tenían sus nombres propios. A Clotilde y Juanita les llamó mucho la atención la escena de los gatos, y se detuvieron mirando con curiosidad los trajes y los emblemas. El gato blanco tenía botas, lo que indicaba ser de la aristocracia de la Nueva Granada; estaba vestido con una levita blanca y tenía la corbata puesta conforme a la última moda. El gato colorado tenía ruana forrada de bayeta, estaba calzado con alpargatas, el cuello de la camisa estaba en el grado más alto de almidón que puede darse y no tenía chaqueta, sino chaleco de una moda muy atrasada. El rótulo decía en letras de a cuarta:

LOS MISTERIOS DE LOS GATOS.

Don Demóstenes había quedado distraído y Juanita le preguntó:

—¿Comprende usted el sentido de este bosque?

—No creo que tenga ninguno. Lo que me parece es que estos idiotas abusan de la paciencia del público.

—¿No cree usted que pueda haber alguna relación entre los gatos y el papel sellado?

—Como entre las señoras y la política de aldea.

A este tiempo trató de revolotear la polla empapelada, y uno de los muchachos del pueblo dijo gritando:

—¡Miren a la niña Manuela!

Dos públicos estaban al frente del espectáculo: la gente grave y aristocrática, entre la cual se hallaba don Demóstenes, y la democracia pura, compuesta de los muchachos y la gente pobre. Esta última, que era la mayoría, celebraba con risotadas todos los movimientos de los actores, mientras que la gente grande guardaba toda la circunspección de la prudencia y la sabiduría, siendo las señoritas las únicas que se sonrían, y eso poniendo sobre sus delicados labios los pañuelos de batista; pero don Demóstenes estaba tan grave que parecía ser el príncipe de la aristocracia parroquial.

—Vean a don Demóstenes con su levita blanca –gritó uno de los muchachos–, y a don Tadeo con su sombrero de funda amarilla.

—Estoy comprendiendo –dijo Juanita–, que nos han querido dar un bosquejo de la caída de don Tadeo.

—Vean cómo se vuelve don Demóstenes –gritó otro de los muchachos de la turba popular.

—Entiendo que se ataca en esta pantomima,[314] por lo menos, mi respetabilidad, y esto merece un castigo ejemplar –dijo don Demóstenes.

Y se separó de las señoras en ademán de acometer a los pollos y los gatos.

—¿Qué hay? –le preguntó don Eloy que estaba cerca del bosque.

—Voy a subir a ese tablado y a pisotear todos los gatos y los pollos, para ver si hay quien saque la cara; porque, vive Dios, que le destapo los sesos con mi *revólver.*

314 *Pantomima:* manifestación escénica muda.

—Quedaría usted muy deslucido, me parece.

—¡Caramba, ponerme en ridículo delante de las señoras!

—¿Y si todo lo que está representado en el bosque lo hubieran escrito en un artículo de periódico?

—Eso no tendría nada de malo.

—Habría sido peor, porque la imprenta exhibe al paciente delante de todo el mundo, y el bosque sólo ante los habitantes de una parroquia.

—Pero a la imprenta puedo oponer la imprenta.

—¿Y a un bosque no puede usted oponer otro bosque?

—La tardanza de veinticuatro horas y la carencia de elementos dejarían la contestación sin efecto.

—¿No hay casos en que para desvanecer la calumnia de la imprenta es preciso aguardar que vengan documentos de una provincia lejana, y mientras eso se glorían los calumniadores? Usted sabe muy bien que al que difama por medio de la imprenta no lo castigan las leyes de la Nueva Granada.

—Es porque la libertad absoluta de los tipos y de la palabra es un hecho ya consentido y muy conforme con la verdadera república; pero la libertad de los bosques no está sancionada; lo que voy a hacer es a despachar todos esos gatos y pollos, con los cinco tiros de mi *revólver*.

—¿Y qué va a ganar usted con eso, don Demóstenes?

—Que no se rían impunemente de mí.

—Y si va y yerra alguno de los tiros, ¿no se expone a que lo silben los muchachos?

—Lo veremos.

—¿Tolerancia! –dijo don Eloy, echándole mano al *revólver*–; ¡Tolerancia! ¡Tolerancia! Don Demóstenes.

—Solamente estos viles parroquianos son capaces de hacer una cosa semejante.

—No, señor: el año de 39, en un pueblo cabecera de cantón, pusieron un bosque, del que habían sacado la idea de uno de los que están puestos aquí; y entiendo que fue por criticarle al cura la frase de *más queso,* que pronunciaba en sus sermones, en lugar de decir, *más que eso.* En Bogotá he visto también varias travesuras de éstas.

El gato colorado de doña Patrocinio, que era de muy mal genio, airado con la presencia de tanta gente, hizo caer de un rebullón al gato blanco de Marta, que era el primer personaje de la escena; y éste por forcejar se zafó el saco y la corbata, levantándose de entre la gente plebeya la voz de una mujer que decía:

—¡Pobre don Demóstenes!

Le faltó a don Demóstenes la paciencia; dejó ir el tiro; lo dio al gato colorado muy cerca del ojo, haciéndole lanzar un grito dolorosísimo antes de expirar.

—¡Viva el libertador de la parroquia! –gritaban los chinos–; y las señoras se retiraban temblando de miedo.

Don Demóstenes, encarnizado contra el bosque, siguió haciendo fuego contra los otros personajes, pero escapó milagrosamente el gato de Marta, que estaba vestido de cachaco. La jornada terminó de una manera muy desagradable, porque doña Patrocinio se le vino encima al vencedor, diciéndole estas palabras demasiado bruscas:

—Si usted no me entrega mi gato ahora mismo, el diablo canta en su entierro, don Demóstenes. Esto es lo que uno se suple con alojar en su casa personas desconocidas. ¡Lástima de mi gato, que lo quería tanto! Era tirria que le tenía, porque decía que se parecía a don Tadeo; pero todo no era sino porque no se dejaba sobar, como el gato de Marta; porque ni aun para los gatos hay igualdad en esta vida.

—¡Pero óigame, doña Patrocinio!

Doña Patrocinio no oía; siguió hablando primores en favor de su gato y gritando como una loca.

Mientras que todo esto pasaba, Dámaso daba libertad al gato blanco y a la polla que representaba a su adorada prenda; y retiraba el cadáver del gato colorado, chorreando sangre todavía. Las señoras entraron a la casa de su posada; Clotilde tuvo una pesadumbre muy grande, porque echó menos un anillo de diamantes, enteramente igual al que tenía puesto su amiga Juanita. Lo avisó a su padre, y, éste al alcalde para los efectos del caso. Infausto llamó Clotilde este día por algunos acontecimientos fatales que se agregaron a la pérdida del anillo, y tal vez fue uno de ellos el no haber podido bajar esa semana don Narciso de la sabana.

Don Demóstenes creyó que lo más conveniente después de lo sucedido, sería abandonar la plaza; y, se fue a casa de Marta, por ver si allá estaba Manuela, para reñirla porque sabía que había tomado parte en el bosque. Manuela se había retirado cansada de la fiesta y estaba en la hamaca, al lado de Marta, sirviéndose de su brazo como de almohada. Ambas estaban con trajes nuevos, que realzaban su hermosura, a pesar de su sencillez, pues consistían en pañolones colorados de algodón, enaguas de cintura y camisas bordadas. Estaban aletargadas por el calor, el cansancio y la hamaca, cuando se les apareció don Demóstenes.

—¿Qué tal de Corpus?... –le preguntó Manuela sin cambiar de postura.

—¡Pésimamente!

—¿No lo ha mirado la joya del Retiro?

—Ojalá que no hubiera estado presente; porque hoy se ha reído de mí toda la canalla de la parroquia, y si tú has tenido parte, como yo lo presumo...

—¿Parte en qué, don Demóstenes?

—En exhibirme al público en uno de los bosques.

—¿Y a mí no me vio por ahí?

—¿Y qué?

—Que hoy no dejo de comer por esa pesadumbre.

—¿Aunque se rían de ti?

—¡Y qué remedio! ¿No hay casos en que se ríen de uno a sus espaldas?

—Pero una burla pública...

—No siendo contra el honor...

—Eso se llama tener pechuga.

—Tener buen humor y eso que usted llama tolerancia, y nada más.

—Pero un bosque... ¡con mil demonios!

—¿No ha comprendido usted lo que quiere decir el bosque?

—No necesito saberlo.

—Pues voy a explicárselo: Manuela se hallaba encausada por don Tadeo, y un caballero, llamado Demóstenes, la libertó a ella y a su parroquia. El caballero se ha hecho digno de la gratitud del pueblo. ¿Le parece a usted que esto tiene algo de malo? Una vez pusieron un bosque que tenía de un lado un hombre con muchas varas de longaniza metidas en un brazo, y al lado opuesto se hallaban unos tantos de los conocidos con el apellido de Díaz; y había un letrero que decía: *Hay más días que longaniza.* Y lo que le aseguro a usted es que por esto no hubo pelea, porque ninguno se dio por agraviado.

—Con su pan se lo coman. Lo cierto es que he venido resuelto a pelear contigo.

—¿Y conmigo también? –le preguntó Marta.

—Con todos los que tengan parte.

—Fuimos las dos solas, don Demóstenes.

—¿Solas?

—Solas –le contestó Manuela.

—No lo creyera yo.

—Pues créalo.

—Es una vileza.

—Tal vez, ¿pero no nos perdonará usted jamás?

—¡Oh!

—Pues mire: si nos ha de volver a tratar mañana con cariño, trátenos de una vez; venga, siéntese aquí en la hamaca con nosotras y cuéntenos qué tales muchachas ha visto en la plaza.

—Lo que me consuela es que he despachado al gato matrero[315] de tu casa.

—¿Cómo?

—Con un tiro de pistola.

—¡Imposible!

—Como lo oyes.

—¿Y cómo le quedará a usted el bulto con mi mamá; y qué hará cuando los ratones comiencen a caer como llovidos y a comerse sus libros y sus cucarachas?

---

315 *Matrero:* mañoso.

—Pues me iré mañana, para evitar incomodidades.

—No se vaya, don Demóstenes, porque nos hace mucha falta –dijo Marta–, yo le daré mi gato a mi tía.

Las palabras de las dos amigas lograron por fin aplacar a don Demóstenes. Por la tarde se jugaron dos toros en la plaza y por la noche hubo algunos bailes.

Capítulo XXIII

El angelito

Dos días después del Corpus, entraba don Demóstenes a su posada y al ir a buscar la mesa para colocar sus insectos, pepas, ramas y flores, sintió esa impresión que todos sentimos al ver desocupado el puesto en que nos habíamos acostumbrado a ver un mueble interesante de la casa; retrocedió lleno de molestia y llamó:

—¡Caseras!

—¿Qué? –respondió Manuela desde el fondo de la despensa, en donde se hallaba poniendo en unos canastos unos tantos ramilletes de flores y dos o tres manojos de velas.

—¿La mesa? –preguntó el alojado con enfado–. ¿Qué mesa?

—¡Oh! Pues la mesa grande, la mesa de cedro, la mesa que ha entrado como la silla jesuítica en el arrendamiento de la posada.

—¿Luego no se la llevaron para levantar el trono?

—¿Qué cuento es ese de trono?

—Para el velorio,[316] pues.

—Parece que tú quieres evadir la cuestión con chicanerías;[317] porque te juro a fe de caballero, que yo no sé qué cosa es esa de trono ni de velorio.

—Ni yo tampoco sé lo que son sus chicanerías.

—Tú quieres eludir la cuestión principal con atravesar otras cuestiones que no vienen al caso, y, entre tanto, yo sufro una pena verdadera, cargado con todos estos objetos, sin saber dónde se halla la mesa grande para depositarlos, y tú no me respondes sino a medias y sin asomar la cara, contra las reglas más comunes de la buena crianza.

—Pues tiene que dispensarme por ahora, porque cada prisa trae su despacio.

—¿Pero existe la mesa grande o no existe?

—Está donde mi tía, porque se la han llevado para el trono del angelito, en el velorio que se va a hacer esta noche. ¿Ya lo supo?

—Yo quiero prescindir de todo ese fárrago de palabras; pero ¿dónde están los objetos de historia natural que tenía yo sobre la mesa, en virtud de que estoy pagando el alquiler?

---

316 *Velorio:* acción de velar un cadáver.

317 *Chicana:* artimaña, ardid.

—¿Qué es eso de historia? ¿Las historias no son los cuentos? ¿Usted tenía cuentos encima de la mesa?

—Hablo de las plantas y animales que había dejado en la mesa, como el toche disecado, por ejemplo.

—Ése, ¿no entró el gato blanco y se lo llevó, así que se fue usted con la escopeta para la montaña?

—¡Caramba! ¿Y quién responde por ese daño?

—El gato.

—Como se muera, en virtud del jabón arsenicado, me pagará bien cara la picardía. Y el firigüelo,[318] ¿dónde está?

—¿Eso tan feo y tan hediondo? ¡Avemaría!

—¿Ese individuo que constituye un solo género?

—Se fue al muladar, que es adonde le pertenece, porque la sala estaba que no se podía aguantar. El corazón lo aparté para remedio, y por ahí lo tengo en la cocina.

—¿Para qué remedio?

—Para no olvidar; ¿luego usted no lo sabía?

—¿Cómo?

—Hecho polvo y haciéndoselo tomar en ayunas, sin que lo sepa, a la persona a quien se le quiere dar.

—¡Hombre! ¡Lo que se ponen a creer a mediados del siglo XIX!... ¿Y el mico?

—Adentro lo topa en su alcoba.

—Es decir que me has hecho una segunda revolución oficial, muy parecida a la que me hiciste el día de mi visita a Clotilde; y ahora me permitirás que te diga que en esto lo que se ha hecho es tratarme con muy poca consideración, y yo he de aguantar de cuenta de ángeles somos; y vengo a preguntar por una cosa que tengo derecho, y se me responde del otro lado de un tabique, y con bravezas.

—Es que yo tengo una cosa, don Demóstenes, que al son que me tocan bailo, y como usted vino a preguntar la mesa con tanto tono, ¡qué quiere usted!

—Pero ¿qué quieres? El cansancio y la fatiga de todo un día, trepando y rodando por esas breñas del Botundo, y venir a encontrar estas novedades...

—Pero usted es tolerante, y tolerancia quiere decir aguantar, según lo que usted mismo nos ha dicho.

—Pues bien, Manuela; todo lo tolero, menos que tú estés brava, y que no me presentes tus divinos ojos, tu boca dulce y agradable y toda tu presencia encantadora para contemplarte, para darte satisfacciones, si te he ofendido. Pero ¿dónde estás? Déjame ver el iris de tu sonrisa después de la tempestad, quiero ser tan dichoso como los hijos de Noé. ¿Me oyes?

—Le oigo, pero no le entiendo.

---

318 *Firigüelo o firihuelo*: cuclillo americano; ave de unos 35 cms de plumaje completamente negro lustroso, las alas con lustro violáceo, la cola con la punta redondeada.

—Que quiero verte.

—¿Y qué se suple?

—Extasiarme contemplando tus formas seductoras, derretirme con el fuego de tus miradas. Lo que está presente es lo que seduce y encanta. De la ausencia o falta de visión dimana muchas veces la inconstancia de que estuvimos hablando ayer.

Estas últimas palabras las dijo don Demóstenes arrimándose a la despensa, y en el acto exclamó:

—¡Hola! ¡Conque tú también estabas por aquí!

—Sí, señor: oyendo y aprendiendo cosas buenas para ir teniendo experiencia; lo que tiene es que yo poco entiendo –contestó Marta.

—Yo soy el que no entiendo absolutamente eso de velorio, trono y angelito.

—Pues le diré lo que hay –dijo Manuela–. Se murió mi ahijado, el hijito de mi comadre Pía, y lo vamos a bailar.

—¿Bailar?

—Sí, señor; bailar.

—¿Bailar a un muerto? ¡Vaya una ocurrencia!

—¿No ve usted que es angelito de cinco meses?

—¡Y por eso deja de ser un muerto? Esto no sería escandaloso en los siglos medios y en los dominios de los monarcas, ¡pero en el siglo XIX, y en las goteras[319] de una república que se ha dicho que va a la vanguardia! ¡Esto no se puede tolerar!

—Y tiene que prestarme su ruana colorada, su espejo de afeitar, su colcha y su pañuelo lacre,[320] el que puso usted de bandera el día que se volvió cónsul de la extranjería por librarme de los policías.

—Lleva todo lo que quieras; ¡pero bailar a un muerto!

—Y lo cito para un bambuco.

—¡Mil gracias! Allá iré, no por bailar, sino por sacar algunos apuntamientos para mis artículos de costumbres; porque los artículos de costumbres son el suplemento de la historia de los pueblos.

—Pues hasta luego, hasta luego –dijeron las dos primas y salieron de la casa, llevando cada una un canasto de útiles para el velorio.

Ya la noche se había acabado de obscurecer, y al encender don Demóstenes la vela de su alcoba, se halló con un difunto extendido en su cama y cubierto hasta el pecho con sus cobijas.

Se quedó indeciso por algunos instantes, observando el cadáver, hasta que por último murmuró:

—¡Ellas fueron! ¡Y ver el disimulo que gastan! No hay duda que estas puertas abiertas a todas horas tienen sus desventajas.

A este tiempo se reían fuera de la sala Ascensión y Pachita, y hasta la venerable dueña de la casa.

---

319 *Goteras:* contornos.

320 *Lacre:* color rojo.

El difunto era una persona muy conocida de don Demóstenes: era un mono de los más grandes, que estaba disecando desde la víspera. Levantó la sábana y se quedó contemplándolo.

—He aquí –dijo el naturalista–, la verdadera imagen del hombre. La frente, los ojos y las orejas son las que yo he visto en algunos peones de los trapiches; las orejas cartilaginosas y sin vello, son las de la humanidad en general; las manos se parecen exactamente a las manos enjutas de los empleados, pero no diré nada de las uñas. Las narices son un poco deprimidas; pero no las hay en Bogotá de este género, aunque la naturaleza por otra parte haya tenido el cuidado de sustituir la falta, dándoles a otros picos de yátaros por narices. Y por lo que hace al rabo, Marco Polo[321] y Jorge Juan[322] ¿no aseguran haber visto hombres con rabo? Yo creo que se debe recabar una ley para que los cazadores no maten monos. ¿Por qué no hemos de eliminar la pena de muerte para el allegado del hombre, cuando está eliminada para los hombres?

Puso la vela sobre el candelero, y metiendo la mano izquierda por debajo de la espalda del mono, lo levantó y colocó sobre su pequeña mesa de ocobo, en donde tenía sus libros, sus manzanas, dulces y sus manuscritos de la semana, a tiempo que sonaban los dobles de las campanas, lo que indicaba que eran las ocho, y se preparó para ir a cumplir con la cita de las dos primas.

Hizo su traslación con toda pompa, vistiendo ropa de paño y siguiendo a Ayacucho, que iluminaba toda la calle con el farol; doña Patrocinio y Pachita lo llevaban en medio, y detrás iba la servidumbre, Ascensión por parte de las caseras y José por la del alojado.

Cuando se apareció en la sala del baile Ayacucho llevando el farol, salieron las primas a introducir al bogotano y le pusieron asiento junto de Pía. La sala se pasaba de alumbrada, porque había un túmulo formado de escalones que tenía más de cuarenta velas, y encima, a mucha altura, quedaba el angelito. Los concurrentes eran todos de la clase descalza: había tres jerarquías, la de alpargatas, la de quimbas y la del pie descalzo por entero. De la clase de los calzados no había sino don Demóstenes. En cuanto a los dos partidos allí estaban representados por sus prohombres, o más bien por sus promujeres, porque Sinforiana y su hija Cecilia y la entenada de don Tadeo, ocupaban los principales puestos de la sala. Allí estaba Clímaco el *matancero*[323] de la parroquia, con toda su familia, y estaban también las hijas de *ñor* Elías, gente decidida por el partido caído. Don Francisco Novoa pasaba por neutral en esos días, y *ñor* Elías por capador.

La música ejecutaba el torbellino en los tiples, las guacharacas y la carraca, y un dúo de chuchos, que también llaman alfandoques.

Rosa de Malabrigo era la que bailaba y se hacía notable, tanto por la soltura de su cuerpo, como por la sombra densa de sus cejas especiales. *Ñor*

---

321 *Marco Polo* (1254–1324): mercader y explorador veneciano; fue uno de los primeros viajeros a la China.

322 *Jorge Juan y Santacilia (1713 –1773):* científico y marino español; formó parte de la expedición que determinó que la forma de la tierra no es perfectamente esférica.

323 *Mantancero:* persona que ejerce el oficio de matarife y carnicero.

Dimas era su pareja. La aureola brillante del placer reverberaba en su rostro de medio siglo, y la actividad de todos sus movimientos daba muestras inequívocas de que estaba sumamente poseída de las inspiraciones del baile. Tenía el sombrero levantado de adelante, la camiseta atravesada y echada sobre los hombros; las piernas un poco encogidas, y hacía sonar fuertemente las quimbas contra la tierra al compás de las guacharacas y la tambora. A *ñor* Dimas lo sustituyó Dámaso, y Manuela a Rosa, y luego Cecilia a Manuela.

Tal vez hizo mal Cecilia en presentarse al teatro en aquellas horas en que sus miradas y sus sonrisas eran examinadas por Manuela y por la señora Sinforiana de las Mercedes, y por todos los individuos del partido de don Tadeo Forero; pero el hecho es que Cecilia bailó muy a gusto, según la sonrisa de sus labios y las placenteras miradas de sus ojos hermosos. Manuela no estaba contenta ni lo estaba tampoco la madre de Cecilia, y para eso que se tardaron un cuarto de hora en relevarlos. Manuela tuvo el acierto de reprimir sus celos; no así la señora Sinforiana, la cual reconvino a su hija delante de los partidos. Fueron saliendo otras parejas a la escena, sin quedar una sola persona que no bailase. Ascensión y José bailaron juntos.

Don Demóstenes se hallaba sentado en un taburete de tijera, de una cuarta de alto, al lado izquierdo de Pía, y allí le trajeron Marta y Manuela un plato con una copita de mistela de azafrán, acompañada con batidos y mantecadas. Probó don Demóstenes la mistela y cogió en la mano una mantecada; pero fueron tantas las instancias de las dos primas, que tuvo que tomarse toda la copita; y en seguida, con la mantecada en la mano, de la cual mordió muy poca cantidad, dijo a Pía:

—Yo te compadezco, porque sé que no hay dolor como el de la pobre que pierde su hijo.

—¡Dios se lo pague, señor don Demóstenes! Yo sé que usted es un rico muy caritativo con los pobres.

—De lo que estoy admirado es de ver que tú permitas ese desorden.

—¡Qué desorden, don Demóstenes?

—¡El baile! ¿No sabes que todo tiene su lugar conforme a las circunstancias? En el templo se reza y se exhiben los misterios del dogma y de la fe; en el teatro se exhiben los cuadros del amor con sus personajes de ninfas, diosas, galanes y damas; en el baile se exhibe la pantomima del amor por los movimientos ligeros y acompasados, así como en el cementerio nos humillamos delante de las reliquias de los muertos con el respeto más profundo. Pero si se cambian los teatros, se profanan, se insultan, se pervierte todo. ¿Qué dirías tú de ver representar en la iglesia el entremés del tío o la tía; o de ver representar en el coliseo el drama de la pasión de Cristo? ¿Y qué se podrá decir de este baile profano delante de los restos sacrosantos de un individuo de la especie humana? ¿Y de un hijo, Pía, de un hijo que ha costado desvelos, sufrimientos y dolores? ¿De un hijo, que es el epílogo del amor?

—¿Pero no ve usted que es un angelito de cinco meses que había nacido para el cielo, y que se ha ido al cielo, sin arriesgar el alma y sin pasar trabajos en el mundo?

—¿Es decir que te has alegrado?

—Eso no, porque he llorado como pocas; pero me he conformado con que se haya ido al cielo el hijo de mis entrañas.

—¡Pero bailar! ¡Bailar!

—Para que no pene la criatura de Dios.

—¿Cómo es eso?

—Porque si no se baila, dilata en entrar al cielo.

—¿Éstas tenemos! ¡En las goteras de una república que marcha a la vanguardia y en la mitad del siglo XIX?

—Y supuesto que Dios se acordó de Josesito, ¡mejor es que se haya quitado de padecer trabajos, y a como está el tiempo de ahora! El día que yo hubiera visto a Josesito preso por no tener con que pagar el tributo de la contribución, o amarrado para ir a la guerra, contra su gusto, yo no sé qué hubiera hecho, don Demóstenes, y por esa parte sí me conformo con que se haya muerto chiquito.

—¡Hombre! Ni las vacas; porque ellas braman y rebuscan y se muestran inconsolables por la muerte de un hijo, con ser que son animales.

—Por lo mismo, porque si ellas pensaran en todo los trabajos que al ternero se le preparan bailarían de gusto. Ojalá que yo me hubiera muerto de la misma edad de Josesito –añadió, tratando de disimular el llanto que la ahogaba.

—¿Y tu misión en el mundo?

—¿Mi comadre no le ha contado algo? ¿Conque no hacen bien en bailar estas buenas gentes por la muerte de Josesito?

—¡Pobre Pía! Si cada cual habla del baile como le va en él, tienes razón de quejarte a las piedras; pero la sociedad no es un trapiche, ni todos los mayordomos desnaturalizados con las arrendatarias como el mayordomo del Retiro. Y volviendo a tu hijo, la pérdida es infinita, porque pudo haber sido el apoyo de tu vejez.

—¡Que se haga la voluntad de Dios! –dijo Pía y se limpió los ojos.

La música seguía con todo vigor, en especial la carraca, que no cesaba un solo momento: era un cuadro que merecía un pincel por separado, la figura de *ñor* Elías agachado, pegándole al suelo con la carraca, sin dejar apagar la churumbela y sin alzar a mirar a la gente, embriagado con la dulce *filarmonía* de su instrumento, o quién sabe si afligido por los negocios políticos, pues aunque él contaba con la fidelidad de su compadre para su secreto de la carta de don Tadeo, su conciencia no estaría muy tranquila, después de haber traicionado a su partido.

Marta y Manuela se habían salido al corredor y estaban apoyadas en la baranda, cuando sintieron a don Demóstenes y le hicieron campo.

—Yo no me había figurado –les dijo el bogotano–, que las preocupaciones humanas llegasen al extremo de profanar la tumba; pero lo estoy viendo con mis propios ojos, y no puedo revocarlo a duda. Los salvajes del Orinoco respetan las cenizas de los muertos sin atender a las edades, y sólo estaba reservado a los católicos de la Nueva Granada cometer un acto de barbarie como el que ustedes mismas han perpetrado. El fanatismo es la única cosa que puede disculparlas a ustedes; el fanatismo que ha empujado a los hombres hasta cometer los mayores crímenes. Lo que ustedes llaman trono no es sino la tumba, y se ríen y se divierten...

—Y usted tiene también un muerto en su alcoba dijo Marta, riéndose como siempre, entre tanto que Manuela sacaba del seno un tabaco muy perfumado de vainilla para darle a don Demóstenes.

—¿Conque ustedes fueron?

—¿Qué cosa? –dijo Marta.

—Las que me metieron entre las cobijas de mi cama el mono que estoy disecando...

—¿Por qué?

—Por qué no fueron otras, y a mí no me parece corriente que me traten así mi cama.

—¿Eso qué tiene? ¿Usted no diseca sus micos y firigüelos sobre la mesa de amasar y de hacer las empanadas?

—¿Y qué?

—Que yo soy amiga de la igualdad.

Adentro sonaba el torbellino, y algunas de las parroquianas trataban de bailar el *vals de los pollos,* el vals antiguo, que no exige las adiciones de la varsoviana y el strauss.

—Entre, don Demóstenes –dijo Manuela–, y bailamos los dos un valsesito.

—¿Y las cosquillas? –le preguntó el bogotano, acordándose de la afección nerviosa de su casera.

—Las escondo.

—¡No, no, no! –dijo don Demóstenes con suma viveza–; aunque me ofrezcas todo el entusiasmo de una bailarina de teatro, no bailaré esta noche. Eso dejémoslo para las fiestas, que ya no dilatan.

—¡Entremos, entremos! –dijeron las primas.

Y cogiendo a don Demóstenes de los brazos lo metieron a la sala. Ellas fomentaron un torbellino entre cuatro, y él se puso en un rincón a observar el catafalco que estaba formado de la manera siguiente:

La mesa grande de la señora Patrocinio, forrada en sábanas y colchas, formaba la base. Sobre ésta descansaba una caja grande y sobre la caja grande otra chica, resultando tres escalones todos cubiertos de ruanas y colchas y de candeleros con luces, ramilletes de flores y algunos espejos y lazos de cinta lacre. En el pináculo estaba el angelito en un sitial, y la ruana colorada de don Demóstenes unida al cielo raso formaba el solio[324] propiamente dicho. El angelito estaba amortajado de San Antonio, llevando en el brazo un chiquillo de yeso y en la mano una azucena natural, cogida esa tarde en la huerta de Manuela.

Callaron los músicos con el objeto de *componer,* como dijeron ellos, porque Rosa y Paula iban a cantar.

—Oiremos la canción de la muerte –dijo don Demóstenes–. La entrada de un ángel al cielo y el dolor de una madre son objetos de una poesía sublime. No cantarán una cosa tan elevada como el poema de la muerte del conde de Noroña;[325] pero yo creo que no saldrán deslucidas.

Rosa y Paula tosieron, y acompañando a sus voces la música de los tiples cantaron lo que sigue:

> *Lará, lará.*
> El hombre que se enamora
> De mujer que no lo quiere
> Merece cincuenta azotes
> Cantándole el miserere.
>
> *Lará, lará.*
> La mujer que se enamora
> De un hombre que la enjarana
> Merece noventa azotes
> Cantándole la tirana.

—Esto es inicuo –dijo don Demóstenes.

—Y *ai onde* usted las ve duran cantando hasta la madrugada. En los gastos o en los trapiches les amanece cantando de esta manera, sin que les falten coplas que recitar en toda la noche, sin repetir una misma, y hay veces que las dicen de tapar orejas.

Las gentes se salían a tomar fresco por grupos o por parejas, según las simpatías particulares o según la bandera de los partidos.

Manuela y Dámaso conversaron en el corredor por largo tiempo; las hijas del músico de la carraca, la entenada de don Tadeo y la hija de Sinforiana salían al patio y a la calle con la libertad que las hijas del pueblo disfrutan en sus bailes, no estando sujetas a las trabas de la etiqueta que ligan a las señoras del alto tono, las cuales tienen que aguantar en un asiento fijo por cinco o seis horas.

No obstante, se dijo en el baile que las partidarias de don Tadeo Forero no estaban atrevidas como otras veces. Felipa y Teodora, que eran las más violentas del círculo de las tadeístas, en esta función eran las más respetuosas, temiendo seguramente que el nuevo ministerio les promoviese la causa del

324 *Solio:* trono.

325 *Conde de Noroña*: Gaspar María de Nava Álvarez (1760–1815); escritor y militar español, autor de poesías anacreónticas y poemas históricos.

asesinato que don Tadeo y el dueño de la Soledad habían cortado por su amor a la impunidad.

Don Demóstenes se apercibió de que su misión estaba terminada, no habiendo ya que observar en el baile del angelito, y llamando a su perro y a su criado, se fue a la posada con muy buena disposición para dormir. Por el camino le habló a José de esta manera:

—¡Hombre! ¿qué te pareció el baile?

—El baile, buenísimo, mi amo –le contestó el indígena.

—¿Pero no te pareció que todas éstas son aberraciones?

—*Herraciones,* mi amo, *herraciones.*

—Porque ¿a qué viene este baile profano?

—Profano, mi amo.

—Que la esposa de un nabab[326] se queme delante de la tumba del esposo, tiene alguna razón: la perpetuidad del matrimonio oriental llevada a un grado mucho más alto que la perpetuidad del matrimonio católico; pero que la madre vea a los tunantes bailar en la presencia del hijo muerto y oiga a las trapicheras cantar obscenidades, esto no tiene solución que poderle dar, ¿no te parece?

—Sí, mi amo, esto no puede tener *absolución.*

—Tal vez esto consiste en no quererse persuadir los hombres de que la muerte no es sino un hecho común, que es la causa de otros mil desatinos que cometen los católicos, ridículos y perniciosos a cual más.

—Sí, mi amo, a cuál más.

—Porque ¿a qué fin taladrarme a mí los oídos en Bogotá con los dobles de todas las campanas el día de finados? ¿A qué fin amortajar[327] de fraile al que no fue ni siquiera devoto? ¿A qué fin cantar los versos de la Biblia, en que no creen los hombres civilizados desde que escribió Voltaire,[328] con excepción de los sencillos protestantes, cuando se muere un católico, y a qué fin pagar plata por estos cánticos? Todo esto no depende sino del miedo inconsulto[329] de la muerte, ¿no te parece?

—Sí, mi amo, el *insulto* de la muerte.

—Y esto es la causa de este otro desatino; pero vaya, que siquiera Paula y Rosa no le habrán llevado seis u ocho pesos a Pía por el canto de sus versos; y es porque no dependen del círculo de la teocracia.[330]

—Sí, mi amo: de la *trocasia.*

—Cuando a la muerte no se le tenga más miedo que el necesario, entonces las cosas irán de otro modo.

—Pero sus mercedes los ricos le tienen más miedo que nosotros los pobres;

326 *Nabab:* gobernador de una provincia en la India musulmana.

327 *Amortajar*: poner la mortaja o sábana u otra prenda con que se envuelve un cadáver para enterrarlo.

328 *François Marie Arouet,* conocido como Voltaire (1694 –1778): escritor, filósofo y abogado francés, uno de los principales representantes de la Ilustración.

329 *Inconsulto:* irreflexivo.

330 *Teocracia:* Gobierno ejercido por la clase sacerdotal de un país.

porque siempre los veo tomando sus medidas para no enfermarse y dándoles la plata a los médicos para que no los dejen morir.

—Mal hecho, porque la muerte no es sino un largo sueño, como decían los indios del Perú.

—Sí, mi amo, un sueño muy largo; pero quién sabe por qué será que hasta los animales le tienen tanto miramiento a ese sueño largo. Tal vez lo hizo mi Dios así para que cuidemos la vida; porque entre animales eso da grima.[331] ¿No ha oído su merced bramar los toros cuando se muere alguna res?

—¡No, hombre!

—¿Conoce su merced la hacienda de la Chamisera?

—Sí, hombre.

—Pues le contaré a su merced, que cuando yo estaba allá de concertado se murió un toro cerca de la casa, de la enfermedad de ranilla, y como le quitamos el cuero se regó la sangre fresca en el llano; pero ¡Avemaría! no se puede figurar mi amo don Demóstenes la bramería que se levantó esa noche por todos esos llanos, peor que cuando tocan las trompas, los violones, las cornetas, flautas y los violines en el entierro de alguno de sus mercedes los ricos en las iglesias de Bogotá. Yo no sé cómo no me morí esa noche de la pena, y para eso que se había muerto un hermano mío dos meses antes. Vino un toro de los más ariscos, olió la sangre, clavó el hocico contra la tierra y dio un bramido que parecía que se había rebullido toda la sabana.

Llegaron en seguida los demás toros y todos juntos siguieron el empeño de bramar con todo su ánimo, y aquello no parecía sino un canto de la otra vida. Figúrese su merced, veinte toros bramando sin cesar. ¿Cómo sería aquel alboroto? A mí se me espelucaba el pelo de la cabeza, y como que me daban ímpetus de llorar también, y me salí al llano a ver si podía espantar el ganado, pero ya los toros de la hacienda de Techo, que habían oído la bramería de los toros de la Chamisera se habían acercado a las tapias[332] de cespedón de los linderos, y habían armado la bramería, y lo mismo los del Salitre, y lo mismo los del Tintal, y aquello era para correr a esconderse uno en el mismo cabo del mundo, ¡avemaría, Jesús credo! ¿No ve su merced, cuántos lamentos por un solo toro? Y yo creo que los animales que no braman sentirán a sus prójimos de esta misma manera. De estas bramerías se arman en todas las haciendas, pero yo le confieso a su merced la verdad pura, que otras veces no he tenido tanto miedo. Tal vez sería por estar tan reciente la muerte de mi hermanito.

—¿Conque tuviste miedo? ¿Y por la muerte?

—Pues sí, mi amo, ¿para qué se lo voy a negar a su merced?

—¿Y el año de 51 cuando te avanzabas hasta los ejidos de Bogotá, a quitarle los caballos al general Melo, no te daba miedo? ¿Y el 4 de diciembre no te dio miedo cuando entraste a la plaza de la Constitución,[333] dando fuego contra las tropas del gobierno provisorio?

---

331 *Grima:* Irritación o desazón que causa una cosa.

332 *Tapia:* muro, pared.

333 *Plaza de la Constitución:* Plaza mayor o plaza de Bolívar en Bogotá.

—Pues al principio tuve algo, pero a lo último no tanto, mi amo.

—¿Y por qué no le tuviste miedo a la muerte en esa vez?

—Quien sabe, mi amo.

—¿Cómo quién sabe? ¿Por quién exponías tu vida el año de 54?

—Por mi coronel Ardila.

—¡No, hombre! La vida, la hacienda y el honor se empeñaban el año de 54 por salir de los revolucionarios que quebrantaron la Constitución; más claro, por defender los derechos del pueblo, por eso fue que se levantó en masa toda la república.

Habían llegado a la posada el amo, el criado y el perro, y todos tomaron sus colocaciones, pero don Demóstenes no se acostó a roncar en el momento como José y Ayacucho, porque su corazón sostenía una lucha de afectos que no le dejaba dormir hacía más de ocho días, lucha que se sostenía entre unos ojos negros y unos pardos; un amor que nacía y otro que llegaba al ocaso. Don Demóstenes se esforzaba en ahogar los recuerdos de Celia con los encantos visibles de Clotilde, por el justo resentimiento que le había ocasionado su carta, un poco fuerte, en que ella se denegaba a seguir sus opiniones religiosas. Cerca del amanecer se quedó dormido el bogotano, pero un latido que dio Ayacucho por equivocación, a las caseras, lo despertó muy a destiempo. Estas habían entrado por la puerta secreta del corral, y no siendo reconocidas, dio el perro un latido estupendo que despertó al pobre caballero.

Pachita y doña Patrocinio no despertaron hasta las ocho, pero Manuela se levantó a las siete a llevarle el café al bogotano, porque era la que menos se descuidaba, con los compromisos de la posada.

—¿Qué tal noche? –le preguntó Manuela a su huésped.

—¡Oh! De lo más detestable. He soñado viendo obsequiar a un muerto con maroma, pantomima y encierro de toros, que es poco más o menos lo que he visto anoche; he soñado viendo un eclipse de lo más raro, esto es, la presencia de Clotilde tratando de anteponerse al disco precioso de Celia.

—Ese último sueño consiste en que usted a la que quiere es a la catira. Dele licencia de que oiga misa y se confiese y verá usted cómo no hay más desvelos ni más eclipses, ni más suspiros entre la hamaca. Y que ésa es la que a usted le conviene para casarse: rica, santa y bonita, ¿qué más se quiere usted? Hasta le puede castigar Dios la soberbia, dándole por esposa alguna fea más alegrona que una trapichera y más brava que una taya de quince años.

—¡Pero la sotana! Manuela. ¡La camándula! ¡La teocracia! ¡La sacristía! ¿Cómo puede ser eso?

—¡Muy bien! ¿No es tolerante usted? ¿O es que usted habla solamente de la tolerancia para que lo toleren, pero no para tolerar, o cómo es eso? Y si lo mismo es la igualdad y la libertad, quedamos bien aviados. ¡Y todos creyendo lo que ustedes dicen! ¡Y tan serios como dicen sus cosas para entretener a la gente! Si usted hubiera oído hablar a don Alcibíades de igualdad, eso daba gusto. ¿Y qué le parece don Tadeo cuando se ponía a predicar contra los ricos a nombre de la libertad? Ya verá cómo ni usted, ni don Alcibíades, ni don Tadeo son tales liberales, porque del decir al hacer hay mucho que ver.

—Ya tú no hablas sino de política.

—¿Para qué me han enredado? Nada sabía yo de esas cosas hasta que don Leocadio, don Alcibíades y usted me enseñaron. Para que vea lo buenos que son los hombres.

A poco rato que Manuela salió con la taza y el plato se vistió don Demóstenes y salió a preguntar por la mesa, pero no con arrogancia como la víspera, sino con palabras muy comedidas.

—¿Hoy sí podemos contar con la mesa grande? –preguntó a doña Patrocinio.

—No, señor –le contestó la patrona.

—¿Mañana?

—Puede ser, si la desocupan.

—Tenga usted la bondad de explicarme los motivos que me privan del derecho que tengo a la mesa grande; porque como usted recordará, el derecho de usar de la mesa grande y de la silla jesuítica entraron en el negocio del arriendo. De manera que si usted tuviese la fineza de dar sus órdenes para que la traigan, yo se lo estimaría de mi parte, y además se cumpliría con uno de los artículos de la contrata, pues a mí me gusta que las cosas vayan en orden y que se haga todo a las buenas, y mucho más entre nosotros. Ojalá, si acaso es posible, pueda venir la mesa antes de que yo me vaya a una correría proyectada con el señor cura, el cual me ha convidado a buscar una planta, y estoy deteniendo algunos minutos para dejar extendidas sobre la mesa unas flores y cortezas que estoy preparando.

—Pues, señor don Demóstenes, yo le agradezco a usted todas sus bondades y no dejo de reconocer que usted tiene mucha razón en todo lo que me dice; pero en cuanto a la mesa grande, tengo el sentimiento de decirle que por hoy no la espere, por el motivo de que mi comadre Remigia, la mujer del sacristán, se empeñó con Manuelita para que le prestase al angelito, para bailarlo en su casa hoy y en toda la noche.

—¿Y mi ruana? ¿Y mi pañuelo? ¿Mi espejo? ¿Y mi candelero?

—Todo conforme estaba.

—¡Conque bailar, y más bailar! Aunque viéndolo bien, la filosofía de Marta va perdiendo el miedo a la muerte, y al fin se tendrán que persuadir todos los parroquianos de que la muerte no es otra cosa que un largo sueño. Yo lo que temo es que ese cadáver se corrompa y nos apeste el lugar. ¿No andan ya las moscas en torno del angelito?

—Sí, señor; pero se les quema cáscaras de limón y boñiga para desterrarlas.

—¿Manuela dónde está?

—Está durmiendo un ratico, para irse a bailar al ahijado luego que se levante.

—Yo me voy y no vuelvo hasta mañana, salúdeme usted a Marta y a Manuela, y dígales de mi parte que guarden pies para las fiestas.

Fue mucho más concurrido el baile en este día y en la noche consecutiva; a la mañana siguiente se le dio sepultura al angelito.

Toda la música, menos la carraca, partió de la casa del sacristán al cementerio. Detrás iba el angelito conducido en alto sobre la cabeza de *ñor* Dimas, cubierto el ataúd de género blanco y adornado con flores amarillas y blancas.

El hoyo estaba listo debajo de un árbol de ambuque,[334] cuyos gajos y retoños, con otros arbustos y bejucos, hubo que rozar con los machetes, para poder cavar la tierra. *Ñor* Dimas se descargó del féretro con ayuda de Marta y Manuela y le puso en el asiento del hoyo. Manuela echó una manotada de tierra y después la imitaron algunas mujeres del pueblo, las cuales rezaban el credo, a medida que la música de los tiples y las guacharacas ejecutaban un torbellino de lo más alegre.

Después de pisado el hoyo, puso el sacristán una cruz de palo en los gajos del ambuque, que aderezó y amarró con un bejuco que serpenteaba por entre las ramas del árbol.

Las promujeres del partido tadeísta no fueron al cementerio. Es tanto lo que predomina el espíritu de partido, que los odios y rencores se extienden hasta a los muertos, y hasta a los muertos inocentes, de manera que siguiendo la revolución y los trastornos gubernativos en la Nueva Granada, en vez de fraternidad y filantropía cundirán los odios cada día más y la desmoralización completa.

Pía se fue por la tarde a la montaña, llevando varios regalos que le hizo su comadre, y no se volvió a hablar de ella para nada.

Se sabe que don Demóstenes le dijo al cura en su paseo:

—Me he quedado aturdido de que la Iglesia y el gobierno estén dejando correr adelante este abuso criminal de bailar dos o tres días a los muertos de corta edad.

—¿Y cómo le parece a usted que esto pudiera evitarse?

—La religión de Jesucristo es una religión pura, santa y en extremo filantrópica; la religión católica que constituye una de sus ramas, quitándole la unidad que representa el papa de Roma, es una de las mejores religiones que hoy se veneran en toda la tierra; sus ministros están acreditados para con el pueblo, y con sólo una indicación que éstos aventuren, desaparecerá de todas las parroquias la infame costumbre de bailar a los niños muertos. El cabildo por su parte, pues es el soberano congreso de la parroquia, puede prohibir con penas muy severas las orgías angelicales.

También se tiene noticia de la respuesta del cura, que fue ésta:

334 *Ambuque:* árbol de guayacán.

—Me reservo para después la explicación de varios de los conceptos y de la idea del señor don Demóstenes, y le contesto por ahora que la religión católica, esencialmente unitaria y rígida, aconseja la extirpación de los abusos y las costumbres supersticiosas; pero no manda sino en los casos de doctrina y de fe religiosa. Desgraciadamente las preocupaciones se resisten aquí como en todas partes. En cuanto al gobierno hay una distinción muy justa: los gobiernos tiránicos y absolutos pueden castigar a sus súbditos cuando no obedecen, y si no los sujetan, pueden atormentarlos por lo menos cuando se trata de los usos inveterados; pero en los gobiernos republicanos, en los cuales manda el pueblo, no sucede lo mismo, porque el pueblo ama sus costumbres, y si hay legisladores que ataquen bruscamente las costumbres del pueblo, entonces no son apoderados del pueblo, porque los poderdantes jamás dan poderes contra sí mismos; entonces deja de ser republicano el gobierno, porque deja de mandar el pueblo. No obstante, le ofrezco a usted predicar el domingo contra el abuso de bailar los angelitos.

—Y yo ofrezco escribir un artículo de costumbres.

Capítulo XXIV

El San Juan

Desde su llegada a la parroquia había oído hablar el señor don Demóstenes del San Juan, como de una época muy singular; y en efecto mientras más se acercaba el suspirado día 24, más concurridos estaban los caminos y los mercados, más risueñas y amorosas se mostraban las hijas del pueblo y más alboroto se notaba en las tiendas.

Don Demóstenes se había ido al Botundo el día 23 por la mañana, porque le había ofrecido Pía un chilaco vivo y unas mariposas raras. A la bajada oyó cohetes y música en muchas de la estancias, algunos gritos y tiros de escopeta, y al pasar por la estancia de Venancio, que estaba en la margen del camino, este sujeto se le puso por delante y le gritó dirigiéndole la palabra:

—¡San Juan!

Pero viendo que ni respondía ni se detenía don Demóstenes, le repetía la misma voz añadiendo:

—¡San Juan callado!

Otro sujeto dijo entonces:

—Tan callado como su perro, porque parece que son de una misma *creyencia*.

—Con los masones no hay San Juan que valga –dijo otro.

Don Demóstenes entendió que aquella gente estaba achispada[335] y que si se ponía a hacerles caso podría salir muy deslucido; siguió bajando, a tiempo que en la estancia se aumentaron los gritos de ¡San Juan! ¡San Juan! y la tambora y los cohetes hacían retumbar las tomas[336] y la montaña.

Siguió su camino, y cuando pasaba por frente de la estancia de Chepe Moreno oía los mismos gritos, y vio un corrillo en el patio, en el cual se cantaba y se tocaba y al verlo repitieron la misma voz que le habían dirigido en la estancia de arriba. Un hombre se desprendió del pelotón y vino a salirle al frente, pero don Demóstenes no se afanó porque conoció que aquél era su camarada Dimas, quien lo saludó de esta manera:

—Grite San Juan, mi amo don Demóstenes, que hoy es el día más grande que hay en el mundo.

335 *Achispado/a:* ligeramente tomado, borracho.

336 *Toma:* acequia.

—¿Qué hay, taita Dimas? –le dijo el caballero.

—Que arrime su persona para allá dentro, para que nos ayude a celebrar a mi padre y señor San Juan.

A este tiempo se acercaron Paula y Rosa al cazador y lo comprometieron a ir al patio, donde estaba una multitud de personas conocidas suyas, como Simona Páez y sus dos hermanas, y toda la gente del partido de Manuela. Rosa sacó un vidrio con mistela de café, y un plato con mantecadas y lo comprometió a probar la mistela, y al punto se levantó una vocería general a los gritos de ¡San Juan! ¡San Juan!

Un estanciero llamado Faustino sacó a bailar a Rosa, y allí en el patio, al son de los tiples y guacharacas bailaron el torbellino; luego se siguió otra pareja, y mientras tanto Paula traía de la mano una muchacha bonita, con todas las cualidades de una verdadera campesina, estanciera o aldeana, robusta, de buenos colores y vergonzosa, lo que era un verdadero prodigio. Ésta era Anita, hija de Narcisa, la cual, poseída de sentimientos religiosos, había conseguido con su patrón don Eloy un indulto para sus tres hijas, para que no fuesen obligadas por el mayordomo al trabajo del trapiche. Don Demóstenes, buen fisonomista y observador de costumbres, conoció de pronto el mérito de la estanciera. Paula estaba al frente, y tomando la palabra con franqueza y resolución, dijo a don Demóstenes:

—Aquí le traigo una muchacha nueva que usted no conocía: mi parienta Anita, que vive en la última estancia de las tierras de don Eloy.

—Tengo la honra de ofrecerme –contestó el bogotano.

—Diga, mil gracias, primita; no sea tan corta.

Se apareció *ñor* Dimas con un vaso de aguardiente puro, aromático y fragante como un estanquillo, y quitándose el sombrero con la mano izquierda, le dirigió a su compañero de cacerías esta perorata en voz alta y sonora:

—Hoy es el día de mi padre y señor San Juan, en que estamos obligados los fieles cristianos a alegrarnos para darle cumplimiento a mi padre y señor San Juan. Por eso me ha de hacer la satisfacción su persona honrada de *aceitarme* este traguito, a nombre de mi patriarca señor San Juan.

—Mil gracias, dijo don Demóstenes con una amable sonrisa.

Y levantando el vaso, tomó lo menos que pudo, nada más que por cumplimiento, porque a don Demóstenes no le gustaban estas bebidas demasiado populares.

—¡San Juan! ¡San Juan! –gritó todo el corrillo.

Y pidiendo permiso, don Demóstenes continuó su viaje seguido de su fiel Ayacucho. En la estancia siguieron los gritos, los cohetes y los tragos.

Cuando el bogotano llegó a la parroquia la encontró casi desierta, porque todas las gentes hábiles se habían salido a las estancias. Se asomó a la plaza y no vio sino la mula y el cordero del señor cura, pastando la hermosa y levantada grama, y un polluelo que cogía los saltones o chapales[337] que brin-

337 *Saltones o chapales:* insecto optóptero parecido al grillo común.

caban a lo que se adelantaban los cuadrúpedos. Ayacucho se arrimó, y abusando tal vez de la tolerancia, se excedió en caricias con el cordero, tirándolo de la lana; éste se metía por debajo de la mula, y ella cogía al perro del cuero del espinazo en ademán de levantarlo, cuya escena solitaria entretuvo al bogotano por unos momentos, hasta que levantó la vista al lado de la triste fachada de la iglesia y vio en el largo corredor de la casa cural al párroco, vestido con sotana, paseándose con el breviario en la mano, y luego se arrodilló, y poco a poco inclinó la cabeza hacia el suelo.

Se fue a su posada don Demóstenes y luego que se dejó caer en la hamaca, que ocupaba la mitad de la sala, llegó a sus oídos una voz de la alcoba, que decía:

—¡San Juan! don Demóstenes. ¡San Juan! ¿Y no responde?

—¿Qué quieres que responda? –le dijo el huésped a Manuela, que era la que le hablaba.

—Pues se responde ¡San Juan! ¿Luego usted no es cristiano?

—Ojalá que me hubieras instruido de antemano, porque te aseguro que los rústicos me lo han entripado al pasar por frente de la casa de Chepe Moreno, gritando ¡San Juan! y molestándome como no hay idea; y si yo les hubiera dicho ¡San Juan! la cosa hubiera sido de otra manera. Te aseguro que todos ellos son unos salvajes.

—Unos bribones –dijo Manuela, sin salir de la alcoba–; porque ahí están metidas la Cecilia, la Víbora, la Nicolasa, con toda la camada de los tadeístas de la sociedad baratera; y si lo han tratado de burlar a usted es porque lo ven así con zapatos y con su levita larga, como inglés viejo. Los tadeístas no se dejan, aunque los tenemos por debajo con la derrota del rey de la parroquia.

Se dilataba en salir la casera, porque se estaba poniendo de punta en blanco para empezar la función de San Juan, en cuyas vísperas se andaba. Don Demóstenes había llegado cansado, y el movimiento de la hamaca lo tenía tan aletargado como los cojines y el opio a los turcos; pero cuando Manuela abrió las dos piezas de la cortina de su alcoba, y se quedó parada por un instante, don Demóstenes saltó lleno de vigor, e improvisó este discurso:

—¡Bienaventurado San Juan, que aumentas la belleza de tus siervas! ¡Yo también te saludo entre los tuyos! ¡Oh Manuela, te hallas hoy seductora como nunca! Tu sonrisa es celestial, tus ojos divinos, tu talle de cinturera es primoroso, tus pies descalzos tienen el mérito de representar la clase del pueblo. ¡San Juan, Manuela! ¡San Juan! ¡San Juan!

—¡San Juan! –respondió Manuela.

—¡Hoy es cuando Dámaso va a tener envidiosos! –le dijo el huésped.

—¡Naaada! –le contestó ella, tratando de pararse para seguir adonde la llamaban sus deberes, porque todas las compañeras se habían ido a casa de Marta y tenía que ponerle la comida al alojado.

—¡No me hagas desgraciado, Manuela! ¡No te vayas de aquí nunca!

—¿Y la comida?

—Tu presencia quita el hambre y todas las necesidades humanas.

—¿Está loco?

—¿Porque no puedo resistir a los encantos de tu hermosura?... Sí, Manuela, estoy loco. Pero nada más te diré, porque para ti no hay elocuencia, no hay interés, no hay seducción; pero ni lástima...

—¿Lástima de qué? –dijo Manuela riéndose–; ¿de oírles decir lo que les dicen a todas? ¡No se afane!

—Ni violencia, ni estrategia –continuó don Demóstenes–; porque el monarca tampoco ha podido hacerse escuchar de ti.

—¿Por qué no, cuando yo les oigo a todos?

Después que Manuela le sirvió la comida al alojado, se fue a una estancia donde había baile y estaba su prometido, no quedándole a don Demóstenes más compañía en toda la casa que su amigo Ayacucho.

Antes de acostarse, don Demóstenes se asomó a la esquina de la calle y desde allí oyó los cohetes, los gritos y los tambores de varias estancias de la loma; y viendo que la tormenta sonaba lejos se metió en su alcoba y se acostó muy seguro de poder dormir con toda tranquilidad, aunque es cierto que la constitución del 21 de mayo que garantiza la palabra, no garantiza el sueño, porque un enfermo no puede clamar contra los platillos y la tambora, que se le toca en sus linderos. Se durmió.

De repente se estremeció el bogotano por un grito de ¡San Juan! que le dieron en los oídos. Levantó los ojos y vio dos devotas de San Juan graciosamente vestidas con camisas bordadas y enaguas de cintura, se refregó los ojos y conoció a Marta y a Manuela, que habían invadido los dominios de su catre.

—¿Qué hay? –les preguntó entre sorprendido y halagado por la visión nocturna, que al principio tuvo por un sueño de hadas.

—¡Que se levante! ¡No es otra cosa!

—¿Y para qué me necesitan ustedes a estas horas?

—Para que se vaya a bañar a la quebrada.

—¿Estoy inmundo, por mi desgracia?

—Es porque el agua corre bendita.

—¿Quién madrugó a bendecirla?

—No sea tan, tan, tan... ¿no ve usted que es el día de San Juan?

—¿Y qué?

—Que todos los cristianos, nos tenemos que lavar.

—¿Y si me excuso por enfermedad?

—No le admitimos excusa ninguna.

—¿Y si me resisto y me defiendo?

—Nos lo llevamos entre todas como gusanito que entierran las hormigas cargamuertos.

—¿Cuáles son todas?

—Yo, Sinforosa y sus dos hermanas, Rosa de Malabrigo, Paula, Clemencia...

—¿Y Anita?

—También. Levántese a verla... Tome, póngase la corbata –le dijo Marta.

—Y aquí tiene las botas –dijo Manuela.

—¿Se pone chaqueta o levita?

—¿A qué tanto afán? Déjenme vestir a todo mi gusto.

—Pero no nos detenga, que ya quiere venir el día.

—Póngase esa bota, cristiano, que usted parece perico ligero en el modo de levantarse.

Se salieron las camareras de don Demóstenes a decir que ya salía, y los aires, los edificios, las montañas y los bosques resonaron con los gritos heroicos de ¡San Juan! ¡San Juan! y luego que el caballero salió a la puerta de la calle, marchó entre todo el acompañamiento del partido de Manuela, en el cual iba Dámaso, el envidiado de don Demóstenes.

La procesión desfiló bajo los auspicios de dos faroles de papel y uno de vidrio, al mismo tiempo que se victoreaba a San Juan y se tocaba el torbellino en la banda de la parroquia. El camino era angosto y difícil por las angosturas y los obstáculos del bosque; pero el viaje era corto y en aquellos momentos feliz.

Era increíble la presteza con que caían al charco los devotos de San Juan, haciéndose notar por el ruido sobre las aguas, a la manera que caen a la laguna los patos que descienden del aire, siendo de advertir que las señoras Patrocinio y Visitación no fueron de las últimas.

Habiendo de pintar el drama completo del baño del San Juan, el orden exige que se describa la naturaleza del teatro. En lugar de las tablas se veía la tersa superficie del pozo del Guadual, de veinte varas de largo. Los costados eran figurados por los troncos de las palmas y guaduas, y algunas piedras medio cubiertas de helechos y palmicha; las trochas o sendas que llegaban a la orilla tenían toda la apariencia de las grutas por la obscuridad de la noche, que le daba una vista, mágica al bosque de los contornos. El techo estaba formado por la trabazón espesa de los cogollos de las guaduas y por las hojas de las palmas de cuesco, enredadas por los bejucos de las nechas y gulupas, de las cuales colgaban las frutas y flores. Los faroles colgados de las gruesas espinas de las guaduas iluminaban el charco, aunque la luz era defectuosa. El sonido de los tiples y bandolas armonizaba con el ruido de la quebrada; esta clase de música desempeñaba la orquesta, aun para el gusto delicado de don Demóstenes, que resumía las funciones de público, habiéndose quedado solo por olvido de la priosta[338] de la función. No creemos que el arte haya superado nunca en los mejores teatros de París o Roma las decoraciones del que nos ocupa. Solamente la naturaleza silvestre de América puede ofrecer esta clase de adornos materiales.

Es tiempo de ver el drama. Manuela se distinguía entre media docena de

338 *Prioste:* mayordomo de una hermandad o cofradía.

actrices jóvenes y poseídas perfectamente de la situación; mujeres de poca nota y muchos hombres de la clase del pueblo figuraban en la escena, desempeñando el primer papel Dámaso por su historia y sus relaciones. El chapaleo, las consumidas, las travesías y las ráfagas de agua iluminadas por los tres faroles, daban a la función un mérito soberbio, y los rostros de las ninfas del charco, animados por la confianza y la alegría, daban a la escena todos los encantos de la magia. La risa, los gritos, los juegos, los dichos amorosos y las aclamaciones de ¡San Juan! ¡San Juan! completaban el placer de la ablución.[339] Ayacucho figuraba también en el pozo, consumiendo, chapaleando y a veces latiendo: sólo un papel había desairado, el de José, quien por no saber nadar no podía gozar del placer del baño.

Don Demóstenes, único espectador inactivo, se divertía desde un barranco cubierto de palmichas, mirando los prodigios gimnásticos del baño y sintiendo no tener su binóculo, porque la media luz de los faroles no alumbraba todo lo necesario para poder ver los bustos de las parroquianas reapareciendo sobre la superficie con su pelo, cejas y pestañas chorreando las gotas de agua iluminadas por reflejos de las luces artificiales que daban una ilusión enteramente mágica muy sorprendente para el que, por primera vez, veía esto. Anita Reyes no cedía en gracias ni hermosura a ninguna de las parroquianas, y cuando don Demóstenes la alcanzaba a ver, palmoteaba. Pero su goce de espectador no le duró sino pocos momentos.

Luego que Marta echó menos al bogotano, convidó a Rosa, a Paula y a Manuela, lo aprehendieron en su palco de piedras, y Marta le dijo:

—¡Hola, amigo! ¿conque usted no se baña?

—Me hace daño a estas horas.

—Es flojera la que tiene –dijo Manuela–; vamos, al agua; ¡arriba! ¡arriba!

—Me enojo –les contestó don Demóstenes.

—No importa, tendrá el trabajo de contentarse otra vez.

—¿Vestido? –preguntó don Demóstenes, conociendo que no había remedio contra la conspiración de las parroquianas.

—¡Yo le quito las bolas! –exclamó Paula.

—Y yo la chaqueta –dijo Marta; y lo comenzaron a desnudar.

—Llevémoslo así como está –propuso Manuela, lo que fue aceptado.

Don Demóstenes, cediendo al derecho del más fuerte, que es el que rige en la Nueva Granada, se dejó llevar en triunfo y se conformó con entrar al pozo acompañado de sus perseguidoras.

—¡San Juan! ¡San Juan! –gritaban todas las parroquianas, embriagadas de placer por el triunfo.

Esta exclamación fue repetida por todos, y la música y los cohetes resonaban para hacer más completas la victoria y la alegría producidas por la entrada del prisionero al charco.

A este tiempo les repartió doña Patrocinio a los devotos de San Juan unas

339 *Ablución:* acción de lavarse.

cuantas botellas de aguardiente, continuándose entre tanto el baño bajo los auspicios del contento y del buen humor.

De repente se oyeron muchos cohetes, gritos, sonido de atambores y una algazara salvaje que ahogaba el ruido de la quebrada y la música de la función. Pronto se comenzaron a salir las muchachas del pozo murmurando, y algunas maldiciendo, según parece. El silencio reemplazó al entusiasmo. Todos se vestían de prisa.

Manuela había tenido la precaución de mandar a José por ropa para su huésped; éste se estaba vistiendo cerca de doña Patrocinio, y aprovechando la circunstancia de la vecindad, le dirigió así la palabra:

—¿Qué novedad tenemos?

—¿No ve usted las infamias de los tadeístas?

—¿No las veo?, doña Patrocinio, le hablo a usted...

—¿No oye, pues, los cohetes, los relinchos de las trapicheras y los aullidos de los hermanos de la sociedad cuatrera?

—Oigo muchas risotadas y gritos; pero ¿eso por qué hace que se salgan las muchachas tan aprisa y a tiempo que me estaba gustando el baño de la madrugada? Y qué para mí ha sido un verdadero chasco, porque no hacía ni tres minutos que me habían echado al agua, y cuando yo estaba resignado, salimos con que se dio término a la función, lo cual equivale a lo que un autor célebre ha llamado «la pena de la esperanza burlada».

—¿Luego no sabe usted que las trapicheras no se lavan el cuerpo sino por San Juan y por noche buena, y que la manada de tadeístas se compone de la gente más *frondia*[340] del distrito?

—Todo eso lo supongo; ¿pero qué sacamos?

—¿Cómo qué sacamos? ¿No ve usted que la quebrada trae poca agua por el verano?

—¿Y qué?

—Que el cochambre[341] reunido de todas esas mugrientas es capaz de emborrachar a los pescados en lugar de barbasco,[342] y ha venido toda la recogida de los tadeístas a lavarse en el pozo del Limonal, que está dos cuadras arriba, a tiempo que nosotros nos estábamos lavando aquí, por vengarse de que les hemos echado por tierra al monarca de la parroquia.

—Ahora lo comprendo perfectamente, y comprendo también lo que puede el espíritu de partido en los bandos miserables de las aldeas. Comprendo lo que es la Víbora y lo que es toda esa chusma. ¡Oh! ¡La venganza más inicua! ¡Tiene usted mucha razón, mi *sia* Patrocinio!

Se reunió toda la gente en un prado pequeñito, de espacio de veinte y cinco varas, alfombrado de grama, donde usaban tender la ropa las lavanderas, el cual estaba sombreado por un cámbulo y rodeado de bosque por todos lados. Allí sirvió el almuerzo doña Patrocinio, compuesto de una artesa llena de

---

340 *Frondio/a:* persona desaseada, sucia.

341 *Cochambre:* capa de suciedad.

342 *Barbasco:* nombre de varias plantas tóxicas empleadas en la pesca fluvial.

bollos de toda especie, una lechona muy bien asada, seis gallinas y muchos y buenos cocidos, a lo cual acompañaba la priosta las correspondientes jícaras de chocolate desde el brasero inmediato, que estaba junto de una palma, agregando el pan y queso de ordenanza. A cada paso se repartía mistela y aguardiente, y a cada momento se victoreaba a San Juan Bautista. La música no cesaba un solo momento, y a veces se oía un armonioso dúo de bambuco cantado por Marta y Manuela; aquel almuerzo era digno de los convites de los ministros extranjeros. Los gracejos de las muchachas, los epigramas de los genios agudos, las efusiones tiernas de los amantes, y hasta las sandeces[343] de los zopencos y necios, todo hacía reír, todo alegraba, todo coronaba de gloria aquel banquete misterioso, servido al aclarar el día entre los bosques.

No extrañemos que el licor hubiese exaltado las cabezas de los concurrentes, entre los cuales había hermosas y feas, y galanes de la clase descalza, pero que tienen sensibilidad como los dandys que dirigen sus ternuras y obsequios a la aristocracia de alto tono. *Ñor* Dimas estaba de un genio demasiado picante; Dámaso cortejaba a Manuela como novio, cosa que no había hecho nunca; el sacristán se daba una caída por cada diez pasos acertados; don Francisco, que llegó después del baño, mandaba a la carga, tocaba corneta y hacía estallidos con la boca hablando con don Demóstenes de la defensa de Bogotá el día 4 de diciembre de 1854, y éste arengaba a los de la Unión diciéndoles primores contra la dictadura. En seguida arengaba a la joven Anita para que aceptase con fe la senda del progreso. Marta no hacía más que jugar y reírse, a tiempo que Rosa lloraba sin descanso, y que doña Patrocinio le daba a la pandereta los más descompasados golpes. Anita Reyes había perdido la vergüenza a don Demóstenes y lo buscaba. Paula y Manuela cantaban en la tonada versos alegres, y el pequeño prado de las lavanderas era el recinto de una chispa general, en la cual se ardían los hombres y las mujeres. Algunos se habían dado por muertos, dejándose caer entre las matas, como Simona, *ñor* Dimas y el sacristán. El día vino a sorprender aquella orgía de los bosques y se pensó en la vuelta a la parroquia.

La grande orquesta con que los toches, cardenales y guacharacas celebran la vuelta de un nuevo día, se estaba ejecutando a tiempo que la gente marchaba por el camino del bosque, y don Demóstenes, que iba junto a Manuela, le dijo:

—¿Sabes por qué lloraba Rosa?

—Porque la regañó Celestino y se fue al baño de la Víbora.

—¿Y sabes el motivo?

—Por celos con usted. Allá se las haya. Le hizo unos cuantos cargos, y entre ellos el de haberla visto conversar con usted y darle un abrazo en el monte del Retiro.

—No tiene motivo ese miserable: yo la trato con cariño porque le debo el servicio de haberme dado posada; y eso del monte se reduce a que me sirvió

343 *Sandez:* acción o dicho de persona tonta.

de guía en el camino del Retiro.

—Pues yo no sé, pero algo habrá.

—Nada, Manuela. Eso no es sino el espíritu de intolerancia, nada más.

Después que las gentes llegaron a la parroquia, muchas personas se fueron a las estancias y otras desaparecieron, yéndose a dormir a sus casas.

Don Demóstenes se acostó en la hamaca, y a las diez, hora en que despertó, extrañó el silencio que reinaba en la cocina y la calidad del aire que no le trasmitía los aromas del café y de la arepa, y se paró en la puerta para llamar:

—¡Caseras! ¡Pachita! ¡Ascensión! ¡Manuela! ¡Doña Patrocinio!

Nadie le contestó, y esforzando la voz un poco más gritó:

—¡José! ¡Ayacucho!

Los pavos fueron los únicos que tuvieron a bien responder, porque estos animales responden a todo ruido. Fuese a la cocina, y su pena se aumentó al ver que la ceniza estaba fría. Volvió a la sala, y de allí se acercó a las camas de sus caseras y las encontró igualmente frías. Se trasladó a la casa de Marta a pedir chocolate y se quedó admirado de verla dormida en la mitad de la sala, sobre un cuero de novillo y sin más almohada que el brazo de Manuela, la cual parecía que soñaba con alguna imagen hermosa, porque sonreía. Contempló por un segundo aquel cuadro de la belleza entregada al descanso y al abandono, y se fue a ver si encontraba los católicos dando culto al santo de su mayor devoción en la iglesia: pero se quedó admirado de hallar cerrada la gran puerta verde. Estaba pensando si el pueblo entero habría desaparecido como desaparecían algunas veces las fundaciones de los salvajes del Orinoco o del Meta, o si se habrían ido todos a la montaña, cuando el criado del cura le dio un recado de parte de su amo convidándolo a almorzar en su casa.

Al momento de entrar don Demóstenes a la casa de señor cura sirvieron la sopa, y le dijo al caballero:

—Acérquese, don Demóstenes. Yo tengo mucho gusto de que usted me acompañe en un día grande como es hoy.

—Mil gracias, señor cura –dijo don Demóstenes con una venia.

—Siéntese usted, y dispense todas las faltas. Y usted sabe lo que es una parroquia de éstas. Todo se halla en el mayor atraso.

—No tenga cuidado, señor doctor, usted debe tratarme con toda confianza.

—¿Y qué le parece a usted la celebración de Juan Bautista?

—He notado mucho entusiasmo; pero me parece que en esto hay algo de fanatismo y superstición.

—Fanatismo, no me parece, dijo el cura meneando la cabeza: nuestros pueblos no son fanáticos, sino indiferentes. Superstición sí, porque en medio de tanto fervor por el Bautista, ni misa han oído. Yo fui a decirla esta mañana, y no hubo un alma que me la oyera. El sacristán vino cruzando las piernas, y le hice cerrar pronto la iglesia. Pero vea usted, en Europa hay supersticiones sumamente ridículas: los montañeses de Escocia y los marineros de Inglaterra creen en más ridiculeces que mis parroquianos. Hoy está la gente durmiendo... Vaya una copita de Jerez, don Demóstenes, que esto no es de todos los días.

—Mil gracias, señor cura.

—Vea usted –dijo el cura cuando retiraron el plato, estos pastelitos, así con sus florecitas y sus ramas de perejil, son regalo de la Patrocinio; y este tamal es hecho en la casa por las manos de Juana.

—Está muy bueno el tamal,[344] a pesar de que yo no soy afecto a ninguna de las especies del género bollos.

—Esta familia es dilatada: bollos insulsos, bollos comunes, bollos de quiche, bollos de mazorca y otros tantos –dijo el cura–, y parece que los distinguen por las hojas en que los envuelven. No hay como hablar con los naturalistas. Pero vaya esa otra copita, por el día grande que festejamos. ¡A una, señor don Demóstenes!

—¡Hurra –dijo don Demóstenes–; yo también soy devoto de San Juan.

—No me parecía –dijo el cura–, porque usted ni es católico ni es protestante.

—¿Por qué, señor cura?

—Católico no, porque usted me lo dijo con franqueza; protestante tampoco, porque ningún volteriano puede ser protestante; y yo no comprendo por qué los ilustrados del partido ultra–liberal quieren que seamos protestantes, porque ellos mismos no pueden serlo. Los que siguen al señor Voltaire y a los señores enciclopedistas, no admiten la Sagrada Escritura, y sin la Sagrada Escritura no hay protestantismo posible. ¿No ha visto usted que de ciento o doscientos ultra–liberales no se ha inscrito todavía ninguno en los libros del ministro protestante? La Biblia es el culto de los protestantes, leer la Biblia, entender la Biblia, deducir principios de la Biblia. Y como San Juan Bautista es un personaje de la Sagrada Escritura, no creo que usted sea devoto de San Juan.

—Sí, señor cura, prescindiendo de controversias, le aseguro a usted que yo también celebro el aniversario de San Juan Bautista.

—Nosotros celebramos a San Juan Bautista por haber sido el precursor de Jesucristo y por haber sido mártir de la fe. Su cabeza fue cortada por un tirano, de manera que también es uno de los mártires de la libertad. ¡Oh! de la libertad del mundo, que gemía bajo el cetro del paganismo, que daba espectáculos de sangre y que adoraba mujeres, bueyes y cebollas.

—Pero este culto de San Juan...

—Estas fiestas, dirá usted, estas fiestas son enteramente supersticiosas, inmorales muchas ocasiones, como me parece lo han sido los baños de Sinforiana y de Patrocinio. El pueblo recuerda la cortada de una cabeza en la cortada de la cabeza de un gallo, pero tiene perdida la historia y se entrega a

344 *Tamal:* plato consistente en una masa de harina de maíz rellena con carne y verduras que se cuece envuelta en hojas de plátano.

los actos más ridículos y poco decentes, como el baño de Patrocinio, del cual me han contado cosas bien tristes, si es que no se han equivocado.

—Y siendo esto así, ¿por qué la iglesia no corrige este abuso?

—Porque está arraigado en una costumbre de origen remoto, porque es una tradición popular, que se resiste a las amonestaciones. Yo he predicado sobre esto algunas veces, y pienso volver a predicar a propósito del baño de Patrocinio.

—Entonces el poder civil debería contener el abuso de un modo eficaz.

—Por la persuasión, es decir, por la imprenta; pero hay la desgracia de que los pueblos más decididos por la corrida de gallos son los que menos leen. Vamos, no me desaire usted los pastelitos, que son de las manos de sus caseras.

—Están excelentes, señor cura. ¿No le parece a usted que la autoridad suprema debería contener el uso tan supersticioso como cruel del patíbulo de los gallos y de esas diversiones que se le agregan?

—¿Como el baño de la madrugada, dirá usted?

—Todo. Mandar que no se corran gallos.

—Pues no se puede. En una república no se puede legislar ni contra los usos religiosos, ni contra los usos supersticiosos, porque los legisladores son el pueblo y no pueden legislar contra sí mismos, esto es, porque ninguno se quiere dar con una piedra en los dientes. Y un congreso que legisle contra la voluntad del pueblo soberano es un congreso de tiranos, y es peor la tiranía de muchos que la de uno solo. Yo no comprendo por qué pretendería una milésima parte de hombres de ideas exageradas o no exageradas, dar leyes contrarias a la voluntad de dos millones de habitantes en una república, así como comprendo que un tirano sí puede quitar las ideas religiosas y supersticiosas de sus vasallos con la persuasión de las bayonetas, donde los vasallos son fáciles de arrear como las ovejas. Así es que las fiestas de San Juan tendrán que durar todavía por muchos años. La civilización, señor don Demóstenes, la civilización es la que disipa las malas ideas: moralicemos a los pueblos, no los mortifiquemos.

—¡Civilicemos, señor cura! Esta es la doctrina de un buen radical; nada bayonetas. Brindo por la pronta civilización de la república de la Nueva Granada.

—¡Muy bien! ¡Muy bien! Siento que usted no haya profundizado un poco más las interioridades del tamal, pues habría visto que éste es el *ómnibus* de los bollos; aquí encuentra usted pollo, gallina, garbanzos, longaniza, cebolla, carne de cerdo, de cordero, etc., etc., y tiene el mérito de ser nacional, como el ajiaco. Yo le soporto a la pobre Juana muchas impertinencias porque se pinta para las arepas y los tamales, y los sesenta años no la arredran para servirme con voluntad. Tengo el gusto de servirle esas presitas de pollo sudado. ¡Oh! No hay quien haga un pollo sudado como la pobre Juana. Tengo mucho deseo de que la conozca usted. Y volviendo al baño de Patrocinio, yo siento tener indicios de que alguna persona civilizada...

—Quiero hablar con franqueza –dijo entonces don Demóstenes–; como yo escribo mis articulitos de costumbres...

—¡Santo Dios bendito! –exclamó el cura cogiéndose las sienes con ambas manos, ¡adiós de Juana y los tamales, adiós de los pastelitos de Patrocinio!

—¿Por qué se asusta, señor cura?

—No me ha de asustar, cuando los escritores de costumbres no le dejan hueso sano al que cogen por delante? Porque si uno no los cuida, malo; y si uno los cuida, también malo: porque en este segundo caso van a llenar las escaseces de los periódicos con tres o cuatro columnas de un cuento que llaman costumbres, en donde van a figurar por todo el mundo de las miserias, los gustos o los caprichos de la víctima de sus jocosidades. Así va al conocimiento de todas las naciones que leen el vestido de la criada, la mayor o menor limpieza de los manteles, la abundancia o escasez de los potajes; y el mundo ha de saber si los huevos estaban fritos por el estilo del tiempo del señor Amar,[345] o por el estilo de la Rosa Blanca; si las papas estaban asadas en el horno, o si estaban cocidas formando la base del *totum de revultis* que se llama puchero; o si la mesa se sirvió por el estilo colonial, o por el estilo moderno. ¡Ay de los pastelitos de Patrocinio! ¡Ay de Juana y de sus arepas! Y yo lo que siento es no poder escribir uno de esos artículos, porque cuando he estado en la capital, ha dado la casualidad de que ninguno de los escritores de costumbres me haya convidado a ver esas comidas, y esas despensas, y esa abundancia de la bodega, y el aseo de esas criadas que no salen del segundo patio. ¡Ay del cura de la parroquia y de su almuerzo del día de San Juan!

—Por mi palabra, señor cura, le ofrezco a usted que mi pluma no tocará con la casa de usted.

—Mucho se lo agradeceré, porque ya usted ve los inconvenientes que hay en los pueblos y las haciendas para poder asistir a cualquier bogotano que lo quiera favorecer a uno con su presencia. Y bien, ¿qué era lo que usted me quería dar a entender con aquello de «como yo soy escritor de costumbres»?

—Que yo sí vi con alguna atención el baño de mis patronas, para criticarlo en uno de los periódicos.

—¿Usted? ¡Válgame Dios!

—¿Pero qué iba a hacer? Me han llevado por la fuerza.

—¿Lo han hecho levantar a las tres de la mañana?

—Y me han lavado por la fuerza.

—No lo creyera yo de Manuela, que nunca ha dado su brazo a torcer. ¡Y a nombre de San Juan! ¡Oh! Tiene usted mucha razón, señor don Demóstenes, para censurar estos abusos. ¿Conque han abusado de la bondad de usted, lavándolo por la fuerza? ¡Oh, y cómo lo siento! ¡Y cómo siento los escándalos que tienen lugar con estas extravagancias!

—Muy aromático me parece el café del señor cura –dijo don Demóstenes

345 *Antonio José Amar y Borbón* (1742 – ¿1826?): Militar español. Virrey de Nueva Granada entre 1803 y 1810. Durante su mandato se declaró la independencia del territorio de España.

al tiempo que el criado lo servía.

—Y es de la huerta de casa –contestó el párroco.

A poco rato se levantaron de la mesa muy alegres y satisfechos los dos personajes.

Tal vez el lector se admirará de ver tanta armonía entre un cura piadoso y un radical despreocupado. y tal vez se revocará a duda la escena de las jocosidades del perro, la mula y el cordero, y la muy amable sociedad que mantenían en la plaza de la parroquia, no siendo ni de familias parecidas; se convencerá de que es muy filosófico el adagio que dice: *necessitas caret lege,* que un mal gramático tradujo: la necesidad tiene cara de hereje. Porque a la verdad que ni el cordero contaba con una manada cerca, ni la mula podía ir a buscar las recuas de las otras mulas.

Después del almuerzo se dirigió el bogotano a la posada, y viendo que en toda ella no había nadie con quien hablar, se acogió al asilo de su anchurosa hamaca y en ella se puso a leer; y estando muy engolfado en la lectura, se acercó Marta en puntillas, y rapándole de las manos el libro, le dijo:

—Hoy no se lee, hoy se canta, se grita, se baila.

—¿Y si uno está triste?

—Esto es lo que no puede ser, en día de San Juan.

—¡Qué delirios!

—Y vengo a que me dé mi San Juan.

—No entiendo.

—Cualquier cosa, un recuerdo para tenerlo presente.

—¿Recuerdo de qué?

—Usted sabrá. Lo que quiera.

—Un trago de Oporto, ¿te conformas?

—Cualquier cosa que venga de sus manos.

—Ve a traer una botella que está sobre la mesa de mi alcoba, la copa y el tirabuzón.[346]

Marta obedeció, y ambos tomaron un trago; pero don Demóstenes se volvió a sacar de su baúl un alfiler con una rosita de oro, para dejarle un recuerdo de San Juan a la bondadosa prima de Manuela; y habiéndose dilatado un minuto, halló dormida entre la hamaca a su visitadora, y volviendo a tomar el libro, continuó la lectura, sentado en la puerta, después de haber recostado la silla jesuítica en forma de puente o cama, cosa que no aguantan los taburetes modernos.

Al cabo de un cuarto de hora llegó Manuela, y dijo a don Demóstenes que su tía Visitación le mandaba decir que le hiciera el honor de asistir a la corrida de un gallo y a la merienda de su San Juan en el platanal de la Quietud.

—Iré a la tarde. Dile que le agradezco mucho.

—Pero es ya. Y que no hay aquí que comer hoy.

—¿Y qué hacemos con Marta, que está dormida en mi hamaca?

346 *Tirabuzón:* sacacorchos.

—Si es ella, la despertamos.

Es imposible que el amable lector se figure todo el trabajo que costó despertar a Marta. Su prima la levantaba en los brazos, pero ella volvía a caer sobre la hamaca como privada, y aunque le gritaba, no respondía. El tiempo pasaba, y si Manuela no hubiera tenido la ocurrencia de hacerle cosquillas en los pies, ahí le hubiera amanecido. Marta tenía un sueño proverbial,[347] porque ya había sucedido que la pasasen de una cama a otra sin que se despertase; y ahora había el triple motivo de la trasnochada, el baño y la copa de Oporto.

Al fin despertó la víctima de Morfeo,[348] miró para todas partes y llamó a doña Visitación, creyendo que se estaba levantando de su cama; luego que estuvo completamente despierta, don Demóstenes le regaló el alfiler como recuerdo del San Juan de 1856. De allí salió éste con las dos primas y se dirigió al platanal de la Quietud. El cura iba para allá y se juntó con él y otros varios vecinos.

La llegada del señor cura fue anunciada con cohetes, música y los gritos de ¡San Juan! ¡San Juan! Don Demóstenes exclamó al llegar al pequeño patio de la choza rodeado de matas de plátano:

—¡Viva San Juan Bautista! ¡Viva la república! ¡Viva el cura!

La mesa era un planito circundado de matas de plátano, cuyas hojas undulaban sobre una choza de paredes y techo de palma, y de puerta de guadua picada. Las hojas del mismo platanal servían de mantel y sobre ellas figuraban varios plátanos con papas cocidas, y otro con un cocido de yucas, plátanos y ahuyama. Una lechona ocupaba el primer lugar, luego seguían las gallinas y capones,[349] algunas ensaladas de palmito, de cañabrava, y de palmichas, y una bandeja de arroz seco. Los licores eran guarapo y chicha. La alegría de la comida o merienda, estaba neutralizada por el respeto y la moderación. Al doctor Jiménez lo respetaban todos sus vecinos, porque no era de aquellos que mandan hacer una cosa en sus sermones, haciendo ellos lo contrario. Todos los convidados que formaban el primer círculo en rededor de la mesa y todos los que formaban el segundo eran gentes de la clase descalza; de la aristocracia de los zapatos no había sino don Demóstenes y el cura.

Después de la comida seguía la matanza de gallos pero a ésta no se quiso esperar el bogotano, y antes bien convidó al señor cura a dar un paseo al charco del Limonal, que deseaba conocer.

Los dos personajes se volvieron a la parroquia después de su paseo, mientras el pueblo se entretenía con el espectáculo de un inocente gallo sangriento.

Al frente del platanal de don Francisco, en un pequeño prado no muy bien nivelado ni limpio, se hallaba sepultado el supremo del gallinero de la señora Visitación; pero su cabeza sobresalía de la tierra, estando destinada a sufrir las iras del pueblo. Junto se hallaba *ñor* Dimas sosteniendo un palo de

347 *Proverbial:* conocido por todos.

348 *Morfeo:* dios del sueño en las mitologías griega y romana.

349 *Capón:* pollo cebado, al cual se ha castrado para hacer su carne más delicada.

unas tres varas de largo; a la espalda estaba tocando el torbellino toda la banda de tiples y guacharacas. El pueblo rodeaba de cerca el patíbulo; había también algunas madres con niños, y algunos inválidos y curiosos que miraban desde una altura la escena.

Dámaso Bernal, el estanquero Velásquez, el juez segundo y el sordomudo esperaban junto al gallo la persona que quisiese cortarle la cabeza. Se presentó doña Patrocinio, ágil y risueña, a pesar de su gruesa mole, y le vendó su futuro yerno los ojos con un pañuelo. Le pusieron en la mano un palo en lugar de sable, y la música se fue retirando del sitio en que estaba el gallo; lo mismo hizo *ñor* Dimas llevando el palo y fijándolo en otra parte. La señora Patrocinio dio unos pasos y comenzó a dar golpes sobre la grama hasta que dio con el palo del ciudadano Dimas, y creyendo que había hecho pedazos el gallo, se destapó los ojos; pero fue sólo para conocer que sus pasos habían sido perdidos. Se llenó de rabia cuando se halló con un palo en lugar de sable. Siguió Marta, y no tuvo mejor suceso que su tía, aunque tuvo la precaución de coger el machete en la mano antes de que le tapasen sus hermosos ojos. Paula fue la tercera, y ésta hubiera acertado si el zorro de *ñor* Elías no le hubiera puesto el palo dos varas antes de llegar al lugar en que estaba el gallo. A la tímida Anita no la pudieron reducir Marta y Paula a que se dejase vendar, por la vergüenza que tenía del público; y siguieron otras más valerosas, pero tan poco diestras como las primeras. Siguió Manuela.

—Ésa sí acierta –gritó uno–, porque para ella no hay dificultades.

—Partió graciosa, bella, encantadora, y con paso firme fue a dar al palo y por él se siguió para dar tres golpes con los que voló la cabeza del gamonal del gallinero. Los gritos de ¡San Juan! ¡San Juan! hicieron retumbar los aires y las colinas.

Es de sospecharse que Dámaso, al vendar a su amada, no le hubiese apretado demasiado los ojos, y que Manuela aprovechando la ocasión, se lució cortando una cabeza como Judit cortó la de Holofernes.[350]

Los hombres desenterraron el cadáver, se empezaron a dar *gallazos,* a correr, a despedazar los cuartos, a untarse de sangre y untar a las muchachas, menos a Anita, a quien respetaron por su ceño escrupuloso y por su aspecto de dignidad. La dignidad siempre salva a las mujeres.

No hubo corrida de a caballo, porque en la parroquia, por lo común, no se andaba sino en mulas.

En la estancia de más arriba se hizo la corrida o matanza de gallos del partido tadeísta, con un ruido extraordinario. Se dijo que Cecilia había estado muy alegre, que había hecho gastos muy grandes, lo que pareció fuera del orden, por estar don Tadeo en trabajos; pues no todos sabían las sombras y los misterios que ocultaban los amoríos de la hija de la Víbora.

El baile correspondiente a la función de los manuelistas tuvo lugar en otra estancia, al cual fue don Demóstenes un poco tarde, y sólo por condescender

---

350 *Holofernes:* general asirio; aparece en los libros Deuterocanónicos (libros del Viejo Testamento impugnados), concretamente en el Libro de Judith como rey de Asiria entre el 158 y 157 a. C.

con sus patronas. Marchó acompañado de José, quien había dormido mucho, y ya se había presentado a tomar servicio; y lo mismo Ayacucho, que no había acudido a los llamamientos de su amo. En el baile estaban algunos hacendados, que se habían ido al San Juan de los manuelistas, después de una gran comida que dio don Blas en obsequio de San Juan, sus comprofesores y de su futuro yerno, don Narciso Correa. Los que se hallaban en dicho baile eran don Eloy, don Leocadio, don Januario y don Lucinio, y con ellos andaba el doctor Ramírez, cura de una de las parroquias del cantón.

La vocería y el tumulto de la estancia no tienen comparación con nada de esta vida. Música, cohetes, exclamaciones de alegría, algazara de todo un partido triunfante, locura, en fin, de hombres y niños, de viejas y muchachas, de casados y solteros, de negros y blancos. Don Demóstenes fue agasajado a su llegada por las patronas de la casa y obsequiado con mistela de azafrán y arepitas batidas. Manuela y Marta lo invitaron a bailar, y Paula le presentó a su primita en el puesto.

La sala estaba que apenas daba un hueco pequeño para las parejas, no obstante que en el patio también se bailaba. Anita fue despojada de su mantilla y entregada a don Demóstenes, quien le tomó la mano con su derecha, y al ponerle la izquierda en la cintura, sintió que se le deslizaba como un pescado vivo. No obstante, Manuela, que había concurrido, la sostuvo, y bien asegurada la tímida Anita por las manos de don Demóstenes, fue conducida a remolque, al ruido de la música, queriendo bailar strauss don Demóstenes y haciendo ella algo de su parte, más por condescender que por natural afición al baile. Una vuelta había alcanzado a dar, pero tratando el diestro galán de allegar su pareja hacia su cuerpo y cogerla como lo prescribían las reglas que estaban en boga, Anita dio un sacudimiento y un grito, y se fue corriendo a meter en la alcoba. Era que la estanciera tenía mucho más pronunciadas las cosquillas que la discípula de don Demóstenes.

Marta salió y bailó un strauss que dejó admirados a todos, porque ella se movía con soltura, llevaba el compás con esmero y daba al baile los visos de deleite y amor que le corresponden. Siempre los aldeanos de las estancias retiradas tienen algo malo que imitar y que admirar de la civilización de los cortesanos ilustrados. Sin embargo, la madre de Anita y sus hermanas no quedaron gustosas: hay en el pudor innato de las verdaderas aldeanas una clase de resistencia que cuesta tiempo y esfuerzos para vencerla. Después de todo esto siguió el torbellino, la caña de los campesinos; las chanzas, los licores y los gritos sostenían la función cada vez más animada. Dámaso bailó con su amada un bambuco de lo más esmerado, y siguieron otras parejas que también parecían de novios. Rosa salió al puesto, pero triste, porque tenía motivos para ello.

La noche estaba calorosa, y salían a tomar fresco a los corredores bajo los alares o los árboles los que necesitaban de desahogo. Don Demóstenes se había salido y se estaba paseando sin sombrero en un trecho de pocas varas que había entre la línea de los bosques y los alares de la casa. Había reparado en una luz del lado del Botundo y figurándose que saldría de la cocina de *ñuá* Melchora, exclamó en voz alta:

—¡Oh Pía! ¡Con qué corazón estarás oyendo los golpes de la tambora y el ruido de los cohetes desde el retiro adonde te condujo la maldad de un señor dueño de tierras! ¡Tú gimes y suspiras en una choza en el corazón de la montaña, mientras que se grita ¡San Juan! y se baila en una estancia encantada por los placeres!

—¿Qué tiene, don Demóstenes? ¿Está loco? –le dijo Manuela acercándosele.

—¡Pobre Pía! –continuó diciendo don Demóstenes sin atender, o sin oír a su casera.

—Póngase el sombrero, mire que el sereno de aquí es malísimo, y les hace perder la chaveta[351] a los enamorados.

—Deseo un poco de fresco.

—Venga allí a la sombra de los higuerones, que allá hay buenas muchachas, allá hay amor. Quítese de la luna, que eso no se queda sino para los jubilados. No piense más en Clotildita, que ella está enajenada.

Don Demóstenes siguió maquinalmente los pasos de la encantadora Manuela por una senda que la claridad de la luna no alumbraba, y dio de repente con unos grupos de gente que estaban debajo de la sombra de un higuerón, cuyas raíces levantadas de la tierra brindaban asientos, y cuyas ramas dobladas hacia la tierra daban anchurosa sombra.

Rosa, Paula y Anita eran las otras cintureras que gozaban allí del fresco, la quietud y el silencio, mientras que los cohetes y los gritos no descansaban en el patio y la sala de la estancia. Al cabo de media hora volvieron a la sala.

Todos los blancos se retiraron a las tres de la mañana, pero la gente descalza continuó en sus diversiones hasta las seis.

Don Demóstenes se fue para su posada, sin más compañía que la de su fiel amigo, el juicioso Ayacucho, y se acostó en su catre, sin volver a despertarse hasta que le dio Manuela los buenos días; ésta se bajó de la estancia con las buenas intenciones de hacerle de almorzar. El huésped se quedó pasmado de ver a su casera ojerosa, descolorida y macilenta, y le dijo:

—Bien venida seas, que se hallaba la casa triste y silenciosa como un cementerio.

—Por eso me vine a darle su almuerzo y a ver cómo anda todo.

—¡Pero ustedes se tiran a matar con esas trasnochadas tan crueles!

—Y todavía falta el San Eloy, San Pedro y mi Pablo, que son días de bailar.

—¡Cáspita![352] Lo que me admira es que ustedes no se caigan muertas bailando.

—¿No ve que para eso es San Juan?

---

351 *Perder la chaveta:* perder el juicio.

352 *¡Cáspita!*: expresión de asombro.

—¿Y Marta?

—Firme todavía. Está ronca de cantar, tiene los ojos con sombras azules de no dormir; pero está firme, y a la hora que tocan, está lista.

—Caramba, que esto es mucho apurar. ¿Y Rosa?

—Está un poco tristona, ¿me lo cree?

—¡Vaya, vaya con las niñitas!

—Pero lo dejo, porque me voy a verle su almuercito.

Don Demóstenes se salió a leer en su hamaca; cuando vio que eran las once y que no tendían la mesa, se fue a la cocina con pretexto de encender su cigarro y se quedó yerto de asombro al ver a Manuela dormida, con la cabeza clavada sobre la piedra de moler y con la mano de la piedra cogida con sus dos manos, teniendo los brazos muy extendidos. Se acercó y le gritó en el oído:

—¡San Eloy! ¡Manuela! ¡San Eloy!

Manuela levantó la cabeza, se echó a reír y se dedicó con todo empeño a subsanar el tiempo perdido. Ascensión no parecía con el agua, y cogiendo Manuela unos calabazos, se fue a la quebrada, y allá encontró a la peona dormida junto del lavadero.

Capítulo XXV

Resultados del San Juan

Las sombras de la noche empezaban a cobijar los matorrales que rodean la casa de Malabrigo, a tiempo que dos mujeres conversaban tristemente sentadas en el alar de la miserable casa que ya el lector conoce. Una de estas mujeres estaba peinando a la otra, y después de un largo silencio le dijo:

—¡Cuántas canas de estas mismas que le estoy peinando le habré hecho criar yo, mamá!

—Vos no: Matea fue la que me dio que hacer. La tengo perdonada para que Dios la perdone y la mire con misericordia, y a mí también. Dicen que está muy maja en Ambalema.

—¿Sabe una cosa? –dijo Rosa, a quien ya habrá conocido el lector–, ¿sabe que tengo ganas de que Antoñita aprenda a peinarla a su merced?

—¿Quieres dejarme como tus hermanos? ¿Te quieres ir?

—Para el otro mundo... tal vez. ¿Le tiré el pelo?

—No cosa.

—Perdóneme su merced. ¡Hace días que estoy como insensata y tengo unos sueños que me dan miedo! Hace tres noches que me soñé que yendo a coger hojas de payaca a la montaña, había visto esconderse detrás de un botundo a mi padrastro vestido con la mortaja blanca que le pusimos aquí; y que al pasar yo, me había echado los brazos y me había apretado.

—Por eso sería que te sentí gritar y estremecerte en tu cama. ¡Válgame Dios! Eso es que está penando seguramente; mañana me voy a buscar al señor cura para que me le cante un responso.

¿Y las pesetas?

—¡Como el señor cura no es ningún interesado con los pobres! ¿No te acuerdas que el entierro de Patricio lo hizo de balde, y antes ni me quería recibir un pollo que te llevé de regalo? En otras parroquias venden los curas o los alcaldes muy cara la tierra de la sepultura. ¡Muy cara es la tierra, hijita de mi corazón!

—¡Sí, señora! Lo mismo es la tierra en que trabajamos. Ocho pesos nos cuesta el arrendamiento de esta estancita.

—Eso no es tanto como las obligaciones, porque el arrendatario es un esclavo.

—¡Y tener nuestros amos un mundo de tierra, y mezquinarnos un tantico a los pobres! ¡Y no tener nosotros en propiedad ni aun los siete pies de tierra en que nos sepultan, porque tenemos que dar tres pesos a la policía, amén de lo que cobran los curas! ¡Suerte más negra! ¡Arrendatarios en vida y en muerte!

—¡Siempre esclavos de los ricos!

—De los ricos ni me hable, señora madre. ¿No ve su merced cuánto hemos tenido que sufrir por los caprichos de los patrones?

—¡Andar rodando como basura, de hacienda en hacienda! Por ahí se ven a orillas de los caminos los rastros de las estancias de donde han echado a los arrendatarios.

—¡Ay, cómo lloré cuando me vine ayer de la parroquia, al ver el rastro de la estancia donde vivíamos hace un año! ¡Ya está todo cubierto de rastrojo y de bejucos. Me arrimé a la mata de guamo que nos daba sombra cuando la peinaba a su merced! ¡Vi la mata de higo que su merced sembró, después que se molió el brazo en el trapiche! ¡Vi la mata de café que cuidaba Matea! ¡Vi las piedras del fogón, y entre las cenizas estaba enroscada la culebra que nos asustaba por comerse los ratones! Lloré hasta que me cansé, señora madre! Allí nací, allí jugué, allí viví tranquila, sin pensar en los trabajos tan grandes que he pasado después. Cuando oigo hablar a don Tadeo y a don Matías de libertad lo que me da es impaciencia. La libertad de llorar es la que tenemos, y es la que yo he tenido. Pero mire su merced que estoy torpe esta tarde –agregó la muchacha deteniendo la mano que llevaba al peine–; ya la he tirado dos veces.

—No, hija de mi alma. Tu mano es muy suave, y es el cariño el que te hace creer que me tiras.

Siguió luego un rato de silencio, durante el cual acabó Rosa su tarea, dejando bien alisada la cabellera de su madre.

—Ya está su merced peinada, y me voy a dormir al trapiche, porque tengo que madrugar a coger trabajo. Mándeme su merced el *puntal*[353] con Antoñita, porque la comida del trapiche no se puede pasar; pero que no olvide el ají.

En seguida hizo la joven estanciera sus preparativos para el odioso y obligatorio viaje al trapiche: se echó unos tabacos en el seno y puso una *mano* de plátanos en una mochila para llevarla cargada. Hecho esto, se despidió de su madre.

Estefanía se quedó muy triste pensando en la aparición de su difunto esposo, y en la suerte que le tocaría a Antoñita, que estaba creciendo y era linda y de un genio tan dócil como una malva. Lloró, y sus lágrimas corrieron sin cesar hasta que se fue a asar unos plátanos para su preciosa Antoñita.

Cuando Rosa llegó al trapiche no se veía sino la máquina del molino a la

353 *Puntal:* refrigerio tomado en la tarde para entretener el hambre hasta la hora de la comida.

luz de una hoguera de bagazo. Parose en el sardinel[354] de la enramada y gritó con suave y lánguido acento:

—¡Bueeeenas noches!

—Buenas noches, antoja –le contestó una voz amistosa que no le era desconocida. Arrime por acá, antoja de mi corazón.

—¿Qué hace usted por aquí, Liberata?

—Siéntese aquí en el bagazo, que ahora le contaré todo.

La persona con quien hablaba Rosa era Liberata Sabogal, una de las emigradas de Cáqueza que van a buscar trabajo en los activos trapiches del rico departamento de Tequendama. Liberata era muy blanca y gorda, y su negro cabello le llegaba a las corvas. En su cara redonda había una eterna primavera de risa y de amabilidad. Sus negros ojos tenían la triste ventaja de seducir sin esfuerzo; y sus pies eran tan pequeños, que no se podía comprender cómo se sostenía tan rolliza estructura sobre tan diminuta base.

Vivía la hermosa peona en una barraca o troje, formada por largas estacas y paredes de guadua picada, protegida por el alar de una gran enramada que servía de cocina de los peones y de caballeriza de las mulas de silla. Así es que la cama de Liberata quedaba a tres varas de distancia de la canoa en que las mulas comían el cogollo picado. El cuarto de la peona presentaba pocos muebles; de una de las toscas barandillas de la cama colgaba una mochila de mallas en que se veía una mantilla de bayeta obscura de Castilla con ribete de tafetán celeste; una camisa de tira labrada, unas finísimas alpargaticas con ataderos de seda y borla en las puntas; un peine de cuerno y una totumita. El colchón de la cama era una estera de calceta de plátano que, enrollada de día, estaba a la vista de todos los trapicheros. De una de las estacas que sostenían la pared colgaban unas *quimbas*, un tiple, un garrote y un pedazo de rejo de enlazar. Aquella estancia era la vivienda de la hermosa Liberata, la más garrida[355] de todas las caqueceñas que han ido a buscar aventuras en los trapiches del sur.

—¿Y cómo es que usted está acostada en el bagazo, y no en su cama? –dijo Rosa a su amiga.

—Porque *aquél* me echó de la posada a patadas, y se fue al trapiche del Purgatorio. Mañana me voy a buscarlo y a rogarle que no me deje sola.

El *aquel* a quien se refería Liberata era, ya lo habrá comprendido el lector, su amante; pero lo que no puede haber comprendido es cómo era el amante de la hermosa caqueceña. Pedro Jurado, que así se llamaba, era un negro licenciado del escuadrón de húsares que regía el general Melo, y era natural de Ortega. Tenía el defecto, fuera de otros, de ser muy delicado de genio cuando se excedía en el licor, y tenía la costumbre de excederse siempre que tomaba, que era los domingos. Sobre Liberata recaían sus exaltaciones dominicales, y ella lo demostraba los lunes con las negras ojeras que le ceñían uno o ambos ojos, lo cual se hacía notar desde muy lejos, porque tenía el cutis tan blanco como una imagen de las iglesias.

---

354 *Sardinel:* escalón de la entrada.

355 *Garrida*: gallarda.

—¡Pobre mi antoja! –dijo Rosa–. ¡Y tan linda, y tan merecedora de ser atendida como una señora!

—¿Y usted no piensa ya en Celestino? –contestó Liberata.

—¡Imposible! Me ha tratado malísimamente con el pretexto de unos celos sin fundamento con el caballero don Demóstenes, y hasta me ha puesto las manos. De manera que las resultas del San Juan han sido para mí de lo más horrendo. ¡Y todavía lo que faltará por ver, porque el corazón me avisa nuevas desgracias!

—Pues ya no le pegará más; porque se largó para Ambalema con la Chumacera.

—¿No me lo diga, antoja de mi alma! ¿Con la Chumacera se ha ido? ¿Con la mujer más despreciable de los trapiches? ¡Es decir que yo no valgo nada! ¡Dios poderoso!

—¡No llore, antojita de mi alma! Que usted vale mucho. Olvide a ese tunante, que no faltará quien la estime.

—Yo bien quisiera; pero eso no está en mi mano, ¡Ay! ¡Cómo he pasado de trabajos por el amor! ¡Y sin buscarlo, antoja, porque yo le he huido hasta donde he podido! ¡Y si no, que diga el amo a quien quise primero, si las amenazas, si el temor, si las astucias de la vieja Sinforiana no fue lo que me venció! ¡Que diga Celestino si sus ofertas de casamiento no fueron las que me hicieron quererlo! ¡Tener que pagar tan caro un amor que la mujer pobre no tiene medios de resistir! Esto no parece cosa de Dios; pero, en fin, ¡qué se va a hacer, si la mujer nació para padecer en el mundo, y mucho más la mujer esclava! Yo lloraré a Celestino todos los días de mi vida porque eso no consiste en mí. Pero, antoja, la Chumacera, la bogotana, que vino a pedir trabajo al trapiche con camisón y corbatica como si estuviera en tienda, y, que tiene una hablita como de títere; ¡esa patoja! ¡Era la que yo menos temía! Yo sí vi que la echaron a cortar caña junto con Celestino; pero no me figuré tal cosa...

Hasta media noche se vino a dormir Rosa, y eso porque Liberata la convidó poniéndole de cabecera su brazo, que era tan grueso y tan blanco, que merecía sostener una cabeza que necesitaba de tanto alivio. Por la mañana se puso Rosa a desherbar una tarea sencilla que el capitán le había medido en la vara chica. No se la oyó cantar ese día y cuando volvió al trapiche, estaba muy sufocada por el sol; tampoco comió, aunque Liberata le instaba con su mismo plato. A la noche se acostó temprano, no obstante que los peones estuvieron jugando a la mariposa; a media noche despertó a su amiga con los sacudimientos de un calofrío de los más temibles, y luego le vino calentura. Liberata le alcanzó un poco de guarapo de los fondos, que pidió al hornero, y Rosa sudó porque lo tomó caliente, y porque su amiga la abrigó bien con bagazo. Hay que advertir que ni Rosa ni Liberata usaban de cobija para dormir.

Rosa conoció lo grave de su enfermedad, y por la mañana trató de ponerse en camino para su rancho. Fue a la casa de la hacienda, cobró su trabajo y se despidió llorando de su señorita Clotilde. El resultado líquido del real que ganó por la tarea no fue sino un cuartillo; porque pagó un cuartillo de una jícara de chocolate para desayunarse; otro valdría el *puntal* que le llevaron de su casa; y el viaje de Antoñita ¿qué menos podía valer que otro cuartillo?

Así que llegó a su casa, la desdichada estanciera se tendió en su barbacoa de guadua, sobre la cual había una estera de calceta de plátano que era todo lo que constituía su cama. Estefanía le dio zumo de carrasposa y se fue a la casa de *ñuá* Patricia, que vivía en la montaña y era la médica del sitio o partido. No pudo volver hasta el día siguiente con los remedios, y se pasaron dos días más sin que aquéllos produjeran efecto ni mejoría.

El mayordomo fue a llamar a Rosa para que volviera al trabajo, dándose el tono de un virrey y diciendo que si no iba le voltearía la casa y el platanar; pero habiendo entrado a la alcoba por instancias de Estefanía, vio que efectivamente Rosa no podía moverse, y dijo que ésos eran los resultos del San Juan.

Rosa se estaba agravando, y esto indicaba que la médica no le había acertado. Sufría a un mismo tiempo del corazón, de la cabeza y de un costado en que tenía una contusión; sobre todo, el estado de su espíritu la aniquilaba. Estefanía se fue a la hacienda a decir que su hija no podía asistir al trabajo, y a ver qué remedio le daban. Clotilde oyó la relación atentamente y quedó penetrada de lástima.

—Rosa se muere de descuido –dijo a la manca–. ¡Pobrecita! ¡Tan dócil, tan buena, tan hermosa! ¡Dios mío! ¿Qué haremos para salvarla?

—¡Pero qué más voy a hacer, mi señora! Será que ya le conviene, porque le hemos hecho todos los remedios de la médica y es como echarlos a la quebrada.

—¿Y qué le mandó hacer la médica, pues?

—El sudor del paraguay con tres botones de manzanilla, cinco granos de cacao y los tres cogollos de la lumbaga: plantillas de penca de higo y agua de cáscara de guásimo con flor de la maravilla por agua ordinaria. Todo se le ha hecho; pero Rosa no escapa de ésta, mi señora, porque no come. El tasajo ni el plátano no hay para qué nombrárselos. Rosa se muere, mi señora; y por eso es que el trespiés[356] no vagó de contar encima de la mata de guadua en toda la semana pasada; y dice Antoñita que lo vio volar y sentarse dos ocasiones sobre la casa.

Don Narciso estaba oyendo desde la hamaca toda la relación, y viendo tan compadecida a Clotilde también se compadeció, porque el amor hace queridas las impresiones que recibe el objeto amado. Don Narciso se había graduado en medicina, pero no practicaba porque se había dedicado al cuidado de su hacienda. En esta vez quiso ser útil a la humanidad y agradable a Clotilde, y así, después de repreguntar a Estefanía, le dijo gravemente las siguientes razones:

356 *Trespiés:* ave que tiene aproximadamente 27 cms de largo y pesa más o menos 40 gms. Su Canto normalmente tiene una llamada silbada de dos o tres notas, sinfín–sinfín, es considerada de mal agüero, se dice que anticipa la muerte de alguien.

—La afección de su hija es sumamente grave. Es un dolor que principia debajo del apéndice sifoides, y se irradia en los hipocondrios siguiendo el trayecto de los plexos aplénico y hépatico: ¿lo oye usted? Del otro lado se traslada a la parte superior posterior del esternón: ¿está usted? y desciende por los lados de la columna vertebral, siguiendo el trayecto del gran simpático, y llegando a la región cervical superior, afecta el encéfalo y todos sus adherentes. La curación se hará por medio de los evacuantes y revulsivos, los sedativos y, últimamente, los tónicos. Empezaremos por una sangría del brazo derecho, que será repetida mañana. Mande usted a la cabecera del cantón para que el farmaceuta le despache la receta que le pondré: ¿me entiende usted? Y entre tanto aplíquele usted unos fomentos de cocimiento de escoba babosa, manzanilla, bledos y llantén. Dele usted un baño de pies de cocimiento de alcaparro: ¿está usted? con tres dracmas de sal, una onza de mostaza y una jícara de ceniza. Póngale usted una lavativa de cocimiento de cualquiera de las malváceas con un poco de miel y sal compactada, y un poco de aceite de olivas con dos yemas de huevo ¿entiende usted? Dele frotaciones con aguardiente; alcanforado y un poco de mostaza.

Concluida esta incalificable exposición, se volvió a entrar don Narciso, y a breve rato salió trayendo escrita una receta que leyó en voz alta, y decía lo siguiente:

R. Aguardiente alemán .... 32 gramos.
Jarabe de Nerprum .... 32 íd.
Aceite crotontilio. .... 50 centigramos.
Aloes socotrino .... 64 íd.
Aceite de palma christi .... 16 íd.
M. S. A.
(Para tomar de una sola vez.) .... N. CORREA, M. D.

R. Ipecacuana .... 12 centigramos.
Tártaro de antimonio .... 1 íd.
Agua destilada .... 40 gramos.
M. S. A.
(Para tomar de una vez.) .... N. CORREA, M. D.

—Todo está bueno –dijo la estanciera–; pero ¿de dónde saco yo los *jumentos,* cuando los que hay en la hacienda los tienen ocupados; y de dónde consigo los *dramas* las *malacias* y la sal *compautada?*

—Fomentos es lo que su amo le dice. ¡Miren qué *jumentos* ni que *dramas!* ¡Esta mujer es una burra, y Rosa se muere en sus manos! ¡Fuera yo misma a hacerle los remedios! ¡Lleve de aquí azúcar, mostaza, arroz, y sagú, y váyase pronto a dar forma de hacerle los remedios! Pero mande por el cura cuanto antes.

—¿Pero de dónde saco yo mula para el señor cura?

—Que le den una de las de papá.

—¿Y peón?

—Y Julián, su hijo, ¿por qué no va?

—¿No está de *cortero* de caña?

—Dígale al mayordomo que lo remude y lo dé libre.

—Él me dirá lo que otras veces, que primero está la miel que la salvación; y de veras que no queda quien entre a cortar caña en su lugar.

—Yo mandaré una de mis criadas; pero vuele a hacer todas las diligencias.

El cura había tenido noticia del estado de Rosa y se fue a pie con don Demóstenes a Malabrigo. Ya había dado un papelito homeopático a la enferma cuando llegó Estefanía; pero apenas supo que don Narciso había recetado, retiró sus medicamentos, porque él se abstenía de recetar siempre que había facultativo que lo hiciera. Leyó las recetas y apuró a la manca para que enviase por los remedios. Fue despachada en comisión con el carácter de «urgente» una mujer que llegó por casualidad a la choza; y don Demóstenes dio dos pesos en que calculó el cura el importe de los remedios. Entre el cura y don Demóstenes taparon con hojas de plátano las rendijas de la choza que daban sobre la cama de la pobre Rosa, y dispusieron que se le diese el baño en una horma de azúcar que hubo por buena fortuna. Estefanía puso junto de la enferma la mesita en que cenó don Demóstenes la noche que durmió en la estancia; luego se retiraron todos y se sentó el cura a confesar a Rosa. Mientras tanto, don Demóstenes se entró al platanar, acompañada de Faustino, el sacristán, que los había seguido.

—Es bella la plantación –decía don Demóstenes–: es bella y pintoresca, pero lúgubre por la obscuridad que reina en ella; y porque entristece considerar que estas matas compradas por Rosa no son de ella; porque si al dueño de tierras se le antoja echar de la estancia a la familia, todo es perdido.

—Sí, señor –contestó el sacristán–. Por eso yo no quiero sembrar sino unas cuatro matas de maíz. Para quitarle la estancia a uno no falta pretexto: a Juan Antonio Gómez lo echó su patrón de la estancia porque no le dijo *amo,* un día, delante de unos señores. A mí me quitó don Leocadio una estancita porque no quise mandar a Paulita al trapiche.

—Y a Rosa le quitó un dueño de tierras la estancia porque dejó de quererlo. ¡Pobre criatura, tiranizada por los pobres y por los ricos!

—¡Y tan pobre que está! Ella y la manca se sostienen por milagro con Antoñita. Tiene Rosa tres hermanos grandes, pero andan separados de la casa.

—¿Casados?

—No, señor, solteros. Pero ya su merced ve, la madre no fue casada sino hasta las últimas (porque Antoñita sí es hija legítima), y el ejemplo de los padres corrompe a los hijos. El señor cura se cansa de predicar sobre esto del matrimonio y de la obligación que hay de dar crianza cristiana a la familia;

pero otros que vienen de fuera dan consejos muy distintos, que como son más fáciles de seguir producen su efecto. Un señor doctor Alcibíades, que posó en casa de la niña Manuela, decía que no debía haber sino matrimonios civiles; que en lugar de la doctrina cristiana, lo que se debía aprender de memoria era el código, y que no le creyéramos al señor cura lo que predicaba porque era un fanático. Hablando un día contra las monjas y los frailes, dijo que sus votos eran contrarios a la naturaleza, porque el hombre ha nacido para multiplicarse. Estas gentes que poco necesitan para vivir como viven, han seguido el consejo, y ya su merced ve cómo se multiplican y cómo abandonan luego las multiplicaciones.

Así hablaba el sacristán, y don Demóstenes lo escuchaba un poco mohíno, porque en sus discusiones filosóficas le había sucedido frecuentemente hablar con sabios que le respondían con palabras; pero en esta vez no estaba discutiendo, y además quien le hablaba era un ignorante que sólo le mostraba hechos.

Cuando volvieron del platanar a la casa, el señor cura había acabado de confesar a Rosa y la estaba exhortando en forma de una plática moral.

—Rosa –le decía–, las dichas del mundo son pasajeras. Eso que llaman felicidad es un ente ficticio que todos seguimos y ninguno alcanza. Yo he preguntado a una multitud de personas si son felices, y ninguna me ha contestado que sí. La suma de dolores es mayor que la de placeres; pero como el corazón ansía por la felicidad, es menester creer que esa felicidad está en alguna parte, porque Dios no había de poner ese deseo en nuestra alma para engañarnos cruel e inútilmente. Esa felicidad, es la eterna bienaventuranza de nuestro espíritu inmortal, que no es como el cuerpo, frágil, mortal y corruptible. ¡Rosa! ¡Piense en la bienaventuranza; recoja su alma, que se va a presentar a Dios; tenga esperanza en su misericordia infinita que la creó de la nada, y abandone los pensamientos del mundo!

—Volviéronse a la parroquia el cura y sus dos compañeros, y en su lugar se vino Remigia, la mujer del sacristán, a cuidar a Rosa y a hacerle los remedios. Liberata quiso perder sus días de trabajo por acompañar a su amiga. Los remedios de la botica no llegaron hasta el día siguiente, y Remigia se encargó de aplicárselos, lo que hizo con mucha inteligencia y consultando con el médico.

Rosa seguía muy mala; la calentura avanzaba terriblemente, a pesar de los remedios. Remigia, Liberata y aun Clotilde, no descansaban, las dos primeras cuidando la enferma y la última enviando recursos para la familia y medicinas para la paciente. El cura había dejado un crucifijo y un poco de agua bendita, que Remigia colocó en una tabla frente de la cama de la enferma; al pie del crucifijo había puesto dos ramilletes de flores silvestres y una vela encendida. La enferma tenía los ojos clavados en el humilde altarcico, cuando entró Liberata, que le llevaba una totuma con agua fresca. Rosa, mostrándole el Cristo con el dedo, dijo con acento triste y pausado a su amiga:

—Vea, Liberata, lo único en que debemos pensar, porque el día de comparecer ante Él se llega tarde o temprano. Conozco que voy a morir de esta enfermedad; pero estoy conforme, ya no tengo temores por la otra vida, desde que el señor cura oyó mi confesión y me perdonó en nombre de su divina Majestad.

—¡Morirse tan joven! ¡Qué hago yo, Rosita de mi alma!

—No se aflija, Liberata. Lo que me tenía asustada era mi conciencia; pero ya estoy tranquila. ¡Ay, Liberata, muy separadas hemos estado usted y yo del buen camino, tanto para con Dios como para con la gente honrada que nos ha mirado! ¡Hemos tenido una vida muy escandalosa, mucho, mucho! Pero el señor cura me ha dejado tranquila, porque recibió mis protestas de arrepentimiento. Se informó de todas mis faltas, me hizo restituir un crédito que yo había quitado, me hizo perdonar a las personas que odiaba, me hizo declarar un asunto que yo sabía sobre una finca mal habida y me encargó que le mandara a suplicar a mi señorita Clotilde que no echaran al trapiche a Antoñita. Yo le hablé al cura con toda la verdad y la confianza del que se va a un viaje tan largo como el de la otra vida, y le recomendé algunos encargos secretos y otros que no lo son. Liberata, yo le ruego que piense ahora en su muerte, que ha de llegar algún día; piense con tiempo en ella para que no muera con susto, ni en pecado mortal. Deje esa vida que lleva, esa vida desdichada del trapiche y vuélvase al lado de su madre a pedirle perdón de rodillas y a seguir viviendo como cristiana. ¡Mire que no hay como el cariño y los cuidados de una madre! Y, en fin, Liberata, mire allí al que nos espera, y que si juzga a los ricos, también juzga a las trapicheras...

Calló Rosa; mientras había estado hablando, Liberata lloraba en silencio. A un momento pidió la enferma que le trajeran un tarro de guadua muy grueso que le había servido de caja de costura desde niña; y metiendo su brazo enflaquecido dentro de él, sacó un peine de palo y un devanadorcito que regaló a Liberata; a la mujer del sacristán le dio su dedal de cobre, a Antoñita su sortija de oro que Matea le había enviado con Manuela de Ambalema; y a su madre le entregó tres reales en buena plata y dos en *chimbos* y el tarro de guadua en que quedaba un espejito del tamaño de un peso fuerte, un agujetero con un alfiler y dos agujas y un cordón de su pelo. Se quitó del dedo una sortija de acero y se la puso en el dedo del corazón a Liberata. Además, dejó dispuesto que se vendiesen tres pollos que dejaba y que con su valor hiciesen rezar responsos por el descanso de su alma.

Al día siguiente comenzó a experimentar la enferma una agravación espantosa. Un quejido continuo y lastimoso sustituyó al habla; movía los brazos y tenía la mirada fija, la nariz aguda y los labios cenicientos. El pecho se le había alzado extraordinariamente, y la boca entreabierta, lejos de ostentar la antigua gracia que la adornaba, estaba espantosa. Estefanía no quitaba los ojos de su hija, y parecía que trataba de ahogar su pena para observar hasta el último movimiento de aquella niña que había llevado en sus entrañas. Se conocía que Rosa quería hablar; y al fin haciendo un esfuerzo sobrenatural dejó escapar con un postrer sollozo estas palabras que fueron las últimas de su vida:

—¡Madre! ¡La bendición!

Estefanía se la dio lentamente, le besó la frente repetidas veces y se arrodilló desmayada de dolor. Las mujeres que la acompañaban levantaron sus gemidos al cielo. Remigia alcanzó el Cristo y lo puso delante de los ojos de la enferma. La agonía se aumentaba, y Remigia decía en voz alta las oraciones de los agonizantes.

En seguida se puso a rociar con agua bendita el cuerpo de la moribunda. Un estremecimiento general y las últimas boqueadas de la enferma anunciaron el postrer esfuerzo del alma para separarse del cuerpo, y Remigia exclamó en voz compungida y suplicante:

—¡Jesús! ¡Jesús! ¡Jesús! ¡Recibid su alma en vuestra santa gloria!

¡Rosa al fin descansó! Su agonía había terminado con un suspiro. Las mujeres rezaban el Credo, que fue interrumpido por los gritos dolorosos de Estefanía y Antoñita, cuando vieron que había expirado la pobre mujer.

—¡Mi hija me ha dejado! –decía Estefanía–. ¡Mi Rosa! ¡Mi hija de mis entrañas! ¡Qué haré yo ahora! ¿Quién me consolará?

—¡Mi hermana se fue! –decía Antoñita–. ¡Se fue a la otra vida! ¡Dios mío de mi alma!

La esposa del sacristán no olvidó ciertos cuidados indispensables. Destapó un calabazo de vinagre, derramó un poco en la boca del cadáver, le limpió el rostro y la mudó. Luego entre ella y Liberata la bajaron y la pusieron en la mitad de la salita, poniéndole junto un cabo de vela encendido.

Eran las diez de la noche. Antoñita se fue a la hacienda por la mortaja y cuatro reales de velas, y a avisar a Julián y a los patrones. Remigia salió de la casa alumbrándose con una tea de bagazo, subió a la cumbre de una colina y desde allí gritó con todo el esfuerzo que le era posible:

—¡Hermaaaanos!... ¡Cristiaaaanos! ¡Por el amor de Dioooos! ¡A velaaaar a la difunta Roosa!...

El eco de estas palabras se repartió por todas las estancias, y a pocos instantes comenzaron a aparecer luces vacilantes entre las cañadas y el monte, que se dirigían a la casa del velorio, que así se llama la función de acompañar el cadáver rezando un rosario tras otro.

Luego que llegó la mortaja remitida por Clotilde, Remigia acabó de vestir el cadáver, puso en el suelo cuatro velas sobre vástagos de plátano, de media vara de largo, que servían de candeleros, y empezó el primer rosario con los primeros estancieros que llegaron. La mortaja consistía en una túnica forjada a la ligera de una sábana de lino, y de una cofia de linón con arandela, que se llama toca. La cara de Rosa, que fue morena, estaba ahora amarilla y seca;

pero sus facciones no se habían desfigurado. Un cadáver es siempre venerado por el instinto religioso, y el de Rosa, tan conocida y estimada, infundía a los asistentes no sólo veneración, sino piedad y lástima. La salita estaba llena de gente, y como no cabían todos en ella, se habían arrodillado en el patio a la sombra de los árboles. El murmullo del rezo oído a lo lejos infundía pavor religioso a los que iban llegando, y les hacía erizar los cabellos. Muchas personas saludaron con un torrente de lágrimas a la dulce y caritativa Rosa. El rezo no cesaba, y los que se remudaban iban a sentarse en los alares a conversar de las virtudes de Rosa, notando entre ellas la de haber sido muy buena hija. Remigia distribuía de vez en cuando algún licor a los acompañantes.

Julián tomó el machete antes de que amaneciera y se fue al monte a cortar unas chipas de bejuco y unas guaduas, y formó un rústico ataúd amarrando varios atravesaños sobre dos guaduas delgadas. Encima colocó el cadáver bien acomodado entre ramas de limón. Luego lo levantaron para llevarlo sobre los hombros dos peones que se iban turnando con otros, habiendo comenzado Julián y un camarada suyo. Estefanía no pudo seguir la comitiva fúnebre por sus enfermedades, y parada en la esquina de la casita, siguió con los ojos el cadáver hasta donde lo ocultó un recoda del camino. Lloraba a grito entero y decía al verlo desaparecer:

—¡Adiós, Rosita mía, para siempre! ¡Adiós, hija de mis entrañas!

Así fue conducido el cadáver hasta la parroquia. Don Demóstenes estaba en su hamaca, y al sentir el silencioso tropel y el chirrido del guando, volvió a mirar y se encontró frente a frente con Rosa, a quien reconoció.

—¿Es posible? –exclamó, levantándose de prisa; ¿Es posible que hayan cedido a la muerte tanto vigor y tanta belleza?

—¿Vio a Rosa? –le preguntó Manuela, entrando a la alcoba a sacar su pañolón morado.

—¿Conque al fin sucumbió al peso de sus desgracias?

—Sí: ¿no vamos al entierro?

—Es muy justo, Manuela. Lo que siento es no haber traído ropa de luto, porque no me figuré en Bogotá que aquí había de asistir al entierro de una persona por quien he tenido tan fraternal afecto.

En la mitad de la calle oyó el primer doble de la campana, y se estremeció al oírlo porque le llegó al corazón y le arrancó un gemido. Al llegar a la iglesia vio el cadáver sobre una mesa enlutada, y oyó al cura que cantaba: *Subvenite, Sancte, Spiritus,*[357] con fúnebre y pausada voz.

Don Demóstenes había asistido a varios entierros de tono en Bogotá, como que era uno de los más distinguidos miembros de la sociedad. Vestido elegantemente de negro y sentado en un escaño, devoraba con el pensamiento algún negocio o algunos amores, arrullado por la artística salmodia, y rodeado de obscuridad, entre la cual llameaban por intervalos los cien blandones. ¡Estaba en presencia de un muerto bien encerrado dentro de lujosa caja, de

357 *Subvenite, Sancte, Spiritus*: parte de las antífonas que se cantan en diferentes momentos de la liturgia exequial.

un muerto que había sido su socio o su amigo tal vez! Y sin embargo, estaba sereno; mientras que en esta vez se turbaba y se entristecía. Es verdad que en la pobre iglesia de la parroquia no había cirios hasta la puerta en triple hilera, ni negras colgaduras, ni emblemas poéticos, ni ramos de sauce, ni coronas de ciprés; es verdad que no retumbaban los ecos con el ruido sordo de las trompetas y violones, ni con el son agudo de las flautas y violines; pero estaba viendo a su amiga, esa flor de las montañas que conoció de pasada y que acarició levemente porque era buena y hermosa, pero sin arrancarla de su tallo. Tenía clavados los ojos en Rosa y no se saciaba de dolor viendo aquellas manos enjutas que él había apretado entre las suyas, y que ahora apretaban una cruz de palo, última esperanza y único consuelo de la pobre difunta; ¡veía un bosque de pestañas cubriendo las pupilas de unos ojos que quince días antes encendían corazones, ahora apagados y opacos; veía una boca antes graciosa y ahora callada con el silencio de la eternidad! En torno del cadáver veía unos pocos amigos de la difunta, cuyos gemidos eran más tiernos que los acentos de las orquestas. Todo esto lo tenía conmovido. Manuela, que estaba arrodillada cerca del cadáver, tenía la cara oculta en su pañolón y lloraba, y don Demóstenes oía sus sollozos al través del pañolón, como se oye una fuentecita entre el monte al través de la enramada. Los dobles de las campanas no cesaban, acompañando las voces del cura y del sacristán, que dialogaban en el sublime oficio de difuntos clamando por el reposo eterno de la humilde estanciera de Malabrigo. El *requiescat in pace*[358] final, cantado por el cura en la forma de un lamento, dio el último golpe al corazón del conmovido bogotano.

De la iglesia salió un acompañamiento ya numeroso tras el cadáver, en dirección al cementerio. Se notó que no iba otra persona calzada, que don Demóstenes. De los tadeístas no iban sino Cecilia y *ñor* Elías que no estaba bien caracterizado. ¡Qué saña la de los partidos políticos! ¡Hasta para un cadáver hay odios y venganzas! Y sin embargo, Rosa era llorada por un pueblo entero.

En un momento que el cadáver estuvo en el suelo, mientras acababan de preparar la sepultura, don Demóstenes improvisó un discurso muy sentido sobre la muerte en general, y sobre las virtudes de Rosa, que había sido un modelo de amor filial.

Puesto el cadáver en el asiento de la sepultura, Julián y Antoñita le botaron la primera tierra, como sus más próximos parientes. En seguida el sepulturero echó el resto de la negra tierra que fue ocultando poco a poco, pero con demasiada rapidez para el dolor de sus amigos, el cuerpo y la hermosa cara de Rosa. El pueblo rezaba el Credo en voz alta, y era sublime oír aquel «creo en la resurrección de la carne y en la vida perdurable», pronunciado delante de los sepultureros que en ese momento apretaban la tierra para incorporar en su seno la carne y los huesos de Rosa. El sacristán clavó una cruz encima de la sepultura, y la gente se fue dispersando.

—¡Se acabó Rosa! –dijo Manuela a don Demóstenes.

---

358 *Requiescat in pace:* epitafio latino que significa «descanse en paz».

—¡Que la tierra le sea ligera! –contestó éste con un suspiro.

—¡Que Dios tenga su alma en el cielo! Que por lo que hace a la tierra siempre es pesada, aunque esto no importa a la carne muerta. Yo vi pasar a Rosa ayer, como a eso de la oración, por el patio de la casa.

—¡Ilusiones, Manuela!

Pues de esas ilusiones hay muchas, y entre gente que no es crédula. Hay muchos casos en que se han visto personas ausentes, o se han sentido ruidos sin causa, o se han tenido sueños a tiempo de la muerte de alguna persona. Yo le contaré algunas historias sobre esto.

—No creo en nada de eso.

—Pues si no cree tiene que reventar, según la persona que las cuente.

—Los muertos no vuelven, Manuela, y todas esas historias no son sino hijas del fanatismo y de la superstición de los católicos.

—Si los muertos no vuelven, ¿por qué es que sostiene usted eso que quería hacerme creer, y que llaman evocación, visión doble o espiritismo?

Don Demóstenes agachó la cabeza; pero como era un hombre de mucho talento, encontró pronto una respuesta.

—Y si no quieres creer que se puede evocar a los espíritus, ¿cómo crees que se aparecen? ¿No ves que hay una contradicción?

Aunque Manuela no tenía ilustración, acertó a darle esta respuesta con tal prontitud que se conocía que no la improvisaba.

—No sea duro, don Demóstenes. Yo no creo que los espíritus vuelvan a la tierra por voluntad del hombre; pero sí pueden venir por voluntad de Dios.

En esta vez se quedó muy callado don Demóstenes, a pesar de su grande ilustración, porque no pudo recordar si esto tenía respuesta en los libros de los espiritistas, y se propuso examinar despacio esta cuestión para quitar a Manuela sus supersticiones.

Al cabo de un rato de silencio, dijo Manuela:

—¡Pobre Rosa! Ella conocía su muerte, según se notaba en sus conversaciones, que todas eran funestas de pocos días para acá. Y usted tuvo alguna parte en su muerte.

—¿Yo? ¡Qué disparate!

—¿No le dije que Celestino, su novio, la estropeó y la abandonó por resultas del San Juan?

—¿Y qué?

—Pues que tuvo celos con usted.

—¿Conmigo? ¡Vaya un zoquete!

—Eso es lo que se dice.

—Tendría ese miserable ganas de cortar relaciones con esa pobre y se valió de ese pretexto.

—Decía que lo vio a usted hablando con Rosa en los montes del Retiro.

—Eso no fue sino que la pobre Rosa, que era tan servicial, tuvo la condescendencia de ir a mostrarme las casas de la hacienda, que ese *matroz*[359] de Juan Acero, miembro de la santa sociedad baratera, no quiso indicarme.

—Todo será; pero la madrugada de San Juan estuvo usted muy decidido por Rosa, ¡Dios la tenga en el cielo y mis palabras no la ofendan! También es que los bogotanos se ponen a florear a todas las muchachas sin saber en lo que para, de cuenta de majos.

En esto llegaron a la calle del Caucho. Manuela se entró a la casa y don Demóstenes se fue a buscar al maestro Pacho, el carpintero y herrero de la parroquia, a encargarle una tumba para Rosa.

A los tres días de la muerte de la pobre niña, se desapareció Liberata de la troje, y aunque el africano la buscó por todas partes, no la pudo encontrar. Se creyó que la muerte de Rosa y sus últimos consejos la habían convertido y que se había ido a buscar a su madre.

359 *Matroz:* matasiete, bravucón.

Capítulo XXVI

La tumba de Rosa

La gratitud era la cualidad más sobresaliente en don Demóstenes. Tenía la ventaja de no ser desmemoriado para con los pobres que le servían, y era porque él no creía que valía más que todos. Don Demóstenes había quedado muy reconocido de Rosa desde que posó en su casa, y en prueba de ello, fue a visitarla cuando supo que estaba en cama, asistió a su entierro, y todavía quiso perpetuar su gratitud erigiéndole un sepulcro, según las escasas proporciones de la parroquia. Había hecho la contrata con el maestro Pacho para una tumba, y al día siguiente del entierro de Rosa fue al cementerio a recibir la obra. Allí encontró a Manuela, la familia de Marta y otras personas. La tumba consistía en una verja de astillas de guadua con puntas agudas, de las cuales se habían formado ángulos obtusos hacia la parte de arriba. Dos atravesaños amarrados con bejuco negro fijaban la balaustrada. Adentro se veía la tierra del sepulcro recientemente aplanada, y en la mitad estaba clavada una cruz de diomate, trabajada con esmero, en cuya base se leía:

ROSA, VÍCTIMA DE DOS TIRANOS.

Cerca de la cruz se veía un rosal, grande y florido, que había sido trasplantado de la huerta de Manuela.

Don Demóstenes dio por recibida la obra, y se quedó callado por algunos instantes. Del grupo de gente que lo rodeaba tampoco se oyó ni un acento, con excepción de un ¡ay! lastimoso de Manuela, que fue seguido de lágrimas y de suspiros de sus colaterales. Don Demóstenes se había quedado cogido de la verja y parecía que meditaba. Por cierto que la tumba ofrece puntos de meditación, cualquiera que sean las ideas religiosas que uno tiene, y más si la tumba encierra el cuerpo de una joven de diez y seis años, que pocos días antes no despertaba sino recuerdos de amor y dicha.

El grupo se fue disipando, y don Demóstenes convidó a Manuela a pasear el cementerio.

El área estaba cercada de guadua, y sobre su suelo, exuberante como el de todas las tierras calientes de Nueva Granada, se levantaban grupos de ambuque, michú, guásimo y algunos otros árboles, y también matorrales pequeños de venturosa y de tabaquillo que no es posible arrasar, porque la vegetación se burla de la mano del hombre en aquellos terrenos. Los árboles que se encontraban no eran cultivados como lo son los cipreses y sauces babilónicos de los cementerios de Bogotá. La grama, más espontánea todavía, ocupaba algunos lugares pequeños, en donde se notaban las sepulturas más recientes decoradas con una cruz de palo; las más antiguas con el mástil sin brazos; y las que ya pasaban de diez o veinte años no eran visibles sino por tres o cuatro piedras que se divisaban por entre las ramas de los arbustos y bejucales.

No había rosales, pero había narcisos de monte y flores preciosas de algunas enredaderas. Las aves visitaban este paraje con toda libertad y hasta anidaban en las ramas. Un firigüelo, que es un ave negra sumamente perezosa en sus actitudes, estaba sobre la cúspide de una cruz, a tiempo que todas las flores eran revisadas por una diminuta tomineja. Los afanes de la vida y la inercia de la muerte estaban pintados en aquellos huéspedes y en aquel silencio, que era interrumpido solamente por un chillido lúgubre que sonaba al lado opuesto de los matorrales; el aire no movía las hojas de los árboles, y las pisadas no sonaban porque la grama servía de alfombra.

—¡Oh! –exclamó don Demóstenes, después de caminar muchos pasos en el más absoluto silencio–: en este cementerio es en donde está precisamente verificada la igualdad de la tumba, porque todas las sepulturas son de una figura de palo que siempre es la misma. ¡Santa igualdad de los sepulcros, recibe los votos del más ferviente adorador de la república perfecta!

—Así dice usted –repuso Manuela, después de unos instantes de profunda meditación–; pero usted es el primero que ha venido a echar a perder la igualdad de nuestro cementerio, poniendo una mata de rosa y una cerquita de guadua, que no se usaban. Así son sus cosas.

—¿Te pesa?

—¡No, don Demóstenes! Por el contrario, yo le ofrezco que todas las noches de verano vendré a rociar la mata y a rezar por el alma de la difunta Rosa. Lo que me pesa es que usted no sea consecuente en lo que hace con lo que dice, porque usted nos relata siempre cosas muy nuevas y muy bonitas, y luego salimos con que usted es el primero que no las cumple. La gracia está en ser liberales *de deveras* como yo. Y estemos en que usted es uno de los hombres de mejor corazón que yo conozco, porque usted no es ingrato ni déspota. El hombre de botas y espuelas de plata, que ha vivido agradecido a una pobre estanciera porque le dio de cenar y que después de su muerte todavía la quisiera servir, ése tiene mucho de liberal. ¡Dios le guarde su buen corazón!

—¡Gracias, Manuela, gracias!

—Aquí está el padrastro de Rosa –añadió Manuela, mostrándole una sepultura que no tenía grama por encima–. ¡Cuándo pensaría Rosa que no le había de llevar ni un mes completo! Bien nos dice el señor cura que sirvamos a Dios y que no hagamos mal a nuestros prójimos, porque ninguno sabe el día ni la hora.

—¡Cierto, Manuela!

—Mire aquí la sepultura de un peón socorrano que murió quemado en el trapiche del Retiro, habiendo caído una noche en uno de los fondos de la miel. ¡Pobre! Dios lo haya recibido en su santa gloria. Su familia no sabrá nunca en qué parte del mundo quedaron sus huesos. Vea otra sepultura más vieja; ya no tiene sino el palo principal de la cruz, porque se soltó el atravesaño, que estaba amarrado con un bejuco: ahí está enterrado don Bonifacio. Era un hombre que nunca tuvo que ver con los jueces, que sangraba y sacaba muelas de balde a todos los pobres, que enseñó a algunos muchachos a leer, que hacía lo que previenen los mandamientos de Dios y de la Iglesia y lo que ordenan las autoridades. ¿No le parece a usted que ese hombre era muy bueno? Pues ha de saber usted que murió muy pobre, y que el entierro se lo hizo el cura de balde.

—Allí veo unos montoncitos de piedras –dijo don Demóstenes–, en un sitio que me atrae por la triste hermosura de un árbol que descuelga sus ramas hasta llegar a la tierra. ¿Quieres que nos arrimemos un poco?

Entró el caballero, guiado por Manuela, por un paraje que las matas tenían muy estrechado, no como callejón, porque los árboles y matorrales no guardaban simetría, pues sucedía con frecuencia que los parroquianos tuvieron que rozar con los machetes el trecho necesario de terreno para excavar la sepultura de uno de sus deudos; ¡tal es la exuberancia del terreno! Don Demóstenes se quedó observando unas semillas de la parásita llamada *pajarito,* que tenía invadido el árbol del guásimo, formando una enramada muy tupida y de un aspecto sumamente funerario; y cuando volvió a mirar a Manuela, la vio arrodillada rezando, con la cabeza inclinada a la tierra, con tal devoción, que se hubiera quitado inmediatamente el sombrero, y hasta se hubiera arrodillado, si no hubiera terminado la piadosa Manuela su oración.

—¿Qué rezaste? –le preguntó don Demóstenes a su casera.

—El Padre nuestro; ¿tendrá algo de malo?

—¿Por qué me lo preguntas?

—Porque los señores se ríen de que uno rece, bien es que usted me ha dicho que es tolerante.

—Te hablo con franqueza –dijo don Demóstenes a la piadosa Manuela–; no ha sido risa, sino ternura y piedad lo que me ha inspirado el acto verdaderamente religioso que acabas de ejecutar; y si yo escribiera tu historia, esta pintura figuraría en una lámina del capítulo que yo llamaría «el cementerio de la parroquia». Allí estaría Manuela triste, pero más hermosa que nunca, hincada sobre la grama bajo la sombra de un árbol funerario, junto de un pequeño túmulo de piedras toscas y al lado se vería un viajero contemplándola. Por otra parte, esa oración es tan buena, que hasta me parece universal: un mahometano podría usar de ella sin escrúpulo ninguno.

—Es la mejor, dice la doctrina cristiana, porque la dijo Cristo por su boca a petición de los Apóstoles.

—Sea de ello lo que fuere, eso de perdonar a los deudores, es la fraternidad elevada hasta lo sublime.

—Siempre que vengo al cementerio rezo en este mismo lugar –le interrumpió Manuela, porque aquí está enterrado un hermanito mío, y allí debajo de aquellas piedras mi abuelita, que me quería tanto. Debajo de aquel otro piloncito de piedras me han dicho que están los huesos de mi bisabuela: ¡polvo será lo que hay! ¡Ojalá que yo no tenga que volver a huir de mi parroquia, no vaya a ser que me muera lejos, y no me entierren junto a los míos! Dicen que lo mismo sale que lo boten a uno al mar, o que lo entierren aquí o allí; pero yo no sé en qué consiste que todavía después de la muerte, quisiera yo estar en la misma parte donde están los de mi pueblo y los de mi familia. ¡Ojalá que hubieran enterrado a mi padre en este mismo lugar! Pero las revoluciones...

Y volviendo la cara para otro lado, quiso ocultar sus lágrimas de la vista de don Demóstenes, aunque inútilmente, porque los gemidos no pueden pasar inadvertidos; él tampoco pudo disimular una lágrima que rodó por su larga barba.

Después que enjugó Manuela sus lágrimas, volvió la cara hacia su huésped y le hizo esta sencilla pregunta:

—¿De qué les sirve a los liberales haber hecho la revolución de 1854, don Demóstenes?

—Ésa la combatí yo, y no con peroratas, sino a balazos, como lo hicimos casi todos los gólgotas.

—¿Y si hubiera triunfado?

—Te digo la verdad que estaríamos lo mismo

—¡Ay, don Demóstenes! –exclamó Manuela, con un grito como el que causa una punzada material sobre los miembros más delicados del cuerpo humano–; ¿conque la república ha quedado lo mismo después de perder yo mi apoyo y el de toda mi familia? ¿Y los huesos de mi padre se hallan botados, quién sabe dónde, sin provecho para nadie?... ¿Y así tiene usted valor de santificar la revolución?

—Yo nunca estuve por la revolución de los draconianos, que querían ejército, nombramientos de gobernadores por el poder ejecutivo y una constitución que echase por tierra la de 21 de mayo, la más liberal de cuantas hay en el mundo.

—Pero estará por otra revolución y todo sale lo mismo. ¡Oh! ¡Si ustedes se compadecieran de las lágrimas que hacen derramar por llevar adelante sus calaveradas! Mire, don Demóstenes, esta piedra y esta tierra santa del cementerio han recibido encima los pozos de lágrimas que yo he derramado por causa de la revolución.

Manuela se volvió a limpiar los ojos, que de nuevo se habían humedecido, y convidó al viajero bogotano a terminar el paseo. Pasaron por junto de una tumba que yacía oculta debajo de los árboles y matorrales, y poseído el viajero de la más ansiosa curiosidad se puso a examinarla por los costados, y vio que era un sepulcro de calicanto medio arruinado, y a fuerza de trabajo vio la inscripción que decía: «Aquí están depositados los restos humanos del señor Cura N. N. año de XXX».

Siguieron su camino, hasta detenerse al pie de un michú o jaboncillo, debajo del cual estaban algunas quinientas pepas negras y del tamaño de una bala de pistola, duras como una pieza de vidrio, de las cuales había muchas cubiertas con una cutícula carnosa, que se usan como jabón, por entre las cuales pasaba un convoy que llamó la atención al viajero, y éste puso una rodilla en tierra para observar.

Iban llevando unas cuantas hormigas negras y muy pequeñas un abejón muerto, y era admirable la prisa que se daban y las carreras que emprendían; las que no tiraban, cargaban, y eran de verse los esfuerzos de las que llevaban cogidas las patas y las alas del muerto.

—Un entierro –dijo Manuela a su huésped.

—¿Cómo un entierro?

—Se llaman *entierra–muertos* esas hormigas.

—¿Ejercen pues las obras de misericordia de los católicos?

—Por su propio interés. Siempre las verá usted ocupadas en recoger cuantas polillas y cucarachas encuentran muertas, y las llevan a enterrar a sus cuevas para comérselas.

—Entonces no es sino caridad con uñas. ¡Muy bien!

Al volver de un matorral, dieron los ojos de don Demóstenes con un espectáculo sumamente raro. Una mula de veinte años de edad, blanca como la nieve, llena de cicatrices como los inválidos de la guerra de la independencia, pues había perdido en el trapiche una oreja y el uso de uno de sus cascos, pues que no caminaba sino con la muñeca de una de sus manos, se había entrado por un portillo de la cerca, atraída por las tentaciones de la crecida grama. y cuando sentía ruido se metía en un matón de michúes. Un ave descarnada, flaca y de apariencia lastimosa, caminaba lentamente por encima del espinazo de la mula, dando los sonidos de *guir, guir,* en su voz lamentable, la misma que don Demóstenes había oído desde lejos, y terminando su viaje en la nuca de la inválida, se puso a sacarle de la oreja alguna cosa existente allí.

—Es la tolerancia más calmada que yo he visto en mi vida –dijo don Demóstenes.

—Es porque le tiene cuenta –dijo Manuela–; ¡mire qué gracia!

—¿Y qué gana la mula con permitir esa libertad tan amplia a ese animal de rapiña?

—Porque ese animal le saca las garrapatas de la crin, de las orejas y del rabo. ¿No ha visto usted una bestia empedrada de garrapatas, las cuales se llenan de sangre hasta ponerse del tamaño de un grano de maíz? Pues bien, esa ave por tener ese destino, se llama el garrapatero.

—Es proteccionista. ¡Bien, bien!

—Con uñas; porque es gavilán y porque las garrapatas que quita se las come todas; por lo menos él no se queda sin pagarse con usura por el bien que hace.

—¡Oh! Es cosa admirable cómo se concilian los intereses mutuos –dijo don Demóstenes, sacando de aquel pasaje una meditación social.

—No se admire usted de esa mula que ya está para entregar el carapacho a los gallinazos; había de ver un potro de esos que el día que sienten encima el rejo de enlazar, brincan como la ira mala, y cuando el garrapatero se les monta, aguantan como aguantamos en esta parroquia la protección de los gamonales.

Ayacucho, que se había ido por el rastro de su amo, le latió a la mula y espantó al proteccionista, de lo que se molestó el caballero, porque ese latido le pareció una profanación del santo silencio de los sepulcros, y lo llamó para castigarlo. Habían llegado al extremo del cementerio, y el viajero se volvió para la puerta.

Cuando pasaba don Demóstenes por junto del guásimo que prestaba su sombra a las cenizas de los deudos de Manuela, se sintió como detenido por una mano invisible; su corazón se agitaba, y la angustia de una emoción extraordinaria lo privó de la aptitud de caminar. Fue que se le vino la idea de que tal vez Manuela había de venir a buscar su puesto de familia, tan hermosa, tan joven como Rosa.

La tarde estaba muy avanzada, y don Demóstenes y Manuela caminaban lentamente hacia la puerta del cementerio. Era profunda la tristeza de sus corazones, según lo expresaban los ojos de entrambos, y hasta los pasos y las miradas de Ayacucho, que caminaba detrás, parecían ejecutados conforme a la situación. Al pasar por junto a la tumba de Rosa se volvieron a detener los dos visitadores de los sepulcros para tributarle nuevos recuerdos y para esparcir sobre ella las flores que Manuela había recogido durante su largo paseo en el cementerio. Don Demóstenes se dirigió a la puerta, mientras que Manuela se quedó inmóvil teniéndose de la reja de guaduas, seguramente meditando en lo que nunca deja de meditar quien dirige una despedida eterna; al separarse, se limpió las mejillas y balbuceó estas palabras, con una expresión de verdadero dolor:

—¡Cuándo yo pensaba que no la había de volver a ver!

Al llegar Manuela a la puerta del cementerio, encontró a su huésped leyendo, recostado en la grama, y como tenía el libro abierto por una de las láminas, Manuela se sentó junto, por curiosidad, y se quedó mirando.

—Éste no es lugar de leer novelas –dijo Manuela a su huésped–. ¿Qué libro es ese que está leyendo?

—*El Diablo en París.*[360]

—Eso será alguna cosa mala.

—¡Cosa muy buena! –le contestó distraído el caballero y siguió leyendo en una hoja que decía:

Dans l'avenir inconnu que nous ouvre la mort, il y a quelque chose de grand et de saint...[361]

—¿Qué me suplo con oír inglés? No sea tan...

—¡Es francés, majadera!

—Las mismas yucas arranco.

—¡Cierto! –dijo don Demóstenes y le tradujo el pasaje así:

«En el porvenir ignoto que la muerte nos abre, hay algo de grande y de santo; por eso el culto de los antepasados es de todos los países y de todos los tiempos».

—Eso no es cosa del Diablo, don Demóstenes.

—*El Diablo en París* es un libro que trata de las costumbres de París y de muchos pueblos del mundo. Es una crítica muy ingeniosa, y por otra parte muy instructiva. ¿Quieres que te lea un capítulo entero?

—No, no me lea. Señáleme todas las láminas, que me gusta tanto ver las pinturas de los libros.

—Pues entonces –dijo don Demóstenes–, aquí tienes el cementerio del padre Lachaise, que fue edificado por un jesuita confesor del rey Luis XIV. Ahí tienes la capilla, y éstos son los sauces babilónicos que adornan las callejuelas.[362]

—¡Qué lindo! Pero es polvo lo que encierran las tumbas de Francia, como el que encierran las sepulturas de la parroquia, ¿no es esto?

—Sin duda –dijo don Demóstenes.

—Y esta pintura, ¿qué es lo que representa? –dijo Manuela, mostrándole una lámina con el dedo.

—La tumba de Casimiro Perier.[363]

---

360 *El Diablo en París*. (*Le Diable à Paris. Paris et les parisiens: mœurs et coutumes, caracteres et portraits des habitants de Paris, tableau complet de leur vie privée, publique, politique, artistique, littéraire, industrielle, etc., précéde d'une histoire de Paris par Teophile Lavallée*. Paris: J. Hetzel, 1845–1846. 2 vols. Antología de textos de: Balzac, Eugène Sue, George Sand, P–J Stahl, Alphonse Karr, Henry Monnier, Octave Feuillet, De Stendhal, Leon Gozlan, S. Lavalette, Armand Marrast, Laurent Jan, Edouard Oubliac, Charles de Boigne, Altanoche, Eug. Guinot, Jules Janin, E. Briffault, Auguste Barbier, Marquis de Varennes, Alfred de Musset, Charles Nodier, Frédéric Berat, A. Legoit, P. Pascal, Frédéric Soulie, Taxile Delord, Méry, A. Juncetis, Gérald de Nerval, Arsène **Houssaye**, Albert Aubert, Théophile Gautier.

361 *Dans l'avenir inconnu que...* : Primera línea de «Les Cimetiéres de Paris» de S. Lavalette, en *Le Diable à Paris*. Paris: J. Hetzel, 1846. 244–247.

362 *El cementerio del padre Lachaise*: en *Le Diable à Paris*. Paris: J. Hetzel, 1846. 248.

—¿Y ésta que se parece a la tumba de Rosa?

—La de Molière,[364] y de esa fue que tomé la idea de la que fabricó el maestro Pacho.

—¿Y aquélla era de guaduas?

—De verjas de hierro.

—¿Y de qué sirvió ese hombre en el mundo?

—De corregir las costumbres con su inmortales obras literarias. En Francia se premia a los que trabajan para la sociedad. Mira el cementerio de los israelitas,[365] cubierto de sauces babilónicos, tilos y cipreses.

—Y esta casita con cuatro estantillos por el frente ¿qué viene siendo? –preguntó Manuela, apuntando con su dedo sobre otra lámina.

—La tumba de Eloísa y Abelardo,[366] que hoy tiene más de 608 años y todavía es visitada con veneración; y algunos días amanece adornada con ramilletes de flores. Los granadinos que han estado en París no se han venido sin ir a tributarle sus respetos.

—¿Son los huesos de algunos santos?

— De dos amantes muy desgraciados.

—¿Amantes? Cuénteme; que todo lo que es desgracia, tristeza y melancolía es lo que hoy recibe mi corazón con agrado. Rosa murió también por resultados del amor, según lo que me ha parecido: por la pena de verse desechada sin dar motivo ninguno, y Rosa tiene también un monumento sobre su sepultura. La señora Eloísa de allí de Francia sería desgraciada por la persecución, y Rosa porque fue primero burlada por un rico y después traicionada y abandonada por un pobre. Yo no sé cuál merezca más las flores y los recuerdos por 600 años. Ya se ve que Rosa no era sino una pobre peona del Retiro, y la igualdad no alcanza hasta la pobreza, ni aun siquiera en la tumba, porque los ricos no quieren que los entierren en el suelo; ni aun en los sufragios de la iglesia, porque para los pobres no hay canto, pero ni siquiera dobles de campanas, como usted lo sabe. Gracias a que usted se apersonó por la desdichada estanciera, y que hizo sembrar esa mata de rosa y poner unas letras, que si no, de aquí a tres años ya no habría quien se acordase de ella. Yo sí creo que no la olvidaré nunca, porque esas personas con las cuales una se cría, juega, llora, y padece, jamás se olvidan. Nunca iré al charco de Guadual, sin dar un suspiro por Rosa, ni vendré al cementerio sin rezarle un Padre nuestro. ¡Ah Rosa, que me parece que la estoy viendo venir y que me mira con esos ojos tan hermosos que tenía! ¡Ah miseria la de esta vida!

Diciendo esto Manuela, se puso la mano en la frente y se quedó con los ojos fijos en la alfombra de grama sobre que estaba sentada. Un rato después se volvió ella para su casa, y don Demóstenes prolongó su paseo por las inmediaciones, hasta cerca de la noche.

---

363 *La tumba de Casimiro Perier*: en *Le Diable à Paris*. Paris: J. Hetzel, 1846. 248.

364 *La tumba de Molière:* en *Le Diable à Paris*. Paris: J. Hetzel, 1846. 249.

365 *El cementerio de los israelitas*: en *Le Diable à Paris*. Paris: J. Hetzel, 1846. 249.

366 *La tumba de Eloísa y Abelardo:* en *Le Diable à Paris*. Paris: J. Hetzel, 1846. 249.

Capítulo XXVII

Cacería de cafuches

Don Demóstenes y *ñor* Dimas estaban citados para una cacería de cafuches en las tierras de la Hondura. A las cinco de la mañana partieron de la parroquia, el uno con la escopeta al hombro y el otro con una estupenda lanza. Ayacucho, Reloj y Sargento seguían fielmente los pasos de los dos cazadores.

Después de caminar legua y media por una senda sombreada y obstruida por las ramas y los bejucos, llegaron los cazadores a la estancia del ciudadano Juan de la Cruz, a cuya sementera se decía que estaban *empicados* los cafuches. La casa no se veía sino al llegar al patio, por las acacias misteriosas que la cubrían. Media docena de perros bravos salieron al encuentro de los viajeros; mas *ñor* Dimas los puso de su parte llamándolos a todos por su nombre; y todo el alboroto de los latidos vino a parar en un examen dilatado que hicieron del benemérito Ayacucho, oliéndole todos el rabo, ceremonia que se había ejecutado en otras estancias, con más o menos escrupulosidad.

El ciudadano Cruz estaba limpiando y poniendo al sol unas enjalmas; y en una tasajera brillaban cundidos de moscas verdes, unos cuantos jirones de una especie de carne azul en la forma de tasajo.

—¡Ajá! –le dijo *ñor* Dimas a su compañero; mi ahijado ha venido de Bogotá, porque todos los que vamos al mercado compramos hígados y bofes, y a los cinco días los salamos, y es una comida que por aquí nos agrada en extremo, con plátano asado, ají y guarapo que no esté dulce.

En seguida le preguntó *ñor* Dimas al estanciero qué tal le había ido de viaje, y éste lo impuso de todo y le dijo que los plátanos los había regalado, y que el granito de la pierna se le había enconado. Era maravilloso el cariño con que el estanciero trataba a los forasteros. La risa no se apartaba de sus labios expresando el deseo de complacerlos. Don Demóstenes estaba encantado de tanta benevolencia, y sus simpatías correspondieron a los agasajos de un hombre tan excelente.

—¿Y mi ahijada? –le preguntó *ñor* Dimas al estanciero.

—Se fue a lavarse a la quebrada. Yo lo que quiero es que esté a todo su gusto la pobre de Magdalena.

—Le hablaremos al pasar –dijo *ñor* Dimas.

—O quién sabe si se fue a la casa de alguna de sus vecinas, porque yo no le estorbo su gusto.

Salió a ofrecerles trago y tabaco una especie de peona llamada Nicolasa, de buen porte y regulares facciones, la cual tenía tres o cuatro llaves prendidas en la cintura. Don Demóstenes no aceptó; porque no era muy decidido por el anisado popular; y los cigarros le parecieron de mala calidad seguramente, o la vista de la carne y de las enjalmas le ahuyentó el apetito.

Los cazadores fueron informados de que los cafuches habían venido a la roza de maíz y que habían derribado un cuadro. Cruz les dio señas de la senda de la roza, y le juró a don Demóstenes que sentía en el alma no poderlo acompañar, por causa del grano que tenía en la pierna.

Cuando se acercaron a la roza, se metió don Demóstenes entre el maíz, y encontró a la guardiana recogiendo las cañas y las mazorcas que los cafuches habían derribado, como si hubiese entrado una tropa de mil bueyes a pastar en la labranza.

—¿Quién ha causado todo este daño? –dijo don Demóstenes a una negrita que cuidaba de la roza de maíz.

—Los cafuches –le contestó la guardiana.

—¿Por qué no los ahuyentan con maldiciones y piedras como a las guacamayas?

—Porque ellos vienen a la media noche, y mi mamá Magdalena les toca el cacho por aquí a la redonda; pero ni por ésas.

—¿Y por qué no los cogen a todos juntos?

—¿Cómo, señor?

—Muy fácilmente. Se rodea toda la roza con una cerca de palo, que para eso el bosque está metido en la labranza; se les deja abierta la puerta, y cuando hayan entrado todos, vienes tú corriendo y la cierras. ¿Cuántos serán los cafuches?

—Son dos veintes, fuera de nueve chiquitos.

—Son cuarenta y nueve, que dejándolos engordar y llevándolos al mercado de Bogotá, dan más de doscientos pesos, que es mejor ganancia que la que podía dar el maíz en grano, ¿no te parece, linda guardiana?

La chica soltó la risa y contestó:

—Mire, váyase por la senda que comienza debajo de aquel palosanto, y siga al salitre, que allá los encuentra todos dormidos, eche unas cuatro manotadas de munición en la escopeta, y de un tiro los mata todos.

Ñor Dimas había oído la relación, y tomó sus medidas para la corrida de los cafuches, diciéndole a su segundo:

—Su persona se va derecho arriba por el camino, que cruza la senda de esta roza, antes de llegar a la orilla, y se va y se planta de parada en la angostura de dos cerritos que se topan en la quebrada; porque la manada pasa por ahí, al embarcar a la montaña grande, cuando yo la espante de para arriba.

Su persona le tira al último que pase, y llego yo, y seguimos con los perros toda la manada, hasta cansarlos, y matamos una docena; y que es limpia esa montaña de arriba como un platanal. Pero eso sí, su persona honrada se ha de estar quieta como un estantillo, sin estornudar, ni cantar, ni silbar, ni cortar palitos con el cuchillo, ni conversar si pasa alguna estanciera, aunque sea la más bonita de todas las perillanas; y para no estornudar, no se meta el tabaco por las narices; más bien masque a dos cachetes como yo masco, y si gusta, aquí tengo, en la chuspa unos chicotes que me regaló Melchora.

—¡Muchas gracias, amigo Dimas! Es usted muy bondadoso; pero sírvase decirme: ¿con qué objeto quiere usted restringirme la libertad de cortar palitos, de moverme y de estornudar? ¡Si usted supiera que yo soy de una escuela que no admite trabas sociales!...

—Es porque así lo requieren las leyes de la parada.

—¿Conque yo, que no admito códigos draconianos, ni sesiones secretas, ni diplomacia, ni teocracia ¿he de sujetarme ahora a las ordenanzas de la parada?

—Pues «el que se obliga a querer, se obliga a padecer». Si usted quiere coger cafuches, es menester que se sujete a las *indormias* que nosotros usamos para cogerlos.

—Pero sírvase usted decirme: ¿qué objeto ostensible tiene el precepto de convertirme en estatua, en la parada que usted me designe?

—Es porque los marranos tienen más de cinco sentidos, y si lo sienten a su merced por ahí, se vuelven abajo y entonces la cacería es perdida, porque esas tierras de la Hondura se componen de bovedales, de cañadas y picachos propios para esconder los cafuches, los ladrones y los desertores, y entonces nos hacen cansar a los perros y nos dejan con las narices más largas que el pico de un yátaro. Esto es lo que hay en el caso, y si su merced no se obliga, todavía tenemos tiempo de volvernos; y yo no sentiré sino lo que dirán las niñas de la parroquia, de vernos entrar con una mano sobre otra.

—Pues me obligo, taita Dimas –dijo don Demóstenes, armado de una resignación enteramente filosófica.

Ñor Dimas tomó la senda del Salitre y don Demóstenes el camino un poco trillado de la montaña de Santa Tecla; pero se detuvo a unas pocas cuadras de distancia, por unos lamentos que oyó en el monte, adonde se entró con la escopeta preparada; y al romper una trinchera vegetal de platanillo, vio un espectáculo propio de los tiempos de Torquemada, Atila, Nerón y Robespierre; vio una mujer colgada de las dos manos juntas tacando escasamente el suelo con los dedos de los pies, y oyó que la mujer decía:

—De no ser la muerte ¿quién puede librarme a mí de mis sufrimientos tan grandes?

—¡Yo, mujer desdichada! –gritó don Demóstenes, y levantó su cuchillo para cortar las ataduras.

—Conténgase, caballero, porque me perjudica, exclamó la pobre mujer: ¡no me suelte por el amor de Dios!

Don Demóstenes tajó de una cuchillada los bejucos, y cayendo la mujer al suelo, le dijo a don Demóstenes llorando:

—Usted me ha causado un perjuicio muy grande caballero de mi alma.

—¿Cómo? Explíqueme usted este misterio.

—Es porque yo soy casada, señor caballero.

—Habrá un hombre que me quede eternamente agradecido, pues.

—Al contrario, señor caballero.

—¿Por qué?

—Porque me colgó él mismo y me anunció que si no me encontraba colgada cuando volviera, me daría doscientos azotes.

—¿Quién es ese bárbaro?

—Se llama Cruz, y vive por aquí cerca.

—¡Hipócrita! No hace ni media hora que nos hablaba de la manera dulce y afectuosa con que la trataba a usted. ¿Y qué motivos hay para esto?

—Que quiere más a Nicolasa que a mí. Así es que le ha entregado las llaves y me obliga a mí a que coma junto con ella, y cuando no me río, o cuando se le antoja decir que estoy brava, me castiga como a una esclava, y después me mide mi cuadro en el platanal para que lo desyerbe en un solo día. Este castigo de hoy ha sido porque no me he reído con Nicolasa después que volvieron juntos de Bogotá. Los cuatro años primeros de casados, no me trató mal mi marido; pero los últimos seis años han sido mi purgatorio en vida. Yo lo que más siento es la crianza que están recibiendo las pobres de mis hijitas.

—Esto consiste –dijo don Demóstenes muy contristado, en querer apretar demasiado el nudo del matrimonio. Es porque los señores católicos no saben que el que mucho abarca poco aprieta.

—Consiste en que mi marido se ha dejado de cumplir con los mandamientos de la ley de Dios, porque desde que se junta con don Tadeo, ni oye misa, ni reza, ni asiste a los sermones del señor cura, ni tiene ninguna de las insignias de los cristianos, y en la casa no se sabe ya qué religión es la que tenemos.

—¿Y de qué le podré yo servir a usted, mujer desdichada?

—Yo sé que usted es muy amigo de los pobres y creo que puede hacer el bien más grande que se le puede hacer a una parroquia, y es que se castigue a los delincuentes. Con esto y con que hagan volver a Nicolasa a su casa y se la entreguen a su marido, quedo contenta.

—Si el gobierno de la Iglesia católica permitiera que los matrimonios se apartaran, para casarse cada contrayente de nuevo con otra persona, usted saldría ganando.

—Ganaría mi marido, porque está mozo, y perdería yo, porque estoy muy acabada por la crianza de cuatro muchachos. Él se llevaría el hombrecito, que le puede servir de mucho, y a mí me dejaría las tres muchachas, que yo no sé cómo ni con qué las podría mantener. Él se quedaría con la estancia, en la cual está mi trabajo metido, porque él ha sido enfermo toda la vida, de una llaga que tiene en una espinilla, del tamaño de un peso fuerte. Y yo lo que extraño es que usted, siendo tan amigo de los que padecen, dé su parecer en contra de las pobres mujeres.

—Pierda usted cuidado, que yo tomaré todo interés desde que vuelva a la parroquia.

—Por ahora el favor que usted me ha de hacer es el de amarrarme.

—¿Amarrarla? ¿Cómo es eso de amarrarla?

—Dejándome del mismo modo que estaba, porque si viene *ñor* Cruz y me encuentra descolgada, me mata a rejo.

—Era menester que yo fuera un bárbaro, un terrorista.

—Pues tiene que hacerme ese favor, por lo que más quiera.

—¡Imposible!

—Entonces usted me va a causar el daño más grande del mundo.

—¡No, no! ¡Adiós, adiós! –dijo don Demóstenes, despidiéndose de la mujer con la mayor precipitación.

—Por Dios, no me deje usted sin amarrarme –dijo la mujer, poniéndose de rodillas y abrazándole las piernas a don Demóstenes.

Este se quedó callado por algunos instantes, sin saber a qué atenerse, y conmovido sumamente de ver que la mujer lloraba para comprometerlo a que la amarrase; por último le dijo:

—Vaya usted y diga a su marido, que yo fui el que la soltó, dándole por señas que me dijo que él lo que quería era que su señora estuviese a todo su gusto; y que si la sigue estropeando, le ofrezco por mi palabra de honor echarlo a un presidio.

Salió don Demóstenes al camino, y allí oyó a su compañero, que gritaba:

—¡Ah, peeeerro! ¡Ah, peeeerro!

Aceleró su paso el adjunto de *ñor* Dimas y al cabo de media hora estuvo en el lugar de la parada, oyendo el murmullo de la quebrada indicada, y sin poder bajar hasta ella, porque se lo estorbaba una peña fragosa, a tiempo que se abrasaba de sed. Para don Demóstenes no había más horizonte que un retazo de la senda, que no alcanzaba a medir veinticinco varas, ni más cielo que el ramaje tupido de los higuerones, curos y guayabos, a tiempo que el zancudo, el jején y las abejas mantenían por debajo un ruido como de un aguacero. Don Demóstenes ignoraba que cada palo de guayabo tiene un camino en el corazón, por el cual suben y bajan las hormigas llamadas guayaberas, las cuales son venenosas, y se recostó contra uno de estos palos, sacando por de contado, una enseñanza que le hizo reconocer muy bien el maldecido palo, para no volvérsele a acercar jamás en toda su vida. Se acordó don

Demóstenes que estaba comprometido a no estornudar, ni a causar ruido ninguno, y comprendió que la parada es una verdadera limitación de todas las libertades del hombre.

Se habrá oído hablar muy desfavorablemente a los escritores o conversadores de costumbres, acerca de las paradas en las cacerías que los sabaneros de Bogotá suelen ejecutar en los páramos de la cordillera oriental; pero aquéllas, con todos sus inconvenientes, son una delicia en comparación de las paradas de la cacería de la tierra caliente. Allá se coloca el sabanero, montado en su gran caballo, sobre el pico de una roca, desde donde ve los arroyos que corren a juntarse con el Meta por el oriente, y los que corren a juntarse con el Magdalena por el occidente, disfrutando de aires que jamás han sido infectados por ninguna epidemia; dominando con la vista una larga serie de parroquias, desde los alcázares del buitre, que es soberano de todas las aves de la cordillera. Y si consideramos al centinela de una parada de tierra caliente, hundido entre los bosques, sufocado por el calor, y pegándose palmadas para espantar los mosquitos, la diferencia está en favor del sabanero con ventajas infinitas. Es fácil concebir todo lo que sufriría don Demóstenes.

Sintió éste un ruido sobre las hojas secas, montó la escopeta y se preparó para hacer fuego, casi maquinalmente, porque la orden de *ñor* Dimas era de matar el último de los cafuches y no el primero. El ruido continuaba, pero como era tortuosa la vía, y el monte estaba tupido, no veía el objeto. Ayacucho estaba sobrecogido de la misma manera y no separaba los ojos del lugar amenazado, hasta que apareció Cecilia, la cual no reparó en el cazador porque llevaba muy encubierta la cara con el sombrero y su distracción era profunda: pero luego que se vio a cuatro pasos de don Demóstenes, intentó correr por entre las ramas menos tejidas con los bejucos.

—¡No corras! –le dijo el bogotano–, porque te despedaza mi perro.

—¡No, por Dios! –gritó Cecilia, y se dejó caer sentada sobre una piedra.

Don Demóstenes se acercó con sumo cariño a la segunda hermosura de la parroquia, y trató de inspirarle confianza para que depusiese la vergüenza y el miedo que daba a conocer en sus facciones en cierto temblor que procuraba ocultar al principio.

—¿De dónde vienes? –lo preguntó el bogotano.

—De la montaña, de coger unas hojas; ¿no las ve? Son de payaca y las necesito para unos tamales.

—¿Y por qué tanto susto de verme a mí?

—Es porque yo soy miedosa.

—No me parece.

—Es que usted no puede saber lo que pasa en el interior de cada criatura.

—Sin embargo, el fisonomista conoce mucho de lo que pasa en el corazón y hasta en el pensamiento ajeno.

—¿Y qué me conoce usted, pues?

—La turbación que te domina.

—Nada, don Demóstenes, es miedo lo que yo tengo.

—¿De qué tienes miedo?

—Fue que me asusté con su perro.

—Ya comprendo –dijo don Demóstenes–; he reparado tu seno y...

—No es nada –dijo Cecilia, cubriéndose las finas arandelas de su camisa con ambos brazos y poniéndose descolorida.

—Está descubierto el secreto. Llevas comunicaciones en el seno.

Cecilia encogió el pecho encima de las rodillas y puso los ojos de una manera lastimosa sobre los ojos del bogotano.

—No tengas ningún cuidado, Cecilia. El que respeta las garantías de los hombres, guarda con mayor razón las de las mujeres. Nada más digno de respeto que las comunicaciones epistolares de los ciudadanos, y conducidas en una valija sagrada, no pueden ser violadas por ninguno que sea liberal.

—Mil gracias –contestó la tímida Cecilia, respirando con alguna confianza–. Yo sé que usted me tiene cariño a pesar de lo mucho que se habla de mí, y yo lo estimo a usted desde que lo vi, y no lo he tratado, porque yo no tengo libertad ni para saludar a las personas que son de mi gusto. Yo lo aprecio a usted y tengo confianza en usted como en un caballero completo. Mire: es verdad que llevo cartas aquí en el seno, que las traigo de la estancia de Santa Tecla y son cartas contra usted, tómelas y haga el uso que quiera de ellas, y yo diré que se me perdieron.

—¡Oh, Cecilia! ¡Cuánto te agradezco la confianza que haces de mí! –exclamó don Demóstenes, y abrió una carta que decía:

> Con la portadora le remito el borrador de las declaraciones que han de dar los testigos, y a éstos hay que decirles, que si no declaran lo mismo que habían declarado en las declaraciones que se robó don Eloy, irán todos de reclutas. Del cachaco Demóstenes tendremos que deshacernos, aunque sea quemándole la cara, a más no poder. Escríbale a don Pascual para que le apure al juez del circuito para que exija la sumaria de don Blas y de Manuela. Espero la contestación en el acto. Su afectísimo amigo. .....
>
> El Ermitaño.

–¡Sombras y misterios por todas partes! –exclamó don Demóstenes. El gamonal está en el distrito cuando lo creíamos muy asegurado en la cárcel de Ambalema. Estoy comenzando a saber que de nada sirven las leyes contra los gamonales y sus agentes.

—Y usted ándese con cuidado y déjese de caminar por los montes.

—Esta palabra *cuidado* se la oí por primera vez a la profetisa de Malabrigo. ¡Oh Rosa! ¡Que la tierra te sea ligera!

A este tiempo se oyó la voz del cazador en jefe, que decía:

—¡Arriba, peeerro! ¡Arriba, peeeerro!

Don Demóstenes estaba muy descuidado de su misión, y sentado junto de Cecilia, le dirigió las siguientes palabras con el estilo más dulce que se pudiera emplear para convertir un alma extraviada:

—Lo que es para mí un misterio es que tú quieras a ese hombre.

—¿Yo, don Demóstenes?

—Pues tú. ¡Una muchacha de tanto mérito! Esto no pudiera creerse si todo el mundo no lo estuviera viendo.

—¿Pero qué es lo que ven?

—¡Oh! Pues tus amores.

—No hay tal amor, don Demóstenes.

—¿Qué es eso, pues?

—Un comprometimiento terrible, que se comenzó por...

—¿Por salvar de las prisiones a algún desgraciado? ¿Por condescender con los empeños de alguna amiga? ¿Por el interés de alguna cantidad? ¿O por qué cosa? Dime, ¿por qué cosa?

—Le voy a decir, con tal que me guarde el secreto.

—Por de contado, Cecilia.

—Mi madre fue la que se valió de la astucia y del rigor para que yo me entregara a ese bárbaro que aborrezco con toda mi alma.

—¡Pobre Cecilia! –exclamó don Demóstenes–; se necesitaba de toda la desmoralización que ha pasado por las grandes sociedades, para corromper la nobleza de corazón que indican tus facciones.

—¡Yo qué iba a hacer, don Demóstenes! –dijo Cecilia llorando–. Tenía mi madre un saque[367] de aguardiente, en la montaña, y por hacerse a la protección de don Tadeo, me mandaba a visitarlo y llevarle regalos de frutas, lo citaba a la estancia las veces que me dejaba sola, y me miraba mal las veces que don Tadeo le daba quejas. Esto fue al principio, que lo último ha conseguido don Tadeo que yo no me separe de él, con las amenazas de un cuchillo de cabo blanco que me señala siempre; y una vez que me huí, me volvió a reducir a su compañía buscándome como aguja y volviéndome a traer. Éste es el motivo de pasar yo por la querida de ese viejo criminal, que tiene su esposa legítima y quiere poner también a Manuela de su cuenta.

—¿Y no pudieras dejarlo?

—No puedo, porque me mata.

—¿Conque todo eso es un gamonal?

—Sí señor, y no sé qué camino coger. Me veo mal mirada de las señoras y de los caballeros, me veo insultada, aborrecida y expuesta a que me mate el viejo Tadeo, o su esposa, o alguna otra de sus queridas, y mi vida no es sino un puro tormento, porque ¿qué me suplo yo con tener baúles con ropa, zarcillos de oro y traje blanco para las fiestas, si la mala nota me condena y el menosprecio de las gentes buenas? ¿Qué hago, don Demóstenes? ¿Qué camino

367 *Saque:* establecimiento donde se destila aguardiante.

cojo? ¿Qué me aconseja usted, que es tan enemigo de los tiranos conservadores? Porque ha de estar usted en que don Tadeo es liberal.

—¡Es draconiano! ¡Es fariseo liberal! Es sepulcro blanqueado, y de ésos encuentras varios, aunque no tan perversos como don Tadeo.

—Pero ¡qué hago, don Demóstenes, por Dios! ¿Qué hago en este caso? Sálveme usted mi vida y mi conciencia.

—Sí te resolvieras a dejar tu familia y tu parroquia...

—¡Todo, todo!

—Si te animaras a perder algo de tu libertad, aunque yo soy enemigo de la obediencia pasiva...

—Todo le sufriré, con tal que no sea querer a nadie contra mi gusto.

—¡Eso, ni pensarlo! La libertad del corazón es la garantía más preciosa de una joven. Yo te buscaría una colocación en Bogotá.

—Entonces por allá iré. Adiós, don Demóstenes.

—¡Adiós, Cecilia! –dijo éste, dirigiéndole una mirada muy afectuosa.

Así que desapareció la víctima, sacó don Demóstenes su reloj y vio que llevaba tres horas de parada, pensó que su verdadera misión era la de cazador, y dirigió todos sus pensamientos hacia su cacería de cafuches. Puso el oído a la quebrada, y algún zumbido de las tominejas era lo único que oía. Se pasó una hora más en una lucha continua con las abejas, que buscaban su pelo y su barba para enredarse, por un instinto desgraciado que tienen, como las polillas, que buscan la vela para quemarse; esto lo tenía sumamente molesto, aunque entretenido a la verdad. Había adquirido el hábito de hablar solo, desde que traía entre manos los amoríos con Celia y Clotilde, y comenzó a decir estas palabras:

—¿Qué es estar de parada? Es estar sujeto a las órdenes de un miserable, órdenes que se reducen a privarme de la libertad de silbar, de estornudar, etc., etc. Es decir que mi libertad natural está restringida por una pasión vil, que me dará por resultado un par de cafuches. Es decir que he cambiado la libertad genuina, la aristocracia del yo, por un plato de lentejas, como Esaú. Porque, a decir verdad, yo me hallo sujeto en este momento con todas las trabas sociales que Dimas me ha querido imponer. Es decir, que las pasiones entraban la libertad, y si la entraban también las necesidades, que son las arterias del movimiento social, ¿en qué viene a parar la libertad genuina? Si por todas partes se le recorta una pluma a esta primorosa ave del paraíso, ¿cómo es posible que levante su vuelo majestuoso desde el Huila hasta el Chimborazo? Y habiendo nacido el hombre con pasiones y necesidades...

Al decir esto le interrumpió un grito de Dimas:

—¡Abajo, don Demóstenes! ¡Abajo con todos los diablos, que los cafuches se regaron, y yo tengo tres casi cogidos! ¡Pero búllase,[368] cristiano!

Don Demóstenes se fijó en el punto de donde habían partido los gritos, y con la escopeta en la izquierda y el cuchillo de monte en la derecha, em-

368 *Bullir:* agitarse, moverse.

prendió la travesía de un largo trayecto de bosque; habría caminado dos cuadras, cuando se halló metido de golpe en un escondrijo de unas piedras y un enjambre de ramas y bejucos, en donde estaba escribiendo un ermitaño sobre una petaca de cuero, y a lo que éste levantó la cabeza, don Demóstenes le conoció y le dijo:

—¡Ríndete, malvado!

Con trabajo, le contestó don Tadeo (porque él era el escritor) cogiendo un puñal que estaba, sobre la petaca.

—Lo veremos –dijo don Demóstenes.

Y disparó la escopeta, sin intención de matarlo, pero aprovechándose de la sorpresa, se lanzó sobre su enemigo y le cogió la mano en que tenía el puñal.

Se quedaron luchando los atletas, y don Demóstenes gritó:

—¡Acá, compañeros todos!

Después de varios esfuerzos cayeron los dos mortales enemigos al suelo, logrando don Demóstenes la suerte de quedar encima, a tiempo que su compañero volaba como un pájaro por entre los árboles, aprovechándose de una huella que ya conocía, para acercarse al lugar donde había oído el tiro de la escopeta, pues hacía rato que caminaba en busca de su camarada y adjunto.

—¡Acá! –volvió a gritar don Demóstenes.

—¿Lo mató? –le contestó *ñor* Dimas, trotando por entre los árboles.

—Está vivo, pero lo tengo debajo.

—Póngale la rodilla en el pescuezo, para que no lo muerda, y amárrele las patas, aunque sea con el pañuelo del pescuezo.

No tardó mucho en llegar *ñor* Dimas al sitio de la pelea, al mismo tiempo que don Tadeo logró soltarse por medio de un sacudimiento, y corrió a botarse por un precipicio, donde se perdió de vista por entre las ramas que cubrían el fondo. Ayacucho se quedó latiendo en la orilla, después de una indecisión que se podía reputar por traición; don Demóstenes se había quedado sin fuerzas, y *ñor* Dimas no se resolvió a echarse, porque el que persigue no lleva la misma decisión del que huye, por un principio general de estrategia.

Juntos registraron el campo, y hallaron en la covachuela montuna del gamonal, plumas, tinta, papel sellado y común, la Recopilación granadina, una botella con un poco de aguardiente de anís, un puñal y, entre varios papeles sueltos, se hallaba uno que decía:

> Señor don Tadeo Forero: mándeme usted un modelo de las declaraciones que han de dar los cinco testigos. Sabrá usted que la clase descalza de la sociedad está sufriendo la esclavitud; porque la mayoría del cabildo se compone de los oligarcas de botas. La tiranía de los hacendados es cada día más insoportable y están poniendo en ejecución el código penal. Sólo en usted tenemos la esperanza de que no fenecerán las conquistas de la libertad. No se fíe usted del viejo Elías, que es de los que mascan a dos carrillos, como

se lo tengo advertido; y sin embargo hay cosas en que nos puede servir. Mande a su afectísimo,

PASCUAL ACUÑA.

–Déjese de leyendas, *ñor* don Demóstenes –dijo el cazador en jefe–, escondamos esta petaca con todos los papelajos y vamos adelante con nuestra cacería, y *endespués* nos contaremos todo lo sucedido. Pero lo que sí me parece es que usted no ha cumplido con las obligaciones de la parada. Yo levanté la manada del salitre del Palmichal, y la iba siguiendo de para arriba, cuando me encontré los cafuches, que se volvían chasqueando las quijadas y con el espinazo erizado; y eso fue que usted se puso a conversar con alguna perillana, lo que menos, y se nos ha perdido el tiro principal de la cacería de los cafuches, que era matar una docena en la montaña de Santa Tecla. Con ser que le encargué que no fumara tabaco por las narices, ni se fuera a bullir de su puesto; ¡y así para qué diablos se mata uno bregando por todas estas honduras! Con que usted me hubiera dicho por lo claro que no era capaz de ser cazador, con eso había sido bastante para no dejar yo mis ocupaciones. Ya se me había puesto que usted no era capaz.

—¿Que no soy capaz? ¡Viejo miserable! ¿De qué no soy capaz? Soy capaz de pararlo a usted en la cabeza por insolente.

—¿Y yo no seré capaz de plantarle, *ñor* don Demóstenes? ¿Y para pararme en la cabeza fue que usted me convidó a los montes de la Hondura? ¡Cachaco majadero! Yo me quedaré solo, que para matar tres cafuches que tengo encerrados en los bovedales, yo no necesito de nadie; y uno chiquito, que me lo tiene encargado la niña Manuela, ése lo cojo a tientas.

—¿Chiquito? –preguntó don Demóstenes, instigado por la pasión ardorosa de la cacería.

—Aparente para criarlo –dijo *ñor* Dimas.

—¿Y dice usted que se puede coger?

—Conque los he dejado encerrados en una cueva y tapada la puerta con palos y piedras. Lo que tiene es que debemos irnos aprisa antes que busquen alguna otra salida.

Los cazadores son como los amantes, que pelean y se reconcilian sin saber cuándo ni a qué horas, y esto consiste en que los une el mismo interés. Partieron los dos camaradas, tan acordes como si nada hubiera pasado, en busca de los cafuches.

Cuando se acercaban a la cueva, dijo don Demóstenes:

—¿Qué hago, taita Dimas, que me muero de sed? ¿Dónde encontraremos una quebrada?

—Está muy lejos; pero hay un palo por el cual corre una cañería entera, y es muy saludable para varias enfermedades.

—¿Y en dónde lo hallaremos?

—Aquí, véalo su merced: este bejuco, que se llama agraz, está lleno de agua; pero hay que cortarlo por el lado del cogollo y por el pie a la vez, porque si no, el agua se esconde y el palo se queda seco. Y si no lo quiere creer, abra la boca que ahí va.

Dio Dimas dos cortes consecutivos, y salió de un grueso bejuco un chorro de agua, de la cual bebió toda la que quiso el bogotano, y con el resto se lavó las manos y la cara, y al terminar dijo al estanciero de la montaña:

—Usted es un Moisés, que hace salir agua de los palos al tocarlos con el filo de su cuchillo. Vamos ahora a coger los cafuches encantados.

Pronto estuvieron en la puerta de la cueva, y habiendo recogido palos de leña y hojas de palmicha seca, *ñor* Dimas sacó candela:

—Ahora sople con todas sus fuerzas, para formar una hoguera buena.

Don Demóstenes obedeció la orden, pero afectado por el humo hubo de retirar la cabeza muy pronto para limpiarse los ojos.

—Sople hasta que se reviente; ¡sople, sople, no sea tan flojo!

—Siento no haber sido cocinero, taita Dimas, para satisfacer las exigencias de usted.

—Ahora no hay diligencias que valgan, si no es soplar, y más soplar hasta que la llama se levante tan alta.

—Es que yo le puedo dispensar a usted el que me dé cafuche asado para mi almuerzo; Rosa me dio rostro de cafuche, la noche que posé en Malabrigo, y le confieso a usted que no me gustó.

—Luego qué, ¿está pensando en el almuerzo? ¡No se afane tanto! Hay que hacer una buena hoguera, luego pasar los tizones a la puerta y armar allí más candelada para llenarles la cueva de humo y obligarlos a salir; los esperamos en la puerta con nuestras armas y los matamos.

—¿Y el chiquito para Manuela?

—Ése se ataja y se coge en la puerta. Conque sople su persona, porque esa candela no adelanta nada.

Así que *ñor* Dimas hubo juntado la leña suficiente, y que la hoguera estuvo bien encendida, puso de centinela a don Demóstenes en la puerta de la cueva, con la escopeta preparada; comenzó a destapar dicha cueva y a formar en la puerta una hoguera mayor, de la cual entraba el humo a las concavidades del subterráneo. Algunos murciélagos salían de golpe, haciendo retirar la cara de los cazadores, y una culebra, quizá pisada por los cafuches, emprendió su salida, pero al llegar a la candela, retrocedió.

Las horas se pasaron en la operación de echar el humo a la cueva, los cafuches no se daban por notificados. *Ñor* Dimas estaba sin camisa y se le veían correr del pecho ríos de sudor, y don Demóstenes tenía los ojos colorados de llorar, por causa del humo; *ñor* Dimas se trepó por unas piedras y barrancos y desapareció por unos pocos minutos, hasta que volvió echando pestes y reniegos.

—El diablo anda metido en la cacería, porque esta cueva tiene una chimenea, más grande que la puerta del infierno, y los condenados cafuches metidos por ahí en algún rincón no tienen para qué sentir el humo. Toda la culpa la tuvo la parada, porque si los marranos no hubieran sentido ruido, allá estarían corriendo en los montes de Santa Tecla, que es un corredero de lo más hermoso que puede darse y sin cuevas ni precipicios. Pero sabremos para otro día.

—¿Y ahora qué hacemos? –preguntó don Demóstenes.

—Me meto con la lanza, y usted los espera, si es que todos no quedan muertos adentro.

Diciendo esto, *ñor* Dimas le recortó el palo a la lanza y se metió con los dos perros. Duró algún tiempo la cueva en silencio, porque era muy grande y tenía algunas divisiones de lajas, lo cual dificultaba la llegada del audaz cazador hasta el punto en que estaban los cafuches, a los cuales buscaba en las tinieblas por un ronquido especial que ellos tienen, y por los chasquidos que hacían con las quijadas de cuando en cuando. De golpe latió uno de los perros y el sonido se prolongó tanto, que don Demóstenes quedó espantado. *Ñor* Dimas gritó a ese tiempo:

—¡Ahí le van, don Demóstenes!

En efecto, salieron dos cafuches, uno herido y otro sano, pero el cazador de reserva mató uno y otro con los dos tiros de su escopeta. *Ñor* Dimas salió ensangrentado y al ver los cafuches tendidos saltaba de gozo y colmaba de abrazos a su segundo, al cual informó de que adentro quedaba otro muerto.

—¿Y el cafuchito para Manuela? –preguntó el bogotano.

—Ése lo tengo por cogido.

—¡Viva el ciudadano Dimas! ¡Viva el bizarro! ¡Viva el denodado! ¡Viva el valiente Dimas!

Volvió a entrar *ñor* Dimas y sacó el cafuche arrastrando y el chiquito en los brazos con el hocico amarrado.

Desenvolvió un pequeño fiambre que llevaba en una mochila y comieron sentados sobre la hojarasca, tan contentos como si hubiesen echado abajo un gobierno constituido. *Ñor* Dimas colmaba de elogios a Sargento y a Reloj, sin que Ayacucho pudiese obtener este premio, porque no hizo sino latir. La educación es la que forma el carácter, y al pobre Ayacucho nadie lo había enseñado a cazar cafuches, sino a cargar los zapatones y el farol.

La noche se acercaba por instantes. *Ñor* Dimas dejó colgados en los árboles dos cafuches y se echó otro a las espaldas, y don Demóstenes cargó en sus brazos el cafuchito. Para dar con la senda principal debían pasar por la covachuela de don Tadeo, y en efecto dieron con ella, pero se quedaron sorprendidos de no hallar la petaca de los papeles, sino el hueco vacío donde la habían dejado.

—¡Cómo siento esos papeles! –exclamó don Demóstenes.

—Y yo la petaca, porque a Melchora se la tenía destinada.

—¡Qué lástima!

—Pierda cuidado su persona, que esa petaca la cojo yo, como ser José Dimas Camero.

—¡Oh, cuánto bien le hiciera usted a su parroquia!

Caminaron a buen paso los cazadores, pero cuando salieron a las cercanías de la parroquia, ya eran cerca de las ocho. En todo el camino no habló don Demóstenes ni una sola palabra, ni acerca del cafuchito, ni acerca de ninguna de las ocurrencias del día. Había una idea que lo ocupaba más que todas las cacerías y todos los conatos del mundo, y era la de saber si su amada ex–Celia lo amaba como en otro tiempo, o lo había aborrecido por el pecado social de intolerancia. Esa noche, aunque cansado, no pudo dormir, y se levantó temprano a dar cuenta del hallazgo del gamonal.

Todos los parroquianos se sobrecogieron de espanto, pero cuando se trató de ir a buscar a los montes al monstruo, nadie quiso comprometerse, lo cual indica que en aquella parroquia, y quién sabe en cuántas otras, el medio más aparente de gobernar al pueblo es el terror y no la justicia y la moderación. Por la fuerza logró don Demóstenes que fuesen los policías y los comisarios a buscar a don Tadeo, y ni aun el ciudadano Dimas quiso prestar sus servicios de baquiano, sino que se fue a recoger los dos cafuches que había dejado colgados y trató de no sacar la cara donde lo viesen. Las pesquisas fueron inútiles; don Tadeo se quedó oculto entre las haciendas de don Matías y don Atanasio, y desde entonces comenzó a decaer el entusiasmo por el partido manuelista, o sea el partido de los hacendados, a los cuales llamaba el patriota don Tadeo los oligarcas de la parroquia.

Capítulo XXVIII

El nazareno

Nadie sabía que don Tadeo se hallaba en el distrito, hasta el día que lo encontró don Demóstenes de ermitaño en una gruta, entregado a sus meditaciones gamonalicias. Nuestro lector tampoco sabe cómo escapó de la cárcel de Ambalema, ni cómo vino a dar a las montañas de la Hondura, y de esto lo informaremos en el cuadro presente, y ante todo, exhibiremos aquí todo el panorama del trapiche de la Hondura, visto desde una altura proporcionada.

Se hallaba el trapiche de don Matías Urquijo junto a una pequeña quebrada salada y de unas lagunas cuyas aguas tenían algo de azufre, y esto producía una atmósfera pestilente, fuera de los montones de bagazo en estado de putrefacción y de los barrizales vitalicios de la redonda. Las casas de habitación eran de paja, y los suelos de tierra emparejada con los pisones. Dentro de la plazuela se hallaba el trapiche a menos de una cuadra de distancia. El único horizonte que se divisaba dentro de unos cerros cubiertos de bosque era la plantación de las cañas, y cuando sonaba alguna de las puertas de golpe, por la casual llegada de un forastero, los vigías se asomaban de pronto, y los perros en número de diez o doce, salían a quererse comer al profano que se acercaba sin padrino; y se conocían los temores que causaba un empleado público, por lo mal recibido que era por los peones, patrones y mujeres.

Don Matías no era de la raza blanca, ni tenía muchas simpatías por los blancos, y gustaba de vestirse de un grueso calzón de manta cuando estaba en su hacienda. Su esposa, llamada Nicomedes Mora, se vestía como las peonas; lo mismo las dos hijas, las cuales ejercían el oficio de trapicheras siempre que los brazos se hallaban escasos.

Corría la fama de que en la Hondura se celebraban juntas secretas, a las cuales concurrían ciertos individuos de la cabecera del cantón, otros de Bogotá; y uno que otro de la provincia de Mariquita; se sabía que los viajes de la miel para el mercado, lo mismo que el regreso de las mulas, no se efectuaba sino entre la media noche y la madrugada. Se decía también que se solían ver espantos por cerca de la enramada del trapiche, y luces que volaban desde las orillas de la laguna, y se hablaba de violencias ejercidas sobre los proletarios. Todo esto hacía que la Hondura fuese mirada como una hacienda de mal agüero.

Se acababa de terminar la molienda del trapiche una noche a las once, cuando corrió la voz entre los peones de que una fantasma negra y de un cucurucho largo como de nazareno, había pasado por un costado de la plazuela, retirándose del trapiche todo lo que era posible. En efecto, se la vio llegar hasta la puerta de la casa grande, y los temores crecieron al ver que los perros se callaron después de haber latido a su entrada a la plazuela y al oír un silbido sumamente parecido al de la culebra cascabel.

Los pasos de la fantasma no pudieron ser observados, y los peones del trapiche se quedaron persuadidos de que el nazareno había seguido su camino; pero este dio una vuelta y regresó a la casa, en la que entró con mucha cautela, sin ser visto sino de don Matías y cuatro personas que en aquel momento le visitaban.

El nazareno era el famoso don Tadeo, vestido de mujer, y llevando un sombrero muy alto de copa, con funda de género blanco. Al punto lo abrazaron sus camaradas y lo colmaron de caricias, como era justo.

—¡Qué milagro! –le dijo don Matías–. Aquí nos habían dicho que usted estaba en la cárcel, y yo mandé un peón que todavía no ha vuelto de por allá.

—Fue cierto; pero de donde me vine fue de un caney; porque hacía unos siete días que me había libertado.

—¡Tanto me alegro de verlo! Siéntese, descanse un poco.

—¿Y qué tal por aquí? ¿Me han pensado mucho? –dijo don Tadeo.

—Muchísimo, compadre, y la falta que nos hacía era enorme.

—¿Y cómo están todos los de la casa?

—Buenos, compadre de mi alma.

—¿Y la señora Sinforiana? ¿Y Cecilia?

—Buenas. Cecilia ha estado muy divertida en las fiestas, lo que me ha dado algo en que pensar.

—Será que no me quiere. Mi mujer tampoco me quiere; pero la tengo sujeta, que es lo que importa.

Siguieron las manifestaciones particulares de los otros amigos de don Tadeo, y las caricias de doña María Nicomedes. Los otros sujetos eran don Pascual Acuña, don Estanislao Nieto, de Sogamoso, don Atanasio de Santa Tecla y *ñor* Juan de la Cruz, vasallo de don Matías.

Después de algunas conversaciones demasiado privadas de los camaradas de la sociedad baratera, doña Nicomedes en persona trajo la cena y la puso sobre la pura tabla de la mesa, porque todos los convidados eran de suma confianza. Parece que nuestro cuadro quedaría muy imperfecto, si no hiciésemos la pintura de la sala principal de la casa grande de la Hondura, donde pasaba la escena y donde se reunían, cada ocho o quince días, los personajes de la afamada sociedad.

La sala era grande con dos puertaventanas, una en frente de otra, y una salida secreta por la alcoba, que también era grande. El mueble de mayor ostentación, era una mesa de nogal con cajón por debajo, asegurado con una buena chapa y en éste se depositaba temporalmente la plata de la semana y algunos papeles de suma importancia. Junto de la mesa estaban dos sillas de atléticos brazos, con muchas heridas hechas a navaja, como por vía de entretenimiento. Los demás asientos eran barbacoas de guadua picada que rodeaban toda la sala, y que las niñas y doña Nicomedes llamaban escaños. En un rincón había cueros de res, zurrones de este mismo material y costales de fique. En otro había azadones, palas y machetes. No había cuadros de santos en el salón principal de la Hondura, y esto se hallaba conforme con el destino del local y con las ideas de los concurrentes, que toda era gente más despreocupada de lo que se pudiera pensar. La sala de don Matías la iba con la reforma en cuanto a la ausencia de los santos. El candelero de la iluminación general de la sala estaba colocado en una tablita fijada a la pared, y no obstante la elevación, era muy opaca la luz que daba.

La señora de don Matías era la que servía a la mesa y era la única persona iniciada en el secreto de la fantasma, fuera de los personajes de la sala. Los potajes se servían en platos vidriados, y constaban de tasajo asado y algunas arepas, que también eran asadas. Los licores eran aguardiente y guarapo, servidos en totumas y en una copa de cristal. Doña Nicomedes les puso tenedores a sus convidados, pero se olvidó de los cuchillos, defecto que fue corregido por don Tadeo, el cual sacó un cuchillo cabiblanco de figura de puñal, para dividir la sobrebarriga en secciones federales, según el número de los interesados, la cual había pasado en la forma central de las manos de doña Nicomedes a las de don Tadeo, y por cierto que los socios no se mostraron desdeñosos en presencia de un potaje tan afamado. El guarapo subsanaba la sequedad de los potajes asados; el ají y el aguardiente, la falta de la pimienta y de la mostaza. No eran alegres los dichos de los convidados; por el contrario, mientras más se apuraba la copa, los discursos eran más serios, y a lo último eran espantosos, terribles y exagerados.

—Así, y con este mismo puñal tengo esperanzas de ver cortada la sobrebarriga del cachaco Demóstenes –exclamó don Tadeo al cortar un pedazo de carne que sujetaba con los dientes y la mano izquierda.

—¡Así me beba yo la sangre de todos los oligarcas enemigos de la sociedad baratera! –dijo don Matías apurando una copa llena de aguardiente de anís.

—¡Así desaparezca la riqueza de todos los señores dueños de tierras! –dijo el arrendatario Juan de la Cruz, escurriendo hasta la zupia de una totuma de guarapo fuerte, y añadió después: (con excepción de mi patrón don Matías).

Por este estilo brindaron todos los socios, y ya que la cena estuvo terminada, siguieron conversando de los negocios generales de la política y de los particulares de don Tadeo, con las cabezas un poco calientes.

—Dígame, compadre Matías, ¿qué hay de oligarcas de las haciendas, que me han dicho que están hechos el diablo?

—Se han conjurado contra el pueblo descalzo, han celebrado una junta secreta en el Retiro, y de allí dimanó la caída de usted y de todo nuestro partido, lo cual no sabía usted cuando se fue para Ambalema.

—¡Pobres de los descalzos! –exclamó don Tadeo.

—El cura también asistió.

—¿El cura? Pues ahora sabrá el cura Jiménez lo que es la persecución, pues antes no había querido yo meterme con él.

—Sin embargo, yo sé que no habló sino unas pocas palabras contra don Demóstenes, para defender su iglesia.

—Pero asistió a una junta política, y esto es lo bastante: que preste ahora paciencia el oligarca de la sacristía, que lo primero que voy a hacer es a decirles a los estancieros que no le paguen la primicia, ni las demás socaliñas[369] que llaman derechos. Sí, mis caballeros, que preste paciencia el monigote Jiménez.

—Nos vendrá otro peor a sacarnos el sol del cuerpo con los derechos.

—Que no venga ninguno, que los plátanos, y las cañas se producen muy bien sin el abono de las bendiciones, y la gente vive y se muere lo mismo con responsos, misas cantadas y fiestas que sin nada de eso.

—Compadre, usted no estaba tan ilustrado cuando se fue para los pueblos del Magdalena.

—Pero ¿qué quiere usted? ¿Cepo, cárcel y matar gusanos es poca cosa? ¡Todos me la van a pagar! Todos los que han contribuido para mis males. A fuego y sangre los voy a atacar a todos. ¿Le parece a usted mecha estar dos días en el cepo de Ambalema? ¿Y aguantando esa clase de condenados, que son peores que los esbirros, los jueces y todos los agentes de la policía? Es que usted todavía no sabe todo el fuego que arde aquí dentro de mis entrañas. Es que usted no sabe que yo he venido a meterme de ermitaño, sólo por el gusto de vengarme. Es que usted no sabe que me sueño viendo arder los trapiches, viendo patalear entre su misma sangre a los dueños de tierras, viendo morir envenenados sus ganados y sus mulas con barbasco y acuápar. Yo le explicaré todos mis planes a mi compadre Matías. Ahora, dígame, ¿qué más cosas nuevas hay por aquí? El cachaco ¿qué hace en la parroquia?

—Matando pajaritos y enamorando a las estancieras.

—Eso sí, porque es muy decidido por el bien de las proletarias. ¿Y Manuela?

—Engreída con la protección del cachaco. Lo llama su libertador.

—Y queriéndose casar con ese zoquete de Dámaso. Que la liberte el forajido de la venganza que le tengo jurada. ¿Y el camandulero de don Eloy?

—Haciendo plata por todos cuatro costados.

—¿Y para qué? ¡Para darse vida de peón! Para eso yo también tengo lo

369 *Socaliña:* habilidad o petición insistente con que se sonsaca una cosa a alguien.

bastante. Ojalá que estalle aprisa la revolución, que lo hemos de quitar hasta las mulas viejas de la carguería y los fondos de cocinar la miel.

—¿Y el oligarca de la Minerva?

—Hablando de protección, de libertad, de tolerancia y haciendo plata con la sangre de los arrendatarios. Ya les aumentó los arrendamientos, y al que no asiste al trabajo, le manda dar una paliza o le manda arrancar de su tierra los estantillos de su choza, o las matas de maíz, que es lo único que el arrendatario siembra, porque la caña no la tolera don Leocadio.

—¿Y qué más ha habido por los castillos feudales, como llama don Demóstenes las casas de los trapiches?

—A don Cosme se le ardió un peón en un fondo, se fue a que lo curara de limosna una arrendataria.

—Cero y van tres. El otro murió a los siete días. Pero no se pone remedio ninguno. No se pone una reja para que no se arrimen todos; no se hace un piso sólido y seco, sino que se mantiene un lavadero pendiente y húmedo, por ahorrar unas pocas pesetas. Pero eso sí: se habla de la protección a los proletarios hasta enternecer a los oyentes. Y bien, ¿qué tal estuvieron las fiestas?

—No sirvieron para maldita la cosa. Ya usted ve, nuestro partido no puede respirar. Por ahí estuvieron los cachacos tratando de divertirse con las hijas del pueblo, porque las hijas de los oligarcas se estaban dando más tono que si hubieran sido las hijas de los duques de España. El viejo Eloy se emborrachó con todos sus escrúpulos de camandulero. Yo le contaré despacio. A Rosa de Malabrigo se la llevó el diablo, de resultas de las fiestas y del San Juan.

—¡Que perezcan todos los que han ayudado a quitarnos el mando de la parroquia! ¡Que se los lleve a todos el diablo!

—Ahora encuentra usted de empleados de la parroquia a los oligarcas de las haciendas.

—¡Así duren mis trabajos! Usted verá que ellos aflojan y reniegan de la patria y de los destinos, así que se perjudiquen en la venta de la miel. La vieja Patrocinio les dará la comida de balde, con tal que le echen flores a la hija. ¿Qué más se quieren los ricos que el tener auxilios de los pobres para hacer la guerra a los pobres? Porque la sociedad no es otra cosa que la guerra eterna de los ricos contra los pobres. En todas las transacciones el rico es el que le da la ley al pobre: en las compras y ventas, en los arriendos, en las obras de manos, en las demandas, en los jornales y hasta en los amores. La esclavitud rigurosa tuvo su origen en la torpeza, la debilidad o la miseria de los hombres. La deferencia actual de los descalzos a los calzados, o de los ignorantes a los que saben leer y escribir, no es otra cosa que la sumisión del vencido en la guerra general de ricos y pobres. La guerra de manuelistas y tadeístas no es otra cosa que la guerra de ricos y pobres, porque los hacendados me hacen la guerra a mí que soy el defensor de los derechos del pueblo descalzo. De manera que los pobres que regalan sus cosas a los ricos y que les sirven de balde, no hacen otra cosa que dar armas contra sí mismos, y por eso dice el dicho, que no hay peor cuña que la del mismo palo. La vieja Patrocinio cebándoles el rabo a los puercos gordos de las haciendas, no hace otra cosa que dar fuego contra los pobres.

—¡Corriente! –dijeron los amigos de don Tadeo.

—Es la pura verdad –añadió el arrendatario Cruz.

—Ahora díganos, mi compadre, ¿cómo pudo salirse de la cárcel? –preguntó don Matías Urquijo después de haberse tomado un trago.

—Primero les diré cómo entré, porque todas las cosas tienen su derecho –dijo don Tadeo.

—Bueno, compadre; díganos cómo entró.

—Han de saber ustedes –dijo don Tadeo–, que después que yo llegué a Ambalema, se presentó también Manuela con el querido, a pesar de su buena fama de honrada y, ardido como estaba yo de haberme visto en la cárcel de esta parroquia por ella y su abogado, y sabiendo que llevaba una buena mula, que era mejor bocado que la parroquiana, me puse en obra y compuse requisitorias y un poder y me presenté a los juzgados por medio de un apoderado, para que me entregasen la mula y me les pusieran la mano a los prófugos, los cuales no supieron las novedades de la parroquia hasta después de llegar a Ambalema, porque habían estado en la montaña seguramente; tampoco sabían que yo había llegado a la ciudad, porque me estuve escondido. Se siguió la demanda, y aunque Manuela tuvo defensores, porque nunca faltan protectores para la humanidad bella y encantadora, la demanda se hubiera sentenciado en mi favor, si no se hubiera entrometido una mano que me trastornó todo el negocio. ¿Quién les parece a ustedes que fue una persona que echó por tierra la sentencia y que me sepultó en la cárcel, a mí, que he jugado con la Recopilación granadina desde ahora cuatro años ha?

—Sería algún señor feudal, dueño de medio Mundo de tierras.

—¡No, señor! –dijo don Tadeo con sonrisa diabólica.

—Sería algún jesuita de casaca.

—¡Nada!

—Sería alguna perillana por celos –dijo don Atanasio–, porque don Tadeo no se deja de esas vagabunderías a pesar de los cincuenta y cinco que tiene encima.

—¡Nada de eso! Y no sé cuál de los que me oyen se habrá dejado de la idea de introducírsele a las muchachas y de aprovechar la buena acogida que le brinden, y de satisfacer sus caprichos por alguno de los medios que aconsejen las circunstancias. Nada; ustedes no me adivinan quién me metió a la cárcel, y es una persona más conocida que el paraguay, que la malva y el chilinchile; una persona nativa de este distrito.

—Díganos pronto –dijo don Pascualito.

—La Angarilla, del Retiro.

—¿La Angarilla? –dijo don Matías–, ¡ese montón de mugre! ¡Ese descrédito de los trapiches!

—La Angarilla, compadre; pero han de saber ustedes que allá está de zapatos, panderetas y traje de muselina, y que no le faltan aduladores de menos de cincuenta y cinco años. Pero en fin, vamos al asunto, que ya cantan los gallos. Había probado yo completamente que era el apoderado, para hacerme cargo de Manuela y de la mula, y la sentencia, estaba redactada en mi favor, cuando se apareció la Angarilla a presentar la misma carta que usted me mandó con el viejo Elías, la cual cayó en manos de unos bandidos y pasó a las de esa grandísima vagabunda; como esto hubiese dilatado la sentencia, hubo tiempo para que llegasen las verdaderas requisitorias de los hacendados, con lo que hubo lo bastante para que me sembrasen en la cárcel y dos días en el cepo, porque les cité a los escribas y fariseos de Ambalema dos o tres artículos de la Recopilación granadina y les eché una que otra indirecta. ¡Es un infierno la cárcel en semejante temperamento! Creo que si llega a entrar un radical en la cárcel de Ambalema, no vuelve a escribir ni a hablar de las cárceles de los siglos medios; y a todo esto sin tener otro amigo que Juan Acero, que cayó preso conmigo, el cual siquiera me consolaba con la historia de todas sus peleas. ¡Qué hambres y fatigas las que yo pasaba en esa maldita cárcel! ¡Pero a mí me la pagan todos los manuelistas, como saber que hay Dios en los cielos! ¡Qué buen amigo es Juan Acero! Yo se lo recomiendo a todos ustedes.

—¿Y él?

—No volví a saber más de él desde la noche que nos salimos de la cárcel. Tiene Juan Acero una voluntad incontrastable, una voluntad de hierro, un alma estoica y una rectitud de espíritu, que lo hacen el mejor de los caballeros. Dios quiera que no haya muerto, porque nos va a hacer mucha falta.

—Buen muchacho –dijo don Atanasio–; el mejor garrote que he conocido en toda mi vida.

—Pero ya es tiempo de que mi compadre nos diga cómo salió de la cárcel.

—Fue una de esas casualidades que suceden en Ambalema.

—¿Cuáles, compadre?

—Los incendios. Un incendio me libertó a mí y a otros muchos buenos cristianos que estaban sufriendo como yo las persecuciones de la justicia. Eran las nueve de la noche y sonó en la plaza un grito diciendo: «¡Que se quema Ambalema!» Más de la mitad de las casas de Ambalema son de paja y esa paja es la hoja de una palma llamada guayacana, la cual arde en los veranos como pólvora, si se le arrima una chispa. En otros pueblos son los empajes de palma de cuesco, y es tanta la rapidez con que arden estos techos, que ha habido pueblo que en ocho minutos esté hecho cenizas. En Ambalema se sobrecoge la población de tal modo al oír la palabra ¡fuego! que no hay palabras cómo explicarlo. «¡Se quema la cárcel!» gritaba una peona de los caneyes. «¡Agua! ¡Escaleras! ¡Herramientas!» gritaban los comerciantes.

—¿Y qué hacía usted a todas esas? –preguntó don Pascualito.

—Maldecir y renegar, porque no podíamos cebar la puerta al suelo.

—¡Qué desesperación! –dijo don Atanasio, lleno de espanto.

—Por fin cayó la puerta –continuó don Tadeo–, y al salir nos dispersamos por entre la gente. – «¡Se salieron los presos!» gritó el alcaide. – «¡Los presos quemaron la cárcel!» decían en la mitad de la plaza. No tardaron en rodearnos a Juan Acero y a mí unos cuantos aduladores de los magnates; pero el denodado Juan se abrió campo con un palo de leña, y yo me escabullí por entre la gente, que no estaba, por cierto, para reparar en los presos. Tomé calle arriba, viendo las carreras y oyendo los lamentos; porque la hija buscaba a la madre, el padre de familia preguntaba por sus hijos, el marido llamaba a la esposa, la madre corría a retirar del peligro a una criatura de pechos; todo esto con lágrimas y carreras, y con una desesperación que ustedes no se pueden figurar. Yo me detuve en la mitad de la loma, un poco más abajo de una estancia que llaman el Castillo, y me senté sobre una piedra a ver en lo que paraba todo, porque desde allí se veía la ciudad. Estaba muy obscura la noche y las nubes mezcladas con el humo formaban un cielo colorado que se tocaba con las casas que ardían. Los enmaderados y la paja traqueaban al arder como la quema de una roza a fines de septiembre; los lamentos de toda la población se unían al latido de los perros, para enloquecer más a los que pensaban en la salvación de la ciudad.

—¿No le daba miedo?

—Les digo a ustedes la verdad, que después de dos días de cepo y ocho de cárcel ha de ser un animal el que no se alegre de ver arder los calabozos en que estaba encerrado, hallándose a una buena distancia para no quemarse. Lo que tenía era que la candela estaba invadiendo de para arriba la manzana colateral de la plaza, donde estaban las principales tiendas, y ya sonaban las damezanas y los barriles de pólvora; pero esa no era la manzana en que vivían los pobres, sino el depósito de la riqueza ganada a los pobres en el comercio. Ya ardía toda la manzana, y la imaginación me hizo anticipar el gusto que yo debo tener al ver arder los trapiches de los hacendados que me han perseguido; porque ese cuento de «así como nosotros perdonamos a nuestros deudores» no es sino para las viejas camanduleras.[370]

—Tiene mucha razón –exclamó don Pascual.

Ya se disminuía el fuego –continuó don Tadeo–, porque las peonas se atarearon a cargar agua del río y los peones a desempajar casas a toda carrera; los pobres, porque yo supe después que no hubo gente rica, cargando múcuras de agua y desempajando casas. ¡Cuándo los ricos se ensucian las manos habiendo pueblo que trabaje para ellos de balde! Por último, se apagó el incendio y se obscureció otra vez el lugar, y el Magdalena ya no reflejaba las llamaradas que subían hasta las nubes unos minutos antes. El alboroto se había apaciguado, y pude oír con detención y claridad las voces de algunas gentes que

370 *Camandulear:* ostentar falsa devoción; beato.

clamaban porque se castigase a los presos. Yo, que sabía lo que es el cepo de Ambalema, cogí camino para el caney del Tachuelo, me disfracé de antioqueño, de acuerdo con el dueño, y admití el destino de matar gusanos, que es el alfabeto del cosechero.

—¡Pobre mi compadre! –dijo don Atanasio.

—«Matar gusanos al rayo del sol, porque yo no sabía ensartar hojas, ni coger, ni colgar, ni formar atados, que era lo que se practicaba en el caney, que estaba lleno de hojas ensartadas, colgadas en hilos de fique.

»La sección de despulgadores se componía de tres muchachos muy malcriados, dos mozas sumamente conversadoras y un cosechero burlón y muy engreído de su ciencia. Ninguno cabía que en mi tierra era yo el que movía las teclas por medio de la Recopilación granadina, ni yo podía revelar este secreto, y siendo mi destino el de A y B en el alfabeto del caney, aquella canalla me trataba como tratan en los trapiches a los chinos que barren las caballerizas. Una de las mozas no era maleja y ya me comenzaba a mirar; pero el cosechero me hizo su primera amonestación de esta manera:

> «Mire, *ñor* mosca, que los gusanos no están en la cara de Nicasia. Espulgue bien el tabaco o lárguese para los infiernos.
>
> »Todos me hacían burla, hasta la Nicasia; por otra parte, el peto[371] sin sal, el arroz y el cuchuco de maíz no era de lo más gustoso, y resolví volver a espulgar los bolsillos con la Recopilación granadina en lugar de las hojas del tabaco sirviéndoles de diversión a los muchachos, a las mozas y al director de la sección. Me vine para este lado, cada día más persuadido de la verdad del adagio que dice: «Cada gallo en su gallinero es rey».

—Es la verdad, compadre; lo que tiene es que el gallinero tiene un gallo nuevo.

—Pronto lo verá usted pidiendo cacao.

Era muy tarde; don Matías convidó a su compadre a que entrase a la alcoba y se acostase en la cama de las dos hijas, que estaba desocupada, quedándose los otros señores en las barbacoas de la sala; pero don Matías y su compadre entablaron nueva conversación luego que doña Nicomedes estuvo dormida.

—Ha de saber mi compadre Matías, que yo vengo con el proyecto de meterme a ermitaño en las montañas de Santa Tecla y de la Hondura, para gobernar la parroquia por debajo de cuerda, y para vengarme de Manuela y de todos los oligarcas de las haciendas, porque lo que he sufrido no es cosa que se puede olvidar, aunque lo predique el cura Jiménez; y el cura tampoco me la va a penar. Un cura metido en la política de la parroquia es como si una mujer se metiese a leer la Recopilación granadina, y peor todavía. Si Jiménez quisiera seguir la política mía, la política de mi partido, la política que desecha

---

371 *Peto:* especie de sopa que se prepara con granos de maíz enteros, cascados y sin hollejo, cocidos con leche con azúcar o panela.

a los curas, entonces se quedaría como estaba; pero como no ha de suceder esto, pronto lo haré salir de la parroquia, sumariado como un criminal, que también los hay de corona.

—Compadre, no vaya usted a caer en alguna trampa de que no lo pueda sacar ni el diablo. Mire que la suerte se nos ha puesto un poco de punta. Yo mandé unas mulitas por allá del otro lado de Río grande, y un alcalde me las ha embargado, porque no hicieron los agentes lo que les mandé. Ahora seis días, le di una paliza al peón más entendido en los escondrijos de las mulas y en los negocios de mis corresponsales, y temo las diabluras que me haga.

—Mal hecho compadre, esa paliza nos puede costar muy caro.

—¿Pero qué quiere usted? Me tenía inquieta una de mis hijas, y yo no soy tan partidario de la igualdad para mirar con frialdad y calma que un miserable me estuviera igualando a una de mis hijas con la turba de peonas mugrientas, aunque yo le favorecí a él una hermana; pero eso es muy diferente, porque yo tengo plata con que responder en todo caso.

—Sin embargo de todo, yo vengo a gobernar la parroquia por debajo de cuerda, y a vengarme a fuego y sangre de todos los hacendados.

—Eso hay que pensarlo, compadre.

—Lo tengo muy pensado. En los cuatro días de mi viaje tuve tiempo para examinar mis proyectos, y veo que no hay obstáculo ni riesgo.

—Pues quién sabe, compadre.

—¿Pero qué? ¿Los hacendados, no hacen lo que se les da la gana? ¿Don Leocadio desde su castillo feudal, como dice don Demóstenes, no gobierna con sus leyes propias doscientos arrendatarios que no obedecen a las autoridades sin tomar su parecer? ¿No defiende a los criminales y reos prófugos, porque este servicio le cuesta menos que el servicio de los hombres libres? ¿No se excusa don Leocadio del servicio público que imponen las leyes, y de los servicios privados de caminos y puentes? ¿No les prohíbe a sus arrendatarios que cumplan con el servicio personal de los caminos, por tener el gusto de que los pobres de otros sitios o partidos hagan camino para él y para sus mulas? ¿No sentencia y castiga como señor feudal? ¿Y qué le sucede a don Leocadio? ¿Qué les sucede a todos los que hacen su gusto atropellando leyes y autoridades? ¿Quién los acusa? ¿Quién los castiga? Los majaderos, los sumisos, los santos son los que la llevan perdida, o diremos más bien, los zoquetes. ¿Los intereses de los escrupulosos no van a dar a las manos de los hombres vivos y de empresa y que no se paran en pelillos? ¿Qué vamos a hacer, si esto no es sino el efecto de una constitución acomodaticia, de una legislación floja y de una política que santifica la impunidad de los delitos? ¿Qué se hace en este caso?, ¿ser víctima de los atrevidos, o ser atrevido con los atrevidos?

—Pero atienda, compadre, que las leyes de la Nueva Granada son de tira y afloja. ¿No se acuerda que a Simona y María las sembró usted en la reclusión por unas voces que tuvieron con la niña Cecilia, y que los huesos del viejo quedaron sembrados allá en el monte de Tena?

—¿Y qué?

—¿Y qué? Que usted se puede perder si los señores oligarcas toman la Recopilación granadina por el lado que no tiene espinas.

—¿Y qué? –volvió a decir don Tadeo con enfado.

—Que lo acusan a usted por cualquiera de sus chanzas y lo meten a la cárcel y lo echan al presidio.

—Es cierto que las cosas se deben pensar por todos sus cuatro costados. Tal vez me encuentran por querer imitar la quema de Ambalema; tal vez me pillan cosiendo a puñaladas al viejo Blas en el Retiro, y quizá no puedo deshacer los cargos de los testigos, que es lo más arduo que me puede suceder. Pero todo esto ¿qué significa en un país dividido en partidos políticos, que arrancan a los reos de los patíbulos, o de los presidios o de las cárceles por hacerse a partidarios? ¿En un país que después de una revolución, abre las puertas de las cárceles y abriría las de las penitenciarias, si las hubiera? Y siendo así, como lo es afortunada mente, ¿qué es lo que me puede suceder?

—Pues usted lo vea, compadre; es usted malicioso y sabe caer de pies como los gatos; pero también dice el dicho que tanto va el cántaro al agua hasta que se lo lleva el diablo.

Lo tengo muy pensado. Me meto a ermitaño y gobierno la parroquia desde los montes. Cuento con el auxilio de usted y del hermano Anastasio, de la señora Sinforiana y de don Pascualito: eso sí, que nadie más lo sepa. Mañana va usted y me trae a Cecilia y la Recopilación granadina, y me le dice al juez 2.° que si no la va conmigo, le rebullo la causa que tiene pendiente, y que se lo llevan los diablos. Tráigame papel común y sellado, tinta, plumas y una navaja. Y no hay que andar con lástimas con nadie, ni hay que pararse en pelillos para nada; que arda una que otra ramada, que se marche al infierno uno que otro de los que nos hacen estorbo, que se largue el cura Jiménez a rezar novenas a Bogotá; nada nos detenga en nuestros proyectos. Aprovechemos la anarquía general de la República, mientras viene el día en que sea gobernada por leyes fuertes.

—De veras, compadre, que los escrupulosos son los que se friegan.

Lo que usted no nos dijo, fue quien le pegó fuego a la cárcel de Ambalema.

—*A ver* que esto no ha de salir de nosotros, y mi comadre está dormida. Fue Juan Acero con una pajuela que yo tenía en mi cartera y subiéndose sobre mis hombros. Lástima de Juan Acero que se haya ido a Santana, o a Antioquía, o quien sabe adónde, y que vayan por allá y lo maten en alguna pelea; porque Juan Acero no es de los que repara en jueces, ni en Dios, ni en lágrimas de niñas inocentes, ni en tropa armada, ni en escrúpulos de ningún género: es un muchacho excelente.

A este tiempo latieron los perros, y asomándose don Matías por una ventanilla, dijo:

—¡Con todos los diablos, que nos han rodeado la casa!

Y saliendo por la puerta secreta, logró descender a la quebrada y escapar.

Era ciertamente una partida de tropa armada, que rodeó todas las casas y las ramadas; fueron apresados dos peones del trapiche, don Atanasio, *ñor* Cruz y el corresponsal de Sogamoso. Don Pascual hizo notar al jefe de la partida que él era una persona muy conocida por su honradez y fue puesto en libertad. Parte de la tropa entró a registrar toda la casa, y tomó todos los papeles que estaban en el cajón, mas no el dinero que había.

Don Tadeo salió con su traje de mujer al lado de la señora Nicomedes, y tomando una senda conocida, se internó en los bosques de la Hondura, en donde comenzó a poner en ejecución sus planes. Allí fue en donde lo halló don Demóstenes, con motivo de la cacería de cafuches.

La novedad era grande por cierto. Se consumaba la destrucción de la sociedad baratera.

El peón que se fugó de la Hondura reveló a los hacendados varios secretos muy importantes; y ellos y don Demóstenes pusieron un posta al gobernador de Bogotá, y éste mandó a la cabecera del cantón tropa armada y un visitador fiscal, el cual se impuso de algunas causas que existían en los archivos, que versaban sobre la sociedad baratera, que otros llamaban sociedad cuatrera, y procedió a embargar las mulas de varias estancias y trapiches, y a prender a algunos individuos contra los cuales había quejas repetidas. De manera que en una misma noche cayó la fuerza armada sobre varias estancias, y en el día o noche de que hablamos se recogieron en la corraleja de la Hondura las mulas de sus potreros y las de varios otros parajes, y de allí fueron conducidas a la cabecera del cantón.

Varios individuos fueron reducidos a prisión y otros se ocultaron o se retiraron a otros distritos.

En consecuencia de estos hechos, se fijaron avisos, y concurrieron de provincias muy distantes y de las limítrofes a buscar mulas que se habían perdido en distintos lugares, y en efecto se hallaron algunas. De este modo terminó el susurro de treinta años que había contra varias estancias y trapiches del cantón de que estamos hablando.

Capítulo XXIX

El archivo de don Tadeo

Serían las diez de la noche cuando llamaron a despachar en la tienda de la señora Patrocinio, y como la menos perezosa de todas las de la casa era Manuela, se levantó y abrió.

—Buenas noches, niña Manuela –le dijo *ñor* Dimas con sumo cariño.

—Así se las dé Dios, taita Dimas.

—¿Qué tal mi *señuá* Patrocinio y toda la familia?

—Regulares, taita Dimas. ¿Y mi comadre, *ñuá* Melchora y los muchachos?

—Pasaderos y pensándola muchísimo todos los días.

—¡Tanto les agradezco! ¿Y qué lo trae por aquí tan tarde de la noche?

—A ver si me fía un cuartillo de aguardiente del más bueno que tenga, porque así me lo han recetado para mis males.

—¿Por qué no? –dijo Manuela, y se volvió a los estantes para alcanzar la botella y el vaso.

—¡Aaaaah! –dijo taita Dimas, limpiándose la boca con la punta de la camiseta; Dios se lo pague a la niña Manuela.

Manuela pintó una rayita con un carbón y le dio un tabaco al montañés, y éste hablando muy quedo le hizo esta pregunta:

—¿Podremos hablar con el caballero?

—¿A estas horas, *ñor* Dimas?

—Es que lo necesito para un asunto de mucha importancia.

—¿Quiere que le avise?

—Ojalá que la niña Manuela me hiciera ese bien.

Atravesó Manuela la sala y se dirigió a la alcoba en que dormía don Demóstenes, mas al abrir la puerta, en lugar de dirigir la palabra a su huésped, se volvió bruscamente entornando la puerta con violencia. Había alcanzado a ver a su huésped escribiendo en la mesa, y una mujer, de pie junto a él: era Cecilia.

Don Demóstenes, al sentir a Manuela, había alzado la cabeza; y viendo que se volvía sin decirle una palabra, salió tras ella, la alcanzó en el corredor de la despensa y deteniéndola le dijo:

—¿Por qué te vuelves a salir?

—Porque usted tiene visita.

—Entra y la saludas.

—¿Yo? ¿A mi mortal enemiga?

—Pues has de saber que te aprecia, y hasta me ha dado avisos muy importantes para tu seguridad.

—¡Apreciarme a mí la hija de la Víbora! Es favor que usted le quiere hacer. Entre y atienda a su visita... ¡Conque así le hace usted la guerra al viejo Tadeo! –agregó con una especie de risa burlona y al mismo tiempo amarga.

—Pronto quedarás enterada de que Cecilia me ha revelado muchos secretos en tu favor. Por ahora quiero que sepas que ha venido a llevar una carta, y mientras me puse a escribirla, ha tenido que aguardar en pie, porque tú no has hecho traer la silla jesuítica que estaba incluida en el arriendo primitivo de la sala.

—Tengo muy poco interés en lo que usted me dice; era para avisarle que taita Dimas lo necesita.

—Pues entretenlo un instante mientras concluyo la carta, y cuando salga Cecilia, lo introduces. Encierra a Ayacucho para que no ladre.

Volvió don Demóstenes a su cuarto, concluyó la carta y se la entregó a Cecilia con algunas explicaciones a la voz y dándole unas cuantas monedas.

—¡Cómo siento que no le hubiera hecho Manuela la visita por culpa mía –dijo Cecilia.

—No, no era visita, sino el aviso de unas cartas de importancia.

—Puede ser; pero cuidado con el novio, que en la esquina de arriba estaba parado cuando yo me vine para la casa de usted.

—No hay cuidado, Cecilia, no hay cuidado.

—¡Adiós, don Demóstenes! ¡Que nadie sepa mi paradero! Pronto creerán que me fui para Ambalema, o que me ha matado el gamonal y me ha enterrado en el monte, y presto me olvidarán todos los de mi parroquia. ¡Adiós, adiós, don Demóstenes!

—¡Adiós, adiós! –repitió el bogotano, enternecido.

No tardó dos minutos en entrar por el lado del patio el estanciero de la montaña, y saludando a su compañero de cacería, se quitó de la espalda una mochila y se la entregó, diciéndole:

—Aquí tiene su merced todos los papelajos de *ñor* don Tadeo; pero la petaquita no se la traje, porque se la tenía citada a mi casera desde el día que cogimos los tres cafuches en la cueva.

—¡Hombre! ¿Los papeles del gamonal? ¿De veras, taita Dimas? ¿De veras?

—¿Y para qué le iba yo a mentir? Todos están aquí.

—Es un tesoro lo que me trae. Mil secretos de importancia vamos a descubrir en esta colección. ¿Y cómo descubrió el archivo?

—Fue que les dije a las caseras que yo me iba a sacar colmenas y agarré los calabazos y la hacha, y me planté primero en un puesto de la trocha de la montaña y después en otro, mirando para la copa de los árboles y de las guaduas. En éstas vi pasar a la vieja Clavija y me le fui al rastro por el lado del monte, vi que se metió por una senda, y fue a dar a la puerta de una cueva: yo me quedé atisbando.[372] No tardó ni siete credos en volver a salir, y yo me quedé firme en la parada, sin estornudar, ni hacer alboroto, porque la parada se ha de hacer como Dios lo manda. Cuando ya las antiguas comenzaban a cantar, salió de la cueva el hombre Tadeo y cogió para la estancia de Santa Tecla; entonces yo me soplé a la cueva y allí topé la petaca y junto estaba la tinta y todas las herramientas de la escribanía, y una limeta con aguardiente, que no quise tocar, no fuera algún maleficio. Por lo que es la petaca, yo la traspuse, y los papeles aquí los tiene su persona enteros y verdaderos para que se divierta con ellos; pero eso sí, cuidado con ir a meter al viejo Dimas en danza, porque ya podía contar con un runcho[373] en la barriga de las manos de esa bruja, que no por buena la llamarán la Víbora.

—Es usted el más valiente entre los denodados, y cuente con el secreto hasta la tumba –dijo don Demóstenes.

Y desdoblando un papel lo comenzó a leer, diciendo:

> Lista de los socios de la gran compañía de los Hermanos barateros de la Hondura.

—¿Usted conoce todos estos caballeros? –preguntó don Demóstenes al cazador de la montaña, despabilando la vela que casi no daba luz.

—Los que son de la parroquia, y uno que otro de la cabecera del cantón. Los otros son de tierras que yo no conozco.

—Conque don Cruz, don Matías, don Anastasio y don Pascualito, ¿qué lo parece? ¿Y don Juan Acero?

—Sí, señor, y todos los demás que reza el papel.

—De Juan Acero se me había puesto, porque tiene todas las trazas de un *matroz,* malcriado como un salvaje. Por poco tengo que pelear con él un día que iba al Retiro y le pregunté por el camino.

—Y pechugón[374] como el puro diablo. Allá se me estaba ya metiendo a sonsacarme a la niña Pía. Y para eso que se dejan creer de todo el que les dice que son bonitas, y ellas lo creían y se reían con él hasta que dije que si le seguían haciendo conversación, les metía su pela a la hija y a la mamá, y de este modo lo echaron a tizonazos, y se acabaron las visitas.

Don Demóstenes desdobló otro papel y leyó esto:

> Mi amigo don Tadeo: Mándeme con el portador los modelos para las declaraciones que se han de tomar contra don Blas, don Demóstenes y la heroína. Le aviso que los oligarcas están todos impuestos de que se halla usted en las montañas del distrito; y tenga

372 *Atisbar:* acechar, espiar.

373 *Runcho:* juguete de Madera de forma cónica provisto de una púa metálica al cual se enrolla una cuerda para lanzarlo y hacerlo bailar. Trompo.

374 *Pechugón:* descarado, sinvergüenza.

cuidado con el viejo Elías, porque si no está pasado, está muy próximo a estarlo, y tengo mis sospechas de Cecilia. ¡Cuándo era que ese filósofo que no cree en más moral que en la que resulta del principio de utilidad, no trataba de conquistar placeres, seduciendo a Cecilia, que es la mejor de todas las parroquianas! Deseo que usted no lo pase tan mal en su ermita y que mande a su afectísimo amigo que lo aprecia y lo distingue.

PASCUAL ACUÑA CIFUENTES.

Tomó en seguida otra carta y leyó lo siguiente:

Bogotá, abril 7 de 1856.

Señor Judas Tadeo Forero Gutiérrez.

Mi querido y pensado amigo: en contestación a su apreciable del 9 del pasado marzo, le digo que por lo que hace a su recomendado, no tenga usted cuidado: ya está excarcelado, que era lo que importaba, y por lo que es la sentencia, no tiene usted que afanarse. Nuestras leyes tienen toda la tolerancia que se necesita para salvar a los pobres que no saben robar por los medios legales de la gente grande.

En cuanto a candidaturas, le diré que yo votaré por el candidato del partido liberal neto, cuya presidencia es la más adaptable para el estado de civilización en que se halla nuestra república. La república verdadera es la que puede marchar con las leyes del país. ¿De qué sirve que las leyes y las constituciones vayan a la vanguardia, si los ciudadanos van a la retaguardia? De ahí vienen las eternas revoluciones, así como expondría yo a tropezones y porrazos eternos a mi hijo de cinco años, si lo hiciese correr con mis botas, mi chaqueta y mis calzones. Recuerde usted nuestro programa de la revolución de abril: un gobierno sin exageraciones. Es menester que usted se interese en que todos voten por el doctor Patrocinio Cuéllar,[375] que es el candidato del partido liberal neto.

Es menester que no se descuide usted con don Blas y don Eloy, que nos querrán ganar las elecciones con sus influencias de dueños de tierras. El programa de los conservadores es volvernos al tiempo de la colonia: inquisición, camándula y picota: ¡he aquí su programa!

Ábrale usted mucho el ojo a un tal don Demóstenes, que se ha ido por allá con el pretexto de colectar mariposas y que no lleva sino el objeto de trabajar por la elección del candidato radical, según me lo han asegurado, y de curarse la cancha.[376] Allá se estará ganando

---

375 *Patrocinio Cuéllar* (1819–1861). Político, periodista y profesor. Fue Consejero municipal, Diputado, Representante y Senador. Comenzó su carrera pública hacia 1839 en el partido de los "Ministeriales" (conservadores), pero hacia el año de 1845 era decididamente liberal. Fue Gobernador de la provincia de Bogotá (1853) y Ministro de Gobierno de José Hilario López *y* de José María Obando.

376 *Cancha:* erupción de la piel que produce escozor. Sarna.

> a los estancieros con ofrecerles la repartición de las tierras de los hacendados, y con decirles que la propiedad es robo.

—¡Así, desacreditándonos es imposible! –dijo don Demóstenes poniendo la carta encima de la mesa.

—Sí, señor –contestó *ñor* Dimas–; porque un *desacrédito* es lo más malo que puede haber en la vida.

—Así nos las ganan los conservadores, continuó diciendo don Demóstenes.

Atravesó la sala, paseándose, y luego se volvió a sentar, para seguir con la lectura.

> Usted sabe cuánto trabajo nos costó introducir en la legislación de elecciones la cláusula de los transeúntes. Haga usted que entren en la urna electoral unas doscientas boletas de transeúntes, aunque por los caminos de esa parroquia nunca pasan sino las manadas de los cafuches. En fin, mucho celo y mucho cuidado. Usted es un patriota excelente, y no ha de querer que la República se pierda por falta de decisión. Entre tanto mande usted a su más afecto amigo, q. b. s. m.
> Arístides Sánchez.

—¡Hay que trabajar! –exclamó don Demóstenes– ¿Usted por quién piensa votar, ciudadano Dimas?

—Yo estoy *péndulo* entre mi amo don Blas y la niña Manuela.

—¿Cómo es eso, taita Dimas?

—Pues muy bien; porque si voto por la niña Manuela, se me puede enojar mi amo don Blas; y si voto por mi amo don Blas, entonces no me querrá fiar la niña Manuela el anisado, que es el mejor de todos, porque es de contrabando, y a mí me lo mide muy bien medido y me da tabaco. Bien es que hasta la presente mi amo don Blas no ha echado a ninguno de la tierra por este cuento de las elecciones, como lo han hecho en otras partes.

—Entonces usted debe votar por la niña Manuela.

—Así lo haremos, mi amo don Demóstenes.

—Pero mire usted, taita Dimas: no es por la niña Manuela por la que va usted a votar; es por el doctor Manuel Murillo Toro,[377] que es instruido y representa las ideas del partido radical.

—No lo conozco, mi amo don Demóstenes, ni tampoco sé qué será eso de radical.

—El partido liberal genuino es el que se llama radical. ¿Usted no es liberal?

—Mucho, mi amo don Demóstenes, porque yo no quiero que se acabe la religión, ni que nos manden los congresos, que dicen que son los que nos tienen en la miseria y en las guerras de todos los días. A un hijo me lo ma-

377 *Manuel Murillo Toro* (1816–1880): político liberal y escritor; fue promotor del llamado liberalismo radical y fundador del *Diario Oficial*. Fue elegido Presidente del Estado Soberano de Santander (1857–1859) y dos veces fue posteriormente Presidente de los Estados Unidos de Colombia (1864–1866; 1872–1874).

taron en la revolución pasada, y si los españoles no nos vuelven a gobernar, ¡quién sabe en qué parará esto!

Don Demóstenes se quedó mirando al ciudadano, a ver si descubría los indicios de la chanza y de la malicia; pero viendo que se quedó muy serio, formó su juicio sobre sus ideas políticas y se reservó para otro día la obra de ilustrarlo. Tomó otro papel en la mano, y leyó:

Señor Arzobispo de la metrópoli...

—Pero yo no oigo más leyendas de papeles, dijo el ínclito[378] ciudadano.

Y se fue despidiendo de su amo Demóstenes y poniéndose las quimbas, que se había quitado para entrar.

—Amigo –le dijo el bogotano, usted ha hecho una conquista soberbia, porque el archivo de don Tadeo es una colección de documentos muy curiosos para la historia de la parroquia; yo le quedo a usted muy agradecido y le regalo estos dos fuertes para que compre una buena hacha para su trabajo.

—Dios se lo pague, mi amo y le dé la gloria y le dé más.

—¿Más que la gloria?

—No, no mi amo: más que dar a los pobres; porque su merced no es como otros, que hablan de lástimas de los pobres, se sirven de ellos y no les alargan un chicote;[379] y adiós, mi amo, hasta que nos vaya a ver a la montaña.

Siguió don Demóstenes la lectura del papel que tenía en la mano:

> Nosotros los firmados, que componemos la mayoría de los vecinos de este distrito, sentimos mucho tener que molestar la atención de V.S. I.; pero nos es indispensable elevar nuestras quejas al padre de los fieles para evitar males de mayor trascendencia. Es el caso, I. S., que los escándalos del señor cura Jiménez han llegado a un punto que no se pueden mirar con descuido, porque ofenden a la moral, a la sagrada religión católica que adoramos y profesamos, y a la soberanía de la Nueva Granada, con la subversión de todos los derechos y de todas las leyes políticas y civiles. Este ministro del Evangelio, contradiciendo lo que predica en el púlpito acerca de la pureza y castidad, es el más escandaloso de todos los vecinos en su trato familiar y doméstico, y a los pobres los hace sufrir todo el peso de su codicia, después de predicar contra los ricos de la parroquia. Pero hay otro crimen de mayor gravedad, de que pedimos pronto castigo, por los malos resultados que pudiera causar y es, el de meterse el presbítero Jiménez en los negocios de la política: hay un hecho, entre otros mil, que recomendamos a la sabiduría y discreción de S. S. I., y es el de haber asistido y tomado la palabra en una junta secreta que los hacendados convocaron en la hacienda del Retiro para echar abajo el gobierno. Los documentos en que se

378 *Ínclito*: ilustre.

379 *Chicote:* extremo que queda del cigarro o cigarrillo que se ha fumado.

funda nuestra justa y humilde acusación van adjuntos, y terminamos pidiendo que se sirva S.S.I. en méritos de justicia, quitar de cura de esta parroquia al presbítero Jiménez, lo más pronto que fuere posible.

—¡Qué infamia la de este gamonal! –exclamó don Demóstenes, porque no pudo contener los arrebatos de su ira–. Curas infames y malvados habrá, yo no me atrevo a negarlo, curas borrachos, jugadores, licenciosos y avaros; pero el doctor Jiménez es un misionero que ilustra su pueblo, y lo alivia y lo socorre, que tolera las opiniones de los que no son católicos, y que saca partido de todo para el bien de la sociedad. El archivo de don Tadeo me está haciendo conocer las sombras y los misterios que cubren la existencia de un gamonal. Veamos lo que sigue.

Señor don Tadeo Forero. Junio... de 1856.

Mi apreciado amigo: le pongo esta carta para avisarle que por la vía gatense no tenemos esperanza de sacarlo a usted con bien, porque el cachaco Demóstenes parece que también entiende la estrategia de la Recopilación granadina, y nos ha puesto las cosas en un estado sumamente crítico; pero hemos acordado un plan para salvarlo, que le comunico a usted para que esté listo. Esta carta va por duplicado para mayor seguridad. Ocho reales he tenido que gastar para vencer el patriotismo del alcaide, que le entregará uno de los ejemplares. El plan es éste:

A las tres de la mañana saltará un pelotón de gente la guardia a la voz de ¡viva la libertad! ¡Mueran los conservadores y los gólgotas! Y usted y Juan Acero saldrán de la cárcel a incorporarse con la partida, la cual se compondrá de las personas siguientes: don Matías, con todos sus peones y arrendatarios, don Anastasio, *ñor* Pascasio y don Pacho.

En seguida nos haremos al archivo y a los pocos reales de la tesorería, y lo proclamaremos alcalde a usted, juez al que estaba antes, que es el juez constitucional; y de presidente del cabildo pondremos al modesto Juan Acero.

Pasaremos a la posada del libertador, y lo montaremos en angarillas en el burro carguero de la vieja Patrocinio, con la cola vuelta para atrás y lo pondremos a unas ocho cuadras de distancia de la parroquia, con una coroza, en la cual se leerá este letrero: «El que se mete a redentor muere crucificado».

Si los aristócratas nos atacan, haremos resistencia y luego les pondremos en revolución todo el distrito, y les expropiamos las mulas y los fondos como hicimos el año de 54, para lo cual contamos con la revolución que debe estallar contra el gobierno del 4 de diciembre, y entonces quedaremos libres de todo cargo. El derecho de insurrección que proclamó el Estado del Socorro el año de 40, es un derecho que vale todos los años, y es justamente el núcleo de la felicidad de los pueblos de Nueva Granada.

Pero si por casualidad el pronunciamiento no saliere bien, usted y el ínclito Juan Acero se irán a la ciudad de Ambalema, adonde les llegarán las noticias posteriores, entre tanto que la revolución general estalla en toda la república para echar abajo al doctor Mallarino, que no debe mandar porque no es militar ni hace todo el ruido que debe hacer un presidente.

Mañana será usted libre, y la bandera de la libertad estará tremolada en todas las cuatro esquinas de la plaza, y los tiranos oligarcas de las haciendas y el tiranuelo gólgota de la parroquia ya no mandarán sobre nosotros. La enseña de esta revolución será: «Arriba los descalzos, abajo los calzados».

La divina Providencia ha de querer secundar nuestras buenas intenciones y la justicia de nuestra causa.

Dios y libertad. Su afectísimo amigo y copartidario,

PASCUAL ACUÑA.

Después de esta carta pasó don Demóstenes a leer la siguiente:

Bogotá, mayo 1° de 1856

Señor don Tadeo Forero.

Mi apreciado señor y amigo: yo nunca olvidaré todo lo que usted me favoreció ahora ha dos años que estuve en ésa, y que usted, su señora y su entenada me cuidaron tanto; y si no les había vuelto a escribir ni a mandar recado ninguno desde que me vine, no había consistido sino en mis grandes ocupaciones, y en que no había encontrado a ninguno de por allá, hasta ahora que se me ha proporcionado un conducto seguro cual es la persona del cazador Elías, a quien encontré en la plaza vendiendo plátanos y cueros de cafuche y de oso.

Después de saludarlo, me tomo la confianza de interesarme con usted, a fin de que las elecciones de esa parroquia para la presidencia de la República, se hagan de manera que nos salga un presidente que nos dé todas las garantías de estabilidad y paz que hacen la dicha de las naciones, un presidente que asegure el orden, la propiedad, la familia, la libertad de creencias, para que no se desmorone el orden social en la confragración de la anarquía que amenaza en todos los ramos de la administración y en todas ideas, privadas y públicas. Un presidente que le garantice a los pueblos las creencias y el culto que sea más de su gusto, sin ingerirse en las prácticas religiosas de los individuos; un presidente que no tenga ínfulas de virrey, conquistador, o encomendero; un presidente que no sea de chafarote,[380] para que los pueblos vean de una vez si quieren ser gobernados por el terror de las bayonetas, o por la dirección modesta de un republicano de casaca negra.

Le hablo a usted con esta confianza, porque me acuerdo de que usted me dijo que aunque había trabajado en favor de la revolución del año de 54 ya se estaba inclinando al partido conservador neto, y espero que nos ayudará con eficacia, de acuerdo con los demás conservadores del distrito, que son en gran número, y tienen de su parte a los dueños de trapiches, lo que tiene es que son ricos, y la riqueza les hace estorbo para trabajar por su partido, porque usted lo habrá notado, que los conservadores ricos, con cortas excepciones, son más hostiles a nuestro partido que los mismos liberales; así es que lo mejor será no contar con ellos.

Es menester que no se dejen alucinar los conservadores de por allá con la segunda candidatura conservadora, que llaman nacional, o de los ferrocarriles, que no tiene objeto, y nos puede hacer bastante perjuicio por la división. Yo le hablo a usted francamente, que no sé qué programa es el que ofrecen estos hombres; porque yo creo nacionales todas las cuatro candidaturas, y en cuanto a ferrocarriles, no creo que la Nueva Granada, con millón y medio de rentas anuales, pueda hacer ni un puente de cal y canto como los que hacían los virreyes; ni creo que tenga uso un ferrocarril en la Nueva Granada, sino cuando tenga población y tenga industria, y paz sobre todo.

Ojalá que usted compre los folletos y los periódicos relativos a las candidaturas, para que se imponga sobre esta interesante cuestión, pues aquí está esto lleno de papeles elogiando cada cual a su candidato y vituperando a los otros. Haga usted todo lo posible, y no espere remuneración de los hombres. La tranquilidad de la conciencia es el mejor premio para los hombres de bien. Salvemos la familia, la moral y la propiedad de las garras del socialismo, que amenaza destruirlo todo.

Soy de usted, afectísimo servidor y amigo,

Juan De Dios Aguirre.

A la lectura de esta carta se siguió otra, acerca del mismo asunto, pero en un sentido diametralmente opuesto, y decía lo siguiente:

Bogotá, 13 de abril de 1856.

Señor Judas Tadeo Forero.

Muy apreciado y distinguido señor: A nombre de una junta privada eleccionaria me dirijo a usted, conociendo las ideas de progreso que

380 *Chafarote:* militar de alto rango, pero ignorante, grosero e inculto.

siempre lo han distinguido, para que usted nos ayude a trabajar en la lid eleccionaria que se agita en favor del gran partido radical. Usted bien conoce que la rémora[381] del progreso material e intelectual en esta república, que marcha a la vanguardia, ha consistido en las influencias de sacristía y en la oposición sistematizada de los oligarcas, y en particular en los efectos letales conque abate y anonada los espíritus débiles la hidra de la teocracia, que ha sido siempre la peste de las naciones incipientes. Usted sabe que para ser buen liberal es necesario ser protestante; usted sabe que el centralismo y la república a medias, es la guarida de los retrógrados, de los inquisidores y de los fanáticos en general; de consiguiente yo no tengo que esforzarme demasiado para persuadir a usted de que hay que trabajar sin descanso, sin reparos, sin temor de ninguna clase, por la candidatura radical, única que puede salvar el país de las letales influencias del catolicismo y elevarlo a la cúspide de las naciones más civilizadas del mundo.

Le incluyo el programa de la presidencia radical tomando de las publicaciones de la prensa liberal y de los discursos del congreso y de las sociedades y asambleas patrióticas y le incluyo algunos impresos para que usted los haga circular en todo ese distrito, sin omitir diligencia ni arbitrio: que lean y oigan leer en el cabildo, en las calles y la plaza, en las ventas y figones, en los trapiches y las estancias más retiradas. Le remito ocho números de «El Tiempo» que no le costarán a usted nada, y puede ocurrir al correo de la cabecera del cantón por los números venideros y las hojas sueltas que se publiquen. Por último, no me resta sino decir a usted a nombre de esta sociedad parcial de elecciones que usted no perderá sus pasos ni sus gastos en la empresa, porque la administración radical le dará la colocación más honrosa y útil de ese distrito, porque los ciudadanos que trabajan con decisión en la noble causa de los adelantos sociales, deben tener su premio de la sociedad a que sirven.

Quedo de usted su más atento y obsecuente servidor,

Pigmalión Vega Torres.

Después de esta lectura recogió los papeles don Demóstenes y repletó con ellos los cuatro bolsillos de la levita, los dos de los calzones, y se preparó para ir a visitar al cura y comunicarle las noticias del archivo privado de don Tadeo a tiempo que lo saludó su compañero, amigo y fiel guarda de la casa, el muy apreciable Ayacucho, que fue puesto en libertad por Manuela. Después de darle la orden a su fiel portero para que se echase en el corredor, tomó la calle don Demóstenes, se encontró al cura leyendo un libro de botánica y le participó la noticia de los papeles adquiridos en la cueva del gamonal ermitaño.

381 *Rémora:* cualquier cosa que dificulta una acción; lastre.

El prudente cura se sobrecogió de temor previendo todos los secretos que se irían a descubrir entre los papeles del gamonal.

Y usted tiene aquí su parte –le dijo al cura don Demóstenes, descargando bolsillos y echando papeles sobre la mesa, y sacando la representación de los vecinos al señor Arzobispo, se la dio al cura, quien se puso a leerla con mucho cuidado. A este tiempo llegaron don Cosme y don Blas, que venían del Gualanday, de visitar una familia recién llegada.

Los recién venidos se informaron de la adquisición de los papeles, y el cura le mostró a don Blas las firmas a ruego de todos sus arrendatarios, los cuales pedían que lo destituyesen del destino.

—Yo tenía noticia de estas firmas –dijo don Blas–, porque mis arrendatarios estuvieron asistiendo a la parroquia hace ocho días; pero uno de ellos me dijo que le habían pedido su firma para dar una manifestación muy honrosa en favor del cura, por su buen comportamiento y por su decidida obediencia a las autoridades locales. Vea usted cómo juega don Tadeo con el pueblo, con los hombres honrados y con el arzobispo, y cómo despoja de su honra al ciudadano que mejor cumple con sus deberes.

—Es seguro que la representación está en poder del señor arzobispo, que a mí me hacen ir a Bogotá y que esto me va a perjudicar infinitamente, porque su señoría ilustrísima, no tiene noticias de quien es don Tadeo.

—Mañana mandaremos un peón con los informes de todos los hacendados, para que el señor arzobispo no se preocupe –dijo don Blas–; eso corre de nuestra cuenta.

—Mil gracias, señor don Blas. Usted ve lo que yo perdería al caer en descrédito para con el señor arzobispo, y para con la gente de Bogotá que llegue a saber estas cosas. Y que estoy temiendo que allá coja algún curioso la representación y la publique por la imprenta.

—No tenga usted cuidado, señor cura: mañana mando el peón con las cartas a las siete de la mañana.

El cura leyó en presencia de don Demóstenes y de los dos hacendados los principales documentos del archivo de don Tadeo, y entre ellos la carta siguiente, que don Demóstenes no había desdoblado:

> Distrito de ***, mayo 7 de 1856.
> Mi apreciable amigo don Tadeo: acabo de recibir una carta de don Francisco, en la cual me dice que él no piensa meterse en asuntos de elecciones este año, porque la patria y los gamonales de la corte le han correspondido como él no lo esperaba a causa de que después de haberse llenado de entusiasmo por las doctrinas sociales el año de 54 merced a los discursos de los ultraliberales, había sufrido un balazo en un costado, de parte de los mismos tribunos y de los tiranos llamados constitucionales en el día 4 de diciembre, y después había sido condenado con otros varios artesanos al presidio de

Panamá, a tiempo que los jefes y motores de la revolución habían sido indultados, o auxiliados, o condenados por mero cumplimiento a vivir unos días en los lugares más cómodos de la República.
Esto se lo digo, porque usted estaba muy confiado en lo que trabajaría don Pacho para la elección del candidato del partido liberal neto, que es el doctor Patrocinio Cuéllar; y le agrego a usted que Manuela Valdivia, la hija de la vieja Patrocinio Soto, se está ganando los electores con sus tragos, sus miradas y sus caricias, a tiempo que nosotros estamos enteramente descuidados. Escríbame lo que haya sobre esto.
También le digo que he recibido una carta del señor Pausanias Aranda, en la cual me dice que debemos unir los votos del gran partido liberal neto a los votos del gran partido liberal radical, porque la división nos puede ocasionar la pérdida de las elecciones de los dos grandes partidos.
Todo esto se lo participo para que usted me diga si los liberales netos nos ponemos bajo las órdenes de Manuela en el asunto de las elecciones, o si combatimos la candidatura de Manuela.
Deseo no tenga novedad y que disponga del afecto de su amigo.
N. DE N.

—¡Manuela metida en las elecciones! era lo único que nos faltaba –exclamó el doctor Jiménez.

—Y con esperanzas de triunfo –dijo don Cosme–, si el partido tadeísta se le une, como lo anuncia la carta de ese señor. ¡Qué contrastes los de la política de esta parroquia, Dios eterno!

—Y de todas –dijo don Blas–; porque así anda toda la república. Pero el retrato de esta parroquia, sacado al daguerrotipo, es el archivo de don Tadeo. Ahí están todas la facciones políticas y religiosas, ahí está la civilización, ahí está la marcha progresiva de la república.

Don Demóstenes mientras tanto estaba acabando de pasar revista a todos los papeles, y de repente dio un grito, diciendo:

—¡Ah, infame! ¡Ah, malvado!

—¿Qué es? ¿Qué es? –exclamaron los otros señores.

—¡Qué ha de ser, sino que en estos últimos correos no me ha llegado sino una carta de Bogotá, a lo sumo, en cada correo, cosa que yo extrañaba mucho, y aquí encuentro un paquete de cartas para mí, todas de distintas fechas y todas violadas por ese bribón de don Tadeo!

—¿Y son cartas de importancia?

—De tal importancia, que si cogiera ahora a ese gamonal infame, lo había de estrangular con mis propias manos, y le había de sacar los ojos que se atrevieron a leer las cartas de Celia.

—¿Hay el nombre de alguna señorita de por medio?

—Sí, señores, y no es un secreto que me deshonre, aunque sí hubiera querido que no se supiese sino por mi boca y la voluntad mía. Estoy comprometido con una señorita muy respetable por su posición y su mérito. Al venirme, tuve una ligera disputa con ella, por opiniones religiosas, y la primera carta que recibí de ella en la parroquia me disgustó bastante; pero la ausencia, la meditación y las juiciosas reflexiones que me hizo cierta persona a quien estimo mucho, me volvieron al buen camino, y escribí buscando con tanto respeto como afecto una reconciliación. No recibí respuesta ninguna; este silencio, al paso que aquilataba el valor del bien que había perdido, me causaba la pena que ustedes pueden figurarse. ¡Y ahora me encuentro con que esas penas se las debo al señor don Tadeo, que se tomaba la molestia de mandar a la cabecera del cantón por mis cartas para leerlas muy a sus anchas en su cueva!

—¡La libertad, señor don Demóstenes! ¡Es que aquí hay libertad hasta para sacar las cartas ajenas!

—¡Qué libertad ni qué pan caliente! Esto no es uso de la santa libertad, sino una cosa que en los Estados Unidos, la república modelo, tiene por recompensa una celdita en la penitenciaría. Voy a escribir ahora mismo a Bogotá, avisando este robo, para que no extrañen mi silencio en estas semanas que han pasado.

Diciendo esto, se levantó don Demóstenes para despedirse, y con él los otros dos señores; pero el cura les dijo:

—No los detengo a ustedes, señor don Blas y señor don Cosme, porque ustedes viven lejos, y no es prudente andar muy tarde de la noche por esos caminos solitarios; pero usted, señor don Demóstenes, que vive cerca sí se aguardará un rato a acompañarme.

—Dispénseme usted, señor cura; pero me urge ir a escribir para Bogotá.

—Tiene tiempo de sobra; y además tengo urgencia de hablarle sobre cierto asunto muy importante.

—Siendo así, me esperaré, señor cura.

Se despidieron los dos hacendados, y don Demóstenes volvió a tomar su asiento al lado del cura.

Capítulo XXX

Don Demóstenes

Luego que estuvieron solos don Demóstenes y el cura, le dijo éste:

—Usted tuvo la atención de venir a comunicarme ese ignominioso documento de Tadeo, para que yo tomara mis medidas a fin de salvar mi reputación. En gratitud por su bondad, separé esta carta a tiempo que estábamos leyendo en voz alta todos los demás papeles, porque me parece que usted la debe leer a solas.

Don Demóstenes tomó la carta, vio que la firmaba don Matías Urquijo, y que decía así:

> La Hondura, junio de 1856.
> Mi estimulado compadre: La vieja Claudia me entregó la favorecida de usted fecha de ayer, y con ella le contesto sin pérdida de tiempo. El plan de usted me parece magnífico. Las cartas de la señorita Celia a don Demóstenes, que me remite, son como usted dice muy bien, documentos preciosos porque prueban la intolerancia de ese feroz verdugo del pueblo. No deje de ver cómo se hace llegar a oídos de esa señora que don Demóstenes vive en esta parroquia entregado a toda clase de libertinaje. Creo que valiéndose de don N. se pudiera conseguir este objeto, y el de desbaratarle el casamiento. Yo he averiguado ya quién es esa señora, y sé que es hija de un hacendado muy rico de la Sabana. No hay que dejarlo casar, porque una vez que esté rico puede hacer más daño a la causa de la libertad. En cambio de su plan le comunico este otro: la vieja Víbora ha averiguado que Dámaso estaba celoso de don Demóstenes, como lo estuvo Celestino, el novio de Rosa de Malabrigo. Es menester apurarle los celos a ese majadero, a ver si por medio de él salimos de ese aristócrata. En lo que sí nos pelamos fue en haber seguido la causa de Manuela con José Fitatá; es lástima de todas esas declaraciones perdidas, porque si en lugar del indio ponemos el nombre del ca-

chaco, la cosa ya estaba hecha. Mire que el viejo Dimas y el viejo Elías son manuelistas: no se fíe de ellos, ni se deje ver de ese par de bribones, a quienes tenemos que echar a un presidio apenas salgamos del cachaco.
Reciba muchas memorias de su comadre y todos los de esta casa, y ocupe con satisfacción a su afectísimo compadre que verlo desea.
MATÍAS URQUIJO.

—¡Oh, éste es el colmo de la maldad! –exclamó don Demóstenes, levantándose lleno de rabia–. ¿Qué dice usted de esto, señor cura?

—¿Qué he de decir, don Demóstenes! Muy mala idea he tenido de esa gente desde hace tiempo y por muchos motivos.

—Puesto que quieren matar a pesadumbres a Manuela, como mataron a Rosa, mi deber es alejarme para quitarles pretextos. Me voy mañana para Bogotá, señor cura. ¿Qué le parece a usted?

—Mucho sentiré su ausencia; pero no puedo menos que aprobarle esa determinación. Si en principios políticos no estamos acordes, sé, desde que lo conocí, que en principios de honradez y de delicadeza, sí, somos copartidarios. Hace usted muy bien en irse.

—Pues prepare sus órdenes, porque mañana vendré a caballo a recibirlas.

—Mis órdenes como usted las llama, o mi súplica como yo la llamaré es muy sencilla. Usted ha hecho en la parroquia un estudio más provechoso que el que hizo en los Estados Unidos. Allá vio usted cómo *es* un pueblo extraño; aquí ha visto como *es* nuestro pueblo. Allá vio usted qué civilización se debe imitar; pero aquí ha visto qué vicios hay que corregir. Estoy seguro de que si va usted al congreso, no se acordará al legislar, de lo que vio allá, sino de lo que existe aquí. Mi súplica, pues, consiste en que no se olvide usted de la vida de la parroquia. Y a pesar de que sus principios religiosos no favorecen al clero, le ruego que recuerde que en una de estas parroquias, no hay más obstáculo para la barbarie que un funcionario moralizador en sus funciones, aunque sea malo en sus ejemplos, que se llama el cura. Usted me ha visto a mí lleno de defectos y de ignorancia, predicarles una moral que tal vez no comprendo, pero que tiende a plantear entre selvas habitadas por hombres semisalvajes lo que usted busca por otros caminos, que no lo llevarán adonde usted quiere, esto es, a *la república cristiana.* Acuérdese usted cuando ataque al clero, de que los curas somos a los liberales de buena fe más útiles de lo que se figuran, y menos aborrecibles de lo que nos creen...

—Señor cura, si todos los párrocos de la Nueva Granada fueran como usted, nosotros formaríamos un tratado de alianza con ustedes, que no tendría más objeto que llegar muy pronto a las apacibles regiones de la libertad. Lo que tiene es que nos faltaría un estandarte común que simbolizara nuestra alianza y la pureza de nuestras miras.

—Se equivoca usted, don Demóstenes: el estandarte existe, y aquí lo tiene usted –dijo el cura levantándose y señalando un crucifijo; ahí tiene ese que usted llama el Cristo y a quien califica, de una manera tan irreverente como ingrata, de hombre ilustre, el que nosotros llamamos nuestro Señor Jesucristo y adoramos como Dios único.

—A mi vez le diré también que se equivoca, porque yo igualmente adoro como Dios a ese modelo de los hombres, a ese Dios de mi madre, ese Dios de mi corazón –dijo don Demóstenes descubriéndose la cabeza y saludando elegantemente al crucifijo.

—No esperaba menos de usted –dijo el cura con voz conmovida y estrechando en sus brazos a don Demóstenes. Puede usted tratarme como a su esclavo, puesto que reconoce en mi divino maestro a nuestro Dios.

—¡Oh! Para Jesucristo no debe tener la humanidad sino altares de oro en que sacrifique corazones puros. De Jesucristo no nos aleja sino la Curia romana, esa cueva de supersticiones.

—¿Cómo, señor don Demóstenes –dijo el cura, limpiándose disimuladamente los ojos–, va usted a reñir por tan poco con el sublime y divino Redentor? ¿No se alió usted, con los conservadores el año 54, a pesar de que los impugna y los cree malos, porque ellos y usted peleaban en favor de le constitución de 53? Figúrese usted que la respetable Curia romana no es solamente una cueva de supersticiones, sino una caverna de bandidos; ¿pero no pelea ella por la ley del Gólgota como usted? ¿Por qué no fraterniza con nosotros y duerme en nuestro campamento como durmió en la tienda del general Ortega, en las llanuras de Bosa, la víspera de la batalla?

—Porque nos sucedería con ustedes, lo que nos sucedió con el general Ortega y los demás conservadores, al día siguiente del triunfo del 4 de diciembre; apenas conseguimos la victoria nos dividimos en principios, aunque durante la lucha habíamos vivido como hermanos.

—Pues viva con nosotros durante la lucha de Cristo y sus adoradores contra el mal, contra el mundo corrompido; y como nuestro 4 de diciembre será cuando se concluya el mundo, ya no habrá tiempo de dividirnos, porque la eternidad nos dará un solo programa: ¡Adorar a Dios en su presencia!

—Es usted el más peligroso de los contrarios –dijo don Demóstenes disimulando su emoción con un abrazo de despedida–. Hasta mañana, señor cura.

Un momento después estaba el párroco a los pies de su crucifijo pidiéndole con gran fervor algo que no se le oía bien; y don Demóstenes en su posada, se mecía en su hamaca, apoyándose en el bastón. Estaba meditando y desvelado, aunque eran ya las diez de la noche. Manuela entró del interior de la casa a la sala, trayendo una vela en la mano, y dijo a su huésped, sentándose en la silla jesuítica qué estaba cerca de la hamaca:

—Lo esperaba, don Demóstenes, para darle una gran noticia.

—Veamos esa gran noticia.

—Esta noche apenitas se fue usted, vino Dámaso. ¿No se lo encontró por la calle?

—No –contestó sobresaltado don Demóstenes–; ¿y a qué vino?

—No sea tan... ¿A qué había de venir?... –contestó con los ojos Manuela; pero con la boca le dijo–: vino a hablar con mi mamá y conmigo sobre...

—¿Sobre qué? –dijo aún más sobresaltado el bogotano.

—Sobre el casamiento –contestó Manuela ruborizada.

—¿Y qué hablaron sobre el casamiento?

—Vino a que señaláramos el día.

—¿Y lo fijaron?

—Sí: el 20 de julio.

—¡Aniversario de la independencia! –dijo riéndose don Demóstenes.

—Día de mi señora santa Librada.

—Pues me alegro de la noticia, porque tú crees que vas a encontrar la felicidad, y tu felicidad me es grata como si fuera la mía.

—Gracias, don Demóstenes. Prepare, pues, sus pies para el baile.

—¡Oh, Manuela! En ninguna fiesta bailaría con más gusto. Tengo por Dámaso mucho cariño, porque sé que es honrado y muy trabajador, y que te adora; tengo por ti un cariño tan grande como si fueras mi hermana, por tus nobles cualidades y tus gracias. Hay en ti una mezcla de candor y malicia que mantiene en perpetuo éxtasis a tus... amigos. Tienes el abandono y la inocencia de una niña junto con la dignidad de una reina. ¡Muy malo ha de ser el hombre que te irrespete, Manuela!

—Muchas gracias por sus favores, don Demóstenes; y que no se vaya de aquí en muchos años.

—Es el caso, y te lo iba a decir, que desgraciadamente tengo que irme... mañana.

—¡Mañana! ¿Cómo es eso de mañana?

—Como lo oyes.

—¿Y a qué se debe ese viaje precipitado? dijo Manuela demudada y triste.

—¿Sabes a qué vino *taita* Dimas?

—No.

—Pues te lo diré en reserva: vino a traerme el archivo del viejo Tadeo, que le cogió en la montaña.

—¿Y qué tiene que ver el archivo de don Tadeo con su viaje?

—Encontré en él todas las cartas que me han dirigido de Bogotá en este mes, que el maldito viejo había sacado del correo. En esas cartas hay unas sumamente importantes para mí; si antes las hubiera recibido, antes me hubiera ido –añadió con profunda intención.

—¿Pero qué es lo que le dicen de Bogotá, para hacerlo ir tan de prisa? ¿Hay alguna novedad?

—No, Manuela. Nos hemos reconciliado Celia y yo; ella se confesará cuando quiera, y no me tomaré otra libertad en ese punto que la de saber si el confesor es un hombre de moral austera y de vida ejemplar.

—Me alegro tanto como usted no se lo puede figurar, que mucho me afligía que usted no fuese tolerante y que perdiera un casamiento tan bueno.

—Pues ya ves que es menester que me vaya.

—Pero no tan pronto.

—Mañana mismo, Manuela.

—Entonces será que además de esas noticias, le hemos ofendido en algo –dijo Manuela, inclinando la cabeza sobre su brazo, y ocultando su cara, que estaba llorosa.

La posición de don Demóstenes era verdaderamente crítica. Estaba sentado en su hamaca, y tenía al frente a Manuela, sentada en la silla. El negro y abundante pelo de Manuela bajaba en trenzas deshechas sobre sus hombros, su brazo tornátil estaba doblado y recibía en la palma de la mano su cabeza. El semblante descolorido por la pena, y los ojos cerrados por el llanto aumentaban el atractivo de su fisonomía, y su talle esbelto, doblado en ese momento, y sus diminutos pies que asomaban bajo el traje, posados sobre el suelo polvoroso, completaban el encanto. Aquella tristeza por la partida impresionaba profundamente a don Demóstenes; y al ver así tan hermosa y tan triste a su linda casera, se preguntó a sí mismo, sin atreverse a contestarse, si lo que sentía por ella su corazón no era un amor profundo...

Pero al mismo tiempo se acordaba de Dámaso, que cifraba toda la felicidad de su modesta vida en la posesión de aquella mujer que le había costado ya tantas persecuciones, y se dijo: es preciso partir.

—No, Manuela –dijo tras un largo espacio de doloroso silencio–; en nada me han ofendido ustedes, y tú mucho menos, pero te repito, la urgencia que tengo de irme es muy grande, tan grande como el afecto que te profeso, y que te juro que durará tanto como mi vida.

Manuela sollozaba en silencio; don Demóstenes siguió hablándole, y al fin logró arrancarle una sonrisa, que aunque triste, era precursora de la resignación. Al fin se levantó Manuela, después de haber comprometido a su huésped a que, puesto que la sentencia de partir al día siguiente era inapelable, por lo menos no partiera hasta por la tarde, para tener tiempo de prevenirle el fiambre para el camino.

Al día siguiente, a las tres de la tarde, después de haberse despedido de todos sus amigos de la parroquia, dio el último adiós a sus amigos de la casa. Se despidió con un abrazo del cura, que vino a verlo montar; del honrado Dámaso, que le repitió sus protestas de gratitud; de doña Patrocinio y de Pachita, que lloraban de pena, y el último abrazo lo guardó para Manuela, que estaba reclinada en la puerta, envuelta en el pañalón. Al estrecharla, sintió el corazón candoroso de la joven que golpeaba bajo los encajes de su camisa, y ella pudo haber notado, si no estuviera tan triste, que el corazón de su huésped estaba también muy agitado.

A las cuatro de la tarde pasó por la estancia de Malabrigo, cuya vista le arrancó un ¡ay! de dolor; al día siguiente se desmontó en su casa de Bogotá, y escribió con el peón que regresaba a la parroquia una cartica a Manuela, deseándole que su matrimonio se verificara pronto y fuera dichoso.

Ayacucho y José también acompañaron unas cuadras al peón y probablemente le encargarían algunas memorias para sus amigos, aunque Ayacucho no lo hizo de palabra, pero sí lo dio a entender con los ojos.

Capítulo XXXI

Manuela

Todo estaba en movimiento en la casa de Manuela, el día 19 de julio de 1856. El horno, los fogones y la mesa grande estaban en servicio activo. Había novios, y era ocasión de echar la casa por la ventana, según la usanza de la colonia, conservada entre los parroquianos y los estancieros del centro de la Nueva Granada.

La estancia del Botundo estaba mucho más alborotada aún, porque Melchora también estaba de novia, y este suceso era una completa revolución en la montaña, tanto más cuanto que los dos casamientos debían celebrarse en un mismo día. El cura se gozaba en la conquista de este último matrimonio, como se gozaría el misionero que volviese a someter a los infieles de un pueblo de la Goajira, porque los contrayentes se habían resistido por muchos años a los sermones y a los consejos evangélico, del cura, y aun a los mandatos del dueño de tierras; aunque, a la verdad, Melchora y Dimas no eran los únicos que estaban casados temporalmente, o casados por el doctor Montes, como decían en la parroquia.

Seguramente el lector recordará que el día en que don Demóstenes fue a la casa del ciudadano Dimas, fue informado por el cura de las malas consecuencias que los matrimonios civiles, o medio civiles, tenían en su parroquia, y para honor del joven proteccionista es menester que ahora se sepa que de su bolsillo salió una contribución voluntaria para el casamiento y establecimiento de la madre de Pía.

Pero no fueron únicamente los sermones del cura, ni los consejos de don Demóstenes los que redujeron a Dimas a abrazar el santo estado del matrimonio católico, sino esta pequeña insinuación del dueño de la tierra:

—Se casa, Dimas, o desocupa la estancia dentro del preciso término de quince días.

Este consejo, cuyos términos no pueden ser más lacónicos, había convencido al ciudadano, y una vez resuelto había señalado el plazo, que era el mismo día designado para el matrimonio de Manuela, con el objeto de hacer ruidosa por entero la semana de las dos bodas.

La ilustre novia de la montaña había echado un empréstito demasiado fuerte en las haciendas y en la parroquia, por medio del cual había recogido seis camisones de zaraza, seis enaguas interiores, seis pañolones, algunos pañuelos y medias, sortijas y zarcillos; pero no halló ni un solo par de zapatos a la medida de su pie, porque los de las señoritas Juanita y Clotilde eran pequeños, que no le sirvieron ni para calzarse el dedo gordo del pie derecho, muy abultado a consecuencia de los uñeros que había padecido en el trapiche. Sin embargo, Dimas, que fue a vender unos plátanos a Bogotá, compró los de la horma más grande que pudo hallar en las tiendas del puente de San Francisco, y a pesar de todo, le quedaron muy ajustados. Por lo que hace a la boda, Pía y Melchora se habían preparado del mejor modo posible, habiendo, sobre todo, grande abundancia de carne de la montaña.

Los preparativos de la despensa y repostería de doña Patrocinio eran de lo más asombroso. Los capones, pavos y gallinas habían sido preparados con tiempo, y un marrano muy grande colgaba de las vigas de la despensa, aunque a decir verdad, no era marrano, sino la misma marrana de la horqueta, no muy gorda en realidad, por consecuencia de la ley del 18 de mayo.

Marta, que era la madrina de casamiento de Manuela, no había echado empréstito de joyas ni de ropa, ni había dejado conocer el programa de vestuario que ella y su ahijada habían imaginado.

La casa de doña Patrocinio había sido blanqueada con esmero, y habían vuelto a igualar el suelo de la sala, para los efectos del baile. Dimas había mejorado su casa del Botundo con una especie de enramada cubierta de hojas de palma, con los auxilios de Patrocinio y de Elías, que iban a ser sus padrinos; Dámaso estuvo ayudando por su parte en todo lo que le fue posible.

El proyecto era bailar dos días seguidos en casa de Manuela, y otros dos en casa de Dimas, para lo cual todo estaba preparado.

El señor cura ordenó que el casamiento tuviera lugar en la madrugada, porque tenía que hacer dos administraciones a dos leguas de distancia.

La víspera hubo una completa alborada; Marta y Manuela no durmieron aquella noche esperando la campanada del alba. Desde las dos comenzaron a vestirse, y por cierto que ambas quedaron perfectamente preparadas para los papeles que debían representar en el templo, en la comida y en el baile.

El sacristán abrió la puerta de la iglesia desde las tres de la mañana, y tocó el alba un poco antes de lo acostumbrado. Los goznes de las dos abras crujieron terriblemente al abrirse la puerta, y era imponente la tenue luz de la lámpara que alumbraba el altar vista a la extremidad del largo cuerpo de la iglesia oscurecida.

El guardián del templo y de sus bienes, enseñado a renovar la lámpara del Sacramento a cualquiera hora de la noche, aunque hubiera cadáveres depositados, estaba atemorizado aquella noche, y se sorprendió mucho con un ruido que oyó sobre la cornisa del altar de las Ánimas. Encendió en el momento su pequeño farol en la lámpara, y se puso a observar. Parecía que tenía algún temor, o algún presentimiento; pero la novedad no fue otra cosa que el aleteo de una lechuza que saltaba de las cornisas del altar mayor, medio iluminadas por el resplandor de la lámpara, y se acercaba temerosa al hueco de una ventana; mas esta lechuza no había venido en busca del cebo o del aceite sino a matar los ratones que se lo comían.

Concluida la exploración, y después de colocar dos velas en el altar mayor, se situó en el altozano, recostándose en el pretil, iluminado por su linterna, que despedía débiles rayos en contorno de la portada.

Pronto apareció en la esquina la comitiva de los novios. Manuela y Marta llegaron, vestidas de cintureras, con trajes propios, pues Manuela había sugerido a su madrina el proyecto de no prestar ni siquiera un par de zarcillos. Tenían pañolones de color de lacre, camisas bordadas de seda negra y enaguas de muselina blanca. Manuela estaba hermosa, pero no brillaba en su rostro la dulce calma de sus mejores días. Cualquiera, menos preocupado que el sacristán, habría notado en aquel rostro placentero y alegre en los días anteriores, una sombra originada por un sobresalto secreto.

Antes de venirse a la iglesia, Marta había visto a su ahijada correr de la ventana de su casa a ocultarse entre la cama; al ir a buscarla, la encontró temblorosa y agitada, y preguntándole qué novedad había ocurrido, le contestó Manuela que acababa de ver una figura muy parecida a la de don Tadeo, que pasando por el lado de la casa de la Víbora se dirigía a la plaza. Marta la convenció de que aquello no podía ser sino una ilusión, y Manuela, aunque asustada, terminó sus preparativos, y al salir de la casa le pidió la bendición a su madre.

Los novios y los padrinos se hincaron cerca de la puerta de la iglesia; Manuela se persignó, y seguramente estaba embebecida en alguna oración por la felicidad de su nuevo estado, porque el sacristán tuvo que distraerla con un golpecito en el hombro, para advertirle que iba a principiar la ceremonia sagrada del casamiento; pero al disponer las parejas notaron que Melchora no estaba presente. La buscaron en los costados de la iglesia y en los rincones, y no pareciendo por allí, Marta y el sacristán salieron a buscarla fuera de la iglesia, mientras que en el templo se cruzaban los cuchicheos.

—¿Qué será de mi ahijada? –decía la madrina de Melchora a su ahijado Dimas.

—¿No venía junto con usted al comenzar la cuadra? –le preguntó Dimas en vez de contestar.

—Hasta las inmediaciones del altozano venía con nosotros.

—Pero ya usted ve que no parece, y si es que se ha arrepentido, su gusto es honra y...

—No diga eso, ahijado de mi alma, cuando la más empeñada ha sido la pobre de mi ahijada.

—Pues entonces... ¡quién sabe! –dijo el novio de la montaña con una serenidad admirable en tales circunstancias.

El cura permanecía callado con el ritual en la mano, en el grupo de novios y padrinos, en el que sólo faltaban Marta y Melchora, todos se manifestaban sorprendidos; entre la gente que rodeaba a los actores, algunos se sonreían por la ocurrencia de la deserción, y los muchachos o chinos comenzaban a hallar pábulo para sus truhanerías; pero una mirada del virtuoso cura bastó para ponerlos en orden.

Los padrinos y los novios estaban vestidos a todo costo.

Elías y su ahijado vestían chaqueta, y sobre ella tenían las ruanas de hilo que les habían dado en préstamo los patrones del Retiro; y sobre todo, Manuela, en su traje de cinturera, era la reina del pueblo.

No faltaba, pues, sino la novia de Dimas para dar principio a la ceremonia.

Veamos el resultado de la comisión de Marta y el sacristán. Alumbrando con el farol a una parte y a otra, encontraron al fin a Melchora, sentada al pie de la pared de la iglesia por el lado de la calle, y Marta le preguntó con sobresalto:

—¿Qué le ha sucedido, cristiana?

—Nada –le contestó la novia de la montaña.

—¿Cómo nada? –replicó Marta–, ¿no ve que allá están todos detenidos por usted? ¡No sea así, Melchora, por Dios santo y bendito!

—¿Y qué quería que hiciera si el zapato se me zafó y no ha querido entrar ni por todos los diablos?

Marta se agachó para acomodarle el zapato, y conseguido esto, se presentó en la iglesia algunos momentos después, conduciendo a la desertora. El sacristán arregló entonces la formación para dar principio a la ceremonia.

Manuela, que había tenido vagos presentimientos o anuncios del corazón, como ella decía, de alguna desgracia imprevista que la amenazaba, recordó ciertos indicios fatales y le hizo notar a Dámaso que entre los concurrentes a la función no había una sola persona del partido gamonalicio; pero éste le replicó que no por eso dejarían de quedar bien casados, y que se dejara de estar pensando en bagatelas.[382]

Ya había llegado el momento en que Dámaso y Manuela iban a quedar unidos para siempre, cuando sonó el terrible golpe de las campanas tocando a fuego y de la mitad de la plaza se levantó una voz penetrante y lastimosa que decía:

—¡Se queman los novios, se queman los novios!

Las parejas de los desposados se separaron desatentadamente, y trataron de correr, sin saber para qué lado.

Los primeros que intentaron ganar el altozano, se volvieron para el centro de la iglesia, diciendo que la puerta estaba cerrada por fuera con cerrojo; y entre tanto la palmicha encendida comenzaba a caer; el toque de las campanas

382 *Bagatela:* cosa o asunto sin importancia; insignificancia.

seguía aturdiendo los oídos, y los lamentos, las carreras y la desesperación formaban un tumulto horroroso dentro del recinto sagrado de la oración y la quietud.

—¡Sálvense por la ventana de la sacristía! –gritó el cura; y arrodillado al pie del altar siguió pronunciando estas palabras–: ¡Dios de piedad! ¡Dios de misericordia, apartad esta desgracia terrible que amenaza a mis feligreses!

El humo comenzaba a oscurecer toda la iglesia, cuando rompiendo los balaustres de la ventana, se arrojó Dámaso al patio de la casa inmediata, y recibió a Manuela para llevarla a un sitio menos expuesto; pero las llamas hacían más estrago en la frontera de la casa que daba al lado de la calle, y se detuvo un momento a observar la parte menos peligrosa de los sitios que estaban invadidos por el fuego.

El incendio había principiado al mismo tiempo por la iglesia y por la casa de don Blas, y en todas partes se levantaban las llamas como en una roza. El crepúsculo matutino retocado con los reflejos de la llama formaba una especie de atmósfera rojiza de lo más espantoso; los gritos de los vecinos que comenzaban a apagar algunos tramos, acompañados del toque de las campanas y de algunos estallidos que salían de las piezas, no tenían término de comparación. Las gentes que se iban bajando por las ventanas buscaban su salvación por el lado del corral de la casa, porque de ese lado no se advertía que hubiese fuego, pero era menester saltar algunas paredes para llegar a la calle. Dámaso, después de un instante de indecisión, prefirió atravesar el zaguán, aunque comenzaba a ser invadido, y corría con su novia en los brazos a tiempo que se desprendió un pedazo del techo abrasado por las llamas. El fuego rodó sobre la ropa de Manuela, que hubiera sido víctima de este nuevo incendio, si Dámaso no lo hubiera apagado con sus propias manos.

El portón estaba cerrado, y poniendo el intrépido joven su preciosa carga en el suelo, se esforzó en violentar el obstáculo, lo que logró a los dos empellones; pero a todo esto Manuela no respiraba ni se movía. Dámaso la levantó para sacarla a la calle, en donde la contempló por un instante, y dando un grito de dolor corrió con ella a la primera puerta que halló abierta, en donde estaban Marta, que se había salvado por otra parte, y algunas mujeres de la parroquia lamentándose de la suerte de los novios y exhortando a los hombres a que apagaran el fuego.

Y las campanas habían callado, y este silencio era más horroroso, porque era el indicio de que ya el campanario había sido consumido.

Las llamas bramaban en la casa de don Blas, en pos de los que arrancaban la palmicha de los enmaderados. Las figuras de los valientes que trabajaban en la buena obra, parecían espectros al través del incendio. En el patio gritaban algunas personas que no habían podido salvar las paredes ni atravesar el zaguán, que quedó obstruido con una trinchera de fuego desde que Dámaso sacó por allí a su adorada prenda; y el cura que presidía los trabajos, daba providencias acertadas para salvar a aquellos desgraciados.

El fuego de la iglesia se apagó, por el arbitrio de poner escaleras y por medio de ellas botar muchas cobijas y piezas de ropa mojadas sobre el empalmichado, de suerte que no padeció sino la parte del frente.

Los esfuerzos que se hacían para apagar la casa de don Blas eran todos sin provecho, porque la palmicha era vieja y estaba mucho más seca que la de la iglesia.

La casa no estaba habitada sino por una mujer pobre que la cuidaba, y aquella noche por el joven Lucinio y un amigo suyo, que habían llegado tarde y estaban dormidos cuando comenzó el fuego por encima del portón y del lado de la cocina, al mismo tiempo que se levantaban las llamas por junto del campanario, en donde había siempre una escalera de mano. Sus gritos de «¡socorro, socorro!» se habían oído al mismo tiempo que el toque de las campanas, y algunos vecinos que acudieron los sacaron del peligro por la puerta de la sala que daba a la plaza, quedando cerrada la del lado del patio, y les ayudaron a sacar algunos baúles y mesas, a tiempo que una voz lejana gritó desde el barzal estas palabras, muy significativas en aquellos momentos: «¡Don Tadeo, don Tadeo!..".

A pesar de todos los esfuerzos, no se salvaron de la casa sino las piezas de un tramo interior. La luz del 20 de julio iluminó el teatro del más espantoso drama. El frontispicio de la iglesia estaba quemado; en la mitad de la plaza estaban botados muchos muebles, y de la casa de don Blas no existían sino unas piezas y algunas paredes de bahareque, de las cuales todavía salían algunas plumas de humo; sobre la grama de la plaza y de los ejidos habían amanecido fragmentos de palmicha convertidos en ceniza.

Después del conflicto no aparecían los novios en la escena, con excepción de la novia de la montaña, la cual estaba acabando de apagar unas barandas, con repetidas totumadas de agua. Estaba con medias y sin zapatos; el camisón no se sabía de qué color había sido, por el polvo, la humedad y la ceniza de que estaba cubierto.

Entre los varios corrillos que se formaban se distinguían perfectamente los vecinos que habían combatido contra las llamas. Elías empuñaba un machete de rozar y estaba tan tiznado como su ahijada, y fue de notar que de todos los tadeístas era el único que se había expuesto por el bien común. ¡Tan dañino así es el espíritu de bandería y el odio infernal que abrigan en sus corazones los entusiastas por los partidos! La Víbora se sonreía al ver los escombros y los montones de ceniza, y preguntaba si Manuela se había escapado, y esto a tiempo que en los trajes, en el desgreño y en lo escuálido de las facciones de los manuelistas lo que se veía era el asombro y el dolor más acerbo. Presentación tuvo la desfachatez de decir que aquello no había sido sino un castigo del cielo por las persecuciones a su padrastro, en las cuales había tenido la mayor parte el dueño de la casa quemada.

El cura se mostraba en la escena con su sotana puesta y un sombrero de fieltro negro, y sobre el pecho traía pendiente un crucifijo, porque ciertamente era la hora de estar divisado.

El ciudadano alcalde, que lo era el señor Cruz, el arrendatario de la Hondura, no se había mostrado muy decidido en la buena obra, lo cual dejaba confirmadas las sospechas de que era uno de los brazos secretos del tirano desde tiempo atrás.

Hubo en esta calamidad una cosa muy singular, y fue que de algunos que eran reputados como tadeístas ocultos, ninguno ayudó con decisión ni a salvar los muebles de don Blas, ni a apagar la portada de la iglesia, y esto se armonizaba muy bien con las frecuentes peroratas de don Tadeo contra los ricos trapicheros, y contra la iglesia, y los ministros del culto. No obstante, Elías se manejó muy bien; pero es tal la desgracia que persigue a los trásfugas, que el hijo de don Blas ni le manifestó su agradecimiento por los últimos servicios luego que estuvieron las cosas en calma.

El cura estaba averiguando la suerte de los padrinos y novios, y preguntó a Paula por Manuela.

—A casa de Marta la metió privada el niño Dámaso, y ya está repuesta, pero se ha quedado como insensata.

—¡Pobrecita!... ¿Y el novio qué hace a todas estas?

—Salió para la calle con un puñal debajo de la ruana.

—¿Y Dimas?

—No se sabe de él.

—¡Válganos Dios! ¡Qué montón de calamidades en un momento!... ¿Y doña Patrocinio?

—Estuvo también ayudando junto con la niña Simona y el marido.

El cura hizo que todos los escombros fueran examinados, temiendo que el novio de la montaña hubiese perecido en las llamas, porque al través del humo y de los relámpagos de la palmicha incendiada, lo había reconocido lidiando como un valiente con su machete en la mano desempajando la casa, ya casi envuelto en las llamas que se avanzaban sobre los trabajadores. Pero nada resultó debajo de los escombros que se pareciese a los restos de un cuerpo humano, ni el machete parecía, aunque fuese descabado.

El señor cura se retiró de este sitio fatal, para ir a averiguar el paradero y la situación de todos los novios, y mandó al sacristán por otra calle; pero al pasar frente a la tienda de la señora Patrocinio, se detuvo por causa de unas voces que le parecieron extrañas, y parándose en la puerta, oyó las siguientes palabras:

—Poco más o menos yo sé dónde puede estar escondido, yo le haré ver lo que soy de enemigo: ésta no se la perdono ni a la hora de mi muerte.

—¿Usted reza el padre nuestro! –dijo el cura al novio de Manuela, porque éste era el que hablaba.

—Eso por de contado, señor cura.

—Entonces usted le pide a Dios que no lo perdone, porque usted dice: «perdónanos así como nosotros perdonamos a nuestros deudores».

—¿Y podré yo perdonar a don Tadeo? ¡El hombre que me ha perseguido a Manuela hasta intentar quemarla! Porque el hecho de haberle corrido el cerrojo a la puerta de la iglesia prueba cuál era la intención de don Tadeo; y a mí lo que me interesa es sacarlo de en medio.

—Si él ha sido, la ley lo castigará a su tiempo, no tenga usted cuidado.

—Pero, ¿cuál ley señor cura? La ley no castiga sino a los infelices en esta parroquia. Los gamonales, los atrevidos, los guapetones, ¿no se salen con todo lo que quieren? Yo he vivido desterrado un año entero; Manuela ha tenido trabajos como llovidos; se ha visto encausada, fugitiva, y últimamente atacada con las llamas al tiempo mismo de tomar estado, ¡y todo esto a esa pobre que no es capaz de hacerle mal a nadie! ¡Yo perdonaría al gamonal de la parroquia como cristiano, para cumplir con el «Padre nuestro», si las leyes lo castigaran!, pero sabiendo que no hay leyes, ¿me pondré yo a perdonar? Si somos tiranizados por ser humildes y buenos cristianos, dejémonos ya de bondades, y hagamos lo que nuestros enemigos hacen.

—Está usted muy equivocado, señor Dámaso, y usted desbarra como los hombres que no tienen religión, porque la pasión de la ira arde en el corazón de usted sobre la pasión del amor. Un joven como usted arrebatado por las pasiones, no puede fallar sobre lo que lo conviene, así como el enfermo de fiebre no puede recetarse a sí mismo sin riesgo de envenenarse. Si usted tuviera la virtud de la fortaleza, no estaría en este momento sometido a los embates del infortunio como una pluma lo está a la corriente del huracán; porque es la verdad, que si don Tadeo se le presenta en alguna parte, usted renuncia al casamiento con Manuela, por el amor a la venganza que lo llevaría a usted a un presidio o a un país lejano; ¡cuánto mejor sería que usted se dejase guiar por el dictamen de la prudencia que por el de la ira, que es la más brutal de todas los pasiones!

Dámaso respiraba con violencia, se tocaba la cintura de la cual pendía un largo puñal; y en lo saltado de los ojos y lo fruncido de la frente revelaba la furia que lo poseía. Sus respetos al cura, a la sociedad y a las autoridades habían cesado; el ruido tremendo de la venganza no le dejaba oír nada que no fuese dictado por las pasiones. Se limpió el sudor de sus mejillas y frente con su ruana de algodón, miró con rabia el tizne que el incendio había dejado estampado en ella, y de nuevo se encendieron sus ojos con el ruego de la rabia y de la venganza. Se echó la ruana al hombro, dando un golpe sobre la tabla del mostrador, y pronunció este discurso, a que atendían sin pestañear unos tantos parroquianos, en quienes estaba pintado todo el pavor del incendio que acababa de pasar.

—Puede ser que aquí le levanten un sumario a don Tadeo; pero si esto sucede, lo que dificulto mucho, si lo apresan y le encausan, el señor cura ha de ver que los hombres humanitarios pondrán sus gritos en el cielo para defenderlo, embrollando las leyes y cohechando a los jueces, y si lo llegan a condenar al presidio, se darán sus trazas para sacarlo de allí; pero de Manuela nadie se compadecerá, ni de los trabajos que ha pasado, ni habrá quien hable de su inocencia, ni en su favor se citarán las leyes, porque eso no se cita sino para defender a los criminales. Y si por una casualidad llega a ir al presidio don Tadeo, todos han de ver que de allí lo sacarán los de su pandilla, o lo indultará el gobierno, y volverá a esta parroquia a vengarse de todos. Si se me presenta el gamonal de la parroquia, estoy expuesto a no respetar la justicia del cielo, ni los mandamientos de la ley de Dios; porque cuando las cosas se ponen así, es menester hacerse uno justicia con su mano.

—Mida usted sus palabras –exclamó el cura horrorizado–. Usted ofende a la religión y al gobierno, haciendo entender que la parroquia no es sino una tribu de salvajes.

—¿Y qué es lo que le falta o lo que le sobra para hacer cuanto se les da la gana? ¿Le parece al señor cura que es cosa de gente ilustrada?

Pasaba el sacristán a la carrera, y el cura lo llamó para informarse del paradero del novio de la montaña.

—Nadie me ha dado razón –respondió, sino la señora Sinforiana, que me dijo que hacía como hora y media que estando en la puerta de su casa, lo había visto pasar al trote para la montaña, tiznado, y con las orillas de la ruana quemadas.

—Entonces ha *barajustado* –dijo el cura, haciendo uso de la palabra que emplean los llaneros para significar el acto de huir una tropa de ganado para no parecer en mucho tiempo.

—Quién sabe –dijo el sacristán–, y yo lo sentiría muchísimo.

—¡Y tanto como trabajamos don Demóstenes, el señor don Blas y yo! Hágase en todo la voluntad de Dios.

A este tiempo se oyó una voz que decía:

—¡El santo óleo! ¡El santo óleo! Y otros mil gritos anunciaban una calamidad en la calle de la Fragua.

El cura y el sacristán corrieron a la iglesia a sacar lo necesario para administrar la extremaunción. Los lamentos que oían los condujeron a la sala de la señora Visitación. Allí encontraron a la persona agonizante en medio de otras muchas que la socorrían.

Era Manuela, que tenía en aquel momento un acceso semejante al que sufrió a la salida del zaguán incendiado. El cuadro era lastimoso: Manuela, sumamente pálida y con los ojos hundidos, se hallaba extendida en una tarima; Marta le sostenía la cabeza y doña Patrocinio le frotaba el pecho con un pañuelo mojado con agua de Colonia. Tenía los labios cenicientos, los párpados medio abiertos, y su mirada fija dejaba adivinar que no sentía las caricias de su tierna madre ni las voces de los que la llamaban. Todos los que la rodeaban tenían los ojos fijos en ella, y los semblantes y los vestidos daban la idea más completa de lo trágico de la escena, porque las lágrimas corrían sobre las mejillas cubiertas de polvo, carbón y ceniza, y los trajes estaban tiznados o desgarrados.

Las palabras que el sacerdote pronunciaba al tiempo de la aplicación del aceite sagrado, apenas se distinguían entre los gemidos.

El parasismo[383] había oscurecido la frente de la novia, empañado el brillo de sus ojos y apagado la sonrisa que siempre había atraído las miradas de todos. Es verdad que en aquel momento no seducía la belleza de Manuela, sino que más bien asustaba por el riesgo de su próxima ruina.

La moribunda dio muestras de alguna vitalidad por un estremecimiento inesperado, volvió los ojos a todos lados, y humedeciéndose los labios marchitos por la fiebre, llamó a doña Patrocinio repetidas veces, dejando conocer por el desconcierto de sus palabras que su enfermedad estaba en el cerebro; y después de algunos instantes dijo a su amiga:

—Marta, ¿no le dije esta madrugada que mi corazón me anunciaba una desgracia?

—Es cierto, Manuela –le contestó la compañera de su infancia, tratando de ahogar sus gemidos, por no atormentarla.

—¡Dámaso de mi vida!... –continuó Manuela–; ¡oh! Yo no alcanzaré a ver la luz del día de mañana.

Dámaso no pudo responder, y apretando la mano de su prometida, dio a conocer en sus facciones el dolor y la desesperación que despedazaban su alma.

—Dámaso –volvió a decir la infeliz Manuela–, le suplico que perdone al que nos ha perseguido, como Dios nos ha de perdonar a los dos.

—¡Lo perdono! –respondió Dámaso, limpiándose las lágrimas que le brotaban al recuerdo de sus persecuciones.

—¡Dámaso! –balbuceó Manuela, apretando la mano de su amigo–: la justicia de la tierra nos ha sido contraria; pero esperemos la de Dios.

—Sí –dijo el cura–, la de Dios es infalible, Manuela, entréguese usted a la misericordia infinita del creador; renuncie a todas las cosas de la tierra, no piense sino en Dios...

—Si no pensara yo en Dios –dijo Manuela–, ¿qué muerte sería la mía?

—La conciencia de usted está pura...

—Pero morir sin ser la esposa de Dámaso...

—Lo será usted –dijo el cura.

—Y abreviando allí mismo los preparativos, porque había sacristán, padrinos y testigos, rezó las preces de la iglesia, y volviéndose a Dámaso, que tenía cogida la mano de su moribunda prometida:

—Dámaso Bernal –le preguntó–, ¿recibe usted a Manuela Valdivia por su legítima esposa?

---

383 *Parasismo o paroxismo:* exacerbación o acceso violento de una enfermedad.

—Sí –respondió el interrogado, con una mirada llena de amor y de respeto.

—Manuela Valdivia, ¿recibe usted por su legítimo esposo a Dámaso Bernal?

—Sí, señor –contestó la moribunda, dejando ver sobre sus ojos un brillo pasajero, y en sus labios amortiguados una ligera sonrisa que se disipó como el reflejo de la luz que pasa por el frente de la puerta de una pieza oscura.

Entonces el cura, levantando la mano y dejando caer la bendición nupcial sobre el lecho de muerte, unió a Manuela y Dámaso «en nombre de Dios Omnipotente», y a las palabras de la bendición añadió: «Parte, alma cristiana, de este mundo», viendo que la desposada exhalaba ya su último suspiro.

FIN

www.ingramcontent.com/pod-product-compliance
Lightning Source LLC
Chambersburg PA
CBHW020651110726
47901CB00001B/146

* 9 7 8 1 9 3 4 7 6 8 4 9 5 *